L.J. SHEN
Love Like Fire

L. J. SHEN

LOVE
LIKE
FIRE

Roman

*Ins Deutsche übertragen
von Anne Morgenrau*

LYX in der Bastei Lübbe AG
Dieser Titel ist auch als E-Book und Hörbuch erschienen.

Die Bastei Lübbe AG verfolgt eine nachhaltige Buchproduktion. Wir
verwenden Papiere aus nachhaltiger Forstwirtschaft und verzichten darauf,
Bücher einzeln in Folie zu verpacken. Wir stellen unsere Bücher in Deutschland
und Europa (EU) her und arbeiten mit den Druckereien kontinuierlich
an einer positiven Ökobilanz.

Die Originalausgabe erschien 2020 unter dem Titel
»Playing with Fire«.
Copyright © 2020 by L.J. Shen
Published by arrangement with Brower Literary & Management.

Für die deutschsprachige Ausgabe:
Copyright © 2022 by Bastei Lübbe AG, Köln
Redaktion: Susanne Kregeloh
Covergestaltung: © ZERO Werbeagentur GmbH, München,
unter Verwendung von Motiven von Shutterstock
(© Kiselev Andrey Valerevich; © U2M Brand)
Satz: Greiner & Reichel, Köln
Gesetzt aus der der Adobe Caslon
Druck und Verarbeitung: GGP Media GmbH, Pößneck
Printed in Germany
ISBN 978-3-7363-1773-4

3   5   7   6   4

Sie finden uns im Internet unter: lyx-verlag.de
Bitte beachten Sie auch: luebbe.de und lesejury.de

Liebe Leser:innen,

dieses Buch enthält potenziell triggernde Inhalte.
Deshalb findet ihr auf der letzten Seite eine Triggerwarnung.

Achtung:
Diese enthält Spoiler für das gesamte Buch!

Wir wünschen uns für euch alle
das bestmögliche Leseerlebnis.

Euer LYX-Verlag

Für Chele und Lulu

Es ist nie zu spät, das zu werden,
was man hätte sein können.
George Eliot

PLAYLIST

My Chemical Romance – *Helena*
Bikini Kill – *Rebel Girl*
Blondie – *Atomic*
Sufjan Stevens – *Mystery of Love*
Rag 'n' Bone Man – *Human*
Healy – *Reckless*
Powfu – *Death Bed*

PROLOG

Grace

Nach dem Feuer war nur der Flammenring meiner verstorbenen Momma vollkommen unbeschädigt geblieben.

Das Ding sah billig aus. So einen Ring bekommt man, wenn man in einer Shoppingmall einen Dollar in einen Automaten wirft und ein Plastikei herauskommt. Großmutter Savvy sagte, Momma habe immer gewollt, dass ich ihn bekomme.

Feuer symbolisiert Schönheit, Zorn und Wiedergeburt, erklärte sie mir. Zu dumm, dass es in meinem Fall nur für Untergang stand.

Grams hat mir Gutenachtgeschichten vom Phönix erzählt, der sich aus der Asche erhebt. Sie sagte, das sei es, was Momma wollte – sich über ihre Verhältnisse erheben und Erfolg haben.

Meine Momma wollte sterben und noch mal von vorne anfangen.

Geschafft hat sie nur eins davon.

Und ich? Ich habe beides getan.

13

Als ich zum ersten Mal in einem Krankenhausbett aufwachte, bat ich die Schwester, mir den Ring wieder an den Finger zu stecken. Ich führte ihn an die Lippen und sprach lautlos einen Wunsch aus, wie Großmutter es mir beigebracht hatte.

Ich wünschte mir nicht, dass das Geld von der Versicherung möglichst schnell eintreffen oder dass die Armut auf der Welt aufhören sollte.

Ich wünschte mir meine Schönheit zurück.

Erschöpft von meiner bloßen Existenz verlor ich kurz darauf das Bewusstsein. Im Dämmerschlaf bekam ich Gesprächsfetzen mit, während sich das Zimmer mit Besuchern füllte.

»... *das hübscheste Mädchen von Sheridan. Diese elegante kleine Nase. Die vollen Lippen. Blond und blauäugig. Ach Heather, es ist jammerschade.*«

»*Sie hätte auch Model werden können.*«

»*Das arme Ding weiß nicht, was sie nach dem Aufwachen erwartet.*«

Ganz langsam, ohne zu wissen, was mich auf der anderen Seite erwartete, kam ich aus dem künstlichen Koma zurück. Es fühlte sich an, als würde ich in Glasscherben schwimmen. Selbst die kleinste Bewegung schmerzte. Besucher wie meine Klassenkameraden, meine beste Freundin Karlie und mein Freund Tucker kamen und gingen, tätschelten und liebkosten mich und schnappten bei meinem Anblick nach Luft, während meine Augen geschlossen blieben.

Sie merkten nicht, dass ich bei Bewusstsein war und sie weinen, leise Schreie ausstoßen und stammeln hörte.

Mein altes Leben – Schulaufführungen, Cheerleader-Training und heimliche Küsse mit Tucker hinter der Tribüne –

kam mir unwirklich vor wie ein grausam süßer Bann, unter dem ich gestanden und der sich nun aufgelöst hatte.

Um mich der Realität nicht zu stellen, ließ ich meine Augen noch geschlossen, als ich sie längst wieder öffnen konnte.

Bis zum letzten Moment.

Bis Tucker in das Krankenzimmer kam und mir einen Brief zwischen die kraftlosen Finger schob, die auf der Bettdecke ruhten.

»Es tut mir leid«, krächzte er und klang zum ersten Mal, als sei er mit den Nerven am Ende. »Ich kann nicht mehr, und ich weiß nicht, wann du aufwachen wirst. Das ist nicht fair. Ich bin einfach zu jung, um …« Er verstummte, und sein Stuhl kratzte über den Boden, als er aufsprang. »Es tut mir leid, okay?«

Ich wollte ihm sagen, dass er aufhören sollte.

Wollte zugeben, dass ich wach war.

Dass ich lebte.

Na ja.

So was in der Richtung.

Ich hätte ihm gern gesagt, dass ich nur Zeit zu schinden versuchte, weil ich mit meinem neuen Ich nichts zu tun haben wollte.

Tatsächlich blieben meine Augen geschlossen, und ich hörte, wie er fortging.

Sekunden, nachdem die Tür ins Schloss gefallen war, öffnete ich die Augen und erlaubte mir, zu weinen.

An diesem Tag, nachdem Tucker schriftlich mit mir Schluss gemacht hatte, beschloss ich, mich den Dingen zu stellen.

Eine Krankenschwester huschte wie eine Maus in mein Zimmer, ihre Bewegungen waren rasch und effizient. Sie betrachtete mich mit einer Mischung aus Vorsicht und Neugier, als sei ich ein Monster, das ans Bett gekettet war. Aus der Eile, mit der sie aufgetaucht war, schloss ich, dass sie jeden Moment mit meinem Aufwachen gerechnet hatten.

»Guten Morgen, Grace. Wir haben schon auf dich gewartet. Gut geschlafen?«

Ich versuchte zu nicken, bereute meinen Ehrgeiz aber sofort. Mein Kopf fühlte sich schwammig an, fiebrig und wie angeschwollen. Mein Gesicht war komplett verbunden, was ich bereits bemerkt hatte, als ich das erste Mal zu mir gekommen war. Der Verband wies kleine Öffnungen für meine Nasenlöcher, meine Augen und den Mund auf. Wahrscheinlich sah ich aus wie eine Mumie.

»Okay, das werte ich mal als ein Ja. Hast du zufällig Hunger? Wir würden gern den Tubus entfernen und dich ein bisschen füttern. Ich kann jemanden schicken, der dir etwas Richtiges zu essen holt. Ich glaube, heute gibt es Frikadellen mit Reis und Bananenkuchen. Ist das in Ordnung, Liebes?«

Entschlossen, mich aus meiner eigenen Asche zu erheben, nahm ich all meine körperliche und mentale Kraft zusammen und sagte: »Das wäre schön, Ma'am.«

»Ich bin gleich wieder da. Und es gibt noch mehr gute Nachrichten: Heute ist der große Tag. Dr. Sheffield wird endlich die Verbände abnehmen!« Ich hörte die aufgesetzte Begeisterung in ihrer Stimme.

Geistesabwesend drehte ich den Ring an meinem Daumen herum. Ich war zwar absolut nicht bereit, mir mein neues Ich anzuschauen, aber es wurde allmählich Zeit. Ich war bei Bewusstsein, bei klarem Verstand und würde mich der Realität endlich stellen müssen.

Die Krankenschwester füllte eine Tabelle aus und verschwand. Eine Stunde später kamen Grams und Dr. Sheffield herein. Grams sah schrecklich aus. Abgemagert, runzlig und übernächtigt, obwohl sie ihr Sonntagskleid trug. Ich wusste, dass sie seit dem Feuer in einem Hotel lebte und sich im Krieg mit unserer Versicherungsgesellschaft befand. Ich fand es schrecklich, dass sie diese Sache allein durchmachen musste. Normalerweise war ich diejenige, die sich im Bedarfsfall mit solchen Dingen auseinandersetzte.

Grams nahm meine Hand und drückte sie an ihre Brust. Das Herz schlug wild unter ihren Rippen.

»Was auch immer geschieht«, sagte sie und wischte sich mit ihren ledrigen Fingern zitternd die Tränen ab, »ich bin für dich da, Gracie-Mae, hast du gehört?«

Sie berührte meinen Ring.

»Du trägst ihn ja wieder«, sagte sie verwundert.

Ich nickte, denn ich befürchtete, dass mir die Tränen kommen würden, sobald ich den Mund öffnete.

»Warum?«

»Wiedergeburt«, sagte ich nur. Im Gegensatz zu Momma war ich zwar nicht gestorben, dennoch würde ich mich aus meiner eigenen Asche erheben müssen.

Dr. Sheffield, der zwischen uns stand, räusperte sich.

»Sind Sie bereit?«, fragte er und lächelte entschuldigend.

Ich hob den Daumen.

Auf den Beginn meines restlichen Lebens …

Langsam entfernte er die Verbände. Systematisch. Sein Atem strich über mein Gesicht. Er roch nach Kaffee, Bacon, Pfefferminz und dem typischen Krankenhausaroma von Plastikhandschuhen und Desinfektionsmittel. Seine Miene verriet nicht, was er empfand, wobei ich bezweifelte, dass er überhaupt etwas fühlte. Für ihn war ich nur eine Patientin von vielen.

Er fand keine ermutigenden Worte für mich, als ich zusah, wie das lange, cremefarbene Band, das sich vor meinen

Augen drehte, immer länger wurde. Mit dem Verband nahm mir Dr. Sheffield all meine Hoffnungen und Träume ab. Ich spürte, wie mein Atem mit jeder Drehung seiner Hand schwächer wurde.

Ich versuchte, die Tränen hinunterzuschlucken, die mir wie ein Klumpen in der Kehle saßen. Trost suchend blickte ich Grams an. Mit kerzengeradem Rücken und erhobenem Kinn stand sie neben mir und hielt meine Hand.

Ich suchte in ihrer Miene nach Hinweisen.

Während sich der Verband auf dem Boden zu einem Häuflein türmte, verzog sie vor Schreck, Schmerz und Mitleid das Gesicht. Mein Gesicht war erst halb zum Vorschein gekommen, da sah sie bereits aus, als wollte sie im Boden versinken. Mir ging es genauso. Tränen brannten mir in den Augen. Ich unterdrückte sie instinktiv und redete mir ein, es spiele keine Rolle. Schönheit war eine vergängliche Freundin, die einen letztlich immer verließ – und die nie zurückkam, wenn man sie wirklich brauchte.

»Sag etwas.« Meine Stimme war leise und schrecklich rau. »Bitte, Grams. Sag etwas.«

Von Geburt an hatte mir mein Aussehen Vorteile verschafft. Auf der Sheridan High drehte sich alles um Grace Shaw. Wenn wir nach Austin fuhren, wurden Grams und ich ständig von Modelscouts angesprochen. Ich war Cheerleaderin und die beliebteste Schauspielerin bei den Schulaufführungen. Es war offensichtlich, nein, es wurde *erwartet*, dass mein glanzvolles Äußeres mir den Weg ins Leben ebnen würde. Ich wusste, dass mein dichtes Haar, golden wie die Sonne in der Toskana, meine kesse Nase und die sinnlichen Lippen meine Fahrkarte aus dieser Stadt heraus sein würden.

»Ihre Mutter hat zwar nichts getaugt, aber die Schönheit hat Grace zum Glück geerbt«, hatte ich Mrs Phillips einmal in der

Metzgerei zu Mrs Contreras sagen hören. »*Hoffen wir, dass sie sich besser macht als dieses kleine Flittchen.*«

Grams wandte den Blick ab. War es wirklich so schlimm? Die Verbände waren jetzt komplett verschwunden. Dr. Sheffield zog den Kopf zurück und inspizierte mein Gesicht.

»Ich möchte vorausschicken, dass Sie großes Glück gehabt haben, Miss Shaw. Was Sie da vor zwei Wochen durchgemacht haben … das hätten die wenigsten überlebt. Tatsächlich bin ich erstaunt, dass Sie es geschafft haben.«

Zwei Wochen? Ich liege seit vierzehn Tagen in diesem Bett?

Ich wusste nicht, welchen Anblick ich bot, und starrte ihn verständnislos an.

»Die entzündeten Bereiche sind noch nicht verheilt. Wenn es so weit ist, wird Ihre Haut weniger gereizt sein, vergessen Sie das nicht, und in Sachen plastischer Chirurgie gibt es eine Menge Möglichkeiten, die wir ausprobieren können. Verlieren Sie nicht den Mut. Also, möchten Sie Ihr Gesicht jetzt sehen?«

Ich nickte halbherzig. Ich wollte es hinter mich bringen … sehen, womit ich klarkommen musste.

Der Arzt stand auf, ging zur anderen Seite des Zimmers und holte einen Handspiegel aus einem Schrank, während meine Großmutter neben meinem Bett die Fassung verlor. Ihre Schultern zitterten, ihr dürrer Körper wurde von Schluchzern geschüttelt, ihre feuchtkalte Hand umklammerte meine wie ein Schraubstock.

»Was soll ich nur tun, Gracie-Mae? Oh mein Gott.«

Zum ersten Mal seit sehr langer Zeit verspürte ich einen Anflug von Wut. Das hier war *meine* Tragödie, *mein* Leben. Es war *mein* Gesicht. *Ich* musste getröstet werden. Nicht sie.

Mit jedem Schritt, den Dr. Sheffield auf mich zukam, rutschte mir das Herz tiefer in die Hose. Als er mein Bett erreicht hatte, lag es dumpf schlagend neben meinen Füßen.

Er reichte mir den Spiegel.

Ich schloss die Augen, hielt ihn mir vors Gesicht, zählte bis drei und öffnete sie dann wieder.

Ich rang nicht nach Luft.

Ich schrie nicht auf.

Tatsächlich gab ich überhaupt keinen Ton von mir.

Ich starrte einfach die Person im Spiegel an – eine Fremde, die ich nicht kannte, und mit der ich mich vermutlich niemals anfreunden würde. Ich sah zu, wie mir das Schicksal ins Gesicht lachte.

Da war sie, die hässliche, unangenehme Wahrheit: Meine Mutter war an einer Überdosis gestorben, als ich drei war.

Es kam nie zu der Wiedergeburt, nach der sie sich gesehnt hatte. Sie erhob sich nicht aus der Asche.

Und wenn ich mir mein neues Gesicht ansah, wusste ich mit Sicherheit, dass mir dasselbe Schicksal bevorstand.

West

17. November 2017
Siebzehn Jahre alt

Die beste Gelegenheit, mich umzubringen, ergab sich vier Monate nach meinem siebzehnten Geburtstag.

Es war stockdunkel. Eine dünne Eisschicht bedeckte die Straße. Ich befand mich auf dem Rückweg von meiner Tante Carrie und lutschte an einer grünen Zuckerstange. Tante Carrie schickte meinen Eltern jede Woche Lebensmittel und Gebete. Es fühlte sich mies an, das zuzugeben, aber meine Eltern schafften es einfach nicht, aus dem Bett hochzukommen, weder mit noch ohne die Gebete meiner Tante.

Pinien säumten die kurvige Straße zu unserer Farm. Sie führte einen steilen Hügel hinauf, bei dem der Motor vor Anstrengung keuchte.

Ich wusste, dass es wie ein Unfall aussehen würde.

Niemand würde etwas anderes vermuten.

Ein weiterer schrecklicher Zufall kurz nach der ersten Tragödie, die die Familie St. Claire heimgesucht hatte.

Die Schlagzeile in der Lokalzeitung am nächsten Morgen konnte ich mir bildlich vorstellen.

Jugendlicher, 17, stößt auf der Willow Pass Road mit Reh zusammen. Sofort tot.

Das Reh stand einfach da, mitten auf der Straße, und starrte reglos auf meinen Wagen, während ich immer schneller auf das Tier zuraste.

Ich betätigte die Lichthupe nicht. Ich bremste nicht.

Das Reh starrte mich einfach an, während ich Vollgas gab und mit weißen Knöcheln das Lenkrad umklammert hielt.

Das Auto raste derart schnell über das Eis, dass es bebte und bald ins Schleudern geriet. Ich verlor die Kontrolle. Lenk- und Reifenbewegungen verliefen nicht mehr synchron.

Na komm, komm schon, komm!

Ich kniff die Augen zu, biss die Zähne zusammen und ließ es geschehen.

Der Motor fing an zu stottern, der Wagen wurde langsamer, obwohl ich immer energischer aufs Gaspedal trat. Ich riss die Augen auf.

Oh nein.

Der Wagen verlor immer mehr an Fahrt.

Nein, nein, nein!

Einen Meter vor dem Reh verreckte der Motor, und das Auto blieb stehen.

Endlich beschloss das dämliche Vieh, zu blinzeln und von

der Straße zu trotten. Leise klickend berührten seine Hufe das Eis.

Verficktes, bescheuertes Reh.

Verfickter, bescheuerter Wagen.

Und ich verfickter Idiot, der nicht aus dem gottverdammten Pick-up gestiegen war und sich die Klippe hinuntergestürzt hatte, solange es noch möglich war.

Für ein paar Sekunden herrschte Stille. Nur ich, der verreckte Pick-up und mein Herzschlag, ehe sich endlich ein Schrei meiner Kehle entrang.

»Fuuuuck!«

Ich hämmerte auf das Lenkrad ein. Einmal, zweimal, dreimal … bis meine Fingerknöchel zu bluten begannen. Ich stützte einen Fuß an der Mittelkonsole ab und riss beinahe das Lenkrad aus der Halterung. Frustriert schlug ich mir die Hände vors Gesicht.

Meine Lunge brannte, und Blut tropfte auf die Sitze, während ich den Innenraum des Pick-ups auseinandernahm. Ich riss das Radio aus seiner Halterung und warf es aus dem Fenster. Ich zertrümmerte die Windschutzscheibe mit dem Fuß. Trat das Handschuhfach ein. Das Reh hätte den Pick-up nicht gründlicher zerstören können.

Und trotzdem war ich noch am Leben.

Mein Herz schlug.

Mein Handy begann zu klingeln, die fröhliche Melodie schien mich zu verhöhnen.

Es klingelte immer weiter, hörte nicht auf.

Ich holte es aus der Tasche und checkte, wer der Anrufer war. Ein Wunder? Ein Eingriff des Himmels? Ein merkwürdiger Retter, dem ich etwas bedeutete? Wer konnte es sein?

Wahrscheinlich ein Telefonbetrüger.

Genau.

Ich bedeutete niemandem etwas, auch wenn sie das Gegenteil behaupteten. Ich warf mein Handy in den Wald, stieg aus dem Wagen und begab mich auf den Fünfzehn-Kilometer-Marsch zur Farm meiner Eltern.

Und ich hoffte tatsächlich, einem Bären zu begegnen, der den verdammten Job zu Ende bringen würde.

1. KAPITEL

Grace

»Beste Erfindung der Neunziger: Pony oder Snap-Armbänder. Du hast fünf Sekunden, dich zu entscheiden. *Fünf.*«

Karlie schlürfte ihre Frozen Margarita und schaute auf ihr Handy. Feuchte Hitzeschwaden schwebten unter der Decke des Food Trucks. Mein rosa Hoodie war schweißnass. Wir befanden uns mitten in einer texanischen Hitzewelle, obwohl der Sommer noch einige Monate entfernt war.

Meine dicke Make-up-Schicht löste sich auf und tropfte in orangefarbenen Flecken auf meine FILA-Schuhe. Gut, dass wir den Imbiss fünf Minuten zuvor geschlossen hatten. Mit weniger als zwei Schichten Foundation im Gesicht hielt ich mich nur ungern außerhalb des Hauses auf.

Ich freute mich auf eine kalte Dusche, warmes Essen und eine voll aufgedrehte Klimaanlage.

»Vier«, zählte Karlie im Hintergrund, während ich rasch eine Stellenanzeige schrieb.

Karlie reduzierte offiziell ihre Arbeitszeiten, worüber Mrs Contreras, ihre Mutter und Besitzerin des Food Trucks, alles andere als erfreut war. Und ich war natürlich traurig, weil ich nun seltener mit ihr zusammenarbeiten würde. Karlie war meine beste Freundin, seit die eine in Windeln im Garten der anderen herumgelaufen war. Es gab sogar ein Foto von uns – wahrscheinlich hing es in Mrs Contreras Wohnzimmer –, auf dem wir splitternackt auf zueinanderpassenden lila Töpfchen sitzen und in die Kamera grinsen, als hätten wir gerade die großen Geheimnisse des Universums gelöst.

Es stand zu befürchten, dass die Person, die Karlie – oder Karl, wie ich sie nannte – ersetzen sollte, mit meinem sarkastischen Naturell und meiner missmutigen Lebenseinstellung nicht klarkommen würde. Trotzdem verstand ich, dass sie kürzertreten musste. Karls Unterrichtspensum war irre, auch ohne die Praktika, die sie zusätzlich angenommen hatte, um ihren Lebenslauf mit Erfahrungen in journalistischer Arbeit zu schmücken.

»*Drei*. Es gibt nur eine richtige Antwort, und unsere Freundschaft steht auf dem Spiel, Shaw.«

Mit den Zähnen setzte ich die Kappe wieder auf den Edding, lehnte mich aus dem offenen Fenster und hängte das Schild daneben.

Gesucht!
That Taco Truck *braucht Unterstützung.*
Vier Tage die Woche,
einschließlich Wochenende.
$ 16 die Stunde plus Trinkgeld.
Bei Interesse sprechen Sie bitte mit dem Manager.

Ich öffnete den Mund, um Karlie zu antworten, und hob gleichzeitig den Kopf. Mein Körper erstarrte, jeder Zentimeter füllte sich mit einer Mischung aus Grauen und Wachsamkeit.

Mist.

Ein paar VIPs von der Sheridan University schlenderten auf den Truck zu. Acht Leute insgesamt. Das Üble war nicht die

Tatsache, dass sie dasselbe College besuchten wie ich. Nein, ich war es durchaus gewöhnt, meine Kommilitonen zu bedienen.

Was mir Hautausschlag verursachte, war die Rolle, die sie an der Sheridan U spielten.

Diese Typen waren so etwas wie die Könige der zwölften Klasse, die Sahne auf der Beliebtheitstorte.

Da war zum Beispiel Easton Braun, der heiße Quarterback der Sheridan U, der sich jetzt in Zeitlupe mit den Fingern durch sein weizenblondes Haar fuhr, als wären wir in einem Werbespot für Schuppenshampoo. Er sah ekelhaft perfekt aus. Wie diese gemeißelt wirkenden Typen auf Pinterest, die Venen von den Ausmaßen eines Hotdogs an den Armen haben.

Reign De La Salle, der Linebacker mit den weichen schwarzen Locken und den sinnlichen Lippen, Mitglied der Studentenverbindung Sig Ep, der nachgewiesenermaßen mit allem schlief, was einen Puls hatte (und selbst das war nicht unbedingt nötig, wenn er betrunken genug war).

Und dann war da noch West St. Claire, ein völlig anderer Typ als Braun und De La Salle. Eine Legende an der Sher U, eine Liga für sich.

Er war kein Sportler und dennoch bei Weitem der Berüchtigtste von den dreien, als hitzköpfiger Schläger bekannt, der unangefochten die örtliche Untergrund-Kampfszene dominierte. Unverschämt, grob und absolut unnahbar jedem gegenüber, der nicht zu seinem engsten Kreis gehörte.

Und obwohl ich mit der städtischen Gerüchteküche nicht besonders vertraut war, wusste selbst ich, dass sich *niemand* mit St. Claire anlegte.

Weder seine Kommilitonen.

Noch die Bürger der Stadt.

Seine Professoren nicht und auch nicht seine Freunde.

Dass West St. Claire jedes Sexgott-Klischee auf der Liste erfüllte, war auch nicht hilfreich.

Sein dunkles Haar war immer zerzaust, und seine grünen Augen hatten dieses gefährliche Glitzern ... es versprach, dass das Leben nach einer Fahrt auf seinem Motorrad nicht mehr dasselbe sein würde. Einhundertfünfundneunzig Zentimeter goldbraune Haut und definierte Muskeln. Breitschultrig, athletisch und auf unfaire Art hinreißend, dazu kräftige, ausdrucksvolle Augenbrauen, Wimpern, für die die meisten Starlets töten würden, und schmale, zu einer Respekt einflößenden Linie zusammengepresste Lippen. Er trug schmutzige Diesel-Jeans, verwaschene, auf links gedrehte Shirts und staubige Blundstone-Boots, und anstatt einer Zigarette hatte er immer eine grüne Zuckerstange mit Apfelgeschmack im Mundwinkel.

Er galt allgemein als dickster Fisch an der Sher U, den allerdings noch niemand gefangen hatte – und nicht, weil es niemand versucht hätte.

Die Mädchen, die die Typen begleiteten, waren genauso bekannt. Eine von ihnen war sogar beinahe eine Freundin von mir – Tess, eine schwarzhaarige Schönheit mit mehr Kurven als ein Fass voller Schlangen. Sie hatte Theater und Kunst als Hauptfächer belegt, genau wie ich.

»*Zwei!* Ich hätte jetzt gern eine Antwort, Shaw.« Karlie hielt mir ein imaginäres Mikrofon vors Gesicht, aber ich war in einer merkwürdigen Trance gefangen und konnte meine Stimme nicht finden.

»*Eins.* Die korrekte Antwort lautet: der Pony, Grace. *Der. Pony.* Ich meine, hallo? Kate Moss, circa 1998. Mode-Ikone.«

Sie kamen von der Sheridan Plaza aus, einem verlassenen Einkaufszentrum auf der anderen Straßenseite, auf den Food Truck zu. Die sogenannte Mall war ein nackter Betonklotz, den ein paar Bonzen aus dem Boden gestampft hatten, ehe ihnen klar wurde, dass sie damit kein Geld verdienen würden. Inzwischen shoppten alle nur noch online, besonders die Studierenden. Die beiden Raffinerien, die in der Nähe eröffnet werden sollten, hatten beschlossen, nach Asien zurückzugehen, sodass die erwartete Masseneinwanderung nach Sheridan ausblieb.

Jetzt hatten wir ein leer stehendes monströses Gebäude mitten in der Stadt.

Nur, dass es genau genommen gar nicht leer stand. Die Studis nutzten es für Raves, als illegale Kampfarena und als Kontaktbörse, alles mietfrei.

Wahrscheinlich kam die Gruppe gerade von einem Kampf zurück.

Tess lachte und warf die Haare zurück, dann sprang sie Reign auf den Rücken und schlang ihm die Arme um die Schultern.

»Gummibärchen in einer Frozen Margarita? Das ist doch bescheuert.«

»Oh nein, es ist *orgasmisch*«, gab Easton zurück. Seine Hand steckte in der Gesäßtasche irgendeiner Blondine. »Nicht zu glauben, dass ich noch nie bei diesem Food Truck war.«

»Die Leute hier schwören darauf. Selbst Bradley, der ein absoluter Taco-Purist ist, kommt hierher«, meldete sich ein anderes Mädchen zu Wort. Ich senkte das Kinn, führte meinen Daumenring an den Mund und sprach ein lautloses Gebet.

Ich hasste es, wenn Leute mir direkt ins Gesicht sahen.

Besonders Leute meines Alters.

Leute wie Easton Braun, Reign De La Salle und West St. Claire.

Ich hasste es, weil ich wusste, dass es nur zwei mögliche Reaktionen gab. Entweder fühlten sie sich von der schrecklichen Narbe unter meinem Make-up abgestoßen oder – und das war noch schlimmer – sie bemitleideten mich.

Allerdings würde es in diesem Fall wohl eine Mischung aus beidem werden.

Ich zog mir meine Base Cap tiefer ins Gesicht. Die Stimmen wurden lauter. Raues Gelächter und schrille weibliche Schreie hallten durch die Luft, und mir sträubten sich die Nackenhaare.

»Ach, verdammt«, sagte Reign, der Tess Huckepack trug, ohne in Schweiß auszubrechen. Er rülpste. »Bevor ich es vergesse: Wenn wir beim Truck sind, müsst ihr euch das Mädel ansehen, das eure Bestellungen aufnimmt. Gail oder Gill oder wie sie heißt. Ihre linke Gesichtshälfte ist komplett entstellt. Blau wie eine Pflaume. Und einen hübschen Streuselkuchen-Teint hat sie auch. Man kann ihn zwar nicht richtig sehen, weil sie sich mit einer Tonne Make-up zukleistert, aber er ist da. Anscheinend wird sie von den Leuten hier ›Toastie‹ genannt.«

Reign wollte nicht, dass ich es hörte. Er war definitiv betrunken. Aber das spielte keine Rolle. Galle stieg mir in die Kehle, der bittere Geschmack machte sich in meinem Mund breit. Mir stand ein weiterer Nehmen-wir-die-Verbände-ab-Moment bevor, und ich war absolut nicht darauf vorbereitet.

Tess schlug ihm auf den Hinterkopf. »Sie heißt Grace, du Trottel, und sie ist supernett.«

Easton starrte Reign wütend an. »Echt jetzt? Was ist los mit dir, du Idiot?«

»Er hat aber recht«, sagte Tess leise, ohne an das Echo zu denken, das das weitläufige Nichts um uns herum erzeugte. »Wir haben dieselben Hauptfächer, darum sehe ich sie ständig. Das ist voll traurig, denn abgesehen davon ist sie *echt* hübsch. Stellt euch mal vor, wie sich das anfühlen muss, wenn man ansonsten fast alles hat. Sie kann nicht mal am

Theaterkurs teilnehmen, weil sie sich dermaßen für ihr Gesicht schämt.«

Tess war dabei gewesen, als ich im ersten Studienjahr zu einer Audition gegangen und vor dem Regisseur zusammengebrochen war, der mich aufgefordert hatte, meinen Text zu sprechen. Die Sache war sehr öffentlich, sehr peinlich und fast das ganze Semester lang Stadtgespräch gewesen.

»Ooooh!« Die Blondine neben Easton legte sich eine Hand auf die Herzgegend. »Das ist aber traurig, Tessy. Ich kriege eine richtige Gänsehaut.«

»Was ist denn mit ihr passiert?«, fragte ein anderes Mädchen im Flüsterton.

»Ground Control to Major Shaw? Können Sie mich hören?« Karlie reckte den Kopf über meine Schulter, um nachzusehen, was mich in eine Salzsäule verwandelt hatte.

Direkt vor uns blieben sie stehen. Ich hatte mir eine gelassene bis gelangweilte Miene antrainiert, aber mein Herz schlug so heftig in meiner Brust, dass ich Angst hatte, es könnte mir die Rippen brechen.

Unterhalb des Fensters kniff ich Karlie in den Unterarm zum Zeichen, dass wir schon geschlossen hatten, und in der Hoffnung, dass ich die Horde wegschicken durfte.

Karlie schlug die Hand vor den Mund, als wäre der gesamte Kardashian-Clan aufgetaucht.

»Bro, wir bedienen sie. Wir haben noch reichlich Zutaten da. Du weißt doch, wenn es um Reste geht, versteht Mama Contreras keinen Spaß. Abgesehen davon«, sie kniff mich ebenfalls in den Arm, »sieh doch nur, wer das ist!«

Wir lebten in einer kleinen Collegestadt, in der jeder jeden kannte. Unser Division-1-Footballteam wurde mit nahezu religiösem Eifer verehrt. Die Spieltage ähnelten einem Kirchgang, Easton Braun und Reign De La Salle waren wie Heilige, und

West St. Claire war Gott. Wir konnten sie einfach nicht abweisen, und wenn sie um drei Uhr nachts auftauchten und mit Monopolygeld bezahlen wollten.

»Hi, Grace!« Tess stieg von Reigns Rücken ab und trommelte auf den leuchtend türkisfarbenen Truck, während sie die Speisekarte begutachtete.

»Hi, Tess. Habt ihr einen schönen Abend?«

»Super, danke. Reign behauptet, dass ihr Frozen Margaritas mit Gummibärchen habt. Stimmt das?«

Viele Kunden waren enttäuscht, weil wir unsere Slushies zwar Margaritas nannten, aber kein Tequila darin war. »Ja, sicher. Allerdings nur alkoholfrei.«

»Etwas anderes hätte ich von dir auch nicht erwartet«, sagte Reign trocken und hickste. Die Mädchen brachen in Gelächter aus. Um meinen Job zu behalten – und nicht in den Knast zu kommen –, ignorierte ich seinen Seitenhieb.

Tess boxte ihm auf den Arm. »Kümmer dich nicht um ihn. Machst du uns zehn zum Mitnehmen? Und zwanzig Tacos, *por favor*.« Erneut warf sie ihr glänzendes Haar zurück. »Oh, hi Charlie.«

Karlie winkte Tess zu, ohne sich die Mühe zu machen, sie zu korrigieren. Ich hasste es, am Annahmefenster zu arbeiten, aber Mrs Contreras und Karlie bestanden darauf. Sie wollten, dass ich aus meinem Schneckenhaus kam, mich der Welt stellte, *bla, bla, bla*.

»Weich oder knusprig?« fragte ich.

»Halb und halb.«

»Kommt sofort.«

Ich machte mich an die Arbeit und zog mir ein Paar dünne schwarze Gummihandschuhe über. Mit den knusprigen Tacos fing ich an. Die waren schwieriger zu handhaben, weil sie ständig zerbrachen, darum wollte ich es schnell hinter mich bringen. Großmutter sagte immer, dass Menschen wie Tacos waren – je härter, desto zerbrechlicher. Weich zu sein hieß auch, anpassungsfähiger und flexibler zu sein.

»Wer weich ist, hält mehr aus. Und wenn du mehr aushältst, kann dich niemand brechen.«

Während ich die Tacos mit klein geschnittenen Salatblättern, Frischkäse und Mrs Contreras' selbst gemachter Guacamole füllte, spürte ich die Blicke der anderen auf meinem Gesicht. Karlie wendete Fisch auf dem Grill und trat aufgeregt von einem Fuß auf den anderen.

Aus dem Augenwinkel sah ich, wie Reign ein Mädchen mit dem Ellbogen anstieß und mit dem Kopf auf mich deutete.

»*Psst.* Häusliche Gewalt?«

»Eher Brandstiftung«, äußerte das Mädchen seine Vermutung, wie ich an die Narbe gekommen war.

»Misslungene Schönheits-OP«, sagte eine Dritte und hustete in ihre Faust. Alle kicherten. In meinem Nacken brannte es wie Feuer.

Noch fünf Minuten, dann hast du's geschafft. Du hast Physiotherapie, Operationen und Reha überstanden. Du wirst auch diese Idioten überstehen.

Als ich glaubte, es könnte nicht schlimmer werden, beschloss West St. Claire, sich doch noch zu erkundigen, worum es eigentlich ging. Er trat einen Schritt näher an den Truck heran. Sein Blick fiel auf meine linke Gesichtshälfte. Zum ersten Mal in den zwei Jahren, die wir dasselbe College besuchten, nahm er meine Existenz zur Kenntnis, obwohl wir in drei Fächern gemeinsame Kurse hatten. Ich schluckte und versuchte, die Magensäure hinunterzuzwingen, die mir in die Kehle gestiegen war.

Ich war mit den knusprigen Tacos fertig und begann mit den weichen. West machte einen weiteren Schritt auf mich zu, ohne auch nur den Versuch zu machen, seine offensichtliche Faszination für meine Narbe zu verbergen. Unter seinem Blick fühlte ich mich nackt und bloß, und als er ihn von meiner Wange löste und auf unsere Stellenanzeige richtete, hätte ich vor Erleichterung beinahe geseufzt. Ich musterte ihn verstohlen. Falls er an diesem Abend gekämpft hatte, ließ er es nicht durchblicken. Er sah entspannt und ruhig aus. Beinahe friedlich.

»Suchst du 'n Job?« Reign lachte in sich hinein.

»Ernsthaft, Reign, lass es einfach sein«, schnauzte Easton ihn an, der vermutlich der netteste der drei war.

West riss das Stück Papier vom Truck, knüllte es zusammen und steckte es in seine Gesäßtasche.

»Wow, echt wild«, sagte Reign theatralisch und wich lachend einen Schritt zurück, das Gesicht zum Himmel erhoben.

»Ja, echt heftig, West.« Tess' Stimme hatte nicht den strafenden Ton, den sie Reign gegenüber an den Tag legte. »Warum hast du das gemacht?«

West ignorierte die beiden, drehte den Kopf und sah mir ins Gesicht. Er rollte die Zuckerstange zwischen den Lippen wie einen Zahnstocher und warf mir einen Blick zu, der eine brisante Frage beinhaltete.

Was willst du dagegen machen, Toastie?

Ich zapfte die Frozen Margaritas in Rekordzeit und setzte die Rechnung für Tess auf, während Reign, Easton und der Rest der Mädchen zum Ende des Parkplatzes eilten, um sich über das Essen herzumachen. West blieb an Tess' Seite, den Blick immer noch auf meine Narbe gerichtet.

Ich stellte mich auf eine Beleidigung ein und wurde innerlich hart wie ein Taco.

»Was ich dich noch fragen wollte«, schnurrte Tess, nahm seine Hand und drehte die Handfläche nach oben, sodass sein

Bizeps gut zu sehen war. »Was bedeutet eigentlich dein Tattoo? Wofür steht das A?«

Ich traute meinen Augen nicht und warf rasch einen Blick auf das Tattoo, von dem sie redete. Es war eine schlichte Tätowierung, die den Buchstaben A darstellte. Kein spezielles Schriftbild oder Design. Nur ein Buchstabe in Times New Roman.

»Wahrscheinlich für Arschloch«, murmelte ich.

Beide starrten mich an.

Oh Gott. Ich hatte es laut ausgesprochen. Ich war so gut wie tot. Was hatte ich mir nur dabei gedacht?

Du hast gedacht, dass er ein Arschloch ist. Weil es stimmt.

»Grace.« Tess schlug die Hand vor den Mund. »Schäm dich.«

Die schräg stehenden, glühenden Augen auf mich gerichtet, spuckte West die Zuckerstange auf den Boden. Mein Kopf war vor lauter Blutandrang kurz vor dem Explodieren. Nach langem Schweigen knallte er endlich zwei Einhundert-Dollar-Scheine in Tess' ausgestreckte Hand, drehte sich um und ging mit katzenhafter Eleganz davon. Er hatte Essen und Getränke für alle bezahlt. Tess verdrehte die Augen und gab mir das Geld.

»Das mit der Stellenanzeige tut mir leid. Manchmal ist West ziemlich gemein. Ich versuche, ihm das abzugewöhnen.«

»Ist nicht deine Schuld.«

Ich zog die Gummihandschuhe aus und gab Tess das Wechselgeld. Sie ergriff meine Hand und schnappte nach Luft. Der unerwartete Hautkontakt ließ mich erschauern. Ich war es nicht gewohnt, berührt zu werden.

»Cooler Ring. Wo hast du ihn her?«

»Hat meiner Momma gehört. Hier ist dein Wechselgeld.«

»Behalt es.«

Skeptisch zog ich eine Braue hoch. Es war ein verdammt hohes Trinkgeld.

»Bist du sicher?«

Sie nickte.

»Er hat es verdient, so wie er sich benommen hat. Weißt du, West hat zwar einen schlechten Ruf, aber ehrlich gesagt ist er ein ziemlicher Softie. Wenn er will, kann er supernett sein.«

Ich konnte in West zwar nichts anderes als einen rasenden Psychopathen sehen, hatte aber keine Lust, dieses Gespräch weiterzuführen. Ich wollte hier weg, diesen Abend aus meiner Erinnerung löschen und solange *Friends*-Wiederholungen glotzen, bis mein Glaube an die Menschheit einigermaßen wiederhergestellt war.

»Alles klar«, sagte ich mechanisch. »Vielen Dank für den Besuch bei *That Taco Truck*.«

Tess warf mir ein strahlendes Lächeln zu, drehte sich um und lief zu ihren Freunden.

Ich folgte ihr mit meinem Blick. Sie kürzte über die goldgelben Dünen ab, die den Parkplatz begrenzten, und gesellte sich zu ihren beliebten Freunden. Sie stießen mit ihren Margaritas an, lachten, redeten und aßen. Mir drehte sich der Magen um.

Ich hätte Tess sein können.

Genauer gesagt: Ich *war* Tess gewesen.

Ich glaubte, das war der Teil meines Lebens, den ich am meisten hasste. Früher war ich eine Tess gewesen. Präsentierte meine Beine in winzigen Shorts. Hing mit Leuten wie West, Easton und Reign ab. Saß hinten auf dem Motorrad, wenn sie Wheelies auf der unbefestigten Straße beim Wasserturm am Stadtrand vollführten. Erklärte Normalsterblichen, wie der Verstand und die Seele von West St. Claire funktionierten, verriet ihnen damit ein exotisches Geheimnis.

Ich schloss das Fenster des Food Trucks. Als ich mich umdrehte, konnte Karlie ihre Aufregung nicht mehr zurückhalten und quietschte los. Sie klatschte mich ab. An guten Tagen war meine beste Freundin einen Meter zweiundfünfzig groß. Sie war gebräunt und kurvig und hatte ein rundes, hinreißendes Gesicht mit einem Streifen Sommersprossen von einer Wange zur anderen. Früher, als ich noch das Alphaweibchen unserer Schule gewesen war, hatte ich sie in den Kreis der coolen Kids aufgenommen. Aber das war vier Jahre her. Diesen Vorteil hatte ich nicht mehr zu bieten.

»Easton Braun und Reign De La Salle, Alter. Ich wäre gern die Pastrami auf ihrem Sandwich.« Sie fächelte sich Luft zu. »Aber der Käse auf dem Taco war West St. Claire. Ich glaube, er hat heute gekämpft.«

»Ich finde, er sah nicht sonderlich lädiert aus.« Ich schaltete den Grill aus und nahm das Putzzeug aus dem Fach neben dem Kühlschrank.

»Weil er mit diesen Typen den Boden aufwischt. Obwohl ich gehört habe, dass er sie ein- oder zweimal treffen lässt, damit die Leute auch mal auf jemand anderen setzen. Gott steh mir bei, seine *Augen*.« Karlie saugte den Rest ihres Slushies auf, bevor sie ihn in den Müll warf. »Sie sind radioaktiv-grün. Und mit seinen Wangenknochen kann man Metall schmieden. Ernsthaft, der Typ könnte mein Leben zerstören, und ich würde mich noch dafür bedanken.«

Ich grunzte nur und schüttete Wasser auf den Grill, der mir zum Dank Rauch ins Gesicht spuckte.

»Komm schon. Erzähl. Der Grill war zu laut, um zuzuhören. Haben sie was Interessantes erzählt? Irgendwelchen Klatsch?« Karlie stieß mich an.

Sie haben gesagt, dass ich ein Freak bin.

»Die waren total abgefüllt, zusammenhängende Gespräche

sind da schwierig. Aber auf die Frozen Margarita sind sie voll abgefahren.« Ich schrubbte den Grill.

»Wow. Wie aufregend.« Sie verdrehte die Augen. »Glaubst du, dass Tess und West es miteinander treiben?«

»Wahrscheinlich. Aber sie sind doch ein hübsches Pärchen. Ich meine, um Himmels willen, sogar ihre Namen reimen sich!«

»Ein Pärchen? Davon träumt Tessa wohl. West lässt sich nur auf One-Night-Stands ein, das weiß doch jeder.«

Ich zuckte mit den Schultern. Genervt versetzte mir Karlie einen Schubs.

»Mein Gott, du bist die untalentierteste Klatschtante, die es gibt. Ich weiß nicht, warum ich mir überhaupt die Mühe mache. Letzte Frage: Würdest du zu therapeutischen Zwecken lieber die Leute in Michael Jacksons *Black or White*-Video im Internet stalken und darüber ausrasten, wie alt sie heute sind, oder Barbie einen Joe-Exotic-Vokuhila verpassen?«

»Letzteres.« Ich musterte sie mit einem müden Lächeln, als mir bewusst wurde, wie sehr sie mir fehlen würde, sobald ein neuer Mitarbeiter den Großteil ihrer Schichten übernahm. »Ich würde Barbie den Vokuhila verpassen, sie als Cowgirl anziehen, in ihr protziges Cabrio setzen und ein TikTok-Video davon machen, wie sie ›Die Bratz Dolls haben mein Hündchen gefressen‹ singt.«

Karlie warf den Kopf in den Nacken und lachte. Ich spähte in ihren Taschenspiegel, der auf dem Fensterbrett lag, und checkte mein Make-up.

Die Narbe war noch gut abgedeckt.

Ich stieß einen erleichterten Seufzer aus.

Der knusprige Taco überlebt einen weiteren Tag. Angeschlagen, aber nicht gebrochen.

Gegen elf kam ich nach Hause. Grams saß in ihrem abgetragenen Baumwollkittel am Küchentisch. Aus dem Radio neben ihr plärrte in voller Lautstärke Willie Nelson.

Großmutter Savvy war schon immer eine exzentrische Frau gewesen. Sie war die Frau, die es an Halloween jedes Mal mit dem Kostüm übertrieb, wenn es darum ging, die Süßigkeitensammler zu begrüßen. Die Frau, die die Blumentöpfe auf ihrer Veranda mit lustigen – und oftmals unangemessenen – Figuren bemalte, die Frau, die auf jeder Hochzeit tanzte, als sähe niemand zu, und die bei Super-Bowl-Werbejingles zu weinen anfing.

Großmutter war schon immer schrullig gewesen, aber in letzter Zeit war sie auch verwirrt.

Zu verwirrt, um sie für länger als die zehn Minuten allein zu lassen, die zwischen dem Zeitpunkt lagen, wenn ihre Betreuerin Marla ging und ich nach Hause kam.

Ich war drei, als meine Mom, Courtney Shaw, an einer Überdosis starb. Sie lag auf einer Bank in der Innenstadt von Sheridan. Ein Schuljunge hatte sie gefunden. Er versuchte, sie mit einem Ast aufzuwecken. Als ihm das nicht gelang, rastete er aus und schrie die ganze Straße zusammen, was die Hälfte der Schulkinder unserer Stadt und ein paar Eltern anlockte.

Die Nachricht verbreitete sich schnell, Bilder wurden gemacht, und die Shaws wurden offiziell zu den schwarzen Schafen von Sheridan. Von da an war Grams die einzige Mutter, die ich kannte. Courtney hatte ein Bäumchen-wechsel-dich-Spiel mit einer Reihe von Speed-Junkies getrieben. Einer davon war mein Vater, nahm ich an, aber ich hatte ihn nie kennengelernt.

Grams hatte nie gefragt, wer mein Vater war. Wahrscheinlich hatte sie keine Lust, in ein Wespennest zu stechen und sich auf einen Sorgerechtsstreit mit Gott-weiß-wem einzulassen. Die Chancen, dass mein Vater ein respektabler, hart arbeitender Kirchgänger war, standen nicht besonders gut.

Grams zog mich wie ihre eigene Tochter auf. Es war nur fair, dass ich jetzt, da sie nicht mehr völlig selbstständig war, bei ihr blieb und mich um sie kümmerte. Abgesehen davon war es auch nicht so, dass ich ständig Angebote aus Hollywood bekam und mir eine großartige Karriere entgangen wäre.

Reign De La Salle war zwar gemein, aber er hatte nicht ganz unrecht. Mit einem Gesicht wie meinem würde ich nur Rollen als Monster ergattern.

Ich betrat die Küche und drückte Grams einen Kuss auf ihr weißes Zuckerwatte-Haar. Sie griff nach meinem Arm und zog mich zu sich nach unten, um mich zu umarmen. Ich stieß einen dankbaren Seufzer aus.

»Hi, Grams.«

»Gracie-Mae. Ich hab Kuchen gebacken.«

Sie stützte die Hände auf den Tisch und hievte sich stöhnend hoch. Meine Großmutter erinnerte sich an meinen Namen. Das war immer ein gutes Zeichen und wahrscheinlich auch der Grund, warum Marla sie allein gelassen hatte, bevor ich zurück war.

Unser Haus war ein Siebzigerjahre-Friedhof. Es enthielt alle Einrichtungs-Scheußlichkeiten, die für diese Ära typisch waren: grün gekachelte Arbeitsflächen, hölzerne Wandverkleidungen, alles Mögliche aus Rattan und Elektrogeräte, die so viel wogen wie ein Familienauto.

Selbst als wir nach dem Feuer große Teile unseres Hauses im Ranch-Style wiederhergestellt hatten, ging Grams in einen Trödelladen der Heilsarmee und kaufte die ältesten, nicht zueinander passendsten Möbel, die sie finden konnte. Es war, als sei sie allergisch gegen guten Geschmack, aber wie bei allen

Eigenheiten der Menschen, die man liebte, lernte man, das Schöne darin zu sehen.

»Ich habe eigentlich keinen Hunger«, log ich.

»Es ist ein neues Rezept. Ich habe es aus einer der Illustrierten, die beim Zahnarzt herumliegen. Marla hat sich irgendwas eingefangen, die Ärmste. Konnte nichts davon probieren, dabei wollte sie so gern.«

Gehorsam setzte ich mich an den Tisch. Grams schob einen Teller mit Kirschkuchen und einer Gabel in meine Richtung und tätschelte meine Hand, die auf dem Tisch ruhte.

»Jetzt zier dich nicht, Courtney. Nicht bei deiner Mama. Iss.«

Courtney.

Nun, das hatte nicht lange gedauert. Grams nannte mich öfter Courtney. Nachdem das einige Male vorgekommen war, ging ich mit ihr zum Arzt, um wegen ihrer Vergesslichkeit ein paar Tests machen zu lassen. Der Arzt sagte, es sei zwar kein Alzheimer, aber wir sollten trotzdem im folgenden Jahr wiederkommen, falls es schlimmer werden sollte.

Das war nun zwei Jahre her. Seitdem weigerte sie sich, noch einmal hinzugehen.

Ich schob mir ein Stück Kirschkuchen in den Mund. Sobald es den Gaumen berührte, blockierte er und schickte eine Nachricht an mein Gehirn.

Mission abbrechen.

Sie hatte es wieder getan.

Salz und Zucker verwechselt. Kirschen statt Pflaumen. Und – wer weiß? – vielleicht auch Rattengift statt Mehl.

»Lecker, hm?« Sie beugte sich vor und stützte das Kinn auf die Fingerknöchel. Ich nickte, griff nach dem Glas Wasser neben meinem Teller und stürzte es hinunter. Mein Blick fiel auf mein Handy, das auf dem Tisch lag. Eine Nachricht blinkte auf.

Marla: Warnung: Der Kuchen von deiner Großmutter ist heute ziemlich schlecht.

Meine Augen füllten sich mit Tränen.

»Ich wusste, dass du ihn mögen würdest. Kirschkuchen isst du am liebsten.«

Tat ich nicht. Courtney hatte Kirschkuchen geliebt, aber ich brachte es nicht übers Herz, sie zu verbessern.

Ich schluckte jeden Bissen hinunter, ohne ihn zu schmecken, überwand mich, alles bis zum letzten Krümel aufzuessen. Dann spielte ich ein Brettspiel mit ihr, beantwortete Fragen über Leute, die ich nicht kannte, die aber irgendwie mit Courtney in Verbindung standen, brachte Grams ins Bett und gab ihr einen Gutenachtkuss. Als ich aufstehen wollte, hielt sie mich am Handgelenk fest. Ihre Augen tanzten wie Glühwürmchen in der Dunkelheit.

»Courtney. Mein liebes Kind.«

Der einzige Mensch, der mich liebte, hielt mich für jemand anderen.

2. KAPITEL

Grace

Am nächsten Morgen war ich früh beim Food Truck, um alles für das Tagesgeschäft vorzubereiten. Samstags war in Sheridan Bauernmarkt, was mehr Konkurrenz, mehr Food Trucks, mehr menschliche Interaktion und deren Nebenprodukt bedeutete – verstärkte Kriegsbemalung. Samstags hatte ich so viel Make-up im Gesicht, das es jedem Partyclown zur Ehre gereicht hätte.

Silberstreif am Horizont: Es war kein Rodeotag. Seit ein Kunde mein Gesicht mit einem Pferd verglichen und erklärt hatte, der Gaul würde in Sachen Schönheit gewinnen, weigerte ich mich, am Rodeotag zu arbeiten.

Karlie war spät dran, was nichts Ungewöhnliches war. Obwohl sie einer der fokussiertesten und fleißigsten Menschen war, die ich kannte, konnte sie alles verschlafen, den Dritten Weltkrieg eingeschlossen. Ihre Nachlässigkeit machte mir vermutlich weniger aus, als gut für mich war. Die Contreras bezahlten mich gut, ermöglichten mir flexible Schichten, und Karlie hatte sich in den letzten vier Jahren als großartige Freundin erwiesen.

Ich wusch den Fisch und schnitt ihn klein, putzte Gemüse, bereitete die Frozen Margaritas zu, schrieb eine neue Stellenanzeige und hängte sie auf. Um Viertel vor neun kam meine beste Freundin hereingestolpert. Sie trug große pinkfarbene Kopfhörer und ein Tanktop mit Bart Simpson darauf.

»*Hola*. Alles in Ordnung?« Sie ließ ihre Kaugummiblase vor meinem Gesicht platzen und nahm die Kopfhörer ab. *Rebel Girl* von Bikini Kill dröhnte daraus hervor, bis sie die Musik-App ausschaltete. Ich drückte ihr die Grillzange in die Hand.

»Bin heute Morgen mit dem Gefühl aufgewacht, dass irgendwas Schlimmes passiert.«

Das war keine Lüge. Als ich am Morgen aufgewacht war, hatte ich gesehen, dass der Flammenring an meinem Daumen letztlich seinem Alter erlegen war. Die Flamme war durchgebrochen, nur ein kleiner Rest und der Reifen waren übrig geblieben.

Draußen herrschten mehr als vierzig Grad – es war so heiß, dass man ein Ei auf dem Asphalt braten konnte –, und im Truck war es wahrscheinlich noch zehn Grad heißer. Irgendetwas an diesem Tag fühlte sich anders an. Er hatte etwas Monumentales an sich, so als hinge meine Zukunft über meinem Kopf und drohte, auf mich herunterzukrachen.

»Ach was, alles ist gut.« Karlie ließ ihren Rucksack auf den Boden fallen und klapperte mit der Zange vor meiner Nase herum. »Gut, aber arbeitsreich. Draußen steht schon eine Schlange. Beweg dich mal lieber zum Fenster, Julia.«

»Wenn Romeo morgens um neun schon Fischtacos isst, bleibe ich lieber Single.« Ich lachte und fühlte mich wieder ein bisschen mehr wie ich selbst und nicht wie das bemitleidenswerte Mädchen, das West St. Claire am vorherigen Abend aus mir gemacht hatte.

Mrs Contreras bestand darauf, dass wir ausschließlich Fischtacos nach ihrem Spezialrezept zubereiteten. Kein Tex Mex in diesem Food Truck. Wir boten nur eine Sorte Tacos an, aber die machte niemand so gut wie wir.

»Ah, das ist der Aspekt, auf den Shakespeare nicht weiter

eingegangen ist. Romeo starb also an Julias Fischatem, nicht an Gift.«

»Und Julias Dolch?« Ich warf Karlie einen amüsierten Blick zu. Sie tat so, als würde sie sich die Grillzange wie ein Schwert in die Eingeweide stoßen, fasste sich an den Hals und gab würgende Geräusche von sich.

»Auch Zangen können tödlich sein.«

Lächelnd öffnete ich das Fenster des Trucks, entschlossen, den Abend zuvor aus meinen Gedanken zu verbannen.

»Guten Morgen und herzlich willkommen bei *That Taco Truck*! Was kann ich für Sie …«

Das letzte Wort blieb mir im Hals stecken, als ich sein Gesicht sah. Hinter ihm stand eine Reihe von Leuten.

West St. Claire.

Mein Lächeln verschwand.

Wieso ist er wieder hier?

»Geht es um das Trinkgeld, das Tess gestern gegeben hat? Das kannst du wiederhaben. Vielleicht kannst du dir davon ein paar Manieren kaufen.« Mein Magen zog sich zusammen. Mein Mund war wieder einmal schneller als mein Verstand.

Warum forderte ich meinen sozialen Tod heraus? War ich etwa unbewusst suizidgefährdet? Wie auch immer, ich bereute nicht, was ich gesagt hatte. Ich bezweifelte, dass West Tacos oder gepflegte Konversation wollte. Ich wusste, dass es keine gute Idee war, mit einem Typen wie ihm die direkte Konfrontation zu suchen, aber er war am Vortag unterkühlt und gemein gewesen, und ich konnte nicht anders, ich musste ihn darauf ansprechen.

West sah aus, als hätte er die Nacht durchgemacht. Er trug immer noch dieselbe Kombi aus Jeans und T-Shirt, und unter seinem unverwandten, gelangweilten Blick fühlte ich mich wie Dreck. Seine Augen waren gerötet.

Wortlos reichte West mir ein zusammengeknülltes Papier. Ich erkannte es sofort. Meine Miene verfinsterte sich, als ich es auseinanderfaltete. Es war die Stellenanzeige, die er vom Truck abgerissen hatte.

»Hab schon eine neue gemacht«, sagte ich kurz angebunden und warf das Papier in den Mülleimer vor meinen Füßen. »Kann ich sonst noch was für dich tun?«

»Hol den Manager«, versetzte er.

Das überraschte mich. Zunächst die Tatsache, dass er überhaupt gesprochen hatte, denn ich hatte ihn noch nie reden hören. Seine Stimme passte zu seinem Aussehen. Leise, rauchig und leicht verrucht. Zweitens schockierte es mich, dass er mit *mir* sprach. Aber am meisten überraschte mich, dass er die Dreistigkeit besaß, mich herumzukommandieren.

»Wie bitte?« Ich zog eine Augenbraue hoch. Meine gute, die rechte Augenbraue. Die Linke existierte nicht mehr. Ich malte sie mir allerdings auf, und da ich immer meine graue Baseball-Kappe trug, merkten es die Leute kaum. Die Kunden hinter ihm verloren allmählich die Geduld, schüttelten den Kopf und tippten mit den Zehen auf den Boden. Natürlich *sagte* niemand etwas. Da sei Gott vor, dass jemand ihn wegen seines Bullshits zur Rede stellte.

»Den Manager. Auch bekannt als die Person, die in diesem Truck das Sagen hat. Bist du begriffsstutzig?«

»Nein, angeekelt.«

»Na, dann beeil dich mal, damit du mich schnell wieder loswirst. Ruf deinen Vorgesetzten.«

Er sah mir unverwandt in die Augen. Aus der Nähe wirkten seine nicht wirklich grün, sondern wie eine wilde Mischung aus Salbei und Blau, umgeben von dunkler Jade.

Seine Freunde und er hatten sich am Abend zuvor einen großen Spaß daraus gemacht, zu erraten, was wohl mit meinem

Gesicht passiert war. West hatte mich angestarrt wie einen Zirkusfreak. Ich hatte mich wie ein eingesperrtes Tier mit drei Köpfen gefühlt, das am liebsten die Gitterstäbe verbogen, sich auf die Leute gestürzt und mit seinen scharfen Krallen in Stücke gerissen hätte.

In der Realität glättete ich in diesem Augenblick die Plastikfolie über der Guacamole in der Bar mit den Beilagen.

»Entschuldige meine Offenheit, aber die Chancen, dass du in diesem Food Truck arbeiten willst, stehen ähnlich hoch wie meine Chancen für das Bolschoi-Ballett. Und jetzt raus mit deiner Bestellung, oder geh weiter. Die anderen warten.«

»*Den Manager. Jetzt*«, wiederholte er und ignorierte meine Worte. Ich spürte, wie meine Nasenflügel vor Frustration bebten. Ich hatte zwar gehört, dass er heftig werden konnte, aber es mitzuerleben, war ein Gefühl, als hätte jemand mein Herz in einen Mixer gesteckt und zwänge mich, zuzusehen, wie es zu Püree verarbeitet wird.

Karlies Gesicht tauchte aus dem Hintergrund auf. Als sie ihn sah, schrie sie vor Überraschung auf. »Oh mein Gott! Äh … ich meine, hi. West, richtig?«

Lässig. Sie hätte ihn sogar im Krabbenkostüm des Maskottchens der Sheridan University erkannt.

West glotzte sie an, ohne seine Identität zu bestätigen. Karlie reichte ihm durch das Fenster die Hand. Er tat so, als bemerke er sie nicht.

Kichernd zog sie die Hand zurück.

»Ich bin Karlie. Wir gehen zusammen auf die Sher U. Ich bin hier die Managerin. Na ja, jedenfalls ihre Tochter. Was kann ich für dich tun?«

»Ich bin wegen des Jobs hier.«

»Dein Ernst?«

»So ernst wie eine Herzattacke.«

Und genauso tödlich. Schick ihn weg, Karl.

»Fantastisch. Du bist eingestellt«, zwitscherte sie, ohne auch nur eine Sekunde darüber nachzudenken.

Mir entfuhr ein schrilles, nahezu hysterisches Lachen. Karlie und West drehten sich zu mir und sahen mich an, als hätte ich den Verstand verloren. Moment mal … meinten sie das etwa ernst? Ich blickte zwischen den beiden hin und her, und mir lief ein kalter Schauer über den Rücken. Eine ältere Frau hinter West räusperte sich und winkte mir zu, als wäre ich diejenige, die für die Verzögerung verantwortlich war.

»Du machst Witze, oder?«, fragte ich, an Karlie gewandt.

Sie zuckte zusammen.

»Na ja, wir brauchen *wirklich* einen neuen Mitarbeiter …«

West konzentrierte sich jetzt auf meine beste Freundin und deutete mit dem Kinn auf den Bereich hinter meinem Rücken. »Können wir das in einem etwas privateren Rahmen besprechen?«

»Komm einfach rein.«

In den folgenden Minuten schien die Zeit zu schleichen. Karlie und West begaben sich in den hinteren Bereich des Trucks, während ich am Verkaufsfenster blieb und die Kunden bediente. Zehn Minuten später kam Karlie aus dem Truck, nahm die Stellenanzeige ab und schlüpfte wieder hinein.

»Gratuliere. Du hast einen neuen Kollegen«, trällerte sie, tänzelte zum Grill und drehte ein Stück Fisch um, das schon seit zehn Minuten verkohlt war.

Ich beachtete sie nicht, bereitete so schnell wie möglich Tacos zu und versuchte im Stillen, mich davon zu überzeugen, dass mein Leben nicht vorbei war und West St. Claire mich nicht aufgrund irgendeiner komplizierten Wette umbringen würde.

»Hast du mich gehört, Shaw?« Der Fisch, den Karlie wendete, zerbröselte in kleine, matschige Teile. Mir war heiß, ich war verschwitzt, wütender als eine nasse Henne und voller dunkler, bitterer Galle. Ich war mir sicher: Würde ich mich mit dem Messer aufschlitzen, das ich in der Hand hielt, um eine Packung geriebenen Käse zu öffnen, käme genau das zum Vorschein: schwarzer Schleim, der mir aus den Adern lief.

»Laut und deutlich. Ich dachte nur, ich hätte dabei ein Wörtchen mitzureden. Schließlich bin ich diejenige, die mit dem Ersatz zusammenarbeiten muss.«

»Hör zu. Er ist der bekannteste heiße Collegetyp der Sheridan U. Er wird haufenweise Kunden anziehen. Ich konnte nicht Nein sagen, obwohl ich wusste, dass du deswegen rumzicken würdest.«

»Genau.« Ich beugte mich vor und reichte mit einem künstlichen Lächeln einem Kunden seinen Taco mit angebranntem Fisch. Als ich mit der Highschool fertig war, war ich mir nicht sicher, ob ich aufs College gehen sollte. Mein Instinkt sagte mir, dass ich mich vor der Welt verstecken, mich zurückziehen und in Einsamkeit leben sollte. Aber ich begriff schnell, dass ich keine Wahl hatte. Ich musste raus und Geld verdienen. Da mir ohnehin nichts anderes übrig blieb, als meinen Mitmenschen mein Gesicht zu zeigen, hielt ich das College für eine praktische, wenn auch grausame Lösung, um mir einen vernünftigen Job zu sichern.

»Er braucht einen Job, na klar.« Jetzt hatte ich einen Lauf. »Er braucht bestimmt dringend Geld, weil er im Plaza nichts verdient.«

Ich wusste, dass West St. Claire bei diesen Kämpfen richtig Kasse machte. Gerüchteweise hatte er im letzten Jahr achtzig Riesen gemacht, mit Ticketverkäufen und Wettgeldern und indem er ein Vermögen für gepanschtes Bier verlangte.

»Ich habe ihn danach gefragt. Er sagt, er muss sein Einkommen aufbessern.«

»Seine Manieren müsste er verbessern«, gab ich zurück.

»Warum? War er gemein zu dir?« Karlie zog die Brauen zusammen.

Der bloße Gedanke an den Vorabend machte mich wütend. Ich wandte den Blick ab und wechselte das Thema.

»Und wie meinst du das überhaupt: Du hast gewusst, dass ich deswegen rumzicken würde?«

»Ach, komm schon.« Sie hob die Arme, als würden wir beide die Antwort auf diese Frage bereits kennen.

»Was denn, komm schon?«

»Im Ernst? Na gut. Ich sage es dir. Aber versprich mir, dass du nicht wütend wirst.«

»Ich verspreche dir, dass ich nicht wütend werde.«

Weil ich es schon war.

»Nun, die Wahrheit ist, dass du dich leicht von Menschen einschüchtern lässt, Shaw. Du glaubst zu wissen, wie sie sind, und bildest dir auf dieser Grundlage eine Meinung über sie.«

»Gar nicht wahr!«

»Und ob. Sieh dich doch an. Du bist wütend, weil ich jemanden eingestellt habe, den du gar nicht kennst, und das nur, weil der Typ einen Ruf hat. Weißt du was? Wir haben alle einen Ruf. Tut mir leid, Grace, aber so ist es nun mal. Ich bin die von den Neunzigern besessene Besserwisserin, und du bist das Emo-Mädchen mit der Narbe. Wir werden alle in Schubladen gesteckt und eingeschätzt aufgrund unserer Fehler und Schwächen. Willkommen im Leben. Es ist scheiße, und dann stirbt man.«

Ich fürchtete, etwas zu sagen, das ich später bereuen würde, also hielt ich den Mund. Karlie hörte auf, extratoten Fisch zu wenden, wirbelte herum, packte mich bei den Schultern und zwang mich, sie anzusehen. Durch meinen pinkfarbenen Hoodie hindurch massierte sie mir die Schultern.

»Sieh mich an, Shaw. Hörst du mir zu?«

Ich antwortete mit einem Grunzen.

»Vielleicht ist er ja nett.«

»Wahrscheinlich aber nicht.«

Ich wusste, dass ich mich von meinen Unsicherheiten überwältigen ließ, aber angesichts seines Aussehens, seines Rufes und seines sozialen Status war West St. Claire der perfekte Kandidat, um mein Leben zu ruinieren.

»Wenn sich nach der ersten Schicht herausstellt, dass er ein Arschloch ist, sagst du es mir, und ich schmeiß ihn raus. Keine Fragen. Keine einzige.« Karlie zwang mir einen Handschlag auf, schloss einen einseitigen Handel mit mir ab. »Du hast mein Wort. Ich weiß, dass du glaubst, dass ich von ihm fasziniert bin, aber für mich ist er einfach nur ein Kommilitone, der sich etwas Geld verdienen will. Ich ersticke in Seminararbeiten, und wenn dieses Jahr vorbei ist, muss ich mich um meine Praktika kümmern. Ich brauche einfach jemanden. Kannst du jetzt bitte aufhören zu schmollen?«

Unglücklicherweise hatte Karlie recht. Im Grunde hatte West mir nichts getan. Im Gegenteil, er hatte mir ein Wahnsinnstrinkgeld gegeben und es nicht einmal zurückverlangt.

»Na schön.«

Sie grinste und drehte mich an den Schultern wieder zu den Leuten, die auf ihr Essen warteten.

»Braves Mädchen. Schnell, sag mir, ob du ihn auf dem Parkplatz noch sehen kannst. Ich habe ihn gefragt, ob er heute schon anfangen kann, um zu lernen, wie man den Grill bedient, aber er hat gesagt, er hätte zu tun. Ist er noch da?«

Widerstrebend erfüllte ich ihr den Wunsch und reckte den Hals. Ich entdeckte West sofort, was daran lag, dass er einen Kopf größer war als der Rest der Menschheit. Er lehnte an seiner roten Ducati M900 Monster und trug seine Wayfarer-Sonnenbrille.

Das Mädchen, das bei ihm war, erkannte ich sogar von hinten. Rabenschwarzes Haar, endlos lange, gebräunte Beine und winzige Shorts, die an einen breiten Gürtel erinnerten. Tess. Sie sprach angeregt mit ihm, ließ die Haare fliegen und kicherte. Wahrscheinlich hatten sie die Nacht miteinander verbracht. West reagierte nicht auf das, was sie sagte. Er drehte sich um, setzte ihr mit einer groben Bewegung einen Helm auf, schnallte ihn unter ihrem Kinn fest und stieg auf das Motorrad. Sie ließ sich hinter ihm auf den Sitz gleiten und schlang ihm die Arme um die Taille.

Er griff nach ihrer Hand und legte sie in seinen Schritt.

»Jep. Er reitet gerade mit Tess Davis in den Sonnenuntergang oder in die nächste Klinik für sexuell übertragbare Krankheiten.« Als sie in einer Staubwolke über den Parkplatz sausten, zerbrach ich aus Versehen einen knusprigen Taco.

Karlie verzog das Gesicht. »Sie zieht immer den besten Bullen. Ich frage mich, wen er als Nächstes flachlegt.«

Hoffentlich seine Hand. Wir wollen auf diesem Planeten keine Mini-Wests.

Die nächsten fünf Stunden verbrachte ich damit, Karlie über Wests Frauengeschmack lamentieren zu hören, Kunden zu bedienen und mich über die desaströse Wende aufzuregen, die mein Leben genommen hatte.

Als ich die Tür des Trucks öffnete, um nach Hause zu gehen, lag ein Paar Ballettschuhe auf der Treppe. Stirnrunzelnd hob ich sie auf. Sie waren ungefähr in meiner Größe, brandneu, aber ohne Karton. Eine nachlässig hingekritzelte Notiz war an ihnen befestigt:

Fang schon mal an zu üben.

»Was zum …?«

Meine Worte vom Morgen kamen mir in den Sinn.

»Die Chancen, dass du in diesem Food Truck arbeiten willst, stehen ähnlich hoch wie meine Chancen für das Bolschoi-Ballett.«

West St. Claire hatte Humor.

Leider hatte ich das Gefühl, dass ich in dieser Hinsicht demnächst sein Lieblingsopfer sein würde.

3. KAPITEL

West

Bzzzz.

Bzzzzz.

Mein Handy tanzte über den Nachttisch, fiel auf den Boden und drehte sich dort im Kreis wie ein Maikäfer, der auf dem Rücken liegt.

Ich bückte mich, hob es auf und strich über das Display, um den Wecker abzustellen. Ein gedämpftes Kreischen zerriss mir das Trommelfell.

»Schätzchen, bist du das? Larry! Komm her. Er hat sich gemeldet.«

Verdammtes Scheißleben.

Zehn Stunden lang war ich komplett weggetreten gewesen, weshalb ich den monotonen Wach-endlich-auf-Ton des Weckers, der gleichzeitig auch mein Klingelton war, nicht registriert hatte.

Für den Bruchteil einer Sekunde spielte ich mit dem Gedanken, einfach aufzulegen, aber dann dachte ich mir, dass ich meine Arschloch-Quote für diese Woche bereits erfüllt hatte, weil ich Easts vorgefertigte Sportlernahrung bis auf den letzten Rest aufgegessen hatte. Ich biss mir in die Faust, bis Blut kam, und drückte das Handy ans Ohr.

Hier kommen Nichts und sein gottverdammtes Arschloch von Cousin namens Ärger.

»Mutter.«

»Hallo! Hi!«, rief Mom verzweifelt. »Westie, ich kann kaum glauben, dass du abgehoben hast.«

Willkommen im Club.

»Was gibt's?« Ich rollte mich zur Seite und setzte mich auf den Rand meines Bettes. Die Uhr auf dem Nachttisch sagte mir, dass es zwei Uhr nachmittags war. Sie sagte auch, dass ich ein absoluter Vollidiot war, der schon wieder verschlafen hatte. Die Abschlussprüfungen rückten näher, und ich wusste, dass ich die Sheridan University mit einem nutzlosen Diplom verlassen würde, aber es wäre doch nett, wenigstens so zu tun, als würde mich das irgendwie interessieren.

»Nichts, Schätzchen. Ich meine, alles in Ordnung. Alles gut. Wir wollten nur einmal nachhören, wie es dir geht. Easton hat uns auf dem Laufenden gehalten, aber wir hören deine Stimme einfach so gern.«

»Ist er das?« Im Hintergrund hörte ich meinen Dad schniefen. Dann ein Schlurfen. Sachen, die von einem Tisch gestoßen wurden. Sie drehten durch vor Aufregung. In mir erwachten Schuldgefühle, gefolgt von ihren loyalen Freunden, den Gewissensbissen. »Lass mich mit ihm reden. Westie? Bist du das?«

»Dad. Hi.«

»Schön, deine Stimme zu hören, mein Sohn.«

Ich schob die Füße in die Blundstones vor meinem Bett und schleppte mich ins Badezimmer. Ich leerte meine Blase und putzte mir die Zähne, während Dad mir erzählte, dass der Kerl, der ihm versprochen hatte, beim Düngen des Landes zu helfen, immer noch nicht aus Wyoming zurück war und Dad deshalb einen weiteren Vertrag verloren hatte. Ich verstand die unausgesprochene Botschaft – ich musste noch mehr Geld schicken, damit ihnen nicht der Strom abgestellt wurde.

Die starken Schuldgefühle, die ich Sekunden zuvor verspürt hatte, verwandelten sich in Gefühllosigkeit.

»Ich nehme an, die Banker sind nicht gerade deine größten Fans.« Ich spuckte Zahnpasta und Wasser ins Becken und wusch mir das Gesicht. Ich blickte nicht in den Spiegel. Ich hatte mich seit Jahren nicht angesehen – warum also jetzt damit anfangen?

»Hm ... na ja ... also ... es sieht gerade nicht besonders gut aus, glaube ich. Aber ...«

Ich ließ ihn nicht ausreden.

»Ich schicke euch heute noch Geld. Bis bald. Tschüss.«

Ich legte auf, obwohl er noch etwas sagen wollte. Dann schnappte ich meine Schlüssel, sprang auf die Ducati und fuhr zum College. Acht Minuten später spazierte ich in die Lawrence Hall zu meiner 14:30-Uhr-Vorlesung in Sportmanagement.

Mal wieder zu spät, was niemanden sonderlich überraschte.

Glücklicherweise war Professor Addams (mit Doppel-D, passend zu seinen Männertitten) damit beschäftigt, dieses magische Ding namens iPad zum Laufen zu bringen. Mit gesenktem Kopf grapschte er mit seinen Fettfingern auf dem Display herum und versuchte, seine Diashow auf die weiße Leinwand hinter sich zu projizieren. Ich schlüpfte auf einen freien Platz im hinteren Teil des Raumes, zwischen Reign und East. Endlich wurde Addams' Diashow sichtbar, und er stieß vor Erleichterung ein gackerndes Lachen aus.

»Was geht?« Reign klatschte mich ab. Er machte gerade mit irgendwem rum. Sie knabberte an seinem Hals, während seine Hand unter ihrem Rock steckte.

East gab mir einen Klaps auf den Hinterkopf. »Schon wieder zu spät. Und vielen Dank auch, dass du mein Futter aufgefressen hast.«

»Gern geschehen.«

Was sogar stimmte.

»Mach das ja nicht noch mal.«

»Du weißt doch, dass ich niemals eine Herausforderung ablehne.«

Alle hatten ihre Laptops und Notebooks ausgepackt. Ich nicht. Ich hatte nicht einmal einen Rucksack dabei. Ich ließ mich gelegentlich sehen, wenn die Möglichkeit, das Semester nicht zu bestehen, allzu real wurde. Professor Addams' Stimme ertönte aus den Tiefen der Aula.

»Mr St. Claire, ich sehe, dass Sie sich doch noch entschlossen haben, uns mit Ihrer Anwesenheit zu beglücken.«

Ich weigerte mich anzubeißen, und starrte ihn ungerührt an.

Das Mädchen neben Reign besaß immerhin genug Geistesgegenwart, seine Hand unter ihrem Rock wegzustoßen, als sich alle Blicke auf uns richteten.

Addams lehnte seinen dicken Wanst an seinen Schreibtisch und schob sich grunzend die Brille auf der Nase hoch.

»Sagen Sie, Mr St. Claire, sind Sie auch nur im Entferntesten an einer weiterführenden Schulbildung interessiert?«

Ehrlich gesagt war ich das nicht. Aber dieses Drecksloch war weit genug von Maine entfernt, um unterzutauchen und zu tun, was ich tun musste, um meine Familie vor dem Bankrott zu bewahren.

»Benutzen Sie Ihre eigenen Worte«, wies er mich überheblich an. »Sie können doch sprechen, oder nicht?«

Ich grinste. So leicht ließ ich mich nicht aus der Fassung bringen. Das hatte damit zu tun, dass ich generell empfindungslos war. Wie sehr sie es auch versuchten, die Leute konnten mich nicht treffen.

Und sie versuchten es.

Oft.

»Ein Diplom schien mir eine gute Ausrede zu sein, um aus dem Loch, in dem ich gelebt habe, wegzukommen, und die Sher U ist für ein College in einem anderen Bundesstaat durchaus erschwinglich. Obwohl die Qualität des Lehrkörpers noch fraglich ist.« Ich lehnte mich mit verschränkten Armen zurück.

»Dafür wirst du brennen!« Jemand kicherte.

»*Holy Shit*«, rief ein anderer. »St. Claire schlägt auch außerhalb des Rings zu.«

Aus allen Ecken des Raums ertönte Gelächter. Professor Addams Mundwinkel erschlafften, und seine Wangen wurden knallrot. Er brauchte einige Sekunden, um sich zu fangen.

»Nennen Sie mir einen Grund, warum ich Ihnen das, was Sie gerade zu mir gesagt haben, durchgehen lassen sollte.«

»Weil Sie unter mysteriösen Umständen, an deren Aufklärung bislang niemand interessiert war, von einer Elitehochschule hierher versetzt worden sind. Und wissen Sie was?« Ich breitete theatralisch die Arme aus. »Ich habe alle Zeit der Welt. Reicht Ihnen das als vollständiger Satz, Professor Addams?«

»*Pfft.*« Reign hob einen Arm und öffnete die Hand, als ließe er ein Mikrofon fallen.

»K. o. in der ersten Runde.« East kicherte.

»Sie halten sich wohl für sehr clever, West St. Claire, was?«, schnaubte Addams.

»Bestrafen Sie mich oder lassen Sie es sein. Ist Ihre Entscheidung.« Ich gähnte.

Kopfschüttelnd wandte sich Addams wieder seiner Slideshow zu. *Idiot.*

Eine halbe Stunde später spazierte ich aus dem Unterricht. Reign hatte den Arm um das namenlose Mädchen gelegt, und East scrollte sein Handy durch. Wahrscheinlich überlegte er, mit welchem Mädel er am Abend ausgehen wollte. Ich beschloss, die Bombe platzen zu lassen. Jetzt war ein genauso schlechter Zeitpunkt wie jeder andere.

»Ab morgen arbeite ich bei *That Taco Truck*.«

Tatsächlich würde ich schon an diesem Tag anfangen. Diese Karlie sollte mir am Nachmittag beibringen, wie man den Grill bediente.

Zuerst reagierte niemand. Als ich nichts weiter sagte, weil meine Worte absolut selbsterklärend waren, begann Reign schnaubend zu lachen.

»Äh … warum zum Teufel willst du so was tun?«

»Knapp bei Kasse.«

»Springt bei den Kämpfen nicht genug Kohle raus?« Er rümpfte die Nase. Reign hatte keinerlei finanzielle Probleme. Wenn er nicht gerade Football spielte, ging er auf Mädchenjagd. Das College war für ihn eine endlose Serie von Partys und Spielen, mit Aufrissen und gelegentlichen Schwangerschaftsängsten zur dramatischen Auflockerung. Ich hingegen war damit beschäftigt, die Schulden meiner Eltern abzuzahlen, meine eigene Ausbildung zu finanzieren und auch noch zu sparen, damit ich nach dem Abschluss, der in diesem Jahr anstand, nicht nach Hause zurückkehren musste.

Das namenlose Mädchen rang nach Luft. »Das ergibt keinen Sinn. Alle reden davon, dass du stinkreich bist.« Ich antwortete nicht. Dass sie von einem meiner Frenemies flachgelegt wurde, machte sie noch nicht zur Finanzexpertin.

»Tu, was du tun musst, Mann. Sag Bescheid, wenn ich dir helfen soll.« East warf sich seine Sporttasche über die Schulter, und damit war das Thema beendet.

»Vielleicht ist er ja scharf auf Toastie«, dachte Reign laut nach. »Und er sucht nach einer Gelegenheit. Ich meine, wenn man ihr eine Tüte über den Kopf zieht, ist sie wirklich heiß.«

»Du meinst das Brandopfer?« Die Namenlose legte sich eine Hand auf die Brust. »Ist das nicht tragisch? Eine meiner Verbindungsschwestern kennt sie noch von der Highschool. Ich hab gehört, sie war bei den Cheerleadern und im Theaterkurs, bevor sie so aussah. Sie war wirklich hübsch.«

Ich war mir sicher, dass ich Reign irgendwann sämtliche Zähne ausschlagen würde. Er war ein gemeiner Scheißkerl und hackte ständig auf anderen herum. Alles nur, um seine bescheuerten Freunde zum Lachen zu bringen. Seine Auswahl an weiblicher Gesellschaft war offenbar genauso armselig.

Reign gackerte.

»Ernsthaft, Mann, halt die Klappe.« Easton packte ihn am Kragen und schwang Reign herum, sodass er nur Zentimeter davon entfernt war, gegen die Wand zu knallen.

Wir erreichten die Doppeltür des Eingangs und trennten uns. Reign und East hatten Training, und das x-beliebige Mädchen war weg, wahrscheinlich, um x-beliebigen Scheiß zu bauen. Ich wollte gerade rausgehen, da hörte ich Schreie aus dem Türspalt in der Nähe des Ausgangs.

»Feuer! Feuer!«

Es kam aus dem provisorischen Vortragssaal, wo momentan die Theater- und Kunstkurse probten, solange das brandneue Theater auf der anderen Seite des Campus gebaut wurde.

Ich stürmte zur Tür hinein.

Sie probten. *Puuh.*

Da die Tür nur angelehnt gewesen war, fühlte ich mich zum Zusehen quasi aufgefordert. Und etwas Besseres hatte ich gerade nicht zu tun. Ich musste eine halbe Stunde killen, bevor ich mich mit Karlie beim Food Truck traf.

Ich lehnte mich an den Türrahmen und verschränkte die Arme vor der Brust. Tess war auf der Bühne. Sie trug ein Nachthemd über einem künstlichen Schwangerschaftsbauch.

Mit hochgestecktem Haar rannte sie zur anderen Bühnenseite und stieß ein Heulen aus, das einen Wal taub gemacht hätte.

Ein Fuckboy aus der Theatergruppe rannte ihr hinterher. Er trug ein Unterhemd, in seinem Mundwinkel klemmte eine Zigarette. Er versuchte sich an einem Südstaaten-Akzent, was sich anhörte, als hätte er Blasen von der Größe meiner Eier auf der Zunge. Ich kannte mich mit Theater nicht aus, aber wenn sie mich auf diese Art ansprang, erkannte sogar ich schlechte Schauspielerei. Nichts gegen Tess, im Bett war sie wirklich klasse, aber ich würde eher an die Hitler-lebt-noch-und-wohnt–bei-Rapper-2PAC-Theorie glauben – scheiß auf Logik und Mathematik –, als ihr diese Darstellung abzunehmen.

Ich ließ den Blick durch die Aula wandern. Das blonde Mädchen aus dem Food Truck war auch da. Greer, oder Gail, oder so. *Toastie.* Ich entdeckte ihren Hinterkopf, sie saß in einer der hinteren Reihen. Ihre weißen FILAs ruhten auf der Lehne des Stuhls vor ihr. Ihre langen Beine steckten in verblichenen Skinny Jeans, und sie trug das gleiche pinkfarbene Hoodie und die graue Kappe, mit der ich sie im Truck gesehen hatte. Ihr langes goldblondes Haar ergoss sich über ihren Rücken und ließ sie wie einen Gothic-Engel aussehen.

Reign war ungefähr so scharfsinnig wie eine Büchse Dosenfleisch, aber in diesem Fall lag er gar nicht so falsch. Greer-Gail war durchaus fickbar. Nicht, dass ich vorhatte, sie anzufassen – was nichts mit ihrem Gesicht zu tun hatte. Narbengewebe hat mich noch nie gestört, schließlich bestand mein Herz zu einhundert Prozent daraus. Aber ihre Überspanntheit entsprach der Größe von Mississippi, und ich hielt mich an einen strengen Keine-Zicken-ficken-Kodex.

Die Ballettschuhe hatte ich ihr als kleine *Fuck You*-Geste dagelassen. Ehrlich gesagt hatte ich keine Ahnung, was ich mit den Schuhen eigentlich ausdrücken wollte. Schon beim Kauf kam ich mir wie ein Idiot vor, und als ich sie auf die Treppe des Trucks legte, wurde es noch schlimmer. Egal. Wen störte es schon, dass das Ganze nur peinlich war? Schließlich war ich nicht scharf auf sie.

Der Regisseur des Stücks, Cruz Finlay – noch ein Student, der wie ein Künstler und nicht wie ein Idiot auszusehen glaubte, wenn er in Texas mit einem Barett und einem Schal herumlief –, bat die Schauspieler, die Szene noch einmal von vorn zu spielen. Ich ging weiter in den Raum hinein, um ungestört das Gesicht von Greer-Gail-Wie-auch-immer betrachten zu können. All dieses Gerede über ihre Narbe, dabei war diese kaum zu sehen. Aber das Mädchen war dermaßen befangen, dass es wohl wirklich kein schöner Anblick war.

Ich sah sie nur von rechts. Ihre sogenannte »normale« Seite. Wie gebannt starrte sie auf die Bühne. Sie sprach lautlos den ganzen Text mit, sowohl den von Tess als auch den von dem Typen. Das Verrückte war, dass die Schauspieler vom Blatt ablasen, während sie alles auswendig wusste.

Es war ziemlich offensichtlich, dass Greer-Gail aufs Theaterspielen stand, aber ich glaubte nicht, dass sie dahingehend eine Karriere anstrebte. Man musste kein Genie sein, um zu erkennen, dass sie viel zu sehr in ihrer Opferrolle gefangen war.

»Ich will keinen Realismus. Was ich will, ist Magie«, mimte Greer-Gail den Text einer dritten Schauspielerin auf der Bühne, und ich hatte das Gefühl, dass dieser Satz mehr auf sie zutraf als jeder andere in diesem Stück. Sie schien über ihr eigenes Leben ziemlich verbittert zu sein.

Ich war so fasziniert von Greer-Gail, die ein komplettes Schauspiel rezitierte, ohne dass jemand davon Notiz nahm oder auch nur ihre Anwesenheit in dem Raum bemerkte, dass ich einen Moment brauchte, um das Ende der Probe mitzubekommen.

»Okay. Erster Durchgang beendet, und das Ganze ist ein Desaster. Morgen. Selber Ort, selbe Zeit. Herrgott noch mal.« Finlay hob theatralisch die Hände und blickte an die Decke. Offenbar glaubte er, der Allmächtige hätte nichts Besseres zu tun, als sich diesen Mist anzusehen. »Gib mir Schauspieler!«

Oder einen Faustschlag ins Gesicht. Du könntest ihm eine reinhauen, und niemand würde dir einen Vorwurf machen. Nicht mal seine Eltern.

»West!«, schrie Tess, sprang von der Bühne und rannte auf die Doppeltür zu, in der ich stand, lässig und unerschütterlich. Ohne haltzumachen, warf sie ihren falschen Bauch auf einen Stuhl. Alle Augen waren auf mich gerichtet. Tess hörte sich an, als sei ich gerade von einem Einsatz im Irak zurückgekehrt. Greer-Gail drehte den Kopf. Unsere Blicke trafen sich, als Tess die Arme um mich schlang und meinen Hals und meine Wangen mit Küssen übersäte.

Ich hatte Tess gesagt, dass für mich nur eine einmalige Nummer infrage kam, und die hatte am Wochenende zuvor bereits stattgefunden. Sie behauptete, das zu verstehen, aber tatsächlich taten das nur sehr wenige Frauen. Ich löste mich von ihr und machte mir eine mentale Notiz, ihr ins Gedächtnis zu rufen, dass wir nicht zusammen waren.

Greer-Gail zeigte keine Reaktion, als sie uns beobachtete, wandte aber den Blick nicht ab. Ihre Miene wirkte ausdruckslos. Ihre Augen hatten einen Blauton, den ich bislang nur in psychedelischen Gemälden gesehen hatte. Blass und kalt wie eine Schneeflocke. Ich hatte das Gefühl, dass sie sich hinzuschauen traute, weil sie es gewöhnt war, nicht bemerkt zu werden.

Nun, ich bemerkte sie.

Und ich bemerkte auch, dass sie uns anstarrte.

Hast du die Ballettschuhe bekommen?, fragte mein Blick.

Fall tot um, Arschloch, antwortete ihrer.

Vielleicht übertreibe ich, aber was auch immer ihre Augen sagten, es lag etwas Obszönes darin.

Greer-Gail wandte den Kopf wieder der leeren Bühne zu und legte die Füße auf den Stuhl vor sich. Ich wollte gerade zu ihr gehen und sie fragen, was zum Teufel ihr Problem war, aber da summte das Handy in meiner Tasche, und zudem versuchte Tess, mich in den Saal zu zerren, während sie über ihre Rolle in dem Stück plapperte.

Ich holte das Handy aus der Gesäßtasche.

Mutter.

Im Ernst? Zum zweiten Mal an diesem Tag? Ich drückte auf Ablehnen, drehte mich um und machte mich wortlos auf den Weg zu meinem Motorrad. Tess wusste, dass es keine gute Idee war, mir zu folgen. Ich öffnete die App meiner Bank und überwies sämtliches Geld von meinem Konto direkt an meine Eltern, ehe ich losfuhr, um Karlie zu sehen.

In den kommenden Wochen würde ich von Nudeln leben müssen. Na ja. Es war nicht das erste und würde auch nicht das letzte Mal sein.

Während der gesamten Fahrt verfluchte ich meine Eltern, Tess, Reign, Professor Addams und sogar Geer-Gail-Genevieve.

Und jede Kurve brachte mich in Versuchung, mich hinzulegen, vom Motorrad abzuspringen oder über eine Klippe zu rasen.

Ein Teil von mir wollte immer noch sterben.

Aufhören zu existieren.

Aufhören, sich um meine Eltern zu kümmern.

Aufhören, so zu tun, als wäre irgendetwas an dieser College-Erfahrung wichtig.

Ich war nur richtig gut darin geworden, es zu verbergen.

Selbst wenn es mich alles andere kostete.

4. KAPITEL

Grace

»Grace, meine Liebe, wir müssen reden.«

Professor McGraw nahm einen Schluck aus ihrem Kaffee-becher mit der Aufschrift *Eat. Sleep. Theater.* Am Tag nach unserer ersten Probe schlich ich mit gesenktem Kopf und hochgezogenen Schultern in ihr Büro, bereit für ihren Urteils-spruch. Ich stellte meinen JanSport-Rucksack vor ihren Tisch und schenkte ihr mein bestes unschuldiges Keine-Ahnung-warum-ich-hier-bin-Lächeln.

Tatsächlich wusste ich sehr wohl, warum ich dort war.

»Nehmen Sie Platz.« Sie deutete auf den Stuhl vor sich. Ich setzte mich. Professor McGraw war ein gertenschlanker Rot-schopf von Mitte fünfzig. Sie trug eine abgefahrene getupfte Lesebrille und Kleider im Stil der fünfziger Jahre. Ich betete sie an und wollte glauben, dass sie mich ebenfalls mochte. Ich gehörte definitiv zu ihren engagierteren Studierenden. Mei-ne Theorienoten waren hervorragend, ich war immer bereit, Überstunden zu machen, um nach den Proben aufzuräumen, und meine Liebe zum Theater war echt.

Sie begann, ein paar Dokumente durchzusehen, die auf ih-rem Schreibtisch verstreut waren, und leckte zum Umblättern an ihrem Daumen. Ihr Büro war mit Plakaten von Auffüh-rungen der Sheridan University aus früheren Jahren tapeziert. Die Universität war bekannt dafür, dass sie klassische Stücke aufführte, die auch Zuschauer aus den Nachbarstädten anlockten. Die Gewinne kamen der Stadtkasse und der Instandhaltung der Universitätsgebäude zugute. Beim Betrachten der Plakate brannte ein Anflug von Neid in meiner Brust, während Professor McGraw nach etwas suchte, das sie mir zeigen wollte.

Das Phantom der Oper.
Chicago.
Wer die Nachtigall stört.

Mir lief das Wasser im Mund zusammen, als ich die Bilder von Schauspielern und Schauspielerinnen anstarrte, die während ihrer Darstellung den Horizont anlächelten. Sie sahen aus wie elektrisiert. Glühend. *Glücklich.*

Professor McGraws Stimme drang durch die grüne Wolke aus Neid, die mich umgab. Sie tippte mit dem Finger auf ein Stück Papier. »Na also, da ist sie ja. Dies ist die Besetzungsliste von *Endstation Sehnsucht.* Mir ist aufgefallen, dass Ihr Name darauf fehlt. Möchten Sie mir das vielleicht erklären?«

»Oh. Ja. Natürlich.« Ich rutschte auf meinem Stuhl herum. Die Schauspieler auf den Plakaten starrten mich an, unter ihren abschätzigen Blicken wurde mir heiß. »Lauren hat Blanche übernommen, und Tess ist Stella. Die Nebenrollen wurden an den Tagen vergeben, als ich mit meiner Großmutter zum EKG in Austin war. Ich habe mich fürs Bühnenbild und als stellvertretende Inspizientin eingetragen. Das sind gleich zwei Rollen.« Ich hob zwei Finger, als wüsste sie nicht, wie man zählt.

Professor McGraw nahm ihre Lesebrille ab, schloss die Augen und rieb sich die Nasenwurzel. »Wir haben das bereits besprochen, Grace. Ich kann die Vorschriften nicht mehr umgehen. Alle Studierenden müssen auf diese Bühne und mir zeigen, was sie können.«

»Ja, Ma'am. Aber ich hatte gehofft ...«

»Ich verstehe Ihre Lage und habe mehrere Jahre lang versucht, darauf Rücksicht zu nehmen, aber ein Teil der Ausbildung zum Bachelor in Theaterwissenschaften ist nun mal das Schauspielern selbst. Seit Sie hier studieren, haben Sie kein einziges Mal die Bühne betreten. Der Nachweis Ihrer schauspielerischen Fähigkeiten ist obligatorisch, nicht optional. Niemand erwartet von Ihnen, Meryl Streep zu sein, aber irgendetwas müssen Sie uns schon zeigen. Ich möchte nicht, dass Sie durchfallen, aber ich glaube, wenn Sie in dieser Aufführung keine echte Rolle übernehmen, könnte es in diesem Semester dazu kommen.«

»Aber die Rollen sind doch schon vergeben.«

»Bitten Sie Mr Finlay, Sie mit einzubeziehen.«

»Aber dann verliert jemand anders seine Rolle«, widersprach ich.

»*Jemand anders* läuft nicht Gefahr, das zweite Semester in diesem Jahr nicht zu bestehen«, gab sie zurück.

Ich wusste, dass Professor McGraw recht hatte. All meine Kommilitonen in Theaterwissenschaften hatten ihre schauspielerischen Fähigkeiten bereits unter Beweis gestellt. Ich nicht. Ich hatte noch keinen Fuß auf die Bühne gesetzt. Meine Beine trugen mich am Besetzungstag einfach nicht über die Schwelle. Es endete immer damit, dass ich mir entweder auf der Toilette die Seele aus dem Leib kotzte oder in meinem Pick-up einen heftigen Nervenzusammenbruch erlitt.

Bei dieser neuen Aufführung lief es nicht anders. Ich wollte daran teilnehmen. Ich wollte es wirklich. Aber mein Körper streikte einfach.

Es lag nicht daran, dass ich eine schlechte Schauspielerin gewesen wäre. Bis zu jener schicksalhaften Nacht, die alles veränderte, war ich der Star jeder Schulaufführung gewesen.

Die Bühne belebte und elektrisierte mich. Aber um nach allem, was passiert war, wieder dort hochzugehen, hätte ich mein neues Gesicht akzeptieren und es der Welt präsentieren müssen, und so weit war ich noch nicht. Ich glaubte nicht, dass es jemals dazu kommen würde. Und außerdem war es mir inzwischen egal. Ich wollte keine Schauspielerin mehr werden. Dieser Traum war in der Nacht, in der sie mich ins Krankenhaus brachten, zusammen mit einem Teil meines Gesichts auf dem Müll gelandet. Ich wollte beim Theater arbeiten, ohne ins Rampenlicht treten zu müssen.

Regisseurin, Produzentin, Bühnenbildnerin. Verdammt, ich würde mit Freuden am Imbissstand arbeiten, wenn das bedeutete, jeden Tag in der Nähe der Bühne zu sein.

»Professor McGraw, bitte.« Ich holte tief Luft, aber meine Lunge wollte sich nicht füllen. »Es geht nicht nur um mein Gesicht. Da gibt es noch andere Probleme.«

Grams hatte ein paar schlechte Wochen gehabt, aber ich wollte sie nicht in die Tüte mit dem Mix von Ausreden werfen, warum ich mich nicht für die Aufführung beworben hatte. Ich war so sehr damit beschäftigt, mich um Grams zu kümmern, dass ich mich nicht auch noch um mein Studium kümmern konnte.

»Nämlich?« Professor McGraw beugte sich vor und verschränkte die Finger.

»Es ist ... etwas Persönliches.«

»Das ganze Leben ist persönlich.« Sie lächelte. »Wenn ich Ihre Praxisnote ein weiteres Mal aussetzen soll, muss ich wissen, warum.«

Ich brachte es nicht über mich, ihr von Grams zu erzählen. Davon, dass sie paranoid und vergesslich war und ständiger Pflege bedurfte. Zuzugeben, dass Grams ein Problem hatte, würde dazu führen, dass ich mir ungebetene Ratschläge anhören musste, und ich wollte meine Großmutter nicht in ein Heim stecken. Abgesehen davon erschien es mir unangemessen, die Frau, die mich großgezogen hatte, als Belastung darzustellen.

Ich schüttelte den Kopf und schob die Hände in die Taschen meines Hoodies.

»Ist unwichtig. Ich hätte nichts sagen sollen. Tut mir leid.« Ich stand auf. Mein Stuhl machte beim Zurückschieben ein Geräusch, dass es mir kalt den Rücken hinunterlief. »Ich verstehe, dass Sie mich in diesem Semester möglicherweise durchfallen lassen müssen, Professor McGraw. Natürlich werde ich Ihre Entscheidung widerspruchslos akzeptieren, aber ich hoffe trotzdem, dass ich eine Verlängerung bekomme und an der nächsten Aufführung im nächsten Jahr teilnehmen kann. Würden Sie mir bitte Bescheid sagen?«

Sie hob den Kopf, ihr Blick war voller Mitleid. Ich sah, dass sie von mir enttäuscht war. Dass sie mich mit diesem Gespräch hatte wachrütteln wollen.

»Ja, natürlich. Ist es wirklich *so* schlimm?« Sie senkte die Stimme zu einem Flüstern.

Sie haben ja keine Ahnung.

Ich schloss die Augen und schüttelte den Kopf. Dann schulterte ich meinen Rucksack und wandte mich zum Gehen.

»Noch etwas, Grace.«

Ich blieb stehen, den Rücken immer noch Professor McGraw zugewandt.

»Wohin auch immer Ihre Reise Sie führt – sorgen Sie dafür, dass Sie jemanden haben, auf den Sie sich verlassen können, wenn die Dinge schwierig werden. Denn irgendwann kommt es immer dazu. Dieser Jemand sollte nicht Ihre Großmutter sein. Und auch kein anderes Familienmitglied. Er sollte bereit sein, für Sie durchs Feuer zu gehen.«

Ich lächelte bitter. Ich kannte nur einen Menschen, der das tun würde.

Ich selbst.

West kam fünf Minuten zu früh beim Food Truck an.

Es überraschte mich, dass er überhaupt auftauchte. Ich glaubte immer noch, dass es sich um eine Art Scherz handelte.

Ich weigerte mich zu akzeptieren, dass dieses Arrangement echt war. Dass er keine Hintergedanken hatte.

Ich stand näher bei ihm als am Freitag, an dem es noch dazu dunkel gewesen war, deshalb bemerkte ich jetzt, dass er leicht verletzt war. Seine Lippe war aufgeplatzt, und er hatte ein Veilchen, das sich gerade von lila in Richtung grün verfärbte, dazu einen hässlichen Kratzer am Hals. Außerdem sah er aus, als hätte er mehrere Nächte nicht geschlafen. Ich musste beinahe lachen, weil wir so unterschiedlich waren.

Ich hätte alles dafür gegeben, mein unversehrtes Gesicht zurückzubekommen, während er sich jede Woche prügelte und Motorrad fuhr, als wollte er das Schicksal herausfordern, ihm sein gutes Aussehen zu nehmen.

Da ich über Grams und Professor McGraw nachdenken musste, hatte ich keine Zeit gehabt, mich angemessen darüber aufzuregen, dass ich an diesem Abend mit St. Claire zusammenarbeiten musste. Ich hatte sogar die dämlichen Ballettschuhe vergessen. In der Sekunde, in der Wests Gesicht in der offenen Tür des Trucks auftauchte, krempelte ich den rechten Ärmel hoch und deutete mit dem Kinn auf einen Stapel Kisten draußen vor der Tür, während ich weiterhin Paprikaschoten in dünne Streifen schnitt.

»Kannst du die reintragen und auspacken?« Ich machte mir nicht mal die Mühe, ihn anzusehen.

Anstatt sich über meine schlechten Manieren zu beschweren oder es selbst besser zu machen und sich anständig vorzustellen, hob West einfach die schweren gestapelten Kisten hoch, als sei darin nur Luft und nicht dreißig Kilogramm Guacamole, Zitronen und Fisch. Er räumte alles in den Kühlschrank unter dem Fenster.

Schweigend bereiteten wir das Essen vor, wobei er meinen knappen Anweisungen folgte.

Nachdem wir damit fertig waren, schaltete West den Grill ein und fing an, Fisch und Paprikaschoten zuzubereiten, als hätte er sein Leben lang nichts anderes getan. Seine Bewegungen waren entspannt und sinnlich wie die eines Panthers. Trotz seiner Körpergröße fühlte er sich in diesem kleinen Food Truck offensichtlich wohl. Ich machte mich so unsichtbar wie möglich und hielt mich in meiner Ecke des Trucks auf. Mir wurde bewusst, dass ich zuletzt im Alter von sechzehn Jahren mit einem attraktiven Kerl auf engem Raum allein gewesen war und dass ich die schwüle Spannung vermisste, die in der Luft hing, wenn es dazu kam.

West war überaus präsent. Er schien überall gleichzeitig zu sein, sogar wenn er am anderen Ende des Wagens arbeitete.

Nach der Vorbereitung des Essens zu urteilen hatte er offenbar nicht vor, mich durch Dantes neun Höllenkreise zu schicken, und wenn doch, stellte er sich ziemlich ungeschickt dabei an.

Wir machten den Laden auf und bedienten die nach und nach eintreffenden Kunden, hauptsächlich Highschool-Schüler und Collegestudierende, die von den Vorlesungen am Nachmittag oder vom Training kamen, dazu ein paar berufstätige Mütter, die sich das Kochen sparen wollten. Wir wechselten kein Wort miteinander, abgesehen davon, dass ich ihn zu bestimmten Arbeiten aufforderte und er mich fragte, wo bestimmte Zutaten zu finden waren. Unser Tonfall war so unfreundlich wie nur möglich.

West arbeitete hart und beschwerte sich nicht, und abgesehen davon, dass ich Karlie und ihre Neunzigerjahre-Ratespiele vermisste, verlief die Zusammenarbeit mit ihm weitgehend schmerzfrei.

»Kann man sich eigentlich zu Tode schwitzen?« sagte West nach Stunden der Funkstille gedehnt und wischte sich mit dem Saum seines Shirts über die Stirn. Beim Klang seiner Stimme zuckte ich zusammen, als hätte er mich berührt. Ich war so sehr daran gewöhnt, auch bei dieser Hitze meinen übergroßen pinkfarbenen Hoodie zu tragen, dass ich die Temperatur gar nicht mehr bemerkte.

»Schon möglich.« Ich dachte über seine Frage nach. »Dehydrierung zum Beispiel.«

»Keine Klimaanlage?« Er wendete ein paar Fischfilets auf dem Grill, die dabei heil blieben und genau richtig gebräunt waren.

Ich schüttelte den Kopf. »Die Reparatur der antiken Klimaanlage des Trucks würde ein Vermögen kosten, und Mrs Contreras meint, dass es sich ohnehin nicht lohnt, weil das Fenster immer geöffnet ist und die Kälte nach draußen entweicht. Da bezahlt sie uns lieber ein bisschen mehr als den Mindestlohn.«

»Hm, ich würde gern noch ein bisschen weiterleben. Nehmen wir die Lohnkürzung einfach hin.«

Meinte er das ernst? Er war kaum eine Minute hier und versuchte bereits, Dinge zu verändern?

»Es gibt hier in Texas ein Sprichwort, St. Claire. Versäum nie eine gute Gelegenheit, die Klappe zu halten. Danach solltest du dich genau jetzt richten.«

»Vielen Dank für den Hinweis. Ich werde ihn im Müll entsorgen, wenn ich gehe. Und du trägst einen *Hoodie*.« Zum ersten Mal während dieser Schicht sah er mich an. »Bist du krank?«

»Mir ist nicht heiß.«

»Du bist kratzbürstig und noch dazu eine Lügnerin. Das ganze Paket, stimmt's?«

Kamen manchmal eigentlich Worte aus seinem Mund, die nicht unverschämt waren? Ich hatte das Gefühl, dass er aus Prinzip etwas Schockierendes antworten würde, sobald ich ihm eine Frage stellte.

»Okay. Gut. Mir ist ein bisschen warm, aber ich trage seit Jahren Hoodies, und das beeinträchtigt meine Arbeit hier absolut nicht. Ist nicht meine Schuld, wenn ich gut darin bin«, schnaubte ich.

»Ich habe auch was, worin ich gut bin.« Er zog eine Augenbraue hoch, steckte sich eine Apfel-Zuckerstange, die er wie aus dem Nichts hervorgezaubert hatte, in den Mundwinkel und grinste. »Aber das schreibt man besser nicht in seinen Lebenslauf.«

Er holte eine weitere Zuckerstange aus seiner Gesäßtasche und bot sie mir an. Ich schüttelte den Kopf, der wegen der sexuellen Anspielung in meine Richtung übrigens kurz vor dem Explodieren war.

Er ärgerte mich absichtlich, veräppelte Toastie, indem er so tat, als hätte sie eine Chance. *Rede mit dem Brandopfer darüber, dass es heiß ist ... das macht bestimmt Spaß.* Ich konnte förmlich hören, wie er und De La Salle die Sache ausheckten wie zwei Superschurken in einem schnittigen Raumschiff und dabei zwei identisch aussehende schwarze Katzen streichelten.

»Gewöhn dich lieber gleich an die Hitze, es wird nämlich noch schlimmer. Im Juni drücken wir uns Kühlpads ins Gesicht. Der Juli und der August bestehen wegen der Hitzewelle eigentlich nur aus Kopfschmerzen und Selbstmordgedanken.

Ich rate dir eins: Sieh zu, dass du vor den Sommerferien hier raus bist.«

»Tut mir leid, dich enttäuschen zu müssen, aber ich bleibe im Sommer hier. Kauf lieber mehr Eis, und besorg dir die Nummer der örtlichen Telefonseelsorge.«

Er klang geschäftsmäßig, trocken und knallhart. Aber es hatte nicht den Anschein, als wollte er mich umbringen, was vermutlich ein gutes Zeichen war.

»Das ist schade.«

»Finde ich nicht.« Er rollte die Zuckerstange zwischen den Lippen herum und wischte mit einem Lappen über seinen Arbeitsplatz. Mir fiel auf, dass er alles blitzsauber hielt. »Zu Hause ist beschissen.«

»Wo ist denn zu Hause?« Ich schlürfte meinen Slushie.

»Maine.«

»Und warum fährst du nicht hin?«

»Gibt nicht viele Jobs in Deppenhausen.«

»Bitte sag, dass deine Stadt wirklich so heißt.«

»Ich wünschte, es wäre so.« Er rieb sich mit den Fingerknöcheln das Kinn und warf den Lappen auf die Theke. »Das wäre das einzig Gute daran.«

Erneut wandte ich den Blick ab und kam mir mies vor, weil ich davon ausgegangen war, dass er im Ring genug verdiente, als er das erste Mal nach dem Job gefragt hatte. Wer war ich, dass ich Vermutungen über seine finanzielle Situation anstellen konnte? Ich verließ mich auf seinen Ruf als privilegiertes Arschloch, obwohl es mich wütend machte, wenn die Leute *mich* aufgrund von Gerüchten beurteilten.

Dann kam eine langweilige Stunde. Die müde Zeit zwischen dem Abendessen und dem Absacker nach der Verbindungsparty. Eine Grundregel von Mrs Contreras lautete, dass wir unsere Handys nur im Notfall benutzen durften, und weil es keine andere Ablenkung gab, war es schwer, einander zu ignorieren.

Nach ein paar Minuten fragte West: »Was dagegen, wenn ich das Hemd ausziehe?«

»Äh … *wie bitte*?« Ich wirbelte herum und starrte ihn verärgert an.

»Ich bin kurz davor, mich in eine verdammte Pfütze zu verwandeln, und ich bezweifle, dass ich in flüssiger Form eine große Hilfe wäre.«

»Äh …« Ich ließ den Blick durch den Truck wandern. »Ich bezweifle, dass Strippen eine gute Idee ist. Zum einen ist es ausgesprochen unhygienisch.«

»Ich halte die Zange ja nicht mit meinen Nippeln«, sagte er trocken. »Es sei denn, das bringt mehr Trinkgeld ein. In dem Fall würde ich es versuchen.«

Ich lachte fassungslos, geradezu hysterisch. Ich wollte weder seine Nippel noch andere Körperteile sehen. Tatsächlich wollte ich nicht feststellen müssen, dass unter seiner Kleidung noch mehr von diesem gebräunten, muskulösen Körper versteckt war. Es war schon schlimm genug, dass ich seine Makellosigkeit während der Arbeit ständig vor Augen hatte.

»Ich meinte eher deine Brusthaare.«

Hör auf, über seine Brust zu reden. Hör einfach auf, überhaupt etwas zu sagen, Grace.

»Hab ich nich«, sagte er mit einem nachgemachten texanischen Akzent, den ich beleidigend gefunden hätte, wäre er nicht so akkurat gewesen. Er griff nach dem Saum seines Shirts und hob es bis über seine braunen Brustwarzen hoch. Sein Körper war glatt, gebräunt und haarlos. Sein Sixpack sah aus wie aus einer Armani-Werbung. Ich wollte mit dem Zeigefinger über die Rillen zwischen seinen Bauchmuskeln fahren, was ausgesprochen unerwartet und obendrein lächerlich war.

Ich fuhr nicht auf Typen ab.

Jedenfalls jetzt nicht mehr.

»Dein letztes Wort?« Er ließ das Shirt wieder fallen und wartete auf eine Antwort.

Ich spürte, dass ich knallrot wurde. Ich wollte nicht wie ein Nerd und eine prüde Zicke in Personalunion aussehen.

»Nein.«

»Damit das klar ist: Ich wollte nur höflich sein. Ich ziehe jetzt dieses verdammte Shirt aus, und du solltest das ehrlich gesagt auch tun.«

Eine Sekunde später war Wests Shirt verschwunden, und sein Sixpack bekam Gesellschaft von definierten Brustmuskeln, den Venen eines Adonis und einem Rücken von der Sorte, die man heiraten will. Er wandte sich wieder dem Grill zu und setzte seine Arbeit fort. Über dem Steißbein hatte er einen verblassenden lila-gelben Striemen.

»Sieh mal einer an, die Jungfrau Maria ist noch am Leben.« Er grinste, als er mich dabei erwischte, wie ich ihn anstarrte.

Ich räusperte mich und wandte mich ab.

Er schob sich an mir vorbei, wobei er mir wie beiläufig auf die Schulter klopfte.

»Keine Sorge, Schätzchen. Damit du schwanger wirst, müssen wir wenigstens Händchen halten. Bei mir bist du sicher.«

West St. Claire hatte mich angefasst. *Freiwillig.*

Auf einmal war meine Kehle wie zugeschnürt. Die Normalität seines Verhaltens gab mir für den Bruchteil einer Sekunde das Gefühl, wieder mein altes Ich zu sein. Nicht, dass ich wegen meiner Narbe gemobbt wurde. Eigentlich nicht.

In mancher Hinsicht waren die Reaktionen der Leute viel schlimmer als offenes Mobbing. Mädchen waren meist auf eine vorgetäuschte, oberflächliche Alles-gut-aber-komm-unsnicht-zu-nah-Art nett zu mir. Ich war offensichtlich keine Konkurrenz mehr für sie. Die Jungs ignorierten mich einfach. Ich verwirrte sie. Ich hatte immer noch die Figur einer Cheer-leaderin und langes blondes Haar, aber es gab eben auch die Narben, und alle wussten, dass sich das, was mit der linken Sei-te meines Gesichts nicht stimmte, unter meiner Kleidung am Rest meines Oberkörpers fortsetzte.

Nach dem Brand besaß ich zunächst die Unverfrorenheit, so zu tun, als sei alles normal. Ich versuchte, den Phönix mit dem Hammer aus seinem Ei zu befreien. Ich ging zu den gleichen Partys, hing mit denselben Leuten ab. Aber meine Mitschüler stellten den Sachverhalt mit Überschallgeschwindigkeit rich-tig. Sie flüsterten, kicherten, hielten die Luft an, streuten Ge-rüchte. Tucker, mein damaliger Freund, an den ich meine Un-schuld verloren hatte, festigte die Überzeugung, dass ich nicht mehr mein früheres Ich war, indem er mich sehr bald gegen Rachelle Muir, eine Cheerleader-Kollegin, austauschte. Die Leute verdunsteten aus meinem Leben wie der Schweiß un-ter meinem Hoodie. Bis mir schließlich nur noch Karlie und Grandma Savvy blieben.

»*Hallooo?*«, fragte vor dem Fenster eine weibliche Stimme. »Ist jemand da?«

Ja, ich und meine gestörten Teeniegedanken.

Ich drehte mich zum Fenster. Davor standen vier High-school-Mädchen mit abgeschnittenen Jeans, Cowboystiefeln und zueinander passenden Hüten. Sie kicherten, stießen sich gegenseitig an und drückten ihre Handys an die Brust. Eine von ihnen orderte eine Frozen Margarita, während die ande-ren die Hälse reckten und an mir vorbeizuspähen versuchten.

»Ist er da?« flüsterte eine, während ich das Getränk eingoss.

»Ja, ich kann ihn sehen. Oh mein Gott. *Oh mein Gott*, Kelly. Er ist einfach umwerfend.«

Ich gab dem Slushie-Mädchen ihr Wechselgeld und das Getränk, aber die Teenies machten keine Anstalten zu verschwinden.

»Er hat kein Hemd an.« Die hübscheste, Kelly, schluckte. Sie hatte langes honigbraunes Haar und ein Nippel-Piercing, das sich unter ihrem bauchfreien weißen T-Shirt abzeichnete.

»Jep.«

»Frag ihn.«

»Nein, frag du ihn.«

»Willst du mich verarschen? *Du* fragst.«

»Wir haben gewettet.«

»Sei still, du hast gesagt, du hast keine Angst.«

Mein Blick huschte zwischen ihnen hin und her. Das Gerücht, dass West St. Claire in diesem Food Truck arbeitete, hatte sich verbreitet wie ein Lauffeuer. Ich rechnete damit, dass solche Auftritte von jetzt an die Norm sein würden. Haufenweise Fangirls, die an unser Fenster klopfen und die ganze *Ach, das hier? Das bin doch nur ich in meinem winzigen Bikini, die sich nach dem Friseurbesuch einen Taco gönnt, nichts Besonderes-* Nummer durchziehen würden.

Mir gefiel der zusätzliche Kundenverkehr beim Truck nicht, aber ich konnte nichts dagegen tun, und streng genommen war es auch nicht Wests Schuld.

»Kann ich euch helfen?« Ich griff nach meinem Lappen und wischte meinen Arbeitsplatz sauber. Sie stießen einander an wie Welpen, die spielen lernen. Schließlich fasste sich eine von ihnen ein Herz.

»Können wir bitte mit West sprechen?«

»Na klar. West?« Ich drehte mich um und gab ihm ein Zeichen, ans Fenster zu kommen. Stirnrunzelnd folgte er der Aufforderung. Ein ungerechtfertigtes Gefühl von Habgier überkam mich, als er die Ellbogen auf den Sims legte, sich vorbeugte und ich einen weiteren Blick auf seinen Körper und das auf den Innenarm tätowierte A werfen konnte. Ich fragte mich, wie Tess die Kraft gefunden hatte, sein Bett zu verlassen.

Ich fragte mich generell, wie Sex mit West St. Claire sich wohl anfühlen mochte.

Und das ärgerte mich maßlos, weil ich West St. Claire unmöglich attraktiv finden konnte. Er war alles, was ich nicht mochte. Beliebt, gut aussehend und mit einer glänzenden Zukunft. Dass er Geld brauchte, hieß noch lange nicht, dass wir etwas gemeinsam hatten. Er würde abheben und aufsteigen wie eine Supernova, sobald er diese kleine texanische Stadt hinter sich gelassen hatte, und ich würde in der Asche zurückbleiben – dem Sternenstaub, der hinter ihm langsam wieder auf die Erde sinken würde.

»Hiiii, West.« Kelly ließ ihre Kaugummiblase platzen und wickelte sich eine Haarsträhne um den Finger. Ich vermutete, dass sie im dritten Highschool-Jahr war. Definitiv zu jung. Ich verschwand in den Tiefen des Trucks. Etwas Schweres legte sich auf mein Brustbein. Obwohl sich West als brauchbarer Mitarbeiter erwiesen hatte, stand für mich nach wie vor fest, dass er ein Idiot war.

Er musterte sie gelangweilt und wartete auf die Pointe.

»Meine Schwester hat mir erzählt, dass du hier arbeitest. Kannst du mir etwas zur Speisekarte sagen?« Sie tippte mit ihrem knallpink lackierten Fingernagel auf die aufgelisteten Speisen.

»Ja«, sagte er ausdruckslos. »Lies sie einfach.«

Kellys Freundinnen fingen an zu kichern. Sie wurde rot und kniff die Lippen zusammen, als sie versuchte, die Demütigung locker wegzustecken. West fuhr sich mit der Hand durch sein feuchtes Haar. Bei jeder Bewegung spannten sich seine Muskeln an.

»Autsch. Kämpfst du heute Abend?«

Er starrte sie an, als wären ihr gerade eine dritte Hand und ein Paar glänzender Flügel gewachsen.

»War nur Spaß. Heute ist ja nicht Freitag!« Sie machte einen Schmollmund und biss sich auf die Unterlippe. »Max hat gesagt, dass du nächstes Jahr Profi wirst. Stimmt das?«

Er antwortete nicht. Ich wusste, dass von ihm nichts kommen würde. Er machte nie viele Worte. West griff nach meinem Slushie, spuckte seine Zuckerstange aus, saugte an dem Strohhalm, als sei es seiner, und bewegte sich wieder zum Grill.

»Ich … äh …« Das hübsche Mädchen fuhr sich mit der Hand durch ihre dichten Locken. Der Druck auf mein Brustbein wuchs. Versuch und Scheitern waren die Grundlagen für eine zerstörte Seele. Genau deshalb wollte ich nicht bei *Endstation Sehnsucht* mitspielen. Und genau das erlebte Kelly gerade. »Meine Freundinnen und ich haben gewettet. Ich wette, dass ich dich dazu bringen kann, mit mir eine Runde auf deiner Ducati zu fahren«, platzte sie heraus, zuckte gleich darauf zusammen und bereitete sich auf die Zurückweisung vor. West erstarrte, dann drehte er sich langsam um.

»Tja, das ist aber eine ziemlich dumme Wette.« Er grinste. Plötzlich hatte seine Stimme einen gefährlichen Unterton, so als hätte sie endlich einen Fehler begangen und als sei es nun an der Zeit, ihr den Kopf zurechtzurücken. Und er würde jeden Augenblick davon genießen.

»Ich dachte nur … ich meine, ich habe *gehofft*, dass du vielleicht …«

Ihre Freundinnen begannen, gackernd zu lachen.

»Aber klar, er macht das mit Vergnügen!«, meldete ich mich zu Wort und strahlte Kelly an. Ich konnte es nicht ertragen, sie auf diese Art leiden zu sehen. Ich hoffte inständig, dass sie

81

ihre Lektion gelernt hatte und sich nie wieder in eine solche Situation bringen würde, aber ich wollte auf keinen Fall zusehen müssen, wie sie mit eingezogenem Schwanz von hier verschwand.

West drehte den Kopf in meine Richtung. Innerhalb einer Sekunde verwandelte sich seine Miene von gelangweilt zu stinkwütend.

Er zog eine Braue hoch. *Verdammt, was soll das?* Ich konnte ihn förmlich denken hören.

Ich versuchte, ihm auf telepathischem Weg mitzuteilen, dass er es tun *musste*. Für sie. Für sich selbst. Sein kantiges Kinn wirkte wie gemeißelt. Seine Augen wurden dunkel. Er wusste meine Einmischung nicht zu schätzen – und meine telepathischen Fähigkeiten auch nicht.

»Ich wusste gar nicht, dass du meine Zuhälterin bist, Graukäppchen.«

Er nannte mich Jungfrau Maria oder Graukäppchen, weil er keine Ahnung hatte, wie ich hieß. Der Gedanke war deprimierend, aber ich hielt seinem Blick stand.

Ich hatte keine Ahnung, warum, aber es fühlte sich gar nicht so schrecklich an, dass er mich anblickte. Vielleicht, weil er mir direkt in die Augen sah, anstatt sich von meiner Narbe ablenken zu lassen.

»Komm schon, sie muss das Gesicht wahren«, flüsterte ich. Die Kombination von »Gesicht« und »wahren« drehte mir den Magen um.

West wandte sich erneut an das Mädchen. Diesmal sah sie aus, als hielte sie die Luft an.

»Die Antwort lautet Nein. Die Absage geht aufs Haus und der Slushie auch.« Er reichte ihr *meine* Margarita. Ich knirschte mit den Zähnen. Das Mädchen nahm ihn und senkte niedergeschlagen den Kopf.

»Weil ich erst siebzehn bin?«, fragte sie und versuchte, so unbekümmert und sexy wie möglich zu klingen.

»*Sechzehn*«, hustete sich ihre Freundin in die Faust.

»Nein, weil hier morgen fünfzig Minderjährige in der Reihe stehen, wenn ich mich auf eine wie dich einlasse. Ich kann mir weder den Sprit noch den Ärger noch die wütenden Daddys leisten. Abgesehen davon hätte ich auch nichts davon, weil ich grundsätzlich nichts mit Minderjährigen anfange. Ich bin nicht Netflix. Ich bin nicht zu eurer Unterhaltung da. Und jetzt verzieh dich.«

»Gibst du in deiner Freizeit Benimm-Unterricht?«, knurrte ich, lehnte mich mit dem Hinterkopf an die Wand des Food Trucks und schloss die Augen.

West trat gegen eine Kiste, die ihm im Weg lag.

»Kommt drauf an. Wenn du zahlst?«

Ich schüttelte den Kopf. »Du warst vorhin ganz schön unhöflich, St. Claire.«

»Ich bin der schlimmste Albtraum ihrer Eltern, der Grund, warum ihre Daddys Baseballschläger und Sicherheitsschlösser kaufen. Die sehen ein exotisches Tier in mir, eine rebellische Phase. Ich bin kein Pony, das sie abwechselnd reiten können«, brachte er überraschend wütend heraus.

»Da hört man gerüchteweise aber etwas anderes«, murmelte ich, die Augen immer noch geschlossen.

Jetzt machte also ich die sexuellen Anspielungen? Was hatte ich da gesagt, und vor allem: *Warum* hatte ich es gesagt? Sein Ruf ging mich nichts an. Abgesehen davon begann ich allmählich, Karlies Standpunkt zu verstehen. Ich lag absolut falsch.

»Willst du wissen, was gerüchteweise über dich gesagt wird?«, fragte er spöttisch, aber er war nicht ganz bei der Sache. Seine Stimme klang hölzern, emotionslos.

»Nein.«

»Gut. Du bist nämlich nicht interessant genug, um über dich zu reden.«

Ich drehte mich zum Fenster, damit er nicht sah, dass ich errötete, und wechselte das Thema. West hatte recht. Er war zum Objekt gemacht worden. Wäre er eine Frau, hätte ich betroffen reagiert. Aber weil er ein Kerl war, hatte ich angenommen, dass er die Aufmerksamkeit genoss. Ich musste mich bei ihm entschuldigen, weil ich ihn herumkommandiert hatte. Und eigentlich auch für ein paar andere Dinge.

»Okay, vielleicht habe ich es übertrieben«, sagte ich, nachdem ich ein paar Minuten lang mit einem Lappen geistesabwesend Salat aus dem Fensterspalt gewischt hatte.

Er schwieg. Ich dachte, er hätte mich vielleicht nicht gehört oder würde die Entschuldigung nicht annehmen, aber dann redete er.

»Vielleicht war es bescheuert von mir, auf die Anzeige zu reagieren. Ich wollte nur den Job.«

Als ich mich zu ihm umdrehte, grinste er mich über die Schulter an. Der Gedanke, dass Karlie recht hatte, machte mir Angst.

Dass ich mich weigerte, mit ihm zu arbeiten, weil ich eingeschüchtert war.

Dass die Welt mich so sehr ängstigte, dass ich auf keinen Fall aus meiner Komfortzone heraustreten wollte.

»Ich weiß nicht mal, wie du heißt.« West stellte den Grill ab und warf sich ein Geschirrtuch über die Schulter.

»Grace.« Ich räusperte mich. »Und du bist Warren, oder?« Wir mussten beide kichern.

»Wallace«, korrigierte er.

»Cool.«

Es war einen Moment still, dann …

»Frieden, Grace?« Er reichte mir den kleinen Finger. Seine raue Stimme ließ mich erschaudern, mein ganzer Körper zitterte. Das konnte nichts Gutes bedeuten.

Ich schlang meinen kleinen Finger um seinen, wobei ich mir dumm vorkam und riskanterweise so etwas wie Glück empfand. »Frieden.«

Als ich in meinen Pick-up stieg, erwartete mich eine Nachricht von Karlie.

Karlie: Und? Muss ich ihn feuern?
Ich: Er kann bleiben.
Karlie: ICH WUSSTE ES. GIB'S ZU. ER IST NETT. ICH HAB'S VON ANFANG AN GEWUSST.

Ich dachte an seinen Wortwechsel mit den Mädchen. Nett würde ich West nicht nennen. Verdammt, ich würde ihn nicht einmal zivilisiert nennen. Vielleicht fair.

Ich: Er ist ganz okay.
Karlie: Mädchen, er ist *total* okay. Verlieb dich bloß nicht in ihn. Das wäre voll das Klischee, und er ist genau der Typ, der einem das Herz bricht.
Ich: Nichts, worüber du dir Sorgen machen müsstest, solange ich nicht das Opfer einer schweren Kopfverletzung, gefolgt von einem langwierigen Schädel-Hirn-Trauma bin. Wie hoch ist die Lernbelastung?
Karlie: Keine Ahnung, wie immer. Wie geht's deiner Gran?
Ich: Sie kommt durch.

Knapp.
Ich legte das Handy auf den Beifahrersitz und schloss die Augen.

85

Als ich sie wieder öffnete, sah ich West auf der anderen Seite des Parkplatzes auf dem Bordstein neben seinem Motorrad sitzen. Allein. Der Sonnenuntergang tauchte ihn in lebhaftes Orange, Rot und Gold. Er kaute an seiner schrecklichen Zuckerstange und starrte gedankenverloren ins Leere.

Als ich ihn dort sitzen sah, wirkte er nicht wie der beliebteste Typ im College.

Der Sexgott.

Der illegale Fighter.

Er wirkte wie der einsamste Junge, den ich je gesehen hatte.

Lieb, verwirrt und verloren.

Und es war ein bitterer Gedanke, dass er keine Ahnung hatte, dass das Mädchen auf der anderen Seite des Parkplatzes genauso war wie er.

5. KAPITEL

Grace

Die folgenden Wochen vergingen wie im Flug.

Zwischen Prüfungen, dicht aufeinanderfolgenden Vorlesungen und dem Versuch, meine Aufgaben für die Universität rechtzeitig zu erledigen, blieb mir kaum Zeit zu atmen.

Professor McGraws Aufforderung, mir eine Rolle in *Endstation Sehnsucht* zu besorgen, hatte ich ignoriert. Darum kaute ich mir bei jeder Probe die Nägel bis zum Nagelbett ab, weil ich mir vorstellte, wie sie durch die Doppeltür gestürmt kam und mich in aller Öffentlichkeit aus dem Kurs warf. Was natürlich nicht passierte. Tatsächlich hatte Professor McGraw mir nicht mehr mitgeteilt, ob sie mir bezüglich meiner Darbietung noch einmal Aufschub gewähren würde oder nicht. Sie verließ sich also darauf, dass ich mich wegen der Rolle selbst an Cruz Finlay wenden würde.

Was ich nicht tat.

Ich fühlte mich, als stünde ich am Rand einer Klippe, schon halb in der Luft, und bereitete mich auf den Sturz vor.

Da half es nicht, dass Grams nur noch ein Schatten ihrer selbst war. Marla sagte mir, dass sie jetzt besonders vergesslich war. Dass sie sie kaum noch als ihre Pflegerin erkannte und ständig schlechte Laune hatte.

Überraschenderweise war das Einzige, das *kein* völliges Desaster war, die Zusammenarbeit mit West. Nicht, dass wir beste Freunde geworden wären oder so. Aber seit er bei *That Taco Truck* arbeitete, rannten uns die neuen Kunden förmlich die Bude ein. Es wurde so schlimm, dass wir ein Schild aufhängen mussten, um die Leute darauf hinzuweisen, dass sie erst etwas kaufen mussten, wenn sie ein Selfie mit dem Allmächtigen St. Claire machen wollten.

Aber Karlie hatte recht gehabt. Sie wollten.

Zweimal musste ich Mrs Contreras anrufen, weil uns die Zutaten ausgegangen waren. An den meisten Tagen kamen wir kaum zum Atmen, geschweige denn dazu, uns zu unterhalten. Aber die Schichten vergingen schnell, und gegen Feierabend taten mir sämtliche Knochen weh.

In der ersten Woche arbeitete West mit nacktem Oberkörper. In der zweiten Woche brachte er eine tragbare Klimaanlage mit. Sie sah brandneu und ziemlich teuer aus. Er tat so, als sei es keine große Sache, dass er gerade eine Klimaanlage gekauft (*gestohlen?*) hatte, die uns wahrscheinlich das Leben retten würde. Er platzierte sie genau zwischen uns, drehte sie voll auf und stand lässig daneben. Das war der Tag, an dem ich erkannte, dass nicht alle Helden Umhänge tragen. Manche kommen auch in auch schmuddeligen Diesel-Jeans, Blundstones und Shirts daher, die schon bessere Tage gesehen haben.

Trotz meines unerklärlichen Bedürfnisses, ihn nicht zu mögen, musste ich doch ein Dankeschön murmeln.

»Wie war das?« Er hielt die Hand ans Ohr, und ein schelmisches Funkeln ließ seine Augen leuchten.

Zur Hölle mit dir, St. Claire.

»Ich sagte: danke«, murmelte ich leise.

»Oh, gern geschehen. Und jetzt kannst du aufhören, mich anzustarren. Ich fühle mich schon richtig benutzt.«

Ich musste so sehr lachen, dass mir ein obszönes Geräusch zwischen Grunzen und Prusten entfuhr. Wir wussten beide, dass ich es vermied, direkt auf seinen nackten Oberkörper zu starren.

Meine Güte. Ich hatte *geprustet*. Vor West St. Claire. Nie zuvor war ich dem Tod durch Beschämung derart nah.

»Tut mir leid. Ich hab mich angehört wie ein Schwein«, sagte ich und schlug beide Hände vors Gesicht.

Er warf ein Stück Fisch nach mir.

»Wenn du ein Tier wärst, was wärst du dann?«

»Ein Phoenix«, sagte ich, ohne nachzudenken. Automatisch berührte ich den kaputten Flammenring an meinem Daumen und drehte ihn. West nickte. Keine Ahnung, warum, aber irgendwie hatte ich das Gefühl, dass er genau wusste, wovon ich redete.

»Und du?«, fragte ich.

»Ein Koala. Ich könnte den ganzen Tag schlafen und wäre trotzdem total süß, sodass es kein Problem wäre, flachgelegt zu werden.«

»Ich hab gehört, dass Koalas tatsächlich ziemlich bösartig sind. Und sie stinken. Und neigen dazu, auf ihre Artgenossen zu scheißen«, bot ich meine nutzlosen Kenntnisse aus der Tierwelt an. Gut, dass ich nicht zu flirten versuchte. Gespräche mit heißen Männern waren definitiv nicht meine Stärke.

Er dachte über meine Worte nach. »Eigentlich finde ich die Sache mit dem Koala immer verlockender.«

Abgesehen von diesem Wortwechsel verhielten wir uns höflich, aber professionell. Ich hatte mich an den Gedanken unserer Zusammenarbeit gewöhnt wie an das Betreten eines dunklen, seltsamen Kellers. Aktuell hatte ich keinen Anlass zu befürchten, dass mir etwas passieren könnte, aber gruselig war es trotzdem.

Sobald ich einen neuen Kratzer oder eine Abschürfung an seinem Körper entdeckte, musste ich ständig hinsehen, ich konnte nicht anders. Aber ich erwähnte es nie. Und die wenigen Male, die ich West außerhalb des Food Trucks sah, in der College-Cafeteria oder auf dem Rasen am Brunnen oder im Supermarkt, nickten wir einander nur kurz zu und sahen dann wieder weg.

Als West und ich zweieinhalb Wochen miteinander gearbeitet hatten, brach mein Leben auf spektakuläre Weise in sich zusammen und erinnerte mich daran, dass Normalität für mich einfach nicht in den Karten stand.

Es war spätabends. Eine unerwartete Spätschicht nach dem Westival (West Festival) der Wochen zuvor. Zwei Städte weiter fand ein Frühlingsjahrmarkt statt, und so ziemlich jeder Einwohner von Sheridan schien die Gelegenheit zu nutzen und nach Foothill zu fahren, um das Rodeo zu sehen, schales Popcorn, Zuckerwatte, Karussellfahrten und Kornblumen zu genießen.

Hinter den im Dunkeln liegenden sandgelben Dünen explodierte ein Feuerwerk. Schulter an Schulter standen West und ich am Fenster des Food Trucks und betrachteten das Spektakel mit kindlicher Ehrfurcht. In der Tasche meines Hoodies summte mein Handy. Ich sah nach, wer es war. *Marla.* Ich nahm ab, denn ich wusste, dass sie mich bei der Arbeit nur aus wichtigem Grund anrief. Ich drehte dem Feuerwerk den Rücken zu, ging nach hinten in den Truck und hielt mir ein Ohr zu, um sie über die Explosionen hinweg zu verstehen.

»Hey, Marla.«

»Honey, ich will dich nicht beunruhigen, aber ich kann die alte Lady nicht finden. Ich habe zehn Minuten nach ihr gesucht, aber ich glaube nicht, dass sie zu Hause ist.«

Marla sprach mit einer ernsthaften Geringschätzung über Grams, an die ich mich inzwischen gewöhnt hatte.

Mir stockte der Atem. Ich lehnte mich an den Kühlschrank

und spürte die Angst, die wie kleine Ameisen, ausgehend von den Zehen, in meinem Körper aufstieg.

»War sie bei Verstand, als du sie das letzte Mal gesehen hast?«

»Sie hat heute viel Zeit in ihrem Zimmer verbracht und sich ziemlich aufgebrezelt. Ich dachte, dass sie vielleicht auf den Jahrmarkt will, also hab ich sie einfach machen lassen, während ich die Küche aufgeräumt und darauf gewartet habe, dass sie herunterkommt. Das Radio war an – du weißt ja, wie taub sie ist –, und ich habe wahrscheinlich überhört, dass sie die Haustür geöffnet hat. Mein Auto steht noch in der Garage, weit kann sie also nicht gekommen sein. Ich gehe sie jetzt suchen. Ich wollte dir nur Bescheid sagen.«

»Danke.« Meine Stimme brach, Panik stieg in mir auf und ließ mir das Blut in den Adern gefrieren. »Halt mich bitte auf dem Laufenden.«

Ich legte auf, knallte das Handy auf die Theke und ließ den Kopf sinken. Ich wollte schreien. Etwas kaputt machen. Um mich schlagen.

Nicht schon wieder, Grams. Das hatten wir doch schon x-mal.

Die Nummer, überall nach ihr zu suchen, sie schließlich bei einem Nachbarn oder in der Stadt zu finden – wo sie irgendwem wirres Zeug erzählte – und sie von dort wegholen zu müssen, während ich mich unterwürfig entschuldigte, machte mich immer fertig.

Ich spürte Wests scharfen Blick in meinem Rücken. Er sagte nichts, aber ich wusste, dass er mich beobachtete. Ein paar Kunden tauchten auf, verlangten nach Tacos, Nachos und Slushies, und West bediente sie, erledigte meine Arbeit mit, ohne eine große Sache daraus zu machen.

Ich blickte wieder auf mein Handy und schrieb Marla ein paar Textnachrichten.

Ich: Wo könnte sie sein?

Ich: Kannst du bitte im Schuppen nachsehen?

Ich: Ich rufe Sheriff Jones an. Vielleicht hat er etwas gehört.

Während ich auf und ab lief, wählte ich die Nummer von Sheriff Jones.

»Grace?« Dem Lärm im Hintergrund nach besuchte er mit seiner Familie gerade den Jahrmarkt.

»Sheriff Jones? Entschuldigen Sie, dass ich so spät anrufe. Großmutter Savvy ist mal wieder verschwunden.«

»Wie lange schon?«

»Äh … ein paar Stunden.« Vielleicht auch weniger, aber wenn ich das sagte, würde er die Sache nicht ernst nehmen. Grams verschwand öfter und wurde jedes Mal ein paar Kilometer von zu Hause entfernt gefunden.

»Ich rufe meine Leute an. Und Grace,« fügte er zögerlich hinzu und seufzte. »Mach dir nicht allzu viele Sorgen. So läuft es doch immer, oder? Wir werden sie finden, bevor der Tag vorbei ist.«

»Ja, Sir. Vielen Dank für Ihre Hilfe.«

Ich legte auf. Tränen standen mir in den Augen, und ich hielt sie wie üblich zurück. Wie ich es hasste, jemanden um Hilfe bitten zu müssen. Marla konnte ich keinen Vorwurf machen. Grams hatte sich auch unter meiner Aufsicht schon häufig aus dem Haus geschlichen.

Ich ließ mich auf eine umgedrehte Kiste sinken und vergrub den Kopf in den Händen.

»Ist das hier eine Ich-will-darüber-reden-Krise oder eine Kümmer-dich-um-deinen-eigenen-Kram-Krise?«, knurrte West über mir. Er klang eher genervt als besorgt.

Ersteres.

»Letzteres.«

»Gott sei Dank.«

»Wichser.«

»Sag Bescheid, wenn sich daran was ändert.«

»Daran, dass du ein Wichser bist? Red keinen Blödsinn.«

»Beleidige den Sinn nicht. Er hat dir nichts getan.« Er wischte sich mit seinem Hemd den Schweiß von der Stirn, beobachtete mich aber immer noch aus dem Augenwinkel. Ich war eine seltsame Kreatur, völlig fehl am Platz, und er wusste nicht, was er mit mir anstellen sollte. Ein unglückliches weibliches Wesen.

»Ich habe nicht den Sinn beleidigt, sondern *dich*.«

»Ah, immer noch sarkastisch. Das ist ein gutes Zeichen.«

Ich musste hier weg und nach Grams suchen, aber die gesamte Familie Contreras befand sich auf dem Jahrmarkt, und ehe einer von ihnen herkommen und mich ablösen konnte, würde meine Schicht vorbei sein.

Eine halbe Stunde war ohne jedes Lebenszeichen von Grams vergangen. Ich war völlig außer mir, als West mir die Hand auf die Schulter legte. Sie war schwer und warm und merkwürdig beruhigend. Als schwebte ich Zentimeter über dem Boden in der Luft, und er holte mich auf die Erde zurück.

»Es reicht jetzt. Gib mir die Schlüssel. Ich schließe ab und werfe sie dir in den Briefkasten. Keine Ahnung, was dir über die Leber gelaufen ist, aber du solltest die Sache in Ordnung bringen und hier keine Zeit mehr verschwenden.«

Ich schüttelte den Kopf. Seine Bestätigung, dass etwas nicht stimmte, reichte aus, um mich zum ersten Mal seit meinem Krankenhausaufenthalt in Tränen ausbrechen zu lassen. Den meisten Leuten war ich scheißegal. In Sheridan war ich nur ein Fall für die Statistik. Durchgeknallte Großmutter, die Mutter ein Junkie. Deshalb hatte Sheriff Jones nicht mal so getan, als würde er den Jahrmarkt verlassen, um mir bei der Suche nach Grams zu helfen.

Wir kümmerten einfach niemanden.

Dicke, heiße Tränen liefen mir übers Gesicht. Ich fuhr mir mit dem Ärmel über die Wangen, entsetzt, weil ich vor ihm weinte, und noch entsetzter, weil ich mir gerade das Make-up verschmierte.

West betrachtete mich mit ruhiger Neugierde. Meine innere Stimme sagte mir, dass er es nicht gewöhnt war, Frauen zu trösten. Normalerweise hatte er mit ihnen zu tun, wenn sie praktischerweise fröhlich waren und ihm zu gefallen versuchten.

Ich schüttelte den Kopf. »Es geht mir gut. Wirklich. Wir müssen nur noch eine halbe Stunde arbeiten.«

»Genau«, stieß er hervor. »Eine halbe Stunde ist so gut wie nichts. Seit diesem Anruf bist du hier so nützlich wie eine Nonne im Puff. Erspar mir das Elend und verschwinde.«

Ich glotzte ihn von meinem Platz auf der Kiste aus an. War es verantwortungslos von mir, über sein Angebot nachzudenken? Ich wusste, hätten Karlie und Mrs Contreras gewusst, was los war, hätten sie mich zweifellos aufgefordert, ihm den Schlüssel zu geben, aber wenn irgendetwas schiefging …

West las meine Gedanken und stöhnte. »Ich mache hier keinen Unsinn. Gib mir deine Adresse.«

Noch immer musterte ich ihn blinzelnd.

»Ich werde auch nicht mitten in der Nacht kommen, um dich zu holen«, fauchte er.

»Warum sollte ich dir über den Weg trauen?«

»Solltest du nicht«, sagte er rundheraus. »Vertrauen bedeutet, dass du deinen Optimismus in eine andere Person setzt, was die exakte Definition von Dummheit ist. Du solltest mir *glauben*, weil es mir nämlich nichts bringen würde, die Kasse zu stehlen. Und weil wir hier in Texas sind und es deshalb mindestens ein Arschloch mit einer geladenen Flinte in eurem Haushalt gibt, der mir mit Freuden das Gehirn rausbläst, wenn ich uneingeladen durch dein Fenster ins Haus klettere.«

Es kam mir verrückt vor, ihm die Schlüssel zu geben. Er arbeitete seit weniger als einem Monat hier. Aber verzweifelte Zeiten erfordern verzweifelte Maßnahmen, und ich war die exakte Definition von verzweifelt.

Ich musste Grams finden. Es war schon spät, und je mehr Zeit verging, desto weiter konnte sie sich entfernen. Marlas Dienst war offiziell vorbei, und mitten in der Nacht herumzurennen und nach Grams zu suchen, überstieg eindeutig ihre Gehaltsklasse.

»Okay.« Ich schnappte mir einen Zettel und kritzelte meine Adresse darauf. »Wirf das Geld in Karlies Briefkasten und bring mir dann die Schlüssel. Du hast was gut bei mir.«

West nahm den Zettel, steckte ihn in die Gesäßtasche, stieß die Tür auf und schob mich grob aus dem Truck.

Ich stolperte auf meinen Chevy zu und versuchte, meine Gliedmaßen unter Kontrolle zu bringen.

Erst als ich in meine Garage fuhr, wurde mir bewusst, welches Datum wir hatten.

Exakt zehn Jahre zuvor war Grandpa Freddie gestorben.

Grams wusste genau, was sie tat.

Und wohin sie ging.

Sie wollte ihn finden.

Bei meiner fünften Runde um den Block betätigte hinter mir jemand ständig die Lichthupe, damit ich stehen blieb. Die Arme um die Taille geschlungen lief ich weiter.

Ich hatte ganz Sheridan nach Grams abgesucht. Zuerst war ich zum Friedhof gegangen, weil ich dachte, dass sie Grandpa

Freddies Grab besuchen wollte. Dann ging ich in die Innenstadt, sah im Stadtpark nach und rief Mrs Serle vom Lebensmittelladen an, um sie zu fragen, ob Grams ihr einen Besuch abgestattet hatte. Ich schaute bei all unseren Nachbarn und Freunden vorbei. Es war, als hätte sich der Erdboden aufgetan und meine Großmutter verschluckt.

Hinter mir hörte ich ein Motorrad grollen. Sekunden später tauchte links von mir West auf seiner Maschine auf. Er bremste ab und glich sich meinem Tempo an.

»Hab die Schlüssel in deinen Briefkasten geworfen.« Seine Stimme wurde durch den schwarzen Helm gedämpft. Auf beiden Seiten waren rote Flammen aufgeklebt, und ich umklammerte den Ring an meinem Daumen und wünschte mir etwas, wie Grams es mich gelehrt hatte.

Bitte mach, dass ich sie finde.

Heiße Luft versengte mir die Lunge. Die Versuchung, mich einfach auf den Bürgersteig sinken zu lassen und meine Probleme zu ignorieren, war stark.

»Sehr gut. Einen schönen Abend noch, St. Claire.«

Er fuhr nicht weg, sondern betrachtete mich auf diese gleichgültige Art, als wollte er fragen: *Wen interessiert's?* »Ist die Krise noch akut?«

Sein Motorrad protestierte mit leisem Knattern gegen die geringe Geschwindigkeit, die West ihm aufzwang. Es war 22:30 Uhr. Ich war mir sicher, dass es eine Menge Orte gab, die er aufsuchen konnte, um Leute zu treffen. Leute wie Tess. Lustig, unkompliziert und ohne besondere Bedingungen, wie ich sie stellte.

»Ich komm schon klar.«

»Das war nicht die Frage.«

»Ist aber trotzdem meine Antwort.«

»Bist du immer so verdammt dickköpfig?«

»Nur an Tagen, die mit G enden. Und mittwochs.«

Er bremste, sprang wie ein Tiger von seinem Motorrad und zog sich den Helm vom Kopf. Sein etwas zu langes Haar war feucht und stand in chaotischen Locken in alle Richtungen ab. Der Höflichkeit halber blieb ich stehen.

Ein Teil von mir dachte, dass es an diesem Abend vielleicht anders laufen würde. Vielleicht würde ich Grams überhaupt nicht finden. Noch nie hatte ich so lange in ganz Sheridan nach ihr gesucht, ohne sie zu finden.

»Es reicht. Sprich mit mir, Texas.«

»*Texas?*«

Hatte er mir gerade einen Spitznamen gegeben oder verlor ich jetzt offiziell den Verstand?

Er zuckte mit den Schultern.

»Du benutzt texanische Ausdrücke. Wie *Howdy*, *Leuts* und *kommt sofort*. Du verschluckst deine Endungen, als hätte die englische Sprache dich persönlich beleidigt.«

»Ich halte meine Heimat in Ehren, na und?«

»Du bist ein Kleinstadt-Mädchen, das in seiner Freizeit wahrscheinlich Eichhörnchen häutet und im Schaukelstuhl auf der Veranda sitzt und Tabak kaut. Gib's zu, Texas, du bist eben … *Texas*.«

»Der Spitzname gefällt mir nicht.«

»Scheißegal. Der bleibt. Und jetzt sag mir, warum du dermaßen durch den Wind bist.«

Seufzend fand ich mich damit ab. »Meine Großmutter ist heute Abend verschwunden«, erklärte ich. »Spaziert einfach zur Tür hinaus, ohne ihrer Betreuerin zu sagen, wohin. Sie ist nicht ganz bei Verstand, und …« *Und treibt mich auch in den Wahnsinn.* »Sie ist unfallgefährdet. Ich versuch, sie zu finden.«

»Siehst du?«

97

»Was?«

»*Versuch.*«

»Hast du noch was von dem verstanden, was ich dir gerade gesagt habe?« Um nicht in Tränen auszubrechen, kniff ich die Lider zusammen. Mir war wirklich, *wirklich* nach Weinen zumute. Tatsächlich stand es ganz oben auf meiner To-do-Liste, sobald ich Grams gefunden hatte.

West klemmte sich den Helm unter den Arm. »Wo könnte sie sein? Kannst du es ein bisschen für mich eingrenzen?«

»Heute ist Grandpas zehnter Todestag, und da dachte ich, dass ich vielleicht an den üblichen Plätzen suche. In der Cafeteria, wo die beiden gearbeitet haben, auf dem Friedhof, wo er begraben ist, bei alten Freunden …« Ich verstummte und spürte, wie meine Augen zu leuchten begannen, als der Groschen endlich fiel. »Oh.«

»*Oh?*« Er sah mir aufmerksam ins Gesicht, suchte nach Hinweisen.

»Das Diner am Highway. Da könnte sie hingegangen sein. Dort haben sie sich kennengelernt. Grams arbeitete an der Kasse. Grandpa Freddie arbeitete am Grill.«

»Aber nicht ohne Hemd, nehme ich an«, sagte West und schnalzte mit der Zunge, aber ich war dermaßen mit meinem neuen Einfall beschäftigt, dass mir die Übereinstimmung gar nicht auffiel. Ich schnippte mit den Fingern.

»Dort war ihr erstes Date. *Ja.*« Ich nickte. Sie hatte mir alles davon erzählt. Wie sie noch geblieben waren, als ihr Dienst schon vorbei war. Wie sie ihn hinter den Tresen gezogen und bewusstlos geküsst hatte. »Da ist Grams hingegangen. Natürlich ist sie das.«

»Dann bewegst du deinen Arsch am besten auch dorthin.«

»Gute Idee.«

Ich drehte mich um und wollte mich auf den Heimweg machen, um meinen Chevy zu holen, blieb dann aber wie angewurzelt stehen, noch immer mit dem Rücken zu West.

»*Mist.*«

»Hmm?« Ich hörte das Grinsen in seiner Stimme. Er hatte sich keinen Zentimeter von der Stelle bewegt, weil er genau wusste, dass er mich in der Tasche hatte.

»Das Café liegt außerhalb der Stadtgrenze von Sheridan, etwa zehn Meilen. Sie haben die Straße wegen des Jahrmarkts heute Abend gesperrt. Der einzige Weg dorthin ist die alte Schotterstraße, und da kann ich mit meinem Pick-up nicht lang.«

Mein Chevy war so alt wie ich und nicht im allerbesten Zustand, auch wie ich. Abgesehen davon war es eher ein Pfad als eine Straße und für den Pick-up vermutlich zu schmal.

Laufen war auch keine gute Idee. Der Weg verlief zwischen Maisfeldern hindurch. Dort gab es Luchse, Kojoten und jede Menge andere Tiere.

»Wir nehmen das Bike.« West tauchte wieder in meinem Blickfeld auf.

»Seit wann sind wir ein *Wir*?« Ich drehte mich auf dem Absatz zu ihm um und zog eine Braue hoch.

»Kannst du Motorrad fahren?«

»Nein.«

»Siehst du, das macht uns zu einem *Wir*. Himmel, Tex, für ein schlaues Mädchen bist du manchmal ganz schön blöd.«

Er drückte mir seinen Helm in die Hand. Ich nahm das schwere Ding, machte aber keine Anstalten, es aufzusetzen. Ich starrte ihn nur verblüfft an und öffnete den Mund, um sein verrücktes, wenn auch nettes Angebot abzulehnen, aber er hob eine Hand und ließ mich nicht zu Wort kommen.

»Erspar mir den Bullshit. Du bist nicht in der Position, mein Angebot abzulehnen, und ich bin definitiv nicht Gentleman genug, um darauf zu bestehen.«

»Du kannst bestimmt was Besseres mit deiner Zeit anfangen.«

»Nein, ich kann mit meiner Zeit etwas Lustigeres anfangen.« Erneut schnalzte er mit der Zunge. »Aber nichts ist besser, als einer Freundin in Not zu helfen.«

Einer Freundin.

Irgendetwas an der Art, wie er das sagte, machte mich völlig fertig.

Ich fühlte mich schwach. Schutzlos. Ich hasste es, eine Hilfsempfängerin zu sein.

Wenn wir das wirklich machen wollten, musste ich ihn vorher warnen.

»Meine Großmutter ist … ein bisschen eigenwillig«, sagte ich zögerlich.

»Gott sei Dank. Alle anderen in dieser Stadt scheinen krankhaft langweilig zu sein. Spring auf.« Er klopfte auf die Sitzbank des Motorrads.

»Hast du noch einen Helm? Für dich?«

West nahm mir den Helm aus der Hand, warf meine Baseball-Cap auf den Boden und stülpte mir das schwere Ding über den Kopf. Dann verschloss er den Kinnriemen.

Er stieg auf sein Bike und deutete mit dem Kinn hinter sich.

»Steig. Endlich. Auf.«

Ich senkte den Kopf und steckte mir die Baseball-Cap rasch in die Gesäßtasche. Der Helm saß eng an meinen Wangen.

»Ich will nicht, dass du ohne Helm fährst.«

Auf keinen Fall sollte er sein Leben für mich riskieren. Mit den illegalen Kämpfen und dem Motorradfahren tat er schon genug, falls er sich tatsächlich umbringen wollte. Meine Hilfe brauchte er dazu bestimmt nicht.

Er schenkte meinen Worten keine Beachtung, rieb sich nur die Augen und schüttelte offensichtlich genervt den Kopf.

»Steig auf, bevor ich dich wie einen Sack Kartoffeln auflade. Und sei gewarnt: Ich werde dabei nicht sanft sein.«

Ich spürte, wie mein Widerstand in sich zusammenfiel, und machte einen Schritt in seine Richtung.

»Und pass auf Christinas Lack auf«, knurrte er.

»Christina?«

»Nach Christina Hendricks.« Er streichelte den glänzend roten Tank des Motorrads. »Die beiden sind meine liebsten Rotschöpfe.«

»Gut, dass nur eine dumm genug ist, sich von dir besteigen zu lassen. Und die hat keinen Puls«, versetzte ich trocken.

Eine Sekunde lang starrte er meinen behelmten Kopf an, dann warf er den Kopf in den Nacken und fing mit einer reinen, elektrisierenden Freude zu lachen an, die mir durch die Adern fuhr und mein Blut zum Kochen brachte. Der Anblick seiner perlweißen Zähne bestätigte meine ursprüngliche Annahme, dass er ein Lächeln besaß, das Frauen niederknien ließ.

Und Männer wahrscheinlich auch.

Ich schob hinter ihm ein Bein über die Sitzbank. Angst und Adrenalin ließen mich am ganzen Körper zittern. Nie zuvor hatte ich mich derart verängstigt und gleichzeitig lebendig gefühlt.

»Rutsch weiter nach vorn«, rief er.

Ich tat wie mir befohlen. Die Maschine grollte unter mir wie ein wildes Tier.

»Und jetzt schmieg dich an mich.«

»So was mache ich erst beim dritten Date.«

Erneut lachte er. Es klang kehlig, rauchig, beinahe fremd, so als wäre er nicht daran gewöhnt, fröhlich zu sein.

»Entweder kuschelst du mit dem Campus-Arschloch oder du fliegst durch die Gegend wie ein offener Luftballon. Deine Entscheidung, Tex. Ich komme in beiden Fällen auf meine Kosten.«

West St. Claire hatte die verblüffende Fähigkeit, etwas Nettes zu tun und sich dabei wie ein totaler Idiot zu benehmen.

Widerstrebend lehnte ich mich an seinen Rücken, schmiegte den Kopf zwischen seine Schulterblätter. Ich schloss die Augen, holte tief Luft und rief mir ins Gedächtnis, dass ich mir den Luxus, prüde zu sein, im Moment nicht leisten konnte.

»Und jetzt halt dich gut fest.«

Ich schlang die Arme um seinen Körper. Ich konnte die Rillen seines Sixpacks fühlen, und mein Herz schlug so schnell, dass er es vermutlich durch mein dünnes Shirt hindurch spüren konnte.

Wir durchschnitten die schwüle Luft, schossen wie ein Pfeil über die Straße. West beugte sich vor. Ich klammerte mich fester an ihn, überrascht, wie mühelos wir auf dem Motorrad die Balance hielten, auch als der Asphalt sich erst in Schotter und schließlich in Staub verwandelte. Sein Shirt flatterte wie eine Fahne, und der Wind biss mir in die Haut, dass es mir den Atem raubte. Jeder Zentimeter meines Körpers war mit einer Gänsehaut überzogen.

»Komm raus aus deinem Kopf, Texas. Darin geht gerade nichts Gutes vor sich.« Nur mühsam übertönten seine Worte den Wind. Zum Glück fuhr er langsam genug, dass ich überhaupt etwas hören konnte.

»Wenn ich auf das Datum geachtet hätte, wäre Grams jetzt zu Hause und in Sicherheit«, murmelte ich in seinen Helm.

Sein Duft hüllte mich ein. Männlichkeit, Seife und süße, berauschende Gefahr.

Wenn ich es zuließe, könnte ich mich in diesem Geruch verlieren. Ich fragte mich, ob sich Grams bei Grandpa Freddie genauso gefühlt hatte, ob auch sie in seiner Gegenwart vor Glück wie betrunken gewesen war.

»Bist du dir selbst gegenüber immer so hart? Und sag jetzt bloß nicht: nur an Tagen, die auf G enden.«

»Es ist meine Aufgabe, mich um sie zu kümmern. Sie hat mich großgezogen.«

»Man kann sich um jemanden kümmern, ohne sich selbst für dessen Probleme verantwortlich zu fühlen.«

»Offensichtlich hast du dich noch nie um jemanden gekümmert.«

»Offensichtlich redest du gerade Schwachsinn«, konterte West mit kalter, bissiger Stimme. Anscheinend hatte ich eine empfindliche Stelle getroffen.

»Mein Schwachsinn ergibt immer noch mehr Sinn als deine Vernunft«, gab ich mit zusammengebissenen Zähnen zurück.

Und schon lachte er wieder über meine Unverschämtheit, über die Tatsache, dass ich ihm widersprach.

»Keine Ahnung, Schätzchen, aber es ist toller Schwachsinn, darum höre ich gern zu.«

Er war ganz anders, als ich erwartet hatte. Als hätte er seine fröhliche, unbeschwerte Persönlichkeit tief in sich vergraben, um sich die Leute vom Hals zu halten.

»Jetzt mal langsam, Cowboy. Wenn du mir deswegen hilfst, kannst du mich gleich hier absetzen und wieder abhauen. So eine bin ich nicht.«

»Was für eine bist du denn?« Seine Stimme klang auf einmal sinnlich und leicht spöttisch.

»Jedenfalls keine, die plötzlich unter dir liegt, nur weil du ihr ein bisschen Aufmerksamkeit geschenkt hast.«

»Auf mir klappt auch.«

»Mach so weiter, und das Einzige, was du über dir spürst, ist mein Pick-up.«

»Ich mache nur Spaß, Texas. Ich würde dich niemals anbaggern. Ich vermische Geschäftliches nicht mit Vergnügen. Abgesehen davon verschwinde ich nach der ersten Nacht, und nimm's mir nicht übel, aber du siehst nach einer Menge Arbeit aus. Das hier ist ein selbstloser Gefallen, den ich einer Freundin tue.«

Da war es wieder. *Freundin.* Es war das zweite Mal, dass er mich so nannte.

»Ist das so?«

»Pfadfinderehrenwort. Ich erwarte nichts dafür außer deiner unendlichen Bewunderung.«

»Warum bist du so nett zu mir?«

Ich wusste genug über West, um zu erkennen, dass er alles andere als der nette, hilfsbereite Typ war, und das hatte nichts mit den Gerüchten zu tun. Auf dem Campus benahm er sich wie ein schlecht gelaunter Höhlenmensch.

»Nett ist ein großes Wort.« Wir näherten uns der gesperrten Kreuzung. Auf der Suche nach Grams blickte ich hektisch nach links und rechts. »Ich benehme mich dir gegenüber nicht wie ein Arschloch, das ist alles. Aber vermutlich bist du so was nicht gewöhnt.«

»Die Leute behandeln mich nicht schlecht«, protestierte ich.

»Da sind wir wohl unterschiedlicher Meinung.«

»Wenn du von Reign und den Mädels sprichst, mit denen ihr damals unterwegs wart, dann ist es ihre Schuld, nicht meine.«

»Ihre Schuld, dass sie Arschlöcher sind. Deine Schuld, dass du dich auf den Rücken drehst und dich tot stellst.«

»Ich kann mich nicht erinnern, dass du sonderlich freundlich gewesen wärst.«

»Stimmt«, sagte er ohne jede Spur von Bedauern in der Stimme. »Fürs nächste Mal hast du meine Erlaubnis, mir einen Slushie über den Kopf zu gießen und Reign in die Eier zu treten.«

Ich wollte ihm gerade antworten, da entdeckte ich Grams. In ihrem rot-blauen, paillettenbesetzten Abendkleid, mit dem leuchtend rosa Lippenstift und den hochhackigen Schuhen war sie kaum zu übersehen.

Sie hatte sich die Haare toupiert und mit Spray betoniert – *je höher die Frisur, desto näher bei Gott –*, und sie trug die kleine Clutch bei sich, die sie sonntags immer mit zur Kirche genommen hatte, als sie noch hinging. Sie war auf dem Weg zum Diner und überquerte gerade die Straße.

»Stopp!«, brüllte ich.

West legte eine Vollbremsung hin. Dreck spritzte auf, und ich prallte gegen seinen Rücken. West schlang unbeholfen einen Arm um mich und erwischte mich an der Taille.

»Hab sie gefunden«, sagte ich atemlos und stieg vom Motorrad. Meine Beine zitterten. »Danke. Es ist die da drüben in dem Diana-Ross-Kleid. Ich bringe sie sofort nach Hause.« Ich nahm den Helm ab, wohl wissend, dass ich Make-up-Spuren darin hinterlassen hatte, und drückte ihn West in die Hand. »Schönen Abend noch!«

Ich rannte über die Straße und warf Grams beinahe um. Beim Geräusch meiner Schritte drehte sie sich langsam zu mir. Das Lächeln in ihrem Gesicht verwandelte sich in ein Stirnrunzeln, als sie mich näher kommen sah.

»Ist das zu glauben?! Was machst du denn hier, Gracie-Mae? Du solltest längst im Bett sein. Morgen ist ein Schultag.«

Grams schlug sich mit der Clutch auf den Oberschenkel. Nach dem langen Marsch über den Feldweg war ihre Stirn schweißbedeckt und die Schuhe voller Lehm.

Was glaubt sie, wie alt ich bin?

»Oh, ich wollte dich nur begleiten.« Mit einem engelsgleichen Lächeln im Gesicht blieb ich stehen.

»Süße, ich habe ein Date mit deinem Großvater. Können wir nicht morgen etwas zusammen unternehmen?«

Ich schüttelte heftig den Kopf. Das Lächeln in meinem Gesicht war schmerzhaft wie eine Wunde und genauso angespannt. Sie glaubte, dass Grandpa noch lebte.

»Bitte. Ich möchte *wirklich* mitkommen, Grams.«

Erneut öffnete sie den Mund, um mich auszuschimpfen, doch plötzlich weiteten sich ihre Augen und begannen zu leuchten. Ich drehte mich auf dem Absatz um. Sofort entgleisten mir die Gesichtszüge.

Oh Gott, bitte nicht.

»'n Abend, Mrs Shaw. Wie geht's uns denn heute?« West kam auf uns zu geschlendert, eine Zuckerstange zwischen den perfekten Zähnen und dieses verdammte Grinsen im Gesicht. Die Fältchen rund um seine kleeblattgrünen Augen erinnerten mich an Scott Eastwood.

Ich fragte mich, was das mit der Zuckerstange sollte. Er nahm immer die grünen mit Apfelgeschmack. »Herrliches Wetter, nicht wahr?«

»Oh ja, wunderbar.« Grams strich über ihre fixierte Frisur, die immer noch steinhart war. »Sind wir uns schon mal begegnet?«

Grandma Savvy streckte West ihre Hand entgegen. Er nahm sie, senkte den Kopf und berührte ihre Fingerknöchel mit den Lippen, nachdem er die Zuckerstange aus dem Mund genommen hatte.

»Nein, leider nicht, zu meinem größten Bedauern. West St. Claire. Ich arbeite mit Grace zusammen.«

»Nun, ich fürchte, sie hat Sie nie erwähnt.«

Der Blick, den er mir zuwarf, brachte mich beinahe zum Kichern. Er schien aufrichtig überrascht. Ich hatte den Eindruck, dies war das erste Mal, dass eine Frau, die er kannte, ihn nicht zum Mittelpunkt ihres Universums gemacht hatte.

»Tatsächlich?« Er blickte mich aus schmalen Augen an, schob sich die Zuckerstange wieder in den Mund und biss so fest darauf, dass sie knackte. Ich zuckte mit den Schultern.

»Würden Sie und Gracie-Mae mit Freddie und mir einen Happen essen gehen?«, fragte Grams.

Es war 23:30 Uhr, und sie sah furchtbar aus. Ihre Füße mussten schrecklich schmerzen, sie war es nicht gewöhnt, so weit zu laufen. Abgesehen davon wollte ich nicht, dass der schlimmste Bad Boy der Sheridan University Zeit mit meiner chaotischen Großmutter verbrachte, auch wenn ich mir deswegen oberflächlich und undankbar vorkam.

»Nein!«, rief ich, während West leichthin sagte: »Das klingt nach einem Plan.«

Grams blickte von mir zu ihm und zog eine Augenbraue hoch.

»Braucht ihr ein bisschen Zeit, um euch zu entscheiden?«

Meine Wangen fühlten sich derart heiß an, dass ich mich fragte, warum mein Kopf nicht in Flammen aufging. Vor Peinlichkeit zu sterben war zwar grausam, wäre mir zu diesem Zeitpunkt aber sehr willkommen gewesen.

»West kommt gerade von der Arbeit. Ich glaube, er möchte lieber nach Hause.«

»West kann für sich selbst sprechen, und was er möchte, sind ein Steak und nette Gesellschaft.« Er stieß mich grob beiseite, rollte verführerisch die Zuckerstange zwischen den Lippen und schenkte meiner Großmutter ein routiniertes freches Grinsen.

»Wo bleiben deine Manieren, Gracie-Mae? Der Mann hat Hunger, und er fragt höflich, ob er sich uns anschließen darf. Eigentlich habe ich sie besser erzogen, ich schwöre.«

»Daran habe ich keine Sekunde gezweifelt, Ma'am.«

West öffnete die Tür des Diners für uns. Grams ging zuerst hinein. Spöttisch grinsend wackelte er mit den Augenbrauen.

»Ladies first.«

»Was stimmt nicht mit dir?« Ich bleckte die Zähne.

Er stieß einen lang gezogenen Seufzer aus.

»Wie viel Zeit hast du, Mädchen?«

Ich boxte ihm gegen den Arm und betrat widerwillig das Diner.

Er lachte.

Er lachte *tatsächlich*.

Als wäre der Gedanke, dass ich ihm Schmerzen bereiten könnte, absolut lächerlich.

»Hast du eine Wette verloren?«, fragte ich im Bühnenflüsterton, als wir nebeneinander herliefen.

»Hast du den Verstand verloren?« Er strahlte eine gefährliche Ruhe aus, und mir war unbegreiflich, dass Grams das nicht bemerkt hatte. »Es ist nur ein Essen, und du stehst nicht auf der Karte.«

»Willst du etwa behaupten, es ist völlig normal, dass du Zeit mit mir und meiner Großmutter verbringen willst?«

Ich war Toastie, und sie war nicht gerade die hellste Kerze auf der Torte. Das wusste jeder. Und selbst wenn West es nicht gewusst hatte, müssten die letzten zehn Minuten gereicht haben, um ihn auf den Stand der Dinge zu bringen. Warum gab er sich solche Mühe, sich mit mir anzufreunden?

»Es geht nicht immer nur um dich, Texas. Tatsächlich tut es das sehr selten. Zu wissen, dass sich die Welt nicht ständig um deinen hübschen kleinen Arsch dreht, ist Fluch und Segen zugleich, echt. Manchmal will ein Kerl einfach nur ein Steak.«

»Ich …«

Er fiel mir ins Wort. »Hunger. Aus dem Weg. *Jetzt.*« Mit einem Nicken forderte er mich zum Weitergehen auf.

Grams hatte sich in eine rote, hufeisenförmige Nische gesetzt, und wir folgten ihr. Eine Kellnerin mittleren Alters erschien, um unsere Bestellungen aufzunehmen. Sie trug eine rosa Uniform mit schwarz-weißkariertem Kragen und hatte stark blondiertes Haar.

Ronda's Roost war rund um die Uhr geöffnet und bediente hauptsächlich Trucker auf der Durchfahrt. Es gab nur eine Handvoll Kunden; sie waren mit Kaffee und Obstkuchen beschäftigt. Grams bestellte Eistee und Chili, während West sich für das Rajun Cajun Club Sandwich mit einer Doppelportion Pommes frites und Milkshake entschied und für ein extra blutiges Steak, das, wie wir später sehen würden, fast aus einer halben Kuh bestand. Ich bestellte ein Glas Pepsi Light und ein Wunder. Die Kellnerin ließ ihren Kaugummi platzen und gackerte über meinen Witz.

»Kein guter Abend, Schätzchen?«

»Kann man so sagen«, murmelte ich und musterte West, der auf der anderen Seite des Tisches saß, aus schmalen Augen. Er lächelte entspannt, und das eigensinnige Funkeln in seinen Augen sagte mir, dass ihn meine Feindseligkeit nicht im Geringsten störte.

Es war, als hätte er sich über Nacht einer Persönlichkeitstransplantation unterzogen. Oder er hatte einen Nervenzusammenbruch erlitten, denn er war ganz anders als der Kerl, den er in den letzten zwei Jahren auf dem Campus dargestellt hatte.

Mürrisch, schweigsam und ernst. Mit einem Unterton von Finsternis. Er lief durch die Korridore, die Räume der Studentenvereinigung, die Bibliothek und an den Verbindungsräumen vorbei wie einer, der darauf wartete, vom Blitz getroffen zu werden.

Mit dem groben, gewalttätigen und schweigsamen Kerl, der immer kurz vor dem Überkochen schien, hatte der West, der hier vor mir saß, nicht das Geringste zu tun.

Grams schien begriffen zu haben, dass Freddie nicht bei uns war, also war das kleine Wunder offenbar geschehen. Sie beugte sich vor, steckte eine Münze in die Musikbox und wählte *At Last* von Etta James. Es war deutlich zu sehen, dass sie die männliche Aufmerksamkeit genoss, und sie erzählte West von der Zeit, als sie in diesem Diner gearbeitet hatte.

»Glauben Sie mir, damals habe ich nichts anbrennen lassen. Aber ich möchte diese Zeit um nichts in der Welt missen. Hier habe ich meinen Ehemann kennengelernt.«

»Er war bestimmt etwas Besonderes.« West lächelte sie an, und ich versuchte, mich zu erinnern, ob ich ihn auf dem Campus je hatte lächeln sehen. Wir hatten zusammen Mixed Media, darum sah ich ihn ziemlich oft. Ich konnte mich an kein einziges Mal erinnern, und das bereitete mir Sorge.

»Ach, Junge …« Sie beugte sich vor und tätschelte ihm den Handrücken. »Freddie war blitzgescheit, so gefährlich wie der Teufel und doppelt so attraktiv.«

Dass Grams glücklich war, machte auch mich glücklich, darum entspannte ich mich auf dem quietschenden Vinylsitz allmählich und ließ die beiden reden.

»Also, Mr St. Claire, machen Sie meiner kleinen Gracie-Mae den Hof?«, fragte sie nach einer Weile und senkte das Kinn, um ihn über ihre geschwungene Lesebrille hinweg zu betrachten.

Ich verschluckte mich an meiner Pepsi und hustete sie quer über den Tisch.

Grinsend beugte West sich über den Tisch, sodass seine und Grams' Nase sich beinahe berührten. Er senkte die Stimme zu einem Flüstern. »Darf ich ehrlich sein?«

»Ehrlich währt am längsten.«

»Ich bin nicht so der Beziehungstyp, Mrs Shaw. Grace verdient etwas viel Besseres, darum werde ich darauf verzichten, ihrer Schürze nachzujagen. Außerdem ist Ihre Tochter nicht gerade mein größter Fan.«

»Tochter?« Grams legte sich eine Hand auf die Brust und kicherte. »Das sehen Sie falsch, mein Lieber. Ich bin Grace' *Großmutter*.«

»Nein!« Er warf mir ein spöttisches Lächeln zu, und ich hätte ihn am liebsten umgebracht. Er *wusste*, dass sie meine Großmutter war. »Nicht zu fassen! Sie sehen aus wie ihre Schwester.«

»Wie die kleine Schwester, nehme ich an.« Schmollend saugte ich an meinem Strohhalm. Er lachte gutmütig.

Dieser Typ trug derart dick auf, dass ich wünschte, er würde mich morgens schminken.

Grams und West aßen weiter und setzten ihr oberflächliches Geplänkel fort.

Sie sprachen über das Wetter in Maine (das ihm zufolge ziemlich mies war), das Essen in Maine (ebenfalls mies, abgesehen von den Meeresfrüchten), über seine Familie (West war schlau genug, nicht zu erwähnen, dass *die* mies war, aber seine knappen Antworten verrieten mir, dass er seinen Eltern nicht besonders nahestand). Als sie fertig waren, versprach West ihr, sie bald noch einmal zum Diner zu begleiten, und sie versprach ihm, einen ihrer berühmten Kuchen für ihn zu backen. Da ich nicht Teil des Gespräches war, entschuldigte ich mich, um auf die Toilette zu gehen und mein Make-up zu erneuern. Als ich zurückkam, hatte West bereits die Rechnung übernommen und machte Anstalten, aufzustehen und zu gehen. Großmutter war in ein lebhaftes Gespräch mit der Kellnerin verwickelt und erzählte ihr von den alten Zeiten im Diner.

Ich wand mich innerlich und sagte: »Du hättest nicht bezahlen müssen. Vielen Dank.«

Er schob sein Portemonnaie in die Gesäßtasche und zog an der Kette, die daran befestigt war. Seine beiden Teller waren blitzblank, und was Grams übrig gelassen hatte, hatte er auch noch vernichtet. Er musste verdammt hungrig gewesen sein.

»Ich habe euch ein Taxi bestellt.« Er ignorierte meinen Dank und benahm sich wieder so mürrisch und unfreundlich, wie ich ihn kannte. »Schließ die Haustür ab, und versteck den Schlüssel irgendwo, wo sie ihn nicht finden kann.«

»Sie darf sich frei bewegen«, protestierte ich, nur um des Protestierens willen. Mir gefiel nicht, dass er mir vorschreiben wollte, was ich zu tun hatte, obwohl er in diesem Fall recht hatte.

Er musterte mich durchdringend. »Versteck ihn an einem Ort, wo niemand hin will.«

»Und wo soll das sein?« Ich verschränkte die Arme und durchbohrte ihn mit dem Blick.

»Wie wär's mit deinem Bett?«

Er griff nach dem Helm, der auf seinem Stuhl lag, und klemmte ihn unter den Arm. Er gab Grams zum Abschied einen Kuss auf die Wange und verschwand, ohne mich eines Blickes zu würdigen. Ich beobachtete ihn durch das Fenster. Er schwang ein Bein über sein Bike und raste los. Wir sahen zu, wie das Rücklicht des Motorrads immer kleiner wurde, bis es schließlich in der Dunkelheit verschwand.

»Bei dem musst du vorsichtig sein, Liebes. Der ist wilder als ein Haufen Schlangen.« Sie hakte mich unter und tätschelte mir den Unterarm. Jetzt war sie wieder die normale, liebe Großmutter Savvy, und ich hoffte, noch sehr lange etwas von ihr zu haben, weil ich ihr alles über mein Leben, meine Probleme und meine Beziehungen erzählen wollte.

Denn ich wollte die scharfsinnigen Gedanken einer unabhängigen Südstaaten-Frau von ihr hören.

Ich dachte an die Mädchen, die ständig an dem Food Truck auftauchten. An Wests Einmal-und-nie-wieder-Regel. An seinen Ruf, die aufgeschlagenen Knöchel, an sein teuflisches Grinsen und die grünen, unergründlichen Augen, ihren ausdruckslosen Blick, sobald er sie auf jemanden richtete.

Grams hatte recht.

Mein Herz konnte es sich nicht leisten, sich für West St. Claire zu öffnen.

Und ich würde dafür sorgen, dass auch der Rest meines Körpers meinem Verstand gehorchte.

6. KAPITEL

West

»West, mein Freund, was geht?«

Max fiel es schwer, mit mir Schritt zu halten, als ich in das Café stürmte. Er keuchte wie einer von diesen rattenähnlichen Hunden, die nicht mal von der Küche bis zum Esstisch rennen konnten. Er war ein kleiner, untersetzter Typ mit einem von Akne übersäten Gesicht und drahtigen rot-braunen Locken, die er mit allen möglichen Haarpflegeprodukten zu zähmen versuchte.

Diese Kombination machte ihn für jeden unattraktiv, der sehen konnte, was zu seinem Verdruss auf achtundneunzig Prozent der Campus-Bevölkerung zutraf.

Der Depp war vor allem als Organisator der Kämpfe im Sheridan Plaza bekannt und außerdem als eifriger Sammler dessen, was East, Reign und ich an Kampfabenden von der Damenabteilung übrig ließen. Max bekam einen hübschen Anteil für die Vorbereitung meiner Reservoir Dogs-Auftritte in dem Einkaufszentrum. Er erledigte die Fußarbeit, ich arbeitete mit den Fäusten.

Er lockte jede Woche seine Freunde von den Studentenverbindungen – Pike, Beta Theta Pi und Sig Ep – in die Arena und zog ihnen das Geld für Wetten, Tickets und Bier aus der Tasche. Gut für mich, denn ich war derjenige, der am Ende des Abends den großen Reibach machte.

»Komm zur Sache, Max. Wir sind nicht zum Quatschen hier«, schnauzte ich.

Ich war auf dem Weg zur Cafeteria, wo ich mich mit East treffen wollte. Wie so oft tanzte das Handy in meiner Tasche. Ich ignorierte es. Ich musste nicht nachsehen, wer anrief. Es war Mom, und was sie von mir wollte, war mehr Geld.

Max klatschte in die Hände und hüpfte förmlich neben mir her. Er trug klassische Jordan Airs, einen Designergürtel und genug Haargel, um einen Sechsjährigen daraus zu formen. Allein die Ausdünstungen seiner Haare hätten gereicht, um mich high zu machen.

»Alles klar. Immer geradeheraus, verstehe«, krähte er. Ich spazierte in die Cafeteria, und er folgte mir wie ein Furz. »Ich hab einen neuen Auftritt für dich. Könnte was werden. Etwas Exklusives, das es nicht jeden Tag gibt. Extrem lukrativ, aber total auf den letzten Drücker.«

»Nun spuck's endlich aus«, sagte ich und hielt nach East Ausschau. Mein bester Freund bereitete mir wie ein verknalltes Mädchen vom Land mit Sternen in den Augen jeden Morgen Sandwiches zu und brachte sie mir mit. Vermutlich befürchtete er, dass ich ohne ihn einfach verhungern würde. Er kannte mich gut genug, um zu wissen, dass es da diesen kleinen Teil von mir gab, dem es egal war, ob er lebte oder starb.

East war klar, dass ich das postmortale Nichts durchaus begrüßen würde. Meine derzeitigen Gewohnheiten waren nicht gerade lebensbejahend.

»Schwieriges Publikum, was? Schon mal von Kade Appleton gehört?«, fragte Max.

Appleton war ein in Sheridan geborener professioneller MMA-Kämpfer, der ungefähr fünf Jahre zuvor nach Las Vegas gegangen war. Er war berüchtigt, weil er ständig wegen Unfairness im Ring gesperrt wurde. Man war allgemein der Meinung, dass er es verdient hatte, sich berufsmäßig die Fresse polieren zu lassen. Jeder Einwohner von Sheridan, der ihn als Heranwachsenden erlebt hatte, kannte eine Geschichte von einem Tier, das er getötet, von einer Schrotflinte, die er auf jemanden gerichtet, oder von einem Fausthieb, mit dem er einen armen Kerl in die Notaufnahme geschickt hatte.

Kade Appleton war sozusagen das Aushängeschild aller Hinterwäldler. Hätte mich gewundert, wenn er ein einziges Paar Schuhe besäße.

»Sieht so aus, als wäre er in der Stadt und auch bereit, heute Abend gegen dich zu kämpfen. Außerdem haben wir diesen Typ von der Penn State klargemacht, aber den können wir noch ein bisschen nach hinten schieben. Wenn du dich auf den Appleton-Kampf einlässt, stehen die Chancen gegen dich. Ich habe schon eine Tabelle gemacht.« Max holte sein Handy heraus und hielt mir eine Excel-Tabelle vors Gesicht. Abrupt blieb ich stehen, und als ich die Zahlen sah, stieß ich einen leisen Pfiff aus.

Eins meiner größten Probleme, seit ich Leute bewusstlos schlug, um meinen Lebensunterhalt zu verdienen, bestand darin, dass ich praktisch jeden Gegner fertigmachte. Selbst wenn ich ihn ein oder zwei Treffer landen ließ, um das Publikum bei der Stange zu halten, war ich doch ehrgeizig genug, niemals absichtlich zu verlieren, soviel Integrität besaß ich noch. Das führte zu ziemlich miesen Gewinnquoten, das Geld wurde immer weniger, weil alle wussten, dass ich gewinnen würde.

Kade Appleton war ein professionell ausgebildeter Kämpfer, der ein paar Meisterschaften aufzuweisen hatte. Und damit war er eine gute Gelegenheit zum Geldverdienen für mich.

Eine Banane flog durch die Luft, traf Max an der Brust und fiel mir vor die Füße. Ich blickte von Max' Handy auf und in die Richtung, aus der sie gekommen war. Auf der anderen Seite der Cafeteria entdeckte ich East und Reign. Sie lümmelten an einem Tisch herum und winkten mich jetzt zu sich.

Ich setzte mich in Bewegung.

»Und?« Max folgte mir. »Was sagst du dazu?«

»Bin dabei.«

Ich schlüpfte in die Bank East gegenüber, der mir ein total durchweichtes Eiersandwich reichte. Hoffentlich waren seine Eroberungen genauso feucht wie seine Omeletts. Er sollte echt sparsamer mit dem Öl umgehen.

»Du bist dabei?« East zog eine Augenbraue hoch. Reign saß mit dem Rücken zu uns und telefonierte. »Wobei? Beischlaf? Beinahe verrückt? Beinahe in der Lage, einen Satz zu beenden?«

»Er tritt heute Abend gegen Kade Appleton an«, sagte Max und hatte Sternchen in den Augen.

East schüttelte den Kopf und zog die Brauen zusammen.

»Verdammt noch mal, nein. Dieses Arschloch kämpft unfair, und das weiß jeder. Seine komplette Entourage besteht aus zwielichtigem Gesindel. Das ist es nicht wert, Westie.«

Ich hasste es, wenn er mich so nannte. *Westie.* Aber gleichzeitig war mir bewusst, dass East einer der wenigen Menschen auf diesem Planeten war, die ich ertragen konnte, und der – was noch wichtiger war – seinerseits *mich* ertragen konnte. Wir waren zusammen aus unserer Kleinstadt in Maine an die Sher U gekommen. Nach allem, was wir gemeinsam durchgemacht hatten, getrennte Wege zu gehen, kam mir falsch vor.

Wir wohnten zusammen, und wir teilten auch sonst alles: Vergangenheit. Gegenwart. Zukunft.

Zu diesem Zeitpunkt waren wir unzertrennlich.

Wir waren East und West für immer – die Wunderkinder. Jedenfalls bis ich aufhörte, eins zu sein.

Ich ignorierte East, nahm einen Bissen von meinem Sandwich und deutete damit in Max' Richtung. »Mach den Kampf klar.«

»Bro.« Easts Augen wurden groß. Reign beendete sein Telefonat, warf das Handy auf den Tisch und biss ein Stück Käsetoast ab. »Tag auch, Mädels. Darf ich fragen, was euch dermaßen erregt?«

»West kämpft heute Abend gegen Kade Appleton.« East zeigte mit dem Daumen in meine Richtung, eine Geste, die besagte: Was für ein Idiot.

Reigns Augenbrauen näherten sich bedenklich seinem Haaransatz. »*Holy Shit*. Wenn *ich* lebensmüde wäre, wären Unmengen psychedelischer Drogen die Todesart meiner Wahl, aber ist ja jeder anders, Mann.«

»Solltest du jemals deine Meinung ändern, helfe ich dir gern.« Ich nahm noch einen Bissen von meinem triefenden Eiersandwich und versuchte, nicht an das italienische Essen meiner Mom zu denken. Bei all ihren Fehlern, kochen konnte sie. Abgesehen von dem Diner-Zwischenspiel diese Woche hatte ich seit Jahren keine Hausmannskost mehr gegessen.

»West ist nicht lebensmüde«, sagte East mehr zu sich selbst als zu den anderen am Tisch. Er warf mir einen Blick zu. Ich schüttelte den Kopf. Ich hatte nicht vor, mich umzubringen, aber wenn ich starb ... nun, dann wäre das keine unerwünschte Wendung.

Reign lachte. »Jetzt mal im Ernst. Hast du wirklich vor, mit Appleton in den Ring zu steigen? Kann ich dann deine AirPods haben? Meine sind voller Ohrenschmalz.«

East trat unter dem Tisch nach ihm und begann gleich darauf, mein Schienbein zu bearbeiten.

»East«, sagte ich. »Ich will das nicht hören. Reign ... ich will *dich* nicht hören. Und Max ... verschwinde. Ich werde heute Abend dort sein. Erzähl es rum. Sieh zu, dass es sich für mich lohnt.«

»Sagte die Schauspielerin zum Bischof«, scherzte Reign.

East und ich boxten ihm gegen den Arm.

Als ich den Job im Food Truck annahm, hatte ich Karlie gesagt, dass ich freitags grundsätzlich nicht konnte. Sie kannte den Grund. Sie und Texas gehörten zu den wenigen Mädels, die bei den Kampfveranstaltungen nicht auftauchten. Ich mochte es, dass sich mein Job im Food Truck nicht mit meinem Job als Nasenbrecher ins Gehege kam.

Max verzog sich. Am Tisch wurde es still, bis Reign sich schließlich räusperte.

»Jetzt mal Spaß beiseite, West. Es gibt einen Grund, warum Appleton momentan in der MAF-Liga gesperrt ist. Er ist letztes Jahr verhaftet worden, weil er seine Freundin angegriffen hat. Die Mutter seines Kindes. Die Fotos von ihrem Gesicht danach sind nichts, was du dir beim Essen ansehen willst. Ich sag's nur.«

»Und sein Manager ist bekannt dafür, dass er Hundekämpfe organisiert. Dafür war er drei Jahre im Knast«, fügte East hinzu.

»Das stimmt. Shaun Picker. Zusammen haben die beiden ein Vorstrafenregister, das dicker ist als *Krieg und Frieden*.« Reign zeigte mit einem Finger der Hand, die seinen Käsetoast hielt, auf mich. »Was ich, nur fürs Protokoll, nie gelesen habe. Aber ich habe gehört, dass es verdammt dick und schwer zu schlucken ist, genau wie mein Schwanz.«

»Ich will das Arschloch nicht heiraten, sondern ihn nur ins Bett stecken«, schimpfte ich. »Hört zu, die Sache ist beschlossen, ihr könnt also ruhig das Thema wechseln.« Ich hatte das

Interesse an dem Gespräch verloren und schaute mich in der Cafeteria um, ohne genau zu wissen, wonach ich suchte.

Ich brauchte das Geld.

Dringend.

Es war die grausamste Art der Ironie.

Als Heranwachsender hatte ich mir immer gesagt, dass ich nie so ein Arschloch werden würde, das nur lebte, um zu arbeiten, anstatt zu arbeiten, um zu leben. Andererseits war ich auch noch nie gut darin, Wort zu halten.

Ich wurde älter, baute Mist, machte Fehler und musste dafür bezahlen.

Inzwischen rannte auch ich dem Geld hinterher wie die armen Wichser, die ich als Kind bemitleidet hatte. Und dabei verdiente ich dieses Geld nicht einmal für mich selbst.

Appleton war ein Kampf, den ich nicht ablehnen konnte. Ich würde gewinnen. Und wenn ich den Bastard umbringen musste, um das nette Sümmchen zu kassieren.

In meiner Tasche summte das Handy zum hundertsten Mal an diesem Tag. Ich holte es heraus, drückte das Gespräch weg und schrieb meiner Mutter eine Nachricht.

West: Schicke euch Montag Geld. Lass mich in Ruhe.

Eine Sprachnachricht erschien auf dem Display. Ich löschte sie, ehe ich in Versuchung kommen konnte, sie mir anzuhören. Ich hob den Kopf und blickte zwischen Reign und East hin und her. Ihre Mienen wirkten ratlos und besorgt.

»*Lasst es*«, sagte ich genervt.

»Wenn du mit Appleton ins Bett steigst, kann es sein, dass dein ganzes Umfeld in Schwierigkeiten gerät«, sagte East. »Der Mann ist im Grunde ein Verbrecher. Er geht vor wie die Mafia.«

»Wenn dir der Scheiß zu heiß wird: Du weißt, wo die Tür ist.« Ich begegnete Easts Blick und musste vor Wut die Zähne zusammenbeißen. »Wie auch immer, ich werde mich dem Kampf jedenfalls stellen.«

Reign stand auf und reckte sich gemächlich.

»Na schön, ich verschwinde jetzt. East, wir sehen uns beim Training. West – war nett, dich gekannt zu haben. Ich werde ein paar Blumen auf dein Grab legen und mich um deine Freundinnen kümmern, wenn sie nachts ein warmes Bettchen brauchen.« Er senkte den Kopf, griff nach seiner Sporttasche und verschwand.

East betrachtete Reigns Rücken, bevor er den Blick wieder auf mich richtete.

»Sieht es zu Hause wirklich so übel aus?«

Er wusste genau, warum ich jeden Freitag im Ring stand, und auch, dass es dabei nicht um Ruhm und Ehre ging. Ja, ich liebte den Wettkampf – das lag mir im Blut. Wenn ich eine Herausforderung sah, nahm ich sie an, aber diese Kämpfe wären niemals mein Lebensweg geworden, hätten die Dinge anders gelegen, als sie nun einmal lagen.

Ich schob mir den Rest des Sandwiches in den Mund.

»Du kennst doch meinen Dad. Er ist unfähig, ein Geschäft zu führen. Ich kann nicht zulassen, dass sie die Farm verlieren. Dann bleibt ihnen gar nichts mehr.«

East nickte. »Ich bin da, wenn du mich brauchst.«

Obwohl es das abgedroschenste Klischee war, das ich je gehört hatte, wusste ich, dass er es ernst meinte. Und obwohl ich wusste, dass er mir nicht helfen *konnte*, fühlte ich mich ein bisschen besser.

»Wo warst du gestern Abend?« East wechselte das Thema.

»Diese Grace vom Food Truck hatte ein Problem. Sie musste früher gehen, darum habe ich den Laden zugemacht.«

Ich würde East nichts von Texas' Angelegenheiten erzählen. Nicht, weil ich doch noch einen Rest Ehre im Leib hatte, Gott bewahre, sondern weil ich Klatsch und Tratsch nicht leiden konnte. Abgesehen davon würde ich an ihrer Stelle jeden, der alles über meine durchgeknallte Großmutter ausplauderte, umbringen und den Weihnachtsbaum mit seinen Überresten schmücken.

Texas hatte es echt nicht leicht.

»Netter Versuch. Du bist um halb zwei nach Hause gekommen. Ich war noch wach.« East trommelte auf dem Tisch herum und warf mir einen *Erwischt!*-Blick zu.

»War danach noch essen. Wusste nicht, dass du noch kuscheln wolltest.«

»Du gehst nie essen. Du bist sogar zu geizig, dir ein Paar Socken zu kaufen.«

Das stimmte allerdings. Dass ich ein paar Wochen zuvor Tacos und Slushies für alle spendiert hatte, war eine einmalige Angelegenheit. Eins der Mädels, die uns begleitet hatten, war die Schwester eines Typen, den ich bei einer Fight Night auf die Intensivstation geschickt hatte. Er hatte gedroht, mich zu verklagen, und ich musste ihr Honig ums Maul schmieren, damit sie ihn überredete, auf die Klage zu verzichten. Er ließ es sein.

»Sagen wir einfach, ich habe mit der kleinen Shaw abgehangen.« Ich gähnte provokativ. »Na und? Ich habe nur ein Steak gegessen, nicht ihre Pussy.«

»Noch etwas, das du nie tust«, bemerkte East.

Auch das stimmte. An fremden Geschlechtsteilen zu lecken war für mich ungefähr dasselbe, wie an einer öffentlichen Toilette zu lecken. Ich hatte keine Ahnung, wo sie sich herumgetrieben hatten, aber angesichts der Tatsache, dass dies hier ein College war, noch dazu kein gutes, würde ich sagen: *überall.*

»Du gehst auch nie mit jemandem aus.« East beugte sich vor, um mir den Todesstoß zu versetzen. »Und Dinner klingt *sehr* nach ausgehen.«

»Ich bin nicht mit ihr ausgegangen. Ich habe ihr geholfen.«

»Komisch, ich wusste gar nicht, dass du dich für Superman hältst.

»Bei Vollmond werde ich immer wohltätig. Verklag mich doch, Braun.«

»Bullshit, St. Claire. Du hast ein Auge auf dieses Mädchen geworfen, und wir wissen beide, warum.«

Das reichte. Ich schlug mit der Faust auf den Tisch.

»Willst du auf irgendwas hinaus? Wenn ja, dann bitte noch in diesem Jahrhundert.«

Es war nur ein Essen gewesen, verdammt. Und Texas hatte die Hälfte der Zeit damit verbracht, mir mit ihren eisblauen Augen mörderische Blicke zuzuwerfen und im Stillen darum zu beten, dass das Diner von einer Bombe getroffen werden würde.

»Ich glaube, sie interessiert dich.« East grinste selbstgefällig. »Erzähl mir nicht, dass du nicht scharf auf sie bist.«

»Ich bin nicht scharf auf sie«, sagte ich kurz angebunden. »Und wenn ich es wäre, würde ich sie trotzdem nicht anfassen.«

Texas war attraktiv, aber das traf auf ungefähr achtzig Prozent der Mädchen auf dem Campus zu. Und bei denen gab es kein Drama, keine Komplikationen und kein zerstörtes Selbstbewusstsein. Extra Bonus: Sie arbeiteten nicht mit mir zusammen. Jemanden aufzureißen, den ich viermal die Woche sehen musste, verbot sich von selbst.

Abgesehen davon, dass sie wahrscheinlich schlecht im Bett war.

»Das ist es, was mir Sorgen macht.« East kratzte sich das glatte Kinn. »Mach ihr bloß keine Hoffnungen, die dann in sich zusammenbrechen. Wenn du sie anders behandelst als die anderen, kommt sie womöglich auf Gedanken. Du verstehst, was ich meine?«

Texas war wegen ihrer Narben dermaßen fertig, dass sie nicht mal auf den Gedanken kam, sich flachlegen zu lassen. Das war doch offensichtlich. East hatte keinerlei Grund zur Sorge. Sie war die einzige Frau auf dem Campus, die ich nicht ins Bett kriegen würde, und trotz meiner Vorliebe für Herausforderungen war das okay für mich.

So war das nun mal, wenn man im Leben zwischen den Fronten stand. Ich hatte aufgehört, Dinge zu wollen, die ich unter normalen Umständen gewollt hätte. Das Leben hatte keinen Geschmack, keinen Puls und keine Farbe mehr.

Alles war bedeutungslos, und Freude und Schmerz waren durch eine allgemeine Dumpfheit ersetzt worden.

»Alles unter Kontrolle.« Ich wischte mir mit dem Unterarm über den Mund. »Sie ist nicht mein Typ.«

»Du hast keinen Typ. Du hasst jeden.« East knüllte sein Butterbrotpapier zusammen und warf es mir ins Gesicht. Ich fing es im Flug auf. *Killerinstinkt.* Dann warf ich es zurück und traf ihn am Auge.

»*Genau.*«

»St. Claire, warte«, quiekte eine Stimme hinter mir.

Hinter meinem Rücken erklangen leichte Schritte. Ich war auf dem Weg zur Sporthalle und ging weder langsamer noch drehte ich mich um. Ich war im Ring noch nie verprügelt worden und hatte nicht vor, mir diesen unangefochtenen Rekord abnehmen zu lassen.

Trotz des Misstrauensvotums von East und Reign trainierte ich hart und hätte Appleton sogar mit auf den Rücken gebundenem Arm vernichtet.

»Mann, was ist los mit dir?«, keuchte die Stimme hinter mir.

Texas hatte mich noch nie auf dem Campus angesprochen. Sie war nicht der Typ, der sich aufdrängte, nur weil wir miteinander arbeiteten, und es war angenehm, ein Mädchen um sich zu haben, das sich weder von meinem Status noch von Kampfspuren oder meinem Aggressionsproblem blenden ließ.

Sie fiel in Gleichschritt mit mir, ihre Fäuste steckten in den Taschen ihres Hoodies. Ihr winterliches Outfit wirkte in dieser Szenerie von abgeschnittenen Jeansshorts und kurzen Röcken deplatziert. Wie üblich trug sie ihre abgenutzte graue Baseball-Cap, die langen blonden Haare fielen ihr über den Rücken.

»Du ignorierst mich.« Sie blinzelte.

Ich antwortete nicht und ging weiter. Es war wichtig, klarzustellen, dass wir keine besten Freunde waren. Dass ich ihr in der Nacht zuvor einen Gefallen getan hatte, bedeutete nicht, dass sie mir etwas bedeutete. Ich war durchaus bereit, sie zu unterstützen, wenn sie Hilfe brauchte, aber wir würden nicht zusammen am Lagerfeuer sitzen und *Kumbaya* singen oder uns aufeinander abgestimmte Taylor-Swift-Armbänder kaufen. »Kannst du vielleicht mal stehen bleiben?« Sie hob beide Arme.

»Irgendwann bestimmt«, sagte ich bissig. »Wenn ich angekommen bin.«

»Wo gehst du denn hin? Hoffentlich zur Hölle.«

»Warum sollte ich zur Hölle gehen, wenn ich im Food Truck das gleiche Klima genießen kann und dein Genörgel als Zusatzbonus bekomme?«, sprach ich meine Gedanken laut aus.

Die Klimaanlage, die ich inzwischen gekauft hatte, bewirkte nicht viel, trotzdem trug ich beim Arbeiten wieder ein Hemd, weil Texas mich nicht ansehen konnte, wenn ich obenrum nackt war, und es ging mir auf die Nerven, dass sie auf meine Stiefel starrte, wenn sie mich ansprach.

Ich war nicht der Typ, der viel redete, besonders nicht mit Frauen und schon gar nicht mit solchen, denen ich nicht dabei zusehen wollte, wie sie meinen Schwanz in den Mund nahmen. Aber irgendwie weckte dieses Mädchen den Highschool-Jungen in mir. Sie war nie um eine kindische, sarkastische Bemerkung oder einen verbalen Seitenhieb verlegen, und ich war mir sicher, dass keiner von uns den anderen beeindrucken wollte.

»Weil du in der Hölle der Ehrengast wärst«, zischte sie.

Genau. Bissig mit drei S.

Und dann landete wie aus dem Nichts ein kleiner, spitzer Ellbogen zwischen meinen Rippen, genau dort, wo ich von dem Kampf am Freitag zuvor noch eine Beule hatte. Instinktiv blieb ich stehen. Nicht weil es schmerzte – obwohl es tatsächlich wehtat, verdammt –, sondern mir klar war, dass sie genau wusste, was sie tat. Das war nicht nett, vor allem, nachdem ich ihr gerade erst den Arsch gerettet hatte.

Sie boxte mir in die Nieren, weil sie wusste, dass ich auch dort eine wunde Stelle hatte. Dann baute sie sich vor mir auf und versperrte mir den Weg.

»Was soll das?«, fragte ich gelangweilt und blickte sie an wie etwas, das ich in die Mülltonne werfen musste, aber nicht aufheben wollte.

Sie musterte mich finster, ihr Mund war eine schmale Linie. Sie sah aus wie eine Fünfjährige, die gefährlich wirken will. Ich wünschte mir beinahe, dass sie endlich die hässliche Kappe abnehmen und mir ihr Gesicht zeigen würde.

Wie schlimm konnte es schon sein?

Ziemlich schlimm, wenn alle sie Toastie nennen.

Sie nahm meinen bekleideten Oberkörper in Augenschein, dann boxte sie mir auf den Arm.

»Hör auf damit.«

Sie boxte mir auf den anderen Arm.

Dann in den Magen.

Diese kleine Ratte versuchte tatsächlich, mit mir zu *kämpfen*.

Mitten auf dem Campus, wo Leute auf den Bänken und dem Rasen saßen und uns zusahen. Die gesamte Studentenvereinigung starrte uns durch die deckenhohen Fenster in ihrem Gebäude an.

Texas prügelte auf meine Brust und meinen Bauch ein. Sarkastisch *und* verrückt. Letzteres war eine neue und unwillkommene Entwicklung.

Ich hob sie am Rückenteil ihres Hoodies hoch, als wäre sie eine Maus, und ließ ihre Füße in der Luft baumeln. Sie war leicht wie eine Feder und genauso bedrohlich. Sie trat um sich und versuchte vergeblich, mir ins Gesicht zu schlagen. Es war lustig, zu sehen, wie sie mit aller Kraft auf mich losging und doch keinen Treffer landete.

Eine neugierige Zuschauermenge breitete sich um uns herum aus wie ein vorzeitiger Samenerguss auf der Unterhose eines Teenagers. Es gefiel mir nicht, beobachtet zu werden. Das ertrug ich nur, wenn die Leute für das Vergnügen, mich im Ring zu sehen, bezahlten. Aber Texas hatte soeben dafür gesorgt, dass wir die Hauptattraktion des Freitagnachmittags waren.

Ich nahm alles Nette zurück, das ich über Texas gedacht hatte.

Sie war wirklich verdammt nervig.

»Lass mich runter«, knurrte sie und fuchtelte mit geballten Fäusten vor meinem Gesicht herum.

»Benimmst du dich dann wie eine Dame und nicht mehr

wie ein tollwütiges Tier?« Ich zog eine Augenbraue hoch und sprach langsam und herablassend, um sie noch wütender zu machen.

»Du gönnerhaftes Arschloch!«, platzte es aus ihr heraus.

»Falsche Antwort.«

»Du bist so ein Wichser!«

»Hm. Wieder falsch.«

»Fick dich!«

Ich begann, mich zu langweilen. »Ist das ein Angebot, Texas? Kein Grund, so aggressiv zu sein. Du hättest nur fragen müssen«, sagte ich gedehnt.

Texas war wie die Stadt Troja. Ihre hohen Mauern waren dick, wurden bewacht und lohnten die Eroberung nicht. Hineinschleichen kam nicht infrage, und mich durchzukämpfen, nur um sie flachzulegen, verstieß gegen meine Grundsätze Frauen gegenüber.

»Du wirst mich niemals kriegen, St. Claire.«

»Moment, über diese Enttäuschung muss ich erst mal hinwegkommen.« Ich hob einen Finger und ließ einen Moment der Stille verstreichen. »Erledigt. Wenn ich dich jetzt runterlasse, erklärst du mir dann auf verständliche Weise, warum du dich wie ein Eichhörnchen auf Meth benimmst?«

Sie verschränkte die Arme vor der Brust, nickte aber. Ich ließ sie runter. Alle musterten uns aus respektvollem Abstand. Jedem war klar, dass es dumm wäre, näher zu kommen und uns unverhohlen zu belauschen. Ich verkniff mir eine Bemerkung darüber, dass wir der Mittelpunkt der Aufmerksamkeit waren. Während ich Zuschauer hasste, verabscheute Texas sie.

Darum kam es mir total verrückt vor, dass sie Theaterwissenschaften belegt hatte.

Wie auch immer, ich konnte nicht riskieren, dass sie ohnmächtig wurde. Irgendetwas sagte mir, dass ich dem Drang nicht widerstehen könnte, einfach über sie hinweg zu steigen und ins Gym zu gehen, ohne mich noch einmal umzudrehen.

»Hör zu.« Sie stieß den Atem aus. »Ich will ja nicht undankbar klingen …«

»Tust du aber …«

Sie knurrte in meine Richtung und fuhr fort: »Ich schwöre bei Gott, St. Claire, wenn du irgendwem von gestern Abend erzählst … von Großmutter Savvy …«

»Schon gut«, fiel ich ihr erneut ins Wort. »Mache ich nicht.«

Sie betrachtete mich skeptisch. »Versprochen?«

»Ich verspreche nichts. Niemals. Aus Prinzip nicht«, sagte ich energisch. »Ich habe nicht vor, deine dreckige Wäsche in der Öffentlichkeit zu waschen. Aber ich ritze es mir auch nicht auf die Stirn, nur um dich zu beruhigen.«

»Was für eine nette Vorstellung.« Sie kaute auf ihrer Unterlippe. »Willst du nicht noch mal darüber nachdenken?«

Ich unterdrückte ein Grinsen. Sie war eine Spinnerin, und zwar eine ganz schön nervige. Aber mit einem Arsch, der eines Gedichts von Lil Wayne würdig war, eines der herausragendsten Dichter des einundzwanzigsten Jahrhunderts.

»Dein Geheimnis ist bei mir sicher.«

Stille. Geladene Stille. Ich sah mich um, bereit, das Gespräch zu beenden. »Du bist ja immer noch hier. Warum?«

Sie holte tief Luft und reckte das Kinn. Die Sonne schien ihr direkt ins Gesicht, ihre Silhouette leuchtete wie ein Buschfeuer vor dem Sonnenuntergang, und ich hatte Gelegenheit, mir ihre Narbe ein bisschen genauer anzusehen. Ihre Haut war in diesem Bereich nicht nur dunkler – irgendwo zwischen lila und pink –, auch die Beschaffenheit war anders. Rau und uneben. Das Fleisch spannte sich straff über die Knochen und versuchte, alles zusammenzuhalten.

Sie hatte recht. Dieser Teil von ihr war nicht hübsch.

»Ich höre«, sagte ich und lehnte mich mit der Schulter an die roten Ziegel des Gebäudes von *Bush Art and Library*.

»Hör auf, mir zu helfen. Ich will dein Mitleid nicht.«

»Ich bemitleide dich nicht«, versetzte ich.

»Dann weiß ich nicht, warum du dir die Mühe machst, nett zu mir zu sein.«

»Noch mal, ich bin nicht *nett* zu dir. Wie kommst du darauf, dass ich anders reagiert hätte, wenn Tess, Hailey oder Lara gestern Abend in deiner Lage gewesen wären?«

Die letzten beiden Namen hatte ich einfach so daher gesagt. Ich kannte weder eine Hailey noch eine Lara, aber ich war mir sicher, dass es auf der Sher U viele Mädchen mit diesen Namen gab.

Normalerweise erinnerte ich mich nicht an den Namen eines Mädchens, mit dem ich mich zwischen den Laken gewälzt hatte. An ihr Gesicht vielleicht. Und wahrscheinlich an den Hintern.

»Du bist zu allen unfreundlich.« Ihre Augen brannten förmlich. »Ich will, dass du auch zu mir unfreundlich bist. Sonst fühle ich mich dir gegenüber nicht ebenburtig.«

Es war ein Gefühl, als hätte sie mir in den Nacken gekniffen. Es stimmte zwar, dass ich fast immer unfreundlich war, aber ihr ständiges Bestreben, normal zu sein, ging mir auf die Nerven.

In diesem Augenblick wünschte ich mir, ich könnte ihr ein bisschen Verstand einprügeln, aber leider war dies eine rote Linie, die ich niemals überschreiten würde. Denn Grace Shaw hatte mit Sicherheit ein paar Schläge auf den Hintern verdient.

Ich setzte mein bestes Mir-doch-egal-Grinsen auf und blickte ihr ins Gesicht.

»Kapier's doch endlich, Texas: Ich bin kein netter Kerl. Ich bin nicht hier, um dich zu retten. Ich bin nicht hier, um dich aus deinem Schneckenhaus zu holen, damit du als stärkerer Mensch aus dieser Erfahrung hervorgehst, oder wegen irgendwelchem anderen Psychokram. Dass ich nicht nachtrete, wenn du am Boden liegst, heißt nicht, dass ich ein verlässlicher Typ bin, und es wäre schlau, wenn du dir das merken würdest. War das unfreundlich genug für dich?«

Sie starrte mich an, das Gesicht vor Abscheu verzerrt. Nichts, was ich nicht schon tausendmal in den Gesichtern meiner Eltern gesehen hätte. Ein ganz normaler Freitag eben. Was mich daran erinnerte, dass ich an diesem Tag einen Kampf hatte und mich fit machen musste. Ich packte sie bei den Armen, zog sie hoch und schaffte sie aus dem Weg, als sei sie ein Absperrkegel. Dann marschierte ich weiter zum Gym.

»Du bist ein Monster!«, schrie sie mir wütend nach.

Ich ignorierte sie und stieß die Tür zum Gym auf.

Da hatte sie gar nicht so unrecht.

Kade Appleton würde kein Waldspaziergang werden, soviel war klar.

Es sei denn, der Wald lag in Tschernobyl.

Damit ihm keiner den Arsch versohlen konnte, brach Appleton ständig die wenigen Regeln des Rings. Das führte dazu, dass ich in einem Kampf mit ihm mehr abbekam als in den gesamten drei Jahren meines Kämpferdaseins.

Ich würde lügen, wenn ich behauptete, dass es mir etwas ausmachte. Die Halle war voll mit Leuten, die sich drängten wie Maden in einem faulen Stück Fleisch. Bier tropfte aus roten Pappbechern auf den klebrigen Boden, der von Blut, Staub und Körperflüssigkeiten verdreckt war. Seit ich an der Sher U angefangen hatte, war es hier nicht so voll gewesen. Es wurde gejubelt, geschrien und gepfiffen. Mädchen saßen der besseren Sicht wegen auf den Schultern von Kerlen.

Irgendwann war den Typen, die die Tickets verkauften, die Stempeltinte ausgegangen, mit der diejenigen markiert wurden, die bezahlt hatten. Sie mussten deshalb die Leute mit einem Edding bemalen. Max war im siebten Himmel. Vor meinem geistigen Auge blitzten Bilder von ihm in einem Hugh-Hefner-Morgenmantel auf, denn das war die Vorstellung, die er sich in seinem Pornhub-verseuchten Gehirn von sich selbst machte.

Im Ring gab es ein Gemetzel. Um die Leute anzustacheln, hatte ich Kade die Nase innerhalb der ersten zehn Sekunden mit einem bösen Uppercut gebrochen und ihm dann das Knie ins Gesicht gerammt, woraufhin die Blutgefäße in seinem Mund wie Springbrunnen zu sprudeln begannen. Wenig später ließ er mit zwei soliden Treffern meine Lippe und meine Augenbraue aufplatzen. Die Matte unter uns war schlüpfrig und quietschte bei jeder Bewegung.

Hinter mir standen Reign und East und riefen mir ungebetene Ratschläge zu. Blut und Schweiß brannten mir in den Augen, und ich war mir ziemlich sicher, dass ich etwa zehn Minuten nach Kampfbeginn einen Zahn ausgespuckt hatte. Ich schwankte und stieß gegen einen der Pappkartons, die den Ring markierten.

Kade und ich umkreisten einander. Die fünfte Runde hatte begonnen. In meiner gesamten Karriere als Amateurkämpfer hatte es noch nie eine fünfte Runde gegeben, aber Appleton war kein junger Hüpfer mehr. Weder seine Körpergröße noch seine Technik bereiteten mir Probleme. Ich war ein ebenso guter Boxer und Ringer wie er. Das bekam er zu spüren, als ich ihm noch vor Ende der ersten Runde eine Rippe mit einem Tritt gebrochen hatte, der ihn durch den Ring fliegen ließ wie einen Sandsack.

Und deshalb stieß er mir nun die Finger in die Augen, schlug unter die Gürtellinie und versuchte anderen Kinderkram, um mich zu schwächen.

Ob verletzt oder nicht, ich konnte das Arschloch immer noch massakrieren.

»*St. Claire! St. Claire! St. Claire!*«

Die Anfeuerungsrufe ließen die Matten unter mir vibrieren. Kade zielte auf mein Gesicht. Ich hatte ihm bereits zwei blaue Augen verpasst. Er hatte ein Gesicht, das nicht einmal eine Mutter lieben konnte (es sei denn, sie war blind), mit einer Nase, die schon mehr als ein Dutzend Mal gebrochen worden war, mit hervortretenden Augen und nicht vorhandenen Lippen. Sein Nacken war so breit wie eine Straße.

Wir befanden uns auf gegenüberliegenden Seiten des behelfsmäßigen Rings.

Max blies in die Pfeife. »Runde fünf. Haut rein, Jungs!«

Wir umkreisten einander in Abwehrhaltung. Ich wich ein paar einfachen Schwingern aus, duckte mich und tanzte wie ein Schmetterling, bevor ich der Sache ein Ende bereitete. Ich versetzte ihm einen perfekten rechten Haken gegen die Schläfe und knipste ihm das Licht aus. Ich sah, wie er auf die Matte fiel, die Max aus dem College-Gym gestohlen hatte, sah den Aufprall seines Körpers.

Appleton blieb liegen, die Augen geschlossen, ausgeknockt. Die Menge explodierte. Ich drehte mich um und fuhr mir mit der Hand über die nackte Brust, um Schweiß und Blut abzuwischen. Reign nahm meine Wangen in beide Hände und schrie mir ekstatisch ins Gesicht.

Max kam in den Ring gewackelt, griff nach meinem Arm und stieß meine Faust in die Luft.

Brüllen. Klatschen. Noch mehr Pfiffe. Da ich mich nicht gern in der Aufmerksamkeit sonnte, war ich schon halb aus dem Ring, als ich hinter mir eine Stimme hörte.

»Das ist Bullshit!« Kades Manager, ein Schwachkopf namens Shaun, tauchte zwischen den Kartons auf und deutete auf mich. »Kade war nicht richtig vorbereitet.«

»Ach, echt?« Ich nahm eine Flasche Wasser von irgendeinem Mädchen entgegen, trank einen Schluck und goss mir den Rest übers Gesicht. »Nächstes Mal schicke ich ihm meine Strategie vorher per E-Mail.«

Easton stieß mich mit dem Ellbogen an.

»Die fünfte Runde hatte bei deinem letzten Schlag noch gar nicht angefangen!«, brüllte Shaun und trat irgendetwas aus dem Weg, das zwischen uns lag. Sein Raucheratem stieg mir in die Nase, als er Max einen Finger in die Brust stieß. »Deine Pippi Langstrumpf hier hat nicht gepfiffen.«

»Hör zu, Bro, ich habe *sehr wohl* gepfiffen.« Max schob sich zwischen uns. »Und Kade hat West zuerst angegriffen. Vor dem K.o. hat er ein paarmal versucht, ihn zu treffen.«

Shaun sah das anders, genau wie Kade. Sobald Appleton wieder auf den Beinen war, schrie er mich an, er sei reingelegt worden. Max hätte nicht gepfiffen, und ich hätte ihn hinterrücks überfallen. Er warf mit Anschuldigungen nur so um sich, offenbar in der Hoffnung, dass eine hängen blieb.

Eine neugierige Menschenmenge scharte sich um uns und lauerte darauf, dass wir einen zweiten, kostenlosen Kampf beginnen würden.

Anstatt im Ring zu bleiben und mich mit diesen Trotteln zu streiten, sagte ich zu Max, wir würden uns oben in seinem »Büro« treffen. Kade empfahl ich dringend, sich zum Teufel zu scheren und sich auf dem Weg dorthin ein Hörgerät und eine Brille zu besorgen, wenn er wirklich glaubte, dass irgendetwas an dem Kampf nicht koscher gewesen war.

Max' Büro war das, was die Chefetage der Mall hätte werden sollen.

»Damit kommst du nicht durch.« Appleton machte eine Schnittbewegung vor seiner Kehle. »Du bist so gut wie tot, St. Claire.«

»Tot oder lebendig, ich habe dir trotzdem heute Abend den Arsch aufgerissen. Ich bin nicht derjenige, der hier raushumpelt.«

Ich schob mich durch die Leute hindurch, die jubelten und mir auf den Rücken klopften. Das Mädchen, das mir das Wasser gereicht hatte, winkte mir zu, lächelte und klimperte mit den Wimpern. Sie hatte langes blondes Haar, das ihr beinahe bis zum Hintern reichte, und ihre kleine Gestalt erinnerte mich an eine ganz bestimmte nervige Hinterwäldlerin.

»Schon volljährig?« Ohne anzuhalten, ging ich an ihr vorbei. Ihre Freundinnen stießen sie in meine Richtung und kicherten hinter vorgehaltener Hand.

»Am sechsten August werde ich zwanzig.«

So genau wollte ich es gar nicht wissen. Ich kaufe dir bestimmt keine Blumen.

Ich deutete mit dem Kopf nach oben.

»Wirklich?« quiekte sie.

»Und kein Wort.«

»Okay. Sicher. Klar.«

Das waren drei Worte, aber ich ließ es ihr durchgehen.

»Und mehr ist nicht«, warnte ich sie vor.

»Ich weiß. Du bist West St. Claire. Klar. Ich heiße …«

Ich warf ihr einen durchdringenden Blick zu. Sie kapierte es einfach nicht.

»*Sheesh.* Okay.«

Eine halbe Stunde später kam Max hoch, schüttelte den Kopf und zog sich wieder zurück. Ich schickte die Blondine wieder nach unten. Während unserer Nummer war ich ziemlich abgelenkt, obwohl ich glaubte, dass ich ihr auch ein bisschen Spaß verschafft hatte.

Ich war mit anderen Dingen beschäftigt. Die ständigen Anrufe meiner Eltern, Texas, die sich ohne Grund völlig unmöglich benahm, Appleton, der ein Spielverderber und schlechter Verlierer war.

Max erklärte, dass Kade, Shaun und noch ein paar Kerle aus seinem Gefolge ihn nach dem Kampf eingekesselt und einen Riesenstunk gemacht hatten, weil Kade verloren hatte. Er war sie nur losgeworden, indem er ihnen etwas von seinem Anteil überließ, um das »Missverständnis« aus dem Weg zu räumen. Das war Bullshit in Großbuchstaben. Jeder in dem Raum, auch Max selbst, wusste, dass er gepfiffen hatte.

Aber wenn er diesen Typen Schweigegeld zahlen wollte, war das sein Problem, nicht meins.

Max gab mir meinen Anteil. So viel verdiente ich mit meinen Kämpfen normalerweise in zwei Monaten. Er lobte mich wegen meiner Form und meinem guten Geschmack bei Frauen (»Melanie, was? Die ist echt scharf«), dann entließ er mich. Ich war froh, dass der Abend vorbei war. Es war spät, die Spuren der illegalen Treffer, die Kade landen konnte, schmerzten, und am nächsten Morgen hatte ich Frühdienst auf dem Wochenmarkt.

Ich wusste nicht, in welcher Stimmung ich Texas vorfinden würde, aber wenn sie glaubte, dass ich ihren Bullshit hinnehmen würde, nur weil andere Leute Mitleid mit ihr hatten, dann hatte sie sich geirrt.

Ich spazierte zu meiner Ducati, die auf der anderen Seite der Mall stand, außer Sichtweite der Massen, die durch den Haupteingang strömten. Ich hatte schnell gelernt, dass Christina Groupies und Highschool-Kinder anlockte, die sich auf sie setzen und Fotos machen wollten.

Christina war meine einzige Schwäche. Sie war eine notwendige Ausgabe gewesen, da ich die Rolle eines Typen spielte, der seinen Kram geregelt kriegt. Ich konnte es mir nicht leisten, dass die Leute Nachforschungen über meine Familie anstellten oder wissen wollten, ob ich Dreck am Stecken hatte. Und sie sollten auch nicht erfahren, dass ich vollkommen pleite war, also tat ich so, als sei ich ein anderer.

Einer, den man fürchten musste.

Einer, der eine geile Karre und eine teuflische Vorliebe für Kämpfe hatte.

Ironischerweise führte dieses Verhalten dazu, dass ich des Lebens noch überdrüssiger wurde, als ich es ohnehin schon war.

Als ich auf meine Maschine zuging, hörte ich es in den Büschen hinter mir rascheln. Ich blieb stehen und drehte den Kopf. Das Rascheln hörte auf. Ich wandte mich wieder Christina zu.

Es raschelte erneut.

Es hörte sich an, als stünden hinter den Büschen laut flüsternde Leute.

Ich zog eine Augenbraue hoch und drehte mich diesmal ganz um.

»Wenn hier einer was zu sagen hat, soll er verdammt noch mal rauskommen und den Mund aufmachen. Mal sehen, ob er danach noch Zähne hat.«

Stille.

»Ja, dachte ich mir.«

Ich kam zu dem Schluss, dass es nicht mein Job war, denjenigen, der da hinter den Büschen auf mich gewartet hatte, zu einer Prügelei zu überreden. Ich schwang mich auf meine Maschine und fuhr los.

Als ich zu Hause ankam, tappte ich in mein Zimmer und fiel ungeduscht ins Bett. Ich hob das Kopfkissen hoch, holte ein Foto darunter hervor, küsste es und strich mit dem Daumen über das Gesicht der Person, die darauf abgebildet war.

»Gute Nacht, A. Schlaf gut.« Ich drückte noch einen Kuss auf das Foto.

Ich schob es wieder unter das Kissen zurück. Ich hasste es, dass ich immer noch atmete, lebte, kämpfte, *fickte*.

Sie antwortete nicht.

Das tat sie nie.

7. KAPITEL

Grace

»Meine Güte, ich bin vielleicht ein bisschen ungeschickt, aber deswegen habe ich doch kein Alzheimer.« Grams saß auf dem Krankenhausbett und ließ die Füße baumeln. Sie war beleidigt wie ein gescholtenes Kind und starrte die Ärztin an, als wäre *sie* es, deren Geisteszustand überprüft werden musste.

Die Ärztin, die sie untersuchte, eine Frau mittleren Alters mit kastanienbraunem, kurz geschnittenem Haar und einer Stupsnase, kritzelte etwas auf ihrem Klemmbrett und blickte grimmig auf die Liste vor ihren Augen.

»Das hat auch niemand behauptet, Mrs Shaw. Aber da Sie schon einmal hier sind und Ihre Enkelin darauf hinwies, dass Sie Ihre letzten beiden Termine versäumt haben, denke ich, dass eine rasche Computertomografie nicht schaden kann. Wir bekommen die Ergebnisse viel schneller, als wenn Sie extra einen Termin machen.«

»Sparen Sie sich die Mühe, Doc.« Grams schüttelte den Kopf, ihr niedlicher Südstaaten-Akzent hatte einen gereizten Unterton. Misstrauisch blickte sie aus schmalen Augen zwischen uns hin und her. »Mach ich nicht. Ich habe mir die Hand am Herd verbrannt. Das ist ein ganz normaler Unfall, der jedem passieren kann. Ihr könnt mich behandeln, als wäre ich behindert, aber das funktioniert nicht. In meinem Kopf ist alles in Ordnung, absolut.« Sie schlug sich mit der Faust an die

Schläfe, als wäre das ein Beweis, dass sie bei klarem Verstand war.

Die Ärztin und ich wechselten Blicke. Es gab so vieles, was ich Dr. Diffie erzählen wollte. Dinge, die beweisen würden, dass Grams Anzeichen einer fortgeschrittenen Alzheimer-erkrankung aufwies. Aber Grandma Savvy wollte kein CT, und ich konnte sie nicht dazu zwingen.

Es spielte also keine Rolle, dass Grams sich die Hand am heißen Herd verbrannt hatte – und zwar nicht für den Bruch-teil einer Sekunde, sondern für mindestens eine halbe Minute, bis ich in die Küche gestürmt kam, weil ich den allzu vertrauten Geruch verbrannter Haut wahrgenommen und erkannt hatte, was sie da tat. Ich zog sie vom Herd weg, während sie schrei-end um sich trat.

Es spielte auch keine Rolle, dass ihre Hand versengt, gerötet und geschwollen war und die Haut unter den Verbänden sich schälte und Blasen schlug.

Und es spielte definitiv keine Rolle, dass Grams den Abend im Diner mit West ausgeblendet hatte. Als ich sie am nächs-ten Morgen darauf ansprach, glaubte sie, ich hatte mir einfach einen Freund ausgedacht.

»*Du bist ein nettes, kluges Mädchen, Gracie-Mae*«, hatte sie ge-sagt, mich in die Wange gekniffen und sie getätschelt. »*Irgend-wann findest du schon einen Jungen. Du musst dir keinen ausden-ken.*«

Marla hatte mir berichtet, dass sie Grams in ihrem Zimmer weinen hörte, wenn ich nicht zu Hause war. Dass es allmählich unerträglich mit ihr wurde. Ich fühlte mich derart überfordert, dass ich Dr. Diffie am liebsten die ganze Geschichte erzählt und sie angefleht hätte, mir zu sagen, was ich tun sollte.

Stattdessen sah ich auf meinem Handy nach, wie spät es war. Kurz vor neun. Ich würde zu spät zum Dienst auf dem

Wochenmarkt kommen. Mist. Ich schrieb Marla eine Textnachricht und bat sie, mich in der Notaufnahme abzulösen, rief aber auch Karlie an und fragte sie nach Wests Nummer.

Grace: Hier ist Grace. Ich verspäte mich wahrscheinlich um zwanzig Minuten und schaffe es nicht zur Vorbereitung. Ich mache es wieder gut. Tut mir leid.

Er antwortete nicht.

Natürlich nicht.

Er war ein krass unhöflicher Scheißkerl.

Allerdings hast du ihn gebeten, dich genauso schlecht zu behandeln wie alle anderen, und das, nachdem er dir geholfen und dich wiederholt als Freundin bezeichnet hat.

Egal. Ich wusste, dass ich das Richtige getan hatte. West und ich waren keine Freunde. Er hatte Mitleid mit mir, und es war eine schrecklich dumme Idee, ihm näherkommen zu wollen. Es war besser so.

Trotzdem wünschte ich, er hätte außer meiner hässlichen Narbe nicht auch noch gesehen, wie mies mein Familienleben war.

Zehn Minuten später kam Marla in das Krankenzimmer gerauscht. Ein paar Strähnen ihres wasserstoffblonden Haars trugen immer noch Lockenwickler, die an ihrem Kopf hingen wie Fensterputzer an einem Wolkenkratzer. Sie sah erschöpft aus. Das konnte ich ihr nicht verübeln. Grams hatte in den zwei Jahren, die Marla nun bei uns war, rapide abgebaut. Marla war selbst Mitte sechzig, und sie hatte keinen Vertrag zur Pflege von Frauen mit speziellen Bedürfnissen unterschrieben.

Ich sprang von dem freien Bett in Grams' Zimmer auf und warf mich in die Arme ihrer Betreuerin.

»Gott sei Dank, dass du da bist.«

»Ich bin so schnell gekommen, wie ich konnte, Schätzchen. Was hat die alte Schachtel denn jetzt wieder angestellt?«

»Ich kann dich hören!« Großmutter Savvy drohte Marla mit der Faust.

»Ich habe sie heute Morgen dabei erwischt, wie sie eine Hand auf die glühend heiße Herdplatte gedrückt hat. Ich musste sie gegen ihren Willen aus der Küche zerren. Und jetzt will sie kein CT machen lassen.« Ich senkte die Stimme und blickte auf den Boden. »Was soll ich nur tun, Marla?«

»Nun, ich denke, die Antwort auf diese Frage kennen wir beide«, sagte Marla leise und drückte meinen Arm. Sie und Karlie hatten schon öfter versucht, mir begreiflich zu machen, dass Grams in ein Heim gehörte. Ich hatte geglaubt, wenn ich mich nur genug anstrengte, könnte ich ihr ein angenehmes Leben bieten, ohne sie wegschicken zu müssen.

Sie hatte es verdient, den Rest ihres Lebens in dem Haus zu verbringen, das sie mit Großvater Freddie gebaut und in dem sie Courtney und mich aufgezogen hatte. In der Stadt, in der sie aufgewachsen war.

»Ich übernehme jetzt hier. Du gehst arbeiten.« Marla drückte mir einen Kaffeebecher aus Styropor in die Hand.

Ich nickte, nahm einen Schluck und grüßte mit der Tasse in ihre Richtung. »Danke. Ich weiß nicht, was ich ohne dich machen würde.«

»Wahrscheinlich das Gleiche wie jetzt, nur weniger effizient. Und jetzt geh.«

Fünfundzwanzig Minuten später stellte ich den Pick-up vor unserem Haus ab und rannte die Straße hinunter zum Food Truck.

Als ich an meinem Arbeitsplatz ankam, klebte mir die Kleidung verschwitzt auf der Haut. Als ich in den Truck stolperte, bediente West unsere beiden Arbeitsplätze ganz allein. Fünfzehn Personen warteten vor dem Fenster, und am Rand standen zwei weitere, die sich über eine Bestellung beschwerten, bei der West einen Fehler gemacht hatte.

Halb wahnsinnig vor Hitze und Panik schälte ich mir das Hoodie vom Körper, warf es auf den Fahrersitz und genoss es, dass mein weißes Shirt mit V-Ausschnitt Luft an meine Haut ließ. Ich schob West mit dem Hintern beiseite und übernahm.

»Ich schulde dir einen Gefallen«, flüsterte ich.

»*Zwei.*«

»Was?«

»Ich hab dir zweimal den Arsch gerettet, in weniger als einem Monat. Das ist ziemlich viel in ziemlich kurzer Zeit, Texas, und ich werde die Gegenleistung einfordern. Bald.« Er drehte den Fisch auf dem Grill um und auch die grüne Zuckerstange zwischen seinen Lippen. Die sorgte dafür, dass er immer gut roch. Nach Granny Smith und Winter.

»Kannst du vielleicht mal aufhören, dich wie ein Arschloch zu benehmen?«, knurrte ich und streifte mir die dünnen Gummihandschuhe über.

»Nein«, sagte er ungerührt, aber ich glaubte, unter seiner entspannten Haltung etwas anderes gespürt zu haben. Eine Art Erschöpfung. Wie an dem Tag, an dem er auf dem Parkplatz gesessen, ins Nichts gestarrt und auf das Ende des Tages gewartet hatte.

»Nettes Gespräch.«

»Kommunikation ist alles, Baby.«

»Ich bin nicht dein Baby.«

»Was ein Glück. Du würdest mich zu einem Rabenvater machen, allen guten Vorsätzen zum Trotz.«

Vorsätze? *Ha.*

Glücklicherweise hatten wir in den nächsten Stunden keine Zeit, uns zu streiten. Wir arbeiteten nonstop, bis alles verkauft war. West St. Claire mochte ein mieser Kerl sein, aber er war verdammt gut fürs Geschäft.

Als die endlose Reihe von Kunden endlich abgearbeitet war, holte ich tief Luft, drehte mich um und griff nach dem Rand der Theke hinter mir.

Kaum hatte ich ihn angesehen – *wirklich* angesehen –, blieb mir die Luft weg.

»*Holy Shit*. Was ist denn mit deinem Gesicht passiert?«

Es wies Schnitte auf, so als hätte jemand versucht, es mit einer Schere in Streifen zu schneiden. Ein paar Kratzer unter seinen Augen verrieten, dass dieselbe Person versucht hatte, sie ihm auszustechen. Sein Hals war mit hässlichen roten, violetten und gelben Blutergüssen übersät, als hätte ihn jemand gewürgt, und seine Unterlippe war doppelt so dick wie sonst.

Vermutlich hatte er am Abend zuvor eine heftige Tracht Prügel bezogen. Er gehörte in die Notaufnahme, genau wie Grams.

»Bin die Treppe runtergefallen«, sagte er grimmig. Sarkastisch. Hatte ich wirklich geglaubt, dass dieser Typ mir eine ehrliche Antwort geben würde?

»Und was ist *deine* Entschuldigung?« Sein Blick fiel auf meinen verletzten Arm. Ich war mir nicht sicher, was er meinte und legte den Kopf schief, bis mir klar wurde, dass ich ein kurzärmeliges Hemd anhatte und er meinen *ganzen* lila Arm sehen konnte.

Ich stieß einen entsetzten Schrei aus und stürmte zum Beifahrersitz, um meinen Hoodie zu holen. Auf dem Weg dorthin stieß ich gegen ein paar Pfannen und Pfannenwender und stolperte über einen leeren Kasten Wasser. Ich kämpfte mit dem

Hoodie, versuchte, es so schnell wie möglich anzuziehen, aber je hektischer ich überprüfte, ob es verdreht war oder nicht, desto nervöser wurde ich.

Schließlich nahm West mir den Hoodie aus der Hand, drehte ihn auf die richtige Seite und zog ihn mir mit einer flinken, beinahe achtlosen Bewegung über den Kopf.

»So.« Er zog das Hoodie nach unten und zupfte noch einmal daran, als zöge er ein Kind an. »Im texanischen Sommer geht doch nichts über einen netten Parka.«

»Das ist kein Parka.« Am ganzen Körper zitternd schlang ich mir die Arme um die Taille. Ich konnte kaum atmen.

Er hat meine Narben gesehen.

Er hat meine Narben gesehen.

Er hat meine verdammten, hässlichen Narben gesehen.

Rot und uneben, wie sie waren, konnte er sie kaum übersehen, und ich fragte mich, wie vielen von unseren Kunden wohl der Appetit vergangen war, als ich sie bedient hatte.

Ich war überrascht, dass ich mich nicht in Wests Schoß übergeben musste, nachdem er mich darauf aufmerksam gemacht hatte. Vielleicht, weil er völlig unbeeindruckt schien und ohnehin eine Menge von mir wusste, sodass der Anblick nicht weiter schockierend war.

»Texas.« Seine Stimme war leise. Klang gelassen.

»Ich ... äh ... ich muss weg«, murmelte ich, drehte mich um und wollte aus dem Truck verschwinden. Er erwischte mich am Arm und zog mich mühelos wieder zurück. Ich zappelte und schrie, weil ich unbedingt weg und ihn niemals wiedersehen wollte, aber er verstärkte den Griff um meinen Arm, tat mir beinahe weh.

Er schob mich in den Wagen zurück, bis ich mich widerwillig damit abfand, dass ich hier nicht rauskommen würde, ehe wir die Sache besprochen hatten.

Erneut versuchte ich, nach ihm zu treten und ihn zu schlagen.

Erneut *versagte* ich.

Er stand jetzt so nah vor mir, dass sein Atem beim Sprechen über mein Gesicht strich. Ich schrie, so laut ich konnte. Als ob er mich vergewaltigte. Als ob er mich verletzte.

»Verdammt noch mal, beruhig dich endlich!« Er nahm mich zwischen seinen Armen gefangen. Mein Rücken war an den Kühlschrank gepresst. Er klang genauso gelassen wie zuvor. »Sonst lässt du mir keine andere Wahl, als die Hysterie aus dir herauszuprügeln.«

Sofort verstummte ich. Ich glaubte nicht, dass er Hand an mich legen würde – ich hatte schon kapiert, dass er nicht diese Sorte Mann war –, aber er sollte mich auch nicht auf andere Weise bestrafen.

Ich gab vor, ein- und auszuatmen. Je eher die Sache aus der Welt war, desto eher konnte ich gehen.

»Bist du fertig mit ausrasten?« Er zog eine Augenbraue hoch.

»Klar. So cool wie ein Zen-Mönch«, stieß ich hervor, immer noch nach Luft schnappend. »Könnte ich jetzt bitte meinen persönlichen Freiraum wiederhaben?«

West trat einen Schritt zurück, wodurch eine Lücke zwischen uns entstand. Er lehnte sich an den Tresen und verschränkte die Arme. »Also.«

»Also *was?*«, fragte ich wütend.

»Du hast also eine ganz schön üble Narbe.«

Er hatte es gesagt. Er war tatsächlich hergegangen und hatte es laut *ausgesprochen*. Nie zuvor hatte jemand die Existenz meiner Narben erwähnt. Jedenfalls nicht mir gegenüber. Normalerweise ignorierten die Leute sie. Taten so, als hätten sie sie nicht bemerkt. Was für mich irgendwie noch unangenehmer war.

»Was soll das, warum versteckst du sie? Jeder von uns hat Narben. Deine ist nur sichtbar.«

»Sie ist widerlich.« Ich schaute an die Decke, um seinem Blick auszuweichen. Zum zweiten Mal in einer Woche schluckte ich die Tränen hinunter, und er sollte es auf keinen Fall mitbekommen.

»Sagt wer?«, hakte er nach.

»Sagen alle. Vor allem die, die mich als jemand anderen kannten.«

Als jemand Hübschen.

»Hört sich an wie eine Trauerfeier. Hätte ich etwas mitbringen sollen? Snacks? Bier? Aufblasbare Gummipuppen?«

»Wer hat gesagt, dass du eingeladen bist?« Ich hatte den Blick noch immer an die Decke des Wagens gerichtet.

West lachte schnaubend und schlug sich mit einem Lappen aufs Knie.

Mir war aufgefallen, dass er viel lachte, wenn wir zusammen waren, etwas, das er im College niemals tat.

Außerdem war mir aufgefallen, dass er anscheinend verrückt war, weil ihn sein eigener bedauernswerter Zustand nicht zu stören schien.

»Du machst aus einer Mücke einen Elefanten. Es ist nur Narbengewebe.«

»Es ist unattraktiv.«

»Nicht unattraktiv genug, um mich daran zu hindern, dich flachlegen zu wollen.«

Mit offenem Mund und mehrmals blinzelnd versuchte ich, eine passende Antwort darauf zu finden.

Hin und wieder hatte er auch früher schon erwähnt, dass er mich anziehend fand.

Ich glaubte nach wie vor, dass es entweder sarkastisch gemeint war, oder dass er es gesagt hatte, damit die arme Toastie sich besser fühlte. Immerhin glaubte ich inzwischen nicht mehr, dass De La Salle ihn geschickt hatte, um unbegründete Hoffnungen in mir zu wecken. West schien nicht der Typ zu sein, der irgendwem gegenüber Rechenschaft ablegte, und schon gar nicht nahm er Anweisungen und Befehle entgegen.

»Ist das deine Vorstellung von einem Kompliment?«, zischte ich.

»Nein«, sagte er todernst. »Das ist meine Vorstellung von der verdammten Wahrheit. Was stimmt nicht mit dir?«

In meiner Brust regte sich etwas Warmes, Euphorisches. Zum ersten Mal zog ich in Erwägung, dass er womöglich die Wahrheit sagte. Wir starrten einander schweigend an. Ich wartete darauf, dass er erklärte, warum er aussah, als hätte ihn ein Rudel Wölfe angegriffen. Als er es nicht tat, zog ich eine Augenbraue hoch.

»Apropos nicht so toll aussehen …«

Er legte sich eine Hand aufs Herz und tat so, als hätte ihn meine Bemerkung über sein Aussehen an diesem Morgen getroffen. »Du verletzt mich.«

»Da bin ich offensichtlich nicht die Einzige. Hast du gestern gekämpft?«

West drehte zwei leere Kisten um, eine auf meiner Seite des Wagens, eine auf seiner, und setzte sich. Ich tat es ihm nach. In vielerlei Hinsicht fühlte sich der Food Truck wie unsere Blase an. Ein gemütlicher Beichtstuhl.

Im Truck galten andere Regeln. Als legten wir hier unsere Außenhaut ab, unsere Makel, unseren Ruf und unseren sozialen Status. Hier waren wir einfach … *wir*.

»Ich kämpfe jeden Freitag.« Er ließ die Fingerknöchel knacken. Sein Bizeps spannte sich unter dem kurzärmeligen Henley-Shirt.

Ich wandte den Blick ab und räusperte mich. »Sei mir nicht böse, aber willst du mir wirklich erzählen, dass die Leute während der Football-Saison am Freitag herkommen, um dich zu sehen?«

»Ja. Sie kommen direkt vom Footballstadion ins Plaza, besaufen sich und werden dann zum College-Football wieder wach. Euch Texanern ist schon klar, dass es außer Football auch noch andere Sportarten gibt, oder?«

»Wir wollen andere Sportarten nicht unterstützen, weil sie die Sportkanäle infiltrieren und dem Football das Wasser abgraben. Kämpfst du immer? Auch in den Ferien?«

»Sogar mit Lungenentzündung und einer gebrochenen Rippe.«

Das hörte sich nicht nach einer Redewendung an. Es klang eher nach etwas, das tatsächlich schon mal vorgekommen war. Offensichtlich hatte er dringend Geld gebraucht. Oder es war ihm egal, ob er tot umfiel. Ich hatte das schreckliche Gefühl, dass es eine Kombination aus beidem war.

»Normalerweise siehst du nicht so übel zugerichtet aus.« Ich kaute auf meiner Unterlippe, und mein Puls normalisierte sich allmählich wieder.

Na schön, dann hat er eben meine Narben gesehen und weiß über Grams Bescheid. Was soll's.

»Normalerweise habe ich es mit geistig Gesunden zu tun. Aber diesmal war mein Gegner ein elender Feigling, der es mit allem versucht hat außer mit Waffengewalt. Kade Appleton, Mann.« Er schüttelte den Kopf. »Was für ein Arschloch.«

»Du hast gegen Kade Appleton gekämpft?« Mir stockte der Atem.

In Sheridan und Umgebung kannte ihn jeder. Ich war ihm noch nie begegnet, hatte aber zahllose Geschichten über ihn gehört. In der Schule war er ein Schläger gewesen, hatte sie mit sechzehn verlassen, seine Sachen gepackt und war nach Vegas gezogen, um dort zu kämpfen. Es hieß, dass er dort Mitglied einer Gang gewesen sei. »Was ist nur los mit dir, verdammt? Hier in der Gegend heißt er nur Appleton der Faule Apfel. *Willst* du etwa sterben?«

»Nicht direkt, aber so schlimm wäre es auch wieder nicht. Guck dir doch die coolen Typen an, die schon draufgegangen sind, Kurt Cobain, Abraham Lincoln, Dr. Seuss …«

»West!«, brüllte ich und schlug mir auf den Oberschenkel.

»Na schön. Ich tausche Dr. Seuss gegen Buddy Holly, aber nur wegen dir.«

Als ich ihm einen bösen Blick zuwarf, um ihm zu zeigen, dass ich das überhaupt nicht lustig fand, deutete er mit dem Kinn auf mich.

»Warum bist du heute zu spät gekommen?«

»Wegen Grams«, sagte ich mit heiserer Stimme und doch überrascht, wie leicht mir die Wahrheit über die Lippen kam. Es war befreiend, offen mit jemandem über sie zu reden.

»Sie hat sich heute Morgen am Herd verbrannt. Ziemlich schlimm. Ich war mit ihr in der Notaufnahme, bis Marla, ihre Pflegerin, übernommen hat.«

»Hat sie schon mal eine Diagnose bekommen?«

Ich schüttelte den Kopf. »Als ich sie das letzte Mal zum Arzt geschleppt habe, nicht, und das ist ein paar Jahre her. Sie weigert sich, ein weiteres CT machen zu lassen, und inzwischen ist es deutlich schlimmer geworden.«

»Sie müsste Medikamente bekommen.«

»Ich weiß.«

Und nicht nur das. Grams brauchte auch mehr Bewegung, mehr Sonne und regelmäßige Aktivitäten. Marla tat, was sie konnte, aber wenn ich abends vom College oder der Arbeit zurückkam, war ich zu erschöpft, um Grams zu geben, was sie verdiente.

West stand auf und machte uns zwei Frozen Margaritas. Er gab extra viele Gummibärchen hinein und reichte mir einen der Becher. In merkwürdiger Übereinstimmung prosteten wir uns gleichzeitig zu und tranken gierig ein paar Schlucke. Er setzte sich wieder.

»Noch mal zu der Sache mit der Narbe.« Er zeigte auf sein eigenes Gesicht. »Gehst du deshalb nicht auf die Bühne? Weil dir dein Aussehen nicht gefällt?«

Er sprach von der Probe, bei der er gesehen hatte, dass ich den ganzen Text mitsprach, mich aber vom Scheinwerferlicht fernhielt.

Ich spürte, wie meine Ohren rot wurden. »Es ist ein bisschen komplizierter.«

»Ich bin ein kluges Kerlchen. Lass hören.«

»Ich habe nicht immer so ausgesehen, weißt du. Früher war ich eine Art Miss Sonnenschein, und ich habe wirklich hart dafür gekämpft. Meine Mom war ein Junkie. Sie ist gestorben, als ich noch ein Kleinkind war, und mein Vater … na ja, ich weiß nicht mal, wer das ist. Das Einzige, das für mich sprach, war mein Aussehen, so oberflächlich das auch klingt.« Ich lachte nervös. »Ich war bei den Cheerleadern. Und in der Theatergruppe. Ich war das angesagte Mädchen, weißt du. Die mit dem hübschen Sonntagskleidchen und dem Grübchenlächeln, immer fototauglich. Ich hatte früh gelernt, wie ich meine Karten ausspielen musste. Ich dachte, ich beherrsche das Spiel. Aber dann …«

»… hat jemand mitten im Spiel den Tisch umgeworfen, und alle Regeln änderten sich.« West kaute nachdenklich auf seinem Strohhalm. »Dasselbe ist mir passiert, also weiß ich aus erster Hand, wie schlimm das ist.«

»Ach ja?« Ich grinste und fühlte mich in seiner Nähe gefährlich wohl. Das war dumm. Wie ein Kätzchen, das glaubte, es könne sich mit einem Tiger anfreunden, weil sie entfernte Verwandte waren. »Du musstest also auch deinen Lebenstraum aufgeben und konntest kein Schauspieler werden, weil du durch eine traumatische Tragödie in deiner Kindheit unwiederbringlich entstellt wurdest?«

Mit der Stiefelspitze schob er die Kiste zurück, auf der ich saß, und kratzte sich mit dem Mittelfinger an der Schläfe. Ich musste lachen.

»Was ich sagen wollte, ist, dass sich auch für mich die Regeln mitten im Spiel verändert haben«, stellte er klar.

»Verstehe ich nicht. Du bist immer noch beliebt.«

»Ich war auf dieselbe Art beliebt wie Easton Braun. Linebacker. Ballkönig. Der unerträglich mustergültige, perfekte Tom-Brady-Typ, den das gemeine Volk insgeheim für einen Serienkiller hält.«

Ich betrachtete seinen lädierten Körper. Nie hätte ich vermutet, dass West Football gespielt hatte, dass es eine brave, prüde Seite an ihm gab.

»Was hat dich dazu gebracht, auf die dunkle Seite der Macht zu wechseln?«

»Ich wurde zum alleinigen Ernährer meiner Familie. Inzwischen arbeiten meine Eltern zwar wieder, aber sie rennen hauptsächlich ihren Rechnungen hinterher.«

»Oh.«

Hatte ich gerade Oh *gesagt? Unter sämtlichen Wörtern unserer Sprache hatte ich ausgerechnet dieses ausgewählt? Ehrlich jetzt? Komm schon, das kannst du besser!* »Das ist ... hart.«

Er zuckte mit den Achseln. »Es ist, wie es ist.«

»Hast du keine Geschwister?«

Er schüttelte den Kopf. »Nur ich, meine Eltern und ein

Berg unbezahlter Rechnungen, der immer größer wird. Und du?«

»Nur ich, Grams und mein verlorenes Selbstbewusstsein.« Ich lächelte müde. »Auf uns.«

Wir stießen mit unseren Drinks an.

Schweigen machte sich zwischen uns breit wie eine Kaugummiblase, die sich bis kurz vor dem Platzen dehnt. West war der Erste, der eine Nadel hineinstach. Er schlug sich auf die muskulösen Oberschenkel.

»Okay, wir sind quitt. Lass uns aufräumen und hier verschwinden. Ich hab noch was zu tun.« Er stand auf und warf seinen Becher in den Müll.

Er schaltete den Grill aus, um ihn zu reinigen. Verblüfft starrte ich ihn an.

»Verdammt, was soll das heißen?«

»Seit ich deinen Arm gesehen habe, konntest du mir nicht mehr in die Augen schauen. Deshalb musste ich mich genauso verwundbar machen. Ich wollte, dass wir wieder auf Augenhöhe sind. Darum habe ich dich eingeweiht. Ich habe dir ein Geheimnis verraten, das ansonsten nur East kennt. Aber der zählt nicht, wir sind in derselben Stadt aufgewachsen und wurden im Abstand von zwei Tagen geboren. Er ist praktisch mein Zwillingsbruder. Meine Familie ist absolut pleite. Ich mache die Kämpfe nicht wegen der Nebeneinnahmen oder um an Pussys zu kommen. Ich muss zusehen, dass meine Eltern weiterhin ein Dach über dem Kopf haben. Meine Mutter braucht ihre Antidepressiva, und wie du weißt, ist die medizinische Versorgung in diesem Land verdammt teuer.«

Ich schluckte und senkte den Bick. Ich hatte mich wegen meiner dementen Großmutter und der verdammten Narbe dermaßen vor ihm geschämt. Aber nun, da ich wusste, dass seine Familie arm war und seine Mutter mit Depressionen zu kämpfen hatte, kam mir sein Leben alles andere als beneidenswert vor. Er war keineswegs unerreichbar oder unberührbar, und er war auch nicht durch ein unsichtbares inneres Leuchten geschützt.

»Deine Eltern müssen sehr stolz auf dich sein«, sagte ich leise.

»Nicht im Geringsten.« Er stieß ein freudloses Lachen aus und warf mir einen Lappen zu. Ein Signal für mich, den Hintern hochzukriegen und ihm zu helfen. »Aber das ist eine andere Geschichte. Damit ich *dieses* Geheimnis mit dir teile, musst du mir schon etwas mehr zeigen als ein bisschen Narbengewebe, Tex.«

Als ich nach Hause kam, hatte Marla Grams bereits ins Bett gebracht. Der Besuch in der Notaufnahme hatte sie erschöpft. Sie war es nicht mehr gewohnt, so viel Zeit außerhalb des Hauses zu verbringen.

Ich duschte schnell, während Marla aufräumte. An der Tür umarmte ich sie und drückte sie besonders fest. »Vielen Dank, Marl. Du bist wirklich ein Kumpel.«

»Schon gut. Und was hast du jetzt vor, Schätzchen?«

»Wahrscheinlich Netflix gucken und chillen.«

»Versuch nicht, mich für dumm zu verkaufen, Herzchen. Ich meine mit der alten Schachtel. Die Situation wird allmählich untragbar, das weißt du. Du kannst dich nicht mehr um sie kümmern. Ich weiß zu schätzen, dass du es während deiner Highschool-Zeit getan hast, aber deine Großmutter braucht jetzt ständige Pflege. Sie ist eine Gefahr für sich selbst. Und für andere auch«, sagte Marla energisch und zog eine Braue hoch, als ihr Blick auf meine linke Gesichtshälfte fiel.

Ich zog den Kopf ein und rieb mir den Nacken.

»Ich werde darüber nachdenken«, log ich.

Ich würde auf keinen Fall darüber nachdenken. Da gab es nichts nachzudenken. Großmutter Savvy hatte mich aufgezogen. Sie hatte mich jeden Abend ins Bett gebracht und meine Wehwehchen weggeküsst. Hatte mir eine Kopie des Abendkleids für den Abschlussball genäht, weil das Original zu teuer war. Sie hatte mir ihr ganzes Leben gewidmet, und ich würde sie nicht im Stich lassen, wenn die Dinge unangenehm wurden.

Ich musste nur den Einsatz erhöhen. Mehr Zeit mit ihr verbringen, ihr mehr Aufmerksamkeit zukommen lassen.

Ich wollte gerade die Tür hinter Marla schließen, da wurde ein Fuß in die Lücke geschoben. Die Person auf der anderen Seite der Tür gab einen Schmerzenslaut von sich, zog den Fuß aber nicht zurück. Mein Herz machte einen Satz.

Das Erste, was mich beunruhigte, war die Tatsache, dass ich kein Make-up trug.

Und nicht die Möglichkeit, dass womöglich gerade ein Axtmörder unangemeldet in mein Haus einzudringen versuchte.

»Wer ist da?«, fragte ich. Der Spalt war zu schmal, um zu erkennen, wer es war.

»Karlie. Geheimcode: Ryan Phillippe. Mach auf.«

Es gab zwar keinen Geheimcode, aber hätten wir einen gehabt, wäre es dieser gewesen. Mein Neunzigerjahre-Herz geriet ins Stolpern. Schnaubend öffnete ich die Tür. Meine beste Freundin wackelte verführerisch lächelnd mit den Augenbrauen. In der erhobenen Hand hielt sie eine Tüte mit fetttriefendem Fast Food. Da es in unserer Stadt nur ein Diner, den Food Truck und eine Pizzeria gab, nahm ich an, dass es sich um etwas Italienisches handelte.

Durch meine Nachrichten, nachdem ich nach Wests Nummer gefragt hatte, wusste sie, dass ich einen harten Morgen gehabt hatte, also war sie vorbeigekommen.

Ich zog sie ins Haus und umarmte sie. Verlegen tätschelte sie mir den Rücken.

»Hat dir schon mal jemand gesagt, dass du eine unglaubliche Freundin bist?« Mit dem Atem zerzauste ich ihre dicken dunklen Locken.

»Alle und ständig. Ich habe hier Diverses im Angebot. Pasta, billigen Wein und Klatsch. Mit dem Essen fangen wir an. Klingt das gut?«

»Klingt *perfekt*.«

Eine Stunde später lagen wir im fortgeschrittenen Stadium eines Fresskomas auf meiner Wohnzimmercouch. Im Hintergrund flackerte der Fernseher.

Ich tätschelte mir den Bauch und starrte auf die harte Rundung. Ich war klein und grazil, aber wenn ich einen Fressanfall bekam, wurde mein Bauch so rund, dass ich mich vor den Spiegel stellte und mir vorkam wie Demi Moore auf dem Cover von *Vanity Fair* (noch ein Goldstück aus den Neunzigern). Normalerweise brachte mich das zum Lachen. Aber an diesem Abend, leicht berauscht vom Wein und sehr besorgt wegen meiner Großmutter, fragte ich mich unwillkürlich, ob ich jemals *wirklich* schwanger werden würde. Ob ich jemanden kennenlernen und mir ein Leben mit ihm aufbauen würde.

Üblicherweise stopfte ich solche Gedanken in die unterste Schublade meines Gehirns. Aber seit West mit seinem geschundenen Körper und seiner gebrochenen Seele in mein Leben gestürmt war, hatte er diese Schublade aufgerissen und ihren gesamten Inhalt herausgeholt.

Lust.

Romantik.

Sehnsucht.

Und das Gefährlichste von allem – *Hoffnung*.

Ich wusste nicht, ob das, was er in mir auslöste, gut und hoffnungsvoll oder verheerend und niederschmetternd war. Wie dem auch sei, es war auf jeden Fall dumm und riskant, jemandem zu vertrauen, der grundsätzlich keine Form der Beziehung anstrebte und nur wenig Interesse daran zeigte, am Leben zu bleiben.

»Was war das für Klatsch, den du mir erzählen wolltest?« Ich stieß Karlies Schulter mit dem Fuß an, als mir ihre Ankündigung wieder einfiel.

Sie saß auf der anderen Seite des Sofas und schüttelte den Kopf. Die dunklen Haare flogen um ihr herzförmiges Gesicht. »Okay. Kennst du Melanie Bush? Zierlich? Blond? Blaue Augen?«

»Du hast gerade ungefähr sechzig Prozent der Studentinnen an der Sheridan beschrieben.« Ich lachte. »Was ist mit ihr?«

»Also, meine Freundin Michelle hat am Freitag unsere Lerngruppe geschwänzt, um sich Wests Kampf gegen Kade Appleton anzusehen. War anscheinend ziemlich brutal. Die Matten waren dermaßen voller Blut, dass sie sie hinterher auf der Müllkippe verbrannt haben. Aber egal. Nach dem Kampf wäre es beinahe zu einer weiteren Auseinandersetzung gekommen. Ein paar von Appletons Leuten wollten auf West losgehen, aber er hat sie einfach stehen lassen, es war ihm scheißegal. Und jetzt rate, was er auf dem Weg nach draußen gemacht hat?«

»Was denn?« Ich versuchte, möglichst gleichmütig zu klingen, aber mein Rücken straffte sich, und ich spürte, wie mir das Essen, das ich gerade zu mir genommen hatte, in die Kehle stieg. Man musste kein Genie sein, um zu wissen, in welche Richtung diese Geschichte sich entwickeln würde.

»Er hat Mel die Treppe raufgeschleift, während ihm noch Blut übers Kinn lief, und dann hat er sie vor den leeren Aufzugschächten bewusstlos gevögelt. Michelle meinte, er war dermaßen weggetreten, dass Mel sich gefragt hat, ob er überhaupt bei Bewusstsein war. Sie hat ihr erzählt, dass es total irre war, sinnlich und heiß wie die Hölle. Er hat ihr zwei Orgasmen verschafft, ohne sie auch nur anzusehen.«

»Wow.«

Irgendetwas musste ich sagen, also wählte ich ein Wort, das alles oder nichts bedeuten konnte. *Wow* konnte entweder gut oder schlecht heißen. Schock oder Sarkasmus ausdrücken. *Wow* bezeichnete auch das, was ich fühlte, als mein Herz in winzige Splitter zersprang.

»Ganz ehrlich? Der Typ scheint völlig abgedreht zu sein. Mel hat erzählt, dass er ihr beim Vögeln die ganze Zeit in die Haare gefasst und über Texas geredet hat.« Karlie rümpfte die Nase. »Was hat unser Kumpel nur gegen den Lone Star State? Wir haben Dr. Pepper erfunden, Corn Dogs und Brustimplantate aus Silikon. Das macht uns definitiv zum besten Staat des Landes.«

»Ja, echt seltsam«, murmelte ich.

Mehr brachte ich nicht heraus. Noch ein Wort, und meine Stimme wäre gebrochen.

Texas.

Er hatte von Texas geredet.

Ich wusste, dass er damit nicht den Staat gemeint hatte, und eine ekelhafte Mischung aus glühender Eifersucht und Euphorie raste durch meinen Körper.

»Hey, du hast nicht zufällig Eiscreme da, oder?«

»Ich sehe mal nach«, sagte ich, froh über diesen Vorwand, in die Küche zu gehen und meinen Herzschlag zu beruhigen.

Ich wusste, dass ich eifersüchtig war, aber ich wusste auch, dass ich keinerlei Recht dazu hatte.

West war nicht mein fester Freund. Nichts an seinem Verhalten, seinen Scherzen oder seiner Persönlichkeit legte nahe, dass er mich um eine Verabredung bitten würde. Im Gegenteil, er hatte mir unmissverständlich klargemacht, dass er höchstens mit mir flirten würde, selbst wenn er mich attraktiv gefunden hätte.

Diese Geschichte bewies nur eines: Er wollte mir an die Wäsche, aber nicht ans Herz, und ich war gut beraten, wenn ich niemals vergaß, an welchem Teil von mir er interessiert war.

Himmel, ich musste über diese bescheuerte Schwärmerei hinwegkommen. Schnell.

Ich nahm eine Packung Eis aus dem Gefrierschrank und zwei Löffel aus einer Schublade. Ich spürte, wie mir ein Schrei in die Kehle stieg, und stach mit einem der Löffel auf das Eis ein.

Ich ärgerte mich über meine eigene Dummheit. West benahm sich mir gegenüber also nicht wie ein Arschloch. Na und? Das bedeutete nicht, dass er kein Arschloch war. Punkt. Melanie gegenüber war er eins gewesen. Also musste ich mich von ihm fernhalten und einen Schritt zurückzutreten.

Texas.

Der Typ hatte echt Nerven. Meinen Spitznamen auszusprechen, während er in einer anderen steckte.

Ich wollte ihn umbringen. Ihn erwürgen. Ihn …

»Shaw! Wo bleibst du? Musst du das Eis erst aus Italien holen?«, hörte ich Karlie aus dem Wohnzimmer rufen. Ich senkte den Blick und stellte fest, dass die Eiscreme nicht mehr makellos weiß war. Sie wies dunkelrote Blutflecken auf. Von *meinem* Blut.

Es färbte sich rosa und glitt über die Pisten der verschneiten Vanilleberge. Beim Blick auf meine Hand blieb mir der Mund offen stehen. Ich hatte keinen Löffel benutzt, sondern ein Messer aus der Schublade genommen, verdammt.

Hastig kratzte ich das verdorbene Eis aus der Packung, warf es in den Müll und holte saubere Löffel.

»Komme sofort.«

Fuck. Fuck. Fuck.

Ich klebte mir ein Pflaster auf die Hand und ging zurück zur Couch. Karlie hatte nichts mitbekommen. Sie schob sich einen Löffel Eiscreme in den Mund, schloss die Augen und stöhnte genießerisch.

»Weißt du, was wir machen sollten?«

Eine Voodoo-Puppe von West basteln und sie erstechen?

»Noch ein Neunzigerjahre-Quiz?«, fragte ich mit vorgetäuschtem Eifer. Sie öffnete die Augen und musterte mich argwöhnisch. Für Enthusiasmus war ich nicht gerade bekannt.

»Jep, aber das machen wir ja sowieso. Ich finde, wir sollten zu einem Kampf von West gehen. Nächsten Freitag. Da haben Mom und Victor Dienst. Wär doch cool, mal wieder miteinander abzuhängen. Haben wir lange nicht mehr gemacht.«

Womit sie recht hatte. Karlie war mit ihren Hausaufgaben und Praktika beschäftigt, und ich war entweder bei der Arbeit oder verbrachte Zeit mit Grams. Aber West in Aktion zu sehen, war die schlimmstmögliche gemeinsame Unternehmung für uns.

»Na, vielen Dank auch.« Ich schob mir Eiscreme in den Mund, ohne etwas zu schmecken. Der Abend war verdorben, weil ich ständig Bilder vor meinem inneren Auge sah, auf denen West Melanie Bush bei den Aufzügen vögelte, dabei wusste ich nicht mal, wie sie aussah. »Ich stehe nicht auf Fight Clubs.«

»Aber du stehst auf heiße Typen mit nacktem Oberkörper, die sich gegenseitig verprügeln, oder? Es sei denn, du bist asexuell. Oder lesbisch.«

»Dann bin ich wohl asexuell.«

Frauen machten mich tatsächlich nicht an.

»Komm schon. Ich kannte dich auch vor dem Du-weißt-schon, und du warst genauso verrückt nach Jungs wie alle anderen auch. Oder was war das damals mit Tucker?«

Äh … ja. Tucker. Einer der Hauptgründe, warum ich den Männern abgeschworen hatte. Die Art, wie er mich in dem Augenblick abserviert hatte, in dem ich meine Schönheit verlor, schmerzte noch lange, nachdem die Brandwunden verheilt waren.

Karlie und ich einigten uns darauf, dass ich mir eher mit einem Hammer die Ohren sauber machen würde, als mir einen illegalen Kampf anzusehen. Meine Freundin ging nach Hause, wozu sie nur die Straße überqueren musste.

Ich schlüpfte unter die Decke und schob den Hausschlüssel unter die Matratze – genau, wie es der dämliche West damals in dem Diner vorgeschlagen hatte –, damit Grams nicht abhauen konnte, während ich schlief. Bis jetzt hatte es funktioniert.

Das Letzte, woran ich dachte, nachdem mein Kopf das Kissen berührt hatte, war ein Kämpfer, der sich aufgegeben hatte.

8. KAPITEL

West

Am Sonntag löste ich einen der vielen Gefallen ein, die Texas mir schuldete, und kam zu spät zu meiner Schicht. Am Abend hatte in einem Verbindungshaus eine Party stattgefunden. Eigentlich entsprachen Partys meiner Vorstellung von der Hölle, aber ab und zu kam ich doch mit, wenn East mich mit dem Vorwurf nervte, ich sei ungesellig. Er nahm fälschlich an, dass ich wie meine Mutter in Depressionen verfallen würde. Manchmal glaubte ich, er wusste, dass ich mit dem Gedanken spielte, meine Maschine vor einen Baum zu setzen oder vom Wasserturm zu springen. Ich war den ganzen Abend für mich geblieben, hatte mich an einer Flasche Selbstgebranntem festgehalten und mein Lieber-trink-ich-aus-der-Toilette-Gesicht aufgesetzt, wenn mir jemand ein Gespräch aufzudrängen versuchte. Der Tiefpunkt des Abends bestand darin, von einem Mädchen beschimpft zu werden. Als sie mich ansprach, hatte ich sie gefragt, wer sie war.

Offenbar hatte ich am Freitag Sex mit ihr gehabt.

Und sie hielt es offenbar für angebracht, es jedem, bis auf den Präsidenten, zu erzählen.

»Melanie!«, hatte sie geschrien. »Mein Name ist Melanie. Und das wüsstest du, wenn du mir vor ein paar Tagen Zeit gelassen hättest, mich richtig vorzustellen.«

Melanie jammerte rum, denn sie hätte nicht gedacht, dass

man sie so leicht vergessen könnte. Was wiederum mich überraschte, weil ich es mir zur Regel gemacht hatte, Frauen nicht nach ihrem Namen zu fragen.

»Und noch was: Ich komme nicht aus Texas, ich komme aus Oklahoma!«

Was sollte ich sagen? Frauen waren ein endloser, geheimnisvoller Fluss, in den ich nicht mal den kleinen Zeh stecken wollte.

Ich ignorierte sie und ging mit ein paar Typen zum Billardtisch, wo wir über ihr Gejammer hinweg über Football redeten. Irgendwann kam Tess auf uns zu marschiert, nahm Melanie (oder war es Melody?) beiseite und versuchte, sie zu trösten angesichts des Todes dessen, was das Mädel offenbar für eine lebenslange Liebesgeschichte zwischen ihr und mir gehalten hatte.

Am Sonntag war Texas überraschend still und kurz angebunden, wenn man bedachte, dass wir uns am Samstag gegenseitig das Herz ausgeschüttet hatten. Ich war viel zu verkatert, um herauszufinden, was für eine Laus ihr diesmal über die Leber gelaufen war. Offenbar fand sie immer einen Grund, mich zu hassen. Wir wechselten keine fünf Sätze miteinander, was für mich in Ordnung ging. Ihre Heiß-oder-kalt-Spielchen gingen mir auf die Nerven.

Am Montag jedoch ließ meine Geduld mit dem Universum allmählich nach, und das Bedürfnis, jedem um mich herum aufs Maul zu hauen, wurde immer stärker.

Es reichte nicht, dass East morgens gleich nach dem Aufwachen die siebzehn Briefe meiner Mutter auf dem Boden unserer Mülltonne gefunden hatte (*»Was soll das, Alter? Antworte deiner Mutter!«*), nein, außerdem schienen auch noch alle auf der Alkoholwelle des Wochenendes zu reiten, denn sie erschienen dort in angetrunkenem Zustand. Die Verbindungspartys waren am Sonntag und Montag noch weitergegangen, was bedeutete, dass die Hälfte der Studis Toga und Römersandalen trug.

Sie sahen aus wie griechische Götter, die von der Küste in New Jersey kamen und von ihrem All-inclusive-Urlaub auf dem Olymp ein paar Kilo zu viel mitbrachten. Was sowieso Bullshit war. Die Hälfte dieser Idioten würde Griechenland nicht mal auf der Landkarte finden, wenn es mit fünf verschiedenen Farben markiert wäre. Mit dem festen Vorsatz, an diesem Tag niemanden umzubringen, machte ich mich zu meiner ersten Vorlesung auf.

Die negativen Schwingungen des Wochenendes drückten mir immer noch auf die Stimmung.

Ich schlenderte an Reign, seinen Freunden von der Sig-Ep-Verbindung, an Tess, der durchgeknallten Blondine aus Oklahoma, und noch ein paar anderen Mädchen vorbei. Mit geröteten Augen steckten sie in der Eingangshalle die Köpfe zusammen und tratschten. Ich war kurz davor, um die Ecke in Addams' Seminarraum abzubiegen, da hörte ich Reign hinter mir johlen.

»Yo, Toastie! Bist du vom Himmel gefallen? Dein Gesicht sieht nämlich echt fertig aus.«

Die ganze Halle brach in schallendes Gelächter aus.

Ich blieb stehen und ballte die Fäuste.

»Ich mach nur Spaß. Du siehst heiß aus, Baby!«

Neuerliches Gelächter. Texas antwortete nicht. Ich musste mich anstrengen, um mich nicht umzudrehen und ihr ins Gesicht zu sehen.

Nicht ausrasten. Sie will dein Mitleid nicht.

»Komm schon, Toastie. Ich verarsche dich nicht. Sex mit mir ist richtig feurig.«

Noch mehr Gelächter.

Die Blitze von Handykameras.

Kichern, vor den Mund geschlagene Hände, Handys.

Irgendetwas in mir rastete aus.

Tut mir leid, Texas. Keine Chance.

Ich drehte mich um und stürzte mich auf ihn. Er trug immer noch seine dämliche Toga und etwas, das wie ein aufgesetztes Nest aussah, aber offenbar ein Lorbeerkranz sein sollte. Sein dummes Grinsen stürzte in sich zusammen wie ein Jenga-Turm, als er merkte, dass es ihm jetzt an den Kragen ging. Ich sah nicht nach, wo Texas war. Wenn sie überhaupt noch da war. Ich rammte Reign mit der Schulter, knallte ihn an die Wand und packte ihn bei seiner Toga. Der Stoff fiel auseinander und sammelte sich zu seinen Füßen, nur ein Streifen weißes Tuch bedeckte noch seine Brust. In Boxershorts stand er in der Halle. Ich packte ihn am Hals und hob ihn hoch, bis seine Füße den Boden verließen. Ich biss so fest die Zähne aufeinander, dass ich glaubte, sie würden mir nacheinander aus dem Mund fliegen.

»Herrgott noch mal!« Der Aufschrei war gedämpft, weil ich ihm die Luftröhre zudrückte. Er versuchte, meine Finger von seinem Hals zu lösen, und seine Knöchel wurden weiß.

»Eswarnwitz!«, brachte er mit Schaum vor dem Mund heraus.

Mit einem animalischen Knurren bleckte ich die Zähne. Ich wollte ihm Todesangst einjagen. Um klarzustellen, dass er in einer Welt der Schmerzen leben würde, sollte er Texas noch ein einziges Mal anmachen.

»Dann arbeite an deinem Material, du Witzbold.«

»Es ist ihr doch *egal*!« Seine Augen traten hervor, denn ich hatte ich den Druck auf seine Kehle erhöht. Ich spürte, wie die empfindlichen Knochen in seinem Nacken knackten, als ich fester zudrückte.

»Mir aber nicht«, sagte ich ruhig.

Ich konnte ihn töten. Das war mir bewusst. Ich war mir meiner Fähigkeit, Menschen zu töten, schon seit langer Zeit bewusst. Er wäre nicht der erste Mensch, der wegen mir in einem Leichensack endete.

Aber ich war nicht scharf darauf, dieses Geheimnis mit der Welt zu teilen.

Ich starrte ihm ins Gesicht. »Ich warne dich, Reign. Verarsch sie nicht noch einmal. Ich breche dich in kleine Stücke und spüle dich im Klo hinunter. Ein Teil von mir *wünscht* sich beinahe, dass du so dumm bist, dann kann ich dich nämlich endlich fertigmachen.«

»Bro, du erwürgst ihn«, murmelte jemand zu meiner Linken.

»Er wird ganz blau!« Das kam von rechts.

»Schnell, tut doch endlich was!«

Um mich herum erhob sich Geschrei, aber es berührte mich nicht. Ich sah zu, wie Reigns Gesicht die Farbe wechselte, wie er zu zappeln aufhörte und sich die Erkenntnis, dass er das hier vielleicht nicht überleben würde, in seinem Gesicht abzeichnete.

Mehrere Hände zogen mich an meinem Hemd zurück. East, Grayson und Bradley drückten mich an die gegenüberliegende Wand, weg von Reign. Ich warf East einen mörderischen Blick zu, stieß ihn weg und machte Anstalten, mich erneut auf Reign stürzen.

East stieß mich energischer zurück. »Du hättest ihn beinahe erwürgt. Was ist los mit dir, Mann?«, keuchte er und drückte mich mit den Schultern an die Wand.

Ich warf einen kühlen Blick auf Reign. Er war auf dem Boden zusammengesackt, schnappte nach Luft und rieb sich den Hals. Der war dunkelblau angelaufen, und um seinen Adamsapfel herum formte sich ein schlingenförmiger Fleck.

Die Menge um uns herum wurde größer, das Gemurmel drang mir in die Ohren. Texas stand im Hintergrund und hielt die Gurte ihres Phönix-Rucksacks umklammert.

Sie blickte mich an, als sei ich ein Verräter.

Ich hatte die Schnauze voll.

Von ihr.

Von meiner Familie.

Von der Welt.

Ich machte auf dem Absatz kehrt und marschierte in die entgegengesetzte Richtung. Sie war den Ärger nicht wert. Ich hatte getan, was ich konnte, um ihr zu helfen, aber jetzt war ich offiziell fertig mit ihr. Eine Freundin wie Grace Shaw konnte ich mir nicht leisten, selbst wenn ich an ihrer Gesellschaft interessiert gewesen wäre.

Was ich, nur fürs Protokoll, nicht war. Nicht mehr.

Zu viel Drama. Nein danke.

Ich machte mich auf den Weg in Addams' Raum. Ein Teil meines Selbst war überzeugt, dass Texas mir hinterherlaufen würde. Sie würde mir danken. Sich entschuldigen, weil sie uneinsichtig gewesen war.

Betteln und den Kopf einziehen wie jeder andere auch.

Um meine unerreichbare Zuneigung buhlen.

Als ich an der Tür war, blickte ich in den Korridor und rechnete damit, ihr Gesicht zu sehen.

Sie war verschwunden.

»Was denkst du?« Später am Abend trat mir Reign sachte gegen die Schulter. Er setzte sich neben mich an den nierenförmigen Pool und nahm einen Zug von seinem Joint. In zwei dicken Schwaden kam ihm der Rauch zu den Nasenlöchern heraus.

Vermutlich seine Version einer Entschuldigung für die Ereignisse im Flur an diesem Morgen.

Ich nahm einen Schluck von meinem Bier und ließ die Füße im lauwarmen Wasser baumeln. Ein Blick auf seinen Hals sagte mir, dass auch ich meinen Anteil an dieser beschissenen Aktion gehabt hatte.

Ja, er war ein Arschloch, aber ich hätte ihn beinahe umgebracht. Wegen eines Mädchens, das überhaupt nicht gerettet werden wollte.

Geh zum Teufel, Texas.

»Ich finde, ich hab ganz schön behaarte Zehen«, sagte ich aufrichtig und betrachtete meine schmalen, langen Füße.

Reigns Schultern bebten vor Lachen. Er schüttelte den Kopf und trat mir unter Wasser gegen den Fuß. »Boah ey. Die hast du allerdings.«

Einen Moment lang war es still. Wenn ich daran dachte, wie er Texas verarscht hatte, sah ich immer noch rot. Und ich wusste nicht mal, warum. Sie hatte bereits klargestellt, dass wir keine Freunde waren, und für mich stand fest, dass ich sie niemals anfassen würde.

Nicht zum ersten Mal hatte sich Reign wie ein Riesenarschloch benommen, aber diesmal war er besonders hartnäckig gewesen.

»Ich wünschte, ich könnte sein wie du.« Er malte mit den Zehen – die, wie mir auffiel, durchaus auch eine Rasur vertragen könnten – Kreise ins Wasser. »Du bist der starke, schweigsame Typ. Du musst nicht das Maul aufreißen, um bemerkt zu werden. Ich dagegen muss alle unterhalten. Die Leute erwarten von mir, dass ich Mist erzähle.«

»Wenn das eine Entschuldigung für heute Morgen sein soll, verschwinde lieber, bevor ich dich ertränke.« Ich nahm einen weiteren Schluck Bier.

Wir waren auf einer Geburtstags-Poolparty, zu der East mich mitgeschleppt hatte. Das Geburtstagskind, ein Mädchen, das etwas außerhalb von Sheridan wohnte, hatte uns angefleht, zu kommen, sowohl in ihr Gesicht als auch zu ihrer Party. Der Vater war ein Ölmagnat. Die Eltern verreist. Es war wie eine Verbindungsparty auf Steroiden. Alle hatten aufblasbare Spielzeuge mitgebracht und tanzten am Pool. Musik dröhnte aus einem Surround-System und ließ die Erde erbeben. Es gab Eis- und Schnapsstände.

Das Geburtstagskind lief in einem rosa-weißen Bikini, High Heels und einer *Süße-21*-Schärpe herum. Ich war mitgekommen, um mit einer schnellen Nummer ein wenig Stress abzubauen, aber kaum war ich durch das schmiedeeiserne Tor hindurch, wurde mir klar, dass ich lieber am Pool sitzen und meine haarigen Zehen anstarren würde, als irgendein namen- und gesichtsloses Mädchen zu vögeln, das später deswegen herumjammern würde.

Im Augenblick sprach mehr gegen als für einen schnellen Aufriss.

»Willst du mich nicht fragen, warum ich Goldlöckchen das angetan habe?«, fragte Reign.

Als ihm klar wurde, dass er nicht mit einer Antwort rechnen konnte, fuhr er fort: »Ich hab es gemacht, weil ich wusste, dass du Toastie magst. Verdammt, sogar mein Hund weiß, dass du Toastie magst, und der ist in Indiana. Darum hast du dir Melanie geschnappt, stimmt's? Die sieht von hinten genau wie Toastie aus.«

Wenn er sie noch einmal *Toastie* nannte, würde ich ihn so tief in den Boden rammen, dass er in China wieder herauskommen würde.

»Langes blondes Haar. Süßer runder Arsch.« Er zählte die Übereinstimmungen an den Fingern auf. »Du bist ziemlich leicht zu durchschauen, St. Claire. Ich wollte es einfach mal mit gleicher Münze heimzahlen.«

Ich trank in aller Ruhe mein Bier. Wenn er glaubte, dass ich Texas mochte, war er high. Sie war unerträglich, außer bei den wenigen Gelegenheiten, bei denen sie mich zum Lachen gebracht hatte.

East ließ sich an meiner anderen Seite nieder und nahm Reign den Joint aus den Fingern.

»Führt ihr gerade ein vertrauliches Gespräch? Ist das hier endlich dein Coming-out, Reign?« East strahlte Reign an, der ihm lachend einen Klaps auf den Hinterkopf gab.

»Ich habe ihm nur erzählt, dass ich Toastie geärgert habe, weil er was mit Tess hatte.«

»Im Ernst?« Ich hielt ihm die Fäuste vors Gesicht. Reign zuckte zusammen und duckte sich.

»Verdammt, tut mir leid. Alte Gewohnheiten sind schwer auszumerzen.«

»Aber du nicht. Du stirbst sehr bald, wenn du so weitermachst.«

»Och, ich hasse es, wenn Mommy und Daddy sich streiten.« East nahm einen Zug und gab den Joint dann De La Salle zurück. »Jetzt mal im Ernst. Dieser Toastie-Mist war so was von drittes Schuljahr, Reign. Mach das noch mal, und ich sorge persönlich dafür, dass der Coach davon erfährt. Dann bist du schneller aus der Mannschaft raus, als du gucken kannst.«

»Ich habe West bereits gesagt, dass ich damit fertig bin.« Reign schmollte. »Mein Fehler, okay? Ich mache gerade schwere Zeiten durch.«

»Westie weiß also, dass du auf Tess stehst?«

»Jetzt schon. Vielen Dank für den Spoiler.« Reign verdrehte die Augen.

Darum ging es hier also? Um einen Fick mit Tess Davis?

»Tu dir keinen Zwang an, Tess gehört dir.« Ich hatte gerade meine Flasche geleert, da beugte sich eine aus dem ersten

Semester zu uns herab. Sie hielt uns ihre Brüste in einem roten Baywatch-Badeanzug vor die Nase und bot uns ein Tablett voller Shots an. East nahm drei und teilte sie zwischen uns auf.

»Niemand steht dir im Weg. Höchstens dein hässliches Gesicht und dein mangelnder Verstand«, sagte ich, um Reign auf meine eigene Art zu ermutigen.

Er schüttelte den Kopf.

»So einfach ist das nicht. Ich wünschte, du hättest den Bro-Code nicht gebrochen.«

Wir stießen mit den Gläsern an und kippten die Tequila Shots. Ich konnte mich nicht erinnern, dass Reign etwas wegen Tess gesagt hätte, aber ich glaubte ihm, weil ich normalerweise nicht darauf achtete, was irgendwer zu irgendwem sagte. Und nur fürs Protokoll: Reign hatte allein in diesem Monat ungefähr sechzig Prozent der Campusbevölkerung gevögelt, also war seine erklärte Liebe zu Tess ungefähr so bedeutsam wie diese Melanie, die tödlich beleidigt war, weil ich noch keine Hochzeitsanzeige aufgegeben hatte.

»Wieso?«, fragte East, an Reign gewandt.

»Sie steht jetzt auf ihn und seinen traurigen Arsch.« Reign deutete mit dem Kinn in meine Richtung.

»Aber mein trauriger Arsch steht auf niemanden, also ist das kein Thema.«

»Du willst mir ernsthaft erzählen, dass du nicht auf das Taco-Truck-Mädchen stehst?« East stocherte mir in den Rippen herum. Irgendjemand sprang in den Pool und spritzte uns nass. Ein Mädchen. Sie zupfte uns unter Wasser spielerisch an den Zehen, ehe sie wieder an die Oberfläche kam wie eine nuttige Nymphe. Reign spritzte zurück. *Verliebt, na klar.* Der würde Liebe nicht mal erkennen, wenn sie ihn anpissen und dann seinen Alfa Romeo zu Schrott fahren würde.

East und ich waren immer noch ins Gespräch vertieft.

»Sie heißt Grace«, sagte ich kurz angebunden, weil es mir aus irgendeinem Grund wichtig war, dass diese Bastarde aufhörten, sich auf ihre Narbe oder ihren Job zu beziehen. »Und nein, ich bin nicht scharf auf sie.«

Vor allem nicht, seit sie mir bei unserer letzten Schicht im Food Truck die kalte Schulter gezeigt und mir vor dem gesamten College eine Abfuhr erteilt hatte, obwohl ich den Hals für sie hingehalten hatte.

East überlegte. »Es ist nur so, dass du nicht mehr dein übliches Ich-will-sterben-gebt-mir-eine-Waffe-Selbst bist, seit ...«

»Seit?«, sagte ich herausfordernd.

»Seit du sie kennst.«

Mein bester Freund war so eine Pussy, dass ich ihm das Maul mit einer Dose Whiskas stopfen wollte. Ich stieß ein kehliges Lachen aus. Der war gut. Ich hatte mich also verändert. Wegen eines *Mädchens*.

»Zum letzten Mal, ich habe kein Interesse an Grace Shaw.«

»Wirklich nicht?«

Noch mehr Mädchen tauchten ab, um uns an den Füßen zu kitzeln und unsere Aufmerksamkeit zu erregen.

»Wie oft muss ich das noch sagen?« Ich starrte meinen besten Freund wütend an. »Ich kann es auch tanzen, morsen oder dir den Arsch aufreißen.«

»Dann wäre es dir also egal, wenn ich mit ihr ausgehe?« East musterte mich vorsichtig. Ich spürte, wie sich mein Kiefer anspannte. Von allen Mädchen an der Sher U wollte er ausgerechnet diejenige, mit der ich zusammenarbeitete. Ich bemerkte, dass Reign aufgehört hatte, das Mädchen im Pool nass zu spritzen. Er wartete auf meine Reaktion.

Ich zuckte mit den Schultern. »Nur zu. Und benutz ein Gummi. Sie scheint der Typ zu sein, der dir ein Baby anhängen könnte.«

Was sollte das überhaupt? Texas würde nicht mit ihm ausgehen, und wenn er der letzte Mann auf der Erde wäre. Wahrscheinlich war sie noch Jungfrau. Sie ging mit niemandem aus, und sie mied die Football-Mannschaft. Besonders, nachdem Reign ihr gegenüber die Manieren einer Mülltonne gezeigt hatte.

»Stellen wir also Folgendes klar.« Reign grinste. Er genoss die Situation ungemein. »Du würdest jeden umbringen, der ihr gegenüber respektlos ist, aber du würdest sie niemals daten?«

Ich ließ mich in den Pool hinunter und spritzte mir Wasser ins Gesicht.

»Braver Junge. Möchtest du einen Keks?«, knurrte ich.

»Hört sich gut an«, sagte Reign sarkastisch.

Auch East kam in den Pool. Ich hatte die Nase voll davon, über Grace Shaw zu reden. Sie hatte schon genug von meiner Zeit, meinem Leben, meinen Gedanken beansprucht.

»Also, Max sagt, dass Appleton Bullshit über dich erzählt.« East blinzelte in die Sonne. Das war mir neu. Andererseits merkte ich mir selten, was die Leute redeten.

»Er könnte mir das auch ins Gesicht sagen, aber dann hätte er keine Zähne mehr.«

»Ich wette, dass Max versuchen wird, einen Rückkampf zu arrangieren.« Reign war in den Pool gesprungen, kam wieder hoch und schüttelte den Kopf wie ein Hund. »Würdest du dich darauf einlassen?«

»Bloß nicht«, sagte East und warf mir einen Blick zu.

»Wenn der Preis stimmt, bringe ich Appleton, seinen bescheuerten Manager und noch dazu Max um.«

Meine Freunde lachten.

Ich auch.

Was sie nicht wussten: Ich meinte es ernst.

9. KAPITEL

Grace

Wenn es kommt, dann kommt es dicke.

Was in meinem Fall kam, war eine Woche wie ein Gewitter, verpackt in einen Tornado. Er zerstörte mein Leben, und ich konnte nur zusehen, wie er davonwehte, während ich in den dunklen Tiefen meiner persönlichen Katastrophe versank.

»Schätzchen, es tut mir so leid. Ich weiß, dass es für dich ein schlechter Zeitpunkt ist, aber betrachte dies bitte als meine offizielle Kündigung.« Damit hatte mich Marla am Ende der Woche konfrontiert.

Ich kroch zu diesem Zeitpunkt schon auf dem Zahnfleisch. West und ich hatten bei der Arbeit praktisch gar nicht miteinander geredet, Grams hatte einen merkwürdigen Hungerstreik begonnen, weil sie immer noch wütend wegen des CTs war, das nie gemacht worden war, und das Leben am College war ein Desaster aus gedämpftem Flüstern und mitfühlenden Blicken, seit West St. Claire erklärt hatte, dass ich quasi unter seinem persönlichen Schutz stand.

Alle wussten, dass West und ich nicht gerade dicke Freunde waren, darum nahmen sie bequemerweise an, Toastie, seine neue Kollegin, täte ihm leid, und er wolle sichergehen, dass sie sich nicht umbrachte.

Er *ist derjenige, der das Leben hasst*, hätte ich ihnen gern ins

Gesicht geschrien. Er *ist es, der sterben will. Ich nicht. Ich will nur in Ruhe gelassen werden.*

»Du kündigst?« Ich blinzelte Marla an und versuchte, gleichmütig zu klingen. Marla nickte, nahm meine Hände in ihre geschwollenen, öligen Hände und führte sie an die Lippen.

»Ich gehe in *Rente*. Wir ziehen um. Pete hat eine großartige Wohnung in Florida gefunden, etwas außerhalb von Miami. Wirklich nett und modern und zu einem guten Preis-Leistungs-Verhältnis. Wir ziehen in die Nähe meiner Tochter Joanne und ihrer kleinen Stinktiere. Das steht schon lange an, schließlich bin kein junger Hüpfer mehr. Ich will meine Enkelkinder genießen, spazieren gehen und zusammen mit meinem Mann dick werden.«

Nichts von dem, was sie sagte, war mir neu. Seltsamerweise war ich trotzdem sauer. Nicht auf Marla natürlich. Ich konnte ihr schwerlich vorwerfen, dass sie ihre Lebenssituation verbessern wollte. Aber auf die Welt. Ich hatte mich auf Marla verlassen, die zu diesem Zeitpunkt eher ein Familienmitglied als eine Angestellte für uns war. Sie machte ständig Überstunden und war rund um die Uhr abrufbar. Grams vertrug sich die meiste Zeit mit ihr, und Marla fiel nie auf ihren Bullshit herein. Es würde schwierig werden, Ersatz für sie zu finden. Marla wohnte in Sheridan, und es gab nur wenige Leute, die zum Arbeiten in meine Kleinstadt pendeln wollten. Diejenigen, die dazu bereit waren, verlangten dafür eine angemessene finanzielle Entschädigung.

Obwohl ich Geld für Grams' medizinische Versorgung beiseitegelegt hatte und wir bequem von ihrer Rente leben konnten, war ich nicht wirklich wohlhabend.

»Oh, Marla, das ist wundervoll.« Ich stand auf, unterdrückte meine Panik und umarmte sie. Ich genoss den kurzen, bittersüßen Moment in ihren Armen und spürte einen stechenden Schmerz hinter den Augen. »Das hast du dir verdient. Du hast viele Jahre lang schwer gearbeitet. Ich freue mich sehr für dich und Pete.«

Sie löste sich von mir und tätschelte mir die Wangen, um zu prüfen, ob sie trocken waren. Ich zuckte zusammen, als sie das Narbengewebe berührte. Es fühlte sich immer noch roh an. Die Haut war dünner als auf meiner rechten, gesunden Seite.

»Mach dir keine Sorgen, Gracie-Mae. Die Kündigungsfrist beträgt zwei Monate. Viel Zeit, um einen Ersatz zu finden.«

Ich atmete erleichtert durch. Zwei Monate waren tatsächlich eine Menge Zeit.

»Danke. Ich fange sofort an zu suchen.«

»Aber du weißt, was meiner Meinung nach als Nächstes passieren sollte.« Sie verzog die Lippen, als würde sie gegen die Worte ankämpfen, die jetzt aus ihrem Mund sprudelten.

»Ich weiß. Besonders wegen dem Hungerstreik jetzt.« Ich war wütend. Marla lachte.

»Ja. Was das angeht … Sie schmuggelt Speck in ihr Zimmer, wenn sie glaubt, dass ich es nicht sehe. Und«, ihr Lachen wurde noch heller, »ich tue so, als sähe ich es nicht, damit sie auch wirklich etwas isst.«

Ich schüttelte den Kopf und lachte vor Erleichterung. »Sie ist unmöglich. Was soll ich nur mit ihr anfangen?«

»Schick sie in ein Heim!«, schnaubte Marla. »Sie wird es dir danken.«

Als hätte sie gespürt, was los war, kam auf einmal Grams in Baumwollkittel und Häschen-Hausschuhen in die Küche.

»Warum diese Aufregung?« Sie ging direkt zur Besteckschublade und versuchte, sie zu öffnen. Sie ließ sich nicht bewegen. Ich hatte an jeder Schublade, die etwas enthielt, das als

Waffe dienen konnte, Sicherungen angebracht, das Zeug, das man benutzt, wenn man Kleinkinder hat. Ich durfte kein Risiko eingehen, nicht nach dem Vorfall mit dem Herd.

»Grandma, Marla hat mir gerade erzählt, dass sie uns in ein paar Monaten verlassen wird. Sie zieht nach Florida, damit sie näher bei Joanne und ihren Enkeln ist.« Ich drehte mich um, um Grams anzusehen. Sie kehrte mir immer noch den Rücken zu.

»Verdammt! Was soll das?« Verärgert rüttelte sie am Griff der Schublade. »Ich kann sie nicht aufmachen.«

»Grams, hast du mich verstanden?«, fragte ich.

»Was zum ...«, murmelte sie. Sie zerrte weiter an dem Griff und ignorierte die Neuigkeiten – und mich.

»Was willst du denn?« Ich eilte zu ihr, darauf bedacht, den Vorfall in der Notaufnahme wiedergutzumachen. »Ich hole es dir.«

»Ich will wissen, wieso ich meine eigenen Schubladen in meinem eigenen Haus nicht öffnen kann, wenn ich mir einen Löffel für meinen Tee herausnehmen will.« Sie drehte sich auf dem Absatz zu mir um und deutete mit der Hand auf die Schublade. »Ist das Teil deines Plans, Courtney? Den Leuten vorzugaukeln, ich wäre Gott weiß wie krank? So krank, dass ich nicht mal eine Schublade aufmachen kann? Willst du mich in die Irrenanstalt stecken? Ist es das?«

Diesmal hatte ich keine Lust mehr, ihre tote Tochter zu spielen. Es schmerzte zu sehr.

»Grams, ich bin nicht Courtney. Ich bin Gracie-Mae, und ich will dich nicht in eine Irrenanstalt stecken.«

»Du willst, dass ich sterbe, damit du dir mein Geld und mein Haus unter den Nagel reißen kannst. Damit du high werden kannst, ohne dass dich jemand stört. Ich durchschaue dich, junge Dame. Du hast nur Jungs und Drogen im Kopf.«

»Ich will nur, dass es dir besser geht«, stieß ich hervor. Ich hatte genug von diesem Theater.

»Ja, indem du mir etwas anhängst, das ich nicht habe, und mich unter Drogen setzt. Nicht jeder will betäubt werden. Dass du Drogen magst, heißt noch lange nicht, dass ich sie auch mag.«

»Grams.« Ich legte ihr die Hand auf die Schulter. »Ich bin Grace.«

Sie schubste mich. Heftig. Ich stolperte durch die Küche und prallte mit dem Rücken an die Wand. Ein Bild von meiner Mutter und mir – das einzige, das es in diesem Haus gab – fiel auf den Boden und zerbrach.

Das schmerzte mehr als alles andere.

Die Demütigung.

Die Wut.

Meine Hilflosigkeit in dieser Situation.

Ich führte meinen kaputten Flammenring an den Mund und flüsterte meine Wünsche, während Marla aufsprang und auf meine Großmutter losging.

»Savannah!« Die Schärfe in ihrem Tonfall ließ mir die Haare zu Berge stehen. »Erkennst du deine Enkeltochter denn nicht?«

Grams drehte den Kopf ruckartig zu Marla, und ihr finsterer Blick verwandelte sich in ein Lächeln.

»Was? Red keinen Unsinn. Ich weiß genau, wer sie ist.«

»Du hast Courtney gesagt«, konterte Marla.

»Ruhe!« Grams hob die Stimme. »Hört auf, jeden Schritt von mir infrage zu stellen, alle beide.«

Marla kam zu mir herüber. »Geh zum Unterricht, Schätzchen. Ich mache heute ein paar Überstunden. Ich habe deiner Großmutter versprochen, mit ihr ihren Schrank aufzuräumen. Okay?«

Ich starrte Grams an, nickte aber.

Dann griff ich nach Rucksack, Schlüsseln und Portemonnaie und stürzte hinaus. Ich wartete, bis ich im Auto war, ehe ich die erste Träne vergoss.

Ich dachte an *Endstation Sehnsucht*.

An Blanches bittere Einsamkeit, die so tief saß, dass sie gar nicht mehr wusste, *warum* sie einsam war. Blanche saß – wie Grams – den ganzen Tag zu Hause herum, oft mit ihren Dämonen als einziger Gesellschaft.

Ich dachte an die Grausamkeit, die darin lag, jemandem die Freiheit zu schenken, der nichts damit anzufangen wusste.

Großmutter Savvy hatte immer gesagt: *Wer nie ängstlich ist, kann auch nicht mutig sein.*

Im Moment war ich eines davon, aber für sie musste ich beides sein.

Ich saß in der hinteren Reihe des Theaters und sah zu, wie Tess die Rolle der Stella und Lauren die der Blanche verhunzten.

Tess war nicht übel, aber sie übertrieb ständig, um zu kompensieren, dass sie die Rolle als Blanche an Lauren verloren hatte.

Sie hatte sich schon oft darüber beschwert.

»Blanche ist so viel gehaltvoller. Stella ist unterwürfig und ängstlich.«

»Werd endlich erwachsen, Tess. Du solltest lernen, mit Anstand zu verlieren«, schnaubte Lauren.

»Ich verliere nie«, antwortete Tess mit einer Schärfe, die ich bei ihr noch nie gehört hatte.

Lauren warf ihr Haar zurück und lächelte gelassen. *»Ach, tatsächlich? Wie kommt es dann, dass du momentan nicht an West St. Claires rechtem Arm hängst?«*

Aiden, der Stanley spielte, war auch nicht allzu schlecht, aber er sollte seltener die Stirn runzeln und weniger wütend gucken. Er wirkte derart verstopft, dass ich befürchtete, die Leute würden am Ende der Vorstellung Pepto-Bismol anstelle von Blumen auf die Bühne werfen.

Ungefähr nach der Hälfte der Probe setzte sich jemand auf den Platz neben mir. Merkwürdig, da alle anderen Plätze ebenfalls leer waren. Obwohl ich nicht zur Seite blickte, wusste ich genau, wer es war. Ich fand es beängstigend, wie mühelos ich ihn erkannte.

Diesen Geruch nach Winter, Zuckerapfel und Alphatier. Wild und einzigartig.

Ich stellte die Füße auf die Lehne des Sitzes vor mir und versuchte, mich wieder auf die Schauspieler zu konzentrieren. Ich war immer noch wütend auf West. Hauptsächlich, weil er am Freitag zuvor eine andere gevögelt und dabei meinen Spitznamen gemurmelt hatte. Aber der offizielle Grund war, dass er mich total blamiert hatte, indem er ein Riesending aus Reigns Gelaber gemacht hatte. Ich war gut durchs College gekommen, indem ich gelegentlichen Spott und Hohn ignorierte. Reign De La Salle war nur einer von vielen Idioten, die zu übersehen ich gelernt hatte. West hatte den Scheinwerfer wieder auf mein Gesicht gerichtet, und jetzt redeten alle über mich – über meine Geschichte, mein Gesicht und meine hoffnungslose Zukunft.

Es war wieder wie in der Highschool.

West legte den Arm auf meine Kopfstütze. Seine Körpersprache drückte Gleichgültigkeit und Selbstbewusstsein aus. Er holte etwas aus seiner Hosentasche – einen kleinen Kalender – und warf ihn mir auf den Schoß.

»Trag das Datum ein.«

Ich ignorierte ihn und starrte weiter auf die Bühne.

»Den Tag, an dem meine Verbannung aufgehoben wird.«

Ich biss mir auf die Unterlippe, um ein Lächeln zu unterdrücken, und goss imaginäre Lava über die Schmetterlinge in meinem Bauch, die zu meiner Brust aufsteigen wollten.

Sie waren der Grund, warum ich besser Abstand zu diesem Mann halten sollte.

Er hatte Liebeskummer in Großbuchstaben auf der Stirn stehen.

»Geht nicht. Dieser Kalender reicht nicht bis Mitte nächsten Jahres«, sagte ich, den Blick immer noch auf die Bühne gerichtet. Ich musste nicht nachsehen, um zu wissen, dass ein Kalender maximal zwölf Monate umfasste. Tess warf während der Szene den Kopf in den Nacken, um Lauren die Show zu stehlen.

Die Szene wurde unterbrochen, weil Lauren ihren Text durcheinanderbrachte.

»Verdammt! Sie hat mich abgelenkt.« Lauren stampfte mit dem Fuß auf und zerknüllte das Manuskript in ihrer Hand.

Tess stemmte die Hände in die Hüften und blies die Backen auf.

»Wenn du in der Rolle bist, sollte dich gar nichts ablenken. Ich bin Method Actor, Lauren. Unberührbar, sobald ich in die Rolle schlüpfe. Seit Wochen sage ich Professor McGraw, dass ich Blanche sein sollte. Ich bin für diese Rolle geboren.«

Überzeugt, dass ihr die Rolle gestohlen wurde, ließ Tess den Blick ihrer Katzenaugen durch die Sitzreihen wandern, während Lauren sich an ihre nächsten Sätze zu erinnern versuchte. Als Tess uns bemerkte, weiteten sich ihre Augen, und ein Funken von Erregung blitzte in ihnen auf. Sie winkte uns zu.

»West! Grace! *Howdy!*«

Ich winkte zurück. West schob sein Kinn ein wenig vor – ein kaum wahrnehmbares Hallo – und richtete seinen Blick wieder auf mich.

»Wie sieht's aus mit Bewährung?«, fragte er. »Es ist mein erstes Vergehen.«

Ich schüttelte den Kopf. »Das dritte. Du gehst mir seit Tag eins auf die Nerven.«

»Verdammt, Mädchen, glaubst du, das Arbeiten mit dir ist ein Vergnügen?« Er wurde allmählich wütend.

»Wahrscheinlich nicht, aber ich mische mich nicht in deine Angelegenheiten ein und lenke keine unerwünschte Aufmerksamkeit auf dich«, erklärte ich.

»Was genau wirfst du mir eigentlich vor?« Er verlagerte seine kräftige Gestalt auf dem Sitz, sodass sein ganzer Körper mir zugewandt war.

»Du hast ein Riesending aus dem gemacht, was De La Salle gesagt hat, und jetzt bin ich dieses bedauernswerte Emo-Kind, das von deinem Wohlwollen abhängig ist. Du hast mich hilflos aussehen lassen. Schwach. Wie ein Pflegefall.« Ich drehte den Kopf und sah ihm in die Augen.

Das Stechen in meiner Brust wurde stärker.

»Du bist also sauer auf mich, weil ich mich für dich eingesetzt habe?« Er zog die Augenbrauen zusammen.

»Ich kann meine Kriege selbst austragen.«

»Bullshit. Du erscheinst ja nicht mal zur Schlacht.«

»Das geht dich nichts an.«

»*Du* gehst mich was an.« Er betrachtete mich, wobei er es offensichtlich genoss, dass ich unter dem Make-up puterrot anlief.

»Das habe ich mir schon gedacht. Ich frage mich nur, warum? Brauchtest du ein neues Lieblingsprojekt? Ich dachte, davon hättest du schon genug.«

»Weil du meine *Freundin* bist.« Seine Augen verengten sich zu zwei Schlitzen grimmiger Entschlossenheit. Das war es also. Ich war seine Freundin und hatte dabei nicht mitzureden.

»Wer respektlos zu meinen Freunden ist, ist auch respektlos mir gegenüber. Und dazu hat *niemand* das Recht. Ist das klar?«

Ich drehte den Kopf wieder zur Bühne, aber nur weil ich befürchtete, mich sonst auf ihn zu stürzen und ihn zu umarmen. Nie zuvor hatte jemand die Tür eingetreten, war in mein Leben gestürmt und bei mir geblieben, nachdem er erkannt hatte, wie kaputt ich tatsächlich war.

West war der erste Mensch, der darauf bestand, mein Freund zu sein, ob ich wollte oder nicht. Das war unbekanntes Terrain für mich. Mein Instinkt riet mir, ihn wegzustoßen, bevor er mich fallen lassen konnte, aber in meinem Körper schrie jede Zelle danach, ihn hereinzulassen.

Entnervt hob er die Arme. »Na schön. Du willst, dass ich mich zurückhalte? In Ordnung. Macht nichts, denn dieses Arschloch wird dich nie wieder belästigen, dann war's das also.«

»Yay! Vielen Dank, Captain St. Claire.« Spöttisch stieß ich die Faust in die Luft. West hatte mir sein Wort gegeben, sich nicht mehr in mein Leben einzumischen. Trotzdem war ich noch nicht beruhigt. Im Gegenteil, nach dem ersten Hochgefühl, weil West mich in aller Öffentlichkeit in der Aula aufgespürt hatte, war ich noch wütender als zuvor.

Ich wusste auch genau, warum: wegen Melanie. Aber das konnte ich ihm nicht sagen.

»Du weißt schon, dass du ein ziemliches Biest bist, oder?«

Ich wusste, dass ich mich unmöglich benahm, und es machte mich fertig, dass ich nicht damit aufhören konnte. Mein glänzend roter Selbstzerstörungsknopf war ausgelöst worden, und ich wollte mit der Faust auf diesen Scheißkerl einschlagen, bis nichts mehr von unserer Freundschaft übrig war, damit ich allein und unsichtbar in meine Blase der Nichtexistenz zurückkehren konnte.

Sein Handy tanzte in seiner Hand. Er drückte das Gespräch weg, ehe ich auf dem Display erkennen konnte, wer es war.

Melanie, die nach einer zweiten Runde fragt? Hast du ihr nicht gesagt, dass du nur ein Mann für eine Nacht bist?

»Worum geht es hier wirklich, Texas?« Er sah mir forschend ins Gesicht.

Cruz Finlay, der Regisseur des Stücks, stand neben der Bühne. Er hob den Kopf und winkte mit dem Skript in unsere Richtung. »Verzeihung? Ihr lenkt meine Schauspieler ab.«

»Deine Schauspieler lenken uns ab«, murmelte ich leise. West schnaubte.

»Grace. West!« Erneut gestikulierte Tess in unsere Richtung. »Was ist los? Seid ihr wegen mir hier?«

Tess war großartig, aber sie neigte zu der Annahme, dass die Welt sich nur um sie drehte. Vermutlich ging mir das deshalb so auf die Nerven, weil ich früher genauso gewesen war.

Mein Magen verkrampfte sich. Wenn ich jedes Mal nervös wurde, sobald West die Aufmerksamkeit einer Frau auf sich zog, würde ich bald drei Nervenzusammenbrüche pro Tag erleiden.

West stand auf und zog mich hoch.

»Ich bin wegen Texas hier. Jetzt habe ich sie gefunden und lasse dich auch schon wieder in Ruhe.«

Er winkte der schockierten Tess zu und schleifte mich wie ein Höhlenmensch hinter sich her und zur Tür hinaus. Ich wollte keine Szene heraufbeschwören, darum schlug ich seine Hand nicht weg. Kaum hatten wir die Aula verlassen, drückte er mich an die Wand und nahm mich zwischen seinen Armen gefangen. Erneut piepte sein Handy. Er ignorierte es und beugte sich so tief über mich, dass seine Lippen gefährlich nah an meinen waren.

Sein erdiger, maskuliner Duft drang in mein System ein. Mein Herz schlug so wild, dass ich mich beinahe übergeben musste.

»Versuchen wir es noch einmal. Warum bist du wütend auf mich, Texas? Und sag jetzt nicht, wegen Reign. So naiv bin ich nicht.«

»Die Leute werden reden, jetzt, wo du in die Aula gekommen bist und mich vor allen Leuten *Texas* genannt hast. Ich hoffe, das freut dich.«

Ungerührt zuckte er mit den Schultern. »Wenn alle das täten, was sie mich können, käme ich nicht mehr zum Sitzen. Versuch nicht, das Thema zu wechseln.«

»Es ist dir also egal, wenn die Leute denken, dass du unterhalb deiner Liga vögelst?«, fragte ich höhnisch.

»Es wäre mir auch egal, wenn die Leute glauben, dass ich mit Vieh herummache. Und jetzt frage ich dich zum dritten und letzten Mal – warum bist du so wütend? Und überleg dir genau, was du sagst. Eine vierte Chance gibt es nicht. Ich stelle dich auf den Kopf und schüttele die Antwort aus dir heraus.«

»Tust du nicht«, gab ich spöttisch zurück.

Er zog die Augenbrauen hoch, und ein boshaftes Grinsen erschien auf seinen Lippen.

Verdammt, er macht Ernst, dachte ich und lenkte ein. »Ich bin nicht wütend auf dich. Du sollst nur aufhören, dich zu benehmen, als wäre ich ein Pflegefall. Ich bin sehr gut allein zurechtgekommen und ich will die Aufmerksamkeit nicht, die du auf mich lenkst.«

Er musterte mich von oben bis unten und suchte nach Rissen in meiner Fassade.

Schließlich gab er nach und stieß sich von der Wand ab. Er fehlte mir jetzt schon.

»Wenn ich aufhöre, die Aufmerksamkeit auf dich zu lenken, wirst du dann wieder normal?«

»Ich *bin* normal.«

»Darüber lässt sich streiten.«

»Nenn mir eine Sache an mir, die unnormal ist.«

»Du trägst Hoodies bei vierzig Grad im Schatten, du bist auf ungesunde Art von den Neunzigern besessen, du glaubst, du wärst unattraktiv, du ...«

»Okay. Schon gut, ich hab verstanden. Ich sagte *eine*.«

Er steckte sich eine Zuckerstange zwischen die Zähne und grinste wie der Teufel.

»Ich will halt immer gewinnen. Wenn ich erst mal anfange, fällt es mir schwer, wieder aufzuhören. Frieden?« Er hielt mir den kleinen Finger hin.

Vor meinem geistigen Auge sah ich, wie er Melanie heftig küsste, während er ihr die Jeans aufknöpfte und meinen Spitznamen aussprach. Meine Lippen brannten, aber ich schlang meinen kleinen Finger um seinen und musste beinahe darüber lachen, wie groß sein Finger im Vergleich zu meinem war. Es war das zweite Mal, dass wir das taten. Es gefiel mir, dass wir ein Ritual hatten.

»Bist du bereit, mit mir abzuhauen?« Er stupste mich an.

»Wohin denn?«

»Austin. Ich habe eine Nachricht von Karlie bekommen, dass der Truck zusammengebrochen ist und wir keinen Dienst haben. Ich habe also reichlich Zeit.«

Ich runzelte die Stirn und checkte mein Handy. Tatsächlich hatte ich dieselbe Textnachricht erhalten. Sollte ich mich außerhalb der Arbeitszeit mit West abgeben? Die Antwort war ein dickes, fettes Nein mit einem *Niemals* obendrauf.

»Geht nicht. Ich habe eine Probe nach der anderen.«

»Ich weiß nicht, wie ich es dir beibringen soll, aber dieses Stück ist nicht mehr zu retten. Es ist das Schlimmste, was Texas seit den Jonas Brothers passiert ist.« West schnitt eine anbetungswürdige Grimasse, eine Mischung aus ehrlichem Bedauern und Sarkasmus.

»Wage es nicht, über die Jonas Brothers zu lästern. Sie sind ein Nationalheiligtum.« Ich drohte ihm kichernd mit dem Finger.

»Welch überraschende Wendung.« Er hielt meinen Finger fest und zog mich an sich. »Ich hätte dich eher für einen My-Bloody-Valentine-Fan gehalten.«

»Ich kenne auch Bands, die nach den Neunzigern gegründet worden sind«, protestierte ich.

»Beweise es. Aber vorher hauen wir ab.«

Es war so viel los, dass es schön wäre, den Tag freizunehmen und sich zu entspannen. Abgesehen davon hatte ich bereits beschlossen, mich nicht in West St. Claire zu verlieben, und ich war immer schon sehr gut darin gewesen, Typen wie ihn nicht mal ansatzweise zu mögen.

Was sprach also gegen einen kurzen Trip in die Stadt?

»Du verdrehst mir den Arm.« Ich seufzte.

»Ich bin dafür bekannt, dass ich Frauen helfe, ihre Flexibilität zu entdecken.«

Ich rümpfte die Nase und stieß ihn weg, wobei ich das Gefühl seiner muskulösen Brust unter meiner Hand genoss.

»Igitt. Ich hole meinen Rucksack.«

»Nichts da. Ich traue dir zu, dass du nicht zurückkommst, und Cruz Finlay bekommt bei der nächsten Störung einem Herzinfarkt. Ich hole ihn dir.«

Er marschierte in den Saal und kam mit meinem Rucksack zurück. Er schulterte ihn und ließ den Schlüsselring um seinen Finger kreisen. Ich hüpfte auf Zehenspitzen neben ihm her, um mit ihm Schritt zu halten.

»Sie hüpft. Wenn ich es nicht besser wüsste, würde ich ja glauben, dass wir bei dir ein Wort mit G haben.« Er grinste.

»Genervt?« fragte ich, zu meinem Verdruss immer noch hüpfend.

Hör auf damit. Du machst dich lächerlich.

Lachend drehte er den Kopf zur Seite und musterte mich. »Nein, du Spinnerin. Glücklich.«

»Ich bin nicht glücklich.«

»Das breite Grinsen in deinem Gesicht sagt aber was anderes.« Er schnippte gegen mein Kinn.

»Du bist unverschämt.«

»Und du strahlst.«

Ich warf die Haare über die Schulter und fühlte mich überraschenderweise hübsch. Das Herz schwoll mir in der Brust, als sei es mit Wasser getränkt, und mein ganzer Körper kribbelte.

»*Fuuuuuck*«, sagte er gedehnt. »Die reine Freude. Wer bist du eigentlich? Hast du mich reingelegt?« Er blieb stehen, hob mich hoch und drehte mich zur Seite. Stirnrunzelnd tat er so, als läse er etwas, das auf meinem Rücken stand.

Anweisungen oder eine Bedienungsanleitung. Er pfiff durch die Zähne. Ich fing leicht hysterisch an zu kichern und strampelte in der Luft herum, bis er mich wieder hinunterließ.

Wir berührten uns oft – tatsächlich waren es mehr Berührungen, als ich in den letzten vier Jahren erlebt hatte –, und die Schmetterlinge in meinem Bauch flatterten nonstop ...

»Jep. Du bist die richtige Texas. Ich habe die 2.0-Version bekommen. Bist du auch wasserdicht?«

»Momentan nicht.«

»Schade. Ich wette, im Zweiteiler bist du ein toller Anblick.«

»Mach so weiter, und du endest in zwanzig Teilen.«

Ich fühlte mich, als sei ich wieder mein altes Selbst, und ich hatte den Eindruck, dass er über sich selbst genauso dachte.

Aus irgendeinem Grund belebten wir die Menschen in uns wieder, die wir früher einmal gewesen waren und die wir schrecklich vermissten.

Bei seiner Ducati angekommen, blieben wir stehen. Er holte zwei Helme hervor und drückte mir einen davon in die Hand. Diesmal drehte ich mich um, nahm meine Baseball-Cap ab und setzte ihn pflichtbewusst auf.

»Zwei Helme?« Als ich den Helm aufgesetzt hatte, drehte ich mich wieder zu ihm.

Er zuckte mit den Schultern. »Ich wusste, dass du schließlich auftauen würdest.«

»Bist du immer so zuversichtlich?«

»Den ganzen Tag lang.« Er spuckte die Zuckerstange aus und setzte seinen Helm auf. »Bist du immer so neugierig?«

»Wenn mich etwas genug interessiert, um es zu erforschen, dann ja.« Ich hob eine Schulter. »Wo wir schon mal dabei sind ... was soll eigentlich das mit der Zuckerstange? Ziemlich altmodisch, oder?«

»Finde ich nicht. Hast du nichts, was dich wehmütig stimmt? Etwas aus deiner Vergangenheit, das dir etwas bedeutet?«

Unwillkürlich strich ich über meinen Flammenring und musste schlucken.

»Das habe ich tatsächlich. Dieser Flammenring hier«, ich hob die Hand, »gehörte meiner Mom.«

»Der ist ja ...« Er nahm meine kleine, weiche Hand in seine große, raue und betrachtete den Ring. »*Grässlich*. Na ja, egal, für mich ist es die Zuckerstange.«

Übermütig zog ich eine aus seiner Gesäßtasche, weil ich wusste, dass er sie dort aufbewahrte, und schob sie mir durch das offene Visier in den Mund.

»Das schmeckt nach … nichts.«

So sehr nach nichts, dass ich mich fragte, warum er immer wieder dieselbe Geschmacksrichtung wählte. Wenn er das Bedürfnis hatte, mich einzuweihen, würde er es mir schon sagen.

West grinste und schüttelte langsam den Kopf.

Ich wartete, bis er sich auf das Motorrad gesetzt hatte, und nahm dann hinter ihm Platz. Er gab mir ein Zeichen, die Arme um seine Taille zu legen. Der Motor heulte auf. Wir sausten über den Highway, an einem Verkehrsstau vorbei, und der Wüstenwind zerrte an unseren Körpern. Ich presste mich an ihn und inhalierte so viel wie möglich von seinem Duft. Ich liebte es, diesen Helm zu tragen. Er bedeckte mein Gesicht vollständig und gab mir das Gefühl, jemand anders zu sein. Wenn ich so dasaß, an einen großartigen Mann geschmiegt, die blonden Haare im Wind, sahen die Leute nur meinen Körper, und sie hatten den Eindruck, als sei ich völlig normal. Irgendein Mädchen an irgendeinem Tag.

Niemand würde vermuten, dass mein Körper und mein Gesicht vernarbt waren.

Dass meine Großmutter krank war.

Dass ich in diesem Semester durchfallen würde.

Die ganze Zeit über vibrierte Wests Handy in seiner Hosentasche. Ich spürte es an der Innenseite meines Oberschenkels. Aber ich wollte den Augenblick nicht ruinieren, indem ich fragte, wer es war.

Wir erreichten den 2nd Street District, besorgten uns Eiskaffee und spazierten eine Zeit lang herum. Die Straßen waren überfüllt von College-Kids und Kauflustigen; überall standen Blumentöpfe herum, Bäume waren mit Lichterketten geschmückt. Die Coffeeshops waren voller plappernder Jugendlicher. Wir redeten gerade über das College, die Freitagskämpfe und meine Schauspielerei, da blieb West unvermittelt stehen, zerrte am Ärmel meines Hoodies und verursachte auf dem Bürgersteig hinter uns einen Stau.

»Volltreffer.«

Ich hob den Blick auf das Schild vor uns. Es war ein Laden für Baseball-Caps. Verlegen kontrollierte ich den Sitz meiner verblichenen grauen Kappe. Ich nahm sie nur ab, wenn ich Wests Helm trug oder wenn ich zu Hause war. Er nahm mich bei der Hand und führte mich in das Geschäft.

»Wenn du dein Gesicht schon für alle Ewigkeit unter diesem Ding verstecken willst, dann mute mir wenigstens nicht immer dasselbe alte Nike-Logo zu. Öfter mal was Neues. Das ist das Geheimnis jeder guten Beziehung.«

»Okay, aber du musst dich umdrehen, wenn ich sie anprobiere. Ich muss meine Tugend bewahren«, sagte ich leichthin und schob die Hände in die Taschen meines Hoodies. Wir durchstreiften endlose Reihen von Caps. Im Gegensatz zur Straße war es hier ruhig. Außer einem Verkäufer in unserem Alter, der hinter der Kasse stand, befand sich niemand im Laden.

»Nicht gesehen zu werden, ist dir wichtig, hm?« West fuhr mit der Hand über ein Dutzend Caps.

Ich wühlte mich durch einen Stapel Mützen mit Logos von Universitäten und zuckte mit den Schultern.

»Ich lege Wert auf meine Privatsphäre.«

»Du legst Wert darauf, unsichtbar zu sein.«

»Und wo ist das Problem?«

»Dass du nicht unsichtbar *bist*.« Er blieb stehen und rieb sich mit den Fingerknöcheln das markante Kinn. »Wie wär's mit einem Kompromiss? Ich schließe die Augen, wenn du eine

Cap anprobierst, und mache sie auf, sobald du sie aufgesetzt hast. Vertraust du mir?«

»Warum interessiert dich das überhaupt?« Ich blieb neben West stehen und starrte auf eine Kappe in Babyrosa mit einer Kirsche darauf. Ich war ein mädchenhaftes Mädchen, und vor *dem Feuer* hatte ich das auch ausgelebt. Ich dachte, dass diese Cap bestimmt superniedlich aussehen würde, und fragte mich, warum ich mir nicht längst eine neue gekauft hatte. Dabei lag die Antwort auf der Hand. Ich glaubte einfach nicht, dass mich jemand ansehen wollte, und wenn, dann aus den falschen Gründen.

»Texas, ich weiß gar nicht, wo ich anfangen soll. Die Innenseite deiner Mütze schmeckt bestimmt wie gebrauchte Zahnseide. Ich will, dass du mindestens ein Dutzend hast, damit du wechseln kannst. Caps für Hochzeiten, Beerdigungen, Partys, Arbeit, College …« Sein Blick fiel auf das Exemplar in Babyrosa, das ich in der Hand hielt. Er nahm sie mir ab und schlug mir damit leicht vor die Brust.

»Probier sie an.«

»Mach die Augen zu.«

»Okay, dann darfst du dich aber nicht umdrehen.«

»Hey, das gehört nicht zu unserem Deal«, protestierte ich.

»Du warst doch Cheerleaderin, oder?«

»Ja, bevor …«

»Was machen Cheerleader im Training, bevor sie dich ins Team aufnehmen?«

Ich runzelte die Stirn und versuchte, mich zu erinnern. »Ähm … Vertrauensprüfungen?«

»Genau. Das hier ist unsere Prüfung. Vertrau darauf, dass ich die Augen nicht öffne.«

»Du hast selbst gesagt, dass Vertrauen zu anderen Menschen Optimismus am falschen Platz ist«, gab ich zu bedenken.

West verzog das Gesicht. »Hör nicht auf mich. Ich bin ein verdammter Nichtsnutz, der nur gut mit den Fäusten ist.«

»Aber …«

Er legte mir einen Finger auf die Lippen. Um seine Augen bildeten sich Lachfältchen. Ich spürte, dass ihm mein Vertrauen tatsächlich etwas bedeutete. Obwohl ich keine Ahnung hatte, warum.

»Ich lasse dich nicht fallen, Tex«, sagte er ruhig.

»Versprochen?«

»Ich verspreche gar nichts. Ich verspreche nie etwas.« Er schnalzte mit der Zunge. Aber tat er nicht gerade genau das: mir etwas versprechen? Ich fragte mich, was ihn davon abhielt, auch nur die trivialsten Dinge zu versprechen. »Versuchen wir es.«

Schweigen erfüllte die Luft, während ich sein Ansinnen überdachte. Er schloss die Augen. Langsam nahm ich meine graue Kappe ab. Adrenalin raste durch meine Adern. Fasziniert starrte ich ihn an und genoss den Moment der Befreiung. Ich konnte seine Arme fast spüren, als ich mich – im übertragenen Sinn – rückwärts hineinfallen ließ.

Wie er mich auffing.

Wie er Wort hielt und nicht linste.

Ich griff nach der rosa Kappe. Die Krempe war an den Seiten nicht gebogen, deshalb konnte West etwas mehr von meinem Gesicht sehen, als mir lieb war. Ich drückte sie mir auf den Kopf, holte tief Luft und tippte ihm auf die Schulter, um ihm mitzuteilen, dass er die Augen öffnen konnte.

»Und, akzeptabel?«, zog er mich auf.

»Nach meinen Maßstäben nicht«, murmelte ich.

Er öffnete die Augen.

»Und, was sagst du?« Obwohl es sich nur um eine Kappe handelte, deutete ich auf meinen gesamten Körper und posierte wie Carrie Bradshaw aus *Sex and the City*. Es hört sich blöd an, aber es kam mir vor, als probierte ich ein Hochzeitskleid an.

Er bedachte mich mit einem schiefen Grinsen, bei dem mir die Knie weich wurden, und stieß einen anerkennenden Pfiff aus.

West griff nach der Kappe, und mir stockte das Herz. Eine Sekunde kam es mir vor, als fiele ich hin, weil er mich losgelassen hatte. Aber nein. Er nahm mir die Cap nicht ab. Er arrangierte sie auf die Art, wie ich es mochte, sodass die Seiten meines Gesichts geschützt waren.

»Du bist wunderschön«, sagte er mit leiser Stimme. »Und die Mütze ist auch ganz okay.«

»Danke.« Die Sanftheit meiner Stimme irritierte mich. »Aber das war nicht cool, Alter. Was du biegst, musst du auch kaufen.«

»Das ist Unsinn. Da kannst du jedes Mädchen fragen, das ich flachgelegt habe.«

Ich kicherte dumpf. Ich fand es nicht lustig, dass er dafür bekannt war, mit jeder ins Bett zu steigen.

»Abgesehen davon kaufen wir das Ding«, sagte er.

Ich drehte mich um und setzte meine alte Cap wieder auf. Ich sah nach dem Preis der neuen und schnaubte.

»Fünfundvierzig Tacken? Du machst wohl Witze.«

»Ich zahle.«

»Nein.« Ich schüttelte den Kopf. »Du hast mich schon mal zum Essen eingeladen. Das will ich nicht zur Gewohnheit werden lassen.«

Aber er beachtete mich gar nicht. Er schlenderte zur Kasse und ließ dabei die rosa Kirsch-Kappe um einen Finger kreisen. Ich stöhnte und folgte ihm. Er würde ohnehin machen, was er wollte.

»Das ist keine Gewohnheit, das ist ein Tauschgeschäft. Ich habe dir etwas besorgt, was du gebraucht hast, und jetzt bist du dran. Zuckerstangen mit Apfelgeschmack zum Beispiel?« Er zog seine Brieftasche an der Kette heraus und warf ein paar Geldscheine vor dem Verkäufer auf den Tresen.

»Hey! Du bist doch West St. Claire von der Sher U, oder?« Das Gesicht des Typen begann zu leuchten.

Sie vollführten ein paar Handshakes.

»Hab letztes Jahr deinen Kampf mit Williams gesehen. Den hast du echt fertiggemacht. Lebt der überhaupt noch?«

»Würd ich nicht drauf wetten.« West steckte sich eine Zuckerstange in den Mund und wurde wieder zu seinem großspurigen Deppen-Selbst.

»Du solltest Profi werden. Du bist der beste Kämpfer, den ich je gesehen habe. Du gehst echt ab.«

»Guter Junge«, sagte West.

»Signierst du meine Cap?«

Das tat er und war auch zu einem Selfie mit dem Kerl bereit. Bester Laune verließen wir den Laden.

»Also, was brauche ich deiner Meinung nach?«, kam er auf das Tauschgeschäft zurück.

Ich tippte mir auf die Lippen und tat so, als dachte ich darüber nach. »Einen Keuschheitsgürtel.«

»Du bist echt witzig, Texas.« Er lachte.

»Hey, *ich* habe dir keine Ballettschuhe geschenkt, ehe ich überhaupt deinen Namen kannte.«

West steckte seine Brieftasche wieder ein und reichte mir die Tüte mit meiner neuen Mütze. »Du hast es nie erwähnt. Ich habe mich gefragt, ob das wirklich passiert ist und bekam schon Zweifel an meinem Verstand.«

»Das solltest du auch. Aber nein, ich habe die Schuhe bekommen. Liegen bei mir zu Hause. Ich weiß nicht, was ich mit ihnen anfangen soll, aber meine Verarmungsangst erlaubt mir nicht, sie wegzuwerfen«, gab ich lachend zu. »Willst du sie zurückhaben?«

»Nee, kannste behalten. Ich glaube, Ballett ist nicht so mein Ding. Ich bin ein ziemlich großes Mädchen.« Er tat, als wäre er furchtbar schüchtern, und ich musste prusten, als ich ihn mir im Tutu vorstellte.

Nach einem schnellen Wechsel in einer Seitenstraße kam ich mit der rosa Cap zurück. Er pfiff mir hinterher, und ich stolzierte an ihm vorbei und schwenkte meinen Hintern wie eine Femme Fatale.

Erneut summte sein Handy. Er drückte es weg.

»Willst du den Anruf nicht endlich mal annehmen?« Ich drehte mich um und ging rückwärts, ohne ihn aus den Augen zu lassen. »Ist schon okay, wenn du was Besseres zu tun hast.«

»Ich habe nichts Besseres zu tun«, versetzte er und wirkte auf einmal wieder missmutig.

»Der Anrufer könnte dir etwas Wichtiges zu sagen haben.«

Je länger ich darüber nachdachte, desto klarer wurde, dass ihn eine flüchtige Liebschaft nicht zig Mal am Tag anrufen würde. Ich machte mir Sorgen. Es musste etwas Ernstes sein.

»Das entscheide ich. Du bist dran, Tex«, rief er mir zu, als ich weiterging. Wohin?

»Hast du schon mal eine Frito Pie gegessen, *Maine*?«

Er verzog das Gesicht zu dem süßesten dümmlichen Lächeln, das ich je gesehen hatte. Seine Augen glitzerten wie Edelsteine. Ich hatte mal eine Dokumentation über den Fall der Berliner Mauer gesehen. Tausende Menschen waren mit Hämmern und Spitzhacken auf das Ding losgegangen, hatten es mit bloßen Händen niedergerissen, vor Siegesfreude glühend und summend vor tiefem, finsterem Schmerz. Dasselbe passierte mit der Mauer um mein Inneres herum, als er mir ein ehrliches Lächeln schenkte. Steinchen für Steinchen brach sie zusammen, während unzählige kleine Wests auf sie einhämmerten und sie endlich zum Einsturz brachten.

»Kann ich nicht behaupten.« West legte den Kopf schief.

»Dann lass uns Christina holen. Fremde Orte besichtigen. Frito Pies essen.« Gerade zersplitterte der letzte Stein meiner Mauer, da neigte er den Kopf.

»Du sagst, wo es langgeht.«

»Das ist ... *ungewöhnlich*.« West lehnte sich auf seinem Platz zurück und ließ seine Gabel in die Frito Pie fallen. Ich legte eine Hand aufs Herz und schnappte nach Luft.

»Ist das dein Ernst?«

Er nickte, nahm seine Gabel wieder auf und zerpflückte den Auflauf mit gerunzelter Stirn.

»Was ist da überhaupt alles drin? Fleisch, Bohnen, Käse, Enchilada-Soße, Tortilla Chips, Sauerrahm, Mais, Pekannüsse ...« Er fing an, alle Zutaten aufzuzählen. »Das erinnert mich an die Folge von *Friends*, als bei Rachel die Seiten von zwei Rezepten zusammenklebten und sie diesen ekligen Erdbeertorten-Fleisch-Auflauf gemacht hat. Ihr schmeißt anscheinend alles außer der Küchenspüle hier rein.«

»Oh.« Ich lächelte fröhlich. »Die ist da auch drin. Ganz unten. Direkt über der Kruste.«

West brach in Gelächter aus. Ich winkte nach der Rechnung und bezahlte sie. »Abgesehen davon muss ich dir sagen, dass Joey diesen Auflauf sehr mochte.«

»Joey hat alles gegessen. Das war ja der Witz.«

»Du bist beim Essen also wählerisch?«

»Eigentlich nicht. Aber ich esse nichts, was ich eklig finde.«
Er rieb sich das Kinn und überlegte. »Und Pussys. Pussys mag
ich auch nicht.«

Ich verschluckte mich an meiner Pepsi Light und spuckte
einen Teil davon wieder in den Becher. »Wie bitte?«

»Du hast nach meinen Essgewohnheiten gefragt. Ich wollte
dir nur entgegenkommen.«

»Warum magst du …?« Ich beendete die Frage nicht. Ich
hatte noch nie mit einem Typen über Sex geredet. Tatsächlich
nicht mal mit Karlie oder Grams. Marla kam aus naheliegen-
den Gründen auch nicht infrage. Nicht, dass ich es noch nie
getan hatte, das hatte ich durchaus. Mit sechzehn, mit meinem
Ex-Freund Tucker. Aber wir hatten nie darüber gesprochen,
und es war, vorsichtig ausgedrückt, eher lustlos.

»Keine Pussys?« Er beendete die Frage für mich und genoss
mein Unbehagen. »Na ja, das scheint mir eine sehr intime Sache zu sein. Ich habe nichts gegen Pussys. Ich habe schon sehr
angenehme Zeiten in ihnen verbracht. Ich wollte nur keine nä-
here Bekanntschaft mit denen schließen, die schon ein bisschen rumgekommen sind. Wenn ich eine feste Freundin hätte,
na ja, dann würde es anders aussehen.«

»Hattest du schon mal eine?«

Er nickte.

»Auf der Highschool. Wir taten es zum Frühstück, mittags
und zum Abendessen. Und du?«

»Ich auch.«

»Hat er es bei dir gemacht?«, fragte er auf beleidigend bei-
läufige Art. Ich spürte, wie meine Ohren zu glühen begannen.

»Ja.«

»Und hast du dich revanchiert?«

»Natürlich. Gleiches Recht für alle, oder?«

West lehnte sich zurück. Sein Kiefer zuckte.

»Schon mal was von positiver Diskriminierung gehört? Was ist nur aus dem Feminismus geworden?«

Ich biss mir auf die Lippe, um nicht zu lachen. War er tatsächlich *eifersüchtig*?

»Ich nehme an, deine Regel für Oralsex gilt nicht, wenn du der Empfänger bist?« Ich zog eine Augenbraue hoch. Er grinste mich an, als wäre er stolz, dass ich das Gespräch fortführen konnte, ohne vor Scham im Boden zu versinken.

»Korrekt. Ich hatte noch nie einen Blowjob, der mir nicht gefallen hätte.«

»Das ist auch nicht besonders feministisch.«

»Hey, hast du eigentlich eine Vorstellung davon, wie viele BHs ich im Laufe meines Lebens ruiniert habe?«

»Und da heißt es immer, die Romantik wäre tot.« Ich verdrehte die Augen, und er zog mir die Cap ins Gesicht. Wir waren völlig entspannt.

»Und wohin jetzt, Tex?«

»Zum nächsten Mexikaner«, sagte ich, ohne zu zögern.

»*Noch* einen Auflauf?« Gespieltes Entsetzen flackerte in seinen Augen. »Willst du mir das wirklich noch mal antun?«

»Na klar. Bis du endlich zugibst, dass Frito Pies die beste Errungenschaft der Menschheit seit der Erfindung von Sprache und Ackerbau sind.«

»Frito Pies sind die beste Errungenschaft der Menschheit seit Ackerbau und Sprache«, sagte er mit völlig ausdrucksloser Stimme.

Ich lachte. »Netter Versuch.«

Wir verließen das Restaurant und betraten das Lokal gleich nebenan. Die Frito Pie dort mochte er auch nicht. Nach der dritten Portion, zu der ich ihn genötigt hatte, stand er auf und schüttelte den Kopf.

»Keine Frito Pies mehr. Das verstößt gegen die Menschenrechte.«

»Komm schon, sei nicht so engstirnig«, neckte ich ihn und fiel mit ihm in Gleichschritt. Mir tat vor lauter Lachen das Gesicht weh, und ich fragte mich, ob es daran lag, dass wir so viel Spaß hatten, oder daran, dass ich nicht mehr ans Lachen gewöhnt war. »Wir fangen doch gerade erst an.«

»Ich mache von meinem Vetorecht Gebrauch.« Er schüttelte den Kopf und ließ den Schlüsselbund um den Finger wirbeln.

»*Maine*«, quengelte ich.

»*Texas.*«

Ich zog an seiner Hand, aber er gab nicht nach und marschierte auf seine Ducati zu.

»Bitte, bitte, mit einer Kirsche obendrauf!« Meine Stimme klang kokett, sogar sexy, als die sechzehnjährige Grace die Kontrolle über meinen Mund übernahm.

»Natürlich mit einer Kirsche obendrauf. Ihr packt ja sowieso alles in diesen Auflauf.«

Mein Herz, das vor Freude und Gelächter förmlich übergelaufen war, wurde allmählich wieder leer. Der Nachmittag neigte sich dem Ende zu. Tatsächlich war ich selbst nicht scharf auf noch eine Frito Pie. Ich wollte nur nicht weg, nicht zurück nach Sheridan. Wollte die West-und-Grace-Blase nicht platzen lassen, sondern weiterhin sorglos und fröhlich sein. Ich wollte mich noch für ein paar Stunden hübsch ... oder wenigstens nicht hässlich fühlen.

West blieb bei der Ducati stehen und reichte mir meinen Helm. Schnell wechselte ich von der Mütze zum Helm und steckte meine Caps in die Tüte, die mir der Verkäufer gegeben hatte.

Schweigend fuhren wir nach Sheridan zurück. Meine Haare peitschten mir um Schultern und Nacken. Als wir die Stadtgrenze von Sheridan erreichten, bog West in die Innenstadt ab, zur Main Street.

»Ich habe heute Geburtstag«, sagte er wie aus heiterem Himmel.

»Was?!«, kreischte ich ihm ins Ohr, weil der Wind und der Helm meine Stimme dämpften. »Echt jetzt?«

»Ja«, knurrte er.

»Wie alt?«

»Zweiundzwanzig Jahre jung.«

»Ach du Scheiße.«

»Du verstehst es, einen aufzuheitern, Tex.«

»Du hast mir an deinem eigenen Geburtstag ein Geschenk gekauft. Das ist total falsch. Halt an. Halt sofort an.«

Er hielt vor Albertsons Lebensmittelladen. Ohne den Helm abzunehmen, rannte ich hinein und kam mit einer Flasche Tequila in einer braunen Papiertüte und ein paar Geburtstagskerzen wieder hinaus. Sie waren zwar von der billigsten Sorte, aber besser als nichts. Ich stieg wieder auf und legte meine Arme um ihn.

»Zum Sheridan Plaza«, befahl ich.

»Hast du ohne mich angefangen zu trinken? Warum sollte ich zum Plaza fahren?« Er drehte den Kopf und starrte mich unter dem Helm zornig an.

»Ich war noch nie dort«, gestand ich heiser.

Er riss sich bei laufendem Motor den Helm vom Kopf und machte ein finsteres Gesicht. Ich hatte Glück, dass ich meinen Helm noch trug, denn West St. Claires Gesicht war sehr nah an meinem, seine Lippen nur einen Hauch von meinen entfernt … Es war die Definition von Verführung. Ein dünner Schweißfilm ließ sein zerzaustes goldbraunes Haar an Stirn und Schläfen kleben, seine gemeißelten Wangenknochen glänzten in der Sonne.

»Du verarschst mich doch.«

Ich schüttelte den Kopf.

»Du bist in Sheridan aufgewachsen und warst noch nie im Plaza?«

Ich nickte.

»Na schön. Aber du darfst nicht allein dort hingehen. Versprich es mir.«

»*Keine Versprechungen.*« Ich wackelte mit den Augenbrauen und schlug ihm seine eigene Regel um die Ohren. »Wie du mir, so ich dir. Warum soll ich nicht hingehen?«

»Das Ding ist die reinste Samenbank.«

»Legst du da nicht immer deine Freundinnen flach?«, fragte ich leichthin.

»Darum ist es ja eine Samenbank. So was ist kein Ort für eine Lady.« Er setzte seinen Helm wieder auf, legte mit dem Fuß den Gang ein und fuhr los.

Als wir beim Sheridan Plaza ankamen, parkte West auf der Rückseite und führte mich hinein. Bis auf ein paar feuchte Matratzen, Zigarettenstummel und rote Plastikbecher, die überall herumflogen, war das Erdgeschoss leer. Wir gingen über die Betontreppe in den ersten Stock. Der linke Flügel, der wahrscheinlich ein Gastronomiebereich hatte werden sollen, war riesengroß und leer. Gymnastikmatten, eingerahmt von Kisten und Kästen, um einen provisorischen Ring zu bilden, lagen auf dem Boden. Darum herum war Platz für mindestens hundert Leute. Der rechte Flügel des Stockwerks bestand aus kleineren Räumen, die ursprünglich als Ladenlokale gedacht waren. Dort lagen in jeder Ecke weitere Matratzen herum. Wie Zimmer in einem schmutzigen Stundenhotel. Kein Wunder, dass die Leute gern hierherkamen. Der Ort war ein improvisiertes Bordell.

West führte mich schnell herum und hielt meine Hand so fest umklammert, als könnten die Vibes dieser Umgebung meine zarte Seele direkt in die Hölle saugen. Die Papiertüte mit der Tequila-Flasche hielt er in der anderen Hand.

»Im Großen und Ganzen ist es das. In der zweiten Etage befindet sich das Management. Und unsere Büros«, sagte er, ohne eine Spur von Sarkasmus in der Stimme. Ich prustete.

»Arbeitest du von neun bis fünf?«

»Neunundsechzig trifft es besser.« Wir stiegen die Treppe hinauf in die zweite Etage.

In der Sekunde, in der ich die Aufzugschächte sah, erstarb mein Lächeln. Er sah es nicht, weil er mir den Rücken zuwandte.

Hierher ging er also mit den Mädels, die er aufriss.

Hier waren Melanie und er miteinander verschmolzen.

Ich musste etwas sagen, um an etwas anderes zu denken, und zwar schnell.

»Was hast du eigentlich nach dem Abschluss dieses Jahr vor?« Ich blickte ihn an und räusperte mich.

Er fuhr sich heftig mit der Hand durchs Haar. Das tätowierte A auf der Innenseite seines angespannten Bizeps schien mich zu verspotten, denn es rief mir ins Gedächtnis, wie wenig ich über ihn wusste.

»Rasanter Themenwechsel. Ich glaube, darüber habe ich noch nie nachgedacht.«

»Hast du keine Präferenzen? Ideen? Erwartungen?«

»Nein, nein und nein.« Er blieb stehen, wandte mir den Rücken zu und hob die Arme. »Ich will nicht über die Zukunft sprechen. Vertrauensprüfung, Tex. *Fang mich auf.*«

Bevor ich wusste, wie mir geschah, fiel sein Körper auf mich zu. Keuchend breitete ich die Arme aus, um ihn aufzufangen. *Fuck.* Damit hatte ich nicht gerechnet. Er war schwer. *Verdammt* schwer. Von seinem Gewicht förmlich erdrückt fiel ich mit ihm um, verkrampfte mich, um mich gegen den Aufprall auf dem kalten Beton zu wappnen. Aber als er auf mich fiel, spürte ich, dass unter mir eine Matratze lag und den Sturz auffing.

Darum hatte er es getan.

Er wusste, dass ich keine Zeit haben würde, ihn aufzufangen, aber er wusste auch, dass wir weich fallen würden. Er hatte nur wissen wollen, ob ich *versuchen* würde, ihn aufzufangen.

Zur Hölle mit diesem Kerl.

Kichernd schob ich ihn von mir herunter. Er drehte sich um und öffnete die Tequila-Flasche. Bevor er einen Schluck nehmen konnte, riss ich sie ihm aus der Hand.

»Nicht so schnell, Geburtstagskind. Erst möchte ich einen Toast ausbringen.«

Er setzte sich auf und hörte aufmerksam zu. Ernsthaft. Plötzlich sah er aus wie ein neugieriges Kind, das auf eine sehr wichtige Lektion über sein Lieblingsthema wartet.

Es brach mir das Herz, zu sehen, wie begierig er meinen Worten lauschte, denn es war klar, dass er seinen Geburtstag nicht feiern wollte. Er hatte nichts mit seinen Freunden unternommen und es tagsüber auch nicht für nötig gehalten, mir davon zu erzählen.

Tatsächlich hatte er vorgehabt, eine Schicht im Food Truck zu übernehmen.

Aus irgendeinem Grunde war West St. Claire nicht sehr glücklich darüber, geboren zu sein, und dieses Wissen zerstörte beinahe meine Seele, zerbrach sie in kleine Stücke.

»Ich würde gern einen Toast auf einen sehr speziellen Freund von mir ausbringen, der immer für mich da ist, obwohl ich dickköpfig und manchmal ein bisschen schwierig bin.« Ich versuchte, zwanglos zu klingen, aber ich war ziemlich bewegt, weil mir bewusst war, dass es stimmte. Ich hatte nicht übertrieben.

West verdrehte die Augen. »Komm endlich zu der Stelle, wo es um mich geht, Kleine.«

Ich schlug ihm auf die Schulter. »Mir ist egal, was das Universum über dich sagt, West St. Claire. Mir ist egal, dass du ein Fighter bist, ein Weiberheld und auch, dass du ein Monster namens Christina fährst. Für mich bist du einfach nur ein cooler Typ, der immer das Richtige macht, und das ist genug. Oder nein.« Ich merkte, dass ich errötete. »Es ist mehr als genug. Es ist alles. Happy Birthday, Blödmann.«

Ich legte den Kopf zurück, nahm einen Schluck Tequila und reichte die Flasche an ihn weiter, während ich das brennende Gefühl in meiner Kehle genoss. Zwei Stunden lang lagen wir auf dieser Matratze, redeten und tranken. Wir redeten über alles Mögliche, unsere Kindheit, Football, Fernsehserien, Musik und Bücher. Je mehr wir tranken, desto mehr Unsinn redeten wir, bis wir beide komplett aneinander vorbei redeten.

Als die Flasche leer war, war es draußen schon dunkel. Im Plaza wurde es überraschend kühl. Wir hockten auf der Matratze, rieben uns die Arme und starrten an die Decke.

»Weißt du, wonach mir jetzt ist?«, fragte ich.

»Mich wegen deines überentwickelten Selbsterhaltungstriebs einfach abzuservieren?«, fragte er trocken. Ich musste kichern. *Touché*.

»Nach richtigem mexikanischen Essen, um den ganzen Alkohol zu absorbieren.«

Er nahm die leere Tequila-Flasche, kniff ein Auge zu und starrte hinein. »Du meinst so etwas wie Fischtacos und Tortillachips?«

»Genau.«

»Keine Ahnung, wo man so etwas in dieser Gegend finden kann.«

Wir grinsten uns vielsagend an. Es war nicht richtig, und es war auch nicht okay, aber es machte absolut Sinn. Verdammt, wir hatten an diesem Tag schon so viele Regeln gebrochen, da machte diese eine auch nichts mehr aus.

Und mal ehrlich, Mrs Contreras würde es niemals herausfinden.

»Denkst du, was ich denke, Geburtstagskind?« Mein Grinsen wurde breiter.

»Ich denke, dass Texas jetzt noch viel mehr Spaß haben wird.«

Wir kletterten in den Food Truck, schlossen hinter uns ab und ließen das Fenster geschlossen. Ich drehte mich um und hielt mir den Zeigefinger vor den Mund.

»Pssst!«

»Wir sind doch schon still, Dummchen.« Er drückte meine Schulter und schob sich leise lachend an mir vorbei.

West machte Licht und schaltete den Grill ein, während ich Gemüse schnitt. Ich bereitete weiche Tacos vor, steckte die Geburtstagskerzen hinein und zündete sie an. Da der Truck gerade aus der Werkstatt zurück war, fehlten einige Zutaten wie Sauerrahm und Guacamole, aber wir waren zu betrunken, um uns davon stören zu lassen.

Ich verhunzte das Lied *Happy Birthday*, indem ich keine einzige Note traf, und ließ West die Kerzen ausblasen.

»Was hast du dir gewünscht?« Ich rieb über seinen Arm und legte das Kinn auf seine Schulter, während wir die dünne Rauchsäule betrachteten, die von den Kerzen aufstieg.

»Versprichst du mir, keine große Sache daraus zu machen, wenn ich es dir sage?«

»Klar.«

»Ich meine es ernst, Tex. Ich will nicht, dass du anfängst, mich zu bemuttern. Wir sind nur deshalb hier, weil du nicht dieser Typ Mädchen bist.«

»Nun spuck's schon aus, Junge.« Ich lachte.

»Ich habe mir gewünscht, dass ich nie wieder sterben will.«

Meine Kehle war wie zugeschnürt, und es wurde still, aber ich hielt Wort und fragte nicht weiter nach. »Dann wünsche ich dir dasselbe«, sagte ich leise.

Wir saßen auf dem Boden und aßen bröckelnde Tacos, während ich ihm Entweder-oder-Fragen aus den Neunzigern stellte. Ich beschloss, nicht weiter nachzuforschen, warum West sich mit mir angefreundet hatte. Stattdessen würde ich mit dem zufrieden sein, was wir hatten, und sehen, wohin es uns führte.

Ich war seit Jahren nicht mehr so fröhlich gewesen, und das musste etwas zu bedeuten haben.

West erklärte mir gerade, warum Gürteltaschen Liebestöter waren, da klopfte jemand von außen an das Fenster des Trucks.

»Hallo? Ist da jemand?«

Wir schwiegen beide und starrten einander mit großen Augen und vollen Mündern an. Ich kniff die Lippen zusammen, um ein Lachen zu unterdrücken. Ich betrank mich nur noch selten und hatte vergessen, wie albern ich wurde, wenn ich angeheitert war.

»Hey, das Licht ist an«, sagte der Mann draußen vor dem Truck. Der Kies knirschte unter seinen Schuhen, als er den Wagen umrundete. Wahrscheinlich versuchte er, durch die Fensterritzen zu spähen. »Macht auf.«

Ich legte eine Hand vor den Mund, um das Lachen zu unterdrücken, aber ich prustete kurz und heftig durch die Nase. Wests Augen wurden größer und sein Grinsen noch breiter.

Beschämt, dass er es gehört hatte, schlug ich die Hände vors Gesicht, während ich vor lautlosem Gelächter am ganzen Körper zitterte.

»Sieh dir mal den Truck an«, sagte einer der beiden Leute draußen gedämpft. »Er wackelt. Denkst du, was ich denke?«

»Wenn das, was du denkst, stimmt, werden sie definitiv nicht aufmachen, Rick, das denke ich. Und ich möchte dann auch nichts mehr von diesem Food Truck essen.«

Sie glaubten, wir hätten Sex. Grundgütiger. Erneut entfuhr mir ein Prusten, das ich nicht zurückhalten konnte. Ich stolperte rückwärts. West stürzte sich auf mich, drückte mich zu Boden, legte sich auf mich und hielt mir den Mund zu.

Die Tacos waren um uns herum verteilt; alle Luft war aus meiner Lunge gewichen. Ich sah ihn an, während er auf mir lag, den Unterleib an meinen Bauch gedrückt. Nichts von dem, was er tat, war sexueller Natur. Er wollte nur, dass ich leise war, damit wir keinen Ärger bekamen. Wir durften nicht hier sein, und wenn Mrs Contreras es herausfand, würde sie uns wahrscheinlich beide feuern, ganz egal, wie sehr sie mich mochte.

Dennoch erwachte mein Körper zum Leben, und ein leises Stöhnen entfuhr mir, als ich sein Gewicht auf mir spürte. Meine Brustwarzen zogen sich unter dem Stoff des BHs zusammen. Bei jeder Bewegung ließ die Reibung des Stoffs auf meiner Haut mir das Wasser im Mund zusammenlaufen. Seine Schenkel waren so stark und muskulös, dass ich ihn umdrehen, ihm die Hose öffnen und seinen Penis in den Mund nehmen wollte.

West legte seine Finger auf meine Lippen. Ich widerstand dem Bedürfnis, über seine Handfläche zu lecken. Seine Haut fühlte sich rau an meinem Mund an. Er drückte sich fester an mich, hüllte mich ganz ein, sodass ich kaum atmen konnte. Er sah mir unverwandt in die Augen. Ich lachte nicht mehr. Die Leute draußen versuchten weiterhin, in den Wagen zu spähen, leuchteten mit den Lampen ihrer Handys herein und malten weiche Streifen aus Licht auf Wests Gesicht –

Unsere Herzen schlugen derart heftig, dass ich sie hören und unter unseren Shirts beinahe pulsieren sehen konnte.

Das Knirschen wurde leiser, und das Zirpen der Grillen außerhalb des Trucks war wieder zu hören. Die ungebetenen Gäste verschwanden.

West drehte meine Baseball-Cap zur Seite und legte seine Stirn an meine. Bei jedem tiefen Atemzug drängten sich unsere Oberkörper aneinander. Er schloss die Augen. Unsere Nasenspitzen berührten sich. Ein seltsames, berauschendes Gefühl überkam mich. Irgendetwas sagte mir, dass ich mich noch Jahre später an diesen Augenblick erinnern würde.

Er löste die Hand von meinem Mund, zog an einem Kabel neben uns und löschte das Licht.

Bum, bum, bum, machte mein Herz.

»Texas.« Sein Flüstern war wie eine weiche Decke, es erzeugte ein benommenes, warmes Gefühl.

»Maine.« Meine Stimme klang belegt, fremd.

Im Truck war es so dunkel, dass ich nichts sehen konnte. Mein Blick klebte an dem, was ich für den Schwung seiner Lippen hielt, und obwohl mein Verstand mir sagte, dass ein Kuss das Schlimmste wäre, was unserer Freundschaft widerfahren könnte, rebellierte alles, was von mir übrig war, und wollte unbedingt seinen Mund auf meinem spüren.

»Der Tag war gar nicht so übel.« Sein Atem kitzelte mich im Gesicht.

Ich schluckte. »Nein, war er nicht.« Meine Lippen berührten beinahe seinen Mund.

»Mein Geburtstag ist eigentlich immer beschissen«, erklärte er.

»Oh.«

Nun wies ich offiziell keine Anzeichen von Intelligenz mehr auf. Ich schob es auf seine Nähe. Sie war berauschender als der Tequila.

»Texas«, sagte er erneut.

»Maine?« Ich zitterte vor Erregung.

»Bitte um Erlaubnis, etwas ausgesprochen Dummes, aber momentan absolut Notwendiges zu tun.«

Mir hüpfte das Herz in der Brust. Ich wusste nicht, worum er mich bitten würde, aber ich wusste genau, wie meine Antwort lauten würde.

»Erlaubnis erteilt.«

»Ich gratuliere mir zum Geburtstag.« Sein Mund senkte sich in der Dunkelheit auf meinen.

Jede Zelle meines Körpers erwachte summend zum Leben. Ich wölbte den Rücken, öffnete den Mund, um seine Zunge in mich aufzunehmen. Das Gefühl seiner Lippen auf meinen ließ mich erschauern, ich knurrte, und das Blut in meinen Adern schien süß und klebrig zu sein.

Wests Handy summte ein weiteres Mal. Rasch zog er sich zurück und unterbrach die Trance, in der wir uns befanden. Er kam auf die Füße und schaltete das Licht ein. Ich rappelte mich ebenfalls auf und sammelte die verstreuten Tacoreste auf, während er mir den Rücken zuwandte und endlich das Gespräch annahm.

»Ja?« Seine Stimme klang atemlos. Nervös. Jetzt lief er auf und ab.

Ich beschäftigte mich, indem ich die Reste der Tacos in den Müll warf. Verstohlen blickte ich auf seine Jeans und entdeckte den Umriss seiner Erektion. Sie war lang, dick und einladend. Gut zu wissen, dass er mich zwar verrückt machte, ich aber dasselbe bei ihm bewirkte.

Ohne von meinen perversen Gedanken etwas zu ahnen, drehte West sich um und fuhr sich mit der Hand durch sein zerzaustes Haar, ehe er mir wieder den Rücken zuwandte.

»Hatte zu tun.«

Pause.

»Abhängen mit einer Freundin.«

Pause.

»Ja, eine Sie.«

Pause.

»Weil es nichts zu erzählen gibt. Sie ist nur eine Freundin, wie ich gerade schon sagte, verdammt. Du solltest öfter Memory spielen, Mom. Streng dein Gehirn mal ein bisschen an.«

Autsch.

»Mir geht's genauso wie letztes Jahr.« Er stieß ein kaltes, unpersönliches Lachen aus. »Wie auch immer, ich muss jetzt los. Grüß Dad von mir. Tschüss.«

Er schob das Handy in seine Gesäßtasche und drehte sich um. Seine kühle und beherrschte Miene gab mir das Gefühl, einen völlig Fremden zu sehen, als hätte es den Rest des Tages nie gegeben.

»Wollen wir los? Keine Ahnung, ob ich noch fahren kann, ich bringe dich lieber zu Fuß nach Hause.« Seine grünen Augen funkelten kalt wie Diamanten, von der Wärme, die Sekunden zuvor noch in seinem Blick gelegen hatte, war nichts mehr zu sehen.

»War das deine Mom?«

Noch nie hatte ich jemanden auf derart unpersönliche Art mit seiner Mutter reden hören. Da ich ohne Mutter aufgewachsen war, beobachtete ich den Umgang meiner Freunde mit ihren Müttern immer besonders aufmerksam. Das Gezanke, die Verbitterung und das unsichtbare Band der Liebe zwischen ihnen.

Der Grad an Verbundenheit variierte, aber immer war da diese unterschwellige, selbstverständliche Vertrautheit, die es zwischen West und seiner Mutter nicht zu geben schien.

»Ja.« Er half mir, den Boden zu reinigen, erledigte alles schnell und effizient, wobei er meinen Blick mied. Was immer dieser Anruf zu bedeuten hatte, er hatte ihn aus der Fassung gebracht. »Meine Freunde würden niemals wagen, meinen Geburtstag zu feiern, aber meine Mutter versucht es immer wieder.«

Aber warum feierte er seine Geburtstage nicht?

Und warum hatte er beschlossen, diesen mit *mir* zu verbringen?

Ich wusste, dass ich keine Antworten bekommen würde. Nicht an diesem Abend.

Lächelnd rieb ich seinen Arm. »Willst du Grams noch Hallo sagen?«

»Machst du Witze?«, fragte er spöttisch. »Ich gebe mich doch sowieso nur mit dir ab, um an Mrs S. heranzukommen, du armes Würstchen.«

West

Und der Preis für den Idioten des Jahrzehnts geht an …

Mich.

Direkt in meine ausgebreiteten Arme, verdammt.

Texas zu küssen war bei Weitem das Verrückteste, das ich getan hatte, seit ich … na ja, nach *Texas* gezogen war.

Sie war betrunken genug gewesen, um es geschehen zu lassen, und ich war dumm genug gewesen, um auf meine Regeln zu pfeifen.

Meine unwahrscheinliche Retterin war meine Mutter. In der Sekunde, in der mein Handy klingelte, fiel es mir wieder ein.

Warum ich hier war.

Warum ich nie mehr zurück nach Maine gehen würde.

Warum ich weder eine Freundin noch ernsthafte Beziehungen oder Pläne für die Zukunft hatte.

East hatte recht – ich mochte Grace Shaw, und wenn ich meine Finger nicht bei mir behielt, würde ich uns beide in ein Riesenchaos hineinziehen, das sie nicht verdiente. Und ich hatte keine Ahnung, wie wir da wieder herauskommen sollten.

Keine Versprechungen, keine Enttäuschungen.

Das war mein Motto.

Grace und ich gingen nebeneinander her. Sie war immer noch aufgedreht, hüpfte herum und redete lebhaft. Mit der kleinen rosa Cap und ihrem blonden Haar sah sie richtig süß aus. Ein Teil von mir konnte den Augenblick nicht erwarten, in dem sie ihre Unsicherheit überwinden und sich mir öffnen würde. In dem Augenblick, in dem ihre Bleib-mir-vom-Leib-Signale aufhörten, würden die Typen Schlange stehen, um mit ihr auszugehen. Ein anderer Teil von mir wollte genau diese Typen umbringen. Sie verdienten sie nicht. Dabei wusste ich nicht mal, wer »diese Typen« waren. Nur gesichtslose und hoffentlich auch schwanzlose Kerle.

»… sie sagte, dass sie mich in diesem Semester vielleicht durchfallen lassen wird. Was wirklich beängstigend ist. Aber ich kann nicht auf die Bühne. Ich weiß, dass es gutes Spezial-Make-up gibt, aber was ergibt das für einen Sinn? Alle werden versuchen, mein wahres Gesicht unter der Schminke zu sehen. Das Stück wird in den Hintergrund gedrängt, und mein komisches neues Gesicht wird zum Stadtgespräch. Nein, ich kann nicht auf die Bühne gehen. Nicht ohne die Baseball-Cap. Was zugegebenermaßen keine Option ist«, hörte ich Grace im Hintergrund erklären. Fuck, ich war schon wieder abgelenkt. Diesmal hatte ich darüber nachgedacht, wie es wohl gewesen wäre, den Kuss zu Ende zu bringen. Wenn es mehr als den kurzen Schmatzer gegeben hätte, ehe wir von dem Anruf gestört wurden.

»Von wem sprichst du?«, fragte ich, als wir vor ihrer Tür angekommen waren.

»Professor McGraw.« Sie blieb vor dem niedrigen Tor stehen, das zu ihrem Haus führte. »Du warst nicht bei der Sache, stimmt's?« Sie streckte eine Hand aus, um mein Haar zur Seite zu streichen, damit es einigermaßen ordentlich aussah. Ich ließ es nur alle paar Monate schneiden, und auch das nur, wenn mich East buchstäblich auf einen Stuhl setzte und selbst Hand anlegte.

Stöhnend wandte ich den Blick ab. Ich wurde ständig von irgendwelchen Mädchen berührt. Sie bliesen mir einen, küssten mich, befummelten mich, ritten auf mir. Aber es war eine Ewigkeit her, dass mich jemand auf die Art berührt hatte, wie sie es tat. Fürsorglich, nicht begierig. Seit Whitley hatte ich das nicht mehr erlebt.

Die Haustür öffnete sich, und eine ältere Frau kam herausgestürmt, eine Handtasche über der Schulter. »Schätzchen, ich habe gesehen, wie das Licht auf der Veranda anging. Ich habe etwas zu essen für dich in der Mikrowelle gelassen, falls die alte Schachtel es nicht aufgegessen hat. Tut mir leid, dass ich nicht warten kann, bist du geduscht hast. Pete brütet irgendwas aus. Keine Zeit zum Trödeln. Ruf an, wenn du mich brauchst.«

»Danke, Marl.« Texas reckte sich auf die Zehenspitzen, um die Frau zu umarmen. Wir stiegen die Stufen zur Veranda hinauf. Bereits auf dem Weg zu ihrem Wagen, klopfte mir Marla zum Abschied auf die Schulter.

»Behandele sie gut, mein Junge, sonst machst du Bekanntschaft mit meiner Schrotflinte.«

Verdammtes Texas.

»Ich kümmere mich um Mrs S., während du duschst«, sagte ich zu Grace, als Marla in ihrem Dodge endlich abgerauscht war. Die Bemerkung mit der Schrotflinte war an ihr vorbeigegangen, als hätte Marla mir eine Tasse Tee angeboten.

»Oh, ist nicht nötig, es geht schon.« Sie errötete unter ihrem Make-up.

»Das war eine Feststellung, kein Angebot. Also, beweg dich.« Ich legte ihr eine Hand auf den unteren Rücken, nah genug an ihrem Hintern, um auf dumme Gedanken zu kommen. Mein Schwanz drückte gegen den Stoff meiner Jeans, und ich konnte es kaum erwarten, nach Hause zu kommen und mir einen runterzuholen.

Texas sauste nach oben unter die Dusche, und ich spazierte ins Wohnzimmer und sah mich um. Es sah ziemlich alt aus, aber die Bausubstanz darum herum war neu, was mir alles sagte, was ich wissen musste. Es hatte gebrannt, und Teile des Hauses waren erneuert worden.

Savannah saß in einem Sessel vor dem Fernseher und strickte etwas, das wie ein endloser Schal aussah. Ihr Blick war leer, der Mund zu einer missmutigen Linie zusammengepresst.

Ich setzte mich vor ihr auf den Boden. »Hey, Mrs Shaw. Kennen Sie mich noch?«

Sie sah von ihrem Vier-Meter-Schal auf und über den Rand ihrer Brille, dann senkte sie den Blick wieder auf ihr Strickzeug.

»Natürlich«, sagte sie. Ihre angespannte Miene lockerte sich. »Du bist Freddie, mein Ehemann.«

Zehn Minuten später kam Texas aus der Dusche, und ich war mir zu hundert Prozent sicher, dass ihre Großmutter dement war. Mrs S. hatte die Zeit, in der ich auf sie aufpasste, damit verbracht, mich über Leute auszufragen, die ich nicht kannte, mit denen ich aber anscheinend zusammengearbeitet hatte. Sie zitierte Gespräche, die wir nie geführt hatten, und behandelte mich insgesamt, als wäre ich ihr toter Ehemann. Das war nicht gespielt. Sie hatte wirklich keine Ahnung, wer ich war.

Zwei Stufen gleichzeitig nehmend kam Grace die Treppe hinuntergestürmt. Sie trug ein übergroßes langärmeliges Hemd, dass sie als Schlafanzug benutzte. Ihre Beine waren nackt, und ich beäugte sie gierig. Sie waren perfekt. Lang, gebräunt und athletisch. Ich hätte mir mühelos vorstellen können, wie sie sie um meine Taille schlang.

Aber ich tat es nicht.

Weil wir *verdammt noch mal nur Freunde* waren, was ich beinahe vergessen hätte. Vielleicht sollte ich mir Zettel an die Innenseite meiner Lider kleben. Links *Nur*, rechts *Freunde*.

Schließlich nahm ich auch den Rest ihrer Gestalt wahr. Sie trug die Baseball-Cap und hatte frisches Make-up aufgelegt.

So läuft das also, Tex?

Ich stand auf.

»Danke, dass du das gemacht hast. Ich weiß das sehr zu schätzen.« Am Fuß der Treppe angekommen legte Grace die Arme um mich und drückte mich. Ich spürte ihre Brüste an meinem Oberkörper. Sie trug keinen BH. West junior machte sich im Geist eine Notiz, ihr öfter mal einen Gefallen zu tun, wenn sie sich mit Umarmungen dafür bedankte. Sie brachte mich zur Haustür, womit sie mir auf höfliche Art mitteilte, dass ich verschwinden sollte.

»Was ist das mit dem Make-up?«

»Was ist das mit der verkorksten Beziehung zu deinen Eltern?«, spielte sie den Ball in meine Hälfte zurück und öffnete mir die Tür.

Touché.

Ich schnippte sanft gegen ihr Ohr. »Nur um das klarzustellen: Wenn du mich morgen im College wieder ignorierst, werfe ich dich in den Springbrunnen und wasche dir die Schminke aus dem Gesicht.«

Sie grinste. »Mach ich nicht mehr. Ehrenwort«, sagte sie und hob den kleinen Finger. Ich schlang meinen darum, zog sie an mich und küsste sie auf die unversehrte Wange. Sie hielt die Luft an. Ehe sie ausrasten konnte, löste ich mich grinsend von ihr.

Ich stieg die Stufen der Veranda hinunter, und fühlte mich erstaunlich gut, obwohl ich Geburtstag hatte und meine Geburtstage zu den schlimmsten Tagen meines Lebens gehörten.

Auf der letzten Stufe blieb ich stehen und drehte mich um, denn ich wusste, dass sie noch in der Tür stand.

»Hey, Texas?«

Sie lehnte seitlich in der Tür und lächelte mich müde an.

»Du solltest dich ein bisschen mehr öffnen.«

»Du dich auch.«

»Bin schon dabei, glaube ich.«

Es war der erste Geburtstag in fünf Jahren, an dem ich tatsächlich gelächelt hatte. Was bei genauerem Nachdenken der reinste Wahnsinn war. Ich fühlte mich furchtbar schuldig. Natürlich hatten Mom, Dad und East den ganzen Tag lang versucht, mich anzurufen. Wahrscheinlich glaubten sie, dass ich mich schließlich doch umgebracht hatte.

Dass ein Reh auf die Straße gelaufen war und ich die Chance genutzt hatte.

Die Art, wie Grace sich auf ihre üppige Unterlippe biss, sagte mir, dass sie mal wieder ihr hinreißendes Grinsen zu unterdrücken versuchte.

»Ich glaube, ich auch.«

10. KAPITEL

Grace

An dem Abend, an dem endlich meine erste Phönix-Feder aus der Asche hervorlugte, machte ich gerade meinen Job als Bühnenassistentin und putzte die Aula.

Es war der Tag nach dem Beinahe-Kuss mit West. Tess und Lauren waren als Letzte gegangen, nachdem sie länger geblieben waren und ein paar ihrer gemeinsamen Szenen geübt hatten. Lauren kämpfte noch mit dem Text. Sie schob es auf die frische Trennung von ihrem Freund Mario. Tess hatte sie auf passiv-aggressive Weise dazu bringen wollen, Professor McGraw zum Tausch ihrer Rollen zu überreden. Sie argumentierte damit, dass die Rolle der Stella nicht so viel Text hatte und emotional weniger fordernd war.

»Ernsthaft, Lor, sag Finlay und McGraw einfach, dass es zu viel für dich ist. Spiel die Stella. Du kriegst deine Eins und musst dir nur halb so viel Text merken.«

Ich putzte um sie herum, bewegte den Mop an ihren Füßen vorbei. Die beiden winkten mir zum Abschied, wobei Tess' Blick einen Moment zu lange auf mir ruhte, so als nähme sie meine Existenz erstmals zur Kenntnis. Was zweifellos damit zu tun hatte, dass West mich am Tag zuvor aus der Aula entführt hatte. Nachdem ich mit dem Putzen fertig war, räumte ich alle Utensilien hinter der Bühne auf und hängte die Kostüme auf die Ständer.

Ich summte *No Me Queda Más* von Selena vor mich hin (weil: Neunziger und Selena waren ein doppelter Gewinn), und meine Gedanken wanderten zu West. Vor allem zu der Beziehung zwischen ihm und seinen Eltern. Er war wütend, soviel stand fest. Er hatte nur wenig über sie preisgegeben, aber ich konnte mir zusammenreimen, dass sie sich in finanziellen Schwierigkeiten befanden und dass er sich krummlegte, um ihnen zu helfen.

Als ich das Licht ausmachen wollte, blieb ich auf der Schwelle zwischen Bühne und Garderobenbereich stehen und spähte durch die dunkelroten Vorhänge. Ich liebte den Boden dieser Bühne. Sehr. Nach jahrelangem Verschleiß durch Schauspieler und Tänzer war er voller Kratzer und Kerben.

Doch auch in diesem zerkratzten, angeschlagenen Zustand war er in der Lage, großartige Magie zu erschaffen.

Ohne es zu wollen, machte ich einen Schritt auf die Bühnenmitte zu und schluckte.

»Du musst dich öffnen.«

Wests Worte kribbelten in meinem Bauch.

Noch ein Schritt.

»Dreh dich nicht um und stell dich tot.«

Das Nächste kam von meiner Großmutter.

»Wer keine Angst hat, kann auch nicht mutig sein.«

Bevor ich wusste, wie mir geschah, trugen meine Füße mich über die Bühne.

Tap, tap, tap.

Mein Herzschlag wurde schneller, mein Mund war trocken, und der Atem blieb mir in der Kehle stecken.

Da stand ich, mitten auf der Bühne.

Allein.

Mutig.

Voller Angst.

Aber unbesiegt.

Ich nahm meine rosa Cap ab, holte tief Luft und stieß einen markerschütternden Schrei aus, der die Mauern durchdrang und das Gebäude erzittern ließ. Es dauerte mehrere Sekunden, bis er verklang und der Nachhall noch in meiner Lunge tanzte.

Lächelnd verbeugte ich mich vor den leeren Reihen roter Samtstühle.

Ich stellte mir den Saal voller Menschen vor. Sie klatschten und bejubelten mich, erhoben sich zu stehendem Applaus.

Ich spürte, wie ein kleiner Teil meines Phönix aus der Asche guckte.

Kein ganzer Flügel, aber eine einzelne, perfekte Feder.

Sie war rot. Die Farbe meiner Narbe.

Sie erinnerte mich an mich selbst.

»Diesen Freitag gibt es einen Kampf. Vielleicht überlegst du es dir ja anders und kommst doch?« Karlie lag neben mir auf ihrem Bett und las in einem Lehrbuch.

Ich zog die Nase kraus, lehnte mich an das Kopfende und drückte mir ihr Kopfkissen an die Brust. »Warum sollte ich meine Meinung ändern?«

»Erstens verbreiten sich Gerüchte schnell, und Tess hat so ziemlich jedem erzählt, dass der legendäre West St. Claire dich letzte Woche aus der Aula geschleift hat. Jetzt glauben alle, dass ihr es miteinander treibt. Das einzig Interessante, das hier in den letzten … keine Ahnung … fünf Jahren passiert ist, und du vergisst, es mir zu erzählen.« Karlie verdrehte die Augen, blätterte eine Seite in ihrem Buch um und fuhr mit einem Textmarker über einen ganzen Abschnitt. »Ich bin kurz davor, dich fallen zu lassen, Shaw. Du bist eine schlechte beste Freundin.«

Ich lachte und warf ihr das Kissen ins Gesicht. »Da gibt's nichts zu erzählen. Wir sind nur Freunde.«

»Na klar. Erzähl mir mehr, Pinocchio.«

»Ich lüge nicht.«

»Nicht mal ein kleines bisschen?« Karlie ließ das Lehrbuch in ihren Schoß fallen, hielt zwei Finger zusammen und spähte mit einem schelmischen Grinsen durch die Lücke. Es ergab keinen Sinn, ihr von einem Kuss zu erzählen, der keiner war, und den West schon als Fehler betrachtet hatte, ehe er sich von mir löste.

»Ich schwöre, es ist total platonisch. West ist bindungsscheu und liebt die Abwechslung. Ich wäre eine Idiotin, wenn ich mich in so einen Typen verknallen würde.«

Ich bin *die Idiotin, die schon fast so weit ist.*

»Man kann sich nicht aussuchen, in wen man sich verliebt.«

»Vielleicht, aber man kann sich aussuchen, wie man sich verhält«, gab ich zurück.

Karlie rappelte sich auf, setzte sich im Schneidersitz auf ihr weißes Oberbett und lehnte sich an ihre mit Postern bedeckte Wand. Pearl Jam, Third Eye Blind und Green Day. Ihr Zimmer war ein Neunzigerjahre-Schrein inklusive Discman auf dem Nachttisch, Beanie Babys auf dem Bett und einem durchsichtigen Telefon.

Karlie war Ende 1999 geboren. Am letzten Tag des Jahres, um genau zu sein. Am 31. Dezember um 23:58 Uhr. Deshalb war sie von dieser Ära besessen, und was Karlie mochte – das liebte ich. Als ihre Freundin fand ich es ganz natürlich, diese Besessenheit zu ihrer moralischen Unterstützung mit ihr zu teilen.

»Hör zu, ich studiere, um Reporterin zu werden. Nenn es detektivisches Gespür, aber ich kaufe dir das nicht ab, Shaw. Die Wahrheit ist, dass ihr beide heiße Singles seid und eine *Menge* Zeit miteinander verbringt.« Sie ließ ihren Kaugummi vor meinem Gesicht platzen.

»Er verbringt auch eine Menge Zeit in anderen Mädchen wie Melanie und Tess«, murmelte ich.

»Stimmt, aber ich habe ihn noch nie mit einer von ihnen allein abhängen sehen.« Karlie griff nach ihrem Lehrbuch, legte es wieder auf ihren Schoß und begann, den Blick fest auf die Seite gerichtet, wie verrückt zu unterstreichen. »Und das mit Tess ist schon eine Weile her. Denk an meine Worte, Shaw. Kann schon sein, dass er nett ist, aber er bedeutet Ärger.«

»Tatsächlich«, ich setzte mich auf und hatte seltsamerweise das Bedürfnis, West in Schutz zu nehmen, »macht er überhaupt keinen Ärger. Er ist wirklich nett. Gestern hat er bemerkt, dass Marla gegangen war, bevor ich duschen konnte, und er hat ein paar Minuten auf Grams aufgepasst.«

»Genau darum habe ich dich gefragt, ob du am Freitag nicht doch zu seinem Kampf gehen willst.« Erneut blätterte sie eine Seite in dem Lehrbuch um.

»Weil er nett zu mir ist?« Ich blinzelte verwirrt.

»Nein, weil er eine Fassade aufgebaut hat. Im Food Truck zeigt er sich von seiner besten Seite, weil es eine andere Umgebung ist, aber er ist und bleibt ein wildes Tier.«

Als ich nicht antwortete, verdrehte sie die Augen und fuhr fort: »Bist du denn gar nicht neugierig, ob eure Freundschaft nur etwas mit dem Food Truck zu tun hat oder darüber hinausgeht?«

Neugierig? Ich *brannte* darauf, es herauszufinden. Im College existierte keine Kommunikation zwischen West und mir. Er hatte meine Bitte, keine Aufmerksamkeit auf mich zu ziehen, sehr ernst genommen und würdigte mich keines Blickes, wenn wir einander begegneten.

Es war, als existierte ich überhaupt nicht.

Ein Teil meines Selbst wollte gar nicht wissen, was wir außerhalb unserer Blase waren, aber dem größeren Teil war klar, dass ich herausfinden musste, ob ich nur eine nützliche Freundin war, für die er sich schämte und die er geheim hielt, oder eine Person, der er auf Augenhöhe begegnete.

»Na gut«, stieß ich hervor. »Ich gehe zu dem Kampf.«

»Yes!« Karlie stieß die Faust in die Luft. »So kenne ich dich. Und jetzt ziehen wir was Nuttiges an, um ihn abzulenken.«

»Moment mal, hast du nicht gesagt, ihn zu daten wäre eine schlechte Idee?«

»Daten? Ja. Scharf machen? Nein. Es wird höchste Zeit, dass dir klar wird, wie heiß du bist, Shaw. Und wenn West St. Claire der Kerl ist, der dir das begreiflich machen kann, dann bin ich dafür.«

Ich packte ein Kissen, drückte es mir vors Gesicht und schrie in einer Mischung aus Schrecken und Erregung hinein.

»Schnell: Wenn du eine Sache aus den Neunzigern zurückbringen könntest, wofür entscheidest du dich – Blockbuster oder der heiße Keanu Reeves?« Karlie klopfte mir aufs Knie.

Ich warf das Kissen auf den Boden, und mir traten beinahe die Augen aus den Höhlen. »Ich bitte dich! Keanu Reeves ist immer noch heiß.«

Karlie warf den Kopf zurück und lachte. »*Ding, ding, ding.* Das war ein Test. Und du hast ihn mit Bravour bestanden.«

Ich starrte mich selbst im Spiegel an und konnte nicht aufhören, dämlich zu grinsen.

Zehn Tonnen Foundation? – Check.

Katzenhafter Lidstrich? – Check.

Haare geföhnt? – Check.

Funkelnder rosa Lipgloss mit dazu passender Baseball-Cap? – Check.

Knappes schwarzes, langärmliges Minikleid, das meine Beine betonte? – Dreifach-Check.

Karlies Hupe dröhnte durch mein Schlafzimmerfenster, um ihre Ankunft zu verkünden. Mit flatterndem Herzen stürmte ich die Treppe hinunter. Grams saß im Wohnzimmer, strickte und hörte eine Platte von Johnny Cash. Glücklicherweise hatte sie einen guten Tag, dennoch hatte ich unseren Nachbarn Harold gebeten, am Abend gelegentlich nach ihr zu sehen.

»Bin weg, Grams!«, rief ich und griff nach meiner kleinen Clutch. Ich war für einen Besuch in einem eleganten Club oder einem Restaurant angezogen, nicht für eine Kampfarena, aber ich konnte nicht anders. Zum ersten Mal, nachdem ich mein Sozialleben eingestellt hatte, ging ich wieder aus, und das war eine große Sache für mich.

Großmutter winkte, ohne den Blick von ihrem Strickzeug zu heben.

»Sei vorsichtig, Gracie-Mae. Und wenn du etwas getrunken hast, ruf mich bitte an. Ich hole dich ab.«

Ruckartig blieb ich vor der Haustür stehen. Sie redete wie meine alte Grams. Die gesunde. Tränen traten mir in die Augen.

»Danke«, sagte ich leise. »Karlie fährt. Sie wird nichts trinken und ich auch nicht.«

»Auf die Contreras ist Verlass. Karlie kommt nach ihrer Mutter, sie ist ein gutes Kind.« Grams nickte anerkennend und nahm einen Schluck Tee.

Warum konnte sie nicht immer so sein?

Karlie hupte erneut, und ich fuhr zusammen.

»Alles klar! Bin weg.«

»Tschüss. Ach, noch was, Gracie-Mae …«

»Ja?« Schon halb aus der Tür blieb ich stehen.

»Komm nach Hause, wenn die Straßenlaternen angehen. Um halb sieben ist Zapfenstreich, mein Fräulein.«

Es war bereits neun. Mein Lächeln verblasste, und der dumpfe Schmerz in meiner Brust kehrte zurück.

Also doch nicht ganz klar im Kopf.

»Mach ich, Grams.«

Wir kamen zehn Minuten zu spät am Sheridan Plaza an und verbrachten eine Viertelstunde mit der Suche nach einem Parkplatz. Karlie musste extra langsam fahren, weil die Leute in Grüppchen lachend, trinkend und flirtend zum Plaza marschierten. Ich hatte nicht gewusst, dass die Kampfarena in Sheridan so eine große Sache war. Das Footballteam in der Fernsehserie *Friday Night Lights* war nichts dagegen.

Ich wusste, dass West nicht der Einzige war, der kämpfte – es gab jeden Freitag ungefähr fünf Fights –, aber er war jedes Mal der Hauptakt und der Grund, warum die Tickets weggingen wie warme Semmeln.

Als wir das Plaza auf der Suche nach einem Parkplatz zum vierten Mal umrundeten, gab ein Sportler aus der Zwölften Karlie ein Zeichen, das Wagenfenster zu öffnen.

»Euch geht beim Cruisen noch der Sprit aus. Park einfach, wo du willst, sie verteilen hier keine Strafzettel, Schätzchen.«

Karlie bedachte mich mit einem missbilligenden Blick.

»Ich hatte keine Ahnung, dass dein Freund *dermaßen* populär ist.«

»Hör auf, ihn meinen Freund zu nennen.« Halb befahl ich es ihr, halb bettelte ich. Ich konnte mir nicht erlauben, daran zu glauben.

»Du hast recht. Wenn du ihn datest, hau ich dir eine rein. Du hast ein zu gutes Herz für diesen Typen, Shaw.«

Wir parkten und stöckelten auf unseren High Heels durch die Dünen, die zum Plaza emporstiegen. Wir zahlten am Einlass – zwanzig Dollar pro Person, es würde mitnichten ein billiger Abend – und gingen hinein.

Die erste Etage war zum Bersten voll. Die meisten Zuschauer waren im College-Alter, ein paar gingen definitiv noch zur Highschool, andere waren deutlich älter als fünfundzwanzig. Alle hatten rote Pappbecher in der Hand, plauderten und lachten, während im Ring zwei Kerle mit nacktem Oberkörper kämpften. Offensichtlich waren sie nur das Vorprogramm, denn niemand schenkte ihnen Beachtung.

Von West und seinen Freunden war nichts zu sehen.

»Ich hol uns Bier.« Karlie wies mit dem Kopf auf einen Typen, der hinter ein paar Kisten stand und Fassbier zapfte.

Ich nickte. »Ich suche West und wünsche ihm Glück.«

»Nicht rumknutschen!« Sie drohte mir mit dem Finger.

Ich grüßte zurück, dann ging ich los und hielt nach seinem Gesicht Ausschau. Als mir klar wurde, dass er nicht in der Nähe des Rings war, ging ich zu den kleinen Räumen mit den Matratzen. Anfangs spähte ich in jeden hinein, aber nachdem ich einem halb nackten Kerl begegnet war, der sich einen runterholte, während zwei Cheerleader sich gegenseitig leckten, ging ich zügig an ihnen vorbei, ohne zur Seite zu blicken.

Grunzen und Stöhnen ertönte von den Matratzen in den Nischen. Ich hasste diesen Ort. Verabscheute ihn. Und mit jeder Sekunde, die verging, wurde die Wahrscheinlichkeit größer, dass West nicht allein sein würde, wenn ich ihn fand. Ich wollte mich übergeben. Warum hatte ich es für eine gute Idee gehalten, hierherzukommen?

Er hat dich gewarnt. Hat es eine Samenbank genannt. Du bist hier absolut nicht willkommen.

Ich war kurz davor, mich umzudrehen und um mein Leben zu rennen, als hinter einer der Betonwände seine barsche Stimme erklang.

»Gib endlich Ruhe«, knurrte West.

»Die Frage ist, ob du Tess in Ruhe lässt?«, versetzte jemand. Easton, wie ich aus dem neutralen, vernünftigen Tonfall schloss. »Du weißt schon, zwischen zwei Runden.«

Ich hörte männliches Gelächter und das Geräusch von Bierdosen, die aufgerissen wurden.

»Erzähl mir nicht, dass du es immer noch mit ihr treibst.«

Das war *definitiv* Reign De La Salle. Mir drehte sich der Magen um. Der Kerl war wirklich ein Vollpfosten.

»Entspann dich, Arschloch. Du weißt, dass ich es mit keiner zweimal mache. Aber wenn du mir weiterhin auf die Nerven gehst, wäre ich nicht abgeneigt, es von allen Seiten mit ihr zu treiben.«

»Soll das eine Drohung sein?« Reigns Stimme überschlug sich.

»Nee, ein Versprechen.«

»Du machst nie Versprechungen«, sagte Easton. Womit er recht hatte.

»Für einen Arsch wie den von Tess wäre ich bereit, eine Ausnahme zu machen.«

Ich wich zurück, denn ich befürchtete, mich übergeben zu müssen. Eifersucht durchfuhr mich wie ein Messerstich. Ich hatte so viele finstere Gefühle, dass mir schwindelig wurde.

Skepsis. Misstrauen. Liebeskummer.

Himmel, warum fühlte sich das an, als wäre mein Herz explodiert? Er hatte mich nicht mal richtig geküsst, und schon führte ich mich schrecklich besitzergreifend auf.

Ich rannte in Richtung des Rings und vergewisserte mich mit einem Schulterblick, dass er mich nicht gesehen hatte.

»Shaw! Da bist du ja!« Karlie tauchte in meinem Gesichtsfeld auf. Sie hielt zwei Pappbecher in der Hand und gab mir einen davon.

»Der Typ hat das Bier vor meinen Augen gezapft, es kann

also weder voller K.-o.-Tropfen noch verwässert sein. Und? Hast du deinen Liebsten gefunden?«

»Ja«, fauchte ich. »Und ohne ins Detail gehen zu wollen: Der *Liebste* hätte gern Sex mit Tess, also wissen wir jetzt wohl, woran ich bin.«

Karlie schnappte nach Luft, ihre Augen leuchteten vor Neugier. »Hast du die beiden erwischt?«

»Nein, ich habe zufällig gehört, wie er seine Absichten ihr gegenüber erklärt hat.«

»Ich hab dir doch gesagt, dass er nur Ärger macht.«

»Du hast auch gesagt, dass ich mitkommen soll.« Ich seufzte.

»Stimmt.« Sie zuckte mit den Schultern. »Wir waren noch nie hier, und ich wollte unbedingt wissen, warum die Leute so ein Aufheben um die Kämpfe machen.«

Ich drängelte mich nach vorn in die erste Zuschauerreihe. Karlie folgte mir, wobei sie das Thema wechselte und über ihr Arbeitspensum am College sprach. Ich versuchte mir einzureden, dass alles in Ordnung war. West gehörte mir nicht. Sein Körper gehörte allen, sein Herz dagegen war für jeden Menschen auf diesem Planeten unerreichbar, ihn selbst eingeschlossen.

Der Kampf vor uns ging zu Ende.

Trommelwirbel erklang.

Max Riviera stellte sich auf eine echte Seifenkiste und legte die Hände an den Mund.

»Und jetzt, meine Damen und Herren, zu unserer Hauptattraktion. Knox Mason gegen den Einzigartigen. Den Mann, die Legende, den Traum aller Frauen, der König David alt aussehen lässt!« Er legte eine Kunstpause ein, in der die Leute kicherten. »*West St. Claire!*«

Die Zuschauer stießen die Fäuste in die Luft, als die beiden Männer den Ring betraten. Wests Schulter streifte meine. Der vertraute Duft nach Winter und Mann kitzelte in der Nase, aber er bemerkte mich nicht. Ich drückte den Pappbecher an meine Brust.

Karlie stieß mich mit dem Ellbogen an. »Wenigstens können wir uns amüsieren, wenn er sich ein paar Ohrfeigen fängt.«

»West wird den armen Kerl vernichten.«

Aber ich irrte mich.

West vernichtete Knox nicht.

Er brachte ihn beinahe um.

Jedes Mal, wenn Knox einen Treffer zu landen versuchte, wich West aus und konterte mit etwas, das seinen Gegner für fünf bis acht Sekunden zu Boden schickte. Ein Tritt. Eine Gerade. Manchmal schnappte er sich den Kerl – und da war eine *Menge* Kerl – und warf ihn nur so zum Spaß wie ein Catcher auf den Boden.

Kämpfen war für West kein Sport. Es war nicht einmal ein Hobby. Es war für ihn, als würde er das Bett beziehen oder sich die Zähne putzen. Einfach nur eine banale Handlung, die keiner besonderen Anstrengung bedurfte. Seine Körpersprache wirkte gelangweilt, träge. Irgendwann, als Knox zusammengekrümmt auf der Matte lag, sich den Bauch hielt und vor Schmerzen zitterte, drehte sich West um und schlenderte in meine Richtung. Sein Blick wanderte über das Publikum, als suchte er etwas – wahrscheinlich sein Date für den Abend –, und landete schließlich auf mir.

Alles blieb stehen.

Es wurde totenstill im Raum.

Vielleicht auch nicht, jedenfalls blendete ich alle Hintergrundgeräusche aus, während seine Augen sich weiteten, erschrocken zuerst – und dann wütend. Er zog die Brauen zusammen. Jeder Muskel seines Körpers spannte sich an.

Jetzt sah er aus, als wollte er sich prügeln.

»Was zum Teufel machst du …« Seine Stimme war ein leises, heiseres Fauchen, so finster und verkommen, dass mir ein Schauer über den Rücken lief, aber er konnte den Satz nicht beenden. Knox nutzte die Gelegenheit und landete einen Haken auf Wests Hinterkopf. Der Aufprall ließ seinen Kopf zur Seite fliegen, Blut tropfte ihm aus dem Mund. Ich schrie auf. West wirbelte auf dem Absatz herum und schickte Knox mit einem Tritt in die Leber und einem Schwinger gegen den Kopf quer durch den Ring. Der Fighter taumelte zurück, prallte gegen ein paar Kisten und drehte sich ein paarmal um seine eigene Achse, ehe er kopfüber und eindeutig ausgeknockt auf die Matte fiel.

Die Menge brach in Beifall aus, während Max zu Knox rannte, neben ihm in die Hocke ging und bis zehn zählte.

West machte sich nicht die Mühe, im Ring zu bleiben, bis er zum Sieger erklärt wurde. Wie ein geölter Blitz raste er auf mich zu. Ich stolperte rückwärts und stieß irgendwelche Leute an, als ich zu verschwinden versuchte. Ein Betrunkener hinter mir rülpste und schubste mich einfach in Wests Arme.

»Verdammt, St. Claire ist echt geil heute Abend. Normalerweise wartet er, bis er sich mit Riviera das Geld geteilt hat.«

»Oha«, flüsterte Karlie, deren Augen immer größer wurden.

Wegen dem betrunkenen Kerl war ich in Wests Armen gelandet. Der schob mich nun mit offensichtlichem Abscheu von sich und sah mich an, als hätte ich das schlimmste Verbrechen der Welt begangen.

»Wer hat sie reingelassen?« Er stieß einen Schrei aus, der die Luft zerriss und die Zuschauermenge dazu brachte, kollektiv zurückzuweichen.

Der Typ, der uns die Tickets verkauft hatte, trat einen Schritt vor und hob die Hand. »Ich … das war ich, Bro. Ich kenne sie von der Sher U?«

Wests Blick ruhte auf mir, als er sagte: »Du bist gefeuert.«

»Aber ich …«

»*Gefeuert*«, wiederholte West mit eisiger Stimme.

Meine Augen brannten von der Demütigung, und mein Gesicht war so heiß, dass mir vor Wut schwindelig wurde. »Du hast versprochen, auf keinen Fall die Aufmerksamkeit auf mich zu lenken«, stieß ich mit zusammengebissenen Zähnen hervor.

West musterte mich mit distanziertem Blick und schnalzte mit der Zunge. »Ich verspreche nie etwas. Ich habe dir gesagt, dass du nicht herkommen sollst. In dem Augenblick, in dem du einen Fuß in mein Reich gesetzt hast, hast du selbst um Aufmerksamkeit gebeten, und jetzt wirst du die falsche Sorte davon bekommen.«

»Du bist unmöglich.«

»Und du bist hier nicht willkommen.«

»Zu dumm, dass dir der Laden nicht gehört.« Ich zuckte mit den Schultern, versuchte, gleichgültig zu wirken und hasste es, dass alle Augen auf mir ruhten. »Ich bleibe. Genauer gesagt, hole ich mir jetzt etwas zu trinken. Wenn du mich also entschuldigen würdest …«

Metaphorisch gesprochen sammelte ich die Reste meines Stolzes ein, drehte mich um und marschierte auf die andere Seite der Etage zu, wohl wissend, dass Karlie mir folgen würde.

Jetzt hatte ich meine Antwort. West und ich waren keine Freunde, nicht im Geringsten.

Die Menge teilte sich für mich und folgte mit faszinierten Blicken meinen Bewegungen, als ich von hinten gepackt und hochgehoben wurde.

»Du gehst mir auf die Nerven.«

Wie ein Feuerwehrmann warf mich West über die Schulter und stürmte die Treppe in die zweite Etage hoch. »Zum Management«, wie er es genannt hatte.

»Wo bringst du sie hin?«, rief lachend jemand aus der Menge.

»Ich versohle ihr den Hintern und werfe sie aus dem Fenster!«

Wut stieg in mir auf. Er vögelte nicht nur jede Woche eine andere, sondern glaubte offenbar auch, dass ich ihm gehörte. Er nahm mich einfach mit, kommandierte mich herum und gab mir in aller Öffentlichkeit das Gefühl, eine Außenseiterin zu sein.

Ich schlug ihm mit den Fäusten auf Rücken und Schultern.

»Lass mich los, du Arschloch!«

Er ignorierte mich und stieg die Treppe hinauf. Es machte mir Angst, wie leicht ich für ihn war. Er schwebte in die obere Etage, als wöge ich gerade so viel wie ein Sixpack Bier.

Ich hörte, wie Karlie meinen Namen rief, und sah, dass Reign und Easton ihr höflich lächelnd den Weg nach oben versperrten. Das hier sah verhängnisvoll aus, war aber harmlos. Da ich wusste, dass West und ich nicht viel mehr tun würden, als uns zu streiten, gab ich meiner besten Freundin ein geheimes Zeichen, dass alles in Ordnung war und er mich nicht umbringen würde.

»Karlie ruft die Polizei«, sagte ich trotzdem und zog ihn fest an den Haaren. Ich benahm mich wie ein wildes Tier; außerdem wollte ich nicht mit ihm allein sein. Ich wusste, dass ich der Versuchung nicht widerstehen konnte. Ich würde nehmen, was immer er mir geben würde.

»Sei still«, versetzte er.

»Erst, wenn du mich loslässt.«

»Nein danke. Das haben schon zu viele Menschen in deinem Leben getan.«

»Verdammt, wer bist du, dass du das beurteilen kannst?«

»Der einzige Mensch, der deine Existenz zur Kenntnis nimmt.«

»Das will ich nicht!«

»Da hast du aber keine Wahl, verdammt, und ich leider auch nicht.«

Er setzte mich mit dem Rücken direkt an der Wand ab. Routiniert renkte er sich den ausgekugelten Ellbogen wieder ein. Das Geräusch zurückschnappender Knochen erfüllte die Luft. Ich zuckte zusammen. Er tat so, als wäre das nichts Besonderes.

»Es gibt zwei Möglichkeiten für dich, hier rauszukommen. Über die Treppe oder aus dem Fenster. Das hängt davon ab, wie gut du in den nächsten Minuten kooperierst. Deshalb schlage ich vor, dass du meine Fragen beantwortest und dir deine unverschämten Kommentare für jemanden aufhebst, der sie zu schätzen weiß. Frage Nummer eins – was zum Teufel machst du hier, Tex?«

Er bleckte die Zähne wie ein wildes Tier.

Ich verschränkte die Arme und versuchte, meine Nervosität hinter einem Grinsen zu verbergen. »Mir den Kampf ansehen. Vielleicht jemanden aufreißen, wenn ich einen interessanten Typen finde. Warum fragst du? Was kümmert dich das? Wir bedeuten einander nichts.«

»Falsch.« Sein Gesicht war sehr nah an meinem. Ich hatte das Gefühl, dass er selbst nicht genau wusste, warum er derart wütend auf mich war. »Wir bedeuten einander sehr wohl etwas. Du bist meine Freundin, und ich habe dir gesagt, dass ich dich nicht mal in der Nähe dieser Müllkippe sehen will.«

»Das hier ist *deine* Müllkippe.«

»Weil ich Müll *bin*. Aber du nicht. Wir spielen nicht nach denselben Regeln.«

Ich legte den Kopf in den Nacken, hob die Arme und lachte. »Du kannst mir nicht vorschreiben, nach welchen Regeln ich zu spielen habe. Mein Leben ist meine Angelegenheit, nicht deine. Ich wollte hierherkommen. Und weißt du was?« Ich war rachsüchtig und völlig außer Kontrolle. Mit Hochdruck strömte mir das Adrenalin durch die Adern. In diesem Augenblick wollte ich nichts anderes, als ihn genauso zu verletzen, wie er mich verletzt hatte. Irreparabel. Ich wollte ihm das Herz aus der Brust reißen und zusehen, wie es in meiner Faust verblutete. »Vielleicht reiße ich heute Abend jemanden auf. Ich finde, es wird höchste Zeit, und die Auswahl ist hier groß. Ich kann verstehen, warum du so gern im Plaza bist.« Ich stieß einen Pfiff durch die Zähne aus und sah mich demonstrativ um. »Ein großartiger Ort, um Sex zu haben.«

Sein Kiefer mahlte, er zog die Brauen zusammen und sah mich aus schmalen Augen an.

»Du wirst dich wundern, wenn du glaubst, du könntest einfach in meinen Club spazieren und dich von jemandem ficken lassen, der nicht ich bin.«

»Wieso nicht? Du machst so was doch die ganze Zeit. Was ist mit deiner feministischen Ader passiert?«

»Ich reiße hier keine Frauen auf.«

»Natürlich nicht.« Ich lächelte.

Er fuhr sich mit den Fingern durchs Haar und seufzte. »Nicht in letzter Zeit jedenfalls.«

»*Definitiv* in letzter Zeit, West.«

»Führst du eine Strichliste?«

»Die Leute reden. Das mit Melanie war also nicht *in letzter Zeit*?« Ich musste ihn danach fragen, auch wenn es furchtbar peinlich klang.

Seine Lippen wurden schmal. »Das mit Melanie war, bevor mein Schwanz und ich dieses heikle Gespräch geführt haben, in dem er mir sagte, dass er total scharf auf dich ist.«

»Was ist mit Tess?«

»Was soll mit ihr sein?« Er wirkte verwirrt.

»War das vor oder nachdem du dich mit deinem Schwanz unterhalten hast? Du hast gesagt, dass du nichts dagegen hättest, heute Abend wieder Sex mit ihr zu haben.«

Himmel. Ich gab tatsächlich zu, dass ich ihn belauscht hatte. Wests Miene blieb unverändert. Sie war immer noch eine versteinerte Maske der Brutalität. Er bemühte sich, nicht auszurasten.

»Du ... du *Idiotin*.« Er schloss die Augen, atmete tief durch und rieb sich die Stirn. »Ich wollte Reign ärgern. Er ist scharf auf sie, und ich bin immer noch sauer, weil er dich mies behandelt hat.«

»Nein. *Du* bist der Idiot«, schrie ich ihn an, ohne mich darum zu kümmern, ob die Leute uns hören konnten. Ich stach ihm mit dem Finger in die Brust. »Du bist wütend auf mich und weißt nicht mal, warum. Ich weiß wenigstens, warum ich dich nicht ausstehen kann. Du sendest ständig widersprüchliche Signale aus. Du küsst mich, aber das war's dann. Was soll das, West? Ist diese Grace-ist-hübsch-Geschichte nur vorgetäuscht? Um mein Selbstwertgefühl zu stärken?« Ich stieß ein bitteres Lachen aus, aber in meinen Augen standen Tränen. Ich spürte sie.

Nun war er es, der finster lachte.

»Du glaubst, dass ich mir Sorgen um dein Selbstwertgefühl mache? Komm schon, Tex. So wichtig bist du mir nicht.«

Ich sparte mir die Mühe, beleidigt zu sein, denn ich wusste, dass jedes Wort von dem, was er sagte, gelogen war. Was wir füreinander empfanden – ob gut oder schlecht –, entwickelte sich zu etwas, das größer war als wir.

Er trat einen Schritt zurück und musterte mich schweigend von oben bis unten. Seit wir uns kannten, hatte ich noch nie so gut ausgesehen wie jetzt, aber seine Miene gab nichts preis.

»Was willst du hören? Dass ich davon träume, im Food Truck deinen hübschen blonden Kopf nach unten zu drücken, ihn rauszuholen und dir in den Mund zu stecken, bis du würgst? Würde es helfen, wenn ich zugäbe, dass ich nichts mehr will, als dich auf jede mögliche Art zu ficken? Dass ich mich sofort auf dich stürzen würde, wenn wir beide nicht so dermaßen kaputt wären – sorry, Tex, aber das ist die Wahrheit – und wenn ich nicht aus diesem Drecksloch verschwinden würde, sobald ich meinen Abschluss habe? Weil ich mich nicht auf ernsthafte Beziehungen einlasse? Du weißt das alles längst. Du weißt, warum ich dich nicht geküsst habe. Tess, Mel, die ganzen Mädels … die wissen, was Sache ist. Ich kenne sie nicht. Sie sind mir egal. Sobald mein Schwanz nicht mehr in ihnen steckt, sind sie mir egal. Ich kann dich nicht küssen, Grace.« Er schüttelte traurig den Kopf und trat noch einen Schritt zurück. »Ich kann dich ja kaum *ansehen*.«

Ich würde ihn verlieren. Ich wusste es. Aber zum ersten Mal seit langer Zeit wollte ich kämpfen. Der Phönix in mir erhob sich aus dem Sand, taumelte unter seinem Gewicht und enthüllte noch mehr von seinem wunderbaren Federkleid. Ich rieb über den kaputten Flammenring an meinem Finger, reckte das Kinn und setzte das verführerischste Lächeln aus meinem Arsenal auf.

»Es ist okay, Angst zu haben.«

Er biss die Zähne zusammen und schluckte.

»Ich habe keine Angst«, sagte er trocken. Aber ich kannte ihn gut genug, um die aufsteigende Wut zu spüren, die seine grünen Augen dunkel werden ließ.

»Natürlich nicht.« Ich hob meine Clutch auf, die ich bei unserer Rangelei hatte fallen lassen, hängte sie mir über die Schulter und wollte gehen. »Und ich verstehe, was du meinst. Es wäre wirklich keine gute Idee von uns, sich aufeinander einzulassen. Aber das heißt nicht, dass ich eine Heilige bin. Du bist zu feige, um etwas mit mir anzufangen? Kein Problem. Ich gehe hinunter und suche mir einen netten Südstaaten-Boy, der sich binden will. Einen, der keine Angst bekommt, sobald es ernst wird. Einen, der mir liebend gern die Versprechen geben würde, vor denen du solche Angst hast. Einen Typen, der ...«

Er stürzte sich auf mich wie ein Panther, sodass ich mit dem Rücken an die Wand prallte. Ich stieß einen Schrei aus, aber er verschloss mir mit seinen Lippen den Mund und begann, mich heftig zu küssen. Er griff nach der rosa Basecap, die er mir gekauft hatte, und warf sie auf den Boden. Ich schüttelte protestierend den Kopf, aber er fasste nach meinem Kinn und hielt es mit beinahe schmerzhaftem Griff fest.

»Wie wär's, wenn du mich einmal einen gründlichen Blick auf dich werfen lässt, Texas? Du hast eine große Klappe, aber wenn es dann zur Sache geht, bist du für meinen Geschmack zu unentschlossen. Du willst eine dreckige Nummer mit dem beliebtesten Versager der Stadt? Kannst du haben. Und jetzt komm her.« Es war eine grausame Forderung, keine Bitte.

Ich presste die Lippen zusammen, blickte ihn unter meinen Wimpern hervor an und wartete ab, was er als Nächstes tun würde. Ohne meine Cap fühlte ich mich nackt, und ich hasste es, dass er mich anstarrte, als wollte er mich mit dem Blick verschlingen.

Dann fiel mir wieder ein, dass ich sehr viel Make-up trug und dass es dunkel war. Er konnte nicht viel erkennen. Ich zitterte wie Espenlaub in seinen Armen, hielt seinem Blick aber stand.

»Und, hast du deine Meinung geändert?« Ich versuchte, spöttisch zu klingen, aber meine Stimme drohte zu brechen.

Sein Lächeln war unheimlich, er sah aus wie Satan persönlich. »Ich bin nicht wie du, Texas. Wenn ich mich einmal entschieden habe, gibt es kein Zurück.«

Seine heiße, feuchte Zunge blitzte hervor und fuhr sehr langsam am Rand meiner Unterlippe entlang. Sie fühlte sich an wie Samt und ließ mich ein ums andere Mal erschauern. Mein ganzer Körper bebte, eine Gänsehaut bedeckte mich von Kopf bis Fuß. Jeder Nerv meines Körpers stand in Flammen.

Ich stand in Flammen.

Und diesmal wollte ich in seinen Armen zugrunde gehen.

»Wer ist hier der Feigling?«, flüsterte er mir in den Mund, und seine Zunge öffnete geschickt meine Lippen. Ich schloss die Augen. Sein Mund war einfach zu viel für mich. Zu warm. Zu einladend. Zu perfekt. Sein Duft – Apfel, Schweiß und Alphatier – ließ mich die Schenkel zusammenpressen. In meinem Höschen bildete sich vor Begierde ein feuchter Fleck. Ich war so feucht, dass ich weinen wollte.

»Du wirst mir nachgeben, so, wie du es immer tust, also mach es, solange du noch einen Rest Stolz in dir hast«, flüsterte er an meinen Lippen. »Denn wenn ich einmal beschlossen habe, dich zu küssen, kann mich nichts mehr aufhalten. Und du schon gar nicht.«

Der Typ hatte vielleicht Nerven.

Meine Lippen waren immer noch zusammengepresst. Ich öffnete die Lider, meine blauen Augen forderten seine grünen heraus.

Neben unseren Körpern verflocht er seine Finger mit meinen und rieb vielsagend über meinen Flammenring. Er führte den Ring an seine Lippen und flüsterte, ohne mich aus den Augen zu lassen: »Ich wünschte, Gracie-Mae würde sich von mir um den Verstand küssen lassen.«

Er hat es bemerkt.

Er hatte bemerkt, dass ich meinem Ring Wünsche zuflüsterte. Er hatte bemerkt, dass der kleine, kaputte Flammenring meine Zuckerstange war.

Ich fragte mich, was seiner Meinung nach mit meinem Gesicht passiert war. Es schockierte mich, dass er kein einziges Mal nachgefragt hatte, seit wir uns nähergekommen waren.

»Wenn du jetzt nicht den Mund aufmachst und dich in den nächsten drei Sekunden von mir küssen lässt, Tex, dann frage ich dich nie wieder. Wie gesagt, ich nehme mein Wort nie zurück. Drei. Zwei. Ei...«

Ich öffnete den Mund.

Seine Zunge fand meine sofort und drängte sich gierig an sie. Mein erster Kuss seit Tucker. Der Kuss schmeckte nach Bier, Granny Smith und *West.* Und West schmeckte, wie ich mit Schrecken bemerkte, als sei ich endlich angekommen.

Mit einer Klarheit, bei der sich mein Magen verkrampfte, spürte ich, dass nichts und niemand je wieder schmecken würde wie er.

Er drückte seine Brust an meine, und überrascht von der Kraft dieses Kusses, stöhnten wir beide auf. West schob mir ein Knie zwischen die Schenkel und rieb schamlos seine Erektion an meinem Bauch. Er pulsierte, zuckte unter dem Stoff der Jeans.

Es war ein schmelzender, leidenschaftlicher Kuss. Etwas, das ich noch nie erlebt hatte, eine Mischung aus wild und roh.

Ich konnte nicht genau sagen, wann sich unsere Lippen voneinander lösten, aber danach lagen seine Hände immer noch auf meinen Wangen. Auf eine Art, die ich unglaublich beruhigend fand, rieb er seine Nase an meiner, auf und ab. Ich versuchte, durchzuatmen, aber meine Brust war so voller Gefühl, dass es schwer war, Luft zu holen.

»Wir spielen mit dem Feuer«, krächzte er.

Ich nickte. Mein Blick löste sich von seinem und fiel auf seinen Mund. Ich wollte mehr. Obwohl seine Hand meine Narbe berührt hatte, fühlte ich mich in seinen Armen nicht hässlich.

»Ich bin schon einmal durchs Feuer gegangen, ich weiß also, worauf ich mich einlasse.« Meine Stimme zitterte, aber jedes Wort schmeckte nach Wiedergutmachung und Veränderung. Nach *Wiedergeburt.* »Ich bin bereit, den Preis zu zahlen.«

Er schloss die Augen und sog die Luft ein, als bereiteten meine Worte ihm Schmerzen. »Ich sollte gehen«, sagte er mehr zu sich selbst als zu mir.

»Ich wäre nicht zu stolz, dir zu folgen«, gestand ich.

»Wenn wir diesen Weg gehen, muss es unverbindlich bleiben, Texas, unbedingt. Ich kann nichts versprechen. Und ich habe keine Ahnung von Beziehungen. Ich bin als fester Freund absolut ungeeignet.«

»Woher willst du das wissen?«, fragte ich.

Er lächelte mich traurig an. »Glaub mir, Baby, ich weiß es.«

Etwas in seinem Blick verriet mir, dass er gute Gründe für diese Aussage hatte. Ich griff nach seiner Hand und drehte sie so, dass die Innenseite seines Bizeps zu mir zeigte.

»Wer ist A?«

Ich war jetzt schon eifersüchtig auf sie. *Ich* wollte A sein. Ich wollte seine unsterbliche Zuneigung und seinen Kummer. Ich wollte die Macht haben, dieses himmlische Chaos in ihm auszulösen, genau wie sie.

Er trat einen Schritt zurück, brachte etwas Abstand zwischen uns.

»Sie ist die Richtige, stimmt's?«

Er senkte den Blick. »Keine Versprechungen.« Seine Stimme klang hart, und es fühlte sich an, als hätte er meine Adern durchtrennt und sähe mir jetzt beim Verbluten zu. »Unverbindlich oder gar nicht.«

Ich nahm meine Baseball-Cap, setzte sie auf und hängte mir die Clutch wieder über die Schulter. »Darüber muss ich nachdenken«, sagte ich ehrlich und steuerte auf die Treppe zu.

Er packte mich beim Handgelenk und hielt mich fest. »Denk morgen darüber nach. Bleib heute Nacht bei mir. *Bitte.*«

Ich starrte ihn an.

Er knurrte und schüttelte den Kopf, offenbar genervt von uns beiden.

»Pass auf, ich ver…« Er verstummte und räusperte sich. »Ich gebe dir mein Wort, dass ich die Spinnweben an deiner Pussy nicht berühren werde. Aber du bist aufgedonnert, siehst heiß aus, und wahrscheinlich ist es das erste Mal seit langer Zeit, dass du abends ausgehst. Lass uns was Schmutziges tun.«

Ich blickte auf seine gebräunten Finger, die er um mein Handgelenk geschlossen hatte. Seine Hände waren groß, aber sanft. Ich konnte ihm nicht widerstehen, und wenn die Welt in Flammen aufging … was sie für mich bereits getan hatte.

Für das, was ich als Nächstes sagte, gab es keine Entschuldigung.

Ich wusste, dass ich nach der Giftflasche griff, um einen großen Schluck zu trinken.

»Ich gebe dir diese Nacht«, sagte ich ruhig, wohl wissend, dass ich ihm längst mehr gegeben hatte als vereinbart.

Wir rannten hinunter in die erste Etage. Außer unseren Freunden waren alle weg.

Karlie plauderte am Bierstand mit einem süßen Verbindungsstudenten mit sandfarbenem Haar und nordischen Gesichtszügen namens Miles. Reign flirtete in der Ecke mit Tess, die uns über seine Schulter hinweg beobachtete, sobald wir in Sicht kamen.

Max hockte auf seiner Seifenkiste und zählte Geld, und Easton fummelte an seinem Handy herum.

West ging direkt zu Max, und ich zog an Karlies Kleid, um ihr mitzuteilen, dass ich mich absetzen und mit West abhängen würde.

Das Lächeln, das Miles auf Karlies Gesicht gezaubert hatte, verschwand mit Überschallgeschwindigkeit. »Wie war das? Ihr seid nur Freunde?«, fragte sie mit gerunzelter Stirn. »Ich habe mir *schreckliche* Sorgen um dich gemacht. Und ich habe mich die ganze Zeit gefragt, ob ich mir dein *Daumen hoch* nur eingebildet habe oder nicht.«

Ich trat von einem Bein aufs andere. »Du hast es dir nicht eingebildet. Und ich verspreche, es ist unverbindlich, also …«

»Du tust nie etwas Unverbindliches.«

»Aber ich *kann* es tun. Ich bin nicht allergisch dagegen, ich habe es nur noch nie ausprobiert«, widersprach ich.

»Und wer wäre besser dafür geeignet als der verruchteste und begehrteste Mann auf dem Campus, der für seinen Lebensunterhalt zufällig Nasen bricht? Das gibt bestimmt keine Komplikationen.« Sie warf mir einen skeptischen Blick zu, der mich wieder zu Verstand bringen sollte.

Offensichtlich gelang es mir hervorragend, zu verstecken, wie sehr ich jetzt schon auf West abfuhr.

»Karlie, bitte.« Um ihre Vorbehalte zu zerstreuen, umarmte ich sie. »Wir machen nur rum. Keine tieferen Gefühle. Hast du nicht selbst gesagt, dass der Zweck die Mittel heiligt?«

»Dann steht dein Liebster also nicht mehr auf Tess«, knurrte sie. Sie klopfte mir ohne größeren Enthusiasmus auf den Rücken, begann sich aber offenbar an den Gedanken zu gewöhnen.

Gott segne Mrs Contreras, dass sie dieses überragende menschliche Wesen erschaffen hatte. Ich glaubte nicht, dass ich ohne Karlie auch nur eine Sekunde überleben könnte.

»Das haben wir geklärt.«

»Aha. So nennt man das also heutzutage?« Sie löste sich von mir und musterte mich mütterlich streng von oben bis unten.

Ich lachte.

»Ich bin halb besorgt und halb neugierig. Ruf mich auf jeden Fall an, und erzähl mir die Details.«

Ich spürte, wie ich rot wurde.

West tauchte wieder auf. Kalt und gleichgültig stand er neben mir. »Fertig, Grace?« Er stopfte ein dickes Bündel Bargeld in seine Hosentasche.

Grace. Nicht Texas oder Tex. Ich nickte.

West deutete zum Abschied mit dem Kinn in Richtung Karlie, Miles, Reign, Tess und Easton.

»Wo wollt ihr hin?«, rief Tess und schob die Hüfte vor.

»Ich fahre Grace nach Hause«, log West.

»Willst du danach noch ein bisschen abhängen?« Tess schenkte ihm ein strahlendes Lächeln.

»Klar, warum nicht.«

Schweigend überquerten wir die Straße zum Food Truck. Es gab eine unausgesprochene Übereinkunft, wohin wir gehen würden. Es fühlte sich einfach richtig an. *That Taco Truck* war unser sicherer Hafen.

Ich entriegelte die Tür, stieß sie auf und ging zuerst hinein. West schloss hinter uns ab, lehnte sich mit den Händen auf dem Rücken an die Tür und grinste mich frech an.

»Oh, wie die Mächtigen gefallen sind.« Ich lehnte mich an die gegenüberliegende Wand des Wagens und erwiderte das Grinsen. »Man bedenke deine berühmten ersten Worte. Du würdest mich niemals anfassen, hast du gesagt.«

»Nun, Tex, ich weiß nicht, ob ich dich anfassen *werde*«, sagte er spöttisch. »Aber du wirst trotzdem so heftig kommen, dass du morgen nicht geradeaus gehen kannst.«

Ich rutschte an der Wand hinunter. Er rutschte an der Tür hinunter. Wir saßen einander gegenüber. Vielleicht war es eine gute Idee, sich nicht zu berühren. Ich steckte sowieso schon zu tief drin.

»Nettes Höschen«, kommentierte er. Sein hungriger Blick ruhte herausfordernd zwischen meinen Beinen. Ich zeigte ihm den Finger. Ich hatte die Schenkel zusammengedrückt und die Arme um die Knie geschlungen.

»Netter Versuch. Du kannst mein Höschen gar nicht sehen.«

»Schwarz. Baumwolle. Eine kleine, weiße Perle in der Mitte. Interessante Symbolsprache.« Er leckte sich die Lippen, den Blick immer noch zwischen meinen Beinen. Schwer atmend öffnete ich die Knie, um nachzusehen. Ich erinnerte mich, dass ich ein schwarzes Höschen trug, aber nicht an die Perle …

West brach in Gelächter aus. Seine kehlige Stimme hallte durch den Wagen, durch meinen Kopf, meine *Brust*. »Ich hab mir schon gedacht, dass du deine Unterwäsche aufeinander abstimmst.«

»Du schuldest mir eine Peepshow«, sagte ich und machte einen Schmollmund. Mein Herz hämmerte wie verrückt.

»Dein Wunsch ist mir Befehl.« Ohne mich aus den Augen zu lassen, knöpfte er seine Jeans auf. Er wollte wissen, ob ich ausrasten würde. Ob ich ihn aus dem Wagen werfen würde. Ich tat weder das eine noch das andere.

Er schob sich die Jeans über den Hintern, aber nur so weit, dass seine graue Boxershorts herauslugte. Ich sah, dass er unter dem Bund voll erigiert war. Sein Penis war so dick, dass ich die Adern darauf erkennen konnte.

Er streichelte sich über dem Stoff der Shorts.

»Du bist dran.« Seine Stimme klang gepresst. »Zeichne deine Lippen für mich nach, Tex.«

Für einen Moment schüttelte ich meine Angst ab und konzentrierte mich darauf, wie er seine Männlichkeit streichelte. Er hatte wundervolle Hände. Groß und rau.

Mit dem Zeigefinger fuhr ich über dem Höschen an meiner Spalte entlang und keuchte. Ich lehnte den Kopf an die Wand und ließ zu, dass er hin- und herpendelte.

»Schieb durch den Stoff einen Finger in dich hinein«, befahl er und beobachtete mich mit angespannter Miene. Es war unglaublich heiß, zu sehen, wie West mich beobachtete, während ich begann, es mir selbst zu besorgen. Ich tat, was er verlangte. Knurrend schloss er die Augen, rieb und zerrte an sich herum.

»Hol ihn raus«, sagte ich.

»Sicher?«

»Ja.«

Er ließ seinen Penis aus der Boxershorts springen. Er sah aus wie eine riesige Schlange, die sich an seinen Bauch drückte. Ich hatte ganz vergessen, wie Penisse aussahen. Nicht, dass ich in meinem Leben mehr als einen live gesehen hätte.

»Zieh dein Höschen zur Seite, damit ich deine hübsche Pussy sehen kann.« Heftig bearbeitete er seinen Schwanz. Mir gefiel die Art, wie er *Pussy* sagte. Es klang gerade schmutzig genug, ohne irgendwie erniedrigend zu sein.

Ich biss mir auf die Lippe. »Ich bin nicht … besonders fotogen da unten.«

Er lachte leise. »Ein bisschen verwildert, Cowgirl?«

Grundgütiger.

»Mit einer Fotosession habe ich nicht gerechnet.«

Warum benutzte ich immer noch diese Metapher? Ich spürte sein Lachen bis in die Magengrube, aber die Fröhlichkeit hielt seinen Schwanz nicht davon ab, in seiner Hand immer größer und härter zu werden. Er war viel größer als Tuckers. Tess und Co. hatten einen Preis dafür verdient, dass sie ihn in sich aufgenommen hatten. Oder medizinische Versorgung. Oder beides.

»Hundert Dollar, dass sie wunderschön ist«, murmelte er.

»Woher willst du das wissen?« Mir blieb der Mund offen stehen.

»Weil sie zu dir gehört.«

»Genitalien werden im Allgemeinen nicht als wunderschön bezeichnet.«

»Dein Dirty Talk ist ziemlich schwach, Tex. Weniger reden, mehr zeigen.«

Ich schob mein Höschen zur Seite, genau wissend, dass er keine pornogerechte Vagina zu sehen bekommen würde. Eine Wolke aus feinen babyblonden Haaren bedeckte mich. Ich hatte sie gestutzt, aber nicht vollständig entfernt. Ich öffnete mich mit zwei Fingern und entblößte mein rosa Inneres.

»Oh, *fuck*.« Er schloss die Augen und pumpte noch heftiger, ehe er sich wieder auf mich konzentrierte. »Reib deine Klitoris für mich, Baby.«

Das ließ ich mir nicht zweimal sagen. Vor allem, weil ihm das, was er sah, offenbar gefiel. Sogar sehr. Während ich sie umkreiste, sah ich, wie sich auf seiner Eichel ein Tropfen bildete. Ich fuhr mir mit der Zunge über die Unterlippe. Warum war das hier das heißeste, das ich je mit einem Kerl erlebt hatte, obwohl ich mit Tucker sogar geschlafen hatte?

Weil du Tucker nicht halb so sehr begehrt hast, wie du West begehrst.

»Texas.« Seine Stimme war heiser, als könnte er all dies kaum ertragen. Ich wusste genau, was er fühlte, denn auch mein Orgasmus kündigte sich an wie eine riesige Welle, die ans Ufer rollt.

»Hm?«

»Kann ich näher rücken?«

»Ja.«

Er rutschte auf dem Hintern über den Boden. Wir befriedigten uns selbst, sein Penis war auf mich gerichtet, unsere Arme und Hände berührten sich bei jeder Bewegung, unsere Knie stießen aneinander. Es war sehr schmutzig und machte großen Spaß. Es war all das, was ich in meinen Collegejahren hätte tun sollen, aber verpasst hatte.

West fuhr mit dem Daumen über den Tropfen und benutzte ihn als Gleitmittel, als er immer schneller wurde. Seine Stirn senkte sich auf meine. Wir waren uns näher als je zuvor, und jetzt stieß meine Hand bei jeder Bewegung an seinen Penis.

»Ich komme.« Seine Lippen ergriffen von meinen Besitz. Das Lustgefühl, das mich überwältigte, machte mich fast wahnsinnig. Ich zitterte am ganzen Körper.

»Ich auch.«

Ich sah, wie weißes Sperma aus seinem Penis spritzte, und in demselben Augenblick zog sich jeder Muskel in meinem Körper zusammen. Wir kamen gleichzeitig, rieben und stöhnten aber weiter.

Eine Minute danach berührten sich unsere Stirnen noch immer. Unsere Lippen lagen aufeinander. Unsere Arme hingen herab, als hätten wir die Kontrolle über sie verloren. Wir grinsten einander in den Mund. Um uns herum war alles feucht und klebrig und roch nach Sex.

»Das war«, ich holte tief Luft, »so was von unhygienisch. Viel schlimmer, als ohne Hemd zu arbeiten. Das Gesundheitsamt würde uns den Arsch aufreißen.«

Er ließ sich auf den Rücken fallen und lachte sich kaputt.

»Wenn Mrs Contreras hier wäre, würde sie uns auf dem Marktplatz aufhängen«, fügte er hinzu.

»Wir haben keinen Marktplatz«, sagte ich.

»Dann würde sie einen bauen lassen.« Er setzte sich auf beugte sich wieder zu mir. »Wie auch immer, ich hatte meinen Spaß.«

»Ein bisschen kurz.«

»Nicht für mich.« Seine Augen funkelten.

Ich senkte den Blick, streckte die Hand nach seinem halb erigierten Schwanz aus und fuhr mit einem Finger über die Eichel. Bei meiner Berührung erschauerte West und atmete zischend ein. Ich streckte die Zunge heraus, legte meinen mit Sperma bedeckten Finger darauf und leckte ihn gründlich ab.

»Hmm.« Ich schloss die Augen und steckte mir den Finger in den Mund.

Stöhnend zog er mich in seine Arme. Er hielt mich; mein Kopf ruhte an seiner Brust. Mit den Fingerspitzen malte er kleine Kreise auf meinen Rücken.

Ich hatte keine Ahnung, was wir in diesem Augenblick waren, aber es war definitiv mehr als nur Freundschaft. Es gab eine gewisse Intimität zwischen uns, egal, wie sehr er es zu leugnen versuchte, aber es wäre unfair ihm und mir selbst gegenüber, ihn zu etwas zu drängen, woran er absolut kein Interesse hatte.

»Versprich mir, dass du es morgen früh nicht bereuen wirst«, flüsterte er.

Ich schloss die Augen und spürte, wie mir eine dicke heiße Träne über die rechte Wange lief.

»Keine Versprechungen.«

11. KAPITEL

West

Hartnäckig drangen Sonnenstrahlen durch die Spalten im Fenster des Food Trucks und ließen meine Augen brennen. Ich schützte mein Gesicht vor der Sonne und drehte mich auf dem Boden um. Als ich keinen Körper neben mir spürte, schlug ich die Augen auf.

Keine Spur von Texas.

Ich setzte mich auf. Der Chlorgeruch um mich herum sagte mir alles, was ich wissen musste – Grace hatte die Nacht zuvor aus dem Wagen gewischt, ihn sauber geschrubbt, während ich schlief. Die Frage war nur: Wollte sie die Nacht auch aus ihrem Gedächtnis wischen?

Wenn es so war, konnte ich ihr keinen Vorwurf machen. Im Grunde war ich ihr mit der alten Nummer von wegen *keine Verpflichtungen* gekommen. Und indem sie sich meinen miesen mündlichen Vertrag einschließlich des Kleingedruckten angehört hatte, ohne zu widersprechen, hatte sie zugestimmt, niemals etwas anderes als eine schmutzige Nummer von mir zu verlangen. Tragischerweise hatte ich nicht einmal die Eier gehabt, sie zu ficken. Obwohl ich es höchstwahrscheinlich hätte tun können.

Aber ich wusste: Hätte ich sie gevögelt, wäre mein Entschluss, sie in Ruhe zu lassen, ins Wanken geraten. Und ich *musste* sie in Ruhe lassen, daran bestand kein Zweifel.

Schon jetzt faszinierte mich dieses Mädchen viel zu sehr, und es war höchste Zeit, dass ich mich zurückzog. Es sei denn, sie war bereit zu ein paar unverbindlichen Wiederholungen. In dem Fall würde ich auf die Logik und die Versprechen an mich selbst pfeifen und sie auf jede nur erdenkliche Art und Weise nehmen.

Ich stand auf und sah mich um. Der Duft von frisch gebrühtem Kaffee und frisch gebackenen Croissants stieg mir in die Nase. Ich entdeckte beides auf dem Tresen, daneben lag ein Zettel.

Ich griff zuerst nach dem Zettel ... was ein schlechtes Zeichen war. Neunundneunzig Prozent aller Männer hätten sich zuerst auf das Essen gestürzt.

Ich muss mich um Grams kümmern (es ist Wochenende und Marla hat frei). Pass auf dich auf. Ich habe den Wecker in deinem Handy so gestellt, dass er eine halbe Stunde vor Karlies und Victors Schichtbeginn klingelt.
Texas

Ich grinste wie ein Idiot. Vielleicht sah ich nicht wie einer aus, aber mit Sicherheit kam ich mir so vor.

Ich steckte den Zettel in meine Gesäßtasche, machte mich über das Gebäck und den Kaffee her und verließ den Wagen. Ich war froh, dass ich an diesem Tag keinen Dienst hatte. Alles, was ich wollte, war eine Dusche und noch etwas Schlaf, und später würde ich vielleicht Texas anrufen und fragen, ob sie Lust hatte, mit mir abzuhängen. Ich gab dann zwar viel zu viel Geld für blödsinniges Zeug wie Designer-Baseball-Caps und Frito Pies aus, aber das war es mir wert. Unsere Treffen luden meine Batterie wieder auf. Sie machten die Freitage ein bisschen erträglicher – oder besser gesagt: weniger höllisch.

Was mich daran erinnerte, dass ich allen, die im Plaza arbeiteten, eine Nachricht schicken musste. Grace Shaw hatte in unserer noblen Einrichtung Hausverbot auf Lebenszeit. Ein Problem weniger, um das ich mich kümmern musste.

Pfeifend machte ich mich auf den Weg zu meiner Ducati und dachte während der ganzen Heimfahrt daran, wie sie sich mein Sperma vom Finger geleckt hatte. Mein Schwanz rührte sich auf der harten Ledersitzbank, was bedauerlich und verdammt unbequem war, aber ich hätte eine fantastische Erinnerung verschwendet, hätte ich den Gedanken beiseitegeschoben.

Selbst wenn ich im hohen Alter von hundert Jahren mit zahllosen Erinnerungen sterben würde, wäre dies das Letzte, was ich vor meinem geistigen Auge sehen würde, ehe ich endgültig den Löffel abgab.

Ich parkte vor dem heruntergekommenen Haus, das East und ich gemietet hatten, nahm den Helm ab und schlenderte auf die Veranda zu. Als ich sie sah, blieb ich stehen.

Was zum Teufel machte *die* denn hier?

Das Blut kochte mir in den Adern, und mein verdammter Körper drohte sich in eine Pfütze der Wut aufzulösen. Ich spürte, wie mein Kiefer sich anspannte. Ich schob mir eine Zuckerstange zwischen die Lippen und machte mir nicht mal die Mühe, die Sonnenbrille abzunehmen. »Caroline.«

Normalerweise nannte ich sie Mutter, aber dafür war ich zu wütend. Sie sah schrecklich aus. Ihre Mom-Jeans und ihre altmodische gelbe Bluse waren zerknittert. Ihr Haar war jetzt vollkommen grau, obwohl sie dafür noch zu jung war.

Ich ging an ihr vorbei. Sie sprang von der Treppe zur Veranda auf und folgte mir wie ein Hündchen. Ich hasste mich dafür, dass ich sie auf diese Art behandelte. Ich hasste aber auch *sie*, denn sie hatte mich in diese Lage gebracht.

»Was führt dich hierher?« Mit dem Rücken zu ihr steckte ich den Schlüssel ins Schlüsselloch.

»Du hast in letzter Zeit keinen meiner Anrufe beantwortet.«

Aus dem Augenwinkel sah ich, dass sie zu Boden blickte und die Hände rang wie ein kleines Kind. Meine Mutter war die größte Umarmerin der Welt. Noch mehr als Texas, die, wie mir aufgefallen war, darauf stand, ihre Freundin Karlie, ihre Großmutter und Weiß-der-Teufel wen noch zu umarmen. Die Selbstbeherrschung, die es sie kostete, ihren Sohn nach fünf Jahren nicht in die Arme zu schließen, brachte meine Mutter vermutlich beinahe um.

»Und dann hat dein Vater gesagt, ich solle einen Flug nehmen und nachsehen, ob du okay bist. Dein Wohlergehen ist natürlich wichtiger als Geld.«

»Mir geht's gut. Du kannst wieder gehen.« Mit der Schulter stieß ich die Tür auf, die protestierend quietschte. Ich ging hinein. Mutter folgte mir zögerlich, denn sie wusste genau, dass ich nicht davor zurückschrecken würde, sie hinauszuwerfen. Einen Koffer hatte sie nicht dabei. Gut. Wenigstens hatte sie nicht vor, länger zu bleiben.

Sie blickte sich im Zimmer um. Viel zu sehen gab es eigentlich nicht. Es war ein Haus mit drei Zimmern, klein und ausgesprochen renovierungsbedürftig. Das Wohnzimmer bestand aus einer Couch und einem Fernsehgerät. In der Küche stand ein orangefarbener Retrotisch mit vier Plastikstühlen. Die graugelbe Tapete blätterte ab und war an den Enden eingerissen. Das war alles, was einem im billigsten Wohnviertel von Sheridan geboten wurde. Und Easton, der arme Bastard, war mitgekommen. Er konnte nicht mit ansehen, was ich mir antat, ohne an meiner Seite zu bleiben.

Apropos …

Ich drehte mich um und warf meiner Mutter einen ärgerlichen Blick zu. Sie wusste genau, was ich fragen wollte, und hob die Hände.

»Natürlich habe ich überprüft, ob er zu Hause ist. Ich glaube, er ist über Nacht weggeblieben.«

Übersetzung: East hatte jemanden aufgerissen und keine Lust gehabt, nach Hause zu kommen.

»Ich bin überrascht, dass du dich hierher bewegt hast. East hält euch doch auf dem Laufenden, was meinen Kram angeht.«

Ich ging meinen Eltern so häufig aus dem Weg, dass East dazu übergegangen war, sie jede Woche anzurufen, um ihnen mitzuteilen, dass ich noch am Leben war. Er präsentierte ihnen eine zensierte Fassung meiner Aktivitäten, wobei er die Kämpfe, das Rumvögeln und die öffentlichen Auseinandersetzungen mit Professoren ausließ.

»Ich wollte ihm nicht auf die Nerven gehen.« Mom streckte eine Hand aus, um meinen Kragen zu richten.

Ich schlug sie weg.

»Zu schade, dass du mir nicht denselben Gefallen tust.«

Ich ging in die Küche, holte Milch aus dem Kühlschrank und trank direkt aus dem Karton. Mom setzte sich an den Tisch und versuchte, in sich selbst zu versinken, um so wenig Platz wie möglich einzunehmen.

»Seit du hier studierst, bist du nicht mehr nach Hause gekommen.«

»Ist nichts Neues für mich.« Ich wischte mir mit dem Handrücken den Milchbart ab, stellte den Karton wieder in den Kühlschrank und schlug die Tür zu. Dann setzte ich mich ihr gegenüber. Sie würde nicht gehen, bevor sie mir nicht die Leviten gelesen hatte. Am besten brachte ich es einfach hinter mich.

Mom legte die Hände auf den Tisch und starrte darauf, anstatt mich anzusehen. »Wie gefällt es dir hier?«

»Ganz gut.«

»Ziemlich aufstrebende Stadt, nicht wahr? Und hübsch ist sie auch.«

»Ja, ganz toll.«

»Willst du nach dem Abschluss hierbleiben?«

»Ich weiß nicht mal, was ich nach dem Abendessen mache.«

Ich vermied es sorgfältig, sie zu fragen, wie es zu Hause lief. Damit würde ich vermutlich auf eine schiefe Ebene geraten, die zu einem wirklichen Gespräch führen würde.

»Wir lieben und vermissen dich so sehr.«

»Ich wette, dass ihr den wöchentlichen Zuschuss noch mehr liebt.« Ich zog eine Augenbraue hoch.

Sie hob den Blick von ihren Händen und betrachtete die abblätternde Tapete. In ihren Augen standen Tränen.

Ich seufzte, fläzte mich auf den Stuhl, verschränkte die Arme und starrte an die Decke.

»Und wie geht's dir so?«, knurrte ich.

»Mir geht's gut, danke der Nachfrage. Insgesamt viel besser. Aber immer noch mit Medikamenten. Ich arbeite nach wie vor bei Walmart. Bin letzten Monat befördert worden. Ich bin jetzt Kassiererin. Das Umfeld ist nett, und ich komme raus und unter Leute.«

Ihre Finger näherten sich zentimeterweise meiner Hand. Am liebsten hätte ich mich übergeben.

»Ich verdiene jetzt mein eigenes Geld.« Sie warf sich in die Brust, wirkte selbstbewusster. »Es ist nicht so übel, wie es aussieht, Westie. Bald sind wir aus dieser Misere raus. Aber wir haben nie erwartet, dass du uns finanziell unterstützt. Das ist nicht deine Sache.«

Und ob es meine Sache war. Durch meine Schuld waren sie überhaupt in diese Situation geraten. Schließlich legte Mom ihre Hand auf meine und beugte sich zu mir.

»Lass uns die Stadt gehen. Ich möchte dir Seife, Shampoo und neue Hemden kaufen. Vielleicht einen netten Haarschnitt. Ich möchte die Stadt sehen, in der du lebst, meine Aufgaben als Mutter erfüllen, die ich nicht übernehmen konnte, als du hierher gezogen bist. Bitte, Westie.«

Ihre Fingernägel bohrten sich so verzweifelt in meine Haut, dass ich glaubte, sie würde zu bluten anfangen.

Meine Mutter hatte das schwer verdiente Geld, das ich ihr geschickt hatte, für einen Flug ausgegeben, um mich zu überraschen. Und jetzt schlug sie mir einen Einkaufsbummel vor.

Mein erster Impuls bestand darin, sie damit zu konfrontieren, aber ich wusste, wenn ich sie hinauswarf, würde das auf mich zurückfallen, und zwar in Form von East, der mir die Hölle heißmachte. Und außerdem würde ich mich schuldig fühlen.

Zeit mit meiner Mutter zu verbringen, stand auf meiner To-do-Liste so weit unten, dass man sie komplett durchlesen musste, um den Punkt überhaupt zu finden. Trotzdem war sogar mir klar, dass es weniger verstörend wäre, ihrem Wunsch einfach nachzugeben, anstatt ihr gegenüber sitzen zu bleiben und den Hagel von Fragen und Umarmungen zu ertragen, mit dem sie mich zweifellos überschütten würde.

»Was meinst du?« Ein zögerliches, künstliches Lächeln erschien auf ihrem Gesicht. Es wirkte falsch. Wie ein schiefes Bild an einer leeren Wand. Ich wusste, wie sie aussah, wenn sie wirklich lächelte.

Ich konnte mich noch daran erinnern, wenn auch nur vage.

Ich drückte ihre Hand und spürte, wie aller Druck von ihr abfiel, als sie mich auf einmal umarmte.

»Okay, von mir aus«, sagte ich.

Eine Stunde später waren wir in der Stadt und schleppten ungefähr tausend Einkaufstaschen voller Socken, Hemden, Toilettenartikeln und Lebensmitteln mit uns herum. Mein Haar war ordentlich geschnitten. An den Seiten geschoren und oben länger.

Auf eine seltsame, ärmliche Art fühlte ich mich reich.

Ich war es nicht gewohnt, neue Sachen zu bekommen. Meine Socken waren derart löchrig, dass ich vor einem halben Jahr aufgehört hatte, welche zu tragen. Wenn meine Hemden so verwaschen waren, dass man die Farbe nicht mehr erkennen konnte, löste ich das Problem, indem ich sie auf links trug.

Zahnpasta und Seife benutzte ich (das Leben war schon mies genug, da musste ich nicht auch noch aktiv verhindern, flachgelegt zu werden), aber ich kaufte immer das billige Zeug, das es in großen Mengen beim Discounter gab, oder – besser noch – ich ging am Wochenende auf ein oder zwei Partys und plünderte das Badezimmer, als wäre es ein Supermarkt.

Mom gab also wirklich nicht viel Geld aus, und dieses Geld stammte zudem zu einhundert Prozent von *mir*. Dennoch kam ich mir wegen der neuen Hemden und Unterhosen wie ein nerdiges Mädchen nach einem Umstyling im Fernsehen vor, bei dem ihr neben einer kompletten neuen Garderobe auch eine neue Persönlichkeit verpasst worden war – wenn man schon mal dabei war.

Wer zum Teufel war ich?

Was zum Teufel stimmte nicht mit mir?

Die Antwort lautete eindeutig: alles. Alles stimmte nicht mit mir. Denn ich hatte mir tatsächlich vorgestellt, wie Tex mit ihren himmelblauen Augen einen Blick auf meine neuen Unterhosen wirft und deren porentiefe Reinheit bewundert. Am

Vortag hatte ich wegen ihres unschuldigen Blicks das Gefühl gehabt, dass wir etwas Schmutziges taten. Und wenn etwas schmutzig war, blühte ich auf.

Dann fiel mir ein, dass wir es wahrscheinlich kein zweites Mal miteinander treiben würden.

Ich hatte ihr geradeheraus gesagt, dass die Sache für mich unverbindlich bleiben musste, aber sie war nicht der Typ für Unverbindliches. Sie hatte gesagt, dass sie darüber nachdenken würde, aber mal ehrlich: Was gab es da zu überlegen? Ich konnte ihr keinen Vorwurf machen. Sie verdiente viel mehr, als ich ihr bieten konnte.

»Wie wäre es, wenn ich etwas zu essen mache?« Mom hakte sich unter, als wir, wieder zu Hause, die Tür aufschlossen.

»Ein Restaurant können wir uns nach dieser Aktion jedenfalls nicht mehr leisten«, murmelte ich.

East war wieder da. Er lag in Boxershorts auf der Couch und schrieb eine Textnachricht. Er begrüßte uns mit einem lauten Furz.

»Was geht, Captain Filzlaus?«

»Easton Liam Braun!«, kreischte meine Mutter, und zum ersten Mal an diesem Tag musste ich ehrlich lachen. Als East sie kreischen hörte, sprang er so schnell von der Couch auf, dass er beinahe eine Delle in der Zimmerdecke hinterlassen hätte.

»Mrs St. Claire.« Er setzte sein Braver-Junge-Lächeln auf und eilte in sein Zimmer. Ein Bein in seiner Trainingshose, das andere noch draußen kam er zurück ins Wohnzimmer gehüpft und begab sich in ihre Richtung. Sie zog ihn in einen schraubstockartigen Griff, der wohl eine Umarmung darstellen sollte, und bedeckte seine Wangen mit feuchten, mütterlichen Küssen. Ich warf einen Blick auf seinen Schritt. Er stand auf Halbmast. Wahrscheinlich hatten wir ihn gerade beim Sexting gestört. Oberpeinlich. Ich machte mir im Geiste eine Notiz, ihm auf die Nase zu hauen, bis sie ihm zum Hinterkopf herauskam, weil er meine Mutter angefasst hatte, während er erregt war.

»Du siehst großartig aus, Easton. Du machst hier einen richtig guten Job. Deine Mama ist sehr stolz auf dich.« Sie kniff ihm in die Wangen und wollte sie wackeln lassen, aber Easts Babyspeck war schon lange verschwunden.

Jetzt wäre ein guter Zeitpunkt, diesen Perversen einfach loszulassen, Mutter.

Dieser Gedanke war so natürlich und lustig und typisch für den alten West im Gegensatz zu dessen neuerer und erbärmlicherer Version, dass ich einen Nostalgieanfall bekam.

»Ich gebe mir Mühe.« East senkte mit vorgetäuschter Bescheidenheit den Kopf.

Mom gab ihm einen letzten Schmatzer auf die Wange. »Nun, das scheint ja zu funktionieren. Ich mache uns jetzt Pasta und Fleischbällchen. Und ihr Jungs seid meine kleinen Helfer.«

»Ja, Ma'am.« Er warf mir ein eifriges Grinsen zu. Und plötzlich war es, als wären wir wieder Kinder.

Das galt zumindest für ihn. Mom machte die besten Fleischbällchen und Pasta des Universums, eine Tatsache, die ich bis zum letzten Atemzug verteidigen würde, egal, wie kaputt meine Beziehung zu ihr war.

Vonseiten meines Vaters war ich halb französisch, vonseiten meiner Mutter halb italienisch. Meine Größe und meinen Körperbau verdankte ich der Familie meiner Mutter – die Bozzelli-Männer waren im Schnitt eins achtundneunzig groß und gebaut wie ein Schrank. Die Olivenhaut hatte ich ebenfalls von ihr, aber die Haare und die hellgrünen Augen hatte mir mein Dad vererbt.

Diese Mischung hatte sich definitiv zu meinen Gunsten ausgewirkt, als ich das Erobern von Frauen noch als olympische Sportart betrieb.

»Ich überlasse die Küche lieber euch beiden.« East klopfte uns auf die Schultern, bereits auf dem Rückzug in sein Zimmer. Er war nicht nur ein Mistkerl, sondern auch noch ein Verräter, weil er mich mit ihr alleinließ, obwohl er wusste, dass ich sie mied wie der Teufel das Weihwasser.

»Ich besorge etwas Wein und Brot. Sagt Bescheid, wenn das Essen fertig ist.«

Ich saß ausweglos mit meiner Mom in der Küche fest und hörte ihrem Kleinstadt-Geschwätz zu. Als sie bemerkte, dass sie zwanzig Minuten lang ununterbrochen geredet hatte, ohne irgendeine Antwort zu bekommen, verstummte sie, rührte aber weiterhin in dem Topf mit der Tomaten-Basilikum-Knoblauch-Soße.

»Na ja, genug von mir. Wer war denn diese *Freundin*, mit der du deinen Geburtstag verbracht hast?«

Ich saß am Küchentisch und schnitt Salatblätter klein. »Einfach nur ein Mädel.«

»Sie muss etwas Besonderes sein, wenn sie deine Freundschaft gewonnen hat.«

Ich hasste es, wenn sie das tat – wenn sie vorgab, sich für mich zu interessieren. Meine Mutter wollte, dass ich jemanden kennenlernte, dass ich zum Problem eines anderen wurde. Vermutlich wurde es ihr allmählich lästig, sich jeden Tag zu erkundigen, ob ich mich selbst oder jemand anders umgebracht oder eine Sekte gegründet hätte.

In ihren Augen war ich zu allem fähig.

»Nur jemand von der Arbeit.«

»Hat sie auch einen Namen?«

»Ja«, sagte ich gedehnt. »Ich kenne nur wenige Leute ohne Namen.«

Sogar ich hatte einen, auch wenn meine Eltern mich nach einer verdammten Himmelsrichtung benannt hatten.

Ich log nicht direkt, indem ich meine Beziehung mit Grace herunterspielte, aber es fühlte sich auch nicht richtig an. Wie auch immer ich es betrachtete, wir standen uns nah. Ich stand ihr definitiv näher als Reign oder Max oder den anderen Luftverschwendern vom Campus, die mich für ihren Kumpel hielten. Dass ich nicht davor zurückschreckte, Texas' Hintern zu reiten wie ein Cowboy, machte die Sache nicht besser.

Ich überlegte, den Job im Food Truck zu kündigen, um ihr aus dem Weg zu gehen.

Mom unterdrückte ein Lächeln. Sie strahlte kindliche Freude aus.

Eine halbe Stunde später war das Essen fertig: Salat, Spaghetti mit Fleischbällchen, Knoblauchbrot und Rotwein. Brot und Wein hatte Easton gespendet. Wir scharten uns um den knarrenden Tisch. Mom beeilte sich mit dem Tischgebet, damit wir zuschlagen konnten, und ich konnte mich endlich ein bisschen entspannen.

Es klingelte.

Wir blickten einander an. East wusste, dass er besser niemanden einlud, wenn ich zu Hause war. Ich war ein notorischer Menschenfeind.

»Wer kann das sein?«, fragte Mom zwischen zwei Bissen Pasta.

»Finden wir's raus«, murmelte ich, schob meinen Stuhl zurück und ging zur Tür. Unser Türspion funktionierte nicht. Irgendwelche Idioten hatten vor unserem Einzug Wachs hineingegossen. Ich hatte keine andere Wahl, als die Tür zu öffnen und zu hoffen, dass es kein von Kade Appleton geschickter

Attentäter war. In letzter Zeit hatte ich das merkwürdige Gefühl, verfolgt zu werden.

Es war kein Attentäter.

Die Person vor der Tür war mir noch unwillkommener als ein Serienmörder.

Grace.

Was wollte sie hier?

Sie trug ein langärmeliges, gestreiftes Shirt, hautenge Jeans und ihre zeitlosen FILAs. Auf dem Kopf ein zur Tarnung tief ins Gesicht gezogenes Baseball-Cap.

»Hey.« Sie lächelte ihre Füße an. Mein Schwanz und ich bedachten ihr Lächeln mit stehendem Applaus. Ich fragte mich, wie viele Hirnzellen mir wohl bleiben würden, wenn dieses Mädchen damit fertig war, mir all ihre banalen Gesichtsausdrücke zu präsentieren.

»Was gibt's?«, fragte ich knapp.

»Du hast deine Brieftasche im Truck vergessen. Du bist nicht ans Handy gegangen, darum hat Karlie bei mir angerufen. Ich dachte, ich komme vorbei und bringe sie dir.«

Sie holte meine Brieftasche heraus und reichte sie mir.

»Sie hat mich gefragt, warum wir überhaupt da gewesen sind und warum es nach Putzmitteln roch. Ich habe ihr gesagt, dass wir uns Frozen Margaritas machen wollten und dabei etwas verschüttet haben. Ich glaube, sie hat es mir abgekauft.«

Dann glaube ich, dass sie eine Idiotin ist.

Und: *verdammt.* Wieso hatte ich nicht bemerkt, dass meine Brieftasche weg war? Ach ja. Ich war derart besoffen davon, Grace beim Masturbieren zuzusehen, dass es mir egal war, wo sich meine Gliedmaßen, geschweige denn meine Brieftasche befanden. Später hatte mir meine Mutter Klamotten und Lebensmittel gekauft (wenn auch von dem Geld, das ich ihr Anfang des Monats überwiesen hatte). Darum hatte ich meine Brieftasche an diesem Tag kein einziges Mal herausholen müssen.

Ich nahm sie ihr aus der Hand und machte Anstalten, ihr die Tür vor der Nase zuzuschlagen.

»Danke. Bis später, Tex.«

»Westie?«, rief Mom hinter mir und spähte mir über die Schulter, um zu sehen, wer dort war. Sie legte mir eine Hand auf die Schulter. »Willst du mir deine Freundin nicht vorstellen?«

Elender. Scheißdreck.

Die beiden Frauen musterten sich so abschätzig, wie Frauen es eben taten, und fingen gleichzeitig an zu lächeln, als hätten sie ein außerordentliches Geheimnis aufgedeckt. Grace winkte meiner Mutter zu. Ich hatte beinahe vergessen, dass hinter der sarkastischen Frau, die ich mit meinem Schwanz zum Schweigen bringen wollte, ein höfliches Südstaaten-Mädchen steckte, das nur darauf wartete, beim ersten Anzeichen einer besorgten Mutter zum Vorschein zu kommen.

»*Howdy*, Ma'am. Ich bin Grace Shaw.«

»Caroline St. Claire, Wests Mutter. Ist mir ein Vergnügen.« Mom ließ jedes Bestreben fahren, sich wie ein zivilisiertes, menschliches Wesen zu benehmen, und zog Grace in eine erstickende Umarmung. Texas tat ihr natürlich den Gefallen und drückte sie auch.

Nun machte ich die Tür ganz auf, obwohl ich sie am liebsten beiden vor der Nase zugeschlagen hätte.

»Kommen Sie, essen Sie mit uns!«, rief Mom aus. Man musste kein Genie sein, um eins und eins zusammenzuzählen. Texas war *die* Auserkorene, mit der ich meinen Geburtstag verbracht hatte.

Sie war meine sogenannte Erlösung.

Das Gegengift.

Diejenige, um die Mom gebetet hatte.

»Oh, ich möchte mich nicht aufdrängen.« Grace wurde rot, klimperte mit den Wimpern und senkte das Kinn. Ihre Narbe hatte sie versteckt. Kluges Kind. Hätte Mom ihr Gesicht genauer sehen können, wäre der Showzug offiziell entgleist und die Klippen hinuntergestürzt.

Meine Mutter und Grace in demselben Zimmer, das entsprach aus mehr Gründen, als man zählen konnte, meiner Vorstellung von einem Albtraum.

»Unsinn. Wir würden uns freuen. Westie hat nicht sehr viele Freunde, und ich würde so gerne mehr über sein Leben auf dem Campus erfahren.«

Mom zog Grace jetzt ins Haus, obwohl Letztere die Absätze in den Boden stemmte wie eine Katze auf dem Weg zu einer vollen Badewanne. Notfalls würde Caroline St. Claire das arme Mädchen in einen Glaskäfig sperren, damit sie mit uns zu Abend aß.

Texas warf mir einen bedauernden Blick zu. Sie war zum ersten Mal bei mir zu Hause und sah sich mit großen blauen Augen forschend um. Normalerweise schämte ich mich nicht für meine Wohnung. Und es war auch nicht so, als würde das Haus von Grace demnächst in *Schöner Wohnen* erscheinen. Trotzdem fand ich es schrecklich, dass sie direkt sehen konnte, wie pleite, wie *arm* ich war.

Als Grace die Küche betrat, stand Easton auf und begrüßte sie, während meine Mutter einen weiteren Teller und Besteck holte. Wir setzten uns und begannen zu futtern. Ich vermied jeden Augenkontakt und boykottierte jeden Gesprächsversuch.

Meine Mutter benahm sich natürlich wie die spanische Großinquisition.

»Sie arbeiten also mit Westie zusammen?«, fragte sie, noch bevor Texas einen Bissen nehmen konnte.

»Ja, Ma'am, in einem Food Truck, nicht weit von hier.«

»Gehen Sie auch zur Sheridan University?«

»Ja. Theaterwissenschaften als Hauptfach.«

»Dann kennen Sie unseren Easton sicher auch ganz gut.«

»Aber ja. Er hat eine große Fangemeinde.« Grace nickte, und ich hätte mich am liebsten mit einer Gabel erstochen. »Und West auch.« Sie warf mir einen entschuldigenden Blick zu.

»Tatsächlich?« Mom zog ungläubig die Brauen zusammen. »Ist er auf dem Campus für irgendetwas bekannt?«

Ja, dafür, Leuten die Fresse zu polieren.

Texas verzog keine Miene.

»Er ist bei den Damen ziemlich beliebt.«

»Das war er schon immer. Kommen Sie, Schätzchen, nehmen Sie endlich diese Mütze ab.«

Aufdringlich wie sie war, griff Mom nach Grace' Baseball-Cap und warf sie auf den Tresen hinter sich. »Ich möchte einen Blick auf Ihr hübsches Ge…«

Sie konnte den Satz nicht beenden, weil Grace einen Schrei ausstieß, der sich anhörte, als steckte in ihrer Kehle ein verletztes Tier.

Dann war es still.

Verdammt still.

Besteck klapperte auf Tellern. Easton holte tief Luft. Die rote, gereizte, zerklüftete Haut unter Texas' Make-up erzählte eine Horrorgeschichte, die als Tischgespräch absolut ungeeignet war.

Texas hatte zwar immer noch genug Make-up im Gesicht, um eine Douglas-Filiale zu eröffnen, aber selbst darunter war der Freddy-Krueger-Teint zu erkennen, den sie so verzweifelt zu verstecken versuchte.

Grace und ich sprangen gleichzeitig auf und griffen nach ihrer Mütze. Sie erwischte sie zuerst und setzte sie mit zitternden Fingern wieder auf.

Mom räusperte sich und klammerte sich an ihre unechte Perlenkette. Easton blickte zu Boden.

Ich versuchte, die beunruhigende Tatsache zu verdrängen, dass Grace Shaw atemberaubend war. Denn das war sie, verdammt. Ohne ihr Baseball-Cap und mit vollständig entblößtem Gesicht war ihre Schönheit wie ein Schlag in den Magen.

»Das tut mir sehr leid. Was haben Sie …?«

Ich kannte Grace seit mehreren Monaten und hatte es bislang vermieden, sie nach ihrer Narbe zu fragen. Meine Mutter kannte sie weniger als eine Viertelstunde, und schon fühlte sie sich bemüßigt, nachzufragen.

»Ich meine, wann ist das passiert?«, beendete sie ihren Satz.

»Das geht dich verdammt noch mal nichts an! Du hast kein Recht, sie danach zu fragen!«, brüllte ich und schlug mit der Faust auf den Tisch. Das Geschirr flog in die Luft, kam klirrend wieder auf, und meine Mutter stieß einen Schrei aus.

Easton sprang auf und bat Grace, ihm beim Öffnen einer Weinflasche zu helfen, obwohl die Flasche auf dem Tisch noch halb voll war.

Die beiden verschwanden im Wohnzimmer, während ich meine Mutter mit einem tödlichen Blick durchbohrte.

»Was zum Teufel hast du dir dabei gedacht?«, fauchte ich mühsam beherrscht.

»Ich …« Ihre Stimme zitterte und sie sah mich an, als wollte ich sie schlagen. »Ich habe mir nichts dabei gedacht.«

»Das hat man gemerkt, verdammt noch mal.«

»Westie, ich schwöre, ich würde niemals …«

Easton und Grace kamen wieder in die Küche. Er rückte seinen Stuhl näher an Grace heran. Mom warf besorgte Blicke in ihre Richtung. Ihre Augen waren geweitet, ihr Blick zutiefst ergriffen.

»Nun«, sagte Mom bebend, nur um das peinliche Schweigen zu beenden. »Ich kann Ihnen leider kein Dessert anbieten, Grace. Einen Kaffee vielleicht?«

»Sie will keinen Kaffee«, schnauzte ich und stand auf. Das Letzte, was ich wollte, war, dass meine Mutter mit Texas redete. Ich konnte es mir nicht leisten, dass Mom ihr mein größtes Geheimnis verriet. Den Grund, warum ich so fertig war. »Grace wollte gerade gehen.«

Ich zog eine Augenbraue hoch und starrte Texas vielsagend an.

Ihr Blick verriet, wie schockiert sie war, aber ich zwang mich, sie anzusehen.

Ihr wehzutun, tat mir selbst weh, und ich hatte allen Schmerz der Welt verdient.

»Natürlich«, hörte ich Grace mit angespannter Stimme sagen. Sie stand auf und umarmte meine Mutter. »Es war nett, Sie kennenzulernen, Mrs St. Claire.«

»Sie auch, Schätzchen. Und noch mal, es tut mir sehr leid.«

»Ich bringe dich zur Tür.« Easton zog eine Grimasse.

Ich wusste, dass ich wie ein Riesenidiot aussah, aber ich dachte, dass ich diesen Schlamassel mit Grace klären würde. Wenn ich ihr alles erklärte und mich entschuldigte, würden wir weiterhin zusammen abhängen und arbeiten können.

Sollte sie die Wahrheit über mich jedoch über meine Mutter herausfinden, würde sie mich nie wieder ansehen.

East und Grace gingen zur Tür. Meine Mutter drehte sich zu mir um, das Gesicht vor Abscheu verzogen. »Das arme Mädchen.«

»Du hast ihr die Mütze abgenommen«, sagte ich mit tonloser Stimme.

»Und du hast sie rausgeworfen. So gefühllos kenne ich dich gar nicht.«

Hast du mich jemals wirklich gekannt, Mutter?

»Weißt du, was auch gefühllos ist? Hier einfach aufzutauchen. Sich in meinen Kram einzumischen, als wären wir die letzten fünf Jahre nicht wie Fremde gewesen, verdammt. Dass du mir zum ersten Mal nach einem halben Jahrzehnt Pasta und Fleischklöße machst, wiegt die Zeit nicht auf, in der du dich nicht hast blicken lassen, Caroline. Und bevor du mir mit deinem Du-hast-dich-von-mir-distanziert-Bullshit kommst ...« Ich hob eine Hand, um sie aufzuhalten, weil ich wusste, was kommen würde, sie hatte den Mund bereits geöffnet, um zum Gegenangriff überzugehen. »*Du* solltest die verantwortungsvolle Erwachsene von uns beiden sein. Du hättest mich kontaktieren müssen. Ich schicke euch jede Woche Geld. Tu mir einen verdammten Gefallen und zahl es mir zurück, indem du nie wieder Kontakt zu mir aufnimmst.«

Tränen standen ihr in den Augen. Ihre Unterlippe zitterte.

»Ja«, flüsterte sie. »Das stimmt. Du unterstützt uns finanziell. Wie machst du das? Kannst du es mir noch mal sagen? Als Lehrassistent?«

Ich merkte, dass sie kurz vor der Hysterie stand.

Ich hatte meinen Eltern gesagt, dass ich als Lehrassistent arbeitete und zusätzlich mit Nachhilfe Geld verdiente. Sie glaubten es, weil ich eine natürliche Begabung für Mathe und Statistik hatte, aber als ich ihnen irgendwann mehr als genug Geld schickte, hätten ihnen Zweifel kommen müssen.

»Ich wusste nicht, dass man als Lehrassistent so gut verdient«, sagte Mom.

Ich bedachte sie mit einem herablassenden Grinsen. »Wenn du je aufs College gegangen wärst, wüsstest du es.«

»Ich hatte nie die Chance.« Etwas Düsteres, Verworfenes, das mich an mich selbst erinnerte, legte sich auf ihr Gesicht. »Das weißt du.«

»Stimmt.« Ich schnippte mit den Fingern. »Als du siebzehn warst, wurdest du mit mir schwanger. Großartige Lebensentscheidung. Gib mir bitte noch mehr Ratschläge, wie ich meinen Kram organisieren soll.«

Ich drängte mich an ihr vorbei in mein Zimmer. Sie stieß einen wütenden Schrei aus und folgte mir. Easton war immer noch draußen. Das Arschloch hatte wahrscheinlich die Gelegenheit genutzt, Grace *nach Hause* zu bringen, jetzt, da er endlich gesehen hatte, wie schön sie war.

Und du hast ihm das Okay gegeben, mit ihr auszugehen. Gut gemacht, du Vollpfosten.

»West! Bitte!« Mom war mir auf den Fersen. Ich schlug ihr die Tür vor der Nase zu. Dann öffnete ich sie wieder, um ihr den finalen verbalen Tiefschlag zu versetzen.

»Raus aus meinem Haus.« Ich deutete auf die Tür. »Du hattest kein Recht, das schwerverdiente Geld, das ich euch jede Woche schicke, für ein Flugticket zu verschwenden. Und es geht auch nicht als elterliche Fürsorge durch, wenn du mir von meinem eigenen Geld etwas kaufst.«

Ich hob eine der Einkaufstüten vom Boden auf, drehte sie um und leerte sie vor ihren Füßen. Hemden und Socken bildeten einen Haufen aus billigem Stoff. Ich marschierte zur Tür, öffnete sie und zeigte nach draußen.

»West.« Noch immer stand Mom mit wackeligen Knien im Flur. Mit einer Hand stützte sie sich an der Wand ab. Sie sah hilflos aus, klein und völlig außer sich. Das Problem war, dass sie immer schon hoffnungslos gewesen war. Jahrelang hatte sie Hilfe bekommen und nie etwas zurückgegeben. Jahrelang hatten meine Eltern mir nichts und ich ihnen alles gegeben.

Aber selbst alles, das wusste ich nun, war nicht genug.

Ich hatte die Nase voll davon, wie ein Bettler zu leben, jeden Freitag in eine von Pappkartons umgebene Todesfalle zu steigen und kein Privatleben zu haben. Ich musste ihnen nicht nur mein Geld geben, nein, jetzt wollten sie auch noch die Bestätigung, dass alles prima war.

»*Raus!*«, brüllte ich und spürte, wie die Lunge in meiner Brust bebte, als ich beinahe das Dach zum Einstürzen brachte.

Sie rannte aus dem Haus wie eine verängstigte Maus. Keuchend, als wäre ich gerade einen Halbmarathon gerannt, beobachtete ich sie von meinem Platz an der Schwelle aus. Sie rannte den ganzen Weg bis zum Ende der Straße und bog dann nach rechts ab, zum einzigen Busbahnhof in dieser Geisterstadt.

Ich knallte die Tür zu und boxte kräftig gegen die Wand daneben. Vielleicht war es das Beste, dass mir die Sache mit Grace um die Ohren geflogen war.

Sie war fürs Leben gezeichnet.

Und ich? Ich war *verdammt*.

12. KAPITEL

Grace

Nachdem West mich rausgeworfen hatte, fuhr Easton mich nach Hause, weil ich zu Fuß gekommen war.

Er wollte über Football und das College reden, aber ich hatte die ganze Zeit den Mund an meinem Flammenring und wünschte mir etwas, so wie Großmutter Savvy es mir als erste Hilfe gegen Stress beigebracht hatte.

Am schlimmsten war, dass ich überhaupt nicht wusste, was ich falsch gemacht hatte. Ich war vorbeigekommen, um Wests Brieftasche abzugeben und ihm zu sagen, dass Karlie von unserem Abend im Food Truck wusste. Um uns Ärger zu ersparen, hatte ich meine beste Freundin angelogen.

Seine Mutter war vermutlich unangemeldet vorbeigekommen, denn er hatte es vorher nicht erwähnt und sah außerdem aus, als würde er sich am liebsten von einer Klippe stürzen. Ich hatte versucht, die Sache so angenehm wie möglich zu gestalten, indem ich alle Fragen beantwortete, die Caroline St. Claire mir stellte. Ich hatte sogar versucht, kein großes Aufheben um den Vorfall mit der Baseball-Cap zu machen, obwohl ich spürte, wie meine Unsicherheit mir den Atem nahm und ihre tödlichen Zähne in meinen Hals schlug.

War ihm meine Narbe peinlich? Oder ich als Person? Der kaputte Ring, die Mütze und die langen Ärmel? Meine Fremdartigkeit fiel in Sheridan auf wie eine Stripperin im Kloster.

Oder hatte West nur eine seiner gefährlichen Launen, und ich gehörte zu den Kollateralschäden?

Wie dem auch sei, ich würde keine Antworten bekommen, indem ich mich noch länger mit diesen Fragen aufhielt. West St. Claire verdiente meine Sympathie einfach nicht, fertig.

Als wir mein Haus erreichten, stellte Easton den Motor ab und drehte sich zu mir. »Westie mag dich.«

»Dann hat er aber eine merkwürdige Art, das zu zeigen«, murmelte ich und blickte starr geradeaus.

»Ja«, stimmte Easton umstandslos zu. »So was ist unerforschtes Gebiet für ihn. Entweder hasst er die Leute oder sie sind ihm egal. Du verwirrst ihn total.«

»Er verwirrt *mich* total«, gab ich zurück.

»Weißt du, was wir tun sollten?«

»Auf den Scheiterhaufen mit ihm?«, murmelte ich.

Braun lachte leise und legte den Kopf schief, während er mich auf eine andere Art betrachtete als bisher. Er sah nicht mehr nur eine rührselige Geschichte, sondern einen vollwertigen Menschen in mir.

»Komisch, sonst steht er mehr auf den umgänglichen Typ. Du bist eine kleine Kämpferin, stimmt's?«

Ich verdrehte die Augen. Ich hatte keine Lust mehr, mir anzuhören, dass West sich immer an Mädchen hielt, die das exakte Gegenteil von mir waren. Es war unnötig, mich daran zu erinnern.

»Was hast du da eben gesagt?«, versetzte ich. »Dass wir etwas tun sollten?«

»Oh ja.« Er schnippte mit den Fingern. »Du musst ihn da treffen, wo es am meisten wehtut.«

»Und wo wäre das?« Jetzt drehte auch ich mich zu ihm.

Das Grinsen in seinem Gesicht machte mir Angst.

»In seinem Herzen.«

Nach besagtem Dinner war ich West nur ein Mal auf dem Campus begegnet. Pflichtgemäß ignorierten wir einander. Er lief an mir vorbei, ganz im Sinne seiner Grace-Shaw-existiert-nicht-Strategie, während ich ebenfalls so tat, als hätte ich ihn nicht gesehen. Wenn wir zusammen im Food Truck arbeiteten, war er schweigsam und höflich. Ich hatte überlegt, ihn zur Rede zu stellen, aber wenn er keine Eile hatte, sich zu entschuldigen, sah ich meinerseits auch keinen Grund, die Dinge klarzustellen.

Also zeigte ich West die kalte Schulter.

Im Augenblick fehlte mir ohnehin die Zeit, mich hinzusetzen und über Jungsgeschichten zu brüten. Am Tag nach dem Essen mit Caroline St. Claire hatte der lokale Nachrichtensender verkündet, dass Sheridans einziger Busbahnhof am Ende des Monats geschlossen werden würde.

Was bedeutete, dass potenzielle Pflegerinnen für Grams mit dem Auto kommen mussten.

Was bedeutete, dass ich ihnen auch noch Benzingeld bezahlen musste.

Das ich natürlich nicht hatte.

Um nicht an West zu denken, hatte ich mich auf die Suche nach Auswegen und Möglichkeiten konzentriert, eine Pflegerin für Grams einzustellen, die so preiswert wie möglich hierher pendeln konnte.

Ich saß über den Laptop gebeugt, als Marla an die Tür klopfte und den Kopf hereinsteckte.

»Hey, Süße, was machst du?«

Ich schloss die Website, die ich mir gerade ansah – *Ihr Pflegedienst* –, und lehnte mich auf dem Stuhl zurück.

Sie zog die Nase kraus. »Kein Glück heute, was?«

Ich ließ die Fingerknöchel knacken und schüttelte den Kopf. Es hatte keinen Sinn, zu lügen. Vermutlich wusste Marla, dass es nicht leicht war, einen Ersatz für sie zu finden, und ich hatte keine Lust auf eine weitere Pflegeheim-Diskussion.

»Mach dir keine Sorgen. Ich krieg das schon hin.«

Sie nickte, betrat mein Zimmer und schloss die Tür hinter sich. Oha. Das verhieß nichts Gutes. Ausgerechnet jetzt, wo Grams wieder angefangen hatte, regelmäßig zu essen, nachdem ihr klargeworden war, dass sie nicht bis in alle Ewigkeit Speck in ihr Zimmer schmuggeln konnte.

»Es gibt etwas, das ich dir sagen muss.« Umständlich ließ sie sich auf meinem Bett nieder.

»Ja?«

»Die alte Schachtel weigert sich, mit mir spazieren zu gehen. Sie bekommt kaum noch Bewegung. Ich glaube, sie ist depressiv.«

»Depressiv?«, wiederholte ich.

»Du weißt schon, niedergeschlagen. Keine Ahnung, wie diese Psychiater es nennen. Ich glaube nicht, dass es nur eine Phase ist. Dieser Durchhänger geht nicht vorbei, Schätzchen. Ich habe das bei Leuten in ihrem Alter schon sehr oft gesehen. Sie muss behandelt werden. Angemessen.«

Ach ja? Ich hätte am liebsten geschrien, bis mir die Kehle austrocknete. *Ich kann sie aber nicht zum Arzt schleifen.*

Aber ich lächelte nur und nickte, wie immer.

»Danke, Marla. Ich kümmere mich darum.«

Ein paar Tage später rief mich Professor McGraw in ihr Büro.

»Ich werde es kurz machen«, sagte sie, als sie in den gemütlichen Raum gestürmt kam, wobei sie ihr typischer Duft nach Weihrauch und Honig umwehte. Sie nahm mir gegenüber Platz und verschränkte die Finger.

»Ich habe mich entschlossen, Ihnen in diesem Semester keine Verlängerung für den schauspielerischen Teil Ihres

Examens zu geben, Miss Shaw. Das bedeutet, dass Sie sich für *Endstation Sehnsucht* besetzen lassen und wirklich auf die Bühne gehen müssen, sonst werden Sie meinen Kurs in diesem Semester nicht bestehen. Mr Finlay ist die Situation wohlbekannt. Ich habe mit ihm gesprochen, und er hat gesagt, dass er sich darauf freut, die Sache mit Ihnen zu klären. Es tut mir leid, Grace, aber bitte glauben Sie mir, ich will Ihnen nur einen Gefallen tun. Sie müssen sich Ihren Ängsten stellen und sich weiterentwickeln. Auf dieser Bühne zu stehen, wird befreiend für Sie sein. Was immer Ihnen passiert ist …« Sie schloss die Augen und schüttelte den Kopf. »Sie dürfen sich davon nicht bestimmen oder aufhalten lassen. Nicht mehr. Angst ist eine hungrige Bestie. Nähren Sie sie, und sie wird wachsen. Lassen Sie sie hungern, und sie wird sterben. Meine Entscheidung ist endgültig. Es tut mir leid.«

Später an diesem Tag stand eine gemeinsame Schicht mit West auf dem Programm. Das war nicht ideal, aber um die Zusammenarbeit mit ihm zu vermeiden, müsste ich Karlie von der Szene erzählen, die sich beim Essen abgespielt hatte, und ich war nicht in der Lage, diese Demütigung in Worte zu fassen.

West hatte sich bei der Arbeit seltsam benommen. Er starrte mich ständig geistesabwesend an, öffnete den Mund, um etwas zu sagen, überlegte es sich dann aber anders. Ich bevorzugte das Schweigen, nur unterbrochen von einsilbigen arbeitsbezogenen Anweisungen. Sobald es eine Lücke im Kundenverkehr gab, nahm ich mein Handy und suchte nach einer Pflegerin für Grams. Außerdem war da noch eine bereits getippte Nachricht, die ich noch an Cruz Finlay schicken musste.

Hi. Grace Shaw hier. Gibt es zufällig eine Chance, im letzten Moment noch eine Rolle in dem Stück zu bekommen? ☺

Schließlich platzte West heraus. »Hör zu, es tut mir total leid, okay? Herr im Himmel.« Er knurrte, als hätte ich ihn mit wortlosen Anschuldigungen überschüttet. »Abgesehen davon glaube ich, dass es besser ist, wenn wir nicht mehr miteinander rummachen.«

Ich blickte nicht mal von meinem Handy auf.

Die ganze Woche hatte er mich ignoriert, nur um mir jetzt eine halbherzige, in eine klischeehafte Trennungsfloskel verpackte Entschuldigung anzubieten?

»Noch mal mit dir rumzumachen war niemals der Plan«, log ich, den Blick immer noch auf das Handy gerichtet.

»Ah. Okay. Gut.«

Er nickte nachdenklich. Zum ersten Mal, seit ich ihn kannte, wirkte er ein bisschen verpeilt. Beinahe bedauernswert. Er reichte mir den kleinen Finger und blockierte mir auf diese Art den Blick aufs Handy.

»Frieden?«

Ich kehrte ihm den Rücken, ohne mich um seinen kleinen Finger zu kümmern.

Auch kalter Krieg war Krieg.

West

Die Woche nach Moms Besuch glitt dahin wie ein schleimiges Science-Fiction-Monster in der Kanalisation.

Mutter war kaum zurück in Maine, da begann sie wieder mit ihren stündlichen Anrufen und schickte mir im Durchschnitt zwei E-Mails am Tag. Sie entschuldigte sich zigmal. Dafür, dass sie mich überrumpelt, Grace die Mütze abgenommen, zu viele Fragen gestellt und zu viele E-Mails geschickt hatte. Sie übernahm die Verantwortung für alles, was seit meinem siebzehnten Geburtstag zwischen uns schiefgegangen war. Versuchte zu erklären. Nichts davon war wichtig. Das Kind war längst in den Brunnen gefallen. Ich schickte ihr weiterhin Geld, wich ihren Anrufen aber aus.

Die Dinge entwickelten sich zum Schlechteren. Bevor ich Mutter gesehen hatte, konnte ich wenigstens so tun, als sei alles in Ordnung gewesen. Aber nach dem Vorfall beim Essen ließ sich nicht mehr leugnen, dass alles, was von meiner Familie übrig geblieben war, an der Wurzel abgestorben war. Verfault, beschmutzt, irreparabel.

Und die Kirsche auf der Sahne war die Situation mit Texas. Dem Mädchen, nicht dem Staat.

Obwohl der Staat auch ziemlich heiß war, verdammt.

Ich hatte es mir mit Grace verdorben, nicht nur durch den Rauswurf, sondern auch durch die Tage danach, als ich ihr nicht ins Gesicht sehen konnte. Ich schämte mich entsetzlich.

Als ich schließlich den Mut gefunden hatte, mit ihr zu reden, war es zu spät. Sie behandelte mich wie Luft. Sie war in dieser Woche so gut darin geworden, mich zu ignorieren, dass ich manchmal selbst an meiner Existenz zweifelte.

Dann riss ich mich zusammen, übernahm die Verantwortung für mein Verhalten und entschuldigte mich.

Und was tat sie? Sie wandte sich von mir ab.

Zu unserem dritten gemeinsamen Dienst seit dem desaströsen Essen holte das Karma schließlich seinen stacheligen Dildo heraus und beschloss, ihn mir in den Arsch zu rammen.

Ich kümmerte mich um meine Angelegenheiten, wendete die Fische auf dem Grill und beneidete sie ein wenig um ihren Zustand der Nichtexistenz, als ich hörte, wie etwas auf den Kies vor dem Fenster fiel.

»Oh, hey«, schnurrte Grace.

Immer noch abgeschottet in meiner Festung aus stiller Wut drehte ich mich nicht um, um nachzusehen, wer der Kunde war.

»Hi«, antwortete Easton.

»Willst du West sprechen?«, fragte sie.

»Nee. Bin wegen dir hier.«

Ruckartig hob ich den Kopf und drehte mich um. Innerlich zog ich bereits die Mauern hoch. Da stand East, frisch geduscht nach dem Training. Sein feuchtes blondes Haar stand sorgfältig gestylt in alle Richtungen ab. Er trug ein ärmelloses Surfer-Shirt, das seine muskulösen Arme betonte.

Was zur Hölle wollte er hier?

East sah mir über Grace' Schulter hinweg in die Augen. Er zuckte kaum merklich mit den Achseln, wie um zu sagen: *Du meintest doch, es wäre in Ordnung, wenn ich es versuche. Schon vergessen?*

Ich drehte mich wieder zum Grill und atmete tief durch.

»Wegen mir?«, fragte Texas.

»Jep.«

»Okay, was gibt's?«

»Mir ist eingefallen, dass ich etwas vergessen habe, als ich dich gestern nach Hause gebracht habe.«

Ein Fläschchen Loyalität aus der nächsten Apotheke, du Arschloch?

»Nämlich was?«, fragte Grace. Sie klang misstrauisch. Es gefiel mir, dass sie ihm nicht zu Füßen lag. Generell war sie männlichem Charme gegenüber immun.

»Ich hab vergessen, dich nach deiner Nummer zu fragen.«

Arschloch ...

»Wozu brauchst du meine Nummer?«

Ich musste grinsen. Sie war keins von seinen kleinen Groupies. Glaube an die Menschheit: teilweise wiederhergestellt.

»Damit ich mit dir ausgehen kann.«

»Mit mir ausgehen?«

Mit ihr ausgehen?

»Ja. Das habe ich schon seit ein paar Wochen vor, aber der Coach benimmt sich im Moment wie der reinste Drillsergeant. Trainingsspiele, du weißt schon. Ich dachte mir, vielleicht möchtest du was essen gehen oder so? Ins Kino? Dieses Wochenende kommt ein neuer Film mit Kate Hudson raus.«

»Und du magst Kate-Hudson-Filme, weil …?« Sie ließ die Frage in der Luft stehen. Ich wandte ihnen immer noch den Rücken zu und war hin- und hergerissen, ob ich über ihre Gleichgültigkeit gegenüber Easts hartnäckigen Flirtversuchen lachen oder den Kopf meines besten Freundes (korrigiere – meines *ehemaligen* besten Freundes) in den Kies prügeln sollte.

»Ich mag keine Kate-Hudson-Filme, Grace. Aber ich mag *dich*. Du bist eine Frau. Und Frauen scheinen sie zu mögen, warum auch immer. Habe ich mich verständlich ausgedrückt?«, fragte East.

Endlich drehte ich den Kopf und starrte ihn wütend an. Seine Augen waren auf Grace gerichtet. Was genau wollte der Scheißkerl beweisen? Dass er jemanden daten konnte, an dem ich interessiert war? Dass ich sie mochte?

Und wenn schon, ich ließ mich auf Dates nicht ein, und das wusste er verdammt gut.

Grace trommelte mit den Fingern auf dem Tresen herum. »Wäre das nicht ein Problem für deinen Mitbewohner? Immerhin arbeiten wir zusammen.«

»Nein. Ich hab ihn gefragt. Dreimal.«

»Und er hat nichts dagegen?« Sie klang nicht überrascht.

Dreh dich um und schau mich an, verdammt noch mal. Dann könntest du sehen, dass ich mir lieber die Eier von einem Tiger abreißen ließe, als zu sehen, wie du mit jemandem ausgehst, der nicht ich bin.

»Ja. Frag ihn doch.«

»Nicht nötig. Wir reden momentan nicht miteinander.« Sie hielt kurz inne. »Geht klar.«

Autsch. Das tat bestimmt weh. Zu dumm, dass er nicht zugehört hat, als ich ihm gesagt habe, dass sie nicht …

Moment mal.

Geht klar?

Ich wollte etwas sagen, brachte aber kein Wort heraus. Ich hatte keine Argumente gegen das, was hier passierte, und keine Gründe, sie vom Daten abzuhalten. Tatsächlich hatte ich Easton gegenüber behauptet, dass Grace mich nicht interessierte. Und sie waren beide Singles. Ich konnte keinem der beiden einen Vorwurf machen.

Und das brachte mich um den Verstand.

Sie tauschten ihre Nummern aus, während ich innerlich schäumte. Zu allem Überfluss besaß er die Unverschämtheit, noch zu bleiben und zu plaudern. Nachdem er zehn Minuten lang die fesselnde Geschichte erzählt hatte, wie sich Reign beim Freudentanz nach einem Touchdown beinahe den Knöchel verstaucht hatte, schlenderte ich zum Fenster, schob Grace beiseite und stützte die Ellbogen auf die Fensterbank.

»Tut mir leid, Kumpel, aber wir sind hier nicht bei Parship. Würde es dir etwas ausmachen, dich zu verziehen, bevor noch mehr Kunden kommen?« Meine Stimme klang ungezwungen. Gelangweilt.

Easton zuckte mit den Achseln. »Mein Fehler, Mann.«

»Komm erst wieder, wenn du was kaufen willst.«

»Zur Kenntnis genommen. Wir sehen uns zu Hause?«

»Wo kann ich nach der Arbeit sonst hingehen?«

»Huch. Da ist aber jemand empfindlich.«

»Verschwinde.«

Und das tat er. Ich ging zurück zum Grill in dem Wissen, dass Grace' Todesblick mir Löcher in den Rücken brannte.

Meine Selbstbeherrschung hielt genau drei Minuten, danach teilte ich ihr ungebeten meine Meinung mit.

»*Fuck*, Tex, ich hätte dich nicht für so naiv gehalten«, sagte ich und lachte hämisch. »Easton Braun macht's auch nur unverbindlich, falls du das noch nicht wusstest.«

»Wer hat gesagt, dass ich es nicht auch unverbindlich mache?« Sie ließ die Jalousie herunter und schloss den Laden. War es schon so spät? Die Zeit verging wie im Flug, wenn man über neue und kreative Methoden nachdachte, seinen Sandkastenfreund umzubringen.

Sie stand noch immer mit dem Rücken zu mir. »Ich hab's ganz unverbindlich mit dir gemacht, und man höre und staune – ich lebe noch.«

»Texas«, warnte ich sie.

Sie fuhr herum. Der verletzte Ausdruck in ihrem Gesicht grub sich in meinen Magen wie ein rostiger Haken.

»Nenn mich nicht so. Wag es nicht, so zu tun, als wäre zwischen uns alles in Ordnung.«

»Dann sag mir, was ich tun soll, um das zu ändern.«

Ich konnte nicht glauben, was ich da sagte. Eigentlich sollte mich das alles nicht kümmern. Kümmern stand nicht mehr auf meiner To-do-Liste.

Weder um meine Eltern noch um meine Affären noch um meine sogenannten Freunde …

»Ein anständiger Mensch sein?«, sagte sie sarkastisch.

»Gibt's auch etwas im Rahmen meiner Möglichkeiten?«, witzelte ich, um das Publikum zu testen. Sie schlug mit ihren behandschuhten Händen auf den Tresen und begann, die Behälter mit den Zutaten zu reinigen.

»Warum hast du Ja gesagt?«, fragte ich. Ich hätte sie einfach zum Kaffee bleiben lassen sollen, als Mom da war. Einfach in den sauren Apfel beißen. Zulassen, dass mein Geheimnis ans Licht kam. Und dann den Rest meines Lebens damit verbringen, ihre Zuneigung zurückzugewinnen.

»Warum nicht?« Sie schnaubte.

»Du kannst Easton nicht leiden.«

»Dich konnte ich auch nicht leiden. Und dann doch, eine Zeit lang. Meinungen ändern sich. *Ständig.*«

Etwas Merkwürdiges, Unangenehmes passierte in meiner Brust, als sie das sagte.

Wie ein vergifteter kandierter Apfel.

Die gute Nachricht: Sie mochte mich.

Die schlechte Nachricht: Ich hatte es versaut.

»Du wirst es bereuen«, warnte ich sie. Aber woher wollte ich das wissen? Vielleicht hatte East sich geändert und nahm sie ernst. Und dann? Ich würde es nicht ertragen, die beiden zusammen zu sehen. Ich konnte mir nicht einmal vorstellen, wie sie mit einem anderen Händchen hielt.

»Vielleicht.« Sie ging mit einem glänzenden Behälter an mir vorbei zum Mülleimer. »Aber ich habe es auch bereut, dich jemals kennengelernt zu haben. Und weißt du was? Ich habe es überlebt.«

13. KAPITEL

West

»Es ist bestätigt – Appleton will Revanche.« Max ließ sich in der Cafeteria vor mir nieder, seine fettigen Finger hielten sein Mittagessen umklammert.

Ich versuchte gerade herauszufinden, was auf dem Sandwich war, dass ich vor fünf Minuten in der Kantine erstanden hatte. Ich hatte eine Menge Zeit meines Lebens damit verbracht, Eastons pampige Omelette-Sandwiches zu hassen; dass das Essen in der Cafeteria noch viel schlechter war, hätte ich nicht gedacht.

Aber Eastons Sandwiches standen für mich nicht mehr auf der Karte. Um sie zu bekommen, musste ich mit Easton reden, und wir hatten seit drei Tagen offiziell Krach.

Anfangs hatte mein ehemals bester Freund die Unverschämtheit besessen, so zu tun, als sei nichts passiert.

Er versuchte, mit mir über Football zu reden, dann über ein paar Gerüchte vom Campus und schließlich darüber, dass Tina überall herumerzählte, wie sie sich die Karten hatte legen lassen. Anscheinend lautete die Vorhersage, dass sie einen Typen aus Maine heiraten würde.

Ich übernahm Grace' Taktik und behandelte ihn, als wäre er Luft.

Ich würde lieber von Schlamm und abgekauten Fingernägeln leben, als mit diesem Verräter zu reden. Auch als er mich darauf hinwies, dass ich ihm eindeutig die Erlaubnis gegeben hatte, Tex zu daten, lenkte ich nicht ein. Es war offensichtlich, dass er ihr hinterhergelaufen war, um mich zu ärgern.

Mission erfüllt – ich war kurz davor, ihm den Kopf abzureißen.

»Appleton will Revanche?« Ich zog eine Augenbraue hoch und betrachtete Max wie etwas, das ich mir von der Stiefelsohle abkratzen musste. »Bei unserem letzten Kampf haben er und seine Freunde dich erpresst, wenn ich mich nicht irre.«

Ich irrte mich *nie*.

Max lachte leise und fuhr sich mit den Fingern durch sein fusseliges rotes Haar, das mich an die Metallpads erinnerte, mit denen man Bratpfannen reinigt.

»Na ja, okay, aber ich habe trotzdem dreimal so viel verdient wie an einem normalen Abend. Mal gewinnt man, mal verliert man, oder?«

Ich warf mein Sandwich in den Müll und nahm stattdessen Max eine Tüte Cheetos aus der Hand. Er beschwerte sich nicht. Ich öffnete sie, steckte mir einen Cheeto in den Mund und starrte ihn an.

»Das Arschloch hat versucht, mir die Augen auszukratzen.«

»Ja, er wollte unbedingt gewinnen. Er musste etwas beweisen.« Max strich sich über sein pickeliges Kinn. »Aber die Bezahlung wäre diesmal mindestens doppelt so hoch. Die Stimmung war großartig beim letzten Mal. Allein die Mundpropaganda würde uns erlauben, die Preise für die Tickets zu erhöhen, und das ohne irgendwelche Vorleistungen.«

Ich rechnete kurz nach. Die Zahl ließ mir das Wasser im Mund zusammenlaufen. Sie war hoch genug, den Kredit meiner Eltern abzulösen, der ihnen gerade die Luft abdrückte.

Sie würden mir endlich nicht mehr auf den Wecker gehen, und ich konnte ihnen geben, was sie immer gewollt hatten –

genug Geld, um neu anzufangen. Mit dem Zusatzbonus, dass ich sie endlich los war.

Sicher, Kade Appleton war so ehrbar wie eine schmutzige Unterhose, und ich war mir ziemlich sicher, dass er mich verfolgt oder wenigstens jemand angeheuert hatte, um die Drecksarbeit zu machen, aber ich hatte schon sturzbetrunken Typen umgehauen, die dreimal so groß waren wie er.

»Hab gehört, dass er Unsinn über mich erzählt«, sagte ich.

»Ist wohl so. Seit er den Job in Vegas verloren hat, ist er ziemlich mies drauf. Außer Kämpfen kann er ja nichts.«

Jammern konnte er auch ganz gut.

»Was ist für ihn drin?« Ich deutete mit dem Kinn auf meinen Buchmacher.

»Sein Stolz«, brüstete sich Max und hob beide Arme. »Du hast ihn vernichtet. Hast ihm für ganze dreißig Sekunden das Licht ausgeknipst. Und dann hat er sich darüber aufgeregt und gezetert wie eine Pussy.«

Das *Wie* hatte in dem Satz nichts zu suchen. Er *war* eine Pussy. Ende der Durchsage.

Ich war mit Max' Cheetos fertig, öffnete seine Dose Cola, nahm einen Schluck und fuhr mir mit der Zunge über die Zähne.

»Ich muss ein paar Grundregeln einführen.«

»Nämlich?«

»Der Kampf wird aufgezeichnet, damit das Arschloch keine Ausreden hat, wenn ich ihn wieder umhaue.«

»Das ist nur fair. Ich gebe es weiter.«

»Und der Sieger bekommt alles.«

»Das ganze Geld?«

Ich zerquetschte die leere Coladose mit der Hand und warf sie ohne zu zielen in den Müll. »Du kriegst deinen Anteil.«

Nach meinem Kampf mit Appleton hatte ich ein paar Nachforschungen angestellt und herausgefunden, was für ein schäbiges Arschloch er war. Erpressung, Hundekämpfe, Stalking und häusliche Gewalt bildeten einen großen Teil seiner Internetpräsenz. Aber es war zu viel Geld, um es liegen zu lassen. Ein oder zwei gebrochene Rippen waren mir egal. Verdammt, selbst sterben wäre nicht so schlimm. Wen würde das schon wirklich kümmern?

»Ein Letztes noch – keine Dummheiten dieses Mal. Wenn ich ihn dabei erwischte, dass er versucht, mir die Finger in die Augenhöhlen, den Mund oder sonst wohin zu schieben, breche ich ihm alle Knochen. Keine Ausnahmen.« Ich deutete auf Max.

Er nickte, ihm hing beinahe die Zunge aus dem Mund. Ein tollwütiger Hund, der hinter einem saftigen Knochen her war.

»Logisch. Also kann ich Shaun sagen, dass die Sache läuft?«

Shaun. Ich erinnerte mich an diesen nutzlosen Haufen Muskeln. Er sah aus wie der typische Mörder aus einem Achtzigerjahre-Film. Die Erinnerung an den Moment, in dem ich das Plaza verließ und in den Büschen Gemurmel hörte, kam mir in den Sinn. Ich schob sie beiseite.

Was spielte es für eine Rolle, ob ich verfolgt wurde? Der Ausgang des Kampfes machte für mich keinen Unterschied. Wenn sie mich vor dem Kampf umbrachten, Pech gehabt. Wenn nicht, konnte ich ihm wenigstens den Arsch aufreißen, das Geld nehmen, es meinen Eltern geben und sie endgültig aus meinem Leben streichen.

»Mach das Ding klar.« Ich klopfte auf den Tisch und stand auf, um zu gehen.

Irgendwie hatte ich das Gefühl, dass die Sache implodieren würde.

Was mir glücklicherweise egal war.

Ich tauchte eine Viertelstunde zu früh an meinem Arbeitsplatz auf. Karlie war da. Sie stand an Texas' Platz und füllte Sauerrahm, Guacamole und Fajitas auf. Ich nahm meinen Rucksack ab und starrte ihr grimmig auf den Arsch.

»Was machst du denn hier?«

Was ich eigentlich fragen wollte, war: *Wo in Gottes Namen ist Texas?* Arbeitete sie jetzt nicht mehr mit mir zusammen?

Ich hatte mich entschuldigt. Was wollte sie noch? Schokolade und Blumen?

Schokolade und Blumen. Mein Verstand hatte offiziell das Gebäude verlassen. Aber mein Schwanz war noch da und hatte das Sagen. Ich würde niemandem Schokolade kaufen. Oder Blumen. Oder aufeinander abgestimmte Keuschheitsringe, verdammt. Tex war nur eine Freundin. Als solche wollte ich sie zurückhaben und außerdem nicht von Easton gebeten werden, Trauzeuge bei ihrer Hochzeit zu sein. Es sei denn, er wollte, dass seine Braut entführt wurde.

Karlie blickte von dem Sauerrahm auf, den sie gerade eingoss, und musterte mich mit ihren intelligenten Augen. »Grace hat heute frei.«

»Das sehe ich. Warum?«

Sie stellte den leeren Behälter beiseite und wischte sich die Hände an ihrer türkisfarbenen Schürze mit der Aufschrift *That Taco Truck* ab.

»Entschuldige, aber was geht dich das an?« Sie zog eine gepflegte Augenbraue hoch. Gute Frage. Ich wusste nicht recht, was ich darauf antworten sollte. Ich wusste nur, *dass* es mich etwas anging.

»Ich nehme an, sie hat dir von unserem letzten Treffen erzählt«, sagte ich in scherzhaftem Ton.

»Richtig geraten. Ziemlich spät, aber jetzt bin ich im Bilde.«

»Und du bist momentan wahrscheinlich nicht gerade begeistert von mir.«

»Auch richtig. Wow. Heute ist dein Glückstag. Du solltest dir ein Lotterielos kaufen.« Sie schnalzte verächtlich mit den Lippen.

»Du bist wahnsinnig witzig, Contreras.«

»Und du bist wahnsinnig bescheuert«, versetzte sie.

»Erzähl mir was Neues.«

»Bist du sicher?« Sie lächelte spöttisch. »Ich weiß da nämlich ein paar Dinge, die dich interessieren und dir die Laune verderben würden.«

Mir war sofort klar, worauf sie anspielte.

Ich drehte mich um und verschloss die Tür. Dann lehnte ich mich daran, verschränkte die Arme und starrte ihr ins Gesicht.

»Willst du mir Angst machen?«

»Nur wenn du mir nicht sagst, wo sie ist.«

Ich hatte so eine Ahnung, dass Grace mit Easton ausgegangen war. Ich hatte außerdem eine Ahnung, dass Easton an diesem Abend von meiner Wenigkeit ermordet werden würde.

»Entspann dich. Ich sag's dir nämlich nicht.«

»Ich gebe dir Freikarten für den Kampf nächsten Freitag.«

»Oh mein Gott, wirklich?«, quietschte Karlie und legte sich beide Hände auf die Herzgegend. Ihr Lächeln verschwand sofort wieder. »Nein danke. Das Bier ist schlecht, und so wichtig bist du auch wieder nicht.«

Ich zermarterte mir das Gehirn, was ein Mädchen wie Karlie im Gegenzug für Informationen wohl haben wollte. Die Antwort war offensichtlich. *Fleisch.* Sie wollte jemanden aufreißen, wie alle am College. Und sie gehörte zu der Clique um Texas. Was bedeutete, dass sie mit bibeltreuen Jungfrauen abhing, die die Vertreter des anderen Geschlechts als mystische Wesen betrachteten, die man nur aus der Ferne bewundern konnte.

Natürlich. Ein bibeltreues Mädchen würde auf den aller-weißesten, durchschnittlichsten Mittelklasse-Typen auf dem Campus stehen. Ich erinnerte mich an den Abend, als Karlie und Grace gekommen waren, um mich kämpfen zu sehen.

»Ich lege bei Miles Covington ein gutes Wort für dich ein.«

»Du *kennst* Miles Covington gar nicht.«

»Er ist mein Laufbursche.«

War er nicht, aber ich kannte ihn gut genug, um ihn zu einem Date mit ihr zu überreden. Verdammt, für den richtigen Preis würde der Typ Miss Einstein sogar heiraten.

Sie verdrehte die Augen und ließ seufzend die Schultern hängen.

»Na gut. Eigentlich ist es kein Geheimnis, ich wollte dich nur ärgern«, sagte sie entschuldigend.

Ich beugte mich vor und blickte sie erwartungsvoll an.

»Sie ist im Kino.« Karlie reckte das Kinn. »Mit Easton Braun.«

In dieser gottverlassenen Stadt gab es nur ein einziges Kino.

Ich drehte mich um und verschwand aus der Tür, ließ meine Schicht einfach sausen.

»Hey! Wo willst du hin?«, rief sie hinter mir her. »Ich schaffe das hier nicht allein!«

»Du musst nur daran glauben!«, rief ich zurück.

Ich würde mir dieses verdammte Mädchen holen.

Ob ich sie nun verdiente oder nicht.

Als mich der Teenager mit Zahnspange und Waschbärbauch hinter der Kasse fragte, welchen Film ich sehen wollte, deutete ich auf das Plakat mit Kate Hudson.

»M…*Mona Lisa a…and the Blood Moon?*«, stotterte er und schob sich die Brille mit den Glasbausteinen auf der Nase hoch.

»Ist das ein Problem?«, fragte ich gedehnt.

Der Junge schüttelte den Kopf. Seine Schultern bebten vor unterdrücktem Lachen. Wenn er nicht sehr aufpasste, würde er gleich ein Ticket für *Wie man in zehn Sekunden ein Auge verliert* bekommen, erste Reihe.

Ich nahm die Karte und betrat das Kino, vierzig Minuten nach Beginn des Films. Wer ging mittags mit einem Mädchen ins Kino? Ein anmaßender kleiner Scheißkerl wie Easton natürlich. Wahrscheinlich hatte er ihr versprochen, dass sie vor dem Zapfenstreich wieder zu Hause sein würde.

Ich ging die Treppe hinauf und überblickte die größtenteils leeren Sitzreihen. Ich entdeckte die beiden in einer der hinteren Reihen, wo sie zusammengekuschelt saßen und sich eine Tüte Popcorn teilten.

Ich schob mich in die Reihe und setzte mich neben Grace, klemmte sie quasi zwischen Easton und mir ein. Sie löste den Blick nicht von der Leinwand. Zusatzstrafe für mein mieses Verhalten.

Ich glaubte zu hören, wie East mir ins Ohr kicherte.

»Scharf auf'nen Dreier, Blondie?«

Er hatte keinen Ton gesagt, aber ich umklammerte die Armlehne dermaßen fest, dass sie beinahe auseinanderbrach.

Das hier war unbekanntes Terrain für mich.

Ich hatte noch nie Probleme mit Mädchen gehabt.

Meine Philosophie lautete folgendermaßen: Wenn sie rummachen wollte – großartig; wenn nicht – auch kein Problem. Auf der Highschool hatte ich zwei lockere Beziehungen gehabt. Meine Freundinnen waren in physischer Hinsicht angenehm, und ich fand es cool, mit ihnen abzuhängen. Aber ich hatte nie das Bedürfnis, jeden umzubringen, der sie auch nur anschaute. Bei Grace hingegen neigte ich dazu, eifersüchtig und besitzergreifend zu sein, sobald jemand auch nur in ihre Richtung atmete.

»Ich war ein Arschloch«, brachte ich schließlich mit rauer Stimme heraus.

Grace schob sich Popcorn in ihren rosa Mund und blickte unter ihrer Baseball-Cap hindurch auf die Leinwand.

»Na gut. *Bin*. Ich *bin* ein Arschloch, bist du jetzt glücklich?«

»Gib dir ein bisschen Mühe, Mann.« Easton schnalzte mit der Zunge und kicherte in eine Handvoll Popcorn. »Das klingt nicht, als ob du es ernst meinst. Ich will dich schwitzen sehen. Vielleicht noch ein Zitat aus *Wie ein einziger Tag*?«

Plötzlich wusste ich genau, was hier lief. Mein bester Freund wollte mir etwas beweisen. Er wollte mir zeigen, dass ich etwas für dieses Mädchen empfand.

East hatte Druck gemacht, und das nicht zu knapp, aber nicht, weil er Grace an die Wäsche wollte, sondern damit ich endlich meinen Hintern bewegte. Seit dem Tag, an dem ich sie kennengelernt hatte, machte ich mir etwas vor.

Ein schwaches Lächeln umspielte Texas' Lippen. Und es waren hübsche Lippen. Blassrosa und weich, die Unterlippe etwas dicker als die obere.

»Er hat recht«, sagte sie spöttisch. »Ein Zitat aus *Wie ein einziger Tag* macht alles besser.«

»Pssst«, machte jemand ein paar Reihen vor uns.

Wie ein einziger Tag haben sie gesagt? Den habe ich doch tausendmal mit … ach, egal.

Mein Kiefer zuckte, das Vibrieren meiner Lider ignorierte ich. »Stehst du auf Demütigungen?« Ich musterte sie kalt.

»Tja, wie du mir, so ich dir. Du hast mich gedemütigt. Da ist es nur fair, wenn ich zusehe, wie du dich windest.«

Zur Hölle mit dieser Frau. Ich schloss die Augen und holte tief Luft.

»Ich kann für dich sein, was immer du willst. Du musst nur sagen, was du willst, und schon bin ich es«, sagte ich ruhig.

Das war vielleicht nicht wortwörtlich zitiert, aber verdammt nah dran. Sie erschauerte auf ihrem Platz. Easton warf den Kopf zurück. Sein Körper bebte vor lautlosem Gelächter. Wenn ich ihm am Abend zu Hause die Zehennägel mit einer Zange herauszog, würde er nicht mehr so fröhlich sein.

»Es tut mir leid, dass ich dich neulich rausgeworfen habe. Das war mies und unhöflich und voll daneben. Es war nicht, weil ich dich nicht dahaben wollte. Meine Mutter und ich kommen nicht gut miteinander zurecht. Vielleicht hast du gemerkt, dass ich ständig ihre Anrufe wegdrücke. Ich wollte nicht, dass sie etwas sagt, das dich verletzen könnte. Aber das ist paradoxerweise nach hinten losgegangen.«

Aus dem Augenwinkel sah ich, dass Easton sich auf seinem Platz vor Lachen geradezu schüttelte. Er stand auf. Ich spuckte meine Zuckerstange in den Flaschenhalter zwischen uns, bevor sie zerbrechen konnte.

»Ich lasse euch Turteltäubchen mal allein. Westie, sei einfach mal … äh … *nicht du*.« Easton verabschiedete sich und klopfte mir auf dem Weg nach draußen auf die Schulter. Glücklich wie ein Kiffer im Coffeeshop hüpfte er die Treppe hinunter.

Grace drehte sich zu mir. Zum tausendsten Mal verfluchte ich den Idioten, der die Baseball-Cap erfunden hatte. Ich konnte ihr Gesicht kaum erkennen.

Ich schlang meinen kleinen Finger um ihren und drückte sanft zu. Sie ließ mich gewähren und hob das Kinn. Diese verdammten himmelblauen Augen würden mich noch fertigmachen. Ich habe eigentlich schon immer auf Ärsche gestanden, aber was diese Augen mit meinem Schwanz machten, schaffte kein Hintern der Welt.

»Tex.«

»Ich hasse dich.«

»Ich weiß. Tex?«

»Wenn du das nächste Mal so ein Arsch bist, werde ich nicht so nachsichtig sein.«

»Ist notiert. *Tex?*«

»Wir können wieder Freunde sein, aber das ist deine letzte Chance.«

»Tex!«

»*Was?*«

»Freundschaft, *fuck*! Ich vermisse deine Lippen.«

Ihre Schultern entspannten sich, als hätte sie lange die Luft angehalten und endlich ausgeatmet. »Meine haben deine Lippen auch vermisst.« Pause. »Den Rest von dir nicht so sehr.«

Dieses Mädchen konnte ebenso gut austeilen, wie sie einstecken konnte.

Und die Welt hatte ihr einiges zugemutet.

Ich griff nach ihrer Kappe, drehte sie nach hinten und küsste sie. Durch das Salz des Popcorns hindurch schmeckte sie warm, süß und weich. So verdammt weich. Ich saugte an ihrer Unterlippe und knabberte daran, bis sie sich stöhnend in mein Shirt krallte.

Meine Lider waren so schwer, dass ich die Augen kaum offenhalten konnte, aber ich schloss sie nicht. Sie sah hinreißend aus im Dunkeln, während die blauen Lichter der Leinwand über ihr Gesicht tanzten. Ich wollte diesen Augenblick in mein Gedächtnis einbrennen, weil ich *wusste*, dass ich es irgendwann versauen würde.

Ich würde sie verlieren.

Aber ich würde sie wenigstens vorher *haben*.

Es war nur vorübergehend.

Und es würde wehtun.

Aber das war es mir wert.

Das Einzige, das sich zwischen gestern und heute geändert hatte, war meine Akzeptanz. Ich hatte mich damit abgefunden, dass der Zug den Bahnhof verlassen hatte und mit zunehmender Geschwindigkeit auf einen knisternden Haufen Sprengstoff zuraste.

Ich wollte Grace »Texas« Shaw.

Wollte ihr an die Wäsche.

In ihren Mund.

Ich wollte ihre gemeinen Witze, ihr reines Herz, ihre leuchtenden Augen und diese zerklüftete Narbe, die sich unter meinen Fingerspitzen wie Seide anfühlte.

Ihre Haut war ein Kontinent der Entdeckungen, den ich enthüllen und küssen und liebkosen wollte. Ich wollte ihre Geschichten – ihre Ängste – kennenlernen, indem ich mit den Lippen über die Stellen strich, die einstmals geschmerzt hatten.

Sie fuhr mir mit den Fingern durchs Haar, gab leise, kehlige Geräusche von sich, die mein Blut nach Süden strömen ließen. Der Kuss war animalisch und intensiv, unsere Zungen umspielten einander. Nie zuvor hatte ich einen Kuss so sehr genossen. Bisher war ein Kuss für mich immer der Zwischenstopp auf dem Weg zum Endziel gewesen – zur Grotte der Lust.

Aber Grace hätte ich bis zur Besinnungslosigkeit und zurück küssen können, ohne auch nur Luft zu holen. Diese Gedanken klangen wie eine antiquierte Grußkarte für mich, aber deshalb waren sie nicht weniger wahr. Oder weniger verstörend, wenn wir schon mal dabei waren.

Ihre Hand glitt über meine Brust und über mein Sixpack. Ihre Finger berührten den obersten Knopf meiner Jeans.

»Sollen wir gehen?« Ihre Lippen strichen über meine, während sie sprach.

Ich löste meinen Mund von ihrem und sah ihr ins Gesicht. Sie wirkte nüchtern, und ich war mir zu einhundert Prozent sicher, dass sie nicht noch mehr Popcorn vom Getränkestand wollte.

»Es gibt nur eine Bedingung«, sagte sie.

Wollte sie, dass ich ihr den Mond vom Himmel holte? Kein Problem. Ich würde ihr auch die Sonne schenken. Dafür brauchte ich nur ein bisschen Zeit und ein, zwei Kredite.

Und definitiv eine gute Lebensversicherung.

»Lass hören.«

»Ich will keine Tess oder Melanie werden. Keine Nur-für-eine-Nacht-Regel für uns.« Sie schüttelte den Kopf. »Ich will, dass du mich mit Fürsorge und Respekt behandelst. Ich weiß, dass es nur unverbindlich ist, aber …« Sie holte tief Luft und senkte den Blick und ihre Stimme. »Für mich bedeutet es etwas. Mich wieder zu öffnen. Versprich mir, dass du mein Vertrauen nicht enttäuschst, West.«

Es war die Trunkenheit des Augenblicks, die mich dazu brachte.

Das Versprechen an mich selbst zu vergessen. Auf das Versprechen zu spucken, niemals etwas zu versprechen.

Mein einziger Gedanke war, dass ich bald in Grace sein, in ihrer Reinheit ertrinken und hoffen würde, dass ein bisschen davon auf mich abfärbte.

»Versprochen.«

Das Wort kam aus meinem Mund, bevor ich es aufhalten konnte, und es schmeckte wie Asche. Ich konnte es nicht zurücknehmen. Da war es, hing zwischen uns. Lebendig und von Sekunde zu Sekunde größer werdend. Es drückte gegen mein Brustbein und machte mir das Atmen schwer.

Versprochen.

Versprochen.

Versprochen.

Weißt du noch, was passiert ist, als du das letzte Mal etwas versprochen hast?

Ich verzog das Gesicht ob meiner eigenen Dummheit und nahm sie bei der Hand.

»Verschwinden wir.«

Zwölf Minuten später (ja, ich habe gezählt) standen wir vor Texas' Haus. Marla hatte ihre Schicht gerade beendet. Sie hüpfte die Verandatreppe hinunter und steckte sich eine Zigarette an.

»Das war's, Kinder. Viel Spaß und behaltet eure Hände bei euch. Das gilt besonders für dich, St. Claire.«

Grace stand auf der untersten Stufe zu ihrer Haustür. Der Sonnenuntergang färbte den Himmel um sie herum pink und orange, wodurch sie wie ein gefallener Engel aussah.

Offensichtlich nahm ich jetzt die verdammte Umgebung wahr *und* wurde auch noch poetisch.

Ich wollte meine Eier wiederhaben, aber noch mehr wollte ich sie an Grace' Pussy drücken.

»Möchtest du reinkommen?« Als Marla weg war, deutete sie mit dem Daumen hinter sich.

»Ein Mann, der dir etwas anderes erzählt, kauft auch eine Vorratspackung abgelaufener Kondome.« Ich lehnte mich lässig an Christina und versuchte angestrengt, so zu tun, als wäre es mir egal. Obwohl ich bereits bewiesen hatte, dass ich dermaßen auf dieses Mädchen stand, dass mein Verstand nicht mal mehr die gleiche Postleitzahl hatte wie ich.

Tex brauchte eine Sekunde, um zu verstehen, was ich meinte.

Sie zog die Nase kraus. »Keine Vorratspackungen für dich also?«

Ich zuckte mit den Schultern. »Nenn mich altmodisch, aber ich bereite meiner Begleiterin gern eine schöne Zeit ohne weitere Verpflichtungen oder unerwartete Besuche in der Apotheke.«

»Was für ein Gentleman.«

»Das höre ich immer wieder.«

»Und ich habe dich immer für ein griesgrämiges Arschloch gehalten.«

»Das bin ich auch.«

»Aber nicht zu mir.«

Damit lag sie richtig. Vielleicht war das der Grund, warum ich mich nicht von ihr fernhalten konnte, obwohl mich jedes Organ meines Körpers (außer meinem Schwanz) darum anflehte.

»Du erinnerst mich daran, wie ich früher war.« Ich tat so, als würde ich unsichtbaren Staub von meiner Ducati wischen, damit meine Hand etwas zu tun hatte.

»Wovor?«

»Vor allem.«

Wir starrten einander an. In der Ferne läuteten Kirchenglocken. Sie nahm ihre Cap ab und hielt sie vor ihrem Schoß umklammert. Obwohl kein Wort gefallen war, wusste ich, dass sie mich auf diese Art ins Haus bat.

Ich machte einen Schritt.

Dann noch einen.

Sie hielt mich nicht auf.

Als wir so nahe voreinander standen, dass unsere Füße sich berührten, waren wir beide außer Atem.

»Ich weiß nicht, was wir hier tun«, krächzte sie und hob das Gesicht. Sie zeigte mir mehr davon, als ich je zuvor gesehen hatte. Immer noch stark geschminkt, aber im Sonnenlicht und ohne die Baseball-Cap.

Ich nahm ihre Hände in meine.

»Finden wir es zusammen heraus.«

Es war das erste Mal, dass ich Grace' Zimmer betrat. Ihre Großmutter saß vor dem Fernseher; sie war fast eingenickt, beschwerte sich dann aber über das lausige Programm von VH1. Sie wirkte so mechanisch wie der Klang, der aus dem Lautsprecher kam, aber Grace darauf hinzuweisen, erschien mir kontraproduktiv. Nicht nur wegen dem angeschwollenen Ding zwischen meinen Beinen, sondern auch, weil Tex fest entschlossen war, Mrs Shaw nicht in ein Pflegeheim zu geben.

Texas' Zimmer sah aus, wie ich es von einer Grace Shaw ohne Narben erwartet hätte: pfirsichfarbene Wände voller Bilder von ihr mit ihrer Großmutter und Gruppen von lächelnden, hübschen Freundinnen. Weißes Leinen, Pompoms überall und Eintrittskarten zu Aufführungen und Filmen, die sie gesehen hatte. Sie hingen neben handgeschriebenen Briefen an einer Pinnwand. Mir entging nicht, dass ihr Zimmer in gutem Zustand und nach dem Feuer wahrscheinlich renoviert worden war.

Sie wollte weiterhin der Mensch sein, der sie vorher gewesen war.

Sie hatte gehofft, dass das möglich sein würde, was ihre Tragödie noch weitaus schmerzhafter machte.

Grace Shaw war das exakte Gegenteil von mir.

Ich zerstörte alles, was mein Leben vor der Tragödie ausgemacht hatte, sie klammerte sich daran und weigerte sich, loszulassen.

Ich stand in ihrem Zimmer und wartete darauf, dass sie wieder zurückkam, während sie sich um Mrs S. kümmerte. Sie tauchte mit zwei Gläsern Eistee in der Tür auf. Ich wusste nicht, wie und wann, aber in der Zeit zwischen unserer Heimfahrt und jetzt hatte sie es geschafft, noch mehr Make-up aufzulegen.

Tex hatte es mit der Foundation übertrieben. Es sah aus wie ein zweites Gesicht, und ich glaubte nicht, dass es schöner war als ihr echtes. Außerdem hatte sie die verdammte Kappe wieder aufgesetzt.

Wir standen da und starrten einander an. »Hi«, sagte sie nervös. »Maine.«

»Texas.«

»Wie gefällt dir das Wetter bei uns?«

Wovon redeten wir hier, verdammt noch mal? Ich war mir nicht ganz sicher.

»Ganz gut«, sagte ich und schluckte.

Ich trat einen Schritt näher.

Sie rührte sich nicht vom Fleck.

Ich trat noch einen Schritt näher.

Ihre Brüste hoben sich, als ihr der Atem stockte.

Mein Herz schlug so heftig, dass ich den Puls in meinem Schwanz spürte.

Ich griff nach ihrer Cap und warf sie auf den Boden.

Ich fühlte mich wie in dem Song von John Mayer, den sie vor ein paar Jahren im Radio zu Tode gedudelt hatten. *Slow Dancing in a Burning Room*. Alles war dringend, passierte aber schmerzhaft langsam.

Jetzt standen wir uns genau gegenüber. Sie wich nicht zurück. Ich nahm ihr Kinn zwischen Daumen und Zeigefinger und hob ihren Kopf an.

»Vertraust du mir?«

Sie nickte und schluckte. Ich drückte ihr einen glühenden Kuss auf die Lippen. Er war intensiv, ruhig, methodisch und anders als jeder Kuss, den ich je erlebt hatte. Ich schloss die Finger um den Saum ihres Shirts und zog sie näher, bis unsere Körper sich berührten.

Grace erwiderte den Kuss, sie keuchte und versuchte, zu

Atem zu kommen. Während ihre Finger nach meinem Reißverschluss tasteten, schob ich ihr Zentimeter für Zentimeter das Shirt hoch. Ich machte mir keine Sorgen um das, was mich darunter erwartete. Aber ich wusste, dass es ihr anders ging.

Als ich ihr das Shirt bis zu den Rippen hochgeschoben hatte, hielt Texas meine Hände fest, damit sie nicht noch höher wandern konnten, und drückte sie weg. Zum Zeichen der Kapitulation hob ich beide Hände. Sie beendete den Kuss und trat einen Schritt zurück.

»Tut mir leid.« Sie kicherte. »Vielleicht …« Sie schlang sich die Arme um die Taille und legte schüchtern den Kopf schief. »Vielleicht könnten wir es einfach angezogen tun? Ich meine, du kannst dich ja ausziehen. Und ich ziehe natürlich meine Hose aus …« Sie schloss die Augen und lief unter der Schminke knallrot an. »Das macht dir doch nichts aus, oder? Im Plaza hattest du bestimmt auch keine Zeit, deine …«

»*Hör auf*«, blaffte ich mit bebenden Nasenflügeln. »Du vergleichst Äpfel mit Birnen.«

Sie zuckte zusammen.

Ich beschloss, die Taktik zu ändern und streifte meine Boots und die Socken ab. Dann zog ich Jeans und Boxershorts gleichzeitig herunter und stand von der Hüfte abwärts nackt in ihrem Zimmer. Nur ich und meine zuckende Erektion, und wir starrten sie beide eindringlich an.

Ihre Augen weiteten sich.

»Äh … okay? Das kam ein bisschen plötzlich …«

»Hemd aus, Baby«, knurrte ich leise. Ein Tonfall, mit dem ich vertraut war, der mir absolut entsprach. Sie musterte mich aus schmalen Augen.

»Ich habe doch gesagt, dass ich mich dabei unwohl fühle. Warum bestehst du darauf?«

»Weil du glaubst, dass das, was ich zu sehen bekomme, mich abtörnen wird. Wie könnte ich dir besser beweisen, dass du dich irrst, als auf diese Art?« Ich deutete auf meinen pulsierenden Schwanz. Er war geschwollen und so hart, dass ich mich fragte, ob für meine anderen Körperteile noch Blut übrig war.

»An diesem Experiment möchte ich lieber nicht teilnehmen.«

»Dann wirst du es dir wohl selbst besorgen müssen.« Ich ging in die Hocke – ja, verdammt, ohne Hose – und hob betont langsam meine Jeans auf.

»Warte.«

Mitten in der Bewegung hielt ich inne und lächelte mit gesenktem Kopf in mich hinein.

»Du willst ... wir werden es also nur machen, wenn ich dir meine Narben zeige?«

Ich richtete mich auf, leckte mir über die Lippen und zog mein Hemd aus. Jetzt war ich splitternackt. Das war schon besser. Nichts fühlte sich mehr nach Kastration an, als halb nackt vor jemandem zu stehen. (Obwohl der Kauf einer Karte für die Nachmittagsvorstellung eines Kate-Hudson-Films der Sache schon ziemlich nahe kam.)

Erstaunlich, wozu diese Frau mich bringen kann.

»Richtig. Wie du mir, so ich dir. Ich bin nackt. Du bist nackt. Gleiches Recht für alle.«

Sie starrte an die Decke und schüttelte den Kopf. »Das ist aber nicht schön. Meine linke Seite jedenfalls.«

»Jeder Teil von dir ist schön. Nichts kann daran etwas ändern. Auch deine Kriegsnarben nicht. Und jetzt zieh dich aus, bevor ich wegen Blutmangel ohnmächtig werde.«

Sie zögerte einen Moment, bevor sie mit einer flinken Bewegung ihr Hemd auszog. Sie öffnete ihren BH und schloss dann fest die Augen, blieb ganz still vor mir stehen und erwartete leise wimmernd mein Urteil.

Ich streichelte meinen Schwanz, während ich jeden Zentimeter ihres Oberkörpers in mich aufnahm. Ihr Bauch war flach, ihre Titten waren birnenförmig und fest. Ihre kleinen, harten Brustwarzen würden perfekt in meinen Mund passen. Die linke Körperhälfte war durch das Feuer entstellt. Unruhige Flecken in lila und rot waren wie ein Gemälde über ihren Körper verteilt.

Alles an ihr war süß wie Honig, glatt und unglaublich begehrenswert.

Ihre Augen waren noch immer geschlossen, als ich mich ihr näherte. Mit jedem Schritt wurde ihr Atem flacher, bis ich endlich vor ihr stand.

Sie hörte auf zu atmen.

Ich auch.

Ich bückte mich, nahm die Brustwarze ihrer linken, gezeichneten Brust zwischen die Lippen und saugte sie tief in meinen Mund. Sie stöhnte, ihre Hände umklammerten meinen Kopf. Ich legte meine Stirn an ihr Schlüsselbein. Zwischen uns pulsierte mein Schwanz und bettelte darum, mitmachen zu dürfen.

Sitz, mein Junge. Noch nicht.

»Wenn du jemandem davon erzählst, bringe ich dich um.« Grace zog mich näher zu ihrer unebenen Brustwarze. Sie war dunkler als die gesunde rechte und wegen des Narbengewebes etwas größer. Ich gönnte ihm die Luxusbehandlung. Küsste, leckte und knabberte sanft daran, fuhr mit der Zungenspitze über den Warzenhof und pustete darauf. Sie erschauerte und drückte mir ihre Brüste ins Gesicht. Ihr ganzer Körper war angespannt und bereit.

»Wovon? Von deiner Narbe oder dass ich an deinen Titten gesaugt habe?« Ich wechselte zu der anderen, der »normalen«

Brustwarze. Ich saß in der halben Hocke, meine Oberschenkelmuskeln brannten. Sie sollte sehen, wie sehr sie mich erregte. Da fiel mir ein …

Ich nahm ihre freie Hand – diejenige, die gerade nicht versuchte, mir die Haare auszureißen – und legte sie um meinen Schwanz.

Immer noch hart wie ein Stein und genauso intelligent, wenn man bedenkt, dass ich dir ein Versprechen gegeben habe, das ich definitiv brechen werde.

»Beides«, krächzte sie. »Himmel, du bist so hart.«

»Und du bist wunderschön. Der helle Wahnsinn«, murmelte ich an ihrer Haut. Ich wechselte jetzt zwischen beiden Brüsten, küsste und massierte sie, gewöhnte mich an sie.

Wir werden noch beste Freunde, Ladys, sagten meine Küsse. *Und wir werden eine Menge Zeit miteinander verbringen.*

Ich hob Grace hoch, damit sie die Beine um meine Hüften schlingen konnte, und trug sie zu ihrem Doppelbett. Ich legte sie auf die Matratze und knöpfte ihr, ohne den Kuss zu unterbrechen, die Jeans auf. Sie streichelte meinen Schwanz. Ihre Hände waren eifrig, aber unsicher. Ich fragte mich, wie viel Erfahrung sie wohl im Bett hatte. Die Tatsache, dass sie keine Jungfrau mehr war, bedeutete gar nichts. Außer der wenig vielversprechenden Tatsache, dass er sich nach dem Feuer verpisst hatte, wusste ich nichts über ihren Ex-Freund.

Er stand bereits – ihr habt es erraten – auf meiner länger werdenden Liste von Leuten, die ich umbringen würde, sollte ich jemals durchdrehen.

Grace schob sich die Jeans bis zu den Knöcheln herunter. Ich streichelte über ihr weißes Baumwollhöschen, und ein gewaltiger Schauer raste durch meinen Körper.

So fühlte es sich also an, wenn man geil war. Bis heute musste ich Langeweile und Ruhelosigkeit mit Begierde verwechselt haben, denn nichts, was ich bisher erlebt hatte, kam diesem Augenblick nahe.

Ihre Hand bewegte sich schneller an meinem Schwanz. Ich schob ihren Slip zur Seite und einen Finger in sie hinein, während ich mir mit Küssen den Weg an ihrem Hals hinab bahnte. Sie war klitschnass. Dann schob ich einen zweiten Finger in sie, um sie anzuheizen, weil ich wusste, dass ich dieses Vorspiel nicht viel länger aushalten würde, ohne zu kommen.

Ihr heißer Mund saugte und knabberte an meiner Wange. Erneut berührte ich mit der Zunge ihre Narben, leckte und biss. Ich war grob. Ich war selbstsicher. Ich behandelte sie nicht wie ein Porzellanpüppchen. Wie ein kostbares, zerbrechliches Ding, das man vorsichtig berühren und bemitleiden musste.

Ich behandelte sie wie jemanden, den ich vögeln wollte, bis ich umfiel.

»Mehr«, stöhnte sie.

Ich schob einen weiteren Finger in sie hinein, und ihr Atem wurde lauter. Gieriger. Sie ließ meinen Schwanz los und krallte die Finger in die Matratze. Verbarg ihr Gesicht in den Kissen, um einen Schrei zu unterdrücken. Ihre Hüften drängten sich meiner Hand entgegen, verlangten nach mehr.

»West, bitte.«

»Bitte *was*?« Ich ließ die Zunge zu ihrem Bauchnabel wandern und tauchte in die perfekte Vertiefung ein. Mir lief das Wasser im Mund zusammen, als ihr Duft wahrnehmbarer wurde. Ich wollte jeden Quadratzentimeter dieses Mädchens mit den Lippen berühren, damit ich beim nächsten Mal, wenn ich sie sah, denken konnte: *Ich weiß, wie sie schmeckt. Überall.*

»Wenn wir es jetzt nicht sofort tun, werde ich explodieren«, sagte Grace.

»Die Fahrt zur Notaufnahme erspare ich dir.«

Ich richtete mich auf und holte meine Brieftasche aus der Jeans, die auf dem Boden lag. Ich nahm ein Kondom heraus, riss die Verpackung auf und streifte es über, während ich mit der anderen Hand ihre verletzte Brust liebkoste. Aus irgendeinem Grund gefiel sie mir noch besser als die makellose auf der anderen Seite. Zu sehen, was sie alles durchgemacht hatte, erregte mich. Wie sie schwungvoll, stark und temperamentvoll zurückgekommen war. Eine Überlebenskünstlerin.

Ich ließ mich auf sie sinken, platzierte meinen Körper in der Missionarsstellung und brachte meinen Schwanz in Stellung. Zentimeter für Zentimeter drang ich in sie ein, atmete zischend bei jeder kleinen Bewegung. Sie hielt meine Hüften umfasst und holte tief Luft. Wir sahen zu, wie ich in sie hineinglitt. Sie war heiß und feucht und verdammt eng.

Ich schwöre bei Gott, nie zuvor hätte ich mich lieber in Texas aufgehalten als in diesem Augenblick.

Erst als mein Schwanz bis zum Anschlag in ihr war, blickte ich ihr wieder ins Gesicht und sah, dass sie sich auf die Unterlippe biss, um ein Kichern zu unterdrücken.

Was ... nicht gerade das übliche Verhaltensmuster der Frauen war, die unter mir lagen.

Ich runzelte die Stirn. »Was ist so lustig?«

»Du.« Sie schüttelte den Kopf, ihr Gesicht leuchtete vor Übermut. »Du siehst aus, als wärst du auf einer Mission. Du solltest dich mal sehen. So fokussiert. Hoch konzentriert.«

Ich starrte sie an, unsicher, wie ich reagieren sollte.

»Als ich dein ... äh ... *Ding* im Food Truck gesehen habe, war ich mir zu neunundneunzig Prozent sicher, dass ich es niemals in mir haben wollte. Es kam mir zu groß vor. Zu bedrohlich. Aber es fühlt sich sehr angenehm an. Danke.«

Ich senkte den Kopf und gab ihr einen flüchtigen Kuss auf

die Schulter. Im Grunde hatte sie mir gerade gesagt, dass mein Schwanz *so* groß nun auch wieder nicht war.

»Hör auf zu reden«, befahl ich.

»Warum? Du bist einfach hinreißend.«

Sie nannte mich *hinreißend*, während ich *in* ihr steckte? Ob ich mich davon jemals erholen würde?

»Fick dich«, knurrte ich.

»Oh ja, bitte.«

»Geht schon los.«

Ich begann, mich langsam in ihr zu bewegen. *Holy Shit*, sie fühlte sich fantastisch an. Sex hatte sich immer schon gut angefühlt. Aber mit Texas war es nicht nur besser, es war … anders. Wir passten zusammen.

Bei jedem Stoß spürte ich, wie sich meine Hoden zusammenzogen und prickelten, wie mein Schwanz zuckte und pulsierte. Sie bebte in meinen Armen, und ich wusste, dass auch sie kurz davor war.

Na los, Texas. Komm, bevor ich komme.

Ich fragte mich, seit wann mich so etwas interessierte. Ich war kein totales Arschloch. Ich sorgte durchaus dafür, dass es für die Person, mit der ich zusammen war, ziemlich gut war. Außer Oralsex zog ich alle Register – Vorspiel, auf der Pussy spielen wie auf einer Geige, Küsse auf erogene Zonen und so weiter und so fort. Aber ob sie zum Orgasmus kamen, hatte mich nie gekümmert. Nicht solange klar war, dass meine zufriedenen Kundinnen mich ihren Freundinnen weiterempfehlen würden.

Bei Texas war es mir wichtig.

»West. Oh mein Gott.« Sie umfasste meinen Kopf und zog mich nach unten. Ich küsste sie grob. Meine Finger ertasteten ihre Klitoris und begannen, sie zu umkreisen.

Komm schon, sonst sterbe ich an Spermavergiftung.

»Bist du so weit?«, knurrte ich.

»Ich …«, setzte sie an, verzog dann aber das Gesicht und erstarrte. Jeder Muskel ihres Körpers zog sich zusammen. Sie umklammerte mich so fest, dass der Rest meines Körpers keinen Einfluss mehr darauf hatte, was als Nächstes passierte. Ich spürte, wie ich mich in dem Kondom ergoss, während ich den intensivsten Orgasmus erlebte, den ich je gehabt hatte.

Sie krampfte sich um meinen Schwanz herum zusammen.

»Komme.«

Gott. Sei. Dank.

»Ich auch, Baby. Ich auch.«

Grace

Ich hatte Sex gehabt.

Mit einem Kerl.

Und die totale Krönung – ich hatte es genossen, war sogar zum Höhepunkt gekommen.

Okay, zweimal.

Na gut, *dreimal.*

Wer hätte das gedacht?

Ich nicht, soviel war sicher. Mein sinnliches Bedürfnis, einen anderen Körper warm und lebendig an meinem zu spüren, war wie eine Handgranate explodiert in der Sekunde, in der West seine Lippen um meine entstellte Brustwarze legte, ohne das Gesicht zu verziehen.

Auf Zehenspitzen und in einem übergroßen Hemd schlich ich ins Wohnzimmer, nachdem ich die letzten drei Stunden mit West verbracht hatte. Wir brauchten zehn Minuten, um uns zu erholen, bevor wir uns nach dem ersten Mal wieder aufeinander stürzten. Vermutlich wäre es die ganze Nacht so weitergegangen, wären West nicht die Kondome ausgegangen.

Grams schlief auf der Couch, leise schnarchend, die Lippen zu strenger Missbilligung verzogen. Ich hob die zierliche Frau auf wie ein Kleinkind und trug sie in ihr Schlafzimmer. Wahrscheinlich war das ein merkwürdiger Anblick für einen Außenstehenden, aber ich hatte mich über die Jahre daran gewöhnt.

Savannah Shaw hatte die kindliche Angewohnheit, nicht aufzuwachen, wenn man sie zu Bett brachte. Ich machte das bereits eine ganze Weile. Noch bevor Grams allmählich den Bezug zur Realität zu verlieren begann. Als sie noch zwei Jobs hatte, um uns durchzubringen. Sie schlief immer auf der Couch ein. Anfangs hatte ich sie geweckt, damit sie zu Bett gehen konnte – unser Sofa war schmal, der Stoff fadenscheinig und rau –, aber sie war jedes Mal komplett aufgewacht und hatte dann das Haus geputzt, gespült oder die Wäsche gemacht. Mit der Zeit begriff ich, dass ich sie einfach in ihr Zimmer bringen und zudecken musste.

Nachdem ich Grams ins Bett gebracht hatte, ging ich in mein Zimmer zurück. Es war dunkel, heiß und feucht, in der Luft hing der Geruch nach Sex und Mann. Die Gläser mit Eistee, die ich Stunden zuvor mitgebracht hatte, waren unberührt und standen in kleinen Pfützen Kondenswasser auf meinem Nachttisch. West lag ausgestreckt auf meinem Bett, die Arme hinter dem Kopf, den Blick an die Decke gerichtet, die vier Jahre zuvor frisch gestrichen worden war. Er war unbekleidet, seine untere Körperhälfte war nachlässig von meinem Laken bedeckt. Im Geist machte ich ein Foto davon, wie er ruhig und zufrieden in meinem Territorium lag.

Mein Instinkt sagte mir, dass dieser perfekte Moment nicht von Dauer sein würde.

Er klopfte auf eine Stelle neben sich. »Komm her, Tex.«

»Du lässt mir nicht gerade viel Platz.« Ich betrachtete seine Gestalt von der Schwelle aus. Ein träges Lächeln machte sich in seinem Gesicht breit.

»Dann wirst du dich wohl auf mich legen müssen.«

Es war mir immer noch unbegreiflich, dass er über meine Narben hinwegsah. Natürlich, er hatte das ganze Ausmaß ihrer Hässlichkeit unter der Schminke nicht erkennen können, aber sie waren trotzdem noch da. Ich legte mich auf ihn und schloss die Schenkel um seine Taille. Als ich seine Erektion unter der Decke spürte, drückte ich zu.

Stöhnend knetete er meine Pobacken.

»Ich bin mir ziemlich sicher, dass man an meinem Schwanz schon Abschürfungen sehen kann. Wie wär's mit einer vierten Runde?«

»Wir haben keine Kondome mehr.« Ich lachte kehlig.

»Ich zieh ihn raus.«

»Bist du wahnsinnig?«

»Nee, geil. Was dasselbe sein muss, weil ich so was noch nie vorgeschlagen habe.«

»Das wird nichts.«

»Wieso nicht? Ich bin ziemlich schnell.«

»Und das soll ich dir abkaufen?« Ich verdrehte die Augen.

West lachte. »Schnell beim Rausziehen, nicht beim Kommen.«

Ich strich ihm über Stirn, Wangen und Kinn. Dann beugte ich mich über ihn, um ihn auf die Nasenspitze zu küssen. Er war perfekt. Alles an ihm. Unversehrt, glatt und gut aussehend.

»Wir machen es bald wieder, glaub mir«, flüsterte ich.

»Versprich es«, verlangte er und drückte meine Hände an seine Brust, sodass ich mich nicht bewegen konnte. Ich dachte an das Versprechen, das er mir zuvor gegeben hatte: mein Vertrauen niemals zu enttäuschen.

»Versprochen.« Ich lächelte.

Danach kuschelten wir. Ich lag auf ihm, Haut an Haut, das Ohr an seine Brust gedrückt lauschte ich den regelmäßigen Schlägen seines Herzens. Als es dunkel wurde, glaubte ich, er sei eingeschlafen.

Doch dann fing er an zu reden. »Wirst du mir jemals erzählen, was dir passiert ist? Und nein, ich frage nicht, weil ich heute deine Narben gesehen habe. Ich frage, weil du dich benimmst, als wäre es nie geschehen, obwohl diese Sache dein ganzes Leben bestimmt. Jeden. Einzelnen. Tag.«

Mir stockte der Atem. *Okay, es war so weit.*

Das war einer der Gründe, warum ich nach dem Brand niemanden mehr an mich herangelassen hatte. Ich wollte die Fragen, die Geständnisse und die hässliche Wahrheit hinter den noch hässlicheren Narben verbergen. Aber hatte West nach allem, was wir durchgemacht hatten, nicht ein bisschen Ehrlichkeit verdient?

Er hatte mir ein Versprechen gegeben, obwohl er geschworen hatte, so etwas nie wieder zu tun.

Ich öffnete den Mund, ohne zu wissen, was herauskommen würde.

»Niemand weiß genau, was in der Nacht des Feuers passiert ist.«

Seine Brustmuskeln spannten sich unter meinem Kopf an, als hätte ich ihm die Luft abgedreht.

»Die Gerüchte haben sich in der Stadt wie ein Lauffeuer verbreitet, aber sie wurden nie bestätigt, und ich möchte gern, dass es dabei bleibt. Darum spreche ich nicht darüber.«

Außerdem gehörte es nicht gerade zu meinen Lieblingsbeschäftigungen, die schlimmste Nacht meines Lebens wiederaufleben zu lassen.

Ich drehte den Flammenring an meinem Finger, betrachtete ihn eingehend und spürte auf einmal, dass ich ihn leidenschaftlich hasste.

Ich hasste Courtney, weil sie ihn mir nie persönlich gegeben hatte.

Weil sie nicht da war, als die Verbände abgenommen wurden.

Weil sie nie Verantwortung für das übernommen hatte, was sie geschaffen hatte – *mich*.

West streichelte mein Haar. Meine goldblonden Locken waren auf einer bronzefarbenen Haut ausgebreitet. Es sah wunderschön aus. Wie ein Sonnenuntergang.

Er sollte eine Blondine heiraten. Der Gedanke kam aus dem Nichts und schnürte mir die Kehle zu. *Wen denn, dich?*

»Es gilt also, nicht darüber zu sprechen und nicht zu akzeptieren, dass es je passiert ist. Ich kenne dich seit Monaten, und du hast es noch nie erwähnt.«

Ich schloss die Augen. »Was willst du wissen?«

»Alles. Ich will alles wissen, Tex.«

Noch ein kurzer Atemzug.

Ein letzter Kuss auf seine Brust.

Und ich legte los und erzählte ihm, was nur Karlie und Marla wussten.

»Es war ein ganz normaler Abend. Ein Dienstag, um genau zu sein. Es überrascht mich immer wieder, dass die Tage, die unser Leben für immer verändern, so normal und unauffällig beginnen. Grams hatte zu dem Zeitpunkt zwei Jobs. Vormittags arbeitete sie in der Cafeteria einer Middle School in der Stadt, und nachmittags half sie im örtlichen Lebensmittelladen aus. Aber sie bestand immer noch darauf, mir Hausmannskost zuzubereiten und bei meinen Cheerleader-Einsätzen und meinen Aufführungen dabei zu sein. Sie war erschöpft. Und vergesslich. Ständig.«

Ich holte tief Luft und rief mir die Einzelheiten in Erinnerung. Es fühlte sich an, als ginge ich in einem Schneesturm bergauf.

»Ich hatte damals einen Freund. Sein Name war Tucker. Ein Football-Spieler. Beliebt, gut aussehend und aus einer anständigen, bekannten Familie hier in Sheridan. Er schlief an diesem Abend hier. Er schlief oft hier, aber wenn Grams nach Hause kam, schlüpfte er aus meinem Schlafzimmerfenster, damit er weg war, wenn sie mich am nächsten Morgen mit Waffeln weckte. Sie nannte ihn den Kraken«, erinnerte ich mich und lächelte dünn. »Seit dem Tag, als sie uns ineinander verschlungen im Bett erwischt hat.«

»Den Teil, wo du von einem anderen Kerl angefasst wirst, können wir auslassen«, knurrte West.

»Das Fenster war rostig, deshalb machte es ein knisterndes Geräusch, an das ich mich gewöhnt hatte.«

Ich spürte, dass er nickte, aber er sagte nichts. Meine Brust schmerzte. Jedes Wort, das aus meinem Mund kam, war, als verschluckte ich Glas.

»Ich schlief, als es passierte. Grams kam nach Hause, wahrscheinlich spät. Sie machte sich einen Gin Tonic, steckte sich eine Zigarette an und setzte sich unten hin. Trank aus und ging in ihr Zimmer.«

»Das Schlimmste war, dass ich das knisternde Geräusch gehört habe, nachdem die Glut der Zigarette auf die Couch gefallen war, aber ich war so müde, dass ich dachte, es käme vom Fenster, weil Tucker sich hinausschlich. Ich wusste nicht, dass er schon eine Stunde weg war, als Grams nach Hause kam.«

Die Erinnerung, wie der Geruch des Feuers mir in die Nase stieg und meine Lunge sich mit schwarzem Rauch füllte, war frisch und real. Hinter geschlossenen Lidern sah ich überdeutlich, was als Nächstes passierte. Ich öffnete im Dunkeln die Augen, und mein Herz pochte gegen Wests Brust. Er legte mir einen Arm um den Rücken und drückte mich derart fest an sich, dass ich glaubte, in seinem Körper zu ertrinken.

»Erst als ich zu husten anfing, bemerkte ich, was vor sich ging. Ich setzte mich im Bett auf und sah mich um. Irgendetwas stimmte nicht. Rauch stieg aus dem Türspalt empor. Der Raum war noch nicht sehr vernebelt, aber die Wolken, die unter der Tür hervorkamen, waren dunkel und heiß. Ich sprang aus dem Bett und rief nach Grams. Ihr Zimmer lag am Ende des Korridors. Ich stürmte aus meinem Zimmer und sah, dass das Feuer die erste Etage erreicht hatte. Es tanzte auf der obersten Stufe. Ich schwöre, es sah aus, als wollte es mich verspotten, West.« Die Worte sprudelten aus mir heraus. Eine einsame, dicke Träne rollte über meine Wange hinab und landete auf seiner nackten Brust. In der Sekunde, in der sie seine Haut berührte, stöhnte er, fast so, als hätte er allen Schmerz aus mir herausgesaugt und fühlte ihn jetzt selbst.

Seine Lippen strichen über meinen Scheitel. »Du musst nicht weitermachen.«

Aber ich wollte. Zum ersten Mal wollte ich mir alles von der Seele reden. Mich von der Last befreien, die Wahrheit zu kennen und sie der Welt vorzuenthalten.

Ein weiteres Mal holte ich tief Luft und fuhr fort.

»Ich rannte in Grams' Zimmer und zerrte sie heraus. Wir konnten nicht aus dem Fenster springen. Direkt unter ihrem Fenster waren Rosenbüsche. Grams hatte eine kaputte Hüfte. Abgesehen davon schlief sie tief und fest. Ich schützte sie mit meinem Körper, wickelte mich um sie wie eine menschliche Decke und rannte zurück in den Korridor. Kaum waren wir aus ihrem Zimmer, begann die erste Etage wie ein Kartenhaus in sich zusammenzubrechen. Ein Teil der Wand fiel auf mich, lag mit ihrem ganzen Gewicht auf meiner linken Körperhälfte. Für ein paar Sekunden konnte ich mich nicht bewegen. Wir wurden an eine Holzbohle gedrückt, und die Bohle stand in Flammen. Ich spürte, wie mein Gesicht, meine Schulter und mein Arm schmolzen. Ich war mir sicher, dass es das für mich gewesen war. Dass ich so gut wie tot war.«

Eine weitere Träne fiel auf seine Brust. Ich erinnerte mich, dass ich gedacht hatte, auch im Tod noch lebendig zu sein, denn ich konnte hören und Schmerz empfinden.

»Ich wurde ohnmächtig. Wahrscheinlich vom Adrenalin und vom Schmerz. Wer mich aufweckte, war Grams. Sie war hellwach und schrie Zeter und Mordio. Sie lag unter mir begraben, aber sicher in meinen Armen. Ihre Stimme weckte mich wieder auf. Ich wollte sie retten, koste es, was es wolle, genau wie sie mich gerettet hatte, als mich meine Momma ...«

Vor Grams' Tür zurückließ.

Mit ihren Junkie-Freunden abhaute, ohne sich noch einmal umzudrehen.

»Mit letzter Kraft schnappte ich mir Grams und schaffte uns beide nach draußen. Ich weiß noch, was ich tat, als wir endlich aus dem Haus waren. Als es in sich zusammenfiel wie im Film, mit Flammen, die so hoch waren, dass sie den Himmel berührten. Ich wälzte mich schreiend im Gras. Es war feucht vom Tau und kühlte meine brennende Haut. Mittlerweile standen ein paar Rettungs- und Feuerwehrwagen vor unserer Tür. Mein Untergang hatte ein Publikum. Alle kamen aus den Häusern, um zuzusehen. Auch Mrs Drayton, die mit ihrem dreijährigen Sohn Liam auf dem Arm herauskam. Er fragte sie laut: *Mama, warum riecht Grace wie Toast?*«

Erneut schloss ich die Augen.

Seine Brust gab unter mir nach.

Toastie.

So kam ich zu diesem Namen. Eden Markovic hatte gehört, wie Liam es sagte. Er erzählte es Luke McDonald, der es all seinen Freunden erzählte, die es ihren Eltern erzählten, die es allen in der Kirche erzählten.

Sie sagten es mir zwar nicht ins Gesicht, aber hinter meinem Rücken nannte mich jeder nur noch Toastie. Ich wusste, dass alle Einwohner von Sheridan die Geschichte gehört hatten, wie ich mich vor Publikum wie eine läufige Hündin auf dem Rasen wälzte und wie eine Verrückte schrie, während mein Gesicht wegschmolz.

Der wenig graziöse Fall von Grace Shaw, die beinahe den tödlichen Klauen der verkorksten Zukunft entkommen wäre, die ihr ihre Mutter vorherbestimmt hatte. *Beinahe.*

»Texas …« Die Rauheit in Wests Stimme holte mich in die Gegenwart zurück.

Ich schüttelte den Kopf. Ich war noch nicht fertig. »Willst du wissen, was das Schlimmste war?« Ich leckte die salzigen Tränen um meinen Mund herum weg.

»Ich dachte, das wüsste ich schon.«

Ich lächelte bitter. Er hatte ja keine Ahnung.

»Als Grams im Krankenhaus aufwachte, war sie sehr durcheinander. Sie erinnerte sich an gar nichts. Nicht einmal daran, dass ich sie aus dem Feuer geholt hatte. Ich glaube nicht, dass sie damals schon dement war. Ich glaube, sie hatte einfach einen Filmriss oder vielleicht war es auch das erste Anzeichen für das, was später folgte. Wie auch immer, ich war bewusstlos und auf der Intensivstation, als sie zu den Geschehnissen befragt wurde …« Ich hielt inne und zwang mich, die Nerven zu behalten. Nicht zu schreien.

Ich war nicht dabei, als sie ihre Version der Geschichte erzählte. Ich lag ein paar Zimmer weiter und war damit beschäftigt, um mein Leben zu kämpfen, weil meine Organe zu versagen drohten. »Als man sie fragte, was passiert war, sagte sie, ihre Enkelin hätte wahrscheinlich eine von ihren Zigaretten probiert und sie unbeaufsichtigt im Erdgeschoss zurückgelassen. Sie erinnerte sich nicht daran, dass sie das Feuer ausgelöst hatte. Und dabei ist es bis heute geblieben. Sie glaubt, dass es meine Schuld war. Und … ich lasse sie in dem Glauben, weil es keine Rolle spielt. Als ich wieder wach wurde, hatten sich alle ihre Meinung gebildet, und die Versicherung akzeptierte Grams' Version der Dinge. Die Sache war erledigt. Das Feuer war meine Schuld.«

Das war die Geschichte, die Grams in Sheridan verbreitete, und die Bevölkerung kaufte sie ihr ab.

Grace Shaw, Tochter von Courtney Shaw, dem berüchtigten, verstorbenen Junkie, hatte mit Feuer gespielt und sich verbrannt. Letztendlich musste sie den Hang zu Schwierigkeiten von ihrer Mutter geerbt haben.

»Wirklich, es war ihre Schuld, weil sie an die Zigaretten ihrer Großmutter gegangen ist. Welches Kind macht denn so was?«

»Ein total verantwortungsloses. Und es hat ihr ihren größten Vorzug genommen – ihre Schönheit!«

»Ihren einzigen Vorzug. Die arme Savannah Shaw findet keine Ruhe. Erst ihre Tochter. Jetzt ihre Enkelin. Sie ist ja beinahe eine Heilige, aber die beiden sind auf die schiefe Bahn geraten.«

Das war es, was ich zu hören bekam.

Mit meiner Mütze, der übergroßen Kleidung und dem gesenkten Kopf war ich kaum zu erkennen. Sozusagen unsichtbar. Aber schwer zu verfehlen, wenn man zum Ablästern in die Stadt ging.

Ich lebte in einer Stadt, die ich hasste, unter Menschen, die mir misstrauten, ohne jede Chance, dem zu entkommen, weil ich mich um meine Großmutter kümmern musste – die mir die Schuld für das Feuer gab, das sie selbst ausgelöst hatte.

West umfasste meine Wangen – auch die verletzte – und zwang mich, zu ihm aufzublicken.

Ich blinzelte die Tränen weg und hielt den Atem an, während ich auf sein Urteil wartete.

Er küsste mich auf die Stirn, seine Lippen berührten meine Haut, und dann sagte er das Dümmste, Ungeheuerlichste, Schönste, Schlimmste und Berührendste, das jemals ein Mensch zu mir gesagt hatte.

»Ich bin dankbar, dass dieser Dienstag genau so verlaufen ist.« Seine Stimme war rau. Belegt. »Weil mir der schlimmste Tag deines Lebens die beste Version von *dir* geschenkt hat.«

14. KAPITEL

Grace

Meine Lehrbücher an die Brust gedrückt, durchquerte ich am nächsten Tag auf dem Weg zur Cafeteria die gesamte Lawrence Hall. Ich dachte darüber nach, wie merkwürdig es doch war, dass so viele Dinge in ein und derselben Woche geschehen waren.

West hatte angefangen, im Food Truck zu arbeiten.

Die Proben für *Endstation Sehnsucht* hatten begonnen.

Und weil die Aula unserer Universität vor der großen Show renoviert wurde, waren bis zum Ende des Semesters fünfzig Prozent meiner Vorlesungen in die Lawrence Hall – wo West sich meistens aufhielt – verlegt worden.

Normalerweise hätte ich ihn nur selten gesehen. Wir hielten uns auf entgegengesetzten Seiten des Universitätsgeländes auf, in verschiedenen Gebäuden, verschiedenen Cafeterien, sogar in verschiedenen Bereichen des Parks.

Und plötzlich waren unsere Leben auf allen Ebenen miteinander verbunden.

Ein Arm schob sich aus dem Türspalt der Herrentoilette und zog mich hinein.

Ich krachte mit dem Rücken an die Wand.

Wests Gesicht kam in mein Blickfeld. Er nahm mich zwischen seinen Armen gefangen und berührte meine Nase mit seiner. Heiß strich mir sein Atem übers Gesicht.

»Texas Shaw. Schön, dich hier zu sehen.«

»Na ja, *du* hast mich hier reingezogen.« Ich umklammerte die Bücher vor meiner Brust noch fester, nach wie vor unsicher, ob ich mich über seine Geste freuen oder ärgern sollte. Nachdem sich am Vortag der postorgasmische Nebel gelichtet, West seine Sachen genommen hatte und verschwunden war, hatte ich mich gefragt, was zum Teufel ich da eigentlich tat. Was waren wir?

Ein Paar?

Freunde mit gewissen Vorzügen?

Ein herrlicher, anstößiger, riesengroßer Fehler?

Ich hatte ihm Zugang zu allem gewährt – zu meinen Geheimnissen, meinem Körper, den tiefsten und finstersten Gedanken –, dabei wusste ich nicht einmal, wo wir standen. Das ärgerte mich. Ein Teil von mir wollte ihn für mich beanspruchen, aber ein anderer warnte mich, dass ich noch nicht für den Klatsch bereit war, den das mit sich bringen würde. Für die Fragen, das Geflüster und die Selbstzweifel, denn die Welt würde mich zweifellos daran erinnern, dass Sheridans bester sich niemals für Sheridans schlechtesten Einwohner entscheiden würde.

Wests Lippen berührten meine. Er knurrte in meinen Mund, während er meine Lippen öffnete und mit der Zunge in mich eindrang. Ich stöhnte leise, und meine Lehrbücher fielen auf die Fliesen zwischen uns. Eine warme Woge des Verlangens erhob sich zwischen meinen Beinen. Himmel, dieser Mann wusste mit seiner Zunge umzugehen.

Als er sich von mir löste, brauchte ich ein paar Sekunden, um meine Stimme wiederzufinden.

»Du schuldest mir drei Lehrbücher. Die da hebe ich nicht auf.«

Er sah auf den Boden, lachte und kickte sie zur Seite.

»Geht klar.«

»Was kann ich für dich tun, St. Claire?«

»Schön, dass du fragst. Du kannst mir heute Abend nach der Arbeit einen blasen«, sagte er entschlossen.

»Nichts da. Ich muss nach einer Pflegerin für Grams suchen.«

Er warf mir einen Blick zu, der mir nicht gefiel. Es war derselbe, den ich von Marla und Karlie kannte. Der Blick, der mir sagte, ich solle der Realität ins Auge sehen und anfangen, nach Pflegeheimen zu suchen. Auf lange Sicht waren sie bezahlbarer, entsprachen ihrer Situation, würden sie zwingen, ihre Medikamente zu nehmen, und ihr ein aktiveres Leben ermöglichen. All das war mir völlig klar, aber ich befürchtete trotzdem, dass sie mir niemals vergeben würde.

Es war einfach nicht, was sie wollte.

Zumindest *glaubte* sie das.

»Ich helfe dir.«

»Ach ja?« Ich zog die Brauen hoch.

»Ja klar.«

»Warum?«

»Warum?« Er tippte sich auf die Lippen, beugte sich vor bis in meine persönliche Distanzzone und tat so, als dächte er nach. »Weil ich Zeit mit dir verbringen möchte. Idealerweise in der Horizontalen.«

Ich boxte ihm gegen die Schulter. Diesmal tat er so, als stolperte er nach hinten und hielt sich seinen »verletzten« Schultermuskel.

»In der Horizontalen, aha.« Ich verdrehte die Augen.

»In der Vertikalen auch. Wie sind eigentlich deine oralen Fähigkeiten?«

»Das wirst du so schnell nicht herausfinden. Wie du mir, so ich dir, schon vergessen?« Ich wackelte mit den Augenbrauen und fühlte mich so normal, dass mir das Herz in der Brust hüpfte. Er kam wieder zu mir zurück, schob eine Hand unter mein Shirt, knetete meine linke Brust und fuhr mir mit den Lippen über Schlüsselbein und Hals.

»Apropos Titten. Die habe ich vermisst.«

»Nein, wie romantisch.«

»Ich kann alles sein, was du willst.« Er grinste schelmisch. »Nur kein Einhorn. Das kann ich nicht sein.«

Und nicht wirklich mein, dachte ich bitter.

Ich stolperte aus der Herrentoilette, legte einen Zwischenstopp auf der Damentoilette ein, um das Make-up aufzufrischen, das er mir beim Herumknabbern an meinem Gesicht wahrscheinlich ruiniert hatte, und machte mich dann auf den Weg zur Cafeteria, um Karlie zu suchen.

Meine beste Freundin saß mit einer Gruppe anderer Intelligenzbestien über ihre Lehrbücher gebeugt am Tisch und diskutierte hitzig über irgendetwas. West saß drei Tische weiter mit Easton, Reign und der Football-Truppe. Ich nahm an, dass zwischen West und Easton alles wieder in Ordnung war, jetzt, wo Letzterer von der Bildfläche verschwunden war und West und ich endlich zusammengefunden hatten.

Easton hob eine Hand und winkte mir freundlich zu.

Reign sah in die andere Richtung und mied meinen Blick.

Und West? Ignorierte mich vollständig.

Ich schlüpfte rasch auf den Platz neben Karlie, drückte ihren Arm und achtete nicht auf das Gefühl der Enttäuschung, das sich in meiner Brust breitmachte. Er hatte mich nicht mal gegrüßt.

»Hey, Karl! Hattest du einen guten Tag?«

Sie fing gerade an zu reden, als ich erneut einen verstohlenen Blick auf West warf. Er sah nicht in meine Richtung. Er redete mit Tess, die ihre Hüfte auf seinem Tisch geparkt hatte und mit ihm plauderte, während sie ihr rabenschwarzes Haar über die Schulter warf.

Er ist nicht dein fester Freund, ermahnte mich mein Verstand. Aber mein Herz wollte davon nichts wissen.

West und ich verfielen bald in eine Art Routine.

Tagsüber waren wir im College und taten so, als existierte der jeweils andere nicht. So konsequent, dass die Leute sich bald nicht mehr fragten, ob ich unter seinem Schutz stand. Angesichts der Szene an dem Abend, an dem ich im Fight Club aufgetaucht war, hieß es außerdem bald, wir seien Erzfeinde. Wodurch ich noch unbeliebter wurde. Jetzt war ich offiziell die Idiotin, die es sich mit West St. Claire verscherzt hatte. Andererseits konnte ihm nun niemand mehr vorwerfen, er lenke die Aufmerksamkeit auf mich.

Ich wusste, dass ich ihn genau darum gebeten hatte, aber trotzdem hasste ich es, wenn wir einander begegneten und darauf achteten, dass unsere Gesichter cool und ausdruckslos wirkten. Andererseits war die Alternative keine Option. Auf keinen Fall sollten alle über uns Bescheid wissen und uns verurteilen, flüstern und tratschen, weil sie der Meinung waren, dass ich eine derart bedeutende Persönlichkeit wie West St. Claire nicht verdient hatte. Niemand musste mich an die Tatsache erinnern, dass alle der Meinung waren, ich hätte ihn nicht verdient.

An den Tagen, an denen wir zusammen Dienst hatten, arbeiteten wir, lachten, redeten und gingen danach zu mir. Er unterhielt Grams, solange ich duschte, mein Make-up erneuerte, mich um die Wäsche kümmerte und Essen machte. Dann aßen wir zu dritt, bevor ich Grams zu Bett brachte.

Großmutter Savvy betete West an. Er war charmant und höflich und passte sich jedem ihrer Geisteszustände an. Wenn sie mit ihm redete, als wäre er Großvater Freddie, spielte er mit. Wenn sie erkannte, dass er West, Gracie-Maes Freund aus dem Food Truck war, verwandelte er sich in sich selbst zurück. Einmal tat er sogar so, als sei er Sheriff Jones. Allerdings war ich nicht sonderlich beeindruckt, als er seine Rolle als Sheriff auch im Bett weiterspielte und anfing, mich herumzukommandieren.

Nach dem Essen und wenn Grams im Bett war, schlossen West und ich uns in meinem Zimmer ein und erforschten einander. Manchmal waren wir langsam und bedächtig. Manchmal schnell und ungeduldig. Aber immer hingen wir einen Moment zu lange aneinander, und jedes Mal, wenn wir uns verabschiedeten, betrachtete ich ihn von meinem Fenster aus und wusste, dass er einen Teil von mir mit sich nahm.

West machte kein Hehl aus seiner Meinung zu Grams. Er wollte, dass ich sie in ein Pflegeheim gab, aber ihm war klar, dass er keinen Erfolg haben würde, wo Karlie und Marla bereits gescheitert waren.

Was ihn aber nicht davon abhielt, es zu versuchen.

Er hinterließ Prospekte und Broschüren von Pflegeheimen in Austin in meiner Mailbox und auf meinem Schreibtisch. Zweimal hatte er gefragt, ob er meinen Laptop benutzen dürfe, und ließ eine Website mit empfohlenen Orten für Menschen in Grams' Zustand offen. Und immer, wenn West in der Küche war und ich mit Marla darüber redete, dass Grams weder das Haus verlassen noch zu einem Arzt gehen wollte, warf er mir einen Blick zu.

Ich wusste, dass er nur helfen wollte. Und mir lief die Zeit davon, einen Ersatz für Marla zu finden.

Die Freitage waren am schlimmsten.

Ich ging nie zu seinen Kämpfen. Ich bezweifelte auch, dass sie mich hereinlassen würden, nachdem er beim letzten Mal meinetwegen ausgerastet war – außerdem war einmal wirklich genug. Ihn bluten zu sehen war nicht mein Ding. Ich hasste es, auch wenn ich verstand, warum er das tat.

Der Freitagabend war der einzige, den wir getrennt verbrachten, was wir jeden Samstag nach der Arbeit ausglichen. Ich achtete darauf, dass ich jede Abschürfung und jede Beule wegküsste und extra viel Zeit damit verbrachte, seine Wunden zu lecken und jeden Zentimeter seines schmerzenden Körpers anzubeten.

Ich verliebte mich in diesen Krieger, der kämpfte, um seiner Familie wieder auf die Füße zu helfen. Buchstäblich.

Nur zwei Dinge trübten meine Freude daran, ihn ganz für mich zu haben.

Erstens: Ich wusste immer noch nicht, was wir beide waren. Wo wir standen.

Und zweitens begann ich mich zu fragen, ob er mich auf dem Campus ignorierte, weil ich ihn darum gebeten hatte oder weil er sich schämte. Es war eine Sache, in der Zurückgezogenheit meines Zimmers mit meiner beschädigten Haut zu spielen, an ihr zu saugen, zu knabbern und mit den Fingern über mein unebenes Fleisch zu fahren, während er in mich eindrang und sein Schweiß auf meine unvollkommene Haut tropfte. Und es war eine andere Sache, mich öffentlich als sein Mädchen vorzustellen.

Ich versuchte, mir einzureden, dass West nicht der ruhmsüchtige Typ war. Seine Popularität war ihm scheißegal, und genauso wenig juckte es ihn, was die Leute über ihn dachten. Aber das funktionierte nicht immer.

Auch wenn es mich wahnsinnig machte, nicht zu wissen, woran ich bei ihm war, fragte ich ihn nicht danach. Ich wollte nicht eine von *diesen* Mädchen sein, den notgeilen, unterwürfigen, die sich so häufig um ihn scharten. Einer der Gründe, warum West sich überhaupt zu mir hingezogen fühlte, war, dass ich mich ihm nicht an den Hals warf wie alle anderen in dieser Universitätsstadt.

Und dass er mich auf dem Campus ignorierte? Ich wollte, dass es dabei blieb, so sehr ich es auch hasste. Ich wollte immer noch nicht, dass die Leute über uns redeten. Ich hatte immer noch Angst vor dem Aufruhr, den das auslösen würde.

Die erste Andeutung, dass wir mehr als nur Freunde mit gewissen Vorzügen waren, kam an einem Dienstagabend – wann sonst? Ich telefonierte mit unserem Stromversorger wegen einer angemahnten Rechnung, von der ich wusste, dass ich sie bezahlt hatte. Ich hatte mich in die Küche zurückgezogen und ging die Rechnung mit dem Kundendienstmitarbeiter durch. Grams klopfte mir ständig auf die Schulter und sagte, ich solle ihr helfen, unter die Dusche zu steigen.

»Was bist du nur für eine Tochter, Court. Deine Mutter bittet dich um Hilfe.«

»Eine Sekunde ... äh, *Momma*.« Abwesend tätschelte ich ihre Hand. West lehnte am Kühlschrank und beobachtete uns lässig mit verschränkten Armen. Er hasste es, wenn ich so tat, als sei ich meine Mutter, dabei verwandelte er sich selbst in jeden, für den Grams ihn gerade hielt. Er behauptete, dass sei etwas anderes. Schließlich habe sie ihn nicht großgezogen, sodass es ihm egal war, ob sie sich an ihn erinnerte oder nicht.

»Was? Nein, habe ich nicht ... Das stimmt nicht. Ich habe die Vorgangsnummer für die Transaktion. Natürlich habe ich bezahlt.«

»*Meine Güte, Courtney! Ich stinke!*«, übertönte Grams die Worte des Kundendienstmitarbeiters. »Hilf mir!«

Ich wurde nervös. Ich konnte es mir nicht leisten, die Rechnung zweimal zu bezahlen. Grams redete weiter auf mich ein und baute sich vor mir auf. Ich senkte die Stirn auf die Arbeitsplatte, schloss die Augen und holte tief Luft.

»Warte einen Moment … Momma«, murmelte ich, mehr an mich selbst als an Grams gerichtet. »*Bitte.*«

»Kommen Sie, Savannah, ich helfe Ihnen.« West mischte sich ein. Ich drehte mich um, das Telefon immer noch zwischen Ohr und Schulter geklemmt, und starrte ihn wütend an, als wollte ich fragen: *Bist du verrückt geworden?*

Grams jedoch schien mit seiner Idee einverstanden zu sein und hakte sich bei ihm unter.

»Du hast nichts dagegen, einem alten Mädchen zu helfen, nicht wahr, West?«

Heute erkannte sie ihn, aber mich nicht? *Lustig.*

»Ist mir ein Vergnügen, Ma'am.«

»Aber nicht gucken.«

»Das würde mir ja im Traum nicht einfallen, Mrs Shaw.«

Ehe ich widersprechen konnte, stapften sie aus der Küche. Meistens schaffte es Grams, allein zu duschen – ich stellte ihr einen hölzernen Stuhl in die Dusche, und sie musste nur nach dem Shampoo oder der Seife greifen –, aber für den Fall, dass sie stürzte, musste unbedingt jemand im Bad bleiben.

West würde sie nackt sehen. Um ihr in die Dusche und wieder hinaus zu helfen. *Grundgütiger.*

Zehn Minuten später hatte ich die Sache mit dem Stromversorger geregelt und stürmte, zwei Stufen auf einmal nehmend, die Treppe in die erste Etage hoch. Ich spähte durch den Türspalt ins Badezimmer, ohne mich bemerkbar zu machen.

West lehnte mit dem Rücken zur Dusche am Waschbecken und erzählte Grams, wie er im Alter von vier Jahren einmal die blinde Katze seiner Mutter geduscht hatte. Hinter ihm kicherte Grams atemlos unter der Dusche. Sie saß auf ihrem

Stuhl, genoss den kräftigen Wasserstrahl auf ihren Rücken und fuhr sich mit einem Schwamm über den Arm.

»Du meine Güte! Ist das zu fassen? Himmel, dir hätte ich aber den Hintern versohlt, wenn ich deine Mutter wäre.«

»Das wollte sie auch, Mrs S., das können Sie mir glauben. Das Einzige, was sie daran hinderte, war meine Schnelligkeit.«

Grams fiel vor Lachen beinahe vom Stuhl. Ich lächelte, meine Brust zog sich zusammen, und Wärme weitete jedes Blutgefäß in meinem Körper.

Als spürte er meine Anwesenheit, hob West den Kopf und sah mir in die Augen.

Er lächelte, kommentierte meine Schnüffelei aber nicht.

»Gut, ich bin fertig. Reich mir mal mein Handtuch, junger Mann!« Grams drehte sich auf dem Stuhl um und stellte das Wasser ab. Ohne mich aus den Augen zu lassen, nahm West das Handtuch vom Haken und reichte es ihr.

Grams trocknete sich ab, und nachdem sie sich das Handtuch um den Körper gewickelt hatte, half er ihr in ihr Zimmer. Ich schlüpfte derweil in meines und ließ die beiden für einen Moment in Ruhe.

Eine halbe Stunde später brachte ich Grams zu Bett und ging dann zurück in mein Zimmer.

Ich fand West auf meinem Bett liegend vor. Er warf einen meiner alten Pompoms wie einen Ball in die Luft und fing ihn jedes Mal auf. Ich setzte mich an meinen Schreibtisch, fuhr den Laptop hoch und loggte mich auf der Website der Sheridan University ein, um nachzusehen, ob Professor McGraw meine letzte E-Mail schon beantwortet hatte. Wahrscheinlich nicht. Seit sie beschlossen hatte, mich ohne die Teilnahme an der Aufführung nicht durchkommen zu lassen, hatte sie meine Bitten ignoriert. Aber ich brachte es einfach nicht über mich, die Nachricht an Cruz Finlay abzusenden. Auf der Bühne zu stehen war etwas, zu dem der Phönix in mir nicht fähig war. Noch nicht.

»Tex?«, knurrte West hinter mir.

Das Geräusch des auf- und niederfliegenden Pompoms beruhigte mich. Es war etwas, das Tucker ähnlich gesehen hätte. Damals, als ich noch normal war.

Wir wissen doch alle, wie das geendet ist, nicht wahr, Grace? Mach dir keine allzu großen Hoffnungen.

»Ja?«

»Werde ich dich jemals ohne Schminke sehen?«

Ich starrte blinzelnd auf meinen Bildschirm und zwang mein Herz, mit normaler Geschwindigkeit zu schlagen.

»Warum fragst du?«

»Ich habe jeden Quadratzentimeter deines Körpers aus der Nähe gesehen, und ich bin immer noch hier. Aber du hast mir noch nie dein ungeschminktes Gesicht gezeigt. Meinst du nicht auch, dass das seltsam ist?«

»Nee.« Ich tippte auf meiner Tastatur herum. »Ich fühle mich nicht wohl damit, Leuten mein Gesicht zu zeigen.«

»Karlie hat es gesehen. Marla auch.«

Ich schwieg. Er war weder Karlie noch Marla. Er war der Junge, den ich liebte – den ich wirklich liebte, in den ich nicht nur verknallt war –, und ich wollte nicht, dass er mich von meiner hässlichsten Seite sah.

Die Erkenntnis, dass ich ihn liebte, erschreckte mich nicht und ließ mich auch nicht ausrasten. Im Unterbewusstsein wusste ich schon länger, dass es stimmte.

Ich liebte West St. Claire.

Wahnsinnig. Umfassend. Wie besessen.

Er war der schillerndste Mann, dem ich je begegnet war – lieb, fürsorglich, freundlich, verantwortungsbewusst. Aber ebenso gewalttätig, aggressiv, abweisend und grausam.

Und ich konnte nicht genug von ihm bekommen. Ich zitterte vor Angst bei dem Gedanken, dass es irgendwann enden musste. Er würde seinen Abschluss machen und weiterziehen, und ich würde hierbleiben und seinen Verlust beklagen.

»Ich sage nur, dass ich dein Gesicht gern küssen würde, ohne dass es wie eine Wand schmeckt.«

»Da wir gerade davon reden …« Ich drehte mich auf meinem Stuhl um und spürte, wie sich meine Barrieren wieder aufbauten. »Findest du es nicht unfair, dass du weißt, was mir passiert ist, mir aber nie erzählt hast, was *du* erlebt hast?«

Ich hatte keinerlei Zweifel, dass West sein dunkelstes Geheimnis nicht mit mir teilen würde. Dahingehend hatte sich nichts geändert. Er ging immer noch nicht ans Telefon, wenn seine Eltern anriefen – was oft vorkam –, und wenn ich auf sein früheres Leben in Maine zu sprechen kam, war er zugeknöpft.

»Das Leben ist nicht fair«, versetzte er.

»Aha. Dachte ich mir schon.«

»Du willst das gar nicht wissen.«

»Warum?«, fragte ich und wandte mich wieder meinem Laptop zu. Um gleichmütig zu wirken, tat ich so, als tippte ich etwas ein. Tatsächlich war ich völlig auf das Gespräch konzentriert. Natürlich wollte ich es wissen. Ich gierte nach jeder Information, die ich von ihm bekommen konnte. Das Einzige, das mich davon abhielt, Easton zu fragen, was West zu dem gemacht hatte, was er war, war meine Loyalität gegenüber dem Mann auf meinem Bett.

»Weil du mir nicht mehr in die Augen sehen kannst, wenn du gehört hast, was ich getan habe. Thema beendet.«

Das Rauschen des fliegenden Pompoms hörte auf. Mein Brustkorb war vor Angst wie zugeschnürt. Ich hatte mir schon gedacht, dass das, was West passiert war, sich sehr von meinem Erlebnis unterschied.

Meine Narben waren äußerlich, an der Oberfläche.

Seine waren innerlich, dafür aber umso tiefer.

Er war innerlich entstellt und äußerlich perfekt. Eine tödliche Kombination.

»Reign schmeißt am Samstag eine Party. Da gehst du hin.«

Ich drehte den Kopf und durchbohrte ihn mit einem tödlichen Blick. »Reign ist ein Arschloch.«

»Reign ist harmlos. Und irgendwann wirst du dich den Leuten stellen müssen. Du gehst«, wiederholte er seelenruhig.

»Warum sollte ich?«

»Um etwas zu trinken. Zu tanzen. Um eine normale Collegestudentin zu sein.«

»Ich bin keine normale Studentin«, erklärte ich. »Und meine einzige Freundin wird garantiert nicht mitkommen. Karlie hat am Wochenende drei Lerngruppen. Bist du verrückt?«

»Nicht dass ich wüsste, aber ich würde es auch nicht völlig ausschließen. Ich bin dafür bekannt, dass ich ziemlich abgedrehtes Zeug gemacht habe. Ich hol dich um acht ab.«

»Moment, du willst, dass wir zusammen hingehen?« Ich legte den Kopf schief und spürte, wie sich meine Augen weiteten. Außerhalb meines Hauses machten wir nie etwas zusammen. Außerhalb meines Bettes. Abgesehen vom Food Truck, was aber nicht galt, weil wir für unsere gleichzeitige physische Anwesenheit dort bezahlt wurden.

West half mir bei Grams, aber das hatte ich immer als eine Art Tauschgeschäft angesehen.

Er passte auf mich auf, so, wie ich auf ihn aufpasste.

Er setzte sich auf. »Ja, zusammen. Ist dir das Konzept nicht vertraut?«

»Ich ... ich dachte nicht, dass wir ...«, ich versuchte, den Teil zu artikulieren, der mich verwirrte, obwohl mich im Grunde alles verwirrte, »... *wirklich* zusammen sind.«

Sehr eloquent, Grace.

»Du dachtest nicht, dass wir *wirklich* zusammen sind?«, wiederholte er verblüfft.

»Warum sollte ich? Du sagst doch immer, dass es unverbindlich ist.«

»Auch eine unverbindliche Geschichte zählt.«

Ich lächelte bitter. »Dann bin ich wohl schlecht in Mathe, denn daran glaube ich nicht.«

»Moment mal, bin ich etwa dein Fluffer?« Ein übermütiges Glitzern lag in seinen Augen.

»*Fluffer?*«, fragte ich verständnislos.

»Du weißt schon, die Person, die einem Pornostar einen runterholt oder ihm einen bläst, damit er beim Dreh eine Erektion hat. Jemand, der deine Bedürfnisse befriedigt, damit du bereit bist, wenn Prince Charming in die Stadt reitet?«

Er sagte das lächelnd, aber ich erkannte, dass es kein Witz war. Mich wunderte, dass er das Thema überhaupt zur Sprache brachte, schließlich war er es, der immer wieder auf Unverbindlichkeit bestand.

Ich lehnte mich zurück und musterte ihn aus schmalen Augen. »Nein, du bist nicht mein Fluffer. Aber du hast gesagt, dass es für dich nur One-Night-Stands gibt.«

»Und trotzdem bist du hier, nach Dutzenden von Nächten, und immer noch gründlich gefickt«, sagte er trocken, so als sei ich ein bisschen dumm.

»Auf dem Campus ignorierst du mich.«

»Du meinst, ich tue, worum du mich ausdrücklich gebeten hast?«

Stritten wir uns gerade, oder erklärten wir uns, was wir füreinander empfanden? Ich war verwirrt.

»Ich weiß. Aber es fühlt sich trotzdem komisch an«, gab ich zu. »Vielleicht solltest du mich wieder zur Kenntnis nehmen.«

»Ja, vielleicht. Fangen wir damit an, dass ich dich am Samstag zu Reigns Party mitschleppe.«

»Okay. Aber ich werde mich mit niemandem dort unterhalten.«

»Dito.« Er beugte sich vor und gab mir die Gettofaust. »Deshalb nehme ich dich mit. Dann springt wenigstens eine Nummer dabei heraus. East nervt mich ständig damit, dass ich mich in der Öffentlichkeit blicken lassen soll.«

Deshalb ging er also zu der Party. Weil Easton ihn dazu drängte. West stand nämlich in dem Ruf, geselliges Beisammensein für unter seiner Würde zu halten.

Er hob den Pompom, den er auf das Bett gelegt hatte, wieder auf, und warf ihn, eine Hand unter den Kopf geschoben, erneut an die Decke. Er grinste.

»*Fuck*, Texas. Sieht so aus, als hätten wir beide ein Date.«

15. KAPITEL

Grace

»Es ist kein Date«, betonte ich Karlie gegenüber am nächsten Tag, als wir den Vorlesungssaal verließen und zu meinem Pick-up gingen. »Easton zwingt ihn, auszugehen. Wahrscheinlich werden wir zusammen in einer Ecke sitzen und schmollen.«

Aber schon während ich es sagte, glaubte ich es eigentlich nicht. Ich wollte nicht, dass sich meine beste Freundin ausgeschlossen fühlt. West St. Claire und Karlie Contreras hingen nicht mit denselben Leuten ab, und sie sollte auf keinen Fall glauben, ich würde sie wegen der coolen Typen fallen lassen. Obwohl sie am Samstag höchstwahrscheinlich entweder lernen oder arbeiten und es sowieso nicht schaffen würde.

Karlie musterte mich skeptisch. Sie wusste, dass West und ich miteinander schliefen. Einerseits freute sie sich, weil ich endlich aus meinem Schneckenhaus gekommen war, das wusste ich. Andererseits begriff ich auch, warum sie befürchtete, dass ich verletzt werden könnte. West schien als fester Freund nicht sonderlich geeignet zu sein. Ach verdammt, nicht mal ansatzweise.

Bei meinem Pick-up blieb Karlie stehen und hielt ihre Laptoptasche vor dem Bauch fest.

»Trink nichts, was du dir nicht selbst eingegossen hast, und hab immer dein Handy bei dir. Pass auf dich auf, okay?« Es klang nicht wie eine Bitte, sondern wie eine Warnung.

»Wie meinst du das?« Ich sah sie forschend an.

Karlie wandte den Blick ab, als könnten ihre Augen etwas verraten, das ich nicht wissen sollte.

»Weißt du noch, als du das vorgetäuschte Date mit Easton Braun hattest und ich West verraten habe, wo ihr wart?«

Ich erinnerte mich. Ich wusste, dass Easton nur mit mir ausgegangen war, um sich später durch West ersetzen zu lassen. Ich hatte mitgespielt, weil ich Wests Freundschaft nicht verlieren wollte. Wenn es das war, was er brauchte, um wieder normal zu werden – einen Wink, dass ich nicht frei verfügbar war –, dann war ich bereit, es ihm zu geben.

»Ja?«

»Nun, West sagte, er würde mich mit Miles Covington verkuppeln, wenn ich ihm euren Aufenthaltsort verrate. Natürlich habe ich ihn nicht deshalb preisgegeben; ich wusste ja, dass du wolltest, dass er ihn erfährt. Ich wollte ihn nur schwitzen sehen. Die Abmachung mit West hatte ich ganz vergessen. Und dann hat Miles mich *tatsächlich* um ein Date gebeten.«

»Das ist ja großartig.« Ich sah sie an und blinzelte, weil ich ihr nicht folgen konnte. »Miles ist ein toller Typ, und als wir im Plaza waren, hatte ich den Eindruck, dass du auf ihn stehst.«

Karlie zog die Augenbrauen zusammen. Sie sah mich an, als hätte ich nicht alle Tassen im Schrank.

»Du weißt, dass ich bei dem Typen keine Chance habe. Er hat mich nur gefragt, weil West es ihm befohlen hat. Miles wollte es sich mit West nicht verderben. Dein toller Freund ist eine Art Campusbully – der Typ, dem wir als Kinder immer aus dem Weg gegangen sind. Er spielt mit allen, als wären sie Marionetten. Ich weiß nicht, Shaw. Er scheint hier in der Gegend allzu viel Macht zu haben.«

»Karlie, er wollte nur, dass du einen netten Jungen …«

»Es ist nicht nur wegen Miles. Ich habe gehört, das West sich mit den falschen Leuten anlegt. Kämpfe mit zwielichtigen Leuten annimmt, sich mit Kriminellen rumtreibt. Solche Sachen. Es gibt da eine Menge Gerüchte, und ich will nichts Falsches sagen, aber ich glaube, als ich ihn einstellte, war mir nicht klar, wie viel Ärger er machen kann.«

Jetzt waren die Rollen offiziell vertauscht. Ich stand auf Wests Seite, und Karlie war der Ansicht, wir sollten uns vor ihm hüten.

»Weich mir nicht aus, Karl. Was weißt du?«, fragte ich.

Hin- und hergerissen, ob sie es mir sagen oder den Streit vermeiden sollte, kaute sie auf einem Fingernagel herum. »Ich habe gehört, dass er einen zweiten Kampf mit Kade Appleton vereinbart hat. Kennst du den? Das ist ein Einheimischer. Angeblich hat er seine schwangere Freundin krankenhausreif geschlagen und ist deshalb aus irgendeiner MMA-Liga geflogen. Es kam in den Nachrichten.«

West hatte mir erzählt, dass Appeleton nicht fair spielte. Ich nickte zaghaft. Mein empfindsames Herz war plötzlich voller Sorge. Das würde er mir doch erzählen, oder? West erzählte mir alles.

Ja, außer den wichtigen Sachen.

»Ich werde ihn danach fragen.«

»Sag ihm, dass er es nicht tun soll. Wenn er sich mit den falschen Leuten anlegt und du mit ihm in Verbindung gebracht wirst, könntest du auch Ärger bekommen.«

»West ist nicht so dumm, sich mit Kriminellen anzulegen, und er würde mich nie in Gefahr bringen.«

»Er ist furchtlos, und Dummheit ist die beste Freundin des Mutes. Der Leichtsinn ist seine Frau, auch davon hat West reichlich.«

Sie hatte natürlich recht, das wusste ich. Ich öffnete die Fahrertür.

»Mach dir keine Sorgen. West ist kein fauler Apfel.«

Er war ein grüner Paradiesapfel.

Und wahrscheinlich vergiftet.

»Hast du einem zweiten Kampf mit Kade Appleton zugestimmt?«, fragte ich West, als wir mit der Ducati auf dem Weg zu Reigns Party waren. Heißer Wind ließ mein blondes Haar fliegen. Ich trug auch diesmal ein langärmeliges Minikleid. Weiß mit rosa Tupfen, dazu pinkfarbene High Heels. Ich war das Risiko eingegangen, Ärmel mit Spitze zu tragen. Wenn man genau hinsah, konnte man an meinem linken Arm ein paar Narben sehen. Aber in Wests Gesellschaft fühlte ich mich wild und wunderschön. Ein voll entwickelter Phönix, der seine goldenen Schwingen ausbreitet und mit glitzernden Feuerflecken in den Flügeln der Sonne entgegenfliegt.

West drehte mir den Kopf zu, aber alles, was ich unter seinem Helm erkennen konnte, waren diese glühenden Augen, die wie ein Leuchtfeuer in der Dunkelheit strahlten.

»Wo hast du das gehört?«

»Unwichtig. Stimmt es oder nicht? Ich will nicht, dass du in Schwierigkeiten gerätst.«

»Du klingst wie meine Mutter«, rief er, um meine Befürchtungen herabzuspielen.

Ich klinge wie deine Freundin, du hoffnungslos brutaler Kerl.

Wir fuhren an den Geschäften der Main Street vorbei. An Albertsons Lebensmittelladen, dem kleinen Café und der Pizzeria. Kein Mensch war zu sehen. Jeder, den es sich zu kennen lohnte, hielt sich zurzeit in Reigns Verbindungshaus auf. Karlie hatte recht. Es war definitiv nicht unsere Szene.

»Beantworte einfach meine Frage, West.«

»Und wenn es so wäre?«

»Dann müsste ich dich freundlich bitten, von dem Kampf zurückzutreten, weil er dich beim letzten Mal beinahe umgebracht hat.«

»Ich habe den Kampf gewonnen.«

»Halb tot«, gab ich zurück und versuchte, mein Temperament zu zügeln. »Wie kannst du erwarten, dass ich ruhig schlafe, wenn du mit einem Scheißkerl kämpfst, der seine schwangere Freundin verprügelt hat?«

»Ich erwarte überhaupt nicht, dass du schläfst. Ich erwarte, dass du mit einem Bier auf mich wartest, bis ich ihm den Arsch aufgerissen habe. Vorzugsweise breitbeinig und mit einer Schleife um den Hals.«

»Kämpfst du nun mit ihm oder nicht?«, stieß ich hervor, nicht einmal ansatzweise amüsiert von der Vorstellung. Ich hatte das blöde Gefühl, dass Kade Appleton einen weiteren Kampf gegen West nutzen würde, um ihn umzubringen.

Ich spürte, wie sich seine Muskeln unter meinen Fingerspitzen anspannten. Er war wütend. Pech gehabt. Ich würde nicht zulassen, dass er sein Leben für einen Scheck riskierte. Es war unser erster Streit als Paar. Und obwohl mir davon übel wurde, ließ ich mich nicht unterkriegen. Vielleicht war dies der Grund, weshalb West sich auf keinen Fall verlieben wollte. Denn wenn man jemanden liebte und von ihm verletzt wurde, fühlte es sich an, als würde einem die Seele in kleine Stücke gerissen.

»Ich werde Max sagen, dass der Kampf nicht stattfindet«, sagte er knapp, als wir vor einem Gebäude im georgianischen Stil aus roten Ziegeln und mit weißen Säulen parkten. Er stieg ab. »Und jetzt lass mich damit in Ruhe, Frau.«

Wir gingen zur Tür und drängten uns durch Gruppen von Partygängern, während ich mich zu erinnern versuchte, warum ich es für eine gute Idee gehalten hatte, hierherzukommen. Ich betrachtete die Leute um uns herum. Je näher ich sie mir ansah, desto kaltblütiger wurde ich.

West hatte ein winziges Detail bezüglich der Party ausgelassen – das Thema lautete: *Alles, nur keine Kleidung.*

Der Rasen im Vorgarten war voller Mädchen, die sich Luftpolsterfolie wie trägerlose Kleider um den Körper gewickelt und sie mit modischen Gürteln gesichert hatten. Als wir vorbeigingen, winkten sie, warfen West Küsse und mir neugierige Blicke zu. Eine Gruppe Typen, die sich Plüschtiere vor die Genitalien geklebt hatte, bewachte die Tür. Als wir den Eingang erreichten, klatschten sie West ab.

»Yo, St. Claire. Was geht, was geht, was *geht*?«

»Beweg dich«, knurrte er und griff schnell nach meiner Hand, als sei ich ein Paket, das er abliefern müsste. Einer der Typen hob die Hand.

»Tut mir leid, Mann. Du weißt doch, wie's läuft – keine Regeln, keine Party.« Einer von ihnen deutete auf ein Schild an der Tür.

Ausziehen oder abziehen.

Ein großer blonder Typ musterte mich von Kopf bis Fuß und zerdrückte eine leere Bierdose.

»Netten Hintern hat die Kleine, St. Claire. Brauchst du Hilfe beim Ausziehen, Baby?«

West bedachte ihn mit einem Blick, der ihn sofort nüchtern werden ließ.

»Ich reiß dir den Arsch auf und rauch den Rest von dir in der Pfeife, wenn du auch nur in ihre Richtung guckst«, sagte West gedehnt. Jedes seiner Worte war mit eiskaltem Gift getränkt. Der Griff um meine Hand wurde fester, beinahe strafend, so als fände er es schrecklich, in dieser Lage zu sein. »Und jetzt. Aus. Dem. Weg.«

»Oha. Sorry. Ich wusste nicht, dass sie deine Freundin ist.«
Der blonde Typ schnalzte mit den Lippen. Sie gaben den Weg
frei und wir spazierten voll bekleidet ins Haus.

Ein Trupp Verbindungsstudierender rutschte auf einer Dop-
pelmatratze wie auf einem Schlitten die breite Treppe hinunter.
Sie trugen Pappkartons als Windeln.

West hielt mich an der Hand, als wir durch die Zimmer
schlenderten und in der Küche nach Alkohol suchten. Er
reichte mir eine Flasche Bier und öffnete eine weitere für sich.
Ich nahm einen Schluck, lehnte mich an die Kücheninsel und
sah mich um.

»Amüsierst du dich schon?«

»Wie verrückt«, gab ich genauso sarkastisch zurück. Von unserer Ecke des Raums aus entdeckten wir Max. In seinen Armen lag ein Mädchen, die wie ein Cheerleader aussah. *Sixteen
Years* von den Vandoliers dröhnte aus den Lautsprechern, und
ich fragte mich, wer wohl die Playlist erstellt hatte und ob ich
ihn heiraten konnte.

Das Mädchen neben Max zog an seinem Arm und deutete auf West. Offensichtlich bat sie darum, ihm vorgestellt zu
werden.

»Gib mir eine Sekunde.« West drückte meine Schulter,
ließ mich stehen und ging zu ihnen hinüber. Ich nahm einen
Schluck Bier, betrachtete die drei und hatte das Gefühl, dass
mir etwas Schweres auf der Brust lag.

Er würde für mich den Kampf absagen.

Das gab mir das Gefühl, wichtig und wunderschön und alles
andere als eine unverbindliche Bekanntschaft zu sein.

Als West bei Max ankam, hüpfte die Studienanfängerin vor
Begeisterung auf und ab und bat meinen Freund um ein Selfie. Er starrte sie an, als ging sie ihm auf die Nerven, stimmte
aber zu und schickte sie weg, sobald sie fertig war. Er und Max

setzten sich in eine Ecke des Raums und unterhielten sich mit gesenkten Köpfen.

»*Howdy*, Grace. Schickes Outfit. Wahrscheinlich fühlst du dich schon nackt, wenn du keinen Anorak trägst.« Tess kam zu mir geschlendert und stieß mit ihrer Bierflasche an meine. Sie trug ein kunstvolles Kleid aus echten, schwarz gefärbten Rosen, das wenig Raum für Fantasie oder Bescheidenheit ließ. Ihr verhangener Blick und der schwankende Gang verrieten, dass sie betrunken war.

»Hi Tess. Wie geht's? Wie läuft die Aufführung?«

Ich war bei jeder einzelnen Probe anwesend, deshalb wusste ich, dass es mies lief. Sie und Lauren zankten sich ständig. Tess war eindeutig immer noch beleidigt, weil sie ihre bevorzugte Rolle nicht bekommen hatte. Ich musste zugeben, dass Lauren tatsächlich nicht die beste Wahl für Blanche war; andererseits wäre auch sonst niemand aus meinem Kurs an Vivien Leigh herangekommen.

»Es läuft wirklich gut«, lallte sie und zog die Worte sehr lang. »Hoffentlich kommen ein paar Talentsucher zur Premiere. Wenn nicht, habe ich eine Menge wertvoller Lebenszeit für nichts verschwendet.«

Ich lächelte und ignorierte den Anflug von Eifersucht, der mich überkam. »Ich bin mir sicher, dass viele Talentsucher da sein werden.«

Sie lehnte sich neben mir an die Kücheninsel, und wir blickten beide hinüber zu West und Max. Sie gab ein Tess-untypisches Hicksen von sich.

»Wie schön, dass du angefangen hast, mit Westie abzuhängen. Wer hätte gedacht, dass die Zusammenarbeit dir seine Freundschaft einbringen würde, was?«

Ich korrigierte ihre Annahme nicht, dass wir nur Freunde waren. Ich wusste, dass sie ihn mochte, und es war nicht mein

Stil, ihr die Wahrheit unter die Nase zu reiben. Abgesehen davon war sie definitiv volltrunken.

Ich mochte Tess trotz ihrer Unzulänglichkeiten. Sie erinnerte mich an mein altes Ich. Freundlich zu jedem, egal, wie beliebt er war. Sie war auch Teil des *Besuchsprogramms für Senioren*, bei dem Studierende einmal pro Woche älteren Mitbürgern Gesellschaft leisteten. Ich wusste das, weil Grams mir erzählt hatte, dass Tess seit ihrem ersten Semester an der Universität ihre Freundin Doris besuchte.

»Er ist toll.«

»Das ist er wirklich. Ich finde es nur so grausam, dass die Leute das Gerücht verbreiten, ihr wärt zusammen. Echt, diese Collegeleute leben nur fürs Drama. Männer und Frauen können durchaus nur Freunde sein. Wir sind doch keine Tiere, oder?« Tess hickste noch einmal und hob ihre Bierflasche an den Mund.

Ich wusste, dass sie mich zu ködern versuchte. In der anderen Ecke des Raumes stritt sich West heftig mit Max.

Tess wartete nicht darauf, dass ich mich an dieser einseitigen Unterhaltung beteiligte. Sie interpretierte mein Schweigen als Aufforderung, weiterzumachen. »Als ich gehört habe, dass ihr zusammen sein sollt, habe ich gedacht: niemals. Du weißt, dass ich immer auf deiner Seite war, Grace. Irgendwas an dir erinnert mich an mich selbst. Du wohnst bei deiner Gran, stimmt's?«

»Ja.«

Sie nickte lebhaft. »Ich bin auch bei meinen Großeltern aufgewachsen. Ich besuche sie immer noch, wann immer ich kann. Sie wohnen in Galveston. Egal, ich hab den Leuten gesagt, dass sie sich um ihre eigenen Angelegenheiten kümmern sollen. Dass du und Westie einfach nur füreinander da seid. Ich meine, du bist doch viel zu klug, um nicht zu wissen, dass er nur mit dir ins Bett gehen würde, weil er irgendetwas wegen deinem …«, sie warf mir einen Seitenblick zu und zuckte zusammen, »… Schicksal für dich empfindet.«

»Schicksal?« Ich beschloss, mich dumm zu stellen und lächelte freundlich. »Ich weiß nicht, was du meinst, Tess. Ich hatte hier in Sheridan eine wunderbare Kindheit.«

Sie legte eine Hand aufs Herz. »Du meine Güte, du schläfst doch nicht etwa mit ihm, oder? Manchmal kann ich auch nicht klar sehen, wenn ich in so einer Situation bin. Was ich damit meine, ist, dass Westie es ziemlich schwer hatte. Irgendetwas macht ihm sehr zu schaffen. Er braucht jemanden, der ihm guttut. Der ihn unterstützt. Ich weiß nicht, wie du das siehst, aber ich wäre zu stolz, mich auf jemanden einzulassen, der nur aus Mitleid mit mir zusammen ist.«

»Ich bin mir ziemlich sicher, dass du deinen Stolz vergessen würdest, wenn du dafür West bekommen könntest.« Ich stellte mein Bier auf die Arbeitsplatte hinter uns und schob es weg. Inzwischen war es mir egal, wie ich rüberkam.

West hatte recht – es wurde höchste Zeit, dass ich die Leute in ihre Schranken wies.

Ich stützte eine Hand in die Hüfte und drehte mich ganz zu Tess. Ihr Lächeln verwelkte wie die Rosen auf ihrem Körper. Aber ich hatte einen Lauf. Zum ersten Mal seit Jahren fühlte ich mich in meiner Position sicher.

»Ich weiß, was du denkst, wenn du mich ansiehst, Tess, und es ist nicht, dass ich mich gut um meine Großmutter kümmere. Du denkst: *Gott sei Dank ist mir das nicht passiert.* Du legst Wert auf dein gutes Aussehen und hältst dich daran fest. Hör zu, Schwester. Eines Tages wirst du aufwachen und feststellen, dass du nicht das hübscheste Mädchen auf dem Campus bist. Oder an deinem Arbeitsplatz. Oder, wer weiß, vielleicht nicht mal in deinem eigenen Haushalt. Deine Schönheit ist nur ein kurzes Kapitel im Buch deiner Geschichte. Nichts als eine schöne, flüchtige Lüge. Elegantes Geschenkpapier um ein geheimnisvolles Geschenk. Und auch wenn es wahr ist, dass schön verpackte Geschenke gefälliger für die Augen sind«, ich legte den Kopf schief und musterte ihren Körper rasch von oben bis unten, »bin ich mir sicher, dass das, was ich unter meinem Geschenkpapier anzubieten habe, mehr wert ist als deine hässlichen Worte heute Abend.«

Ich streckte den Rücken, reckte das Kinn und ließ sie stehen. Durch den Wandspiegel vor mir konnte ich sie noch sehen. Mit offenem Mund, blass und mit gebrochenem Herzen stand sie da. Sie sah mir nach, als ich mich auf den Weg zur Toilette machte. Ich stellte mich in die Warteschlange, holte mein Handy heraus und schrieb Karlie eine Textnachricht.

> **Grace:** Tess Davis hat gerade unterstellt, dass West nur aus Mitleid wegen meiner Narben mit mir zusammen ist.
> **Karlie:** Genau. Weil St. Claire ja bekannt ist für seine Barmherzigkeit. Was für eine blöde Kuh.

Es gefiel mir, für mich selbst einzustehen.

Nach zehn Minuten Wartezeit war ich endlich an der Reihe. Die Tür zur Toilette öffnete sich, und zwei kichernde Mädchen kamen heraus, schnieften und rieben sich die Nase. Ich wollte gerade die Tür schließen, als ein Arm an mir vorbeischoss und an ihr zerrte.

»Nichts da. Du wirst schön in der Reihe warten, wie alle an...« Während ich noch an der Klinke zog, schubste mich eine große dunkle Gestalt in die Kabine und schloss mit einem leisen Klicken die Tür hinter uns.

Ich stolperte vorwärts und drehte mich zu dem riesenhaften Kerl um, wobei ich mit dem Rücken an das Waschbecken stieß.

»Meine Güte, West. Schon mal was von Anklopfen gehört?«

»Kann schon sein. Das ist ein anderes Wort für Umnieten, oder?« Er drückte mich an das Waschbecken, und ich suchte mit den Händen Halt. Mein Herz schlug in olympiareifem Tempo. Er drückte seine Brust an meine, sein Blick war verschleiert, dunkel und voller Begehren. »Hab dich gesucht.«

Sein Atem schlug mir ins Gesicht. Zuckerapfel und Sägespäne und der Mann, der mich vernichten konnte, ohne Hand an mich zu legen.

»Ich dachte, dass du mit Max noch nicht fertig bist, und wollte mir mal die Nase pudern.«

Ich war mir ziemlich sicher, dass dieser Ort tatsächlich voller Puder war, aber nicht von der Sorte, die Frauen als Makeup benutzten.

»Hast du's ihm gesagt?«, fragte ich atemlos. Er nickte knapp und umfasste mit schwieligen Händen die Rückseite meiner Schenkel.

»Hat ihm das Herz gebrochen und wahrscheinlich auch sein Bankkonto, aber ich hab's getan. Tess sieht schlimm aus.« Er knabberte verführerisch an meinen Lippen, während er meine Beine hochhob und sie um seine schmale Taille legte. »Sie hat versucht, mich auf dem Weg hierher anzuhalten. Sie wollte wissen, ob wir beide es miteinander treiben.«

»Ach wirklich?« Ich verzog den Mund. »Und was hast du ihr gesagt?«

»Dass sie sich um ihren eigenen Kram kümmern soll.«

»Was hat sie geantwortet?«

»Dafür bin ich nicht lange genug geblieben.« Seine Nase berührte meinen Hals, während sein Mund an meiner Haut hinabwanderte.

»Sie hat unterstellt, dass du mich aus Mitleid vögelst«, erklärte ich und ignorierte die Schauer des Verlangens, die jeder seiner Küsse in mir auslöste. »Sie sagte sinngemäß, so tief würde sie niemals sinken. Ich habe geantwortet, ich sei mir ziemlich sicher, dass sie es am liebsten auf den Knien macht.«

West warf den Kopf zurück und lachte in seinem tiefen, wilden Bariton. »Nette Krallen, Baby. Ich kann es gar nicht erwarten, sie auf meinem Rücken zu spüren.«

»Ich habe vielleicht ein Gesicht, das nicht einmal eine Mutter lieben kann, aber wenn es ums Austeilen geht, hat Tess Davis keine Chance gegen mich.«

Sein Gelächter klang in meinen Ohren und hallte von den Wänden um uns herum wider.

»Du bist wirklich total scharf, Tex, aber diese große Klappe …« Er nahm mein Gesicht in beide Hände und gab mir einen kleinen Kuss. »Eines Tages wird sie dich in Schwierigkeiten bringen. Leg sie zur Buße lieber um meinen Schwanz.«

Er warf meine Mütze ins Waschbecken und bahnte sich mit der Zunge einen Weg von meiner Stirn über meine Nase bis zum Kinn. Ich erschauerte, bekam eine Gänsehaut und stieß ihn kichernd weg.

»Vorsicht mit dem Make-up, St. Claire. Und außerdem: Was machst du hier eigentlich mit mir?«

»Wir zeigen, was wir sind.« Auf einmal klang seine Stimme angespannt. Seine Zunge an meinem Hals löste köstliche Schauer aus, seine Zähne berührten den Kragen meines Kleides, während er weiter nach Süden vordrang. Er ging auf die Knie, umfasste mit seinen rauen Pranken meine Taille und hielt mich fest. Ich stieß ein leises Stöhnen aus, als sein Gesicht auf der Höhe meines Unterleibs ankam. Er spielte am Saum meines Kleides herum und schob es mir hoch bis zur Taille. Mein weißes Baumwollhöschen war nass, und ich roch den Duft meiner Erregung. Durch den Stoff hindurch küsste er meine Mitte, schloss die Augen und nahm einen langen, gierigen Atemzug. Er stöhnte. Mein ganzer Körper zitterte vor Erwartung.

»Hi, Grace' Pussy. Ich bin's. West. So sieht man sich wieder.«

Meine Augen traten hervor, und ich senkte den Blick auf seinen Kopf.

»Eigentlich haben wir uns noch nicht von Lippe zu Lippe kennengelernt. Normalerweise schicke ich immer erst meinen Botenjungen vorbei. Du müsstest ihn kennen – er ist groß und dick und hat immer zwei Nüsse dabei.«

Ich biss mir auf die Lippe und versuchte, nicht zu lachen. Unbeirrt redete er weiter.

»Aber es gibt da etwas, worüber wir unbedingt reden müssen. Was dagegen, wenn wir das Höschen entfernen?«

Als mein unteres Lippenpaar ihm nicht antwortete, schaute er zu mir auf und wackelte mit den Augenbrauen.

Ich nickte. »Das ist echt schräg, aber ich bin gespannt, wo es hinführt.«

Er zog mir den Slip hinunter, näherte seinen Mund meinen Lippen und teilte sie mit einem feuchten Zungenschlag. Eine Welle der Lust raste an meinem Rückgrat hinauf. Mit einer Hand griff ich ihm in die zerzausten Haare, mit der anderen klammerte ich mich noch fester an das Waschbecken, um stehen zu bleiben.

»Oh Gott.«

»Na schön, Grace' Pussy, hier ist der Deal. Deine Besitzerin ist sich nicht sicher, was wir füreinander sind, worauf sie unlängst nicht allzu subtil hingewiesen hat. Darum bin ich mit ihr auf eine Party gegangen. Weißt du, was dann passiert ist?«

Anstatt auf eine Antwort zu warten, ließ er die Zunge um meine Klitoris kreisen und öffnete mit den Fingern meine Lippen. Er streichelte mich, dann schob er einen Finger hinein.

Meine Hüften zuckten, und ein Geräusch, das ich nicht kannte, kam aus meinem Mund.

Jemand klopfte heftig an die Badezimmertür.

»Hey, raus da, ihr Arschlöcher. Ich muss mal!«

West ignorierte die Person auf der anderen Seite, saugte an meiner Klitoris, brachte mich mit den Lippen langsam in Stimmung, während er die Finger in mir bewegte. Meine Knie wurden weich. Er legte sich eins meiner Beine über die Schulter und brachte meine Hüften in einen Winkel, bei dem seine Finger einen tiefen, sehr empfindsamen Punkt in mir erreichten.

Ich keuchte wie verrückt und warf mit offenem Mund den Kopf zurück. »Oh Gott!«

Ich spürte, dass ich kurz vor der Schwelle zum großen O stand, als er plötzlich innehielt, den Finger aus mir herauszog und langsam über meine Pussy leckte, als gäbe es nichts Wichtigeres auf der Welt.

»Na ja«, fuhr er in sachlichem Ton fort, »wie ich schon sagte, ist sich Grace nicht sicher, ob wir das einzig Wahre sind. Was meinst du, was soll ich tun, um ihr zu zeigen, dass ich es ernst mit ihr meine?«

Knurrend zog ich ihn an den Haaren, damit er mich ansah.

»Lass sie kommen.«

»Wie, jetzt in der dritten Person?« Er zog eine Augenbraue hoch. »Verlierst du IQ-Punkte, wenn du geleckt wirst, Texas?«

»Mach weiter so, und du verlierst deinen Kopf!« Ich bleckte die Zähne.

Erneut hämmerte es an der Tür. »Mensch, macht endlich auf!«

Ein weiteres Mal umschlossen Wests Lippen meine Klitoris, und er bewegte den Finger schneller in mir. Ich zersprang in eine Million Teile und schrie auf, als wilde Zuckungen durch meinen Körper rasten und jeder Zentimeter von mir in Flammen aufging.

West verweilte auf den Lippen zwischen meinen Schenkeln, bis mein Höhepunkt abgeklungen war. Dann zog er mir das Höschen hoch, küsste meine Mitte noch einmal durch den Stoff hindurch, wobei er mir lächelnd einen Klaps auf den Po gab.

»Nettes Gespräch. Wenn Grace und ich das nächste Mal ein Problem haben, komme ich gleich zu dir.«

Er stand auf, nahm mich bei der Hand und zog mich in seine Arme. Ich zitterte, ohne zu wissen, warum. Aus irgendeinem Grund rührte mich das, was er getan hatte. Vielleicht, weil ich wusste, dass West normalerweise keinen Oralsex mit Frauen hatte. Dass es ihm etwas bedeutete. Ich schmiegte meinen Kopf an seine Schulter.

»Weißt du, was ich jetzt möchte?«, murmelte er in mein Haar.

»Was denn?«

»Ich möchte es mit meiner Freundin machen, jetzt sofort. Bist du bereit?«

»Bereit wie noch nie.«

West stieß die Tür auf und wischte sich mit dem Unterarm über seinen glänzenden Mund, während er dem verdutzten Typen auf der anderen Seite der Tür ein gleichgültiges Leck-mich-am-Arsch-Lächeln zuwarf.

»Sorry, Süßer. Die Tampons sind in der unteren Schublade. Alle für dich.« Er deutete spöttisch auf die offene Tür.

Ich folgte West, und wir flitzten aus dem Haus, hüpften quasi den ganzen Weg bis zu Christina, der Ducati.

16. KAPITEL

West

Max: Sorry, Bro. Shaun sagt, der Kampf findet statt. Ich habe getan, was ich konnte. Ich schwöre.
Max: Er hat gesagt, du kannst absagen, wenn du den finanziellen Verlust ausgleichst. Interessiert?

Nun, das gab dem Wort *Fuck* eine ganz andere, weniger erfreuliche Bedeutung.

Ich hatte den Kampf mit Kade Appleton zugestimmt, bevor ich mit Grace zusammen war. Jetzt, wo ich absagen wollte, um sie zu beruhigen (und vermutlich, um am Leben zu bleiben), forderte Appleton mich heraus, obwohl er allen Regeln zugestimmt hatte, die ich Max einige Wochen zuvor diktiert hatte, und kam mit einem Ultimatum an den Verhandlungstisch zurück: Bezahl für die Verluste oder kämpfe.

Nichts von dem, was er sagte, ergab Sinn. Wir hatten kein Geld verloren, weil wir noch gar keine Tickets verkauft hatten. Wir hatten den Kampf noch nicht einmal offiziell angekündigt. Dennoch, wer mit Appleton und seinem Manager vernünftig reden wollte, konnte genauso gut versuchen, einer Kröte lineare Algebra beizubringen.

West: Sag ihm, er soll zum Teufel gehen.

Ich schob mein Handy zurück in die Gesäßtasche. Der Kampf kam näher, und ich wollte Grace nicht anlügen, aber genauso wenig wollte ich dem Bastard Geld geben, das ich nicht besaß.

»Was ist los mit dir?« Meine Freundin warf mir ein schiefes Lächeln zu und streichelte meinen Arm. Wir machten gerade Feierabend. Ich drückte ihr einen Kuss auf die Baseballkappe.

»Nichts. Nur Max, wie er leibt und lebt. Kann Marla ein paar Minuten länger bei Grams bleiben? Ich möchte noch etwas essen, bevor wir nach Hause fahren.«

Nach Hause. Zu diesem Zeitpunkt lebte ich quasi bei Grace. Glücklicherweise war East so sehr damit beschäftigt, seinen Schwanz in jedes zweite weibliche Wesen auf dem Campus zu stecken, dass ihn meine Abwesenheit nicht weiter störte. Bei Reigns Party hatte ich ihn kaum gesehen. Ich musste mich mit Texas hinsetzen und ihr ungestört erzählen, was in Sachen Appleton los war.

»Ich frage kurz nach.« Sie bewegte sich vom offenen Fenster zum Kühlschrank und stellte ein paar Behälter weg. Ich beugte mich vor, um die Jalousie herunterzulassen, als sich in der Dunkelheit etwas bewegte. Zwei Augenpaare funkelten hinter schwarzen Skimasken und starrten mich an.

Männlich.

Riesig.

Und verdammt bedrohlich.

Ich hörte das leise Klicken einer Pistole, deren Hahn gespannt wird.

»Schließ die Tür auf.« Der kalte Lauf wurde an mein bloßes Handgelenk gedrückt. »Wenn du deinen Arm behalten willst.«

Die Maske dämpfte die Stimme, aber der Befehl war unmissverständlich klar.

Ich trat einen Schritt zurück und hob beide Hände. Mein Bedürfnis, die Köpfe der beiden aneinanderzuschlagen, war stark.

»Ich gebe euch das Geld durchs Fenster«, sagte ich mit tonloser Stimme.

Und reiße euch später den Arsch auf, wenn ich weiß, wer ihr seid.

Aus dem Augenwinkel sah ich, wie Grace erstarrte und die Luft anhielt.

»Wir wissen, dass du nicht allein bist. Mach die verdammte Tür auf«, sagte der Mann.

»Wenn ihr Geld wollt, bitte sehr. Wenn ihr das Mädchen wollt, müsst ihr erst an mir vorbei. Und das wird euch keinen Spaß machen«, fauchte ich.

Es hatte keinen Sinn, so zu tun, als sei Texas nicht da.

Der Mann hob die Pistole und feuerte eine Kugel ab. Sie streifte meine Schulter und blieb im metallenen Dach des Trucks stecken. Adrenalin raste durch meine Adern, und mir juckten die Finger. Stillzuhalten, wenn ich provoziert wurde, stand nicht in meiner DNA geschrieben.

Wenn sich die Gelegenheit ergab, würde ich die beiden erledigen.

»Mach. Die. Verdammte. Tür. Auf.«

Grace sah das Blut und schrie auf. Sie lief zur Tür und schloss sie mit zitternden Fingern auf.

Verdammt, Baby. Nein.

Die Maskierten verschwendeten keine Zeit. Sie stürmten in den Wagen und warfen alles um, was nicht festgeschraubt war. Ich schob Grace hinter mich. Sie holte ihr Handy aus der Tasche. Während ich mit Arschloch Nummer eins zu tun hatte, nahm Arschloch Nummer zwei es ihr aus der Hand und warf es auf den Fahrersitz. Dann wandte sich Arschloch zwei auch mir zu. Keiner von ihnen interessierte sich für die Kasse.

Mein Angreifer versuchte, einen Schwinger zu landen. Ich duckte mich, ging in die Hocke und verpasste ihm eine höllische Gerade gegen den Oberkörper. Ich hörte eine Rippe brechen, und er krümmte sich. Speichel tropfte von seiner Skimaske.

»Arschloch!«

Ich packte seinen Freund am Hemdkragen, zerrte ihn von Grace weg und durch den Wagen. Es waren viel zu viele Leute im Truck. Aber ich wusste, dass der Kerl, den ich am Kragen hielt, die Pistole hatte. Ich stürzte mich auf ihn, riss ihm die Waffe aus der Hand und warf sie aus dem Fenster. Ich hob die Faust, um ihm die Lichter auszublasen, als sein Freund mich am Hemd packte und gegen den Kühlschrank knallte. Sie kamen beide auf die Füße, warfen mich zu Boden und begannen, auf meine Rippen, meine Schultern und meinen Kopf einzutreten.

Ein Schrei von Texas drang an meine Ohren. Mir fiel ein, wie sie mir erzählt hatte, dass sie erst durch den Schrei ihrer Großmutter die nötige Kraft entwickelt hatte, um ihrer beider Leben zu kämpfen.

Warum nahmen diese Typen nicht das verdammte Geld und verschwanden? Aber die Antwort war klar: Sie waren nicht wegen des Geldes hier. Sie waren wegen *mir* hier.

Ich umfasste die Beine des Typen, der mir gerade ins Gesicht treten wollte, und zog ihn zu mir herunter. Er versuchte, wieder hochzukommen, und ich nutzte die Gelegenheit, ihn in eine Beinschere zu nehmen. Dann schnappte ich mir eine Dose Bohnenmus und schlug sie ihm ins Gesicht. Mit einem Knacken brach seine Nase.

Knacks.

Als Nächstes traf ich seine Stirn und sah, wie seine Skimaske vor Blut zu triefen begann.

Knacks.

Dann schmetterte ich die Dose gegen seinen Mund und hörte, wie seine Zähne abbrachen. Wenig später schlug ich derart wütend mit der Dose auf sein Gesicht ein, dass sich hinter der Maske eigentlich nur noch eine blutige Masse verstecken konnte. Ich sah nur noch rot – und die Gefahr, dass jemand eine Person verletzen könnte, die mir etwas bedeutete.

Nicht schon wieder, ihr Arschlöcher. Nie wieder.

Sein Komplize versuchte, vor Schmerz stöhnend aus dem Wagen zu kriechen. Irgendwo weit entfernt hörte ich Texas hysterisch schreien. Zuerst dachte ich, sie machte sich Sorgen wegen meiner Verletzung, aber dann wurden ihre Worte deutlicher.

»Du bringst ihn ja um! West, hör auf! Bitte! Gott, hör auf damit!«

Sie schlang mir die Arme um den Hals und zog mich von dem Bastard weg. Sie drückte mich an sich, ihre Stirn lag an meiner, unsere verschwitzten Haare klebten aneinander. Sie schluchzte.

Ich kam auf die Füße, umarmte sie und gab ihr einen Kuss auf ihre Cap.

Ich wusste, dass sie Angst hatte und auch, dass zum größten Teil meine Reaktion daran schuld war. Der Kerl unter mir war bewusstlos – vielleicht auch tot –, und lag in einer Pfütze seines eigenen Blutes. Der andere Kerl suchte jammernd nach seinem Handy.

Ich küsste sie auf die Nasenspitze.

»Gib mir eine Sekunde.«

Ich drehte mich um und ging zu dem stöhnenden Angreifer. Ich trat mit dem Stiefel auf die Finger, die er um sein Handy geschlossen hatte, und hörte sie brechen. Er heulte auf. Mit einem Ruck riss ich ihm die Skimaske vom Kopf. Zwei braune Augen blinzelten mich an, und ich erkannte den Kerl. In der Nacht des Kampfes hatte er zu Appletons Gefolge gehört.

Dem anderen Kerl die Maske abzunehmen würde nichts mehr bringen, außer dass Grace noch einmal ausrasten würde. Ich wusste bereits, wer sie waren und was sie wollten.

Der Mann zitterte am ganzen Körper, seine Zähne klapperten. Ich beugte mich vor und flüsterte ihm ins Ohr: »Sag deinem Boss, dass ich euch begrüßt habe, nimm deinen verdammten Kollegen da mit und kommt nie mehr wieder.«

Ich warf ihm die Skimaske ins Gesicht und ging zurück zu Grace, um den beiden Zeit zum Abhauen zu geben. Es wäre ungünstig für mich, wenn sie beim Eintreffen der Polizei noch hier wären – und die würde Grace zweifellos gleich rufen. Die Anwesenheit dieser Typen drohte meine höchst illegalen Tätigkeiten aufzudecken, inklusive des Kampfes, auf den ich mich immer noch vorbereitete.

Grace zappelte in meinen Armen. »Moment, lass mich mal an mein Handy. Ich muss …«

Ich hielt sie noch fester. »Erst mal musst du dich beruhigen.«

Idiot eins schleppte Idiot zwei in die Dunkelheit hinaus. Seine stolpernden Schritte auf dem Kies verrieten, dass sie am nächsten Morgen Krücken brauchen würden.

»Wir sollten die Polizei rufen.« Grace runzelte die Stirn und wand sich aus meinem Griff.

»Meinst du?« Ich versuchte Zeit zu schinden, damit sie weglaufen konnten. »Sie haben keinen Cent mitgenommen.«

»Machst du Witze? Wir *müssen* es den Bullen sagen. Oder zumindest Mrs Contreras und Karlie, damit sie entscheiden können, was zu tun ist. Sieh dich doch mal an. Du bist völlig lädiert.«

»Baby.« Ich nahm ihre Hand. Der Boden war schlüpfrig vor Blut. Es würde eine Heidenarbeit werden, alles wieder zu säubern. »Das waren nur ein paar Idioten, die Ärger machen wollten.«

»Sie hatten eine *Pistole*, West.«

»Aber sie haben sie nicht benutzt.«

»Sie haben dir in die Schulter geschossen.«

Ich blickte auf meine Schulter hinab und zog an meinem Kragen, um den Schaden zu begutachten. Die Haut war gerötet und gereizt, aber die Kugel schien mich kaum gestreift zu haben. Die Röte kam von der Hitze.

»Mir geht es gut.«

»Du nimmst die Sache nicht ernst. Weißt du etwas, das ich nicht weiß?« Sie musterte mich aus schmalen Augen.

Je mehr sie über Appleton und seine Machenschaften wusste, desto stärker war sie involviert. Und dazu durfte es nicht kommen. Das hier war meine Angelegenheit. Von jetzt an würde ich die Sache mit Grace noch geheimer halten. Meiner Zurechnungsfähigkeit und ihrer Gesundheit zuliebe.

Die Absage war keine Option mehr, aber solange Appleton nichts von Grace' Existenz wusste, konnte er ihr auch nichts antun.

Ich würde die Sache durchziehen, das Arschloch verprügeln, das Geld einsacken und ihn für immer aus meinem Leben entfernen.

»Du hast recht. Sagen wir Karlie und Mrs Contreras Bescheid. Sie müssen es wissen.«

Als ich das sagte, waren die Bastarde schon verschwunden.

Es war nur Gerede.

Aber ich hatte Zeit gewonnen.

Ein paar Stunden später befand ich mich frisch geduscht in Grace' Zimmer. Der hölzerne Stuhl, den Texas für ihre Großmutter in die Dusche gestellt hatte, hatte sich an diesem Abend als äußerst praktisch erwiesen. Jeder einzelne Muskel schrie vor Schmerz, als die heißen Nadeln aus Wasser auf meine Haut prasselten.

Ich lag halb nackt auf ihrem Bett, das nach Honig, Shampoo und ihrem reinen, unverwechselbaren Geruch duftete, und tauschte mit Reign und Easton in einem Gruppenchat Nachrichten aus. Es hatte keinen Sinn, auch Max hinzuzufügen. Der Depp war so hilfreich wie eine Tüte Skittles beim Weltuntergang.

East: Das war Appleton. Natürlich steckt er dahinter. Sein Name steht in Großbuchstaben über dieser Aktion. Ich habe dir doch schon beim ersten Kampf gesagt, dass du ihn nicht annehmen sollst, @West.

Reign: Du musst irgendwie darauf reagieren. Alles andere sieht nach Schwäche aus.

East: @Reign, bist du high?

Reign: Natürlich bin ich high. Die Saison ist vorbei. Was ist das denn für eine Frage?

East: Warum den Bären reizen?

Reign: Weil er schon hellwach ist und versucht hat, seinen Schwanz in Wests Frau zu stecken.

Reign: (Das ist nur eine Umschreibung, West. Niemand versucht, seinen Schwanz in Grace zu stecken. Ich stelle das lieber mal klar, weil du in letzter Zeit extrem unter dem Pantoffel stehst.)

Es gab nichts, was ich lieber wollte, als direkt zu Kade Appleton nach Hause zu fahren und alles in meiner Sichtweite zu zerschlagen, inklusive seiner gottverdammten Fresse. Aber so, wie die Dinge standen, konnte ich ihm nicht einmal in den Vorgarten scheißen. Ich konnte gar nichts tun. Ich musste den Kopf einziehen und dafür sorgen, dass Grace ein Geheimnis blieb.

Denn Grace war meine Schwachstelle.

Und Appleton stand darauf, die Schwachstellen anderer auszunutzen.

West: Keine Vergeltung. Er wird mir im Ring Rede und Antwort stehen. Da fällt mir ein – Grace darf nichts von dem Kampf gegen Appleton erfahren.
Reign: Wie willst du das vor ihr geheim halten? Das Ding wird innerhalb eines Tages ausverkauft sein.
East: Da liegt unser Freund hier nicht ganz falsch, Westie.
West: Ich sage es ihr kurz vor dem Termin. Sie hat viel um die Ohren. Da muss sie sich nicht auch noch darum Gedanken machen.

Neben der Suche nach einer Pflegerin für Savannah und der Möglichkeit, in diesem Semester vielleicht durchzufallen, musste sich Texas nicht auch noch um mich sorgen. Mein Plan war, es ihr am Tag vor dem Kampf zu sagen. Ich würde ihr erklären, warum ich zusagen musste, obwohl ich auszusteigen versucht hatte. Und ich musste ihr versichern, dass in vierundzwanzig Stunden alles vorbei sein würde. Auf diese Art musste sie sich nur für einen Tag Sorgen um mich machen und nicht wochenlang.

East: Ich sage Max, dass er den Ticketverkauf diskret halten soll.
West: Finde ich gut. Wie läuft's mit Tess, @Reign?
Reign: Gar nicht. Sie ist immer noch scharf auf dich.

East: Das wird schon noch.

Reign: Dein Wort in Gottes Ohr.

East: Amen.

Ich war nicht gerade Tess' größter Fan, nachdem sie Tex gegenüber so bissig gewesen war, aber ich war absolut dafür, dass sie etwas mit Reign anfing. Je eher sie auf dem Schoß dieses Idioten landete, desto weniger würde sie Tex belästigen.

East: Hast du in letzter Zeit mit deiner Familie gesprochen, @West?

West: Negativ.

East: Du bist echt mies.

West: Aber darin bin ich echt gut.

Ich hatte ihnen gerade ein paar Bilder von meinem neuen blauen Auge und meinen Kratzern geschickt, da betrat Grace das Zimmer. Sie kam gerade aus der Dusche und trocknete sich das Haar mit einem Handtuch ab. Sie war komplett geschminkt, wie immer. Ich war nun schon eine Weile mit diesem Mädchen zusammen und wusste immer noch nicht, wie sie unter dieser Make-up-Schicht aussah.

Sie war zwar noch aufgeregt, aber seit wir Mrs Contreras angerufen und ihr geschildert hatten, was passiert war, beruhigte sie sich allmählich. Wir mussten warten, bis die Bullen da waren, um eine schwachsinnige Aussage zu machen, und wurden dann sofort nach Hause geschickt. Mrs Contreras war auch gekommen. Sie fuhr mit Sheriff Jones auf die Wache, um offiziell Anzeige zu erstatten.

Texas ließ sich neben mich auf das Bett fallen und drückte einen Kuss auf meine verletzte Schulter. Ich nahm sie in den Arm und biss ihr sanft in den Nacken.

Sie schloss die Augen. Ihre kurzen Atemzüge kitzelten mich am Kinn. Sie ließ die Finger um das Tattoo auf meinem inneren Bizeps kreisen.

»Mit wem hast du getextet?«

»East und Reign.«

Sie räusperte sich. »Sonst niemand?«

»Mit wem denn sonst?« Hatte sie immer noch nicht mitbekommen, dass ich alles andere als ein Partylöwe war?

»Tess zum Beispiel«, sagte sie ruhig.

Ich schnaubte und strich ein paar goldblonde Strähnen aus dem Gesicht. Sie ähnelte so sehr einem Engel, dass ich ihr manchmal mit der Hand über den nackten Rücken fahren wollte, um sicherzugehen, dass sie keine Flügel hatte.

»Grün steht dir gut, Tex.«

»Erinnerst du dich, wie wir uns das erste Mal begegnet sind?« Ihr Kopf lag in meiner Armbeuge, während sie mir mit den Fingern durchs Haar strich, als sei ich eine Violine.

Natürlich erinnerte ich mich. Es war der Abend, an dem ich die Wette mit Tess verloren hatte und Tacos und Frozen Margaritas für alle gekauft hatte. Möglicherweise hatte es an diesem Abend ausgesehen, als wären Tess und ich eng befreundet. Es war derselbe Abend, an dem ich sie auf dem Schrottplatz über die Ducati gebeugt und hart gefickt hatte. Dabei hatte ich sie angeschrien, dass sie auf den Lack aufpassen sollte. Natürlich kamen wir gut miteinander klar. So waren Kerle nun mal – wir waren nett zu den Frauen, die wir vögeln wollten, *bis* wir sie gevögelt hatten.

An dem Morgen, nachdem ich Tess' Turnerinnenhintern zu einer Brezel verdreht hatte, fuhr ich sie nach Hause und löschte dann ihre Nummer. Und ich war geschmacklos genug, für das Bewerbungsgespräch beim Food Truck vorbeizufahren, um sicherzugehen, dass die Stelle noch nicht besetzt war.

»Dunkel«, log ich, vor allem, weil ich es peinlich gefunden hätte, zugeben zu müssen, dass mir bei der Erinnerung an jenen Abend vor allem Grace und nicht Tess in den Sinn kam. »Warum?«

»Als ich euch bedient habe, hat Tess dich gefragt, was das Tattoo auf deinem Bizeps bedeutet.«

Mein Herz setzte einen Schlag aus. Vorsichtig, aber entschlossen fuhr sie fort: »Was bedeutet dieses Tattoo, West?«

Ich wusste, dass ich es ihr erzählen musste. Wenn ich es nicht tat, würde sie glauben, dass sie und Tess in einer Liga spielten. Und das stimmte nicht. Tess war ein One-Night-Stand, und Grace ... Grace war jemand für jede Nacht. Eine feste Freundin. Das erste Mädchen seit Langem, das mir etwas bedeutete. Das musste sie doch wissen.

»Das A steht für Aubrey. Meine kleine Schwester.«

»Du hast gesagt, du bist ein Einzelkind.« Ich spürte, wie sie ihre Augen öffnete, weil ihre Wimpern wie kleine Schmetterlinge über meine Brust flatterten.

Ich holte tief Luft. »Nein. Ich habe gesagt, ich habe keine Geschwister. Und das stimmt auch. Sie ist gestorben, als sie sechs war. Ich war damals siebzehn.«

»Oh.« Die Stille um uns herum war so laut, dass ich gern mit bloßen Händen die Wand niedergerissen hätte, nur um die Grillen draußen zu hören. »Das tut mir sehr leid.«

Was sollte ich dazu sagen? *Vielen Dank?* Ich hasste es, Leuten zu danken, die mir nicht geholfen hatten. Dass sie meinen Verlust bedauerte, brachte Aubrey nicht zurück.

»Wie ist es passiert?«, fragte sie.

Ich spürte, wie meine verletzte Lippe wieder aufsprang, als ich darauf biss. »Autounfall.«

»Warst du in ...?«

»Nein«, schnauzte ich. Die Wunde, die ihr Tod mir zugefügt hatte, war noch zu frisch, um daran zu rühren. »Da hast du es, Tex. Etwas, das du weißt und Tess nicht. Niemand weiß das. Na gut, außer East. Können wir jetzt aufhören, darüber zu reden?«

Sie schwieg. Und das zu Recht. Ich war mal wieder der gereizte *Hurensohn*.

Zehn Minuten lang herrschte Stille zwischen uns. Ich hoffte inständig, dass sie Aub nie wieder erwähnen würde, aber ich wusste, dass diese Hoffnung vergebens war.

»Bist du okay?«, fragte ich schließlich, als ich spürte, wie sie davonglitt, sich dem süßen Schlaf hingab.

»Ja.«

Ich wusste, dass sie log.

Ich nahm es trotzdem hin.

Grace

A wie Aubrey.

Es stand nicht für Anarchie oder Arschloch oder irgendwelche anderen Dinge, die ich mir vorgestellt hatte, als ich mich in den Nächten, als wir nur Freunde waren, hin und her gewälzt hatte in dem Versuch, den ach so mysteriösen West St. Claire zu begreifen.

Aubrey. Was für ein wunderschöner Name. Die Puzzleteile fügten sich endlich zusammen und zeigten ein ausgesprochen tragisches Bild.

West hatte einen der größten Verluste erlitten, die es gibt. Seine Eltern waren nach dem Tod ihrer Tochter gebrochen. Wahrscheinlich hatten sie mit im Auto gesessen, als es passierte, vielleicht waren sie sogar der Grund, warum es überhaupt zu dem Unfall gekommen war.

West versuchte, ihnen finanziell wieder auf die Beine zu helfen, aber Aubreys Tod hatte er ihnen noch nicht vergeben.

Ja. Das war passiert, darum ging es.

In dieser Nacht klammerte ich mich besonders fest an meinen Freund.

Ich liebte ihn von ganzem Herzen ... und noch ein bisschen mehr.

17. KAPITEL

Grace

»Professor McGraw will dich in ihrem Büro sehen. Pronto.«

Lauren alias Blanche begrüßte mich früh am Morgen bei meinem Pick-up. Ihre Stimme klang so heiser, als hätte sie einen Monat lang täglich zehn Schachteln Zigaretten geraucht. Sie hatte sich einen Schal umgebunden, obwohl der Asphalt unter unseren Füßen vor Hitze knisterte. Ich stieg aus meinem Chevy und machte mich auf den Weg zu Professor McGraws Büro. *Oh Mann, das kann nichts Gutes bedeuten*, dachte ich.

Die Hände auf ihrem Schreibtisch gefaltet, erwartete mich McGraw in ihrem Büro.

»Sie wollen Wiedergutmachung, Grace Shaw. Ein Phönix sein. Alles an Ihnen schreit danach – Ihre Tasche, Ihr Flammenring, Ihre Tragödie. Sie schleppen sich über die Flure, beanspruchen so wenig Platz wie möglich und warten darauf, dass die Veränderung kommt. Aber um zu einem Phönix zu werden, müssen Sie kämpfen. Abheben. Nun, Grace, heute ist Ihr Glückstag.«

Neugierig zog ich eine Augenbraue hoch. Sie hatte mit allem recht, aber ich hatte nicht gewusst, dass mich die Leute am College überhaupt wahrnahmen.

Erst seit Kurzem fühlte ich mich nicht mehr wie ein ängstliches Vögelchen.

»Bei der armen Lauren sind Knoten auf den Stimmbändern

diagnostiziert worden, deshalb ist sie außer Gefecht. Wir brauchen eine neue Blanche, und Sie brauchen eine Rolle, um Ihr Semester zu retten. Ich habe Sie wärmstens empfohlen, und Mr Finlay ist wie ich der Meinung, dass Sie die Rolle übernehmen sollten.«

Ich öffnete den Mund, aber ehe ich etwas sagen konnte, fuhr sie kopfschüttelnd fort: »Wie Sie vielleicht wissen, hat sich Tess Davis aktiv um die Rolle bemüht. Sie ist ausgesprochen diszipliniert, aber ich glaube, wenn ich sie aufgrund ihrer Hartnäckigkeit besetze, schließen manche Studierende daraus vielleicht, dass sie auf diese Art ihren Willen durchsetzen können, und das will ich nicht. Die Premiere findet in weniger als einem Monat statt. Und jetzt sagen Sie nicht, Sie sind unvorbereitet. Sie kennen diese Zeilen auswendig, können sie im Schlaf aufsagen. Cruz hat Sie während der Proben beobachtet. Er hatte schon eine ganze Weile Zweifel wegen Lauren. Wie Sie vielleicht wissen, hatte sie Schwierigkeiten mit dem Text.«

Die Leute hatten mich bemerkt. Der Gedanke ließ in meiner Brust etwas aufblühen.

»Ich kenne den Text«, sagte ich ruhig und versuchte, alles zu verarbeiten, während ich mich auf dem Stuhl vor ihrem Schreibtisch niederließ.

Blanche war die Hauptrolle.

Die einmalige Chance.

Die Kirsche auf der Sahne.

Ich würde mein Semester retten können. Vielleicht sogar mit Auszeichnung. Solange es kein ausgewachsenes Desaster wurde, würde der Auftritt ein Wunder für meinen Durchschnitt bewirken. Der Gedanke, ohne meine Baseball-Cap auf die Bühne zu gehen, ließ mich erschaudern … aber ich schreckte nicht mehr davor zurück.

Ich hatte es schon einmal getan.

Meine Cap abgenommen.

Dank West.

Dutzende Male sogar.

Ich kann das.

Diese Erkenntnis haute mich beinahe um. Ich könnte die Blanche wunderbar darstellen. Ich hatte das Stück schon so oft gelesen, dass vor dem Einschlafen häufig meine Lieblingszeilen vor meinem geistigen Auge erschienen. In meinen Träumen stand mein altes Ich – das Ich ohne Narben – neben Marlon Brando auf dieser Bühne.

Ich würde es tun.

Ich würde mein Studienjahr retten und meine Bühnenangst überwinden.

»Sagen Sie etwas.« McGraw legte den Kopf schief und blinzelte mich an. »Ich mag dieses Schweigen nicht. Werden Sie für Miss McCarthy einspringen oder nicht?«

Ich presste die Lippen zusammen, um ein breites Grinsen zu unterdrücken.

»Es wäre mir eine Ehre, Professor McGraw.«

»Na endlich!« Ihre roten Lippen verzogen sich zu einem mütterlichen Lächeln, das mir einen Stich ins Herz versetzte. »Der Phönix erhebt sich aus der Asche!«

Eine Stunde nach meinem Treffen mit Professor McGraw versammelte Cruz Finlay das gesamte Ensemble im Proberaum der Lawrence Hall und machte die offizielle Ankündigung. Lauren stand neben mir und zupfte schmollend an den Maschen ihres Schals. Professor McGraw hatte mir versichert, dass Laurens bisherige Arbeit ihrem Gesamtergebnis angerechnet und dass sie auf jeden Fall bestehen würde, was eine Erleichterung war. So sehr ich diese Gelegenheit auch wollte, so wenig wünschte ich es Lauren, durchzufallen.

»Mist! Das sind aber schlechte Nachrichten für deinen Hals, Lo. Also ist die Rolle der Blanche jetzt frei?« Tess warf Lauren – die sie das ganze Semester über mit Voodoopuppen und tödlichen Blicken umzubringen versucht hatte – einen entschuldigenden Blick zu.

»Eigentlich nicht.« Finlay rückte das Barett auf seinem Kopf zurecht. »Die Rolle hat bereits jemand anders bekommen. Begrüßen Sie unsere neue Blanche – Grace Shaw!«

Die Leute applaudierten gedämpft. Sie blickten zwischen Lauren und mir hin und her, und warteten auf die offizielle Erlaubnis, diese Ankündigung zu feiern. Ich senkte den Kopf und spürte, dass ich rot wurde.

Lauren verdrehte die Augen. »Um Himmels willen, etwas mehr Enthusiasmus bitte, Leute!« Sie umarmte mich und beugte sich vor, um mir ins Ohr zu flüstern. »Das hast du absolut verdient. Ich habe vom ersten Tag an gesehen, wie viel Leidenschaft du für dieses Projekt aufbringst. Ich freue mich, dass du es bist, Shaw.«

»Danke.«

»Klasse, Grace! Schön, dich an Bord zu haben.« Aiden, mein Co-Star, drückte meine Schulter.

Nach und nach kamen alle zu mir, um mich zu umarmen und mir zu gratulieren. Tess war nicht dabei, was mich nicht sonderlich überraschte. Schon vor dieser Eröffnung war sie nicht besonders glücklich über die Sache zwischen West und mir gewesen.

West. Ich konnte es kaum erwarten, ihm von meiner Rolle zu erzählen. Er würde total aus dem Häuschen sein. Karlie auch. Und Großmutter Savvy …

Falls sie mich heute erkennt.

»Na schön, ich habe jetzt zwei Vorlesungen nacheinander und dann eine Wachsbehandlung. Wir sehen uns in alter

Frische um vier Uhr.« Finlay winkte seinem Ensemble zu, verschwand die Treppe hoch und aus unserem Sichtfeld. Alle anderen verließen in Grüppchen den Raum, plauderten und lachten miteinander.

Ich hob den Kopf und sah mich Tess gegenüber, die genau wie ich noch geblieben war.

Sie hatte die Lippen geschürzt, ihre Augen waren dunkel vor Wut. Die Enttäuschung hatte hässliche rote Flecken in ihr Gesicht gemalt.

»Wow«, flüsterte sie.

Ich lächelte höflich.

»Dann sollte ich dir wohl gratulieren. Keine Ahnung, wohin dich das führt – ist ja nicht so, als könntest du einen Oscar gewinnen mit diesem … diesem …«

»Gesicht?«, beendete ich mit sanfter Stimme den Satz für sie. »Du willst mich also noch einmal daran erinnern. Ich gebe dir einen Rat, Tess. Wenn du etwas nicht ändern kannst, lass es einfach los.«

»Ich finde einfach, dass es unfair ist. Es ist so … so selbstsüchtig!« Tess hob beide Arme, ihr Rücken war gekrümmt. »Historisch gesehen ist die Schauspielerin, die die Blanche gespielt hat, immer aufgestiegen und aus der Versenkung gekommen. Von Off-Broadway-Aufführungen bis zum West End, Schulaufführungen und sogar Filmen. Hast du mal *Alles über meine Mutter* gesehen?« Sie legte den Kopf schief und musterte mich zweifelnd. Ich hatte den Film nicht gesehen, also zuckte ich mit den Schultern.

»Dachte ich mir. Der Film beginnt mit der Mutter. Sie ist fasziniert von der Schauspielerin, die die Blanche spielt. Ihre Liebe zu Blanche führt zu einer schrecklichen Tragödie. Blanche ist magisch. Eine Ikone. Ich wurde *geboren*, um sie zu sein. Und du …« Sie holte tief Luft, vergrub ihr Gesicht in den Händen und schüttelte verzweifelt den Kopf. »Du hast mir schon West genommen. Ja, ich habe verstanden. Du hast gewonnen. Er gehört dir. Das bedeutet mir nichts mehr. Aber du kannst mir nicht auch noch Blanche nehmen. Bitte, Grace. Diese Rolle wäre *die* Chance für mich. Sie könnte mir so viele Möglichkeiten eröffnen. Für dich ist es nur ein Anfang … und gleichzeitig das Ende. Du willst doch gar nicht auf die Bühne. Seit ich dich kenne, hast du sie gemieden. Du wirst nie etwas aus deiner Schauspielkarriere machen, und selbst wenn du es wolltest, hast du keine Chance …«

Sie wandte den Blick ab, weil sie wusste, dass sie mal wieder zu weit gegangen war. Sie fing an, im Raum auf und ab zu gehen.

»Ich überlasse dir Stellas Rolle. Ich vermittle dich an meinen Agenten. Wir könnten uns gegenseitig helfen. Genau!« Sie schnippte mit den Fingern und strahlte. »Das wird großartig. Wir werden uns unterstützen. Du weißt, dass ich immer auf deiner Seite gewesen bin.«

Glaubte Tess wirklich, dass sie mir einen großen Gefallen getan hatte, indem sie nicht aktiv gemein zu mir gewesen war? Ich spürte, wie ich die Fäuste ballte.

»Das wird nichts, Tess. Im wahren Leben muss man anderen Leuten ihren Sieg lassen. Scheitern macht dich entweder stärker oder es zerbricht dich. Es liegt ganz bei dir.«

Ich öffnete die Fäuste, hob das Kinn und betrachtete ihr hübsches, aber schmerzlich ausdrucksloses Gesicht.

»Du wirst mir alles wegnehmen, was? Du hörst erst auf, wenn du mich gebrochen hast, stimmt's?«, murmelte sie.

»Machst du Witze?«, fauchte ich, als ich die Geduld verlor. »Dir liegt die ganze Welt zu Füßen. Für alles, was ich habe – diese Rolle, West, das Leben – habe ich doppelt so hart arbeiten müssen, wie du für deine Sachen arbeiten musst.«

»Genau!«, knurrte Tess frustriert und fuchtelte mit den Händen vor meinem Gesicht herum. »Genau darum geht's, Grace. Alles, was du in der Welt des Schauspiels jemals erreichen wirst, wird hart erarbeitet sein, wenn überhaupt. Ist doch völlig klar, dass Professor McGraw dir die Rolle gegeben hat, um eine Abkürzung zu nehmen und dich durchkommen zu lassen. Ich bin diejenige, die hier fertiggemacht wird. Ich bin diejenige, die die Rolle ihres Lebens verliert.«

Das Schlimmste war das Wissen, dass Tess in ihrem tiefsten Inneren wirklich kein schlechter Mensch war. Aber sie wollte die Dinge, die ich erreicht hatte. Bis zu diesem Jahr, bevor das mit West und Blanche passierte, war sie von allen Kommilitonen am nettesten zu mir gewesen.

Bis ich auf einmal für alle sichtbar wurde.

Konkurrenz war.

Bis ich *gewann*.

»Tess«, flüsterte ich, und meine Augen wurden schmal. »Es tut mir leid, dass du das so empfindest. Aber ich werde die Rolle nicht aufgeben, um dich zu besänftigen. Ich werde auch meinen Freund nicht aufgeben. Ich hoffe, du wirst wieder vernünftig und erkennst, dass du besser bist als das, was du hier aufführst.« Ich deutete mit dem Kinn in ihre Richtung. »Schönen Tag noch. Wir sehen uns um vier.«

Ich drehte mich um und ging, wobei ich ihren Blick wie ein Zielfernrohr in meinem Rücken spürte.

Niemand hatte mich davor gewarnt, was passieren würde, wenn der Phönix endlich aus der Asche emporstieg und seine herrlichen roten Schwingen vom Staub befreite.

Dass er auf seinem Weg noch andere Monster und Kreaturen bekämpfen musste.

Dass trotz seiner Freiheit noch Schlachten vor ihm lagen.

Und dass sie allesamt blutig sein würden.

18. KAPITEL

Grace

Nach einer angespannten Probe, die hauptsächlich aus Tess' Nörgeln und Meckern über jede Kleinigkeit bestand – die Bühnenbeleuchtung, die Uhrzeit, ihr mit Kaffee beflecktes Manuskript und sogar das verdammte Wetter (»*Es ist so heiß, können wir nicht morgen weitermachen?*«) –, machte ich mich im Zustand emotionaler Erschöpfung auf den Weg zu meinem Pick-up.

Ich war dermaßen geschafft, dass ich keine Lust hatte, West die gute Nachricht mit der Hauptrolle zu texten, wegen der ich immer aufgeregter wurde. Ich schaffte es auch nicht, abzuheben, als er anrief. Ich brachte einfach den Enthusiasmus nicht auf, den dieses Gespräch verdiente. Ich nahm mir vor, ihm am nächsten Tag ein selbst gemachtes Sandwich mitzubringen und ihm das, was bei Professor McGraw passiert war, in aller Ausführlichkeit zu erzählen.

Ich parkte vor unserem Haus. Als ich eintrat, hörte ich aus dem ersten Stock Tumult. Mein Rücken verkrampfte sich. Marla schimpfte laut, und das andauernde Rütteln an einer Holztür hallte durch das Haus.

»Mach auf, du alte Schachtel. Ich bitte dich nicht noch einmal. Ich hole Sheriff Jones und lasse ihn die Tür eintreten. Du bringst dich wirklich in Gefahr.«

Himmel, was war denn jetzt wieder passiert?

Ich ließ meinen Rucksack am Fuß der Treppe fallen und rannte ins Obergeschoss. Als ich in den Flur einbog, erblickte ich Marla, die mit den Fäusten gegen die Badezimmertür hämmerte. Ihr Gesicht war gerötet, ihre Haare zerzaust. Ihre Fäuste waren ebenfalls rot und geschwollen.

»Savannah!« Von ihrem Geschrei hob beinahe das Dach ab. »Mach sofort auf!«

Das Geräusch von rauschendem Wasser drang an meine Ohren.

»Nein!« Grams' Stimme klang wie eine Münze in einer leeren Spardose, hohl und schrill. »Ihr macht mir nichts mehr vor. Ihr wollt, dass meine süße Courtney wieder Drogen nimmt. Ich kenne Sie nicht, Miss. Wenn überhaupt, dann werde *ich* den Sheriff rufen, damit er *Sie* verhaftet. Das hier ist mein Grund und Boden. Ich bin vielleicht alt, aber ich kenne meine Rechte.«

Es war nicht das erste und auch nicht das fünfte Mal, dass Grams Marla nicht erkannte, aber es war das erste Mal, dass sie aktiv Widerstand leistete.

»Was ist passiert?«, fragte ich beunruhigt und legte eine Hand auf Marlas Schulter.

Sie wischte sich den Schweiß aus dem Gesicht und schüttelte den Kopf. Als sie sich zu mir umdrehte, konnte ich sehen, dass sie geweint hatte. Ihre Augen glänzten und waren geschwollen.

»Ich kann das nicht mehr, Schätzchen. Es tut mir leid. Ich kann einfach nicht. Deine Großmutter ist …« Sie schüttelte den Kopf und schürzte die Lippen, um nicht loszuheulen. »Es geht ihr nicht gut. Und du tust ihr keinen Gefallen, wenn du sie ohne Diagnose hierbleiben lässt. Wenn du sie in ein Pflegeheim schickst, hat das nichts damit zu tun, was bequem für *dich* ist, Süße. Es ist nicht selbstsüchtig. Ich wünschte wirklich, du würdest das endlich verstehen. An diesem Punkt leistest du der armen Frau einen Bärendienst, indem du sie hier behältst. Sie ist nicht mehr in der Lage, ihre eigenen Entscheidungen zu treffen. Sie ist nicht mehr bei Verstand, und sie gehört an einen Ort, an dem ihre Bedürfnisse rund um die Uhr erfüllt werden können. Grace …« Sie zögerte, ihr Kinn zitterte unter einem bevorstehenden Weinkrampf. »Niemand wird diesen Job annehmen. Das ist etwas, das du akzeptieren musst.«

Ich umarmte Marla nur rasch und schickte sie weg. Dann krempelte ich die Ärmel hoch, um an die Tür zu hämmern.

Das Wasser lief inzwischen unter dem Türspalt hindurch. Mir stockte der Atem, als ich sah, wie das dünne Rinnsal auf dem Weg in den Flur unter meinen FILAs hindurchlief. Hatte Grams die Badewanne volllaufen lassen?

Ich hatte keine Ahnung, wie sie es geschafft hatte, Marla auszusperren. Sie sollte nicht allein im Bad sein. Niemals.

Du hättest die Türknöpfe gegen welche austauschen sollen, die man auch von außen öffnen kann, schimpfte eine leise Stimme in mir. *Du hast dir eingeredet, dass Grams nicht in der Lage wäre, etwas derart Verantwortungsloses zu tun. Etwas so Gefährliches. Noch eine Lüge, die du dir eingeredet hast.*

»Grams«, rief ich mit meiner sanftesten Stimme. »Ich bin es, Gracie-Mae, deine Enkelin. Bitte mach die Tür auf, damit ich dir helfen kann.«

»Gracie wer?«, fragte sie mit einem misstrauischen Schnauben. »Ich kenne keine Gracie-Mae. Die einzige Familie, die ich habe, sind Freddie und meine Courtney, und die ist in Schwierigkeiten, weil Gesindel wie ihr versucht, ihr Drogen anzudrehen. Aber das lasse ich nicht mehr zu. Das hört jetzt auf. Stimmt's, Courtney-Schatz?«

Mit wem redete sie?

Lieber Gott, wie schlimm war es?

Aber die Antwort auf diese Frage kannte ich bereits. Ich hatte nur so getan, als wüsste ich es nicht.

Ich griff nach der Türklinke und rüttelte daran. Als das nicht funktionierte, schlug ich verzweifelt mit den flachen Händen auf das Holz.

Das Wasser lief weiter, floss jetzt die Treppe hinunter. Genau wie in der Nacht des Feuers, nur umgekehrt. Sie würde ertrinken. Das durfte ich nicht zulassen. Ich fürchtete, wenn ich West oder Sheriff Jones anrief, würde etwas Schlimmes passieren, bevor sie hier waren.

»Ich komme jetzt rein!«, kündigte ich an, richtete meine Schulter in Richtung Tür aus und trat einen Schritt zurück. Mit allem Schwung, den ich aufbringen konnte, warf ich mich gegen die Tür.

Abgesehen davon, dass ich mir möglicherweise die Schulter ausgerenkt hatte, passierte gar nichts.

Fuck. Fuck. Fuck hoch drei.

»Grams!« Keuchend hämmerte ich an die Tür. Keine Antwort.

Mit Tränen in den Augen warf ich mich erneut gegen das Holz, rüttelte immer wieder an der Klinke. Während dieser Versuche, die Tür zu öffnen, holte ich mein Handy heraus und rief West an.

»Tex,« antwortete er nach dem ersten Klingeln. »Was gibt's?«

»Du musst herkommen. Grams hat sich im Badezimmer eingeschlossen und das Wasser läuft über. Es ist überall, West.«

»Schon unterwegs.«

Ich hörte, wie er aufstand, das Geräusch der Kette an seinem Portemonnaie, das Klingeln der Schlüssel, als er sie aufhob und dann das Knirschen seiner Stiefel auf dem losen Kies.

»Ich habe Angst, dass du zu spät kommst …« Ich erstickte fast an meinen eigenen Worten. Ich hätte Grams nicht allein lassen dürfen. Marla konnte sich nicht mehr ausreichend um sie kümmern.

Und dann? Willst du vom College abgehen und deine Zeit damit verbringen, dich um jemanden zu kümmern, der dir das Leben vermiest und dich die Hälfte der Zeit nicht erkennt?

Ich hörte, wie er die Ducati anwarf, aber er legte nicht auf.

»Hast du deine Kreditkarte zur Hand?«

»Ähm … ich habe keine«, murmelte ich verlegen.

»Irgendwelche Karten? Walmart? Krankenversicherung?«

»Ich habe meinen Büchereiausweis.« Ich schluckte.

»Ist der aus Plastik?«

»Ja.«

»Ich erkläre dir jetzt, wie du die Tür aufmachst. Hol die Karte.«

»Okay.«

Ich rannte die Treppe hinunter, hielt das Handy in der einen Hand und wühlte mit der anderen in meinem Rucksack nach meiner Brieftasche. Ich brauchte drei Versuche, um meinen Büchereiausweis herauszuholen, so sehr zitterten mir die Hände. Dann rannte ich wieder nach oben und positionierte mich vor der Badezimmertür. Das Wasser hatte das Erdgeschoss erreicht, und in mir breiteten sich Angst und Schrecken aus.

Ich konnte West fahren hören, das Wehen des Windes. Sein Handy hatte er in seinen Helm geschoben, wie ich es schon oft bei ihm gesehen hatte.

»Hast du sie?«, fragte er.

»Ja.«

»Schieb die Karte zwischen die Tür und den Rahmen, genau über dem Schloss.«

Atemlos tat ich, wie mir geheißen.

»Und jetzt biegst du die Karte in Richtung Türklinke und

versuchst sie zwischen das Schloss und den Türrahmen zu kriegen.«

»Bin dabei.«

Ich bewegte die Karte hin und her und spürte, wie der Riegel sich bewegte, aber es reichte nicht. Meine blank liegenden Nerven schickten einen Befehl an den Rest meines Körpers, und ich begann zu zittern. Vom lauten Rauschen des Wassers in der Badewanne wurde mir übel. Und dann …

… klickte das Schloss, und die Tür ging auf, nur ein paar Zentimeter. Ich stieß sie auf und stürmte ins Bad. Grams saß in der Badewanne, komplett bekleidet, das Wasser bis zum Kinn, und starrte mich finster an.

Sie sah aus, als wollte sie mich erschießen.

»Es ist offen!«, rief ich in das Handy und legte es dann in das trockene Waschbecken. Ich stürzte auf Grams zu. Sie stieß mich weg, aber ich stellte sofort das Wasser ab.

»Verschwinde hier, Teufelsbrut! Aus meinem Haus! Aus meinem Leben!«

Wie angewurzelt blieb ich stehen.

»Sieh dir dein Gesicht an!«, fauchte sie. »Monster.«

Ich betastete mein Gesicht und bemerkte, dass ich während meines Kampfes mit der Badezimmertür meine Baseball-Cap verloren hatte. »Der Teufel hat dich berührt, und jetzt bist du gezeichnet. Hässlich und beschmutzt, innen wie außen. Du bist hier, um meine Courtney zu holen, nicht wahr?«

»Grams, nein. Du weißt nicht …«

»Doch, ich weiß.« Ihre Stimme war auf einmal unheimlich ruhig. »Grace. *Gracie-Mae.* Du bist ein Quälgeist, Gracie. Du bist der Grund, warum sie weggelaufen ist. Hast du das gewusst? Du warst ihr zu viel. Zu laut, zu weinerlich, zu fordernd. Als sie dich bei mir zurückließ, habe ich dich angesehen und sah sofort, dass es ein schlechtes Geschäft war. Eine

Enkelin für eine Tochter. Ich habe dich nie gewollt. Du hast sie mir genommen. *Du*.« Sie zeigte mit einem zitternden Finger auf mich. Ihre Nasenflügel bebten, ihre Lippen wurden zusammen mit ihrer blassen Haut in dem kalten Wasser allmählich blau. Sie würde sich eine Lungenentzündung holen, und ich musste sie da rausholen, aber ich konnte ihren Redeschwall nicht bremsen. »Du nichtsnutzige Tochter des Teufels! Mein einziger Trost ist, dass Gott mir schon die Arbeit abgenommen hat. Er hat dich mit diesem Gesicht für all deine Sünden gestraft!«

Sie wandte ihr Gesicht zur Decke und lächelte, als hätte ein unsichtbarer Sonnenstrahl sie berührt. Dann schloss sie die Augen, und ein bitteres Kichern kam aus ihrem Mund. »Alle glauben, dass du es getan hast. Alle. Niemand kennt unser kleines Geheimnis, Gracie-Mae. Niemand weiß, was ich in dieser Nacht getan habe.«

Sie legte eine dramatische Pause ein, ehe sie zum entscheidenden Schlag ausholte.

»Ich habe es absichtlich gemacht. Die Zigarette neben meinem Schlummertrunk brennen lassen. Ich wollte nicht mehr leben. Und dich wollte ich mitnehmen.«

Ein animalischer Schrei entrang sich meiner Kehle. Ich stürzte mich auf die alte Frau, packte sie am Kragen ihres Kleides und hievte sie aus der Badewanne, schleifte sie hinaus auf den Flur und in ihr Zimmer. Wie einen Sack Kartoffeln ließ ich sie auf ihr Bett fallen, warf ein Handtuch über sie und trocknete sie ab. Sie wehrte sich, aber ich kümmerte mich trotzdem um sie.

Ich und mein hässliches Gesicht.

Ich und meine tote Mutter.

Der kaputte Flammenring brannte förmlich auf meiner Haut, ich wollte ihn auf den Boden werfen und in tausend

Stücke zertreten. Großmutter hatte sich geirrt. Das Ding hatte mir nie einen Wunsch erfüllt. Er hatte mich nur daran erinnert, dass ich ein ungewolltes Kind war.

Großmutter Savannah gab mir die Schuld für alles. Für Courtneys Untergang. Dafür, dass die gesamte Familie Shaw ihr auf dem Fuß folgte. Ich war die Verantwortung, die Grams auferlegt worden war wie ein schweres Gewicht, jemand, den sie loswerden wollte.

Wir kämpften auf ihrem Bett, ich saß auf ihr, Tränen trübten meinen Blick. Ich war beinahe fertig damit, sie abzutrocknen, da spürte ich eine starke Hand auf meiner Schulter.

»Geh, Tex. Ich übernehme.«

»Aber ich …«

»*Geh.*«

Ich drehte mich um und lief weg, wagte nicht, ihm in die Augen zu sehen. Alles an mir war kompliziert und entmutigend, und ich fragte mich zum tausendsten Mal, warum West bei mir blieb, obwohl er es mit einer der Schönheiten, die den Boden anbeteten, auf dem er ging, so viel besser haben konnte.

Selbstsüchtig – oh, so selbstsüchtig! – schloss ich die Badezimmertür ab und nahm eine Dusche. Die volle Badewanne direkt neben mir ignorierte ich. Auf dem Boden lagen Zahnbürsten und nasse Handtücher, und überall war Seife verschmiert.

Ich konzentrierte mich darauf, jeden Quadratzentimeter von mir unter dem heißen Wasser sauber zu schrubben, meinen Körper von diesem schrecklichen Tag zu reinigen, mein hässliches, vernarbtes Gesicht eingeschlossen.

Danach schlich ich in den Flur. Ich hörte, wie West Grams hinter der Tür beruhigte, damit sie einschlief. Ohne jeden Grund traf Eifersucht mein Herz wie ein Pfeil.

Ich sollte es sein, die in seinen Armen getröstet wird. Er gehört mir.

Ich schlich in mein Zimmer, bevor der Drang, eine Prügelei mit meiner alten, an Alzheimer erkrankten Großmutter anzufangen, mich übermannen konnte.

Ich zog meinen Pyjama an, warf mich auf mein Bett und starrte an die Decke. Tränen strömten mir übers Gesicht. Zum ersten Mal seit Jahren versuchte ich nicht, sie aufzuhalten.

Nachdem Großmutters leises Schnarchen den Flur erfüllte, hörte ich West ins Badezimmer stapfen, hörte, wie er es sauber machte, den Flur und die Treppe putzte und dann in die Küche ging, um Kaffee zu kochen.

Zu hören, wie er lebte, atmete und in meinem Zuhause an meiner Seite existierte, war beruhigend. Er war eine Gabe Gottes. Allein wäre ich an diesem Abend nicht mit Grams fertiggeworden.

Schließlich kam er die Treppe herauf. Er schien die beiden Becher Kaffee vor meinem Zimmer auf dem Boden abzustellen und die Stirn von außen gegen meine Tür zu drücken.

Es beängstigte mich, wie gut ich seine Körpersprache kannte, die Art, wie er sich in unserem Haus bewegte. Ich konnte ihn vor meinem geistigen Auge beinahe sehen.

»Mach die Tür auf, Texas.«

In meiner Vernebelung hatte ich vergessen, neues Make-up aufzulegen. Ich wollte ihn nicht sehen. Nicht nach all den hässlichen Dingen, die Grams über mich gesagt hatte, während er am Telefon war. Es war schlimm genug, dass ich hässlich war, da musste mich nicht auch noch jemand ansehen.

Ich war schon oft verletzt worden, aber nie zuvor auf die Art wie an diesem Tag.

Ich schwieg.

»Ich will dein Gesicht sehen.«

Die Eindringlichkeit in seiner Stimme überraschte mich. Sie klang erstickt, als stünde er am Rand von etwas, das ich ihm nicht zumuten wollte.

»Okay. Einen Moment!« Ich schwang die Beine aus dem Bett.

»Nackt.«

Auf halbem Weg zu meinem Schreibtisch, in dem ich meine Schminksachen lagerte, blieb ich wie angewurzelt stehen.

Wie eine Schlange glitt die Angst an meinem Rückgrat hinauf, legte sich um meinen Hals und schnürte mir die Kehle zu.

»Du weißt nicht, worum du mich da bittest«, sagte ich gedehnt. Ich hatte nicht vergessen, dass er glaubte, ich könnte ihm nicht verzeihen, wenn ich wüsste, wie er zu dem geworden war, der er nun war.

»Probier's einfach aus, verdammt.«

»Du hast sie doch gehört. Ich bin hässlich. Die Tochter des Teufels.«

»Du bist wunderschön. Und meine Freundin«, versetzte er.

»Sie wollte uns umbringen ...« Schluchzend brach ich zusammen, stand mit hängenden Armen in meinem Zimmer. Es dauerte einen Moment, bis West mir antwortete.

»Nein. Sie war verwirrt und rachsüchtig. Sie wollte dich verletzen, aber sie wollte dich nicht umbringen, niemals. Das Feuer war ein Unfall.«

Aber das konnte niemand wirklich wissen. Tatsache war, dass ich Grams diese Frage niemals würde stellen können, wenn sie bei klarem Verstand war. Es war für alle Beteiligten viel zu schmerzhaft.

Ich trat vor den Spiegel auf meinem Schreibtisch und schaute mich an, erhaschte einen Blick auf das, was West in wenigen Sekunden zu sehen bekommen würde. Ich war komplett ungeschminkt. Meine Geschichte – meine Tragödie – war mir ins Gesicht geschrieben wie ein andauernder Schrei.

Die geschmolzene Haut auf der linken Seite. Mein leicht schiefes linkes Auge. Wegen des Narbengewebes, das sich nach der wiederherstellenden Chirurgie darum gebildet hatte, war es etwas kleiner als das rechte Auge. Die fehlende Braue. Das purpurrote ... *alles*.

Zögernd ging ich zur Tür. Ich legte die Hand auf die Klinke und drückte darauf, ehe ich den Mut verlieren konnte.

West und ich standen einander schweigend gegenüber.

Ich beobachtete, wie er mich ansah. Er nahm alles in sich auf, verschlang gierig jeden Zentimeter von mir. Sein Blick wanderte über meine linke Seite, prägte sich alles ein.

Was er jetzt sieht, wird er niemals mehr vergessen, rief ich mir ins Gedächtnis. *Von nun an wird er immer das hier vor sich sehen, egal, ob du geschminkt bist oder nicht.*

Wests Gesichtsausdruck verriet nicht, was er dachte. Ich spürte, dass ich innerlich zusammenbrach wie ein implodierender Wolkenkratzer, denn ich wusste: Wenn er mich nun verließ, würde sich mein Phönix niemals aus den Ruinen erheben können.

Aber er blieb.

Er machte einen Schritt in mein Zimmer herein und hob eine Hand. Er strich so sanft über meine Narben, dass ich weinen wollte, sah mir in die Augen, blickte auf meine entblößte Seele. Seine Finger zitterten. Ich griff nach seiner Hand und küsste sie. Eine Träne fiel darauf und verschwand zwischen seinem Zeige- und Mittelfinger.

»Hör mir gut zu, Grace Shaw. Du bist das schönste Mädchen, das ich in meinem ganzen Leben gesehen habe. Wenn ich dich ansehe, sehe ich eine Kämpferin. Ich sehe Widerstandskraft und Stärke und eine Entschlossenheit, an die niemand heranreicht. Du raubst mir den Atem, und daran wird nichts – und *niemand* – etwas ändern.«

Ich schloss die Augen und öffnete den Mund, um etwas zu sagen, aber ich brachte keinen Ton heraus. Ich versuchte es noch einmal, suchte nach meiner eigenen Stimme. Ich wusste nicht, was aus meinem Mund kommen würde.

Die Wahrheit vermutlich. Das verletzlichste Geheimnis, das ein Mensch preisgeben konnte.

»Ich liebe dich. Ich habe Angst davor, dich zu lieben, aber ich tue es trotzdem«, gestand ich in unwirschem Ton. »Seit du mir in dieser schrecklichen Nacht geholfen hast, Grams zu finden. Du hast nicht zugelassen, dass ich die Hilfe ablehne, die ich so offensichtlich brauchte. Mein Herz liegt in deiner Hand.«

Er kickte die Tür hinter sich zu und beugte sich über mich, um mir den Kuss aller Küsse zu geben.

Es war der Kuss, der unsere Geschichte neu schrieb.

Ein Kuss, der mir das Gefühl gab, die schönste Frau der Welt zu sein.

Ein Kuss, der nach Sieg schmeckte.

»Ich werde dafür sorgen, dass es heil bleibt.«

West

Der Kuss schmeckte nach einer Lüge.

Ich hatte gesagt, dass ich Grace nicht das Herz brechen würde, aber ich sah bereits vor mir, wie ich es dennoch tat.

Wenn ich sie auszog.

Als ich mit ihr schlief.

Ich musste Distanz zwischen uns bringen. Ich wusste, dass Kade Appleton mich beobachtete. Und dass ich quasi bei ihr wohnte, machte sie zur Zielscheibe.

Als der Morgen dämmerte, packte ich meine Sachen und machte mich auf den Weg nach Hause.

Ich stand gerade an einer Kreuzung, da tauchte wie aus dem Nichts ein behelmter Typ auf einer Harley auf und rammte mich. Ich flog vom Motorrad und landete mitten auf der Straße. Glücklicherweise waren zu dieser unchristlichen Uhrzeit keine anderen Fahrzeuge unterwegs.

Ich rollte über den Schotter und zischte vor Schmerz, während ich eine Hand mit der anderen festhielt. Ich war falsch aufgekommen und konnte jetzt schon sagen, dass ich mir mindestens zwei Finger gebrochen hatte. Das Geräusch von schweren Stiefeln auf Beton kam auf mich zu, und ich hob den Kopf, um zu sehen, wer sie trug.

Bei mir angekommen ging der Mann in die Hocke, sodass er auf Augenhöhe war, und stützte die Hände auf die Knie. Nichts täte ich lieber, als ihm den Helm vom Kopf zu reißen und seine Nase mit meiner Faust bekannt zu machen, aber ich konnte mich nicht bewegen.

»Nette kleine Freundin hast du da. Wär doch schade, wenn ihr etwas passieren würde, oder?«

Er drehte sich um und ging zurück zu seiner Harley.

Ich musste dafür sorgen, dass Grace in Sicherheit war, koste es, was es wolle.

Auch wenn das bedeutete, dass ich sie verlieren würde.

19. KAPITEL

Grace

Obwohl Marla aufgeregt und West merkwürdig distanziert war (ein paar seiner Finger sahen echt seltsam aus, wahrscheinlich von seinem letzten Kampf), wusste ich nach einer Woche Proben für *Endstation Sehnsucht*, dass eines für mich sprach:

Auf der Bühne blühte ich förmlich auf.

Es stimmte, die Menge an Make-up, die ich brauchte, um *wirklich* auf die Bühne zu gehen, würde mich finanziell ruinieren, aber ich trug keine Mütze mehr und genoss es, Blanche zu sein. In ihrem Kopf schien es sehr ähnlich auszusehen wie in Grams'. Verwirrt, aber klug. Lieb, aber temperamentvoll. Verloren, aber gerettet.

Ich hatte beschlossen, nicht weiter über die Worte nachzudenken, die Grams an jenem Tag in der Badewanne von sich gegeben hatte. Etwas, das ich zu Tess gesagt hatte, hallte in mir nach – wenn ich etwas nicht ändern konnte, musste ich es loslassen. Selbst wenn meine Großmutter wirklich glaubte, dass ich die Ursache all ihrer Probleme war, konnte ich nichts dagegen tun. Nicht jetzt. Und wahrscheinlich sogar nie.

Finlay war außer sich vor Begeisterung wegen meiner Leistung bei den Proben, und Lauren saß immer ein paar Reihen von der Bühne entfernt und jubelte und klatschte jedes Mal, wenn ich eine Szene auf den Punkt brachte.

Selbst Tess hatte sich beruhigt. Wir waren nicht gerade befreundet, aber sie verhielt sich professionell und machte keine dummen Bemerkungen über mich.

Wir waren mitten in einer frühmorgendlichen Probe; die Premiere stand so dicht bevor, dass sie fast zum Greifen nah war. Wir legten eine zehnminütige Pause ein. Ich ging hinter die Bühne, nahm mir etwas zu trinken und plauderte mit Finlay und Aiden, nachdem wir die Szene durchgegangen waren, in der Stanley Blanche vergewaltigt.

Tess, die mit Kelly, der Produzentin, redete, stellte sich neben mich.

»Mann, ich bin echt froh, dass ich jetzt mit Reign ausgehe«, sagte sie. »Er ist wirklich für mich da, weißt du? Etwas Kompliziertes könnte ich im Augenblick nicht gebrauchen.« Sie warf ihr Haar über die Schulter zurück.

Falls das für meine Ohren gedacht war, verschwendete sie ihren Atem. Ich hoffte, dass sie und Reign zusammen glücklich waren. Aber wenn sie glaubte, dass es mich aus der Bahn warf, wenn sie jemanden datete, der gemein zu mir gewesen war, täuschte sie sich.

Finlay redete noch immer mit mir, als Tess in meinem Rücken dramatisch seufzte. »Ich kann mir wirklich nicht vorstellen, jemanden zu daten, der so gefährlich und unausgeglichen ist wie West. Diese Ich-bin-niemandem-Rechenschaftschuldig-Nummer wird irgendwann alt, weißt du?«

Na klar, ihre Entscheidung hatte natürlich nichts damit zu tun, dass West sie fortgesetzt ignorierte, seit sie es miteinander getrieben hatten.

»Ich meine, sieh ihn dir doch an. Nächsten Freitag kämpft er wieder gegen diesen Kade Appleton. Wer macht denn so was? Doch nur jemand, der lebensmüde ist. Ich schlafe nachts lieber in dem Wissen ein, dass es meinem Freund gutgeht. Sogar

Reign findet, dass West den Kampf absagen sollte. Aber ist ja nichts Neues, dass ihm Geld mehr bedeutet als die Leute in seinem Leben.«

Mein Verstand füllte sich mit rotem Nebel, während sich ihre Worte schwer wie Steine in meinem Magen niederließen.

Er hatte den Kampf also doch angenommen.

Er hatte mich angelogen.

Ich hatte ihn gebeten … nein, *angefleht*, mich nicht wie die anderen Frauen zu behandeln, und er hatte es doch getan.

Er hatte mir ein Versprechen gegeben, und er hatte es gebrochen.

»Ich muss … Ich muss jetzt gehen …«

Finlay, der gerade mitten im Satz gewesen war, klappte den Mund zu und starrte mich verwirrt an. Ich griff nach meinem Rucksack und rannte aus der Aula. Vermutlich eine Augenweide für Tess, die gewusst haben musste, dass ich in Wests Plan bezüglich des Kampfes nicht eingeweiht war. Wenn das Ganze überhaupt stimmte.

Vielleicht wollte sie auch nur, dass West und ich in Streit gerieten.

Es gab nur eine Möglichkeit, das herauszufinden.

Ich stürmte auf den Flur hinaus und sah mich hektisch um in der Erwartung, West im Meer der Studierenden zu sehen. Die meisten seiner Vorlesungen fanden in diesem Gebäude statt, also ergab es durchaus Sinn. Ich ließ den Blick über den Ozean aus Köpfen schweifen, konnte ihn aber nirgends entdecken. Ich wusste nicht einmal, ob er überhaupt auf dem Campus war. Die Sher U war nicht gerade klein und bestand aus mehreren Fachbereichen. Ich holte mein Handy heraus und rief ihn an.

Direkt auf die Mailbox. Ich versuchte es erneut. Das gleiche Ergebnis. Also schrieb ich ihm eine Nachricht.

Grace: Ruf mich an. Es ist dringend.

Ich stieß die Doppeltür auf und suchte draußen nach ihm. Beim Brunnen. Im Gym. Dann ging ich zur Cafeteria. Ich wollte ihn erwürgen. Jetzt wusste ich, wie sich seine Eltern fühlen mussten. Ich wollte gerade die Cafeteria verlassen, mich in meinen Pick-up setzen und zu ihm nach Hause fahren, da entdeckte ich in einer Ecke einen Kopf mit rot-braunen Locken.

Max.

Meine Beine trugen mich zu ihm, während mein Verstand nur auf eines konzentriert war – West davon abzuhalten, am Freitag in den Ring zu steigen. *An diesem Freitag.* Deshalb war er in dieser Woche so aufgeregt. Gott steh mir bei.

Max redete mit einem hübschen Mädchen und hatte sich über die halbhohe Mauer gebeugt, an der sie lehnte. Ich tippte ihm auf die Schulter. Langsam drehte er sich um. Als er mich sah, verschwand sein Lächeln.

Genauso geht's mir auch, Kumpel.

»Äh ... ja?«

»Hi. Ich bin Grace Shaw.«

»Okay«, sagte er und schob sich die Sonnenbrille auf den Kopf. »Wie kann ich dir helfen, Grace Shaw?« Er wiederholte demonstrativ meinen ganzen Namen, als sei es dumm von mir gewesen, mich so vorzustellen. Das Mädchen neben ihm prustete.

»Du bist Wests Buchmacher, richtig?«

Er warf sich prahlerisch in die Brust und grinste mich an.

»Richtig. Und du bist die Freundin der Woche, stimmt's?«

Ich ignorierte den Seitenhieb.

»Ich bin hier, weil ich dich bitten will, den Kampf am Freitag abzusagen.«

»Wie bitte?«

»Du hast mich schon verstanden.« Ich blickte ihn aus schmalen Augen an. »Ich will nicht, dass er mit Appleton in den Ring steigt.«

»West ist ein großer Junge.«

»Aber was er vorhat, ist nicht klug, und das wissen wir beide.«

»Er wird damit mehr Geld verdienen als mit sämtlichen Kämpfen der letzten anderthalb Jahre. Und bei allem gebotenen Respekt, den ich nicht habe, weil ich dich kaum kenne: In dieser Sache sind wir verschiedener Meinung.«

Ich öffnete den Mund, um zu antworten, aber er drängelte sich an mir vorbei und vergaß das Mädchen, das er zurückließ. Er wollte dieses Gespräch beenden, bevor es unangenehm wurde, und wusste nicht, dass es dafür zu spät war. Ich folgte ihm.

»Ich würde vorschlagen, wenn du Probleme mit dem Kampf hast, dann regle das mit ihm persönlich. Ich bin nicht seine Mama.«

Vor Wut kochend packte ich sein Handgelenk mit eisernem Griff. Er blieb stehen.

»Wenn du das laufen lässt«, stieß ich mit zusammengebissenen Zähnen hervor, »dann gehe ich mit dieser Information zu den Behörden.«

Kaum hatte ich die Worte ausgesprochen, wusste ich, dass ich einen Fehler gemacht hatte. Max schwieg. Das Geplauder in der Cafeteria verstummte. Dick und fett hing das Unheil in der Luft und wartete darauf, über mich hereinzubrechen.

Niemand verpetzte Max und West.

Niemand hatte je die Behörden über die Partys im Sheridan Plaza informiert. Seit Jahren nicht mehr.

Das war Gesetz.

Und ich hatte gerade gedroht, es zu brechen.

Max drehte sich langsam zu mir um, aber West war es, der das Herz in meiner Brust zum Stolpern brachte. In Begleitung von Easton und Reign rannte er vom Eingang her in meine Richtung. Er ließ den Blick durch den Raum schweifen, und als er gefunden hatte, was er suchte – mich – kam er direkt auf mich zu.

Zum ersten Mal, seit wir zusammen waren, nahm er auf dem Campus meine Existenz zur Kenntnis, und ich hatte das Gefühl, dass mir das nicht gefallen würde.

Irgendjemand hatte ihm von meinem öffentlichen Streit mit Max berichtet.

West wusste, was geschehen war.

Dass ich von seinem Kampf wusste. Von seinen Lügen.

Aber nicht ich war diejenige, die wütend, beschämt und ängstlich sein sollte. *Er* hatte ein Versprechen gebrochen, er war es, der eine Menge zu erklären hatte.

Direkt vor mir blieb West stehen. Er bestand nur aus gebräunten Muskeln und mühsam unterdrückter Wut. Ich trat einen Schritt zurück und rief mir ins Gedächtnis, dass dies der Mann war, der mich jede Nacht zwischen den Laken anbetete. Der als Pfleger für meine Großmutter eingesprungen war, als ich versagte. Der sich *kümmerte*.

»Gibt es hier ein Problem?« Seine Stimme klang eisig. Er starrte mich nieder, als sei ich ihm völlig fremd geworden. Ohne jedes Gefühl. Ich holte tief Luft.

Echt jetzt? So sprichst du mit mir in der Öffentlichkeit?

»Allerdings.« Ich reckte das Kinn. Aus dem Augenwinkel sah ich Tess hinter Wests Rücken neben Reign stehen. Sie stießen sich an und flüsterten miteinander.

»Ich hab dir doch gesagt, dass du es ihr nicht erzählen sollst. Er wollte nicht, dass sie es weiß«, knurrte Reign, und Tess zuckte hilflos mit den Schultern. Zum ersten Mal, seit ich mit ihrem Schwarm zusammen war, wirkte sie gedemütigt.

»Du hast mich angelogen, West. Ich habe dich nach dem Kampf mit Appleton gefragt, und du hast mich eiskalt angelogen.«

Die Menge um uns herum wurde immer dichter. Die Leute murmelten und stießen einander erstaunt an. Der unerschütterliche, großartige West St. Claire bekam einen Tritt in den Hintern – und das von niemand Geringerem als Toastie. Demnächst würden wahrscheinlich auch Schweine zu fliegen anfangen.

»Meine Geschäfte gehen nur mich selbst etwas an.« West bleckte die Zähne.

»Irrtum. Mich auch. Ich mache mir Sorgen, und ich will nicht, dass du verletzt wirst.«

Mein Rückgrat war kerzengerade, meine Stimme klang gleichmütig. Gebrochenes Versprechen hin oder her, ich konnte nicht zulassen, dass er sich wegen Geld umbringen ließ.

»Du bist mein fester Freund. Ich habe da sehr wohl ein Wörtchen mitzureden.«

Der ganze Raum hielt kollektiv die Luft an. Ich hatte uns ohne seine Erlaubnis geoutet, aber anstatt verlegen und beschämt zu sein, fühlte ich nur brennende Wut.

Ich lächelte gelassen und tat so, als machten mir das Keuchen und die schockierten Blicke nichts aus.

»Jep. So sieht's aus, Leute. West St. Claire ist mein fester Freund. Wer hätte das gedacht? Die Geschmäcker sind verschieden.«

Ich wandte mich wieder an West. »Ich habe Max gesagt, dass du zu dem Kampf nicht antreten kannst.«

»Oh doch, ich kann.« Er machte noch einen Schritt auf mich zu, und ein höhnisches Grinsen erschien auf seinem Gesicht.

»Und ich *werde*. Du hast nichts damit zu tun, deshalb schlage ich vor, dass du wieder zurück zu deinem netten kleinen Theaterstück gehst, *Gracie-Mae*.«

Hatte er mich gerade Gracie-Mae genannt? Wie Grams?

Ich machte einen Schritt nach hinten und spürte, wie ich die Fassung verlor. Aber West war offensichtlich noch nicht fertig mit seinen Demütigungen. Aus irgendeinem Grund war es ihm wichtig, alles zwischen uns zu zerstören und nichts als Scherben zu hinterlassen.

»Und damit eins klar ist: Du bist nicht meine feste Freundin, Schätzchen. Du bist nur ein weiteres Loch in meinem endlos langen Gürtel. Dass ich mehr als einmal mit dir geschlafen habe, heißt noch lange nicht, dass ich dir einen Ring an den Finger stecke. Tatsachen scheren sich nicht um deine Gefühle, und Tatsache ist, dass du mir nichts bedeutest. Ich habe dich geknallt, weil ich durchgeknallt bin, ja.«

Mit einem Schulterzucken ließ er die ganze Zeit unseres Zusammenseins hinter sich. Ich bekam keine Luft mehr. Hinter ihm verbarg Easton sein Gesicht in den Händen, aber nicht einmal er konnte West davon abhalten, mir all diese Dinge zu sagen. Wahrscheinlich wusste er, dass West ihm den Kopf abreißen würde, wenn er auch nur einen Schritt zu nah käme.

»Willst du die Wahrheit hören? Das große Geheimnis?« West unterstrich seine Worte mit einem leisen Lachen. »Fein. Du sollst deinen Willen haben. Als ich siebzehn war, ist meine Schwester, Aubrey, bei einem Brand gestorben. Das Feuer war meine Schuld. Sie ist wegen mir gestorben. Eine Zeit lang war alles, was ich in dir sah, die Chance zur Wiedergutmachung. Ich dachte, wenn ich ein bisschen mit dir rummachte, würde dir das den Kick geben, den dein Selbstbewusstsein brauchte. Aber mehr als das warst du nie. Da, ich hab's gesagt. Und jetzt lass mich in Ruhe, Shaw.«

Er drehte sich um und ging, ließ mich mit den Blitzlichtern der Handykameras, dem Glucksen und dem Gelächter zurück.

Alle Augen waren auf mich gerichtet.

Keine Baseball-Cap. Kein fester Freund. Kein Stolz mehr.

Easton und Reign rannten West hinterher und versuchten, mit ihm Schritt zu halten. Schockiert stand ich reglos da und erblickte Karlie, die sich auf dem Weg zu mir durch die Menge drängte.

»Aus dem Weg! Weg da! Ich komme, Shaw. Bleib, wo du bist. Hey! Aufpassen! Platz da!«

Ich war zu betäubt, um mich zu bewegen.

Wie angewurzelt stand ich da, während Karlie Leuten auf die Füße trat und in die Rippen stieß, um in Rekordzeit zu mir zu kommen.

Tess war die Erste, die aus ihrer Erstarrung erwachte. Sie stand nach wie vor neben mir. Sie sprang vor und baute sich vor mir auf, schirmte mich komplett ab. Sie stemmte die Hände in die Hüften und schnaubte verächtlich.

»Himmel, was seid ihr nur für Deppen? Lasst dem Mädchen ein bisschen Platz. Verdammt noch mal, was guckt ihr denn so? Habt ihr noch nie ein Pärchen streiten sehen? Husch, husch, haut ab!«

Ich fühlte gar nichts.

Keine Dankbarkeit.

Keine Traurigkeit.

Keine Wut.

Nichts.

»Ich werde dafür sorgen, dass eure hübschen iPhones zerschmettert werden oder Schlimmeres, wenn ihr nicht sofort abhaut!«, dröhnte Tess' Stimme.

Endlich wich die dichte Menschenmenge zurück. Karlie packte mich am Arm und zog mich aus dem Gedränge.

»Wir müssen dafür sorgen, dass diese Videos nicht erscheinen«, rief sie Tess zu, die nickte und sich auf die Lippe biss. Sie sah schuldbewusst aus, und ihre Wangen waren gerötet. Sie hatte es verdient. Schließlich hatte sich mich verletzen wollen. Sie hatte nur nicht geahnt, wie weit das Ganze gehen würde.

»Ich werde sofort mit Reign und East reden. Wenn es sein muss, werden sie der Sache Nachdruck verleihen.«

Karlie nickte. »Schreib mir.«

»Mach ich.«

»Komm.« Karlie legte die Arme um mich. »Bringen wir dich nach Hause.«

20. KAPITEL

West

Damals

»Versprichst du, dass du mir morgen früh Waffeln machst?«
Aubrey stand in der Küchentür und schmollte. Ich leerte gerade
eine Partypackung Tortilla Chips in kleine Schalen. East stellte
rote Pappbecher auf der Kücheninsel auf, nachdem er dort zuvor bereits Flaschen mit Spirituosen aufgereiht hatte. Whitley,
meine Freundin, hängte ein albernes Geburtstagsschildchen an
die Wand: *Herzlichen Glückwunsch zum 17. Geburtstag, West!*

Ehrlich gesagt fand ich es ganz schön blöde, ein Geburts-
tagsschild zu bekommen, weil ich es war, der die Party schmiss,
aber ich ließ ihr ihren Willen. Wenn ich an diesem Abend meine Karten richtig ausspielte, dachte ich, ist vielleicht ein Blowjob drin.

Geburtstag haben und sich noch dazu als annehmbarer fes-
ter Freund erweisen? Das bedeutete mehr als guten Sex. Ein
Blowjob war gar nichts. Ich sollte mir höhere Ziele setzen.
Anal vielleicht. Oder ein Dreier.

»Westie?« Aubrey zog jetzt an meinem Hemd und lenkte
mich von der Orgie ab, die ich mir in meinem notgeilen Gehirn
gerade ausmalte. Ich blickte auf meine sechsjährige Schwester hinunter. Wir lagen altersmäßig verdammt weit auseinander, aber ich liebte sie abgöttisch. Sie blickte mit ihren großen

grünen Augen zu mir auf und lächelte ihr teilweise zahnloses Grinsen. Oben waren die vorderen Milchzähne schon weg – ich hatte sie ihr gezogen, weil sie zu viel Angst hatte, es selbst zu tun –, und sie sah anbetungswürdig aus. Aubrey war wegen ihrer Zähne sehr verlegen. Als ich am Tag zuvor mit ihr beim Karneval war, musste ich aus Solidaritätsgründen meine Schneidezähne schwärzen. Das Lächeln in ihrem Gesicht war den ganzen Schwachsinn wert, den ich mir später von den Mitgliedern des Footballteams anhören musste, die mich dort gesehen hatten.

»Ja, Aub. Ich habe es vorhin gesagt. Und ich sage es noch einmal: Wenn du den ganzen Abend in deinem Zimmer bleibst, mache ich dir morgen früh Waffeln.«

»Mit Schokoladenchips und Äpfeln. Frisch geschält.«

»Geht klar.«

»Und Kakao.«

»Verlass dich drauf, Schwesterchen. Komm einfach nicht aus deinem Zimmer.«

Meine Eltern besuchten Tante Carrie, die ungefähr vierzig Minuten südlich von uns wohnte. Eigentlich sollte es ein entspannter Pokerabend werden, aber sie hatten ein bisschen zu viel getrunken und riefen an, um zu fragen, ob ich bis zum nächsten Morgen auf Aubrey aufpassen könnte, bis sie wieder nüchtern genug waren, um zu fahren. Es war das erste Mal, dass sie uns zusammen allein ließen. Ich sagte, das ginge in Ordnung und machte natürlich sofort einen Rundruf, um eine spontane Geburtstagsparty zu veranstalten.

East und Whitley gingen jetzt abwechselnd in die Garage, holten noch mehr Snacks, verteilten sie auf verschiedene Schüsseln und schoben die größeren Möbelstücke im Wohnzimmer zur Seite, um Platz für die Leute zu machen, die jeden Augenblick eintrudeln mussten.

»Indianerehrenwort?«, fragte Aub und wackelte mit ihrem kleinen Finger.

Ich legte die Tortillatüte weg, drehte mich zu ihr und ging in die Hocke, damit wir auf Augenhöhe waren.

Dann hakte ich meinen kleinen Finger um ihren und drückte zu.

»Indianerehrenwort, Aub.«

Sie schlang mir die Arme um den Hals und drückte mich. Sie roch nach Grüner-Apfel-Bonbons. Sie war derart süchtig nach diesem Zeug, dass unsere Eltern ihr nichts Süßes mehr gaben. Ich wusste, dass sie einen Vorrat Zuckerstangen mit Apfelgeschmack unter ihrem Bett hortete und davon naschte, wenn es niemand sah.

Ich wusste das, weil ich sie ihr gegeben hatte.

»Wir werden den tollsten Morgen überhaupt haben!«, rief sie aus.

Es war das letzte Mal, dass ich meine Schwester lächeln sah.

Es war das letzte Mal, dass ich meine Schwester überhaupt sah.

»Westie? Westie, wach auf.«

Ich stöhnte und rollte mich mit geschlossenen Augen in meinem Bett vom Rücken auf den Bauch. Ich trug unter meiner Decke nur Boxershorts, mein Oberkörper war nackt. Aber das war kein Problem. Aub hatte mich schon oft ohne Shirt gesehen. Aber ich wusste, dass auch Whit, die neben mir schlief, obenrum nackt war. Und das war etwas, das Aubrey noch nie gesehen hatte. Ich wollte die Augen öffnen und überprüfen, was genau meine kleine Schwester sah, ob Whit wenigstens zugedeckt war, aber ich bekam einfach ums Verrecken die Augen nicht auf.

Ich hätte wirklich nicht so viel trinken sollen.

Die Dinge waren schnell außer Kontrolle geraten. Als alle meine Freunde splitternackt waren, war aus Strip Poker Shot Poker geworden, und nach mindestens siebzehn Shots – einer für jedes Lebensjahr – hatte ich das Bewusstsein verloren. Glücklicherweise passierte das erst, nachdem Whit und ich für einen Quickie in mein Zimmer gegangen waren. Aber ich konnte mich nicht erinnern, dass sich einer von uns die Mühe gemacht hatte, sich wieder anzuziehen.

»Westie? Biiitteee!«, hörte ich Aubreys Piepsstimmchen.

»Jetzt nicht, Aub«, brachte ich mit Mühe heraus.

»Aber du hast es versprochen!«, jammerte sie. Ich drehte mich im Bett um, versuchte, meine verdammten Augen zu öffnen und sie anzusehen, aber ich schaffte es nicht. Meine Lider fühlten sich an, als wögen sie fünfzig Pfund. Mein Körper fühlte sich an, als wäre jeder Idiot innerhalb der Stadtgrenzen darüber hinweg getrampelt. Hin und zurück.

»Ja, ist gut, in einer Stunde mache ich dir Pfannkuchen.«

»Waffeln!«, kreischte sie angesichts dieser Blasphemie. »Und es ist schon zehn Uhr! Mommy und Daddy können jeden Augenblick hier sein, und du weißt, dass sie mir keine Waffeln erlauben.«

Ich wusste verdammt gut, dass es so war. Aub hatte von den vielen Apfelzuckerstangen Löcher in den Milchzähnen, deshalb hatten sie besondere Vorsichtsmaßnahmen ergriffen, um sicherzugehen, dass ihre neuen Zähne nicht ebenfalls Karies bekamen. Genau darum waren die Waffeln so wichtig für sie. Und ich hatte ernsthaft vor, ihr diese verdammten Schokoladenwaffeln mit frischen Äpfeln zu machen. Ich brauchte nur noch eine Stunde, um mich wieder wie ein Mensch zu fühlen. War das zu viel verlangt?

»Gib mir eine halbe …«, murmelte ich, die Augen immer noch geschlossen.

»Bis dahin sind sie hier!«

»Dann gehen wir morgen ins Diner. Versprochen. Du kriegst auch noch einen Milchshake. Wir sagen, dass wir Schlittschuh laufen gehen.«

»Ich will aber jetzt Waffeln. Nicht morgen. Und außerdem, was ist das für ein Versprechen, wenn du es nicht hältst?«

»Eine Lüge?«, sagte ich sarkastisch. Ich war fies, wenn ich einen Kater hatte. Mein Mund schmeckte bitter. In den sechs Jahren, die Aubrey inzwischen auf der Welt war, hatte ich meine Versprechen immer gehalten. Immer. Aber diesmal konnte ich es nicht, beim besten Willen nicht. Ich war zu verkatert, um mich zu bewegen.

»Du bist so ein … so ein … Arsch!« Ihre Stimme versagte mitten im Satz. Ich wusste, wie sie klang, wenn sie kurz vorm Weinen war, und sie war definitiv auf dem Weg dahin.

»Komm schon. Aub …« Erneut versuchte ich vergeblich, die Augen zu öffnen. Ich hörte ihre kleinen Füße über den Teppich im Flur huschen. Wahrscheinlich ging sie zurück in ihr Zimmer, um mich dort in aller Ruhe zu hassen. Ich versuchte, mich zu beruhigen. Alles war gut. Ich würde sie am nächsten Tag mitnehmen – nein, verdammt, an diesem Nachmittag – und es wiedergutmachen. Wir würden in die Eisdiele gehen, danach ins Pfannkuchenhaus, und dort durfte sie so viele Waffeln bestellen, dass jede Arterie in ihrem Körper verstopft sein würde.

»Babe?«, stöhnte Whit neben mir und legte einen Arm quer über meine Brust. »War das Aubrey? Ist sie okay?«

»Es geht ihr gut. Schlaf weiter.«

Was wir beide auch taten.

In meiner Erinnerung waren ungefähr zwei Stunden vergangen, bis ich wieder aufwachte, aber in Wahrheit konnten es nicht mehr als vierzig Minuten gewesen sein. Der Geruch von etwas Verbranntem stieg mir in die Nase. Verbranntes Essen.

Oder verbranntes Plastik?

Brennender Stoff.

Verbranntes Fleisch, wie beim Metzger.

Nein. Alles zusammen.

Blinzelnd setzte ich mich auf. Mein Kopf schien eine Tonne zu wiegen. Ich hätte mich am liebsten geohrfeigt, weil ich so viel getrunken hatte. Whit schlief immer noch neben mir.

Ich schnüffelte und sah mich um. Alles schien okay zu sein. Normal. Na ja, außer dem Rauch, der sich aus dem Flur in mein Zimmer stahl.

Was zum …?

Das war genau der Adrenalinschub, den ich brauchte, um schlagartig nüchtern zu werden. Ich sprang aus dem Bett, als würde mein Hintern brennen, und stürmte, immer drei Stufen auf einmal nehmend, die Treppe hinunter. Hier brannte eindeutig etwas. Es war nur nicht mein Hintern.

»Aub? Aubrey? Aubrey!«, schrie ich, ohne auf eine Antwort zu warten. Der Rauch quoll die Treppe hoch, während ich hinunterlief. Als ich den unteren Treppenabsatz erreichte, stand ich in einer dicken Wolke aus schwarzgrauem Rauch. Ich schnappte mir ein Hemd, das ich am Abend zuvor über die Lampe geworfen hatte, und hielt es mir vor die Nase. Die Luft war glühend heiß, und ich konnte nicht atmen, ohne zu husten.

Das Feuer schien aus der Küche zu kommen, also ging ich dorthin.

»Aubrey!«, rief, schrie, bettelte ich. Keine Antwort. Als ich die Küche betrat, musste ich sofort zurückweichen. Das Feuer hatte beinahe das Wohnzimmer erreicht, und weil es dort Tapeten und Teppiche gab, breitete es sich schnell aus.

»West? Oh mein Gott! West!«, hörte ich Whit hinter mir. Sie kam die Treppe heruntergerannt.

»Raus hier. Jetzt. Whit!«

»West, ich bin nackt!«

»Raus!« Ich stürzte mich in das Feuer. Es war mir egal, ob ich verbrannte, Hauptsache, ich rettete Aubrey.

»Wo ist Aubrey?«, hörte ich Whit fragen. Ich antwortete nicht. Ich wedelte mit den Armen, um den Rauch zu vertreiben und hinter den lodernden Flammen etwas zu erkennen.

Kaum hatte ich das getan, wünschte ich, ich hätte mir niemals die Hoffnung gemacht, sie vielleicht retten zu können.

An einem der Küchenschränke gab es einen hervorstehenden Haken. Es war einmal ein Türgriff gewesen, aber ich hatte ihn Wochen zuvor versehentlich abgebrochen und mir nicht die Mühe gemacht, ihn zu reparieren. Meine Mutter hatte mit mir geschimpft und gesagt, das Ding sei ein Gesundheitsrisiko, weil sich jemand daran verletzen könnte.

»Ich bleibe regelmäßig mit der Hose an diesem Ding hängen, Westie. Du musst etwas unternehmen. Aubrey könnte sich daran schneiden.«

Ich hatte nicht auf sie gehört.

Das war ein Fehler.

Der Toaster befand sich genau über dem Schrank mit dem Haken.

Diesmal war es nicht die Hose meiner Mom, die daran hängen geblieben war – es war Aubreys Hemd.

Ich sah Aubreys Körper unter dem herausstehenden Haken. Die Reste ihrer kleinen Jacke hingen noch daran.

Fuck.

Fuck.

Fuck.

Ich rannte zu ihr. Wenn ich sie retten konnte – gut. Wenn nicht – hatte ich es nicht verdient, weiterzuleben.

Ich kam dem Feuer so nahe, dass ich spürte, wie die Hitze meine Haut versengte. Ich griff nach Aubreys Jacke, aber sie fühlte sich leer an. Leicht. Ihr kleiner Körper hing schlaff in meinen Armen. Ich versuchte, sie vom Haken loszureißen, meine Augen brannten von Rauch und Tränen und fuck, fuck, fuck.

»Aubrey, bitte!« Meine Stimme brach. »Bitte, Baby. Bitte!«

Ich wurde nach hinten gerissen, die Finger immer noch in ihre Jacke gekrallt. Ich kämpfte gegen die Kraft an, die mich nach hinten zog. Ich trat um mich, schrie und zerkratzte die Arme, die mich hielten, blind vor Wut und Hass. Der Hass in mir machte mich wahnsinnig. Ich hatte meiner kleinen Schwester ein Versprechen gegeben, und ich hatte es gebrochen. Ich war am Vorabend dermaßen damit beschäftigt gewesen, mich zu betrinken, dass ich an sie überhaupt nicht mehr gedacht hatte. Ein einziges Mal übertrugen meine Eltern mir die Verantwortung, über Nacht auf meine Schwester aufzupassen, und ich hatte sie bitter enttäuscht.

Hatte Aubrey enttäuscht.

Und mich selbst.

Ich schrie, bis meine Lunge brannte. Wer immer mich gepackt hatte, warf mich in den Schnee und rannte wieder ins Haus. Von meiner Position im Vorgarten aus sah ich, wie jemand schreiend hinter ihm herrannte.

Dad. Er hatte mich gerettet und ging wegen Aubrey noch einmal hinein.

Mom. Sie ging mit ihm und versuchte, jemanden zu retten, ob ihn oder Aubrey, konnte ich nicht sagen.

Ein gellender Schrei über meinem Kopf. Ich wusste, dass es Whitley war, aber ich konnte mich nicht umdrehen und sie ansehen. Tatsächlich war ich wie gelähmt.

Ich war nicht mehr betrunken.

Ich war stocknüchtern.

Und stand den brutalen Konsequenzen meines Handelns gegenüber.

In den Tagen nach dem Feuer fand ich ein paar Dinge heraus.

Ich stellte zum Beispiel fest, dass der Toaster Feuer gefangen hatte, weil jemand Flaschendeckel hineingeworfen hatte, und Aubrey, die das nicht wusste, hatte zwei Schokoladenwaffeln aus der Kühltruhe hineingesteckt, um sich selbst Waffeln zu machen.

Wie uns der Versicherungssachverständige (oder wer auch immer es war) erklärte, hatte sie danach wegzulaufen versucht, aber ihre Jacke hatte sich in dem hervorstehenden Haken verfangen. Wahrscheinlich hatte sie nach mir gerufen, aber ich lag in der ersten Etage auf der anderen Seite des Hauses, schnarchte und erholte mich von einem unglaublichen Kater.

Unter dem Strich bedeutete das: Unser Haus war gegen ein Feuer, ausgelöst von einem dämlichen Teenager, der seine Freunde nicht im Zaum und das kleine Versprechen nicht halten konnte, das er seiner Schwester gegeben hatte, nicht versichert. Mit anderen Worten: Wir waren erledigt. Wir hatten kein Haus mehr, in dem wir wohnen konnten, denn nachdem meine Mutter meinen Vater herausgezerrt hatte, breitete das Feuer sich aus und das Gebäude stürzte in sich zusammen.

Von einer Sekunde zur anderen waren wir pleite, arm und obdachlos.

Für ein paar Wochen zogen wir bei meiner Tante Carrie ein, während mein Vater und seine Kollegen das Haus so weit wie möglich »flickten«, um es wieder bewohnbar zu machen. Mein Vater, der ein Blaubeerfeld und eine kleine Farm besaß, musste sein Geschäft vernachlässigen und dafür sorgen, dass wir wieder ein Dach über dem Kopf hatten. Jeden Abend schleppte er sich ins Bett und schloss die Augen, ohne auch nur eine Dusche zu nehmen.

Ich könnte schwören, dass er wochenlang nicht geduscht hat.

Vielleicht sogar monatelang.

Weder mein Vater noch meine Mutter ertrugen meinen Anblick. Sie gaben mir nicht direkt die Schuld, aber das mussten sie auch nicht. Ich hatte Aubrey umgebracht. Zumindest war ich für ihren Tod verantwortlich. Und das nicht auf diese unbestimmte Art, wie sich Leute manchmal für den Tod eines anderen verantwortlich fühlen, weil sie nicht hartnäckig genug darauf bestanden haben, dass er zum Arzt geht oder so. Ich hatte die Katastrophe selbst ausgelöst.

Hätte ich mein armseliges Ich aus dem Bett geschleppt und mein Versprechen eingelöst, wäre Aubrey immer noch hier. Bei uns. Fröhlich, teilweise zahnlos und lebendig.

Eine Woche nach dem Feuer machte ich mit Whitley Schluss. Sie weinte und sagte, dass ich meine Meinung bestimmt ändern würde, aber ich wusste, dass es dazu nicht kommen würde. Ich verdiente kein Glück, und eine Freundin bedeutete definitiv Glück.

Kaum waren wir wieder in unser Haus gezogen – oder was davon übrig war –, stürzten sich meine Eltern kopfüber in die Arme der Depression und verließen das Bett nicht mehr. Sie lebten in ihrem Schmerz. Keiner von ihnen arbeitete oder versuchte das, was von unserer Familie noch übrig war, in irgendeiner Form zu unterstützen. Die Blaubeerfelder blieben unbeaufsichtigt, die Früchte ungeerntet. Ich hörte auf, Football zu spielen, und nahm einen Job bei Chipotle an, um beim Bezahlen der Rechnungen zu helfen. Coach Rudy flehte mich an, es mir noch einmal zu überlegen, aber nachdem ich ihm meine Gründe dargelegt hatte, gab er es auf.

Ich befürchtete, dass meine Eltern und ich obdachlos werden könnten, und vernachlässigte mein Sozialleben komplett, aber East hielt zu mir, obwohl ich ihm monatelang nicht ins Gesicht sehen konnte, ohne auszurasten.

Dann kam das Abschlussjahr.

An meinem ersten Schultag beschloss Dad, aus dem Bett zu steigen. Ich erinnere mich noch heute an diesen Morgen. Er zog seine Arbeitsklamotten an – die North-Face-Jacke und die Blundstone-Boots – und ging hinunter zur Farm, um sich den Schaden anzusehen. Nach Monaten der Vernachlässigung war nichts mehr übrig. Er hatte die Früchte auf den Feldern verfaulen lassen, die Tiere hatte er einfach verschenkt.

Noch an demselben Tag ging Dad in die Stadt und besorgte sich einen Job als Fischer. Großvater St. Claire war Fischer gewesen, also musste er die Grundlagen nicht lernen, aber bei Gott, es musste verdammt demütigend gewesen sein, in seinem Alter noch einen Einsteigerjob anzunehmen, vor allem, da er seit dem Highschool-Abschluss selbstständig gewesen war, um seine kleine Familie zu ernähren.

Mom verließ ihr Zimmer ein paar Wochen später. Sie war die Erste, die tatsächlich mit mir sprach. Zu diesem Zeitpunkt war es fast ein Jahr her, dass einer von ihnen mir in die Augen gesehen, geschweige denn meine Existenz zur Kenntnis genommen hatte.

Ich war unsichtbar gewesen.

Sie hatten mich nicht gefragt, wie es mir ging.

Wie ich zurechtkam.

Sie fühlten nicht mit mir.

Kauften mir keine Kleidung.

Fragten nicht, wie es in der Schule lief.

Fuck, sie wussten nicht mal, dass ich mit dem Football aufgehört hatte. Ich war ein unsichtbarer Geist, der ihnen gelegentlich auf dem Weg in die Küche begegnete, mehr nicht.

Meine Mutter setzte sich mit mir an den Tisch und sagte, es sei nicht meine Schuld gewesen. Sie wüsste zu schätzen, wie sehr ich mich eingesetzt hatte, um die Rechnungen zu bezahlen, und von jetzt an würde alles anders werden.

Aber ich wusste, dass es meine Schuld war, und je schneller ich meinen Eltern nicht mehr zur Last fiel, desto besser.

In den Wochen vor meinem achtzehnten Geburtstag versuchten meine Eltern immer wieder, mit mir zu reden. Mom bekam Medikamente, nachdem bei ihr eine schwere Depression diagnostiziert wurde. Dad roch ständig nach Fisch. Sie taten so, als ginge es ihnen gut, aber ich glaubte es ihnen nicht. Sie hatten mich fast ein Jahr lang ignoriert. Es konnte einfach nicht sein, dass sie über das, was ich getan hatte, hinweggekommen waren. Und selbst wenn – ich war es nicht.

An meinem achtzehnten Geburtstag kauften sie mir eine Torte.

Ich kam von der Arbeit bei Chipotle zurück. Ging schnurstracks an der Torte mit den brennenden Kerzen vorbei in mein Zimmer und schloss die Tür ab.

An jenem Tag schwor ich, nie wieder einen Geburtstag zu feiern.

Kurz nach meinem achtzehnten Geburtstag zog ich nach Sheridan. East bestand darauf, mir zu folgen, wohin ich auch gehen würde. Ich wehrte mich nicht dagegen, vor allem, weil mir klar war, dass ich ohne ihn ganz allein auf der Welt wäre.

Also wählte ich ein College, dessen Footballteam in der Division 1 spielte, denn dort würde er ein Vollstipendium bekommen und konnte seine Zeit genießen.

Die Kämpfe im Sheridan Plaza waren der Anfang vom finanziellen Aufschwung meiner Eltern, aber sie waren noch nicht genug. Ich träumte davon, sie für alles so gut wie nur möglich zu entschädigen. Und das bedeutete, dass ich ihnen ermöglichen wollte, ihr Haus von Grund auf neu zu errichten und Dads Geschäft wieder auf die Beine zu bringen.

Aber bei meinem Bestreben, eine Lösung für ihre Probleme zu finden, vergaß ich, mich zu fragen, wo zum Teufel ich eigentlich in dieser Gleichung vorkam.

Ich vergaß, wie man ohne Schmerzen atmet.

Ich vergaß, dass es im Leben um mehr ging als darum, Geld zu verdienen und zu überleben.

Ich vergaß, dass man sich verbrennen konnte, wenn man mit dem Feuer spielte.

21. KAPITEL

West

Am Ende lief alles darauf hinaus: Kade Appleton und seine Leute durften nicht wissen, dass Grace meine Freundin war. Er hatte seine Augen überall, und die Bestätigung, dass sie und ich zusammen waren, würde sie in die Schusslinie bringen.

Das konnte ich nicht zulassen.

Also tat ich, was ich tun musste.

Ich warf ihr meine hässliche Vergangenheit vor die Füße.

Aubrey war nicht bei einem Autounfall gestorben.

Sie starb durch meine Schuld.

Ich würde lügen, wenn ich behauptete, dass ich an dem Abend, als ich Grace Shaw das erste Mal sah, nicht an Aub gedacht hätte. Dass ich nicht deswegen den Job im Food Truck angenommen hätte. Klar, das zusätzliche Geld war hilfreich, aber vor allem wollte ich sehen, wie Aub geworden wäre, wenn sie das Feuer überlebt hätte. Was für ein Mensch sie geworden wäre.

Mir war klar, wie unglaublich bescheuert es war, dieses Mädchen anzuschauen und meine Schwester in ihr zu sehen. Aber das war es ja gerade: Wenn ich Grace anblickte, sah ich eben *nicht* Aubrey in ihr. Nicht im Geringsten.

Grace war Grace. Ein absolut einzigartiger Mensch. Gut erzogen, freundlich und lustig, aber auch sarkastisch, temperamentvoll und intelligent. Sie war großartig – nein, einfach atemberaubend, abgesehen von diesen Narben, die für mich überhaupt keine Rolle spielten –, und je mehr Zeit ich mit ihr verbrachte, desto unmöglicher wurde es, sie als Ersatz für meine Schwester, die ich so sehr geliebt hatte, zu betrachten.

Texas glaubte, dass ich sie bemitleidete. Dass sie nur eine Freizeitbeschäftigung war. Und ich hatte ihre dunkelsten Ahnungen bestätigt, um dafür zu sorgen, dass Kade Appleton und seine Ratten das auch glaubten.

Tatsächlich habe ich sie nie bemitleidet. Nicht eine Sekunde lang.

Wenn überhaupt, beneidete ich sie um ihre Stärke. Ich wäre nicht mit der Hälfte von dem klargekommen, was sie durchgemacht hatte, ich hätte so etwas nicht überlebt.

Verdammt, ich konnte immer noch nicht mit meinen Eltern sprechen, ohne Ausschlag zu bekommen.

Und jetzt fraßen mich die Schuldgefühle für das, was ich ihr in der Cafeteria angetan hatte, bei lebendigem Leib auf wie das Feuer, das Aubrey verschlungen hatte.

»Du bist so ein Idiot.« East schüttelte den Kopf. Er fuhr durch die Stadt und hielt das Lenkrad umklammert, als wollte er es aus der Halterung reißen und zum Fenster hinauswerfen. Inzwischen waren wir seit einer Stunde unterwegs. Ich saß neben ihm in seinem Toyota Camry und wälzte mich im schieren Übermaß meiner Dummheit.

»Der Campus ist voller Ratten. Ich kann nicht riskieren, dass Appleton über Grace Bescheid weiß und ihr das Leben schwer macht.« Ich richtete den Blick auf die Aussicht hinter dem Fenster und rief mir ins Gedächtnis, dass ich atmen musste.

»Appleton will nicht deine Freundin verletzen, du Volltrottel, er will *dich* verletzen.«

»Er hat schon mal Frauen verletzt.«

»Das war seine eigene Freundin«, widersprach East.

»Und was genau bringt dich dazu, zu glauben, dass Grace sicher ist, wenn das nicht mal auf die gottverdammte Mutter seines Babys zutrifft? Abgesehen davon hat mich einer seiner Laufburschen gewarnt. Sie wissen, wo Grace wohnt.«

Damit meinte ich den Zwischenfall an der Kreuzung, bei dem der Typ auf der Harley Tex erwähnt hatte.

»Warum willst du dich dann auf diesen Kampf einlassen?«, knurrte East.

»Ich habe zugesagt, bevor ich mit Grace zusammen war.«

»Warum hast du nicht einfach abgesagt?«

»Weil er es nicht zugelassen hat, verdammt!«, brüllte ich. »Hast du nicht zugehört, als ich dir das ungefähr fünftausend Mal erklärt habe?«

»Warum hast du ihr nicht die Wahrheit gesagt?«, bedrängte mich Easton weiter, und das war der Zeitpunkt, an dem ich offiziell durchdrehte.

»Weil sie schon genug am Hals hatte und nicht auch noch meinen Mist dazu gebrauchen konnte!«

Mein Gebrüll ließ den Wagen beben und hallte zwischen uns durch die Luft. Dabei hatte ich ihm nicht einmal die ganze Wahrheit gesagt. Die Wahrheit, die ich nur mir selbst eingestehen konnte: Ich wusste, dass Grace mit mir Schluss machen würde, und es war ihr gutes Recht, Bescheid zu wissen. Sie hatte das Recht, mich loszuwerden, bevor die Dinge noch zehnmal komplizierter wurden. Es war keine ehrenvolle Sache, die Person anzulügen, die man liebte, aber ich hatte schon längst begriffen, dass die Liebe einen dazu brachte, merkwürdige Dinge zu tun.

Easton verfiel wieder in nervtötendes Schweigen. Ich atmete tief durch und richtete den Blick wieder auf die monotonen gelben Häuser im Ranchhaus-Stil, auf den Wasserturm und die Kakteen.

Wäre die Sache mit Aubrey anders gelaufen, wäre ich hinsichtlich der Menschen, die ich liebte, vielleicht weniger paranoid. Aber Aubrey war gestorben, und Grace zu schützen war meine oberste Priorität, auch wenn es mich innerlich zerriss.

Selbst von hier zu verschwinden wäre sinnlos gewesen. Damit hätte ich sie ungeschützt in demselben Postleitzahlengebiet wie das Arschloch Kade Appleton zurückgelassen.

Ich hatte mich bereits mit der schrecklichen Tatsache abgefunden, dass ich sie liebte.

Es war die Art von Liebe, bei der ich immer die Augen verdrehte, wenn ich sie im Kino oder im Fernsehen sah. Die Intensität machte mir eine Höllenangst, weil ich nie gedacht hätte, dass ich so für jemanden empfinden könnte, der nicht blutsverwandt mit mir war.

Ich musste ständig an sie denken.

Sehnte mich danach, sie zu berühren.

Fragte mich, was sie dachte, wo sie war und was sie tat.

Es war anders als im Märchen, weil ich wusste, dass ich ohne Grace Shaw weiterleben *konnte*. Es würde mich nicht umbringen. Jedenfalls nicht physisch. Ich würde einfach wieder dasselbe elende Arschloch werden, das ich war, bevor ich mich in sie verliebt hatte.

Aber ich wäre nicht lebendig. Nicht wirklich. Ich würde Sauerstoff verbrauchen, Platz und Rohstoffe, und ich würde mir erneut und nicht nur im Geheimen wünschen, endlich zu sterben.

Die Erkenntnis traf mich wie eine kalte Dusche.

Wenn ich mit Grace zusammen war, wollte ich nicht sterben.

Ich wollte leben. Lachen. Lieben.

Ich wollte mit ihr zusammen sein, an ihrem Hals knabbern und ihr zuhören, wenn sie über Theaterstücke und Neunzigerjahre-Filme redete und vehement Gürteltaschen verteidigte.

Da hatte ich monatelang das Leben genossen – aktiv genossen –, ohne es überhaupt zu bemerken.

Ich wollte nicht mehr sterben.

Der Gedanke, in voller Fahrt mit dem Motorrad von der Straße abzukommen, hatte irgendwann seinen Reiz für mich verloren. Ich hatte aufgehört, mir vorzustellen, wie es wohl wäre, sich von einer Klippe zu stürzen. Ich hatte aufgehört, in den Ring zu gehen und mir zu wünschen, dass das Arschloch mir gegenüber mir einen Schlag verpasste, der zum Herzstillstand führen würde.

Und all das verdankte ich ausschließlich Grace »Texas« Shaw.

»Ich verstehe trotzdem nicht, warum du den Kampf nicht einfach gecancelt hast«, schimpfte East. »Wie sollte Appleton dich zum Kämpfen zwingen?«

»Ganz einfach, indem er unfair spielt. Sobald ich mit Texas zusammen war, bin ich zu Max gegangen und habe ihm gesagt, dass ich raus bin. Max versprach mir, es zu versuchen, von dem Moment an, in dem ich die Nachricht erhielt, dass Appleton auf dem Kampf bestand, wurde ich bedroht, im Food Truck überfallen und auf dem Heimweg an einer Kreuzung von einem Motorrad gerammt. Kade hat überall seine Leute auf mich angesetzt. Er will mich in diesem Ring sehen – und nicht unbedingt in einem Stück.«

»*Fuck.*« Easton rieb sich die Bartstoppeln.

»Ja.«

»Okay. Auch wenn du nicht mehr mit Grace zusammenkommen wirst – was ich übrigens für eine gute Entscheidung halte, weil sie dich nach der öffentlichen Erniedrigung, die du ihr bereitet hast, garantiert nicht zurücknimmt –, denke ich trotzdem, dass du dich ihr erklären solltest. Du hast deinen Standpunkt klargemacht. Jeder auf diesem Planeten weiß jetzt, dass ihr kein Pärchen seid. Ich finde, es ist an der Zeit, dich zu entschuldigen.«

»Das werde ich«, sagte ich entschlossen. »Wenn das alles vorbei ist, werde ich vor ihr kriechen und ihr die Füße küssen. Aber im Moment kann ich sie nicht kontaktieren. Ich habe sie diese Woche kein einziges Mal besucht. Ich muss diese Story aufrechterhalten. Wenn ich jetzt nachgebe, bestätige ich nur, dass alles wahr ist, was sie gesagt hat. Dass wir ein Paar sind.«

»Ihr *seid* kein Paar.«

Daran musste er mich nicht erinnern.

Das erledigte schon das Loch in meinem Herzen.

Die Woche vor dem fraglichen Freitag war die schlimmste meines Lebens.

Na ja, vielleicht die zweitschlimmste.

In der Woche, nachdem ich Aubrey verloren hatte, wusste ich ohne jeden Zweifel, dass ich meine kleine Schwester niemals wiedersehen würde. Sie konnte mich nur in meinen Träumen heimsuchen. Aber Grace … Grace war überall. Auf dem Campus. In der Cafeteria. In der provisorischen Aula. Sie ging an mir vorbei, immer in Begleitung von Karlie und ihrer seltsamen neuen Verbündeten, Tess.

Es war gleichzeitig beruhigend und provozierend.

Wir benahmen uns beide, als gäbe es den anderen überhaupt nicht.

Ich konnte nicht offen zeigen, wie sehr ich mich nach ihr verzehrte, obwohl es mich fast umbrachte.

Bei der Arbeit sah ich sie nicht mehr, weil ich nach der Szene in der Cafeteria gefeuert worden war. Eine knappe

Stunde, nachdem ich öffentlich mit Texas Schluss gemacht hatte, erhielt ich eine Textnachricht von Mrs Contreras, in der sie mir mitteilte, dass meine Anstellung Geschichte war. Am nächsten Tag hinterließ sie einen Scheck und einen förmlichen Brief in meinem Briefkasten. Sie gönnte mir nicht mal den Viel-Glück-für-die-Zukunft-Bullshit. Zack, entlassen, und das war's.

Und um das Ganze noch peinlicher zu machen, erwischte ich mich öfter dabei, dass ich in Grace' Gegend herumfuhr. Jeden Morgen und jeden Abend, was dazu führte, dass ich das Gym vernachlässigte. Ich konnte einfach an nichts anderes mehr denken als an sie. Ich vergaß sogar, meinen Eltern ihre wöchentlichen Bezüge zu schicken.

Ein paarmal bekam ich Grace bei meinen Stalkingaktionen zu sehen.

Einmal kam sie gerade von der Arbeit im Food Truck nach Hause. Sie spürte, dass sie beobachtet wurde, drehte sich um und spießte mich mit einem Todesblick auf.

Ich tat so, als hätte ich sie nicht gesehen, und fuhr weg.

Ein anderes Mal veranstalteten sie eine Abschiedsparty für Marla. Durch das Fenster konnte ich Mrs Contreras, Karlie und noch ein paar andere Leute sehen. Grace hatte für Marla Muffins gebacken und hielt eine ziemlich anständige Rede (ja, ich bin lange genug dort herumgeschlichen, um das meiste davon mitzukriegen).

Schließlich kam Marla aus dem Haus, entdeckte mich von der anderen Straßenseite aus und kam zu mir herüber. Mit ihrer geschwollenen Hand umklammerte sie meinen Arm und schüttelte mich energisch.

»Ich habe gehört, was du Grace angetan hast, und ich sage dir eins: Dass ich nach Florida ziehe, heißt nicht, dass ich nicht auf sie aufpasse und dafür sorge, dass es ihr gut geht. Du verschwindest besser in dem Drecksloch, aus dem du gekommen bist, denn wenn ich höre, dass du sie verfolgst, dann sage ich es Sheriff Jones und sorge dafür, dass er dich aus der Stadt jagt, ich schwöre. Und wenn das nicht reicht, habe ich eine *Schrotflinte*, und die werde ich auch benutzen.«

So gern ich Grace auch sehen wollte, es war ziemlich offensichtlich, dass dieser Wunsch nicht auf Gegenseitigkeit beruhte.

Die Uhr tickte immer langsamer, je näher der Freitag kam. Ich konnte es kaum erwarten, den Kampf hinter mich zu bringen, damit ich endlich mit Tex reden, ihr alles erklären und um Vergebung betteln konnte. Ich war nicht dumm genug, um zu glauben, dass sie mir tatsächlich noch einmal eine Chance geben würde. Sie sollte nur nicht glauben, sie sei nur ein verdammtes Trostpflaster für mich gewesen.

East und Reign fanden es idiotisch, dass ich in den Ring steigen wollte, denn ich war mit den Gedanken nicht bei der Sache – ich war bei Grace.

Sogar Max hielt es für das Beste, ich würde die Stadt verlassen.

Aber ich blieb, und wenn es nur war, um Tex noch ein paarmal zu sehen, bevor das Semester zu Ende war.

Wie sie dieses kleine Negligé trug und die Blanche spielte.

Wie sie aufblühte, während ich unterging.

22. KAPITEL

Grace

Zwei Tage nach dem Vorfall in der Cafeteria ging ich wieder zur Arbeit im Food Truck. So gern ich es getan hätte, den Luxus, Urlaub zu nehmen, konnte ich mir nicht leisten. Glücklicherweise hatte Karlie sich um die Situation mit West gekümmert und ihn schneller gefeuert, als man Taco Truck sagen konnte.

Am Mittwoch hatte ich eine Abschiedsparty für Marla veranstaltet. Das war das Mindeste, das sie verdient hatte. An demselben Tag hatte ich sie schließlich gebeten, West zu sagen, dass er mich in Ruhe lassen und sich verdammt noch mal von mir fernhalten sollte. Ich hatte keine Ahnung, was für ein grausames Spiel er da spielte. Nicht nur, dass er mir in aller Öffentlichkeit ein Schwert ins Herz gerammt hatte, nein, er musste auch noch jeden Tag um unseren Block herumfahren, um mir zu zeigen, was ich verloren hatte.

Nachdem Marla ihm mit der Schrotflinte gedroht hatte, hielt er sich zurück, aber das hinderte ihn nicht daran, mir jedes Mal Blicke zuzuwerfen, wenn sich unsere Wege in der Sheridan University kreuzten.

Ich wusste nicht, was er von mir wollte. Wenn es ihm nicht gefiel, mich zur Feindin zu haben – warum hatte er mich dann dazu gemacht?

»Wie er dich ansieht …« Karlie lächelte rachsüchtig, als wir am Donnerstag vor dem Kampf in der Cafeteria saßen. Sie riss eine Tüte scharfe Sauce auf und goss sie über ihre Doritos.

»Wie fühlt es sich an, wenn einem der unerreichbarste Mann der Sheridan University zu Füßen liegt?«

»Ziemlich beschissen«, gab ich zu.

Was ich nicht zugab, war das nagende Gefühl, dass West nicht die einzige Person war, die mich beobachtete.

Dass da noch jemand war. Dass ich verfolgt wurde. Ich konnte nicht genau sagen, worauf dieses Gefühl beruhte, aber irgendwie hing Gefahr in der Luft, heiß und aufgedunsen. Als wünschte mir jemand etwas Böses.

Natürlich wäre es zu dramatisch, Karlie davon zu erzählen, ohne dieses Gefühl mit Fakten untermauern zu können.

»Hm, wenn du einen Hoffnungsschimmer brauchst … überleg doch mal, so, wie er dich ansieht, gibt es keinen Zweifel, wer hier *tatsächlich* Schluss gemacht hat.«

Aber Wests Elend tröstete mich kein bisschen. Ich hasste ihn nur noch mehr, weil er uns das ohne jeden Grund angetan hatte.

Und als ob nicht alles schon merkwürdig genug wäre, hatte Tess begonnen, mit Karlie und mir abzuhängen. Ich unternahm nichts dagegen. Ich war emotional viel zu erschöpft, um sie wegzujagen. Und sie schien es ehrlich zu meinen. Als wäre sie wieder das Mädchen, das ich gemocht hatte, bevor West ein Auge auf mich geworfen hatte.

Vielleicht wurde sie allmählich erwachsen.

Vielleicht wurden wir alle gerade erwachsen.

Mit der nächsten Entscheidung, die ich traf, wurde ich es auf jeden Fall.

»Na dann, Grams, auf geht's. Bist du bereit?«

Am Samstagmorgen stieß ich die Tür des Chevy auf. Ich hatte die Probe am Freitag absagen müssen, um mithilfe von Karlie und Marla Grams' Habseligkeiten einzupacken.

Alles geschah auf den letzten Drücker, aber als wir den Anruf wegen des freien Platzes bekamen, durften wir keine Zeit verschwenden.

Das Heartland Gardens Pflegeheim lag direkt außerhalb von Austin. Ich hatte den Katalog tatsächlich in einem der dicken Stapel gefunden, die West auf meinen Schreibtisch gelegt hatte. Er war voller Hochglanzbilder von Gartenanlagen, Freiflächen und Unterhaltungsangeboten, darunter Tanzstunden und Bingoabende. Es gab sogar eine kleine Kirche. Das Heim galt als eine der besten Einrichtungen für Menschen mit Gesundheitsproblemen, Demenz und anderen Bewusstseinsstörungen.

Tatsächlich war dieser Ort darauf spezialisiert, sich um Menschen mit Alzheimer zu kümmern. Aber der absolute Kracher war, dass ich mich zwar nie sonderlich um den Stapel gekümmert hatte, West aber nicht nur potenzielle Pflegeheime für Grams herausgesucht, sondern auch jedes einzelne angerufen und die Situation geschildert hatte. An dem Katalog war eine Notiz befestigt gewesen.

T,
ich habe ein bisschen nachgeforscht. Hab da angerufen, eure Versicherungskarte aus Mrs S.' Tasche genommen und überprüfen lassen. Eure Versicherung deckt die meisten Kosten für das hier ab. Wenn Mrs S. die Tests absolviert und sich herausstellt, dass sie betreutes Wohnen braucht, bist du fein raus.
– W.

Traurigerweise wusste ich, dass die Tests positiv ausfallen würden. Also rief ich bei Heartlands Garden an. Ich sprach mit dem Direktor, und wir machten eine virtuelle Führung, nach der ich hinfuhr, um mir das Heim persönlich anzusehen.

Grams hatte den größten Teil der Woche neben sich gestanden, aber in ihren klaren Momenten fragte sie nach West.

Ich brachte es nicht übers Herz, ihr zu sagen, dass sie ihn nie wiedersehen würde.

»Und? Was sagst du?« Ich versuchte, lustig und zufrieden zu klingen, als wir jetzt vor Grams' neuem Zuhause standen. Ich konnte immer noch nicht fassen, dass es uns gelungen war, sofort einen Platz zu bekommen.

Grams rutschte vom Beifahrersitz, während ich ihre Koffer und Taschen von der Ladefläche holte und das majestätische alabasterfarbene Äußere der Einrichtung betrachtete.

Es sah aus wie ein Herrenhaus. Gepflegte Rasenflächen, ein Tennisplatz, ein Pool und perfekt gepflegte Blumenbeete.

Um das Hauptgebäude herum verteilt standen kleine luxuriöse Hütten, aber da Grams betreutes Wohnen benötigte, würde sie im Haupthaus wohnen, in einem Zimmer, das aussah wie eine Suite in einem Fünf-Sterne-Hotel.

»Ich glaube ...« Sie sah sich um, und ihr stand der Mund offen. Himmel, ich betete darum, dass sie klar genug war, um zu begreifen, was hier vor sich ging und dass sie mich für diese Entscheidung nicht hassen würde. »Ich glaube, dass wir uns das hier absolut nicht leisten können, Gracie-Mae.«

Ich blickte zu ihr hinüber.

Gracie-Mae?

Wundersamerweise fand ich meine Stimme.

»Doch, das können wir. Dazu sind nur ein paar Tests nötig. Und wenn sich herausstellt, dass du ...«, ich hielt inne und holte tief Luft, »... dass du dafür qualifiziert bist, was sowohl ich als auch der Direktor dieser Einrichtung glauben, dann wirst du einen Zuschuss von dieser Stiftung bekommen. Ich habe schon mit ihnen gesprochen. Mach dir um die Details keine Sorgen, Grams.«

Das Heim würde mich vielleicht die Hälfte von dem kosten, was ich Marla bezahlt hatte, die ständig Überstunden gemacht hatte, und außerdem hatten wir genau für diesen Fall etwas Geld zur Seite gelegt.

Grams sah sich mit kindlichem Erstaunen um, die faltige Hand auf die Herzgegend gedrückt. Ich wünschte, sie würde etwas sagen, irgendetwas, damit ich eine Ahnung hatte, was ihr durch den Kopf ging. Ich wusste, dass ich zu Hause nicht länger für sie sorgen konnte. Nicht nur meinetwegen. Auch ihretwegen.

Sie brauchte professionelle Hilfe. Und Gesellschaft.

Sie brauchte den Umgang mit Menschen ihres Alters, und sie musste aus Sheridan wegziehen – einer Stadt voller Erinnerungen, die ihr das Herz und die Seele brachen.

Meine Mutter.

Mein toter Großvater.

Das Feuer.

Und vielleicht sogar ich selbst.

»Oh Gracie-Mae …« Sie verschränkte die Arme vor der Brust und senkte den Kopf. Zu meiner Überraschung stiegen ihr Tränen in die Augen und drohten, ihr über die Wangen zu laufen. »Es ist wunderschön! Ich weiß gar nicht, ob ich das verdient habe. Es ist so vornehm. Die halten mich bestimmt für ein Landei.«

»Grams!«, schimpfte ich, und es fühlte sich an, als wären wir wieder wie früher. Doch zum ersten Mal wurde mir klar, dass es nicht wie früher war und auch nie mehr so werden würde. Und es war in Ordnung.

»Was denn?«

»Sie werden sich freuen, dass du da bist.«

»Ich weiß nicht, ob sie deine Großmutter überleben werden, Süße, aber das soll nicht mein Problem sein.«

Eine hübsche Schwester mittleren Alters in einer babyblauen Uniform eilte von den Automatiktüren aus auf uns zu und hob unsere Koffer auf.

»Hallo! Mrs Shaw?« Sie lächelte Grams freundlich an. Ihr kastanienbrauner Pferdeschwanz wippte in perfekter Harmonie mit ihrer sonnigen Erscheinung. »Mein Name ist Schwester Aimee, und ich bin hier, um Ihnen beim Einzug zu helfen. Wir freuen uns *so* sehr, Sie endlich kennenzulernen. Ethel, Ihre Zimmergenossin, wartet schon auf Sie. Sie ist ein ganz schöner Temperamentsbolzen, aber Ihre Enkelin hat mir erzählt, dass Sie auch recht lebhaft sind. Ich habe das Gefühl, dass Sie gut miteinander auskommen werden.«

Etwas huschte über Grams' Gesicht.

Eine Mischung aus Aufregung und Schüchternheit, die ich noch nie bei ihr gesehen hatte.

Ich hielt sie bei der Hand und führte sie in das Gebäude. Sie sah sich ängstlich um, als befürchtete sie, nicht willkommen zu sein. Ich begriff, dass ihr genau das in unserer Stadt passiert war. Sie hatte gelernt, mit der Ablehnung der Leute zu rechnen. Sie rechnete damit, verurteilt zu werden, weil sie die Mutter von Courtney Shaw und die Großmutter der Verrückten war, die ihr eigenes Haus angezündet hatte.

Dies war ihre Chance zur Wiedergeburt. Ein Phönix zu werden. Neu anzufangen, die Flügel auszubreiten und zu fliegen.

Warum hatte ich nur so lange damit gewartet? Wovor hatte ich so viel Angst gehabt? Warum konnte ich ihr nicht das Geschenk machen, so behandelt zu werden, wie sie es verdiente?

Weil ich mich schuldig fühlte. Und Schuldgefühle bringen dich dazu, verrückte Dinge zu tun, wie West mir bewiesen hatte.

Schwester Aimee führte uns in den Aufnahmebereich, wo sie sich mit Grams unterhielt, während ich mit dem Direktor im Büro noch einmal den Papierkram durchging.

Wenn ich durch das Fenster des Büros zu Grams und Aimee hinüberblickte, hatte ich das Gefühl, gleich vor Freude explodieren zu müssen.

Das zeigte mir, dass ich das Richtige getan hatte.

Ich verbrachte sechs Stunden in Heartland Gardens und half Grams, in ihr neues Zimmer einzuziehen. Ethel, ihre Zimmergenossin, war tatsächlich für ganze zehn Minuten dort. Sie begrüßte sie und fragte, ob sie Hilfe brauche. Als Grams sagte, ihre wunderbare Enkelin habe alles im Griff, entschuldigte sich Ethel und eilte hinaus, weil sie die Hot-Yoga-Stunde nicht verpassen wollte.

»Ich schäme mich nicht, zuzugeben, dass ich sehr entzückt von einem gewissen Herrn bin.« Sie zwinkerte meiner Großmutter zu. Grams zog die Augenbrauen hoch, bis sie beinahe ihre Silberlocken berührten.

»Ich wusste gar nicht, dass die Leute hier daten.«

»Oh ja, das tun sie tatsächlich manchmal. Aber ich rede von dem fünfunddreißigjährigen Fitnesstrainer. Er ist es, den wir alle anschmachten.«

Schwester Aimee, Grams und Ethel brachen in Gelächter aus. Ich grinste in mich hinein, hängte die Kleider in ihren Schrank und arrangierte ihre Toilettenartikel auf ihrem Nachttisch, so, wie es ihr gefiel.

Der Abschied war der schwerste Teil. Ich wusste, dass es Zeit war, zu gehen, aber vorher wollte ich wissen, wie sie reagieren würde, wenn sie die *andere* Grams war. Diejenige, die mich für Courtney oder die Tochter des Teufels hielt.

»Gehen Sie einfach. Es wird nicht leichter, wenn Sie hierbleiben, um den Zusammenbruch zu sehen. Und der wird kommen. Er kommt *immer*. Aber sobald ihre Testresultate vorliegen, können wir ihre Medikation entsprechend anpassen, und die Stimmungsschwankungen werden nachlassen«, versicherte mir Aimee.

Ich wollte ihr sagen, dass Grams überhaupt keine Medikamente nahm, aber ich nickte nur. Sie hatte recht. Ich konnte meine Großmutter nicht für alle Ewigkeit gegen die Welt abschirmen.

Zurück bei meinem Pick-up starrte ich dennoch zehn Minuten lang auf die Einrichtung und ließ mich von Schuldgefühlen verzehren. Großmutter Savvy hatte mich aufgezogen. Sie war die einzige Mutter gewesen, die ich je hatte. Und jetzt würde ich sie nur noch bei Kurzbesuchen am Wochenende sehen. Ich würde nicht mehr mit ihr zusammenleben. Es war das Ende einer Ära.

Ich griff in mein Handschuhfach und holte einen Brief heraus, den Karlie mir geschrieben hatte. Sie hatte mich gebeten, ihn erst zu öffnen, wenn ich hier fertig war. Vermutlich wollte sie sichergehen, dass ich es auch wirklich durchzog.

Ich nahm den Brief aus dem Umschlag.

Shaw,
du hast das Richtige getan. Ich bin stolz auf dich. Und jetzt nimm den kaputten Flammenring ab. Du hast es nicht nötig, dich an die Asche deiner Mutter zu klammern.
#PhönixZumSieg.
Karlie

Meine Augen füllten sich mit Tränen. Ich tat, was sie mir aufgetragen hatte. Ich nahm den Ring ab, legte ihn in den Umschlag und klebte ihn wieder zu. Das Papier zwischen meinen

Fingerkuppen war nass von meinen Tränen. Ich legte es auf den Beifahrersitz, schniefte und griff zum ersten Mal seit Stunden nach meinem Handy.

Ich fuhr mit dem Finger über das Display, und mir stockte der Atem.

Fünfundzwanzig verpasste Anrufe.

Easton Braun
Maybe: Tess Davis
Karlie Contreras
Unterdrückte Rufnummer

Es gab auch Textnachrichten:

Easton Braun: Easton hier. Hab versucht, dich anzurufen.
Easton Braun: Bitte ruf zurück.
Easton Braun: Es ist ein Notfall. Bitte.
Tess Davis: Hast du das von West gehört???
Tess Davis: Willst du deswegen nichts unternehmen?
Karlie: Du musst mich anrufen, wenn du das hier siehst.
Easton Braun: GEH AN DAS VERDAMMTE HANDY, GRACE.
Tess Davis: Sag Bescheid, wenn du reden willst. ♥
Karlie: Ernsthaft. Die Welt implodiert, und du spielst da drüben wahrscheinlich Bingo mit Agnes und Elmer, Shaw.

Ich hatte mein Handy an diesem Tag absichtlich nicht gecheckt, weil ich nicht gestört werden wollte. Und ich wollte definitiv nicht wissen, wie der Kampf zwischen West und Appleton ausgehen würde.

Schließlich überwand ich meinen Schock und beschloss, Easton anzurufen. Ich ging davon aus, dass er in Wests unmittelbarer Nähe war, also ergab es Sinn, ihn zuerst anzurufen.

Er nahm ab, bevor das Freizeichen ertönte. Ich war mir beinahe sicher, dass unsere Anrufe sich gekreuzt hatten.

»Hallo? Easton? Hier ist Grace.«

»Grace!«, brüllte er, offenbar außer Atem. Ich hörte, wie seine Schritte auf einem Linoleumboden quietschten. »Himmel, die ganze Welt hat nach dir gesucht.«

»Geht es ihm gut?« Trotz größter Anstrengung zitterte meine Stimme.

Ich wollte mir keine Sorgen um ihn machen.

Dann sagte Easton den Satz, den kein Empfänger schlechter Nachrichten hören will.

»Setz dich bitte hin.«

23. KAPITEL

West

Am Abend zuvor

»Fuck, Mann! Du bist vierzig Minuten zu spät!« Max begrüßte mich, indem er seine Arme um mich legte, als wären wir ein Pärchen oder so. Ich schubste ihn aus meinem Gesichtsfeld. Er stolperte rückwärts und fiel auf den Hintern. Ich lief im Zickzack auf das Sheridan Plaza zu und hörte, wie hinter mir meine Ducati umfiel.

Ich hatte vergessen, sie richtig zu parken. Mein Fehler.

So viel zu meiner kostbaren Lackierung, verdammt. *Sorry, Christina.*

Ich stolperte über meine eigenen Füße, marschierte aber weiter. Je schneller ich das hier hinter mich bringen konnte, desto besser. Max kam wieder auf die Füße, bekam mich zu fassen – mit Mühe – und rief nach Hilfe. East, Reign und Tess erschienen an seiner Seite.

»Oh, wow. Hab ich doch tatsächlich einen West gefunden, der noch verrückter ist als Kanye«, sagte Reign trocken. Tess schlug die Hand vor den Mund und schüttelte den Kopf, während sie mich von oben bis unten musterte.

»Oh mein Gott, Westie.«

»Alter, ist der stramm.« East legte meinen linken Arm über seine Schulter. Reign nahm die andere Seite. Tess hastete hinter uns her, ein neugieriges kleines Mäuschen, das ich gern den Löwen vorgeworfen hätte.

»Du musst den Kampf absagen, Max«, drängte East. »Das geht nicht. Du kannst ja nicht mal aufrecht stehen.«

»Ka ich wohl«, lallte ich und stieß die beiden weg, um meinem Standpunkt Nachdruck zu verleihen. East und Reign ließen mich los, und ich schaffte es tatsächlich, aufrecht stehen zu bleiben.

Seht ihr? Kein Problem. Absolut in der Lage …

Klatsch!

Ich brauchte einige Sekunden, um zu begreifen, dass meine Wangen nicht deshalb heiß geworden waren, weil ich eingenässt hatte.

»Auffe Fresse gefall'n, wa?« Die Kieselsteinchen auf meiner Zunge dämpften meine Stimme. Seit wann fühlte sich Beton so angenehm und gemütlich an? Er war ausgesprochen beschlafbar.

»Ist beschlafbar ein Wort?«, erkundigte ich mich.

East stöhnte.

Max seufzte. »Ich werde mit Shaun reden. Mal sehen, ob wir es um ein paar Stunden verschieben können. Aber absagen können wir nicht mehr. Das haben sie sehr deutlich gemacht, und ich möchte gern, dass meine Eier intakt bleiben.«

»Der Kampf findet statt«, hörte ich mich sagen, während ich mich abklopfte und schwerfällig auf die Füße kam. Ich fühlte mich seekrank. Ein typischer Nebeneffekt, wenn man eine Flasche des billigsten Whiskys weghaut, der im Lebensmittelladen zu finden ist. »Ich gehe in diesen Ring und bringe das zu Ende.«

»Bist du verrückt?«, brüllte Tess hinter mir.

Ich drehte mich um und sah sie an. Mit Miss Davis hatte ich noch ein Hühnchen zu rupfen. Sie war nicht einfach vor mir erschienen, sondern ich sah gleich mehrere Ausgaben von ihr.

Sie verschwommen ineinander wie ein Akkordeon aus lauter Tess-Ausschnitten.

»Was für abscheuliche Verbrechen habe ich in einem früheren Leben begangen, um es zu verdienen, sechsmal Tess zu sehen?«, fragte ich mich laut. Der Brechreiz boxte mir in den Magen. »Wo doch eine gereicht hat, um zwischen mir und meiner Freundin alles zu versauen.« Ich beugte mich vor, um ihr auf die Nase zu tippen, verfehlte sie aber um ein paar Zentimeter und stach ihr ins Auge. *Noch mal mein Fehler.*

Reign trat zwischen uns, schob meine Hand weg und zog die Brauen zusammen.

»Sie ist deine *Ex*-Freundin, und schieb die Schuld nicht auf Tess. Es war nicht ihr Fehler, dass du es Grace verschwiegen hast. Hast du wirklich geglaubt, dass es ihr niemand erzählen würde?«

»Ich wollte es ihr kurz vor dem Kampf sagen. Du hast Tess erzählt, dass ich es Grace verschweige, und sie hat es ihr erzählt, weil sie meinen Schwanz zu sehr vermisst.«

Mein Knurren wurde von einem Rülpser begleitet. Das hatte Klasse.

»Es tut mir leid, okay?« Tess zuckte zusammen. »Es tut mir *wirklich* leid. Ich hätte nie geglaubt, dass es so schlimm wird. Ich wollte es euch nicht kaputtmachen. Nur … ein bisschen schwerer.«

Das Handy klingelte in meiner Tasche. Ich ignorierte Tess' Entschuldigung und holte es umständlich heraus. Max lief auf und ab und redete in sein Handy. Wahrscheinlich erklärte er Appleton und seinen Leuten irgendwas.

Ich blickte auf mein Display.

Mutter.

Wie betrunken war ich eigentlich, dass ich geglaubt hatte, es könnte tatsächlich Grace sein?

Ich hatte meine Chance gehabt. Sogar mehrere, wenn ich ehrlich war. Und ich hatte sie alle vertan. Die gute Nachricht war, dass ich endlich klar denken konnte. Ich wusste, was ich tun musste, um dafür zu sorgen, dass Grace in Sicherheit war.

»Er scheint irgendwas vorzuhaben, und das kann bei seinem derzeitigen Zustand nichts Gutes sein.« Eastons Stimme übertönte Reigns und Tess' simultane Kriecherei. Sie sagten, sie würden mir Wasser und etwas zu essen besorgen. Ich brauchte ein paar Minuten, um mich zu sammeln, dann lehnte mich jemand an eine Wand, als sei ich ein Möbelstück. Oben konnte ich die Menge grölen und jubeln hören.

Volles Haus. Ausverkauft. Das ganze Programm.

Ein paar Minuten später beendete Max das Gespräch. Ein Labor-Nerd aus der Abschlussklasse kam eilig mit einem eingepackten Sandwich und einer Flasche Wasser auf uns zu.

»Hier«, sagte er und gab beides Easton, der mir das Essen und das Getränk unter die Nase hielt. »Runter damit. Alles.«

»Willst du, dass ich mir in Runde zwei in die Hose pinkle?«, murmelte ich mit vollem Mund. Wer hatte nur dieses Sandwich gemacht? Es war unglaublich schlecht. Das Brot war sauer, der Käse zu weich und der Schinken wahrscheinlich so alt wie ich.

Fuck. Ich vermisste das Essen von *That Taco Truck*.

»Wenn es den Kampf beendet, habe ich nichts dagegen, dass du dich selbst besudelst«, stieß East hervor.

»Nichts beendet diesen Kampf«, sagte ich tonlos. »Und wehe, du versuchst es.«

»Warum ist dir das so wichtig?« Reign ging neben mir in die Hocke. »Ich weiß nicht, wie ich es dir klarmachen soll, aber in dem traurigen Zustand, in dem du jetzt bist, wirst du nicht gewinnen. Verdammt, ich könnte dich gegen eine Cheerleaderin antreten lassen, und du würdest immer noch verlieren.«

»Eine tote Cheerleaderin«, ergänzte Max hilfreich.

»Ich schlage keine Frauen«, murmelte ich. *Im Gegensatz zu diesem Idioten Appleton.*

»Dazu würde es nicht kommen, weil du sie vor dem ersten Schlag mit einem Pappkarton verwechseln würdest.« Reign klopfte mir beschwichtigend auf die Schulter.

Etwas später – eine Stunde, eine Woche, eine verdammte Minute, keine Ahnung – klatschte Max in die Hände und verkündete: »Okay, die Stunde der Wahrheit ist da. Ich kann es nicht länger hinauszögern. Ich bin Veranstalter, kein Zauberer.«

»Du bist ein Scheißkerl, und du wirst dafür bezahlen, dass du ihn in einen Kampf gelockt hast, dem er nicht ausweichen kann.« Easton bleckte die Zähne und reichte mir eine Hand. Max zuckte sichtbar zusammen. Widerstrebend ließ ich mich von Easton auf die Füße ziehen. Ich betrachtete gerade die Treppe, die zum Ring führte, da erklangen Schritte auf dem Beton.

»Hey.« Tess legte mir eine Hand auf die Brust. Ich schlug sie weg. Ich war nicht in der Stimmung, ausgerechnet mit der Person zu reden, die aus diesem beschissenen Schneeball eine verdammte Lawine gemacht hatte.

»Finger weg, Tess.«

»Es tut mir leid, okay? Sieh mich an.« Sie nahm mein Gesicht in beide Hände.

Betrunken, wie ich war – und ich war verdammt betrunken –, konnte ich dennoch das Bedauern in ihren Augen erkennen.

»Ich hätte nie gedacht, dass es sich so entwickeln würde. Ich war verbittert und eifersüchtig, und ich konnte nicht verstehen, warum Grace alles bekam, was ich mir wünschte. Ich wollte eine kleine Krise verursachen, keine ausgewachsenen Katastrophen.«

Ich packte sie an den Handgelenken und schob sie weg. »Tut mir leid, dass ich dir keine maßgeschneiderte Tragödie bieten kann.«

Ich drehte mich um, weil ich nach oben gehen und den Kampf hinter mich bringen wollte, und stieß mit jemandem zusammen.

Ich senkte den Blick.

Appleton.

Er war verschwitzt, sein Oberkörper nackt. Die Vaseline in seinem Gesicht hätte gereicht, um die Freiheitsstatue einzureiben.

»St. Claire. Hab gehört, du hast 'ne Freundin, die auf … *Toast* steht.«

Sein Lachen war ein widerliches Grunzen, und er zeigte seine schiefen Zähne, als er mich schubste. Shaun und irgendein anderer Clown aus seinem Team standen neben ihm und lachten boshaft.

Nicht, dass ich etwas Besseres von drei Typen erwartet hätte, deren Gesamt-IQ sich auf zwölf belief, aber ich konnte nicht anders, ich musste ihm einen Schlag auf die Nase verpassen. Er taumelte zurück, und Blut schoss ihm in zwei dicken Strömen aus der Nase.

»Verdammt«, winselte Appleton und hielt sich die Nase. Er zeigte mit dem Finger auf mich. »Er macht es schon wieder. Schlägt zu, bevor der Gong ertönt.«

»Du hast Leute zu meinem Arbeitsplatz geschickt, Arschloch.«

»Das kannst du nicht beweisen.«

»Ich kann aber beweisen, dass ich dich umbringen kann.« Ich bleckte die Zähne.

»Alles nur wegen einer Frau.« Er schnalzte mit der Zunge, Blut lief ihm über das Kinn. »Pantoffelheld.«

Ich wollte ihm sagen, dass Grace nicht mein Mädchen war –
jedenfalls nicht mehr –, aber ich hielt mich zurück. Das war
einer der Gründe, warum Grace immer an mir gezweifelt hatte.
Ich hatte mich nie zu unserer Beziehung bekannt. Nie in der
Öffentlichkeit Händchen mit ihr gehalten, sie geküsst, wenn
alle zusahen. Der Welt gezeigt, was ich für dieses Mädchen
empfand.

Ich wusste auch, dass Kade Appleton Grace nicht in Ruhe
lassen würde. Dass er sie sich früher oder später schnappen
würde, weil sie mit mir verbunden war und ich ein peinliches
Thema für ihn war.

Es sei denn …

Es sei denn, ich verlor. Haushoch. Es sei denn, ich ließ mir
im Ring den Arsch aufreißen. Würde absichtlich verlieren.
Und plötzlich war alles klar.

Jeder hat mal einen Phönix-Moment.

Das hier war meiner.

Ich ging zur Treppe, an Appleton vorbei.

»Komm schon. Bringen wir den Scheiß hinter uns.«

Er folgte mir und hinterließ eine Spur roter Tropfen auf seinem Weg. Ich stürmte in den behelfsmäßigen Ring, drängte
mich durch die dichte, fanatische Menschenmenge. Appleton
folgte mir auf dem Fuß. Hinter uns versuchten Shaun, Max,
East, Reign und Tess, mit uns Schritt zu halten.

Ich drehte mich zu Appleton um. »Na komm schon.«

Ich wusste, dass ich nicht gewinnen würde.

Weil ich mich nicht gewinnen *lassen* würde.

Ich hatte noch nie einen Kampf absichtlich verloren, aber
für Grace Shaw war ich bereit, in den sauren Apfel zu beißen.

Max blickte unsicher zwischen uns hin und her. Ich war weit
davon entfernt, nüchtern zu sein, aber gefährlich war ich trotzdem.

»Bereit?«, fragte Max.

»Verdammt, ja.«

Ich konzentrierte mich auf Appleton und tat so, als wäre mir völlig egal, was als Nächstes passierte.

Es war Showtime.

Ich erinnerte mich nur an Bruchstücke des Kampfes.

Wie Appleton mir einen unerwarteten Schlag gegen den Kiefer versetzte, der mich über einen Stapel Holzkisten fliegen ließ.

Wie ich so tat, als wollte ich seinem Roundhouse-Kick direkt in den Magen ausweichen.

Wie Appleton mir den Ellbogen in die Seite rammte. Der abrupte Schmerz, als mir klar wurde, dass er mir mindestens eine Rippe gebrochen hatte.

Wie ich mich auf dem Boden wand und mit meinem eigenen Blut gurgelte, als sei es Mundwasser.

Immer wieder sagte ich mir, dass ich nach meiner Niederlage abends schlafen gehen konnte, ohne mir Sorgen darüber zu machen, was Kade Appleton und seine bescheuerten Freunde Grace antun würden. Sie war meine Achillesferse. Wie ich es auch drehte und wendete, Kade musste seinen Stolz wiederherstellen. Und ich? Mein Ego war mir nicht halb so viel wert wie Grace.

Alles ging wie in Zeitlupe vor sich. Die begeisterten Sprechchöre um uns herum waren in panische Schreie, Max möge den Kampf beenden, übergegangen. Aber der finale Schlag, der mein Elend beendet hätte, kam nicht, so sehr ich einen Gott, von dem ich nicht einmal wusste, ob es ihn gab, auch anflehte.

Irgendwann zog ich in Erwägung, ein K.o. vorzutäuschen, aber ich bezweifelte, dass ich mich bewusstlos stellen konnte.

Trotzdem wehrte ich mich nicht. Ich tat nicht einmal so. Es war kein Kampf. Ich ließ Appleton einfach machen, was er wollte, zur Strafe dafür, dass ich ihn besiegt hatte.

Kade warf mich auf die Matte und rang mit mir, versuchte ein paar Jiu-Jitsu-Griffe, die aussahen, als wollte er meinen Arsch fressen. Aneinandergedrückt lagen wir auf dem Boden, und ich schaffte es schließlich, ein paar Worte aus meinem blutigen Mund herauszubringen.

»Mach endlich Schluss. Du wusstest doch vorher, dass ich den Kampf absichtlich verlieren würde. Warum zögerst du es hinaus?«

»Und ob ich das wusste, St. Claire.« Er grinste, ließ mich seine Zahnlücken sehen. »Aber gewinnen ist nicht genug. Vorher werde ich dich demütigen.«

Am nächsten Tag wachte ich auf der Intensivstation auf.

Ganz langsam kam ich zu mir. Ich sah mich um und bemerkte, dass ich an einem Tropf hing, dass mein Puls überwacht wurde und dass ich neben anderen Verbänden auch eine eingegipste Hand hatte …

Ich blickte an mir herab. Zum ersten Mal in meinem Leben trug ich ein Krankenhemd. Sagen wir einfach, Taubenblau ist nicht meine Farbe.

»Guten Morgen, Sonnenscheinchen!« Eastons Stimme war viel zu laut und zu fröhlich für diesen Anlass. Die Tür flog auf, und er spazierte herein. Ich schloss die Augen und weigerte mich, mir seinen Bullshit anzuhören, bevor ich nicht eine anständige Tasse Kaffee bekam.

»Freut mich, dich wach zu sehen. Du hast uns gestern Abend einen ganz schönen Schrecken eingejagt.«

»Warum redest du wie ein Achtzigjähriger?«, krächzte ich und versuchte, meine Spucke hinunterzuschlucken. *Keine gute*

Idee. Meine Kehle war trockener als Max' Eroberungen. Ich grunzte.

East setzte sich auf einen Stuhl in der Nähe, und ich hörte, dass sich noch etwas im Raum bewegte. Er war nicht allein, aber die Augen öffnen und nachsehen, wer es war, stand nicht auf meiner Agenda.

»Du wärst gestern Abend beinahe gestorben«, stellte East fest.

»Vielen Dank auch, Käpt'n Schlaumeier. Hast du nicht noch woanders zu tun? Vielleicht am Hudson, damit du den Touristen sagen kannst, dass er nass ist? Oder in Alaska, um die Leute auf die Kälte hinzuweisen?«

»Oh mein Gott, er hat nicht nur einen Zahn verloren. Sein Sinn für Humor hat auch was abgekriegt.« Reign stand am anderen Ende des Raums und seufzte dramatisch.

Mir wurde schwer ums Herz. Wen zum Teufel hatte ich denn erwartet?

Grace. Ich hatte Grace erwartet.

»Deine Eltern sind auf dem Weg hierher, und ich will nichts gegen sie hören«, ermahnte mich Easton. »Sie haben sich fast in die Hose gemacht, als sie hörten, was dir passiert ist.«

Mein erster Gedanke war, ihm den Kopf dafür abzureißen, dass er es ihnen gesagt hatte. Andererseits war ihm nichts anderes übrig geblieben. Wie sonst hätte er ihnen meinen längeren Krankenhausaufenthalt erklären sollen?

Was mich zur nächsten Frage brachte.

»Was habt ihr dem Personal hier erzählt?«

»Motorradunfall.« Reign ließ sich neben mir auf das Bett fallen. »Was ziemlich glaubhaft war, wenn man sich ansieht, was Kade und seine minderbemittelten Freunde der armen Christina nach dem Kampf angetan haben.« Er schnalzte mit der Zunge. »Ich hoffe, du hast dich nicht allzu sehr auf eine

Spritztour gefreut, weil dein Bike nämlich momentan nicht allzu spritzig ist.«

Ich knurrte, die Augen immer noch geschlossen.

»Laut Max ist Appleton jetzt zufrieden, also wissen wir wenigstens, dass er nicht noch mehr Ärger machen wird«, sagte East, um mir zu zeigen, dass das Glas halb voll war. Halb voll Pisse.

»Na prima.«

»Wer ist hier achtzig, hä?« East öffnete eine Dose Coke und setzte sie mir an die Lippen, ohne an einen Strohhalm zu denken. *Arschloch.* Vorsichtig nahm ich einen Schluck und spürte, wie mir die Flüssigkeit in der Kehle brannte. Es fühlte sich gut an.

»Wie lautet das Urteil?« Endlich schlug ich die Augen auf und deutete auf mein Gesicht.

»Gebrochene Nase, drei gebrochene Finger schon vor dem Kampf, zwei gebrochene Rippen und eine unbekannte Anzahl von Abschürfungen«, zählte East an den Fingern auf.

»Verstößt das nicht gegen die Schweigepflicht, nicht verwandten Personen Auskunft über den Gesundheitszustand zu geben?« Ich runzelte die Stirn.

»Oh, diese Informationen kommen nicht vom Krankenhauspersonal. Ich habe lediglich zwei funktionierende Augen«, sagte Easton trocken.

»Und nicht mal das war für uns Grund genug, dich zur Notaufnahme zu schleppen«, gestand Reign auf meiner anderen Seite. »Aber nach dem Kampf hast du beschlossen, ein längeres Schläfchen auf dem Boden zu machen, und wir konnten dich zehn Minuten lang nicht wecken. Easton bestand darauf, dass es eine Gehirnerschütterung war. Am Ende traf Tess, alias meine Freundin, der gegenüber du dich wie ein Arschloch benommen hast, die Entscheidung, den Notarzt zu rufen. Und das war gut so, denn ein paar deiner inneren Organe waren ziemlich angeschwollen. Bist du immer noch sauer auf mein Mädchen?«

»Für immer«, brachte ich heraus. Lachend tippte er mir auf die Rippen, und ich stieß einen Fluch aus. »Kennst du denn gar keine Grenzen? Die hab ich mir gerade gebrochen.«

»Das ist dafür, dass du mit meinem Mädchen geschlafen hast.«

»Na, wenn das so ist.« Ich drehte mich zu ihm, ergriff sein Handgelenk und verdrehte es so heftig, dass es beinahe brach. Reign stieß einen Schrei aus. »Das ist dafür, dass du mein Mädchen beschimpft hast.«

Wir benahmen uns wie Zwölfjährige, aber wenn es einen geeigneten Zeitpunkt dafür gab, dann jetzt, wo ich es auf die Schmerzmittel schieben konnte.

»Zum letzten Mal, St. Claire, sie ist nicht mehr dein Mädchen.«

»Das werden wir ja sehen.«

Ich richtete den Blick auf Easton. Worte waren überflüssig. Er wusste verdammt genau, was ich von ihm wissen wollte.

Wo ist sie?

Kommt sie her?

Weiß sie, was ich getan habe?

Warum ich es getan habe?

Eastons Adamsapfel hüpfte. Er blickte zur Seite und beschäftigte sich damit, die Snacks, die er mir mitgebracht hatte, aus einer Plastiktüte zu holen und auf meinen Nachttisch zu legen.

»Wir versuchen, sie zu erreichen. Sie meldet sich bestimmt bald.«

»Ja«, fügte Reign fröhlich hinzu. »Es ist Wochenende. Die Leute sitzen nicht unbedingt irgendwo herum und starren auf ihr Handy.«

»Sie wird schon kommen.« Easton tätschelte meine Hand.

»Auf deinem Gesicht. Oft. Du wirst schon sehen. Frauen lieben es, wenn man sich für sie verprügeln lässt. Und du wärst beinahe für sie gestorben«, erklärte Reign. »Das ist doch wohl ein paar Blowjobs wert, oder?«

Ich schloss die Augen, schlief ein und wünschte, ich würde nie wieder aufwachen.

24. KAPITEL

West

Als ich das nächste Mal aufwachte, war es spät am Abend.

Meine Eltern waren im Raum, ihre Silhouetten gingen ineinander über, eingehüllt in die Dunkelheit. Sie standen am Fenster und umarmten sich, genauso, wie ich sie an dem Morgen im Schnee gesehen hatte, als Aubrey gestorben war.

Der vertraute Klumpen in meiner Kehle wurde größer. Einen Moment lang war ich versucht, so zu tun, als schliefe ich noch. Aber wenn mir Grace eines über diese Welt beigebracht hatte, dann war es, dass es keinen Sinn hatte, vor seinen Problemen wegzulaufen. Die holten einen nämlich immer ein und bissen einen in den Arsch.

Ich setzte mich in dem Krankenhausbett auf und räusperte mich demonstrativ.

Sie drehten sich gleichzeitig um. Mom schnappte nicht nach Luft und weinte auch nicht. Ihr Blick wanderte über mein Gesicht wie Finger, die mich sanft berührten. Dad – der zehn Jahre älter aussah als bei unserer letzten Begegnung fünf Jahre zuvor – zuckte zusammen, als sei er es, der Appletons Schläge eingesteckt hatte.

»Mein Sohn.«

Zwei Worte. Sie klangen, als kämen sie vom Grund des Ozeans, und hallten durch meinen ganzen Körper.

Meine Eltern sahen erschöpft aus – und hatten zusammen

bestimmt zwanzig Pfund verloren. Ich erkannte sie kaum wieder, und doch war mir klar, dass ich der Hauptgrund für ihren derzeitigen Zustand war.

Dad kam als Erster auf mich zu. Er beugte sich über das Krankenhausbett und umarmte mich auf die sanfteste, unaufdringlichste Art, die ich je erlebt hatte. Wir hatten uns ein halbes Jahrzehnt lang nicht mehr umarmt.

»Hau rein, Paps. Eine Umarmung, der ich nicht entgehen kann. Deine einzige Chance«, murmelte ich. Ich spürte, wie sich sein Körper an meinen drückte, als er fester zugriff. Er lachte und weinte gleichzeitig. Als er aufstand und zur Seite trat, war Mom an der Reihe.

Ich schaute sie beide an und bedachte sie mit einem schiefen Grinsen.

»Ihr habt euch Sorgen gemacht, weil diese Woche kein Geld kam, was?«

Es war beschissen und gleichzeitig absolut typisch für mich, so etwas zu sagen. Keiner der beiden zuckte zusammen oder entschuldigte sich. Mom sah mir unverwandt in die Augen. Etwas hatte sich seit unserer letzten Begegnung verändert. In ihrer Miene sah ich mehr von der Mom, die sie vor Aubreys Tod gewesen war. Entschlossenheit leuchtete in ihren Augen, zusammen mit dem Versprechen, mir die Hölle heißzumachen, wenn ich mich danebenbenahm.

»Wir sind gekommen, um dir etwas zu sagen. Wir werden nicht zulassen, dass du dich umbringst wegen dem, was Aubrey zugestoßen ist. Wir verstehen, dass du traurig bist. Wir sind *auch* traurig. Wir werden immer traurig sein. Wir haben unser kleines Mädchen verloren. Aber bei Gott, West Camden St. Claire, wir werden nicht noch ein Kind verlieren. Nicht an die Trauer. Nicht an Schuldgefühle. An *gar nichts*. Nie mehr. Du wirst uns überleben, und du wirst es verdammt noch mal genießen.«

Meine Mutter richtete sich auf und sah mir mit einer Wildheit in die Augen, die mir eine Gänsehaut verursachte.

»Ich hasse mich selbst.« Krächzend kam das Geständnis über meine Lippen. »Ich hasse mich total. Und ich verstehe nicht, wieso ihr es nicht tut.«

»Es ist nicht deine Schuld.« Dad nahm meine Hand. Ich wandte den Blick ab, denn bei Augenkontakt war das Risiko zu groß, dass ich zu weinen anfangen würde. »Und selbst wenn – wir würden dich immer noch lieben und dir vergeben. Hättest du etwas anders machen können? Ja. Hast du aber nicht. Du hast kein Verbrechen begangen, West. Es war nur so, dass die Konsequenzen deiner schlechten Entscheidungen außergewöhnlich tragisch waren.«

»Ich habe mein Versprechen gegenüber Aub gebrochen.«

»Wir alle brechen manchmal unsere Versprechen.« Mom nahm meine andere Hand, und jetzt konnte ich nicht mehr ausweichen, weil meine Eltern überall waren. Ich konnte sie nicht länger meiden. Sie ghosten. Ihnen aus dem Weg gehen. So tun, als könnte ich sie mit einem Scheck zum Schweigen bringen.

»Es ging nie um das Geld.« Eine heiße Träne fiel von Dads Gesicht auf meinen Arm. »Wir wollten nie, dass du dafür bezahlst, dass wir aus dieser Sache herauskamen. Anfangs dachten wir, dass es vielleicht unsere eigene Art war, mit dem Kummer umzugehen, die Dämonen zu besänftigen. Und als wir es besser wussten, war es zu spät. Du warst weit weg, und wir wussten nicht, wie wir zu dir zurückfinden sollten.«

»Wir waren völlig fertig«, fügte Mom hinzu. Ich schaute sie an. Auch sie weinte. »Die Phase, die wir nach Aubreys Tod durchgemacht haben ...«

»Dazu hattet ihr jedes Recht«, unterbrach ich mit erstickter Stimme.

Nicht weinen. Wag es ja nicht, zu weinen.

Ich hatte meine Gefühle so lange unterdrückt, dass ich nicht wusste, ob ich noch weinen konnte, selbst wenn ich es wollte.

»Nein. Wir hatten *kein* Recht dazu, Westie. Wir hätten an dich denken, uns um dich kümmern müssen. Aber anstatt über die Konsequenzen nachzudenken, haben wir uns der Depression hingegeben.«

»Man gibt sich der Depression nicht hin. Sie packt dich am Fuß wie Pennywise und zieht dich in eine tiefe, dunkle Kloake voller Dreck. An einer Depression ist man niemals schuld. Also entschuldigt euch nicht dafür.«

Ich konnte mich nicht mehr zurückhalten. Meine Augen und meine Nase brannten, und dann lief mir eine heiße Träne über die Wange. Schnell wischte ich sie weg.

»Wir lieben dich, Westie.« Mom senkte den Kopf und legte ihn auf meine Schulter. »Wir lieben dich so sehr. Wir wollten niemals das Geld. Wir wollten nur mit dir reden. Wir möchten unseren Sohn zurückhaben, und von jetzt an weigern wir uns, auch nur einen Cent von dir anzunehmen. Weißt du, was ich gemacht habe, als Easton uns erzählt hat, auf welche Art du für unsere Schulden aufkommst?«, fragte sie.

Deinen Sohn schnell enterbt, weil er so blöde war?

»Ich habe Easton eine Ohrfeige gegeben, weil er es uns nicht früher gesagt hat. Weil er uns nicht gewarnt hat. Du hast jeden Freitag dein Leben aufs Spiel gesetzt, um uns zu helfen. Bitte vergib mir, dass ich nicht wusste, was du die letzten fünf Jahre durchgemacht hast.« Sie nahm mein Gesicht in beide Hände. Es tat höllisch weh, aber jetzt war nicht der richtige Zeitpunkt, um sie darauf hinzuweisen. »Ich weiß, es ist viel verlangt, aber ich werde alles tun, um dir zu zeigen, wie viel mir deine Vergebung bedeutet.«

Erneut rollte mir eine verräterische Träne über die Wange.

Ich öffnete den Mund und sagte die drei befreiendsten Worte unserer Muttersprache.

»Ich verzeihe dir.«

Grace

Als ich meinen Pick-up auf dem Krankenhausparkplatz abstellte, war die Sonne bereits hinter den hohen Bäumen untergegangen, und es war fast völlig dunkel. Der Verkehr war höllisch gewesen; unterwegs hatte es zwei Unfälle gegeben, und zahlreiche Straßen waren wegen irgendwelcher Festivals gesperrt. Jeder Augenblick, den ich noch länger von West getrennt war, verstärkte meine Verzweiflung, und ich war derart krank vor Sorge, dass meine Ängste wegen Großmutter Savvys erstem Tag in Heartland Gardens auf wundersame Weise verschwunden waren.

West war wach, als ich ankam.

Tess begrüßte mich als Erste und legte mir die Arme um die Schultern. »Grace! Ich bin so froh, dass du hier bist. Er ist gerade aufgewacht.« Verstört klopfte ich ihr auf den Rücken. Es war seltsam, nach allem, was passiert war, wieder auf gutem Fuß mit ihr zu stehen. Aber wenn ich seit meiner ersten Begegnung mit West eines gelernt hatte, dann war es, dass die Vergebung, diese Außenseiterin in der Schlacht der Gefühle, immer gewinnt.

Easton und Reign lümmelten auf einer schmalen Bank vor Wests Zimmer und schliefen in Positionen, die nicht bequem sein konnten. Tess trat einen Schritt zurück und betrachtete mich. »Easton sagt, er hat nach dir gefragt.«

Ein Hochgefühl stieg in mir auf, aber ich schluckte es wieder hinunter.

»Hat er Schmerzen?«

Tess nickte bedächtig. »Ich war noch nicht drin. Nach allem, was passiert ist, würde er sich wahrscheinlich nicht freuen, mich zu sehen. Aber Reign und Easton meinten, dass es ihm schon besser geht. Geh. Er wartet auf dich.«

Ich stieß die Tür in dem Augenblick auf, in dem seine Eltern das Krankenzimmer verließen. Ich erkannte seine Mutter sofort. Eine zierliche Frau mit markanten, dunklen Gesichtszügen. Sie umarmte mich.

»Grace. Danke, dass Sie Westie besuchen kommen.«

»Natürlich.« Ich streichelte ihren Arm und lächelte nervös. »Ich bin gekommen, sobald ich konnte.«

»Ich habe jeden Tag dafür gebetet, dass ihr beide eure Probleme löst. Ich bin so froh, dass es euch gelungen ist«, sagte Caroline. Ich zog eine Grimasse, denn West und ich waren von einer Lösung so weit entfernt, wie es geografisch überhaupt nur möglich war.

West gab aus der Tiefe des Zimmers ein Knurren von sich. Seine Eltern standen vor ihm, deshalb konnte ich ihn nicht sehen.

»Das reicht jetzt, Mom.«

Caroline verdrehte übertrieben die Augen. Mir hüpfte das Herz in der Brust, denn wenn sie Witze machen konnte, sah er vielleicht weniger schlecht aus, als er klang.

»Passen Sie gut auf meinen Sohn auf.«

Sie gab mir einen Kuss auf die Wange und ging hinaus.

Ich schloss die Tür und drehte mich zu West. Hitze kroch mir in den Nacken.

Er sah schrecklich aus.

Seine Nase war schief, seine Augen blau und geschwollen, und es sah aus, als sei er fünfmal hintereinander zusammengenäht worden, zu einem West, den ich kaum wiedererkannte, weil er dem Adonis, den ich kannte, kaum noch ähnelte.

Mich überkam das dringende Bedürfnis, einfach wegzusehen, aber ich hielt durch, hielt den Blick auf ihn gerichtet.

Er hat dich in deinem schlimmsten Zustand geliebt, wohl wissend, wie du aussiehst. Es ist an der Zeit, zu beweisen, dass auch du ihn liebst, wie er ist, mit Narben und allem anderen, was dazugehört.

»Wie sehe ich aus?« Er deutete mit seiner eingegipsten Hand auf sich selbst und blinzelte mir freudlos zu.

»Du lebst.« Meine Stimme brach. »Was in Anbetracht der Umstände mehr ist, als ich zu hoffen gewagt habe. East sagte mir am Telefon, dass du betrunken zu dem Kampf aufgetaucht bist und dich überhaupt nicht gewehrt hast. Was zum Teufel hast du dir dabei gedacht?«

Mit jedem Schritt, den ich in das Zimmer machte, entspannten sich meine Muskeln. Seine Freunde hatten ihm bereits Coke, Snacks, Blumen und ein iPad mitgebracht. Ich hatte keine Zeit gehabt, ihm etwas zu kaufen. Ich war direkt vom Pflegeheim zum Bezirkskrankenhaus gefahren, das noch weiter von Austin entfernt war als Sheridan. Verdammt, er wusste noch nicht mal, dass Großmutter Savvy in Heartland Gardens war. So viel war in der kurzen Zeit seit unserer Trennung geschehen.

»Ich dachte, ich müsste dich beschützen, koste es, was es wolle.« Sein Kiefer spannte sich an. »Obwohl ich wusste, dass es mir das Herz brechen würde.«

Ohne ihn aus den Augen zu lassen, nahm ich an seinem Bett Platz.

»Nachdem Kade seine Leute geschickt hatte, um den Food Truck zu überfallen, wusste ich, dass du zur Zielscheibe werden würdest, wenn sich herumsprach, dass ich eine Freundin hatte«, erklärte West.

»Warum hast du mir nichts gesagt?«, fragte ich mit erstickter Stimme und achtete darauf, ihn nicht zu berühren. Wenn ich damit anfing, würde ich nie mehr aufhören. Ich würde ihn halten und küssen und in ihm versinken, ohne jemals wieder Luft zu holen.

»Es kam nicht infrage, die Behörden hinzuzuziehen. Meine illegalen Kämpfe wären ans Licht gekommen, und alle wären geliefert gewesen. Sie hätten nicht nur mich in den Knast gesteckt, sondern auch Max, East und Reign.« Er sah mir forschend ins Gesicht, suchte nach Hinweisen darauf, was mir durch den Kopf ging. »Ich beschloss zu tun, was immer nötig war, um dich zu beschützen. Zuerst habe ich versucht, den Kampf abzusagen, wie du es verlangt hast. Ich habe Max auf Reigns Party gesagt, dass ich raus bin. Max hat Shaun angerufen, aber der wollte nichts davon hören. Weißt du, für Kade war es eine Sache des Stolzes. Also dachte ich mir, ich verliere den Kampf absichtlich, lasse dem Arschloch seinen Moment an der Sonne und beende diesen Albtraum. Aber ich hatte unterschätzt, wie verrückt Kade Appleton ist. Er hätte mich vor dem Kampf beinahe umgebracht. Seine Leute haben mich beim Food Truck angegriffen und auf dem Heimweg von dir von meinem Bike fliegen lassen. Es ging nicht mehr um Geld. Ich wollte verlieren, damit er die Leute in meinem Umfeld nicht verletzt. Aber ich konnte dich trotzdem nicht damit belasten. Du musstest dich um Grams kümmern, eine Pflegerin für sie finden, und außerdem hattest du Professor McGraws Warnung im Kopf. Ich hatte nie vor, es dir zu verschweigen, Tex. Ich wollte es dir nur zu meinen Bedingungen sagen.«

Er nahm meine Hand. Seine Haut fühlte sich seltsam an. Kalt und trocken wie Lehm. Die Erkenntnis seiner Sterblichkeit traf mich wie eine Abrissbirne.

Er hätte sterben können.

Ich schniefte. Er *wäre* beinahe gestorben.

»Na ja, überflüssig zu sagen, dass die Sache anders gelaufen ist, als du es wolltest.« Ich schniefte und fuhr mit dem Daumen über seine Fingerknöchel. »Du hast mich unglaublich gedemütigt, West. Du hast das Versprechen, das du mir gegeben hattest, genommen und es vor allen Leuten, die wir kennen, in den Staub getreten.«

Er schloss die Augen und atmete tief durch. Die Narben, die jener Tag auf meiner Seele hinterlassen hatte, waren schlimmer als alles, was in meinem Gesicht und auf meinem Körper zu sehen war. Denn sie waren von dem Menschen verursacht worden, den ich am meisten liebte.

»Du hast gesagt, du seist meine Freundin, und das *warst* du auch. *Fuck*, ein Teil von mir ist erbärmlich genug, zu hoffen, dass du es immer noch bist. Aber ich sah nur noch Kade Appletons kleine Ratten, die zu ihm liefen und ihm von der hübschen Blondine erzählten, die mich bei den Eiern hatte. Ich wusste, dass du zur Zielscheibe werden würdest. Ich musste ihn von deiner Spur abbringen, sicherstellen, dass er dich in Ruhe lassen würde. Und deshalb musste ich dafür sorgen, dass du mich in der Kampfwoche hasst und dich von mir fernhältst.«

»Mission erfüllt. Aber du bist trotzdem bei mir vorbeigekommen. Hast mich ausspioniert.«

Er zuckte mit den Schultern, und der Anflug eines traurigen Lächelns erschien auf seinem Gesicht.

»Ich habe nie behauptet, eine vorbildliche Selbstbeherrschung zu besitzen, wenn es um dich geht, Texas Shaw. Deshalb stecken wir ja in diesem Chaos. Könnte ich mich doch nur von dir fernhalten.«

»Du wärst trotzdem in dieser Lage. Er wollte dich fertigmachen, weil du besser bist. Und du hast es zugelassen.«

Schweigen breitete sich im Zimmer aus. Schließlich wandte

er mir sein Gesicht zu. »Baby«, er lächelte triumphierend, »du trägst ja überhaupt kein Make-up.«

Mir klappte die Kinnlade hinunter. Ich legte eine Hand auf meine verletzte Seite und spürte, wie meine Augen schmaler wurden. *Himmel.* Mein Gesicht war völlig nackt. Ich hatte den ganzen Tag ohne eine Spur von Schminke im Pflegeheim verbracht, und hatte die Reaktionen der Leute überhaupt nicht bemerkt. Keine komischen Blicke. Kein angewidertes Stirnrunzeln. Keine Kinder, die auf mich zeigten und mich auslachten. Kein verstohlenes Geflüster oder ablehnender Spott.

Nanu?

»Ich bin stolz auf dich, Texas.«

»Du wirst gleich noch stolzer auf mich sein. Weißt du, wo ich heute war?«

Er schloss die Augen und tat so, als betete er.

»Wo auch immer du warst, ich hoffe, dass in dieser Geschichte keine attraktiven Männer vorkommen.«

Kichernd verdrehte ich die Augen. »Ich habe Grams dabei geholfen, ihre Sachen auszupacken. Sie ist in ein Pflegeheim in der Nähe von Austin gezogen. Das aus dem Katalog, den du besorgt hast – Heartland Gardens. Sie hat sich gut eingefügt, und ihre Zimmergenossin ist genauso exzentrisch wie sie.«

»*Holy Shit*«, rief er. Seine Stimme war so laut, dass Mrs St. Claire ins Zimmer geeilt kam, um nachzusehen, ob alles in Ordnung war.

»Westie? Ist alles okay?«

»Ja, Mutter. Ich bin verletzt, nicht sechs. Mach die Tür zu.«

Als sie das Grinsen in seinem Gesicht sah, lachte sie, schüttelte den Kopf, schloss die Tür wieder und ließ uns unsere Privatsphäre.

»Ich bin dermaßen stolz auf dich, dass es mir unwirklich vorkommt. Du nimmst an der Aufführung teil. Und tust das Richtige für Grams. Du bist meine Heldin, Tex. Kann ich ein Autogramm bekommen?«

»Na klar.« Ich lachte.

»Irgendwo auf meinem Körper?« Er wackelte mit den Augenbrauen. Ich nahm seine eingegipste Hand in meine und küsste seine Fingerkuppen.

Es war spät am Abend, und ich musste gehen. Nicht weil ich wollte, sondern weil ich *musste*. Bei West zu bleiben war verführerisch, aber es war Teil meines Heilungsprozesses, mich auch unangenehmen Dingen zu stellen. Ich musste diese Nacht durchstehen. Es war meine erste Nacht allein zu Hause, ohne Grams. Es war die erste Nacht *überhaupt*, die ich allein verbrachte. Ich musste mich daran gewöhnen.

»Es freut mich, dass es dir gut geht, West. Ich glaube, du brauchst noch Ruhe, deshalb gehe ich jetzt.« Ich stand und wollte seine Hand loslassen, aber er verstärkte seinen Griff. Das Wort, das er herausbringen wollte, drohte ihm in der Kehle stecken zu bleiben.

»*Nicht.*«

Ich betrachtete ihn schweigend.

»Verlass mich nicht. Ich bin ganz gut darin geworden, Abschiede zu erkennen, und wenn du erst mal zu der Tür dort hinaus bist, wirst du nicht zurückkommen.«

Damit lag er richtig. Ich konnte auf diese Art nicht weitermachen, konnte nicht mehr mein Herz aufs Spiel setzen und hoffen, dass er es gut behandelte. Nicht, nachdem er dermaßen achtlos damit umgegangen war.

»Du wirst auch ohne mich überleben«, flüsterte ich. Eine Träne rollte mir über die Wange. Sie lief mir in den Mund, und ihr salziger Geschmack breitete sich auf meiner Zunge aus.

»Überleben reicht nicht mehr. Überlebt habe ich fünf Jahre lang, bevor ich dir begegnet bin. Das ist nicht genug.«

Er holte tief Luft und stöhnte. Jeder Atemzug bereitete ihm Schmerzen, und ich war der Grund, warum er so übel verprügelt worden war.

»Ich kann nicht vergessen, was zwischen uns gewesen ist.« Er schüttelte den Kopf. »Ich kann nicht aufhören, dich zu lieben, Grace Shaw. Du steckst in meiner DNA, so tief, dass ich nicht mehr vernünftig denken kann. In einem Augenblick habe ich dich zerfleischt wie ein Löwe, im nächsten habe ich dich weggestoßen, weil ich nicht wollte, dass du in meine Angelegenheiten verwickelt wirst. Ich habe dich weggestoßen und wieder an mich gezogen, dich verfolgt, dich verletzt und dich auf jede erdenkliche Art angebetet, weil ich diese verdammten Worte nicht sagen konnte, als sie mir das erste Mal in den Sinn kamen. Ich liebe dich.«

Mir stockte der Atem.

»Du liebst mich?«

»Verdammt, Tex. Es gibt ein Wort für das, was ich für dich empfinde. Erinnerst du dich an den ersten Abend, an dem wir zusammen abhingen? Als Grams verschwunden war? Das war das erste Mal, dass ich mich wieder wie mein altes Ich fühlte, wie damals vor Aubreys Tod. Ich war locker und lustig und einfach ... *echt*.« Er seufzte. »Du warst gestresst und besorgt, und auf einmal musste ich eingreifen. Da habe ich zum ersten Mal einen Teil meines früheren Ichs wiedergesehen. Ich glaube, es lag daran, dass du mich kräftig zusammengefaltet hast.« Er lachte und hielt sich einen Unterarm vor die Augen. »Dir war einfach scheißegal, wer ich war. Was mein Name in dieser Stadt bedeutete. Das hat mich angezogen. Und seit diesem Abend kann ich nicht genug von dir kriegen. Ich habe dich in jeder möglichen Form genossen – als Freundin, Geliebte, Mitbewohnerin, Kollegin, Kommilitonin. Ich musste dich einfach um mich haben. Ständig. Ich wollte dagegen angehen. Ich habe mir einzureden versucht, dass es nichts zu bedeuten hatte. Aber immer, wenn ich einen Schritt zurücktrat, wurde ich von dir, von Easton oder Reign oder von sonst wem wieder auf meinen Platz gestellt, und mir wurde klar, dass es mir nur noch um dieses Leben mit Grace Shaw ging.«

Ich senkte den Kopf und biss mir auf die Lippe, um nicht wie ein Baby loszuheulen. Von diesem Moment träumte ich seit Wochen jede Nacht. Seit Monaten. Aber jetzt, da er mir endlich seine Liebe gestand, fühlten sich diese Worte wie wunderschöne leere Patronenhülsen an.

Er hatte mich verletzt.

Nicht ein Mal.

Und nicht zwei Mal.

Ich war nicht dumm genug, mich dem ohne irgendeine Art von Bindung ein viertes Mal auszusetzen. Ohne ein Zeichen, dass er wenigstens versuchen würde, mich vor sich selbst zu schützen, wenn das nächste Mal etwas nicht funktionierte.

»Ich liebe dich auch, West. Und deshalb musst du mich loslassen. Was du mir anbietest, ist nicht genug. Ich will alles. Das Märchen. Die Romantik. Ich will einen Mann, der mich herumzeigt, als wäre ich das schönste Mädchen der Welt – vor allem, weil ich in meinen eigenen Augen *nie wieder* hübsch sein werde, egal, ob wiederhergestellt oder nicht. Ich brauche jemanden, der gut für mich ist.« Ich ließ seine Hand los und sah, wie er einen Atemzug nahm, der ihm beinahe die Brust zerriss. »Ich habe schreckliche Angst, dass du vielleicht nicht dieser Mensch bist.«

Er schloss die Augen. Er gab auf. Ich konnte förmlich sehen, wie der Kampfeswille seinen Körper verließ.

Ich wollte auf die Knie fallen und ihn bitten, nicht aufzugeben.

Ihn davon überzeugen, mir alles zu geben, was ich brauchte, damit wir zusammen sein konnten.

Aber es lag nicht in meiner Macht.

Es war West, der diese Bindung eingehen musste.

Es war sein Kampf, den er gewinnen musste.

Ich drehte mich um und ging.

Diesmal drehte ich mich nicht um, als ich die Liebe meines Lebens und gleichzeitig die alte, unsichere Grace hinter mir ließ.

Als ich an diesem Abend zu Bett ging, kam mir die Situation surreal vor.

Das Fehlen der Geräusche, die Grams üblicherweise im Haus machte, war mir unangenehm. Gegenstände, die bewegt wurden, ihr Schnarchen, ihre Worte, ihr *Atem* – all das fehlte, und die laute Stille sickerte mir in die Knochen wie Gift.

Karlie hatte mir getextet und mich gefragt, ob sie zu einer spontanen Übernachtungsparty herüberkommen sollte. Neunzigerjahre-Filme, billiger Wein und Ratespielchen. So verführerisch es auch war und so gern ich dem Chaos in meinem Kopf entkommen wollte – mein besseres neues Ich erlaubte mir nicht, einfach wegzulaufen.

Ich musste diese Nacht allein durchstehen und am Morgen als bessere Version meiner selbst daraus hervorgehen.

Immer noch gebrochen.

Und wackelig.

Asymmetrisch.

Aber auch gesund.

Und unabhängig.

Stärker, als ich je zuvor gewesen war.

Ich überzeugte mich, dass die Türen verschlossen waren und der Fernseher lief, sodass sein Licht auf meinem Gesicht tanzte und ich mich etwas weniger allein fühlte. Dann legte ich mich in mein Bett, das sich ohne West darin fremd anfühlte, und wälzte mich hin und her. Ich hatte das sichere Gefühl, dass ich auf dem richtigen Weg war. Er würde holprig werden, aber wohin auch immer diese Straße mich führen würde – ich war bereit.

25. KAPITEL

Grace

In der Woche darauf stürzte ich mich in die Arbeit und ins Studium.

Die Premiere von *Endstation Sehnsucht* stand bevor und überschattete alles andere in meinem Leben.

Drei Tage, nachdem ich ihn besucht hatte, war West aus dem Krankenhaus entlassen worden. Ich hatte ihm Naschereien und Karten mit Genesungswünschen geschickt, aber nicht den Mut aufgebracht, ihn noch einmal dort zu besuchen. Jetzt war er am Zug.

Wenige Tage nach seiner Rückkehr nach Sheridan tauchte er mitten in einer Probe auf. Er sah immer noch mitgenommen aus, sein Gesicht war geschwollen, und er hatte ein paar Pfund abgenommen. Dennoch stockte mir der Atem, als er in der Doppeltür der Aula erschien, eine Zuckerstange zwischen den Lippen, das typische freche Grinsen im Gesicht.

Ich stand auf der Bühne, als ich ihn sah. Aiden kam gerade mit einem künstlichen Päckchen Fleisch hereingestapft. Die Szene war unsere erste Begegnung als Stanley und Blanche. Obwohl mir klar war, dass ich mich auf das Stück konzentrieren müsste, konnte ich nicht anders, als jede von Wests Bewegungen zu beobachten. Er setzte sich direkt vor die Bühne in die erste Reihe und musterte mich mit coolem, aufmerksamem Blick.

Aiden warf sich in die Brust und begann den Szenendialog.

Ich verstand jetzt, wie West sich gefühlt hatte, als ich vor vielen Wochen gekommen war, um ihm beim Kämpfen zuzusehen. Wir konnten uns nicht in ein und demselben Raum aufhalten, ohne durch den anderen abgelenkt zu sein.

Ich löste den Blick von West und konzentrierte mich auf meine Rolle. Ich tat so, als zündete ich mir eine Zigarette an und nähme einen Zug, dann stieg ich in den Dialog ein.

Aiden schoss seinen Text auf mich ab, und ich schlug sofort mit meinem zurück. Die Chemie zwischen uns stimmte. In den folgenden Minuten vergaß ich, dass West vor mir saß, und erlaubte mir, in der wunderbaren Magie des Spiels zu versinken.

Die Szene endete damit, dass Tess hereinkam und ihre Zeilen ablieferte. Finlay sprang von seinem Platz neben West in der ersten Reihe auf und klatschte.

»Ich kann kaum glauben, dass ich das sage, aber ihr wart perfekt. Fünf Minuten Pause. Grace … geh bitte nicht zu weit weg.«

Ich nickte und hüpfte von der Bühne. West kam zu mir herübergeschlendert. Mein Herz raste und schlug mir bis zum Hals. Wir standen einander gegenüber. Ich wartete darauf, dass er etwas sagte, irgendetwas, um mich von dem überwältigenden Schmerz zu befreien, den ich jedes Mal verspürte, wenn ich nur an ihn dachte.

Er verwandelte sich bereits in sein wunderbares altes Ich zurück.

»Tex.«

»Maine.«

Er grinste. Ich nannte ihn selten so, aber wenn ich es tat, hatte es eine überwältigende Wirkung auf mich, und ich fühlte mich wie eine Sirene, die zum ersten Mal ihre Kleider auszieht.

»Sieh dich nur an«, flüsterte er bewundernd.

Ich senkte den Kopf und wurde rot. »Wir haben wirklich hart gearbeitet. Danke.«

»Wir? Ich habe nur dich gesehen. Waren da noch andere Leute?«, erwiderte er in nüchternem Ton. In seiner Stimme lag eine Spur von Besitzanspruch.

Bitte mich, mit dir auszugehen.

Sag mir, dass du ohne mich nicht leben kannst.

Dass ich nicht die Einzige bin, die das Gefühl hat, nur mit einem halben Herzen herumzulaufen.

Er schob die Hände in die Hosentaschen und trat von einem Fuß auf den anderen.

»Trinken wir nachher einen Kaffee zusammen? Rein freundschaftlich«, stellte er eilig klar.

Mir wurde schwer ums Herz. *Freundschaftlich.* Natürlich. Ich hatte ihm gesagt, dass ich mich nicht mit weniger als dem ganzen Paket zufriedengeben würde, und er war zu dem Schluss gekommen, dass ich es nicht wert war. Das war nur fair. Ich würde mich daran gewöhnen müssen. Ich durfte nichts von ihm verlangen, das er mir nicht geben konnte.

»Klar.« Ich brachte ein schwaches Lächeln zustande. »Kaffee klingt gut.«

»Ich hole dich in ein paar Stunden ab.«

Er drehte sich um und ging. Ich kehrte zurück auf die Bühne und bemerkte Tess' Blick. Sie sah elend aus. Meine Wangen wurden heiß, als mir klar wurde, dass sie unseren Wortwechsel gehört hatte.

Es heißt, wer hoch steigt, kann tief fallen.

Ich wartete sehnsüchtig auf den Aufprall von Wests Liebe zu mir, wenn sie endlich seine Dickköpfigkeit überwinden würde.

West

Rache und Karma hatten eins gemeinsam – sie waren Schlampen.

An diesem Tag würde ich beide bei Kade Appleton abliefern, verziert mit einer vergifteten Schleife.

Ich hatte versucht, seinem Kleiner-Schwanz-Syndrom entgegenzukommen. Ehrlich, ich hatte mir große Mühe gegeben. Ich hatte einiges auf mich genommen, um den Schaden in dieser Situation gering zu halten. Ich hatte die Zähne zusammengebissen und ihm seinen Moment in der Sonne gegönnt, aber jetzt war alles wieder offen.

Ich wollte sichergehen, dass er nie wieder eine Bedrohung für mich oder die Menschen, die ich liebte, sein konnte.

Zum einen, weil ich mich nicht mehr mit seinem Bullshit herumärgern wollte, zum anderen, weil ich meine Freundin zurückhaben wollte.

Dieses Mal würde sie sicher sein.

Vor ihm.

Vor *mir*.

Vor jedem, der ihr Böses wünschte.

Ich parkte meine kaputte Ducati vor Max' Haus. Christina war tagelang in der Werkstatt gewesen und sah immer noch übel aus.

Ich war noch nie bei Max gewesen. Tatsächlich wusste ich nicht mal, mit wem er zusammenwohnte. Angesichts der netten Bude im Craftsman-Stil und des gepflegten Rasens hätte ich gewettet, dass er bei seinen Eltern lebte. Traurig, denn dieser Umstand war ein weiteres Hindernis für seine Mission, endlich seine Jungfräulichkeit zu verlieren.

Welke Blätter knisterten unter meinen Boots, als ich auf die

Tür zuging. Max öffnete mit finsterem Gesicht und schaute über meine Schulter, ob ich Verstärkung mitgebracht hatte.

»Ist er da?« Ohne dass er mich dazu aufgefordert hätte, betrat ich das Haus.

Max nickte eilig. »Ich hab doch gesagt, ich kriege das hin.«

»Allein?«, hakte ich nach.

Er zog sein Hemd über seinen runden Bauch hinunter. »Ich bin doch nicht blöd. Ich hab keine Lust, mich von dir umbringen zu lassen.«

»Ersteres ist nicht wahr, und Letzteres ist immer noch verdammt wahrscheinlich.« Ich schlenderte in ein ordentliches Wohnzimmer voller geblümter Polstermöbel und mit Familienbildern, die bewiesen, dass Max nicht die einzige absolut unfickbare Person in dieser Familie war.

Kade hatte sich auf die Couch gefläzt. Er rauchte eine Kippe, sah sich die Wiederholung eines Footballspiels an und hatte eine Dose Bier auf dem Schoß.

»Hier stinkt's.« Er schnüffelte, ohne den Blick vom Bildschirm zu lösen.

Ich setzte mich in einen Sessel zu seiner Rechten und betrachtete ihn. Er zappelte, trommelte mit den Fingern auf der Bierdose herum. Ich bemerkte, dass sein rechtes Auge einen Tic hatte.

»Ich hab gehört, du warst im Krankenhaus.« Als er sich aufsetzte, spannte er demonstrativ die Muskeln an. »Aber dir scheint's ja wieder gut zu gehen.«

»Vielen Dank für die medizinische Einschätzung, Dr. Hohlkopf.«

Er nahm einen Schluck Bier und versuchte ruhig zu wirken, aber sein Knie zuckte, und seine Unterlippe zitterte. Er wusste genauso gut wie ich, dass ich ihn auf der Stelle zusammenschlagen und alles auf die einzig angemessene Art beenden konnte, wenn mir der Sinn danach stand. Ich war zweifellos der bessere Kämpfer. Tatsache war auch, dass ich den Kampf absichtlich verloren, er aber beschlossen hatte, mich trotzdem beinahe umzubringen – als Strafe dafür, dass ich besser war als er.

Ich starrte ihn wortlos an und sah zu, wie er nervös wurde.

»Warum hast du mich überhaupt hierher zitiert?«, fragte er verschnupft. »Für eine Entschuldigung?«

Max ließ sich neben ihm auf die Couch fallen und stützte das Kinn auf die Knie.

»Ich wollte nur darauf hinweisen, dass meine Eltern in ungefähr einer Stunde wieder hier sind, es wäre also ungünstig, wenn der Teppich mit Blut …«

»Dann spuck's lieber aus, St. Claire.« Kade löste den Blick vom Bildschirm und starrte mich an. »Du wolltest mich ohne unsere Jungs als Puffer treffen. Und das heißt: Was immer auch passiert, es bleibt unter uns. Sag mir, warum ich hier bin.«

Vielleicht war er gar nicht dumm wie ein Meter Feldweg, sondern nur blöd wie Brot. Auch nur ein Gegenstand, aber immerhin ein nützlicher.

»Ich will die Hälfte des Geldes aus dem Kampf … und das Versprechen, dass du nie wieder mich, meine Freunde oder meine Eltern belästigst und vor *allem* …« Ich hob die Stimme um eine Oktave an. Sie fuhr durch die Luft wie eine Klinge. »Nicht meine Freundin.«

Grace und ich waren zwar nicht zusammen, aber träumen war doch wohl erlaubt, oder?

Kade drehte den Kopf auf der Couch hin und her und lachte.

»Von meinem Geld kriegst du keinen Cent. Ich habe es auf faire Art gewonnen. Ich gebe dir mein Wort, dass ich deinem Mädchen nichts antun werde. Aber ich kann dir nicht versprechen, dass ich sie nicht anmachen werde. Geile Chick, die du da hast. Und wie man hört, ist sie neuerdings Single. Und wer weiß? Ich habe meinen Vertrag in Vegas verloren und wohne jetzt wieder hier. Eigentlich kann ich mir keine bessere Freizeitbeschäftigung vorstellen, als deine scharfe Ex zu vögeln.«

»Komm, Kade, lass es …«, setzte Max an, aber Appleton warf seine halb volle Bierdose quer durch den Raum auf den Fernseher. Die Flüssigkeit lief am Bildschirm hinunter, und der Schaum zischte auf dem Teppich.

»Halt dein Maul, wenn die Erwachsenen reden, Riviera.«

»I…ich …«, stotterte Max.

»Mach das sauber«, blaffte Kade. »Bier wollen Mr und Mrs Hässlich bestimmt genauso wenig wie Blut auf ihrem Teppich sehen.«

Ich umklammerte die Sessellehnen und spürte, wie sich mein Kiefer anspannte. Ich musste die Sache sauber durchziehen, auch wenn meine natürlichen Reflexe mir befahlen, den Scheißkerl umzubringen. Aber es wäre amateurhaft und meinem Ziel nicht zuträglich, mich von seinem Gehabe anstecken zu lassen.

»Vielleicht möchtest du dir das noch mal überlegen, Appleton«, sagte ich gelassen.

»Ach ja? Und warum?« Er musterte mich mit versteinerter Miene.

Ich holte mein Handy aus der Hosentasche, fand, wonach ich gesucht hatte, und hielt es ihm vors Gesicht. Zögernd beugte er sich vor und sah zu.

Es war ein Video von ihm und Shaun. Sie hetzten zwei Pitbulls aufeinander. Die Hunde bissen sich aneinander fest, und Kade und sein Manager feuerten sie an, lachten und schnitten Grimassen. Ein Kreis von Menschen stand um die blutenden

Hunde herum. Man konnte ihre Gesichter deutlich erkennen, und genauso deutlich war zu sehen, dass diese Arschlöcher keine Ahnung hatten, dass sie aufgenommen wurden.

Der eine Hund rammte seine Zähne in den Hals des anderen und verletzte ihn so schwer, dass das angegriffene Tier winselnd auf die Seite fiel und mit heftigen Zuckungen zu kämpfen hatte, während er verblutete. Was den siegreichen Hund nicht davon abhielt, sich immer wieder auf ihn zu stürzen.

Es war derart brutal, dass selbst ich abgestumpftes Arschloch es mir nicht ansehen konnte. Als Kades Ex-Freundin sich bereit erklärt hatte, mir diese Videos zu schicken, hatte ich ihr versprochen, dass ich seinen Hundekämpfen ein Ende setzen würde. Und das war ein Versprechen, das ich zu halten beabsichtigte. Tatsächlich hatte ich vor, von jetzt an jedes Versprechen zu halten, das ich jemandem gab.

»Wo hast du das her?« Appleton richtete sich auf und wirkte plötzlich hellwach. Er versuchte, mir das Handy aus der Hand zu reißen, aber ich schob es schnell wieder in die Hosentasche.

»Geht dich nichts an. Also, nur um das klarzustellen: Du arrangierst zusammen mit diesem Schwachkopf Shaun Hundekämpfe, obwohl du noch auf Bewährung bist, weil du deine Freundin verprügelt hast? Das sind verdammt viele Gesetzesverstöße. Schätze, deine Kampferfahrung wird im Gefängnis ziemlich nützlich für dich sein, es sei denn, es stört dich nicht, die Knastschlampe zu sein.«

»Ich mache so was nicht mehr …«

»Erspar mir den Bullshit. Ich habe die ganze Cloud voll mit Kopien dieser Videos. Die Aufnahmen sind alle frisch. Das ist dein neuer Job, weil du ja nicht mehr in den Ring steigen kannst. Und jetzt hör mir gut zu, denn sonst sorge ich dafür, dass du die Dinger heute Abend bei YouTube findest, und der Sheriff bekommt sie auch auf den Tisch. Ich sage es noch einmal: Ich will die Hälfte des Geldes aus dem Kampf und das Versprechen, dass du meinen Leuten nicht zu nahe kommst. Niemals. Und das gilt besonders für Grace Shaw. Wenn mir zu Ohren kommen sollte, dass du auch nur in ihre Richtung gefurzt hast, bringe ich dich sechsundzwanzigmal um, einmal für jedes Lebensjahr. Habe ich mich klar ausgedrückt?«

Sein Adamsapfel hüpfte auf und ab, und sein Kiefer mahlte. Keine Ahnung, wovon er high gewesen war, jetzt hatte das Zeug sein System jedenfalls verlassen. Er war bei klarem Verstand und kapierte genau, wie groß der Haufen Mist war, den ich ihm vor die Füße geworfen hatte.

»Ich meine es ernst«, knurrte ich. »Ich habe diesen einen Kampf absichtlich verloren. Weiter werde ich nicht gehen. Wenn du sie belästigst, bringe ich dich um.«

»Gut, aber dann will ich diese Videos zurück.« Er stach mit dem Finger auf den Tisch ein.

Wusste dieser Idiot denn nicht, wie das Internet funktioniert?

»Ich behalte die Videos als Garantie«, sagte ich geradeheraus.

»Woher weiß ich, dass du mich nicht verarschst?«

»Erstens, weil ich Wort halte.« Jedenfalls hatte ich das vor. Bisher war ich im Halten von Versprechen ziemlich schlecht gewesen, aber das würde sich ändern. »Und zweitens will ich nicht, dass deine Tochter mit einem Daddy aufwächst, der im Knast sitzt, obwohl du genau dahin gehörst. Wenn ich hier also mit dem Versprechen weggehe, dass du dir einen ordentlichen Job suchst, mit den Hundekämpfen aufhörst, deine Ex unterstützt und mich und die Meinen in Ruhe lässt, haben wir einen Deal.«

Ich hörte mich an wie die Moralpolizei, aber Tatsache war:

Würde alles aufgedeckt, was in den letzten Jahren im Plaza gelaufen war, würde uns das alle in Teufels Küche bringen, und in meinem tiefsten Inneren glaubte ich an zweite Chancen.

Ich traute Kade Appleton nicht. Aber dafür hatte ich Max. Er würde ein Auge auf ihn haben. Dafür sorgen, dass er seinen Teil der Abmachung einhielt.

Kade wandte den Blick ab. »Na gut. *Fuck.*«

»Ich erwarte das Geld innerhalb der nächsten zwölf Stunden in meinem Briefkasten. Ach ja, und noch etwas, Kade.«

Ich stand auf. Zögernd wandte er den Kopf, um mich anzusehen. Mein Mund zuckte.

»Ich meine das absolut ernst. Wenn ich höre, dass dein Name im Zusammenhang mit einem Hundekampf fällt, oder wenn du auch nur in die Nähe meiner Leute kommst, dann bringe ich dich um. Und auch das ist ein Versprechen, das ich halten werde.«

Grace

West und ich gingen in dieser Woche an jedem Tag Kaffee trinken. Immer an demselben Ort – dem kleinen Diner am Rand der Stadt, wo Grams an jenem Abend hingegangen war, an dem er mir geholfen hatte.

Sie hatten dort nicht mal meine Sorte Kaffee. Ich bevorzugte Cappuccino, aber der stand nicht auf der Karte. Ich sah, dass auch West seinen Filterkaffee nicht anrührte. Wir hielten uns nur an unseren Tassen fest und redeten.

Wir redeten über alles, außer über uns.

Darüber, dass seine Eltern ihn schwören ließen, nicht mehr zu kämpfen, und dass er zugestimmt hatte und dieses Mal Wort halten wollte.

Über meinen bevorstehenden Besuch bei Grams am Samstag. Wie sie sich allmählich an das Pflegeheim gewöhnte, auch wenn sie gelegentlich noch ein Tief hatte. Es war ein harter Kampf gewesen, sie zur Computertomografie zu bewegen, aber Schwester Aimee hatte mich angerufen und mir erzählt, dass Grams am Ende dermaßen erschöpft gewesen war, dass sie um sieben Uhr ins Bett gegangen und am nächsten Morgen wie neugeboren aufgewacht war und mit Ethel im Frühstücksraum gesungen hatte.

Sie wurde jetzt medikamentös eingestellt, und obwohl es etwas dauern würde, bis die richtigen Medikamente und die richtige Dosis für sie gefunden waren, war es immerhin ein Anfang.

Ich liebte es, Zeit mit West zu verbringen. Wir redeten und lachten und bauten wieder auf, was an jenem Tag in der Cafeteria zerbrochen war. Und es war nicht nur unser täglicher Kaffee, der mein Herz wieder zusammensetzte. West hatte es sich zur Gewohnheit gemacht, mich jeden Tag von zu Hause zum Unterricht abzuholen – auch wenn unsere Stundenpläne voneinander abwichen –, und er wartete nach meinen Kursen auf mich.

Der neue Theatersaal war endlich fertig, und wir verlegten unsere letzte Probe in den großen Neubau.

West trug meinen Rucksack und lachte über meine Witze, sogar, wenn sie nicht witzig waren. Sobald ich in der Cafeteria auftauchte und mich neben Karlie setzte, erschien er plötzlich wie aus dem Nichts und gesellte sich zu uns. Es schien ihm nicht einmal etwas auszumachen, wenn wir nur über Neunzigerjahre-Fernsehserien redeten. Er war damit zufrieden, Zeit mit mir zu verbringen.

Es war süß.

Und romantisch.

Und ich hätte ihn dafür am liebsten umgebracht.

»Ich möchte ihn erwürgen«, gestand ich Karlie am Tag vor der Premiere von *Endstation Sehnsucht*. Das wollte ich tatsächlich. Mit Leib und Seele. Was paradox war, weil ich dermaßen ausgerastet war, als Kade Appleton ihn beinahe getötet hätte.

»Drück dich mal ein bisschen genauer aus. Ich bin zwar nicht gerade sein größter Fan, aber in letzter Zeit hat er doch wirklich keinen Mist mehr gebaut. Jedenfalls nichts, was einen Mord rechtfertigen würde.« Karlie blätterte sich durch ein Lehrbuch und markierte, was das Zeug hielt.

Ich ließ mich neben ihr aufs Bett fallen und pustete mir eine Haarsträhne aus dem Gesicht. Ich trug keine Baseball-Mützen mehr. Schminkte mich nur noch dezent. Es fühlte sich sehr befreiend an, tat sowohl meiner Körpertemperatur als auch meiner Kopfhaut gut.

»Er benimmt sich wie der perfekte feste Freund«, stöhnte ich.

»Oh Gott!« Karlie tat, als müsste sie würgen. »Wie kann er nur? Dieser Scheißkerl!«

»Aber er ist nicht mein fester Freund. Er hat mich nicht gefragt, ob ich mit ihm ausgehe. Seit er aus dem Krankenhaus entlassen wurde, haben wir nicht über unsere Beziehung gesprochen. Es ist nur … platonisch.«

Das Wort hinterließ einen bitteren Geschmack in meinem Mund. Ich bedauerte nicht die Tatsache, dass wir Schluss gemacht hatten. Aber ich fragte mich, warum er darauf bestand, Zeit mit mir zu verbringen, ohne etwas zu unternehmen, damit mehr daraus wurde. Der Ball lag jetzt in seiner Hälfte. Er war derjenige, der herausfinden musste, ob er bereit für diese Bindung war, und das hatte ich ihm im Krankenhaus klargemacht.

»Vielleicht geht er es langsam an. Er hat es immerhin gründlich vermasselt, als ihr zusammen wart«, überlegte Karlie laut, steckte die Kappe auf ihren gelben Textmarker und holte einen grünen heraus. Sie hatte ein Markierungssystem, dass ihre Lehrbücher wie einen Regenbogen aussehen ließ.

»Vielleicht versucht er nur, sich mit mir zu versöhnen. Vielleicht bedeutet das alles nur, dass er nett zu mir ist, bevor er seinen Abschluss macht und wegzieht.«

Es war Wests letztes Semester. Grundsätzlich konnte er Sheridan bereits nächsten Monat verlassen. Es gab nichts, was ihn hier noch hielt.

Bei dem Gedanken brach mir der kalte Schweiß aus.

Karlie bemerkte es, klappte ihr Lehrbuch zu, rutschte zu mir herüber und legte mir einen Arm um die Schultern.

»Verdammt, du liebst ihn wirklich, Shaw, oder?«

Ich schloss die Augen und nickte.

»Ich weiß nicht, was ich machen soll, Karlie«, flüsterte ich. »Ich kann nicht aus der Gegend um Austin wegziehen. Grams ist hier. Aber einfach zusehen, wie er verschwindet …« Ich atmete ein, ohne genug Luft in die Lunge zu bekommen. »Sein Abschied wird mein Ende sein.«

Karlie streichelte meinen Arm und stützte das Kinn auf meine Schulter.

»Tut mir leid, Gracie-Mae. Das hat man davon, wenn man mit dem Feuer spielt.«

26. KAPITEL

Grace

Am Morgen der großen Premiere weckte mich eine Textnachricht von West.

West: Sieh mal vor deiner Tür nach. Wir sehen uns heute Abend (ich habe einen Platz in der ersten Reihe).

Noch schwindelig tappte ich barfuß zur Tür und öffnete sie. Davor stand ein großer Korb mit Gebäck, frisch gekochtem Kaffee und Blumen. Ich hatte keine Ahnung, wo er das aufgetrieben hatte. In Sheridan gab es so etwas bestimmt nicht zu kaufen. Entweder hatte er es aus einer Nachbarstadt liefern lassen oder alles selbst gemacht. Ich trug den Korb ins Haus, stellte ihn auf den Küchentisch und sah, dass mehrere Karten darin steckten.

Ich nahm die erste Karte heraus.

Ich bin so stolz auf dich, Süße.
Damals. Jetzt. Immer.
Dein Fan Nummer eins.
Marla

Ich drehte die Karte um. Auf der Vorderseite befand sich ein Foto von Marla. Sie lächelte in die Kamera und hatte ihre beiden Enkelkinder auf dem Schoß; im Hintergrund waren Palmen und der Ozean zu sehen. Ich lächelte. Es ging ihr in Florida offensichtlich sehr gut.

Ich holte die zweite Karte heraus.

Du hast den Flammenring abgelegt und
wurdest zu deiner eigenen Flamme.
Danke, dass du mir gezeigt hast, was Stärke ist.
Karlie

Ich drehte die Karte um. Es war ein Bild von uns beiden, wie wir uns umarmten und in die Kamera lächelten. Was ich daran besonders liebte, war die Tatsache, dass dieses Foto *nach* dem Feuer gemacht worden war. Tatsächlich war es das einzige Bild mit Karlie, seitdem ich von Narben entstellt war. Ich trug meine alte graue Baseball-Mütze. Ich wusste, warum Karlie dieses Foto gewählt hatte. Es war vor dem Upgrade zu meiner aktuellen Version mein neues Ich gewesen.

Ja, ich hatte Narben und sah anders aus als andere Menschen, aber ich war genauso viel wert.

Ich nahm die nächste Karte.

Vivien Leigh ist nichts gegen dich.
#MachSieHeuteAbendFertig!
Tess

Und noch eine.

Viel Glück heute Abend, Grace.
Ihr Freund weiß wirklich, was eine große Geste ist.
Die Wirklichkeit wird überbewertet. Sagen Sie ja zur Magie.
Professor McGraw

Meine Tränen und meine Freude vermischten sich. Ich wischte mir Gesicht und Nase ab und fing unbändig an zu lachen.

Bin stolz auf dich, Shaw.
(Nur fürs Protokoll: Dass du schauspielern kannst,
wusste ich seit dem Tag, an dem so getan hast,
als wärst du an mir interessiert, um es
dem Arschloch St. Claire heimzuzahlen).
Easton

Und auch diese überraschende Karte:

Grace,
tut mir leid, dass ich ein Idiot war.
Danke, dass du keine Idiotin warst.
Reign

Eine Karte war noch übrig. Die Karte, auf die ich gewartet hatte. Ich holte sie zwischen den Croissants, Muffins und Keksen hervor.

Ich würde für dich durchs Feuer gehen.
Ich liebe dich.
Deine alte Flamme

Ich drehte die Karte um. Es war ein Bild von mir, das ich auf den ersten Blick nicht erkannt hatte. Vielleicht, weil ich nicht mitbekommen hatte, wie er es aufnahm. Wir waren im Food Truck. Ich trug meine rosa Baseball-Cap, lachte mit geschlossenen Augen, hielt eine Frozen Margarita in der Hand und biss in den Strohhalm.

Ich erinnerte mich an diesen Moment. Er hatte auf dem

Boden gelegen und zu mir aufgesehen, als würde er die Sterne beobachten. Ich hatte mich wunderschön gefühlt. Strahlend. Lebendig.

Warum hast du Schluss mit ihm gemacht? Was hast du nur getan?

Ich wusch mir über der Küchenspüle das Gesicht, schlüpfte rasch in etwas Bequemes und stieg in meinen Pick-up. Es war die letzte Probe vor dem großen Abend. Die Vorstellung war ausverkauft, und Professor McGraw und Finlay standen am Rand eines Nervenzusammenbruchs.

Die Probe verlief problemlos, und als wir nach Hause fuhren, um zu duschen und uns fertig zu machen, wartete vor der Tür ein weiterer Korb auf mich. Diesmal war er mit Gerichten bestückt, die schrecklich aussahen und auch so schmeckten, darum dachte ich mir, dass West sich wahrscheinlich selbst als Koch versucht hatte. Diesmal gab es nur eine Karte.

Habe was Neues versucht.
War nicht sehr erfolgreich.
Habe dir aber Pizza bestellt.
Ich liebe dich.
West

»Nicht gucken. Das bringt Pech.« Tess gab mir einen Klaps auf den Po, als sie im Backstage-Bereich an mir vorüberging. Aber ich hörte nicht auf sie. Ich schob mein Gesicht zwischen den Vorhängen hindurch und sah mich um. Die Aula war voller Menschen. Ausverkauft. Neunzig Prozent der Gesichter kannte ich nicht. Wahrscheinlich Auswärtige, die das Stück genießen wollten. Aber die erste Reihe war von Mitarbeitern der Sheridan University einschließlich Professor McGraw besetzt. Da waren Leute, mit denen ich zur Highschool und zur

Middle School gegangen war. Sie alle würden in wenigen Minuten mein neues Gesicht sehen.

Mein wahres Gesicht.

Mein *vernarbtes* Gesicht.

Merkwürdigerweise war ich darauf vorbereitet.

Worauf ich nicht vorbereitet war, war Wests offensichtliche Abwesenheit. Er war nirgendwo zu sehen.

Tess schob ihr Gesicht hinter den roten Vorhängen neben meines und schmollte. »Ernsthaft, Grace, wonach suchst du?«

»West ist nicht da«, krächzte ich. Sie zog mich an meinem Kostüm nach hinten.

»Er kommt bestimmt gleich. Reign hat gesagt, dass er Karten gekauft hat.«

»Karten? Plural?«

Sie zuckte mit den Achseln. »Ja. Einen ganzen Haufen. Wahrscheinlich bringt er East Braun mit, sein ewiges Date, und ich weiß, dass Reign auch kommt.«

Ich lachte, wurde aber schnell wieder ernst. »Er hat die Karten doch nicht gekauft, um das Stück zu unterstützen, oder?«

Tess starrte mich an, als wäre ich verrückt. »Dieses Stück ist der Hammer. Wir brauchen keine Hilfe. Er hat die Karten gekauft, weil er mit dir angeben will, Dummchen.«

Als ich kurz davor war, den Verstand zu verlieren, weil West nicht da war, fing das Stück an, und ich musste meine Ängste beiseiteschieben, um mich auf meine Rolle der Blanche zu konzentrieren. Es fiel mir überraschend leicht. Ich hatte ganz vergessen, wie sehr ich es liebte, beobachtet zu werden. Wie süchtig machend die Reaktionen der Leute auf das waren, was auf der Bühne vor sich ging.

Jedes Lachen, Keuchen und Klatschen des Publikums ging mir direkt ins Blut und trieb mich an.

Während meiner zweiten Szene öffnete sich die Doppeltür der Aula, und West kam herein. Er sah großartig aus in seinem Smoking, und sein Date hing an seinem eingegipsten Arm.

Es war nicht Easton Braun.

Es war Großmutter Savvy.

Schwester Aimee folgte ihnen dichtauf mit Easton Braun am Arm. Er war ihr Date.

Danach kam Marla, die extra aus Florida angereist war und von Reign begleitet wurde.

Das Herz schlug mir bis zum Hals, während ich meinen Text aufsagte, mich bewegte und all das tat, was Blanche tat. Aus dem Augenwinkel sah ich, wie sie alle in der ersten Reihe Platz nahmen. Großmutter Savvy trug ihr geliebtes Paillettenkleid. Sie winkte mir mit einem strahlenden Lächeln zu.

Sie erkennt mich.

West zwinkerte mir mit einem angedeuteten Lächeln zu und ließ der Geste einen kurzen anerkennenden Blick folgen, um mir zu zeigen, dass ihm das Nachthemd, das ich trug, gefiel – und dass er definitiv vorhatte, es mir am Ende des Abends vom Leib zu reißen. Als meine Szene zu Ende war, platzte ich beinahe vor Glück. Noch nie im Leben hatte ich mich so sehr gefreut.

Der Rest der Vorstellung verlief reibungslos.

Ich war ein Phönix, der in die Luft stieg, immer weiter fort von der Asche, unter der ich jahrelang begraben gewesen war.

Ich wusste, dass ich nie vergessen würde, wie sie sich auf meinen Schwingen angefühlt hatte.

Aber ich wusste auch, dass ich mich nie wieder von ihr auf den Boden drücken lassen würde.

Und ich steige höher und immer höher.

West

Nach dem Ende der Vorstellung jubelte die Menschenmenge volle zehn Minuten lang.

Immer, wenn ich glaubte, das Klatschen und Pfeifen würde verebben, setzte eine neue Welle ein. Einerseits wäre ich vor Stolz beinahe geplatzt, weil Grace dem Stück ihren Stempel aufgedrückt und Aidan und Tess an die Wand gespielt hatte. Andererseits wollte ich den nächsten Teil hinter mich bringen, auf den ich seit meiner Entlassung aus dem Krankenhaus hingearbeitet hatte.

»Die da drüben ist meine Enkelin, Gracie-Mae!«, rief Grams Aimee ins Ohr, hörte auf zu klatschen und deutete auf Grace.

Aimee applaudierte weiter. »Ich weiß. Sie war großartig.«

»Blitzgescheit und schön wie ein Engel. Dieses Mädchen ist gesegnet.«

Nach und nach verließen die Mitwirkenden die Bühne.

Professor McGraw betrat die Bühne mit einem Mikrofon in der Hand, tippte Grace auf die Schulter und bedeutete ihr, noch zu bleiben.

Gleich kommt das verdammte Nichts, Tex, begleitet von seinem Freund, der öffentlichen Demütigung.

Sie flüsterten kurz miteinander, dann wandte sich McGraw an die Zuschauer.

»Vielen Dank, dass Sie heute gekommen sind und unsere Aufführung von *Endstation Sehnsucht*, dem amerikanischen Klassiker von Tennessee Williams, besucht haben.« Sie zählte den Regisseur, den Produzenten und die Darsteller auf und kam dann endlich zur Sache.

»Ein Student hat mich gebeten, jetzt, da die Aufführung vorbei ist, eine Botschaft weiterzugeben, die in diesen Tagen vermutlich für jeden von uns von Bedeutung ist. Ich glaube unbeirrbar daran, dass das Theater ein Ort ist, der zu tiefen Gedanken und Gefühlen anregt. Und nachdem ich mir angehört habe, was dieser Student zu sagen hat, glaube ich, dass er diese Art von Gefühlen in Ihnen auslösen wird. Es handelt sich um eine Demonstration von Mut, Tapferkeit und Herz und damit um eine Aufführung wie die, an der Sie sich soeben erfreuen durften. Deshalb möchte ich nun ohne weitere Umstände West St. Claire auf die Bühne bitten.«

Meine Füße setzten sich in Bewegung, während ich den Beifall um mich herum ausblendete. Ich blickte zu Grace hinüber und sah die Verwirrung in ihren Augen. Der Zweifel hob sein hässliches Haupt. Würde ich mich gleich komplett zum Idioten machen?

Sie wollte den perfekten Freund. Große Gesten, die ihr das Gefühl geben, schön zu sein. Wenn das hier nicht funktioniert, werfe ich wahrscheinlich endgültig das Handtuch.

Zehn Sekunden später stand ich auf der Bühne. Professor McGraw reichte mir das Mikrofon und drückte meine Schulter. »Zeig's ihnen, Junge.«

Ich stand vor Texas. Sie sah mich blinzelnd an und wartete auf eine Erklärung für diese merkwürdige Szene. Ich wandte mich von ihr ab und direkt ans Publikum.

»Vor Beginn dieses Semesters kannte ich das Stück *Endstation Sehnsucht* noch nicht. Soll ich ehrlich sein? Ich verstehe überhaupt nichts von Kunstwerken, in denen weder Explosionen noch Megan Fox vorkommen.«

Das brachte mir Gekicher und verhaltenes Johlen von den Männern ein. Kein allzu anspruchsvolles Publikum also. Das kam mir entgegen.

»Aber dann arbeitete Grace Shaw, das Mädchen da drüben, als Bühnenassistentin bei diesem Stück mit. Ich interessierte mich für sie, und sie interessierte sich für das Stück, also beschloss ich, es zu lesen. Ich wollte wissen, was sie an *Endstation Sehnsucht* so faszinierte. Und ich habe es verstanden. Wirklich. Was Tennessee Williams hier zu sagen versucht. Den sehnlichen Wunsch, einen Ort – irgendeinen Ort – Heimat zu nennen. Ich bin kein Literaturexperte, aber was mir daran gefällt, ist der Gedanke, dass wir alle manchmal auf einer dunklen Straße zu wandeln glauben und gar nicht merken, dass unsere Augen geschlossen sind. Bis ein kleiner Lichtstrahl die Dunkelheit durchbricht.«

Ich holte tief Luft und kam zur Pointe.

»Ich habe die letzten Jahre damit verbracht, in der Dunkelheit von zu Hause wegzulaufen. Nicht buchstäblich – ich war immer hier, in Sheridan. Aber ich wollte nicht zu einem Ort gehören, den ich mit einem einzigen dummen Fehler zerstört hatte. Und dann begegnete ich Grace Shaw. Sie hat mein Leben auf den Kopf gestellt. Wer behauptete, so etwas sei angenehm, hat es noch nicht selbst erlebt. Es war brutal.« Ich schüttelte den Kopf.

Das brachte alle zum Lachen, Texas eingeschlossen. Sie hielt sich die Seite und kicherte hinter vorgehaltener Hand. Ein gutes Zeichen. Ermutigend. Vielleicht war diese Rede ja doch keine totale Pleite.

»Ich glaube, ich habe mich in sie verliebt, weil wir bei jedem Zusammensein gegenseitig unsere Mauern eingerissen haben. Es war gnadenlos. Sie hat mir den Spiegel vorgehalten. Und ich ihr. Wir haben das Beste und das Schlechteste voneinander gesehen. Wir brachten einander dazu, uns unseren Ängsten, Unsicherheiten und unserer Einsamkeit zu stellen. Und am Ende war ich so vollkommen, lächerlich und erbärmlich in sie verliebt, dass ich nicht mehr geradeaus denken konnte. Ich habe es versaut. Und zwar richtig.«

Jetzt kam der schwere Teil. Der Teil, bei dem ich etwas bekennen musste. Es war der Teil, den ich hasste. Ich drehte mich um und sah sie an. Ihr Blick war suchend, ihre Haltung entspannt.

»Es tut mir leid, dass ich dir weniger gegeben habe, als du verdient hast, Tex, aber ich fürchte, ich kann dich nicht einfach so gehen lassen. Weißt du, das mit uns ist zu gut und zu selten, um es aufzugeben. In der Cafeteria habe ich gesagt, dass du nicht meine Freundin bist, und das warst du auch nicht.« Ich hielt inne und sah, wie sich ihr Gesicht erneut vor Schreck verzerrte. »Du warst mein *Ein und Alles*, Baby, und das bist du immer noch. Du wolltest, dass ich dir das Gefühl gebe, schön zu sein, aber tatsächlich gibt es auf dieser gottverdammten Welt niemanden, der auch nur halb so schön ist wie du. Bitte …«

Meine Stimme brach, und ich ging vor ihr auf die Knie, wie ich es schon lange vorgehabt hatte.

»Bitte brich mir nicht das Herz, nachdem du es gerade erst repariert hast.«

Die Spannung in der Aula ließ sich beinahe mit Händen greifen, und alle hielten die Luft an. Ich war mir ziemlich sicher, dass jede Sekunde, die ohne Reaktion von ihr verging, mich ein ganzes Jahr meines Lebens kosten würde. Silberstreif am Horizont: Nach einer Minute würde ich tot umfallen und müsste nicht Zeuge meiner eigenen, sehr öffentlichen Schande werden.

Endlich fand Grace ihre Stimme wieder. »Steh auf, St. Claire«, flüsterte sie. »Ein König verbeugt sich nicht vor anderen.«

Ich stand auf und hob sie hoch, bot den Leuten etwas, worüber sie in dieser gottvergessenen Stadt noch Jahre später reden würden. Ich drückte ihr einen Kuss auf die Lippen und sagte: »Nur vor seiner Königin.«

EPILOG

Grace

Drei Jahre später

»Meine Damen und Herren, bitte einen Applaus für die Mitwirkenden von *König Lear*!«

Hand in Hand mit meinen Schauspielkollegen trete ich vor und verbeuge mich. Ich stehe im Scheinwerferlicht, die hellen Strahlen treffen auf meine Gestalt. Das Publikum hat während der Aufführung zweifelsohne meine Narben gesehen.

Es ist mir egal. Ich konzentriere mich darauf, meinen ersten bezahlten Auftritt als Schauspielerin am Paramount Theater von Austin zu feiern. Es ist nur eine kleine Rolle, aber sie wird meine Rechnungen bezahlen und noch ein bisschen mehr.

Ich bin eine professionelle Schauspielerin.

Ich tue, was ich liebe.

Wozu ich *geboren* wurde. Selbst wenn ich eine Sekunde lang versucht hatte, mich davon zu überzeugen, dass es nicht stimmte. Dass ich es nicht schaffen würde.

Als ich mich zum dritten Mal verbeuge, entdecke ich ihn in der dritten Reihe. Er applaudiert und pfeift.

Die Liebe meines Lebens. Der Mann, der mich nie aufgegeben hat, lange nachdem ich mich selbst aufgegeben hatte. Easton sitzt neben ihm mit Lillian, seiner Freundin. Und ... ist das dort Karlie? Was macht sie hier? Eigentlich sollte sie in DC sein, wo sie ein prestigeträchtiges Praktikum bei einer Zeitung ergattert hat.

Ich kann nichts dagegen tun. Ein Lächeln breitet sich in meinem Gesicht aus. Ich werfe ihnen einen schnellen Kuss zu und senke wieder den Kopf, weil ich weiß, dass ich unter der Schminke knallrot geworden bin.

Der Applaus verebbt, und alle Schauspieler gehen hinter die Bühne, wo sie sich gegenseitig gratulieren und sich umarmen. Ich schlüpfe in die Garderobe und ziehe wieder meine normale Kleidung an – keine Hoodies mehr. Eine enge Jeans und ein kurzärmeliges Shirt reichen. Wir gehen mit dem Ensemble noch etwas trinken, aber ich hoffe, dass ich die erste Runde allein mit meinem Freund, mit Easton, Karlie und Lillian trinken kann.

Seit ich nach dem Abschluss nach Austin gezogen bin, verbringen West und ich viel Zeit mit Lillian und Easton. West ist als Erster umgezogen, weil er seinen Abschluss vor mir hatte. Er und Easton haben zusammen ein Gym aufgemacht. Sie sind super erfolgreich und kommen gerade richtig in Fahrt. Lillian ist ihre Assistentin, und sie hat sich mit Easton sofort verstanden.

Ich kann immer noch nicht glauben, wie reibungslos alles gelaufen ist.

West ist in Texas geblieben. Seine Mietwohnung ist nur eine Viertelstunde von Grams' Pflegeheim entfernt. Als ich auf meinen Abschluss zusteuerte, habe ich unter der Woche in Sheridan studiert und die Wochenenden mit ihm verbracht. Anfang dieses Jahres bin ich bei ihm eingezogen – am Tag nach meinem Abschluss.

So schnell ich kann, verlasse ich die Garderobe. Meine Freunde warten draußen vor dem Backstage-Bereich auf mich. Näher lässt die Security niemanden an die Schauspieler heran.

»Karlie!« Ich stürze mich auf meine beste Freundin. Wir umarmen uns und wirbeln einander kichernd herum. Wir brauchen eine ganze Minute, bis wir uns wieder einkriegen, dabei war Karlie keine vier Monate weg.

»Wo bleibt mein Dank? Ich war es, der sie in den ersten Flug von DC nach Austin gesetzt hat«, knurrt West hinter ihrem Rücken, und ich unterbreche meine millionste Umarmung mit Karlie, um auch ihn anzuspringen. Ich bedecke sein Gesicht mit feuchten Küssen.

»Sorry! Danke, danke, danke.«

»Dankbarkeit zeigt man am besten durch Taten.«

Ich verdrehe die Augen und tätschele ihm die Brust. »Du bekommst deinen Lohn später am Abend.«

»Na also, geht doch.« East klatscht West ab.

Lillian und ich wechseln entnervte Blicke und fangen an zu lachen. Mein Freund nimmt mich bei der Hand, wir strömen alle hinaus in den wunderschönen Sommerabend und machen uns auf den Weg zu einer Bar. Mir fällt auf, dass Wests Schritte sehr langsam sind. Karlie marschiert zügig neben Easton und Lillian, ein paar Meter von uns entfernt. Wir hängen ziemlich zurück.

»Was ist nur mit ihnen los?« Ich lache nervös. »Sie rennen, und wir schleichen hinterher.«

»Das nennt man ›anderen Leuten Raum lassen‹.« Wests Stimme klingt angespannt. Das ist nicht der West, den ich seit drei Jahren kenne. Der unbeschwerte Kerl, an den ich mich gewöhnt habe. Der Mann, der er war, bevor das Unglück mit Aubrey passierte. Dieser Mann tauchte wieder auf, als wir zusammenkamen – dieses Mal richtig –, und ich habe mich noch heftiger in ihn verliebt.

»Wir brauchen Raum?«, fragte ich. »Geht es darum, wo wir Weihnachten verbringen? Ich habe dir doch schon gesagt, dass ich einverstanden bin, wenn wir Weihnachten bei deinen Eltern verbringen und Neujahr bei Grams.«

So haben wir es jedenfalls in den letzten Jahren gemacht. Grams' geistige Fähigkeiten haben im Lauf der Jahre so sehr nachgelassen, dass sie mich inzwischen nicht mehr erkennt. Aber sie ist so zufrieden, wie sie nur sein kann, und ich habe es mir zur Gewohnheit gemacht, sie einmal pro Woche zu besuchen. Das ist nicht ideal, aber ich kann damit leben – ich tue mein Bestes für jemanden, auch wenn die Situation nicht perfekt ist.

Unglücklicherweise macht es für Grams keinen Unterschied, wo ich Weihnachten verbringe, aber ich tue trotzdem, was ich kann, um sie zu unterhalten, mit ihr zu reden und ihre Hand zu halten.

»Es geht nicht um Weihnachten.« West schüttelt den Kopf. »Ich muss dir etwas sagen.«

»Okay.«

»Ich habe mich mit einer anderen getroffen.«

Ich bleibe stehen und sehe ihm direkt in die Augen. Ich kann es nicht glauben. Nicht, dass ich mich weigere, es zu glauben – ich kann es mir einfach nicht vorstellen. Trotz all seiner Fehler ist er der loyalste Mann, den ich jemals getroffen habe. Ich lege den Kopf schief und sehe ihn an.

»Ist das wahr?«

»Ich fürchte, ja.«

»Und wie ist sie so?« Ich lasse ihm seinen Spaß. Es gefällt mir, dass Eifersucht zwischen uns kein Ding mehr ist. Das erste halbe Jahr unserer Beziehung hatten mich hysterische Ängste gequält, er könnte mit Tess oder Melanie abhauen, dabei war ich tatsächlich die einzige Frau, die ihn verrückt machte. Unsere Freunde sind bereits um die nächste Ecke gebogen und außer Hörweite.

»Sie ist großartig. Sehr aufmerksam, klug, intelligent …«, fährt er fort und sucht in meinem Gesicht nach Zeichen von Verärgerung. Er findet keine. »Aber ich habe Schluss gemacht, nachdem ich von ihr bekommen habe, was ich wollte.«

»Und das wäre?« Ich zog eine Braue hoch.

Er kniet sich vor mich hin und holt etwas aus seiner Tasche. Eine kleine viereckige Schachtel, die er nun vor mir öffnet. Mir ist bewusst, dass die Leute um uns herum stehen geblieben sind und wie gebannt zusehen.

»Sie ist Juwelierin und hat mir geholfen, das hier anzufertigen. Ich hoffe, es gefällt dir.«

Ich werfe einen Blick in die Schachtel. Es ist ein Ring.

Nicht irgendein Ring.

Ein Flammenring.

Ein flammender Ring, der völlig anders ist als der, den meine Mutter mir hinterlassen hat. Dieser hier ist aus reinem Weißgold mit einem glitzernden Rubin in der Mitte. Ich berühre ihn, und mir stockt der Atem. Er ist exquisit. Und was noch beeindruckender ist – er entspricht mir total.

»Ich … das ist …«

West holt den Ring heraus und steckt ihn mir an den Finger.

»Vor drei Jahren war ich in einem College-Theater und habe dich bei deinem Debüt brillieren sehen. Jetzt spielst du bei den Großen mit, und weißt du was? Ich habe nie daran gezweifelt. Ich will den Rest meines Lebens mit dir verbringen, denn alles vor dir war reine Zeitverschwendung. Du ergänzt mich nicht nur, Grace Shaw. Du machst mich zu einem besseren Menschen.« Er atmet kurz durch und schüttelt den Kopf. »Verdammt, das ist ja der Klischeespruch des Jahrhunderts. Falls es das besser macht: Ich habe mir alles selbst ausgedacht. Ich habe kein einziges Mal zur Inspiration bei Pinterest nachgesehen, wie East mir vorgeschlagen hat.«

»Leck mich, St. Claire. Bei Pinterest gibt es coole Ideen!«, höre ich Easton an der Straßenecke neben einem roten Ziegelgebäude rufen. Ich kichere, bekomme vor Aufregung Schluckauf. Sie verstecken sich alle hinter der Ecke und warten auf meine Antwort.

»Was sagst du, Tex? Wollen wir zusammen durchs Feuer gehen?«

Ich nicke und ziehe an seiner Hand, damit er wieder aufsteht.

»Ich kann mir niemanden vorstellen, mit dem ich den Rest meines Lebens lieber verbringen möchte.«

Wir besiegeln den Deal mit einem Kuss. Ich lege die Arme um ihn, ergebe mich ganz dem Moment. Der Kuss ist intensiv, süß und fordernd, aber bevor er für diese belebte Straße zu heiß wird, löst West sich von mir und streichelt meinen Rücken.

»*Holy Shit*, Tex.« Er grinst von oben auf mich herab. »Wenn man bedenkt, dass alles mit einem Paar Ballettschuhen angefangen hat, die ich auf die Treppe eines Food Trucks gestellt habe, nur um dich zu ärgern!«

»Und wenn man bedenkt, dass ich behauptet habe, sie wäre dumm genug, sich in dich zu verlieben!« Karlie kommt hinter der Ecke hervor und stolziert breit grinsend auf uns zu. Sie stürzt sich auf mich und quietscht vor Aufregung.

»Und wenn man bedenkt, dass ich Grace auf ein Date einladen musste, damit West endlich seinen Arsch hochkriegt!« Easton springt West lachend auf den Rücken.

»Und wenn man bedenkt ...« Lillian zögert, zieht die Augenbrauen zusammen und denkt nach. »Na super, mir fällt nichts ein. Vor drei Jahren kannte ich euch alle noch nicht.«

Wir brechen in Gelächter aus, und wenig später applaudiert uns die ganze Straße.

Ich lasse mir mein Glück nicht von der Tatsache trüben, dass Grams nicht hier ist, um sich mit uns zu freuen.

Ich umarme es einfach. Stürze mich kopfüber ins Glück. Erteile mir selbst die Erlaubnis, an diesen Augenblick teilzuhaben. Denn vor einiger Zeit hat mich ein Junge auf seinem Motorrad mitgenommen und mir gesagt, dass man sich um einen anderen Menschen kümmern kann, ohne sich die Schuld für all seine Probleme zu geben.

Damals hat er das selbst nicht geglaubt, aber inzwischen hat sich das geändert.

Und ich glaube es auch.

West

Ich warte am Austin-Bergstrom International Airport auf meine Eltern. Tess und Reign stehen neben mir, ihr Flug aus Indiana ist gerade gelandet. Sie wohnen jetzt neben Reigns Eltern. Er arbeitet als Versicherungsmakler, und Tess ist Hausfrau und Mutter.

Ihre kleine Tochter, Ramona, haben sie bei Reigns Eltern gelassen.

Sie stoßen mich beide mit dem Ellbogen an, während ich weiterhin nach Mom und Dad Ausschau halte. Texas kommt in mein Blickfeld und reicht jedem von uns einen Becher Kaffee.

Tess umarmt sie.

»Gut siehst du aus, Grace!«

»Du auch, Tess. Wie geht es Ramona?«

»Sie zahnt gerade. Echt super.« Tess schnaubt. »Im Ernst, danke, dass ihr heiratet. Das Timing könnte nicht besser sein. So können wir ein Wochenende Pause machen und sie bei den Schwiegereltern lassen.«

»Gerade lange genug, um dich wieder zu schwängern!«
Reign zwinkert seiner Frau zu und legt ihr einen Arm um die
Schulter. Sie verdreht die Augen und schnaubt.

»Das dauert nur drei Minuten. Und was macht ihr mit dem
Rest des Wochenendes?«, knurre ich. Alle lachen. Ich will, dass
meine Eltern jetzt aus diesem Gate kommen, damit wir hier
verschwinden können. Der Flughafen ist total überfüllt.

Ich hasse große Menschenansammlungen nicht mehr.
Nicht, seitdem ich eine Therapie mache, weil ich ganz offensichtlich Depressionen und Suizidgedanken hatte. Dr. Riskin
sagt, ich sei ein introvertierter Extrovertierter. Ich sage, ich bin
ein Mann, der nur die Gesellschaft einer Handvoll von Menschen genießen kann. Hauptsächlich die meiner Verlobten und
besten Freundin.

»Oh Mann, guck mal, wer da ist.« Reign deutet mit dem
Finger zur Seite. Ich schaue hin und frage mich, ob meine
Eltern schon hier sind und mir nur noch nicht getextet haben.
Aber nein. Es ist Kade Appleton. Der Primat hebt den Kopf,
und unsere Blicke treffen sich. Er erkennt mich und sieht mich
überrascht an.

Komm bloß nicht rüber.

Natürlich kommt er zu uns rüber.

Im Lauf der letzten drei Jahre habe ich viel Arbeit investiert,
um dafür zu sorgen, dass Kade Appleton auf dem Pfad der Tugend bleibt. Ich weiß, dass er sich kurz nach unserem Gespräch
bei Max von seinem schäbigen Manager getrennt hat, da die
beiden ohne die illegalen Veranstaltungen, die sie zusammen
gemanagt hatten, wertlos füreinander waren.

Appleton bleibt vor mir stehen. Texas steht neben mir. Sie
nimmt meine Hand und wirft mir einen Blick zu, den ich nur
als *Bitte bring niemanden um, wir haben das Kleid schon bezahlt*
interpretieren kann.

Zur Kenntnis genommen, Baby.

»Fuck, St. Claire. Du bist es wirklich. Siehst gut aus.«

Warum sagen das alle? *Du siehst gut aus.* Was kümmert das die Leute überhaupt? Schließlich gehen wir von hier aus nicht direkt zu einer Massenorgie.

»Alles okay?« Ich sehe ihn an und lege schützend einen Arm um die Schulter meiner Verlobten. Das ist ein Reflex, den ich nicht loswerde.

»Absolut, Mann. Es läuft. Hab den Ball flach gehalten. Meine Bewährung ist vorbei, also bin ich wieder in der Martial Arts Liga. Den ersten Monat jetzt. Ich bin hier, um meine Familie zu besuchen.«

Er erzählt mir nichts, was ich nicht schon wüsste. Ich habe ihn genau beobachtet. Mich davon überzeugt, dass er die Mutter seines Kindes anständig behandelt. Sein Blick wandert zu Grace, und ich spanne die Muskeln an. Er lächelt freundlich, benimmt sich vorbildlich.

»Dein Freund …«

»Verlobter«, verbessert sie ihn höflich.

Er lacht leise in sich hinein. »Was auch immer er ist, er ist verrückt nach dir. Ich hoffe, du weißt das.«

»Aber sicher.«

»Westie! Grace!«, höre ich jemanden vom Gate her rufen und vergesse Kade einfach. Grace und ich gehen hinüber, um meine Eltern zu begrüßen. Ich hebe Mom hoch und wirbele sie durch die Luft. Sie hat etwas zugenommen und fühlt sich endlich nicht mehr so leicht an wie Aubrey. Dad sieht auch nicht übel aus. Rasiert und mit klarem Blick. Sie sehen jünger aus als damals, als ich Maine mit achtzehn verließ.

»Schön, dass ihr es geschafft habt.« Texas drückt meinen Dad. »Ich weiß, dass ihr in letzter Zeit viel mit dem Geschäft zu tun hattet.«

»Um keinen Preis der Welt würden wir eure Hochzeit verpassen«, sagt Mom, und ich weiß, dass es stimmt.

Das war vielleicht nicht immer der Fall – nicht in den Jahren nach Aubreys Tod –, aber meine Eltern haben es geschafft.

Verdammt, ich habe es geschafft.

Und Grace auch.

Wir sind alles andere als perfekt.

Aber am Ende ist jeder von uns ein Phönix, der aus der Asche aufsteigt und mit flammenden Flügelspitzen zu einem unbekannten Ziel fliegt.

DANKSAGUNG

Ich wünschte, ich könnte die Urheberschaft für *Love Like Fire* beanspruchen, aber die Wahrheit ist, dass ich nur das Buch geschrieben habe. West und Grace sind mir im Traum erschienen, und die Geschichte gehört ihnen, nicht mir.

Besonders Grace entstammt meinem Bedürfnis, über eine Frau zu schreiben, die in einem Genre, in dem viele Heldinnen ... nun, irgendwie perfekt aussehen, eben nicht perfekt ist. Ich liebe sie sehr und wollte sie mit allem beschützen, was ich habe, deshalb war dieses Buch zwar ein schwieriger Prozess, aber auch ein unglaubliches Abenteuer.

Ich möchte den Menschen danken, die mir beigestanden und bei diesem Buch geholfen haben.

Meinen Lektor:innen: Angela Marshall Smith, Tamara Mataya, Max Dodson und Paige Maroney Smith. Vielen Dank, dass ihr West und Grace die Liebe und die Aufmerksamkeit geschenkt habt, die sie verdient haben!

Meiner persönlichen Assistentin, Tijuana Turner, die dieses Buch unzählige Male gelesen hat und mich und meine Arbeitsweise in- und auswendig kennt. Du bist meine liebste (und einzige) Momagerin.

Meinen Beta-Leserinnen, Vanessa Villegas, Amy Halter und Lana Kart. Ihr seid die Besten!

Meinen besten Freundinnen, Charleigh Rose, Ava Harrison und Parker S. Huntingdon, die mich von der Seitenlinie angefeuert haben, und meiner Lesegruppe, L.J.s Sassy Sparrows.

Riesiger Dank geht auch an meine Agentin, Kimberley Brower sowie meine Formatiererin Stacey Ryan Blake. Ihr seid alle unglaublich kreativ, talentiert und gut in dem, was ihr macht!

Ein besonderer Gruß gilt all den Blogger:innen und Leser:innen, die mich auf dieser Reise unterstützt haben. Ich stehe für immer in eurer Schuld!

Wenn euch *Love Like Fire* gefallen hat (oder auch nicht, ihr aber dennoch eine bestimmte Meinung dazu habt), würde ich es sehr begrüßen, wenn ihr eine ehrliche Kritik hinterlasst.

Ich danke euch allen von Herzen!

xoxo
L.J. Shen

Die neue Reihe von L. J. Shen:
sexy, verboten, unwiderstehlich

Band 1 der *Cruel Castaways*-Trilogie
erscheint am 23.12.2022!

Bereits mit unserem ersten Kuss waren wir dem Untergang geweiht …

L. J. Shen
ALL SAINTS HIGH –
DIE PRINZESSIN
Aus dem amerikanischen
Englisch von
Anja Mehrmann
448 Seiten
ISBN 978-3-7363-1123-7

Daria Followhill ist reich, wunderschön und das beliebteste Mädchen der All Saints High. Sie müsste sich wie eine Prinzessin fühlen. Doch ihr Leben ist alles andere als perfekt. Seit sie vor vier Jahren aus Eifersucht die Zukunft der gleichaltrigen Silvia Scully zerstört hat, plagen sie schlimme Schuldgefühle. Als sie nun erfährt, dass Silvias Zwillingsbruder Penn nach dem Tod seiner Mutter kein Zuhause mehr hat, sorgt sie kurzerhand dafür, dass ihre Eltern Penn bei sich aufnehmen. Und obwohl er keinen Zweifel daran lässt, dass er Daria hasst, ist sie machtlos gegen das heftige Kribbeln zwischen ihnen. Dabei weiß sie, dass seine Liebe sie zerstören könnte …

LYX

Sich in ihn zu verlieben, war nicht Teil des Deals …

L. J. Shen
BOSTON BELLES –
HUNTER
Aus dem amerikanischen
Englisch von
Anja Mehrmann
480 Seiten
ISBN 978-3-7363-1550-1

Sailor Brennan hat einen Traum: Sie will einmal in ihrem Leben an den Olympischen Spielen teilnehmen. Alles, was ihr dazu noch fehlt, ist ein finanzieller Sponsor. Da kommt das Angebot einer der reichsten Familien Bostons gerade richtig: Sailors soll für ein halbes Jahr mit Hunter Fitzpatrick zusammenleben und aufpassen, dass er keinen weiteren Skandal anzettelt. Was Sailor nicht weiß: Der attraktive Hunter hat sich in den Kopf gesetzt, seine strenge »Nanny« ins Bett zu bekommen, und macht dabei seinem Namen alle Ehre …

»Hunter und Sailor haben mein Herz gestohlen.«
SPARKLESANDHERBOOKS

LYX

Stell dir vor: Dein unvergesslicher One-Night-Stand entpuppt sich als dein neuer Boss

L. J. Shen
DIRTY HEADLINES
Aus dem amerikanischen
Englisch von
Patricia Woitynek
416 Seiten
ISBN 978-3-7363-1530-3

Als Judith Humphrey sich aus dem Bett ihres unglaublich guten One-Night-Stands schleicht, ist sie fast ein wenig enttäuscht, dass sie den attraktiven Unbekannten niemals wieder sehen kann. Hat sie doch sein gut gefülltes Portmonnaie mitgehen lassen. Aber Jude läuft dem Mann, der immer noch ihre Gedanken beherrscht, schneller wieder über den Weg, als ihr lieb ist. Denn er ist niemand anderes als Célian Laurent: stadtbekannter Playboy, Erbe eines millionenschweren Medienunternehmens – und Judes neuer Boss ...

»DIRTY HEADLINES ist eine heiße Enemies-to-Lovers-Romance mit Office-Setting.« LAURELIN PAGE

LYX

Die Erfolgsreihe aus den USA –
stürmisch, verboten, sexy

L.J. Shen
VICIOUS LOVE
Aus dem amerikanischen
Englisch von
Patricia Woitynek
448 Seiten
ISBN 978-3-7363-0686-8

Meine Großmutter sagte mir einmal, dass Liebe und Hass ein und dasselbe Gefühl seien, nur unter verschiedenen Vorzeichen erlebt. Bei beiden empfindet man Leidenschaft. Und Schmerz. Ich glaubte ihr nicht. Bis ich Baron Spencer traf. Er war auf unvollkommene Weise vollkommen. Makellos mit Makeln. Aber am allerwichtigsten – er war Vicious.

»Einfach. Süchtig. Machend.« Dirty Girl Romance

LYX

Triggerwarnung:

Dieses Buch enthält neben expliziten Szenen
und derber Wortwahl auch Elemente,
die potenziell triggern können.

Diese sind:
*Bleibende Verletzungen nach einem Brand, Tod und
Trauerbewältigung, Mobbing, Depression, Suizidgedanken,
Alzheimer, Gewalt, Hundekämpfe*